나무집
이야기

나무집 이야기

ⓒ 이수민 2013

초판 1쇄 인쇄	2013년 6월 15일
초판 1쇄 발행	2013년 6월 17일
지은이	이수민
펴낸이	박대일
편집	이문영 · 임수진 · 임유리 · 신지연
교정	이재일
마케팅	송재진
디자인	김수진
펴낸곳	새파란상상(파란미디어)
출판등록	2004년 9월 14일 제313-2004-00214호
주소	121-897 서울시 마포구 성지1길 32-36
전화	02. 3141. 5589(영업부) 070. 4616. 2011(편집부)
팩스	02. 3141. 5590
전자우편	paranbook@gmail.com
블로그	blog.naver.com/neoparan21
트위터	@paranmedia

ISBN 978-89-6371-081-5 (03810)

* 이 책의 판권은 지은이와 새파란상상(파란미디어)에 있습니다.
  이 책 내용의 전부 또는 일부를 재사용하려면 반드시 양측의 서면 동의를 받아야 합니다.

* 잘못된 책은 구입하신 서점에서 바꾸어 드립니다.

나무집 이야기

이수민 장편소설

새파란상상

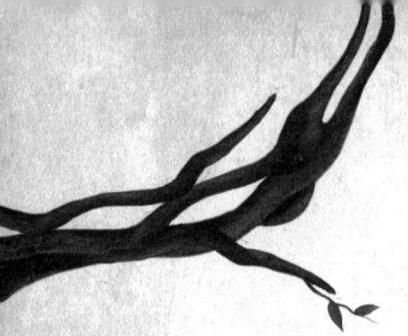

차례

곡哭 _7

나무집 _14

젖은 밤 _29

우중雨中 _46

연서戀書 _61

대제학 _74

열림과 닫힘 _90

자하녀紫霞女 _107

납거 _140

백아白兒 _181

수영 _264

요부妖婦 _309

사생死生 _319

운명의 연유 _351

복수 _363

낮의 여인, 밤의 여인 _405

눈雪 _431

연모戀慕 _493

연화戀火 _524

다시 나무집 _551

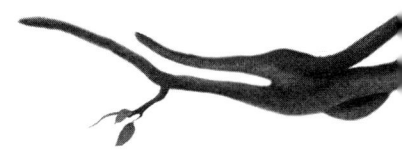

곡哭

대한大寒을 앞두고 송명이 절명했다. 흉상 중의 흉상이나 조상弔喪과 조문弔問을 오는 조객들로 나무집은 문전성시를 이루었다. 조객들의 발걸음이 파도처럼 밀려들었다가 밀려나가기를 진종일 반복되었다. 그리고 삭풍과 야묘夜猫*의 울음이 송림으로부터 밀려와 명경당明鏡堂으로 깊이 침범했던 장례의 밤.

하얀 서리가 구불구불 기와를 뒤덮고 창백한 낯을 한 달이 명경당 마당에 음영을 걷어 낸다. 그렇게 달빛이 비질한 희미한 길을 따라 곡비哭婢**들의 곡소리가 밤의 파도를 타고 쉼 없이 담을 넘어왔다.

"어이, 어이."

---

* 올빼미.
** 상주를 대신해 곡을 하는 노비.

"애고, 애고."
곡소리는 혼을 달래는 자장가다.
"어이, 어이, 자장, 자장."
"자장, 자장, 애고, 애고."
정우당淨友堂 쪽에서 굽이쳐 오는 곡소리는 흔들흔들 명경당의 마루를 넘고 슬렁슬렁 문지방을 구른다. 밀려드는 곡소리를 막을 것은 아무것도 없을 것 같았다. 그러나 방 안을 가르듯이 펼쳐진 병풍에 소리는 부딪치고, 부서지고, 무너진다. 달빛도 그것들의 길을 터 주지는 못했다.

허망하게 무너진 소리가 제 길을 잃어버렸을 때, 여윈 손 하나가 스르륵 병풍을 걷어 주었다. 손은 병풍을 밀어낸 후 그저 흩뿌린 것처럼 축 처져 있다. 송옥이다. 상복을 입고 우두커니 서 있는 그녀. 숨을 멈춘 나무처럼 미동도 없이 송옥은 걷어 낸 병풍의 뒤를 응시하고 있다. 암흑, 문풍지를 통해 비쳐 든 달빛조차 뒷걸음질 치는 암흑이 자리했다. 그 절대적인 암흑 앞에 망자를 위로하는 곡소리도 송옥의 상복에 매달려 앞으로 나아가지 못했다.

관이다. 암흑의 팔이 넓게 관을 감싸고 있었다. 송옥은 눈을 감았다. 수질首絰*을 두른 이마 아래 가로로 곧게 뻗은 눈썹이 가늘게 떨렸다. 눈물이 파리한 볼을 타고 흘러내렸다. 흘러내린 눈물이 가슴께를 적셨지만 그녀는 손을 들어 눈물을 훔치려 하지 않았다.

---

* 상복을 입을 때 머리에 두르는 짚에 삼 껍질을 감은 테.

눈물은 곡소리가 감히 범접하지 못하는, 암흑의 수호를 받고 있는 관을 향해 기어갔다. 눈물의 자취는 아리고 아렸다. 송옥은 말이 없으나 눈물은 암흑의 언저리에 닿아 끊임없이 관을 향해 말을 건다. 오라버니, 오라버니, 오라버니……. 송옥은 입술을 깨물었다. 그녀는 앞으로 발을 내디뎠다. 그녀에게 매달린 곡소리가 천 근, 내딛는 한 걸음이 만 근이다. 한 걸음, 한 걸음 내딛는 그녀의 발을 암흑의 손이 붙잡는다. 싸늘하다. 발목을 저미는 싸늘함이다.

마침내 송옥의 상복이 관을 스치는 그 순간, 그녀의 귓가에 날카로운 울음소리가 울린다. 응애, 응애, 응애……. 어린 시절 그녀의 꿈자리를 사납게 만들던 아기 울음소리가 명경당 가득 울린다. 응애, 응애, 응애……. 오라버니! 그녀는 귀를 막으며 오라비를 찾았다. 하지만 이내 송옥은 머리를 흔들며 입술을 깨물었다.

서서히 몸을 일으킨 암흑이 송옥의 다리를 감싸며 등허리를 향해 기어오르고 아기 울음은 사방에서 울려 대었다. 그때, 환청처럼 그녀를 부르는 목소리가 있다. 그의 목소리.

'송옥아.'

그 한마디면 충분했다. 한 줌 햇살이 그녀의 가슴에서 개화한다. 오라버니! 송옥이 고개를 든다. 아기 울음이 사라졌다. 암흑이 물러났다.

송옥은 무릎을 꿇고 두 손을 움켜잡듯이 관의 가장자리에 올렸다. 눈은 검은 광휘로 가득하다. 팔꿈치를 들어 상체에 힘을 싣는다. 관은 예상했던 것보다 쉬이 움직인다. 스륵, 죽음의 냄새가 벌어진 틈새로 흉측한 얼굴을 보인다. 그녀의 어깨가 떨리기 시작했다. 마른 이마에 땀방울이 흘러내린다. 틈새, 그것은 죽음의 틈새이고 진실의 틈새였다. 송옥이 다시 한 번 팔에 힘을 주려는데 어떤 목소리가 그녀를 가격했다. 날 선 손톱으로 벽을 긁어내리는 것 같은 목소리.

"미친년."

송옥은 주저앉아 버렸다. 그녀의 가슴에서 미약하게 피었던 햇살은 질식해 버렸고 슬픔이 아닌 공포가 전신을 휘감았다. 그녀는 두 팔로 어깨를 감싸고 떨었다.

"후후후, 미친년이야, 미친년. 저년이 미친 거야. 후후훗!"

신경을 긁어 놓는 익숙한 웃음소리. 목소리의 주인을 알아차린 송옥은 몸을 일으켰다. 자하녀紫霞女! 공포는 분노로 바뀌었고 분노한 그녀의 눈동자가 사방을 두리번거렸다. 암흑과 달빛이 뒤섞이고, 곡소리와 웃음소리가 뒤섞였다. 물상物像과 무상無像이 분별을 잃고, 유채油彩와 무채無彩가 자리를 바꾸었다. 자줏빛 안개가 소용돌이쳤다. 소용돌이의 중심에 강보에 싸인 아기가 희미한 형체로 놓여 있다.

숨이 멈출 것 같았다. 곧 응애, 응애, 울음소리가 들릴 것 같았다. 송옥은 뒷걸음쳤다. 뒷걸음치며 눈을 비볐다. 그랬음에도 아기의 형체는 도리어 분명한 선을 만들었다. 그리고 선은 점점 자신을 확장했다. 일렁이며 아기는 어린아이로, 어린아이는 소녀로, 소녀는 다시…… 자하녀로 일어섰다.

미친 선線은 미친 형形이 되어 송옥을 향해 미소를 짓고 있었다. 미친 미소다.

마당에 서 있는 자하녀는 호화로운 활옷 차림새였다. 대란치마의 금선이 달빛 아래 광포한 빛을 발하고 있었다. 송옥은 마른 주먹을 쥐었다.

"네가, 어찌…… 오라버니 가시는 길에 감히…… 다른 누구도 아닌 네가! 혼례복을…….."

말을 잇지 못하는 송옥을 바라보는 자하녀의 눈은 생글거리고 몸은 배틀배틀 흔들리고 있었다. 자하녀의 몸이 흔들릴 때마다 그녀가 머리에 쓴 칠보족두리의 장식물들이 반짝반짝 작은 웃음소리를 내었다.

"어째 안 되니? 이제 완전히 내 것인데, 어째 안 되는 것이야?"

"누가! 네 것이라는 것이냐! 미친것 주제에……."

뱃속에서 우글거리는 말을 내뱉는 송옥은 눈물을 간신히 참았다. 그러나 자하녀는 얼굴색 하나 바꾸지 않고 송옥을 비웃었다.

"하! 미친것은 네년이지. 죽은 오라비 관을 열려고 하는 너! 그런다고 내 것이 된 사람을 되찾을 수 있을 것 같니?"

뚝! 송옥의 가슴에서 뜨거운 분노가 끊어지고 결심이 섰다. 그녀는 망설임 없이 명경당 벽에 걸린 동개*를 집어 활을 꺼냈다. 송명의 활이 그녀의 손안에서 당당히 몸을 세웠다. 그녀가 써 왔던 죽궁에 비할 수 없이 건강한 목궁의 시위에 활을 거는 송옥은

---

* 활집과 화살집.

표정이 없었다. 깍지*도 없이 시위를 잡아당기는 바람에 손가락이 쓰라렸지만 개의치 않았다.

저를 겨누는 송옥을 보고서도 자하녀는 웃음을 거두지 않았다. 핑! 시위를 떠난 화살은 자하녀의 발끝에도 미치지 못한 자리에 힘없이 주저앉는다.

"하! 겨우 요거니? 자, 죽여 보아. 이 가슴팍에 맞혀 보라고!"

자하녀가 팔을 활짝 벌리자 풀린 옷고름이 제멋대로 나풀거린다. 송옥은 다시 활을 들어 올린다.

'기운이 얼굴 쪽으로 올라오고 있구나. 그리되면 호흡이 가빠져서 충분히 끌어당기지 못한대도. 기氣를 밑으로 내려라. 기운이 화평하고 호흡이 평안해야 만족하게 끌어당길 수 있다.'

바람처럼 송옥의 귓가에 맴도는 목소리. 그녀는 눈을 감았다. 차분히 호흡이 가라앉았다.

'활을 들어 올릴 때는 앞과 뒤를 높이 치켜드는 것이 좋아. 그리하지 못하면 화살이 나는 거리가 짧아진다.'

단단하지만 다정한 손이 활을 든 그녀의 팔을 들어 올려 준다.

'화살이 나갈 때에는 꼭 가슴통을 벌리고 기력을 터트리며 쏘는 것이야. 양손 끝으로 활을 쏘는 것은 합당치 않아.'

목소리의 지시에 따라 송옥은 눈을 뜨고 천천히 활시위를 당겼다. 피잉! 화살이 자하녀의 귓가를 스쳤다. 그제야 부리나케 도망가는 자하녀의 등을 향해 송옥은 다시 한 번 활을 들었다. 매

---

* 시위를 잡아당기는 엄지손가락에 끼는 뿔로 만든 기구.

화나무를 돌아 별채로 통하는 편문便門을 향해 달리는 자하녀는 발 없는 바람이다. 소용돌이치는 대란치마는 바람의 흔적이다.

'만작滿酌*이 되어 발사하는 순간에 한참 멈추었다가 발사하지 말고 조금씩 잡아당기며 발사되어야 과녁을 맞힐 수 있다.'

송림에 바람이 굴렀다. 활터에 내리쬐던 햇볕이 송옥의 어깨를 살며시 만져 주었다. 오라버니……. 푸른 웃음을 짓는 송명이 송옥의 곁에서 함께 활시위를 당겨 주었다.

청춘靑春, 빛나는 봄이었다.

---

* 시위를 완전히 끌어당긴 상태.

나무집

 "죽머리* 가까이에 턱을 묻어야지. 아니다, 아니야. 턱에 힘을 주는 것이 아니라 목덜미를 늘이면서 턱을 묻으면 저절로 되는 것이다. 자, 이렇게……."

 경칩驚蟄도 지나지 않은 이른 봄이라지만 미시未時의 태양 아래 활을 잡고 근력을 다하고 있자니 이마에 땀방울이 맺혔다. 송옥의 하얀 이마에 맺힌 땀방울에 송명은 미소를 지었다. 그러나 누이의 자세를 바로잡아 주는 것을 멈추지는 않았다.

 "자아, 호흡을 가다듬고 다시 쏘아 봐라."

 그녀에게서 몇 걸음 물러난 송명이 말했다. 말이 떨어지고도 한참, 피잉! 송옥의 손을 떠난 화살의 살걸음**은 새의 파닥임보다

---

* 활을 잡은 쪽의 어깨.
** 화살이 날아가는 속도.

느렸다. 결국 화살은 솔대*에 한참 못 미치는 자리에 몸을 굴렸다. 그럼에도 송명의 입가에 드리운 미소는 지워지지 않는다.

"만작이 되어 발사하는 순간에 한참 멈추었다가 발사하지 말고 조금씩 잡아당기며 발사되어야 과녁을 맞힐 수 있다."

몇 번이나 계속되는 연습에 힘겨울 만도 하건만 송옥은 그녀대로 불평이 없고, 송명은 그대로 핀잔을 주지 않는다. 다만 고요한 집중과 다정한 눈빛만이 존재했다. 송명은 숨을 고르며 기를 가라앉히고 있는 송옥을 응시했다.

칠지단장 된 활이 봄볕에 반짝이고 이야초二夜草**가 수놓인 명주로 만든 팔지***가 송옥의 여린 팔에 감겨 있었다. 시위를 당기는 가늘고 흰 손가락에는 붉은 물이 번져 있다. 그의 시선이 송옥의 손가락을 살며시 쥐어 본다. 송명의 시선은 이제 송옥의 곧추세운 등으로 옮겨 갔다. 열일곱, 또래 여인들에 비해 키가 큰 송옥은 구부정해 보인 적이 한 번도 없다. 곧고, 바르다. 곧고 바른 누이의 형체에 어른거리며 다른 여인의 형체가 얽힌다. 송명의 짙은 눈썹이 한 번 꿈틀, 한다. 그리고 살짝 고개를 흔든다. 그의 눈동자는 난蘭을 연상시키는 송옥의 가늘고 긴 목덜미를 훑고 지난다.

난, 그중에서도 일경일화一莖一花, 초개初開한 난, 그것이 송옥이다. 초록의 몸짓과 옅은 자줏빛 향기가 잔잔히 흐르는 여인. 상기된 볼이 싱그럽다. 향긋한 숨을 내쉬던 입술이 앙다물어지며

---

* 소포를 묶어서 걸어 두는 나무.

** 제비꽃.

*** 활을 잡는 쪽의 팔소매를 잡아매는 띠.

명중의 결의를 다진다. 핑! 화살이 마침내 과녁을 꿰뚫는다.

"그것이다!"

웃음을 터트리며 송명은 누이를 바라보았다. 흥이 오른 것은 송명일 뿐, 송옥은 아직 활의 시선을 잃지 않았다. 텅 빈 고요, 그는 누이에게 다가서지 못한다. 시종일관 그의 입가에 머물렀던 미소가 떠나고 있었다. 그때 송옥이 고개를 돌려 그를 바라본다. 하얀 저고리에 옅은 남색 치마를 입은 송옥은 파란 하늘에 살짝 걸린 초승달 같기도 하다. 활짝, 미소 짓는 그녀, 미소 짓는 목소리.

"오라버니."

따스한 봄볕, 바람이 불고 만개滿開한 난이 송명의 눈앞에서 향기로 웃어 주었다. 비로소 송명은 그녀에게로 걸음을 옮길 수 있었다. 참을 수 없는 걸음이었다.

송명과 송옥을 비춰 주던 햇살은 그들이 서 있는 구릉의 구석구석 공정한 봄의 은혜를 베풀었다. 그리고 나지막한 구릉을 백여 년간 넉넉히 품어 온 송림이 은은한 솔향기를 전하고 있었다. 백 년 푸른 송림은 최씨 집안의 자랑이 되어 왔다.

그들의 자긍심은 단 한 칸, 소박한 방이 사방으로 마루에 둘러싸인 선유당船遊堂이라는 사정射亭*으로 물상화物像化했다. 그리고 동시에 선유당은 분합分閤을 걸어 올리면 송림 전체로 공간을 확장하여 무상無像으로 환원되는 열린 선경仙境이기도 했다. 그리하

---

* 활터에 세운 정자.

여 그곳은 여름날 최씨 집안을 찾아든 가객佳客이라면 누구나 찬사를 아끼지 않는 곳이 되었다. 송림의 그늘을 형체 없는 배가 되어 유람하는 선유당의 뱃전에서 시선을 남으로 돌리면 최씨 집안의 전경이 한눈에 들어왔다.

*
**

 나무집, 그 집의 이름은 나무집이었다. 그것은 별스럽게도 나무가 많은 탓에 근동의 배우지 못한 백성들이 별칭처럼 불렀던 이름이었다. 홍문관 부제학을 지낸 최 대감이 살고 있는 집이라 조심스러웠음에도 양반들조차 그 집을 나무집이라 부르는 것이 당연할 정도로 나무집엔 사람의 수보다 나무의 수가 많았다.
 북쪽의 구릉을 등지고 남으로 넓게 터를 펼친 그 집은 본래 사랑채와 안채, 사당이 남북으로 길게 늘어선 형세로 지어졌다. 하지만 아직까지도 별종으로 통하고 있는 최 대감의 조상, 최각이 대대적인 역사役事를 단행했다. 그는 나무집의 구조를 설계했을 뿐만 아니라 송림을 조성하고 집 안 구석구석 나무를 심기도 한 주인공이었다.
 다섯 살 때 시문詩文을 막힘없이 지어 신동으로 알려진 사람. 그러나 커 가며 정학正學인 유학에는 관심이 없고 산학算學, 천문天文, 의술醫術 같은 잡학에 몰두하여 과거 급제의 말미에도 뜻을 두지 않았던 사람. 그런 이가 최각이었다. 그리고 그의 부인이 있었다.

그 집이 나무집이 아니었을 때, 열여덟 꽃다운 규수가 동갑인 최각과 혼인하였다. 워낙 별난 신랑인지라 부부 사이가 원만치 않으리란 모두의 예상을 깨고 어린 부부의 정은 도탑고 한결같았다. 한데 그로부터 십 년 후 부인이 병들고 그 집은 차차 나무집이 되어 갔다. 최각은 구태여 먼 타지로부터 인정人丁을 들여 작은사랑채와 별채, 약실藥室을 짓기 시작했다. 동시에 구릉을 소나무로 뒤덮었다. 맹렬한, 그러나 비밀스러운 건축이었다.

사람들이 그가 미쳤다고 수군거리기 시작했을 무렵, 최각은 병든 부인의 처소를 안채에서 별채로 옮겼다. 그리고 집 안을 나무와 화초로 채우기 시작했다. 마침내 일 년 중 하루도 푸름이 떠나지 않는 나무집이 완성된 것은 부인이 병에 걸리고 오 년이 흐른 뒤였다.

최각은 뭇사람들의 수군거림에도 아랑곳하지 않고 매일 부인의 곁을 지켰다. 망우재忘憂齋라 이름 한 별채에서, 푸른 나무와 해사한 화초에 둘러싸인 채. 그곳에서 그는 부인에게 책을 읽어 주었고, 머리를 빗겨 주었으며, 그녀의 그림자까지 아껴 주었다.

종국에 그의 부인은 운신이 불가능해졌고 시각과 청각마저 잃었다. 그러나 최각이 지은 연모의 집에서 그녀는 걷고, 보고, 들었다. 나무집은 최각이 부인에게 선사한 소우주였다. 그녀는 생의 마지막까지 행복했다. 더 이상 사람들은 그를 비웃지 않았다. 누구도 그를 비웃을 수 없었다. 백 년 전, 누구도 비웃지 못할 연모의 집을 지었던 그. 최각은 나무집에서 부인을 떠나보냈고 그곳에서 생을 마감했다.

***

　나무집은 견고하고 높은 화방벽*의 위호를 받고 있었다. 아무리 양반집이라 할지라도 보통은 대문의 좌우 칸, 바깥 담벼락만 화방벽으로 쌓는다. 그런데 그 집은 화방벽으로 사방을 막아 놓아 감히 집 안을 들여다볼 엄두도 못 내게 만들었다.

　나무들이 봉긋한 머리만 내놓은 화방벽을 따라 걷다 보면 행랑 지붕보다 높이 솟은 솟을대문과 마주하게 된다. 남으로 열린 솟을대문에는 진공문眞空門**이란 편액이 걸려 있다. 이곳을 통과한 이들은 으레 당주當洲***가 있는 연당蓮塘을 마주하고 잠시 옷매무새를 고칠 시간을 벌게 된다. 여름철이면 연꽃을 터트리듯이 피워 내는 연당을 왼편으로 돌면 큰사랑채인 정우당의 대청마루를 볼 수 있다.

　연꽃을 완상하러 찾은 시객詩客들이 차를 대접받곤 하는 대청마루의 정면에는 최 대감의 거처가 자리했다. 그는 오래전 부인을 잃고 정우당에 은거하기를 택한 선비였다. 그리고 큰사랑방의 왼편, 대청마루의 오른편엔 최 대감의 장자長子로 행년 스물두 살인 송정의 거처가 있었다.

　그가 머무는 방은 툇마루로 인해 큰사랑방과 독립된 느낌이 있다고는 하나 최 대감의 마른기침이 여과 없이 전해지는 곳이었

---

* 돌을 섞은 흙으로 중방 밑까지 쌓아 올린 벽.
** '진공'은 불교 용어로 일체의 색상色相을 초월한 참으로 공허한 세상을 의미함.
*** 연못 안의 작은 섬.

나무집 이야기　19

다. 기실 과거 공부에 매진해야 하는 그는 장서각이 연결되는 작은사랑채를 거처로 삼음이 마땅했다. 그러나 송정은 아우 송명에게 작은사랑채를 양보했다. 그는 최 대감의 곁에서 오롯이 봉양하기를 택했다.

"효孝가 학學에 우선되어야 함이 마땅하지 않겠습니까."

자신을 작은사랑채로 보내려는 아버지에게 송정은 그렇게 답했다. 그리고 누구도 그의 말에서 잘못을 짚어 내지 못했다.

본래 송정의 거처였어야 했던 작은사랑채는 연당 오른편에 깊숙이 자리한 중문을 거쳐야 들어갈 수 있었다. 명경당, 백 년 전 최각의 거처이기도 했던 그곳에 최 대감의 차자次子인 송명이 거했다.

"허! 이거야, 저것이 나무 벽이지 어디 누다락이라 하겠나!"

중문에서 나무집의 구조를 모르는 객들은 서고 누다락의 모습을 정면으로 마주하고 당황과 감탄의 말을 한마디씩 뱉곤 했다. 그러면 나무집의 젊은 종복, 남이는 어리둥절해하는 양반네에게 짓궂은 웃음을 감추면서 말했다.

"이쪽으로 오시지요, 도련님께서 기다리십니다."

그는 이미 양반들이 어떤 반응을 보일지 짐작하고 있으면서 그들을 재촉했다.

"저, 저기, 이보게……. 저곳이 그곳인가?"

평소 노비들과 말을 섞는 것도 마뜩잖게 여기는 콧대 높은 양반도 그때만큼은 나무집 종복에게 곰살가운 말투로 이렇게 물었다. 그러면 또 남이는 비웃음을 감추며 시치미를 뗐다.

"그곳이라니요? 무슨 말씀이신지 이놈은 잘……."

"어허, 이 사람…… 저기가 그…… 약실이 맞는지 묻고 있지 않은가!"

손으로 혹은 손에 쥔 부채로 누다락의 끝, 운영각雲影閣을 가리키는 양반들의 말속엔 조바심과 궁금증이 가득했다.

"저곳은 서고입지요. 약실은 무슨……."

"답답할세. 내가 묻는 것은…… 그, 왜…… 주정主靜*공의 그 약실을 묻는 것이네."

주정공의 약실, 그곳은 최각이 부인의 병을 스스로 치료해 보고자 만든 곳이었다. 그러나 나무집 사람들은 약실을 서고로 변경하였고 조선에서 손꼽히는 양의 장서를 보관하고 있었다. 하지만 언제나 소문 속에서 서책이 뒷전인 것도 사실이었다.

목소리를 잔뜩 낮춘 양반들은 머뭇거리면서도 기어코 묻는다.

"……그게 사실인가? 정말…… 옛날, 주정공께서 망측한 실험을 한 것인가?"

"쇤네는 무슨 말씀이신지 통 알 수가 없습니다요."

"거참! 조선 팔도가 다 아는 소문을 이곳 가노가 모르다니!"

"흐흐, 불로장생 약 이야기는 왜 하문하지 않으십니까?"

소문 속에서 최각은 불로장생의 선약仙藥을 만들어 복용하고 신선이 되기도 했다. 그것을 남이는 능갈맞게 이야기하고 있는 것

---

* 최각의 호.

이다. 보통 종복이 양반에게 이리 농을 걸면 치도곤을 맞아 마땅했지만 몸이 단 객들은 그의 뒤를 따르며 조금이라도 소문의 진상을 알고자 했다. 알아내고자 하는 혀와 받아치는 혀의 밀고 당김.

"남이 네 이놈, 손님께 또 무례하게 굴고 있구나!"

놀이마당의 인물들처럼 줄다리기를 하며 명경당으로 들어서는 객들과 남이의 머리 위로 대개 호탕한 목소리가 들렸다. 송명이었다. 계자난간이 멋들어진 누마루에서 그들을 내려다보는 그의 모습에 객들은 당황스러움을 감추느라 진땀을 빼곤 했다.

"파초가 운치를 더합니다."

"이 댁 국화의 향기는 어찌 이리 훌륭합니까!"

위풍당당한 송명과 마주한 객들은 자신들의 행태를 감추기 위해 열심히 상찬의 말을 늘어놓았다. 그러면 송명은 호쾌히 웃으며 거침없이 객들의 호기심을 들추어냈다.

"하하, 실망하셨습니까? 그렇지요? 노비 녀석은 요리조리 쏙쏙 피하며 소문을 확인시켜 주지 않고, 그렇다고 눈앞에 앉은 녀석에게 주정공에 관해 물어보기도 마땅치 아니하고! 하하하!"

자칫 무례해 보일 수 있는 송명의 언사에 당황하는 이는 있었으나 노하는 사람은 한 명도 없었다. 열아홉, 호방하고 빛접어 누구에게나 호감의 대상이 되는 사람이 송명이었다.

송정과 송명 형제는 조상 최각의 총명함을 이어받았는지 천재로 일컬어졌고 뭇사람들은 정우당 백학, 명경당 흑범이라 칭하며 형제의 재능을 높이 샀다. 그러나 또한 흑범의 등에 앉은 백학이란 말을 덧붙여 형 송정의 비범함을 한 수 위라 여긴 것도 사실이었다. 하지만 사람들이 좋아하고 곁을 주려 한 이는 언제나 송명이었다. 그래서 사람 좋은 웃음을 입에 달고 사는 송명에게 객들은 머무적거리긴 했으나 필히 청을 넣었다.

"혹여, 운영각을 볼 수 있을는지요. 귀한 서책을 보았으면 해서……."

선비의 염치를 누를 정도로 호기심은 힘이 세다. 그리고 약속이나 한 것처럼 객들은 서고 누다락으로 연결되는 층계에 눈길을 주었다. 하지만 그 눈길들은 송명이 층계의 미닫이문을 닫음으로 차단되는 것도 당연한 수순처럼 반복되었다.

"저 또한 보여 드리고 싶은 마음이 굴뚝같으나 형님께서 워낙 서책을 아끼시는지라 정히 보시려면 형님께 먼저 허락을 구하고 다시 오시지요."

웃음을 잃지 않고 이렇게 말하는 송명을 보며 청을 넣은 이들은 완곡한 거절이란 걸 깨닫고 순순히 포기했다. 뉘라 하여 감히 백학을 상대하겠는가.

나무집의 건물 중에서도 가장 은밀한 공간인 약실은 사람들에게 천 개의 소문으로만 널리 알려져 있었다. 백 년 동안 운영각은 소문의 구름 위에서 점차 전설이 되어 갔다. 그리고 알려지지 않는 비밀의 공간은 구름 아래에 엎드려 있었다.

나무집의 안채, 향유재香乳齋는 큰사랑채와 사당의 사이에 위치했다. 그리고 안채와 사랑채의 내외담과 별도로 꽃담이 북에서 남으로, 다시 서에서 동으로 뻗어 있다. 향유재와 명경당으로 열린 작은 편문 두 개를 통해야만 드나듦이 가능한 곳, 사방 가득 나무와 화초의 살핌을 받는 곳, 망우재. 그곳에 송옥이 고요한 향훈香薰으로 자리했다.

석양이 붉은 옷자락을 부여잡고 있는 망우재는 옅은 호박琥珀 빛 휘장이 드리우고 있었다. 봄의 향기에 여린 손을 내민 버드나무의 몽롱한 하품에 바람도 휘장의 그늘 아래 잠시 쉬어 가는 시간이었다. 지상의 모든 것들이 밤으로의 여로에 오르기 전 느린 호흡을 내쉴 때, 오직 송정만이 성긴 시간을 밀어내고 제 주위에 치밀한 윤곽을 그어 놓는다. 세벌대* 위 고요히 선 송정의 시선은 반쯤 열린 미닫이문 저편에 고정되어 있다. 그리고 대청마루에 옷자락을 드리운 석양이 그보다 먼저 송옥의 방에 몸을 들이고 있었다.

"송옥아, 있느냐?"

두 번째 물음이었다. 그러나 역시 답은 없다. 그는 더 이상 기다리지 않고 대청마루에 발을 디뎠다. 석양의 머리 위로 짙고 길게 송정의 그림자가 드리웠다. 그의 그림자 안에 송옥도 들어 있었다.

계관화鷄冠花**와 견우화***가 붉음과 푸름의 손을 흙으로부터 뻗었다. 이끼 낀 바위 앞으로 말똥구리 한 마리가 부지런히 흙빛 구슬을 굴리고 있다. 백로와 원앙은 기품과 활기로 각기 다른 크기

---

* 집채의 낙숫물이 떨어지는 곳 안쪽으로 돌려 가며 놓는 돌인 댓돌을 세 켜로 쌓은 것.
** 맨드라미.
*** 나팔꽃.

의 원을 그렸다. 저기 너른 연잎에는 초록의 등을 보이는 개구리가 막 튀어 오르기 직전이다. 그들 모두가 장지壯紙에 살그머니 들어앉아 송옥의 방에 여기저기 널려 있다.

적색, 청색, 자색, 황색, 흑색……. 세상 모든 빛깔 가운데 그녀가 앉아 있다. 송옥의 남치마는 둥글게 부푼 하늘이다. 그녀는 장지 앞에 엎드리듯 앉아 난을 치고 있었다. 붓을 잡은 그녀의 손가락 여기저기 붉고 푸른 물이 들었다. 마치 붉은 꽃송이가 가늘고 푸른 잎으로 붓을 감싼 것 같다.

명화십우名花十友*의 열 가지 신묘한 묵향이 남포석 벼루에서부터 농담濃淡을 달리하며 방 안을 채우고 있다. 먹을 담뿍 머금은 송옥의 붓은 교태도 아양도 없다. 그녀의 손안에서 붓은 부드러운 진퇴를 거듭하며 난의 향을 쫓는다. 허공에서 허리를 꺾은 난의 자취를 따르는 송정의 눈빛이 깊다. 긴장된 숨이 흐르고 붓이 다시 먹을 머금었을 때 송옥은 비로소 난엽이 누군가의 그림자와 섞여 이지러졌다는 걸 발견하고 고개를 들었다.

"붓의 욕심이 많은 것이냐, 너의 욕심이 많은 것이냐. 먹을 좀 더 덜어 내는 것이 어떠하냐."

석양을 밀어낸 자리에 우뚝 선 송정. 아우 송명보다 키는 조금 작으나 도리어 풍채는 당당하다고 느껴지게 하는 위엄이 그에겐 있었다. 그리고 송정의 눈동자. 옅고 옅은 갈색의 눈동자는 도저히 조선인의 것이라고는 믿어지지 않았다. 그에게서 믿어지지 않

---

* 먹의 종류로 주사, 석황, 석청, 석록 등의 열 가지 색으로 이루어진 십색묵.

는 것이 어디 그뿐이랴. 백색, 그것이 송정이다. 최각에 대한 소문도, 나무집에 대한 소문도, 그 무엇도 송정이 일으킨 파문에 비하면 미미하다. 어떠한 소문도 송정이란 존재 자체의 기이함에 비할 수 없다.

"언제 오셨습니까? 기척이라도 하시지……."

송옥은 백색으로 타오르는 송정의 얼굴을 바라보며 답했다.

"내 기척을 너의 묵향이 먹었나 보구나."

백색의 그가 말했다. 하얀 얼굴, 하얀 눈썹, 하얀 머리카락……. 백白의 몸을 가진 남자. 그리하여 신이한 재주보다 자신의 존재 자체로 팔도에 이름을 알린 남자가 바로 송정이었다. 송옥은 그의 눈동자에서 발갛게 상기된 자신의 모습을 보았다.

"어찌…… 걸음 하셨는지요?"

그녀의 물음에 송정은 시선을 벼루로 조용히 옮겼다. 그에 송옥의 볼은 더욱 붉어졌다. 사흘간만 쓰기로 약조하고 빌린 벼루를 벌써 엿새째 품에서 놓지 않았으니 그가 찾으러 온 것이 무리는 아닐 터였다.

"송구합니다. 설이에게 말씀 전하셨으면 곧장 보내 드렸을 것을요……."

벼루의 먹을 따라 버리고 깨끗이 씻는 송옥의 손도 당혹스러움을 감추지 못한 채 허둥거렸다. 그녀의 움직임을 지켜보던 송정은 여전히 선 채로 천천히 말했다.

"활을, 또 쏘았다…… 그리 들었다."

흑칠 연갑에 벼루를 넣던 송옥은 동그랗게 눈을 뜨고 큰오라비를 올려다봤다. 그리고 곧바로 고개를 숙였다. 고개를 꺾은 그녀의 목덜미를 내려다보는 송정의 눈동자에 떨림이 있다. 하지만 목소리엔 떨림이 없었다.

"과년한 처자가 활을 잡는 것이 가당치 않다는 것을 모르지 않는 네가 슬기롭지 못한 거동을 언제까지 할 작정이냐?"

단호한 그의 말을 듣던 송옥의 눈동자에 대번 눈물이 고여 든다. 투둑, 투둑, 눈물방울이 떨어진다. 연갑에 눈물이 번지자 송정 눈동자의 떨림은 조금 더 큰 무늬를 그리며 물결쳤다.

"눈물단지…… 옛 고구려 평강왕의 딸에 버금가는구나. 그쳐라. 네 눈물을 보고자 나무란 것이 아니다. 소문…… 소문을 경계하는 것이다."

누그러진 목소리에 송옥은 손을 들어 눈물을 닦는다. 스윽, 손가락에 들었던 붉은 물과 푸른 물이 각각 그녀의 눈 밑으로 옮겨 들었다. 그러자 송정은 서안 위 연적을 집어 도포 자락에서 꺼낸 손수건을 적셨다. 그리고 부드럽게 송옥의 눈 밑을 물들인 색을 걷어 내었다. 까만 그녀의 눈동자 속에 백의 송정이 들어 있었다.

"오라버니, 소문이 그리 두려운 것입니까?"

그녀는 제 눈동자 속의 송정을 보내지 않고 묻는다.

"그래. 작게는 사람의 생사를, 크게는 나라의 흥망을 좌우하는 것이 소문이다."

송옥의 눈동자에서 한 걸음 물러난 그가 답했다.

"만일…… 저를 해하는 소문이 돌면 어찌합니까?"

그녀가 다시 물러나는 송정의 그림자를 잡으며 물었다.

"그리되기 전에 나는 그 소문을 먼저 죽일 것이다."

"말은 바람과 같은 것이라 했습니다. 그런데 소문을 죽일 수 있다 그리 확신하십니까?"

"말이란 결국 사람의 입에서 시작되는 것이니 불가한 것은 아니다."

"어찌 그리 무서운 말씀을……."

"나는…… 너 외엔…… 아니다, 괜한 말을 늘어놓았구나. 괜한 말을……."

송옥은 그의 그림자가 저 멀리 물러나는 것을 보았다. 반들반들한 솔 장판에 드리워졌던 꽃살 무늬가 어룽어룽 희미해지고 있었다. 밤이 왔다.

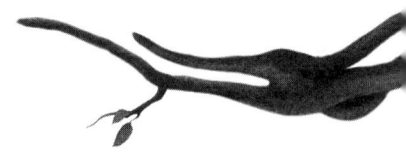

젖은 밤

 송명의 죽음을 가장 먼저 목도한 이는 송정이었다. 그는 기민하게 움직여 의원을 청해 송명의 사인을 밝히고 비통해하는 최대감에게 알렸다.

 "이 시각부터 아우의 죽음에 대해 집 밖으로 어떤 말도 옮겨서는 아니 될 것이다. 만일 흉한 소문이 이 집에서 새어 나가면 내 직접 발설한 자를 찾아내어 혀를 뽑고 다리를 자를 것이다. 내 말이 허튼소리가 아님을 잘 알고 있겠지?"

 서슬 퍼런 말로 가노들의 입단속에 나선 것도 송정이었다. 또 자신의 처에게 향나무를 물에 넣어 향탕수를 만들어 두라 이른 것도 송정이었다. 그에게 슬픔은 의례의 다음처럼 보일 만큼 침착하고 단호했다.

 시집와 처음 당하는 흉사에 몹시 놀란 듯 창백했던 송정의 처, 수영은 곧 정신을 차리고 상례 준비를 시작했다. 하지만 그녀보다 먼저 종비從婢의 으뜸인 운남댁이 대문 밖에 사잣밥을 차리는 것으로 상례는 이미 시작되었다. 그렇게 송명의 죽음은 의례로 시각화되었다.

유월장踰月葬*으로 치러진 상례는 흠잡을 바 없는 예법에 따라 진행되었다. 창졸간에 아들을 잃은 최 대감도, 장자인 송정도, 임부姙婦의 몸을 한 수영도, 모두 뭇사람들의 귀감이 되었다.

상례에 합당치 않아 보였던 것은 송정이 송명의 습과 소렴, 대렴까지 다른 이의 도움을 거부하고 직접 행했다는 것이다. 그것은 다른 이들의 시각에서 벗어난 단 하나의 의례이기도 했다. 그 외에 그가 행한 모든 상례 절차는 완벽했으며 누구의 도움도 필요치 않아 보였다. 다만 모든 절차를 홀로 마친 송정이 송옥에게 요구한 것이 있으니 입관 시 함께 넣을 그림 한 점이었다.

"누이에게 가서 난을 달라 해라."

켜켜이 쌓인 고단함에 눈 아래가 거뭇거뭇해진 송정이었지만 여지 따위는 용납지 않는 단단한 목소리는 여전했다.

송옥, 송명의 죽음을 안 이후로 혼이 나가 버린 듯 곡조차 하지 않고 멍하니 방에 앉아만 있던 그녀가 송정의 요청에 표정을 찾았다. 그것은 전혀 새로운 표정이었다. 누구도 예상치 못했고 이전의 그녀에게서는 찾을 수 없었던 표정. 이미 몇 번의 졸도와 비통함에 수척해질 대로 수척해진 송옥은 전혀 다른 사람이었다. 마른 나뭇가지가 영창에 부딪치는 소리에도 덴겁하던 겁약함 따

---

* 조선 시대 선비의 일반적인 장례 기간인 한 달 장.

위는 남이를 내려다보는 송옥의 눈에선 전혀 찾을 수 없었다.

"오상五常* 오라버니께 이리 전해 올리게. 내어 드릴 그림이 모두 죽어 버렸다고. 그리고 내가 기경忌敬** 오라버니 시신을 꼭, 봬야겠다고. 알겠는가?"

"예? 아, 예, 아기씨."

상상치도 못한 그녀의 분부에 남이는 흠칫, 했으나 상전의 명. 지체 없이 잰걸음으로 내달려 송정에게 전했다. 화르륵, 남이의 말을 듣는 송정의 눈에 푸른 불이 일었다. 아랫것들은 물론 그의 학려學侶들까지도 두려워하는 눈빛에 남이는 허리를 깊이, 더 깊이 숙이며 불호령을 기다렸다. 그러나 송정은 침묵했다. 송옥은 그의 침묵을 두려워하지 않았다.

"아기씨께서 꼭 작은도련님을…… 봬야 하겠다고…… 그리 전하시라……."

상중임에도 촐랑거리는 걸음을 버리지 못했던 여종 설이도 송정 앞에서는 매 앞의 쥐처럼 떠듬거렸다. 두려움에 깡똥한 허리가 배배 꼬이는 걸 간신히 참는 설이에게도 그는 침묵했다. 열흘간 송옥의 요청과 송정의 침묵이 송명의 시신을 두고 오갔다. 결국 송옥은 곡기를 끊었다. 그녀가 곡기를 끊고 사흘이 지나서야 송정은 그녀 앞에 나타났다.

"죽으려는 게냐?"

---

* 송정의 자.
** 송명의 자.

그의 목소리는 계속된 곡哭으로 무겁게 잠겨 있었다. 답이 없다. 그는 짧게 숨을 들이마시고 재차 물었다.

"다시 물으마. 죽으려는 것이냐?"

물음에 대한 답은 답이 아니라 물음이었다.

"오라버니, 아직도 소문이 두려우십니까?"

그녀가 불상의 그것처럼 낮게 깔아 뜬 눈동자로 응시하고 있는 바닥은 온통 찢긴 선지宣紙들로 어지러웠다. 꽃들은 허리가 꺾이고 백로는 깃털이 뽑혔다. 초록 개구리는 반으로 잘린 연잎에서 떨어져 어둠 속에서 머리만 내밀고 있다. 그리고 흑黑. 난폭한 붓의 휘갈김으로 선지와 솔 장판에 흑의 획, 획, 획을 그어 놓았다. 흑의 획은 송옥의 물음 속에도, 고개를 들어 송정을 응시하는 그녀의 눈동자 속에도 있다. 그 눈동자 앞에서 송정의 발이 뒤로 반걸음 물러나려다 만다. 물러나서는 안 된다.

"아직도 그 말도 아니 되는 청을 하려는 것이냐!"

"누이가 오라버니의 유해를 뵙고자 하는 것이 그리 말이 되지 않는 것입니까?"

송옥도 물러남이 없다.

"아니 되는 일이라 하였다. 예법에 어긋나는 일이야. 기경 또한 흐트러진 모습을 보이기 싫을 것이다."

"흐트러진 것은 그분의 혼이 아니겠습니까?"

"네 말의 속내가 심히 부정不正하다. 진정 말하고자 하는 것이 무엇이냐?"

"기경 오라버니께서 주무시는 중에 생긴 염통의 이상 때문에 급사하셨다는 것을 믿을 수가 없습니다."

"너의 믿음이 무엇이든 기경이 그리 죽었다는 사실은 변하지 않는다. 네가 시신을 확인한다 할지라도 어느 것 하나 변하는 것은 없어. 억측과 아집, 그만 버려라."

"아집일 수는 있으나 억측은 아닌 것으로 믿습니다."

이름 있는 선비들도 똑바로 마주하기 힘들어하는 송정의 눈동자에 송옥의 눈동자가 맞섰다.

"그러면 차라리 나를, 네 오라비를 믿어라."

그 순간, 죽음의 시간들이 그들 사이에 무겁게 놓였다.

"송옥아, 그저 이 오라비를 믿고……."

송정의 말이 무겁게 내려앉은 시간을 걷어 낸 것이 아니라 송옥의 매서운 눈빛이 시간을 도려냈다. 시간이 그의 곁으로 쓰러지며 흑으로 번졌다. 그리고 송옥의 말이 다시 흑을 벼려 그를 향해 내리쳤다.

"저는, 저는 오라버니를 믿지 않습니다."

처음으로 송정이 한 걸음, 뒤로 물러섰다. 밤이 그와 함께 움직였다. 하얀 그의 속눈썹에 어둠이 내려앉았다.

"어째서…… 어째서 네가, 나를, 믿지 않는 것이냐?"

어둠에 젖은 밤의 목소리였다.

"오라버니께선 소문을 두려워하시는 분이니까요. 소문이 두려워 소문을 죽이시려는 분이니까요. 그런 분은 소문이 두려워 실상 역시 죽이려 하시겠지요."

"그렇다면 네가 믿는 실상이란 무엇이냐?"

송정의 물음에 송옥이 일어섰다. 그녀는 호롱불의 잔영에 어른거리는 그림자를 물리치고 꼿꼿이 허리를 세웠다. 그녀가 고개를 들자 그가 다시 한 걸음 물러섰다. 흑의 획을 긋던 송옥의 눈동자는 이제 빛으로 차올랐다. 흑이 밤과 몸을 섞고 그녀에게서 물러났다. 송정의 백도 송옥의 빛에 대적할 수 없어 보였다.
　"실상은 부정不貞과 원한입니다."
　송옥이 입을 열자 밤이 그의 뒤로 몸을 숨겼다. 그러나 그는 밤을 숨기지 않고 발 앞으로 끌어내었다. 밤이 백의 송정과 빛의 송옥 사이에 놓였다. 그리하여 더더욱 짙어진 밤이었다.
　"그리 믿어라."
　밤의 물기를 털어 낸 송정의 목소리는 황량했으나 견강했다. 이번엔 송옥이 한 걸음 물러난다. 순식간에 빛이 사그라지고 밤을 앞세운 송정은 한 걸음 나아갔다. 송옥은 마주 잡은 두 손을 가슴 앞으로 들어 올렸다. 숨이 가빴다.
　"그리 믿어. 부정과 원한이란 너의 실상, 믿어라. 대신, 그것은 너만의 실상이다. 다른 이들에겐 허상인 것을 입 밖에 내지 마라. 그 허상이 우리 가문과 아버님 그리고 너와 나를 해칠 것이니."
　그는 다시 한 걸음 나아간다. 밤이 그를 따를 수도, 송옥이 물러날 수도 없이 빠른 걸음이다. 질식한 달빛처럼 창백한 송정의 낯이 그녀의 눈앞에 바싹 다가왔다.
　"손이 차다. 망우재를 왜 이리 냉골로 해 놓은 것이냐."
　어느덧 송정의 커다랗고 하얀 손이 떨고 있는 송옥의 손을 감싸고 있다. 얼른 손을 빼려 하지만 그는 놓아주지 않는다.

"저는 죄인이니까요. 제가 믿는 실상을 입 밖에 꺼낼 수 없는 죄인이니까요."

그녀는 손으로 전해지는 따스한 체온에 비로소 추위를 느끼며 어깨를 떨었다. 그녀의 떨림은 다시 손을 통해 그에게로 전해졌다. 송정은 지체 없이 다른 손을 들어 송옥의 어깨를 감싸려 했다. 그러나 손은 그녀의 여린 어깨 바로 위에서 멈추고 그는 주먹을 쥐었다. 입안으로 입술을 한 번 깨물고 버텨 내듯이 말을 뱉었다.

"너는…… 죄인이 아니다. 너는, 죄가 없다."

밤이 그들의 발밑에 스러져 있다. 송정은 스러진 밤을 일으키지도, 떨리는 송옥을 안아 주지도 않고 돌아섰다.

"죄 없는 자, 굶을 이유가 없다. 먹도록 해라."

문을 나서기 전 송정은 고개를 송옥에게 돌리며 이리 말했다. 그것은 명이었다.

"기경을 잃어 애통해하시는 아버님께 심려를 보태는 불효를 저지르지는 않겠지. 나는, 너를, 믿을 것이다."

백설보다 하얀 그의 머리카락이 송옥의 눈에 아프게 들어왔다. 그는 그녀의 답을 듣지 않고 망우재를 나섰다.

수영이 송옥 앞에 소반을 내려놓은 것은 다음 날 이른 아침이었다. 알맞게 데워진 죽이 옅은 김을 피워 올렸다.

"서방님께서 보내셨습니다. 조금이라도 드셔 보시지요."

사근사근한 말투였다. 수저를 내밀며 죽을 권하는 올케를 송옥은 빤히 바라보았다. 생전 처음 보는 사람을 보는 것 같은 눈초리에, 심지어 적개심마저 느껴지는 그것에 수영은 의아스러운 표정을 감추지 못했다.

"어째 그러십니까? 어디 불편한 곳이라도……."

"오라버니께서, 죽을 보내셨다고요?"

목소리를 높인 것은 송옥이었으나 놀란 것은 수영이었다. 늘 수줍고 음전하던 시누이가 거침없이 자신의 말을 먹어 버림은 물론 예사롭지 않은 시선으로 자신을 살피는 것이 아닌가.

"예, 아가씨께서 비통함에 아무것도 드시지 못하셨으니 죽이라도 드셔야 한다고 말씀하시며……."

송옥이 답을 하지 않았다. 하지만 수영은 더 큰 충격을 받았다. 시누이의 입술이 샐긋거리는 미소를 머금고 있었으니까. 미소이되 미소가 아닌 것, 무수한 생각의 겹을 품고 있는 가면의 얼굴이었다. 그녀에게 너무나 익숙한 얼굴, 지아비 송정이 그녀 앞에서 단 한순간도 벗지 않았던 가면의 얼굴을 송옥이 하고 있었다. 방금 깨달은 사실을 곱씹느라 그림자에 잠길 때조차 수영은 미목수려했다. 임부의 몸으로 상을 치르느라 거칠어진 낯을 하고 있었지만 타고나길 경국지색. 같은 여인이 보아도 설렐 정도로 미려한 그녀가 이맛살을 쨍그리는 동안 송옥 역시 수저를 손에 든 채 과거의 옷자락을 잡고 있었다.

**

뒤숭숭한 꿈을 꾸면 밥이 먹히지 않은 송옥이었다. 밥 냄새가 싫었다.

"오늘 아침엔 입맛이 없구나. 번거롭겠지만 흰죽 한 그릇만 만들어 오렴."

"예? 아기씨, 또 그러십니까? 큰도련님 아시면 어쩌시려고요!"

소세를 마친 송옥의 말에 설이는 고개를 흔들며 호들갑을 떨었다.

"괜찮다. 오늘은 정말 먹히지 않을 것 같아서 그러하니 그냥 그리해."

"예, 그리합지요. 그리해야지요. 아기씨 고집을 누가 꺾습니까."

다른 상전 같았으면 매질을 해서라도 고쳐 놓았을 설이의 나쁜 버르장머리를 송옥은 그저 흐린 미소 한 번으로 흘려버린다. 잠시 후 문이 열리고 설이가 들여온 상엔 김이 모락모락 피어오르는 밥과 냉잇국, 비린 생선까지 자리 잡고 있었다. 송옥의 얼굴에 언짢음이 번졌다.

"어째 내 말을 듣지……."

타박의 말을 내려놓는 순간 설이의 뒤로 송정이 보였고 그녀는 말을 잇지 못했다. 상전들의 눈치를 보던 설이가 상을 놓고 나가자 그는 송옥의 맞은편에 자리를 잡고 앉았다. 창호지에 드리운 쨍한 아침 볕에 그의 피부와 머리카락이 설백雪白과 같았다.

"또 죽 따위를 먹으려 했다지? 육신이 아픈 것도 아닌데."

낮고 엄중한 그의 음성은 그녀에게서 말을 앗아 갔다.

"밥을 먹어라. 수저를 들어!"

송정의 호통에 송옥은 수저보다 고개를 먼저 들고 그를 바라보았다. 그의 눈동자에 고여 있는 숲이 바람을 일으켰다. 나무 향을 머금은 바람이 그의 숨을 타고 긴 목과 넓은 어깨를 스쳐 지난다. 바람은 그의 도포를 휘감고 송옥에게로 불어왔다. 그녀는 크게 숨을 들이마시며 바람을 삼켰다. 비로소 숟가락을 들어 냉잇국을 먼저 떠먹는다. 하지만 봄기운이 입안을 채우기도 전에 흙내가 눈살을 찌푸리게 한다.

"밥도 먹어라."

아지랑이 피어오르는 봄 동산처럼 김이 나는 밥을 조금 입에 떠 넣던 송옥은 토악질이 솟으려 했다.

"차를…… 마시고 싶어요."

눈물이 그렁그렁한 눈동자를 하고서 그녀가 말했다. 갑작스럽고 뜻밖의 말. 송정의 하얀 시선이 갈피를 잃는다. 그러나 그는 끈기 있는 사람이었다.

"어째서 밥 대신 차인 것이냐?"

"그렇게 악착스럽지가 않으니까요. 차는 말이지요. 하나 밥은 악착스럽지 않습니까. 그래서 '밥'이라 말하면 탐욕스레 숨을 삼켜야 하고 '차'라 말하면 숨은 바람이 되어 입을 나섭니다. 미련이 없는 것이지요."

"사는 것이 본래 악착스러운 것이다. 그리하여 사람 구실을 하는 사람들은 악착스럽게 밥을 먹는 것이다."

송정의 목소리는 단호하다.

"어째서 그래야 합니까? 공자의 제자 안연은 악착스러움을 버리고, 미련을 버려 칭송의 대상이 된 것이 아닙니까?"

"네 말인즉슨 선비인 내가 그리 말하는 것은 사리에 맞지 아니하다, 그런 것이냐?"

"……."

"나는, 밥을 밀어내는 선비는 진유眞儒*가 아니라 생각한다. 밥에는 사람 구실을 하기 위해 악착같이 살아가는 사람들의 진심이 들어 있다. 사람이 사람을 먹인다. 악착스럽게 먹인다. 그것이 어째서 칭송의 반대말이 돼야 하느냐? 네가 어둠 속에서 내민 먹을거리를…… 차의 청유淸遊함에 비해 격이 낮다고…… 나는 그리 믿지 않는다. 밥은 사람과 같다. 밥을 밀어내는 것은 사람을 밀어내는 것. 사람을 밀어내는 선비가 있을 수 있느냐? 너도 다르지 않다. 네가 밥을 밀어내는 것은 너를 먹이려는 사람을 밀어내는 것이다."

송정의 말은 그릇됨이 없다. 어둠 속에서 빛나던 어린 송정의 눈동자가 송옥의 마음속에서 눈을 떴다. 비로소 그녀는 숟가락을 들고 억지로 밥을 밀어 넣었다. 마지못한 오물거림이었다. 하지만 그 마지못한 그녀의 오물거림에 송정의 눈빛이 부드러워졌다.

"어여쁘구나."

느닷없는 말이었다.

"네?"

밥을 삼키고 송옥이 물었다.

"네 입으로 들어가는 그 밥, 어여쁘다. 그 밥을 먹는 네 입, 어

---

* 조예가 깊고 참되게 유도儒道를 체득한 유학자.

여쁘다."

그는 이렇게만 말하고 그저 그녀를 응시했다. 더 이상의 답은 없을 것을 송옥은 알고 있었다. 그녀의 오물거림은 입술에 살짝 감도는 미소로 선線을 그렸다. 그리고 송옥의 선은 송정의 가슴에 어여쁜 꽃 한 송이를 피워 놓았다. 그녀가 밥 한 그릇을 비울 때까지 송정은 자리를 뜨지 않았다. 그리고 설이가 탕약을 들고 들어왔다.

"또…… 먹어야 하는 것입니까?"

송옥이 얼굴을 찌푸렸다. 초경初經을 시작한 이후로 줄곧 먹어 온 탕약.

"네가 자주 악몽을 꾸는 것도 다 몸이 허한 까닭이니 토를 달지 말고 먹도록 해라."

"하지만…… 탕약을 먹는다고 해서 악몽을 꾸지 않는 것도 아닌걸요."

"그래도 이 오라비 마음이 그렇지가 않다. 탕약이라도 먹여야 안심이 되니 그리 알고 부지런히, 빼먹지 말고 먹어라."

부드럽고 다정한 어투에 송옥은 탕약을 꿀꺽, 삼킨다. 그의 염려를 삼켰다. 그렇게 송정의 염려가 울타리처럼 송옥을 감쌌던 날들.

∗∗

"아무래도 오래 속을 비우셨으니 죽부터……."

"마음 써 주셔서 감사드릴 뿐입니다."

공손한 말투였다. 그러나 또다시 자신의 말허리를 잘라 먹은 송옥의 행태에 수영의 눈빛에 날이 섰다. 하지만 수영의 날은 송옥의 날에 단번에 베어져 버린다.

"천천히 먹겠습니다. 그러니 그만 나가 보시지요. 상가의 맏며느리로서 하실 일이 얼마나 많겠습니까."

틀림도 없고 예에도 어긋남이 없는 대답이었다. 어긋남은 말에서 비롯됨이 아니라 그녀들의 마음에서 비롯됨을 수영은 송옥의 눈빛을 보며 알아차렸다. 그것은 경멸과 분노였다. 고고한 난이 나를 경멸하는가. 청아한 난이 더러운 나를 경멸하는가. 그래, 경멸해라. 그러나 경멸받아야 할 사람은 나만이 아니야. 나만이 아니야. 수영은 들리지 않는 말을 뇌까렸다.

"예, 그리하십시오. 입맛에 맞으셔야 할 것인데요……."

끝까지 속내를 드러내지 않고 등을 돌리는 수영이었다. 상복을 입고서도, 아이를 가진 몸이면서도, 돌아서는 어깨조차 새뜻한 그녀를 송옥은 아랫입술을 깨물며 노려보았다. 깊은 곳에서 차올라 넘치는 분노로 그녀의 눈동자가 충혈되며 눈물이 어렸지만 울지는 않았다.

"네가…… 만든 것을 내가 먹을 것 같으냐! 사귀邪鬼의 손으로 만든 것을!"

송옥의 손이 죽이 담긴 사발을 들어 방의 저 끝으로 던진다. 사발이 깨지고 사방으로 하얀 죽이 튄다. 그녀의 마음도 깨지고 검은 원한과 슬픔이 쏟아진다.

"아니, 아니, 이게…… 아기씨! 이게 무슨……."

그릇이 깨지는 소리에 방 안으로 달려 들어온 설이가 흩어진 잔해와 송옥을 번갈아 보며 눈알을 굴린다.

"아기씨, 어째 이러셨대요? 마님께서 손수 만드신 죽인데."

한껏 목소리를 낮춘 설이는 이제 바깥을 살핀다. 행여 안채로 알려지면 안 된다는 것 정도의 눈치는 깨친 그녀였다. 불안한 눈빛으로 잔해를 치우기 시작하는 설이를 송옥이 본다. 그녀의 시선이 닿는 볼이 따끔따끔한 것 같아서 설이는 고개를 돌리며 피한다. 상전이 변했다. 그런 상전은 노비에게 너울거리는 파도 위의 널조각과 같다. 균형을 잃으면 깊고 깊은 바닷속으로 가라앉을 수도 있다.

'아기씨 만만하다고 깝신대지 마라. 비단도, 칼도, 쌀도, 독毒도 되는 것이 양반의 피다.'

언젠가 그녀의 어미, 운남댁이 자신을 향해 혀를 차며 당부한 말이 생각나 저도 모르게 부들 떠는 설이를 송옥의 목소리가 떠밀었다. 거기, 그 바다 밑으로.

"치우고 나서 다시 그 이야기를 해 줘야겠다."

설이는 한숨이 나오는 것을 막지 못했다. 작은 입을 비죽거리며 오물거린다. 거역할 수 없는 상전의 명이다.

"예…… 잠시만 기다리십시오."

걸레질을 마치고 송옥 앞에 앉은 설이는 숨이 막혔다. 송옥이란 널조각은 미끄럽고 방향을 가늠할 수도 없기에 손을 내밀 수 없다.

"그날, 기경 오라버님께서…… 그리……되신 날의 일, 처음부터 차근차근 다시 말해 보아."

송옥 앞에서 설이는 경망스러운 자신의 혀를 뽑고 싶어졌다. 혀가 칼이다. 엉덩이를 편찮게 뒤로 빼며 무릎을 꿇는 설이를 바라보는 송옥의 눈빛이 서늘하다. 운남댁이 서둘러 사잣밥을 준비하던 때, 넋을 잃은 듯 송명이 두고 간 갓만 끌어안고 있던 그녀와는 다른 사람이다. 울먹이는 목소리로 자신이 하는 말이 무엇을 뜻하는지 티끌만큼도 짐작지 못했던 설이의 말을 고요히 듣던 송옥은 이제 없다. 설이는 절로 한숨이 샜다.

"고하라는데 무얼 뭉긋거리는 것이야?"

칼바람 같은 재촉이었다. 송옥의 몸종으로 여태 싫은 소리 한 번 듣지 않고 상전을 모셨던 설이는 놀라 눈을 둥그렇게 떴다. 그러나 송옥의 표정엔 측은함이라곤 없다. 어깨가 떨렸다. 칼과 독이 되는 양반의 피가 그녀 눈앞에 있었다.

"예? 그것이……."

"갑갑하구나! 너는 그날 내게 말했다. 축시丑時까지 기경 오라버니께서 멀쩡하셨다고. 맞느냐?"

송옥의 손이 빈 소반 위에서 주먹을 쥐었다.

"예예, 맞습니다."

"오라버니께서 예서 나가셔서 명경당으로 돌아가신 것이 자시子時가 되기 전이었어. 너는 네 어미 대신 해장국거리를 준비하려다가 명경당 감춘문에서 나오는 올케를 보았다 했다."

"찬방에서 국거리를 꺼내다 뵈었습니다. 분명 감춘문 쪽에서 마님께서 오시는 걸 뵙고 그분께서도 저를 보셨지요."

"놀라시더냐?"

"늦은 밤이니 놀라시는 것도 당연하지요. 하나 곧 태연히 도련님께서 약주가 과하셔서 꿀물을 더 올렸다고 말씀해 주셨습니다."

"네가 묻지도 않았는데 먼저 그리 말씀하셨단 말이지?"

"예……."

"오라버니께서 대취하셨다는 건 어찌 아셨고?"

"그건…… 아! 도련님께서 망우재에 드셨을 때 아기씨 명으로 꿀물을 타 드렸지 않습니까. 그때 보셨지요."

쉼 없는 송옥의 질문에 설이는 가슴이 콩닥거림을 느꼈다. 하지만 물러날 곳은 애초에 없다. 그녀는 기억을 떠올리기 위해 주먹을 쥐고 제 이마를 계속 눌렀다.

"꿀물을 안채 부엌에서 타 왔단 말이냐? 어째서?"

"아니, 아닙니다. 저는 여기 망우재 부엌에서 꿀물을 탔습니다. 꿀물을 타서 마루를 건너오는 길에 버드나무 뒤에 서 계신 마님을 뵀습니다."

"버드나무 뒤에서…… 망우재를 보고 계셨다? 그래서?"

"처음엔 귀신인가 해서 놀랐는데 마님께서 먼저 하문하셨지요. 어찌 소란한 것 같다 하시며…… 아기씨께 무슨 일이 있는 것이냐…… 그리 물으시기에 작은도련님께서 취하셔서 잠시 드셨다고 말씀 올렸더니 아무 말씀 없이 안채로 돌아가셨습니다."

설이는 이제 눈알을 굴리며 낌새를 살피기에 여념이 없다.

"그래서 올케께서 명경당에서 나온 시각이 축시쯤 되었다. 하니 오라버님께서는 축시까지 참담한 일을 당하신 게 아니다."

"예? 당하……시다니요?"

낌새의 실마리를 잡은 설이가 다시 묻지만 송옥은 그것을 단호히 잘라 낸다.

"내가 그날 당부한 말 잊지 않았겠지?"

어찌 잊을 수 있겠는가. 그날 설이의 말을 다 듣고 난 후 송옥이 전혀 다른 넋으로 환혼(換魂)하여 뱉어 낸 서슬 퍼런 말들을.

"네, 잊지 않고 명심하고 있습니다."

"그래, 네 어미 운남댁에게도, 다른 어느 누구에게도 발설치 마라. 잠결에라도, 바람결에라도 내게 말한 일을 발설하면 아니 된다. 그리되면…… 소문을 죽이는 분이 너를 가만두지 않으실 것이다."

"걱정 마십시오. 쇤네가 어찌 아기씨 말씀을 어기겠습니까."

무섬증이 일었다. 상전들의 일로 상하는 노비들이 어디 한둘이었는가. 철없는 걸로 치면 근동 제일인 설이였지만 생존 본능에 우선하는 것은 없다. 그녀는 바닥에 납작 엎드리며 송옥에게 고개와 허리와 목숨을 숙였다. 하지만 그 생존 본능이 이미 어미에게 사실을 고했음을, 또 다른 비밀을 만들어 내었음을, 송옥에게 숨기게 만들었다.

"사귀, 결국 너의 짓이냐……. 네가…… 네가……."

엎드린 설이의 등 너머, 창밖으로 벼락이 번쩍였다. 우레가 엄동설한의 대기에 도끼질을 해 대었다. 오라버니! 송옥이 입술을 깨문다.

나무집 이야기 45

우중雨中

 복숭아의 볼이 담홍淡紅으로 물든 초여름 오후, 빗줄기가 맹렬하다. 송옥은 망우재 내루에 앉아 화단에 핀 계관화를 물끄러미 응시하고 있었다. 여울여울 붉은 꽃잎으로 빗방울이 미끄러져 내린다.

 "개미들은 다 어디 갔을까?"

 열다섯 살, 소녀와 여인의 선을 함께 가진 송옥이 무릎에 팔을 올린 채 턱을 괴고 말했다. 턱을 괴지 않은 오른손에는 귀한 주사朱砂*를 머금은 붓이 들려 있다. 그녀 곁에는 계관화가 선지 속에서 붉은 머리만 내밀고 있었다.

 "개, 개미라고…… 하셨습니까?"

 방 안에서 꾸벅꾸벅 졸던 설이가 퍼뜩 정신을 차리고 되묻는다.

---

* 수은과 황의 결합물로 붉은색을 내는 안료의 일종.

"응, 조금 전까지만 해도 까맣게 저기, 밑으로 줄을 지어 가고 있었는데……."

"비가 오니 당연히 제집으로 갔겠지요. 그걸 말씀이라고 하십니까? 원래 물이 지는 것은 벌레들이 먼저 안다고 하던데요?"

"그렇구나. 그렇겠지……. 제집으로 갔겠지……."

대답 아닌 대답을 하는 송옥은 고개를 반대쪽으로 괴며 작게 한숨을 내쉰다.

"아기씨, 이제 꽃 그림 안 그리십니까?"

동글동글한 얼굴의 설이는 그리 물으며 목을 빼고 상전이 그리다 만 그림을 훔쳐본다. 초충도草蟲圖, 양반들이나 쓰는 어려운 말을 알 리가 없는 열네 살의 설이었다. 그리고 송옥은 설이의 말을 듣는 둥 마는 둥, 또 한숨을 쉰다.

"못 그리는 거지. 변했잖아. 하늘색도, 흙색도, 저기 꽃도, 개미도……. 같지 않으니 그릴 수가 없어."

알쏭달쏭한 상전의 말에 설이는 미간을 찌푸리며 입술을 샐쭉거린다.

"도통, 무슨 말씀이신지 모르겠습니다. 모르겠어요."

"모르겠는 것은 나도 그렇지. 도무지 알 수 없는 악몽……."

"또 악몽을 꾸셨습니까? 대체 무슨 악몽을 그리 자주 꾸신답니까?"

멍하니 답하는 송옥의 얼굴을 바라보며 설이가 슬금슬금 다가서며 은근히 물었다. 그 물음에 송옥은 떠올리기 싫은 악몽을 머릿속에 그려 버렸다. 아니, 그것은 소리로 시작되는 악몽이었다.

*
**

 따뜻한 햇살이 송림의 머리 위로 내리쬐고 나비가 난다. 송옥은 쪼그리고 앉아 하얀 들꽃을 들여다보고 있다. 바람이 들꽃의 이마를 쓸어 준다. 송옥이 미소 짓는다. 그때, 들꽃이 붉게, 피보다 더 붉게 물든다. 아니다. 그것은 피다. 꽃잎이 피를 흘린다. 그리고 들린다, 아기 울음.

"싫어!"

 송옥은 귀를 막는다. 하지만 막을 수 없다. 막을 수 없는 것은 소리만이 아니다. 악귀가 송림의 그림자 속에서 솟아오른다. 하얀 얼굴만이, 붉은 눈을 부라리면서 솟아올라 송옥에게 말한다.

"싫어? 무엇이? 다 가졌으면서 싫어?"

 송옥은 답하지 못하고 고개를 가로젓는다.

"몰라? 모르겠어? 그렇게 따뜻한 곳에서, 그렇게 행복하게 살면서 몰라?"

 이제 악귀는 목과 어깨까지 모습을 드러냈다. 희미하지만 두려운 형체다. 아기의 형체.

 '오지 마! 저리 가!'

 간신히 용기를 내어, 송옥은 소리치려 한다. 그러나 그녀의 입에서 나온 것은 천만뜻밖에도…….

"응애! 응애!"

 아기 울음소리다! 소스라치게 놀란 송옥이 입을 틀어막는다. 그녀의 하는 양을 보는 아기는 웃는다. 아니, 아기가 아니다. 소녀다. 형체를 다 갖춘 그것은 이제 소녀다. 소녀가 다가온다.

"나도 가져야겠어. 나도 갖고 싶어."

삐뚤어진 미소를 지으며 피의 걸음을 옮긴다. 하늘이 온통 검붉은 구름으로 가득하다. 뒷걸음치고 싶지만 몸을 움직일 수 없다. 비명도 지를 수 없다. 그녀의 턱밑까지 악귀가 다가오고 송옥은 눈을 꼭 감는다. 이제, 죽었구나!

"송옥아!"

송정이 그녀를 부른다.

"송옥아!"

송명이 그녀를 부른다.

"오라버니!"

송옥이 답한다.

"오라버니!"

악귀가 답한다. 하늘이 밝아 온다. 빛이, 눈부신 빛이.

**

빛이 번쩍인다. 악몽의 기억에 빠져 있던 송옥이 고개를 들었다. 순간, 멀리서 산이 울리는 소리가 들렸다. 콰르르릉! 송옥이 놀라 벌떡, 일어선다. 설이도 덩달아 일어선다.

"놀라라! 뭔 천둥이 아침부터 시방까지⋯⋯. 아기씨도 놀라셨지요?"

잽싸게 상전의 눈치를 살피는 설이였다. 운남댁의 당부였다.

어떤 상황에서도 마음을 놓지 말고 송옥을 살피고 조금이라도 이상한 점이 있으면 어미에게 알리라는 것. 어미라서가 아니라 운남댁의 당부는 촐랑이 설이라도 거스를 수 없는 힘이 있는 것이었다.

"아니다. 천둥이 사람을 해할 리가 없지……. 붓과 벼루를 씻고 운남댁에게 가 봐라."

"……예, 아기씨."

또다시 이해 못 할 송옥의 말에 설이는 고개를 갸웃갸웃거리지만 명을 어기지는 않는다. 하지만 또한 송옥이 내민 붓과 내루 위에 놓인 벼루를 조심스레 집어 망우재를 나가면서 뾰로통한 말을 하는 것도 잊지 않았다.

"아무튼 생각해 줘도 몰라, 모른다니까."

그렇게 툴툴거리는 설이가 안채로 모습을 감추고 나서야 송옥은 내루에서 방으로 돌아와 문갑에서 무언가를 꺼낸다. 뒷걸음질로 문갑에서 물러난 그녀는 자리에 주저앉아 손에 든 그것을 내려다본다. 옅은 자줏빛 명주 겹보자기에 싸여 있는 네모진 그것. 주사의 붉은 물이 든 송옥의 손가락이 보자기를 푼다. 귀퉁이마다 나비와 꽃잎이 수놓인 보자기가 몸을 풀자 몇 개의 서한書翰이 모습을 드러낸다. 그녀의 입가에 어렴풋이 미소가 감돈다. 그녀는 가장 위의 서한을 집어 들어 조심스럽게 펼친다.

단정한 서체가 눈을 맑게 하고 그것은 다시 낮고 부드러운 목소리로 환幻하여 귀를 열어 준다. 송옥은 눈을 감는다. 빗소리도, 천둥소리도, 세상도 그녀 곁에서 물러난다. 다만 하나의 속삭임이 있을 뿐이다. 흰빛으로 어깨를 쓰다듬는 목소리다.

그때 가만히 눈을 감고 마음을 열어 놓은 송옥을 마루에서 바라보는 이가 있다. 갓에서부터 하늘빛의 두루마기와 버선에 이르기까지 물이 스미지 않은 곳이 없는 열일곱의 송명이었다. 온몸이 젖은 채로 그는 그녀를 바라보고 있었다. 몇 달 사이 또다시 몰라보게 변한 송옥이었다.

희디흰 배꽃 같은 항라 적삼에 홍매화의 입술에서 훔쳐 온 듯 가벼운 분홍빛 모시 치마를 입은 송옥이 눈을 감고 있다. 짙은 속눈썹은 이슬을 머금은 풀잎이고 미소를 피워 낸 입술은 달고 새콤한 석류 구슬이다. 탐스럽게 윤이 나는 머리칼이 가늘고 긴 목덜미를 넘어 가슴께에 길게 드리워졌다. 그녀의 이름을 부를 수가 없었다. 그저 조심스럽게 한 걸음 다가설 수밖에. 그 걸음만으로 스르르, 풀잎이 떨리며 송옥의 눈동자가 열렸다. 검은 달이 그녀의 눈에서 고요한 빛을 발했다.

송옥은 얼른 알아차리지 못했다. 뚝뚝뚝뚝, 물방울이 장판에 떨어지고 있는 것도, 홀린 것 같은 송명의 눈빛도, 깊고 깊은 속삭임에 묻혀 보이지 않았던 것이다. 그렇게 둘은 한참이나 서로를 응시할 뿐이었다. 고요한 응시 속에서 송명은 어리고 어리던 송옥을 본다.

***

회초리를 맞았다고 했다. 그것도 호되게, 열 대가 넘도록 맞고 건넛방에 엎드려 울다가 잠들었다고 했다. 설이가 사랑채로 쪼로로 달려와 고해바친 말.

"뭐라고? 왜?"

아홉 살 송명이 서책과 분판*을 냅다 던지며 설이를 채근한다.

"그, 그것은 잘 모르겠고요······. 잘은 모르지만 마님께서 화가 많이 나셔서····· 아기씨 종아리에서 피가······."

자신의 예상보다 더 극심하게 성을 내는 송명의 반응에 놀란 설이가 우물쭈물 답했다. 그렇게 어쩔 줄을 모르는 설이를 노려보는 송명의 눈에 불이 들어왔다. 송옥이 맞았다, 송옥이 울고 있다, 송옥이······. 두 주먹을 불끈 쥐었다. 중문을 열고 마당을 가로질러 대청마루에 오르려는 순간, 노한 아버지의 목소리가 안방에서 흘러나왔다.

"그래서 종아리에서 피가 나도록 때렸단 말이오?"

멈칫, 송명이 발걸음을 멈췄다.

"배냇저고리란 말입니다! 우리 아기····· 유일하게 남은 흔적인 그 배냇저고리로 소꿉놀이 따위를······."

"그래도······ 송옥이 저 아이, 가여운 아이요. 나 때문에 부모를 잃은······ 가여운 아이요."

송명의 주먹이 스르르 풀렸다. 무릎이 떨렸다. 지금 부모님은 무엇을 말하고 있는가? 이것이 꿈인가? 호흡이 가빠 왔다.

---

* 종이가 귀할 때 글씨 연습용으로 사용하던 소형 칠판 같은 것. 나무에 여러 번 분가루를 칠함. 서당 갈 때면 노트 대신 가져갔다고 함.

"압니다. 알아요. 가여운 아이지요. 그래요, 가엾고 불쌍해요. 그러면 우리…… 우리 진짜 송옥이는 가엾지 않습니까? 태어나 어미 젖 한번 못 빨아 본 우리 진짜 송옥이는…….."

아버지의 목소리는 들리지 않고 어머니의 흐느끼는 목소리만 이어졌다.

"저는 저 아이를 볼 때마다…… 우리 송옥이가 떠오릅니다. 살아 있다면…… 저 아이처럼 까만 눈으로 생글거리면서 나를 볼 터인데, 살아 있다면 저 아이처럼 발그레한 볼을 가졌을 것인데, 살아 있다면…… 살아 있다면……. 그래서 미워집니다. 저 아이 잘못이 아니란 걸 아는데도 자꾸만 미워져서……. 서방님께서도 그러시지 않았습니까? 저 아이를 보면 죽은 그분이 떠오른다고요."

"세한…… 그래…… 세한이 생각나서 괴롭소."

"그런데 어째서 보내시지 않습니까? 차라리 양녀로 보내셔요."

덜컹, 어머니의 말에 송명의 심장이 내려앉았다. 풀렸던 주먹이 굳게 쥐어지고, 송명은 입술을 깨물었다. 안 돼! 절대로 안 돼!

"그건…… 아니 될 말이오. 내가 세한에게…… 속죄를 위해 데려온 아이를 그리 내쳐서 또다시 죄를 지으란 말이오? 그럴 수는 없소. 그럴 수는 없어. 부인…… 부디 가엾은 저 아이…… 잘 거둬 주시오."

"저도 그리하고 싶습니다. 저라고 왜……. 하나 우리 송옥이가 떠오를 때는 저도 어찌할 수 없어요. 정말 어찌할 수 없으니 더는…… 더는……."

긴 침묵. 송명은 발소리를 내지 않고 송옥이 잠든 건넛방으로 들어갔다. 자리도 깔리지 않은 바닥에 엎드려 잠든 송옥의 얼굴에 눈물 자욱이 번져 있었다. 엄지손가락을 입에 물고 잠이 든 송옥의 가는 종아리에 회초리 자국이 선명했다. 핏방울이 말라붙어 있었다. 송명은 다시 입술을 잘근잘근 씹었다. 장난이 심한 것으로 동리에 소문이 자자한 그도 저렇게까지 회초리를 맞은 일이 단 한 번도 없었다. 걱정스러운 마음에 송옥의 상처에 후우, 바람을 불어 주었다. 동시에 송옥은 온몸을 움찔하며 흑흑, 흐느꼈다. 불길이, 분노의 불길이 어린 송명의 가슴에 일어났다.

"오라버니가 지켜 줄게. 우리 송옥이, 절대로, 누구도 못 건드리게, 누구도 못 뺏어 가게, 이 오라버니가 지켜 줄게. 지켜 줄게."

다짐하고 또 다짐했다.

"오라……버니……."

잠결에도 자신을 찾는 송옥, 송명은 그 작은 손을 잡아 주었다. 항상, 어떤 일이 있어도, 누구에게도……. 어머니가 돌아가신 후에도 송옥의 손을 잡아 준 것은 항상 송명이었다.

번쩍! 일시에 천지가 불을 밝히며 놀란다. 그것도 잠시, 사위가 다시 암흑으로 휩싸이고 멀리서부터 굉음이 달려온다. 쿠르르, 송옥의 작은 주먹이 어머니의 치마를 꽉 움켜쥐고 있다. 쿠르르, 이불로 꽁꽁 몸을 감쌌지만 춥다. 쿠르, 눈을 질끈 감자 눈물이 또르르 흐른다. 콰쾅! 콰콰쾅!

"아앙! 어머니! 어머니!"

열 살, 송옥의 자지러진 울음소리가 망우재를 울린다.

"어머니…… 어머니…… 흐흑, 어머니…….."

아무리 불러도 오지 않는 어머니를 송옥은 울음으로 찾는다. 신씨 부인이 별세한 지 한 달, 어린 송옥은 아직도 밤마다 어머니를 부르며 울었다.

"어머니, 무서워요……. 어머니…….."

다시 번쩍! 가늘게 눈을 떴던 송옥은 다시 눈을 꼭 감는다. 바들바들 몸이, 마음이 떨렸다. 몸을 잔뜩 웅크렸다. 콰쾅! 세상 잡귀들이 들고 날뛰는 소리 같았다. 더 이상 참지 못한 송옥이 큰사랑채로 뛴다. 천둥소리가 이어지기 전에 빨리! 빨리! 눈에 그렁그렁 담긴 눈물이 그녀의 발걸음과 함께 떨어진다.

"아, 아버지…….."

굳게 닫힌 사랑채의 문 앞에서 송옥이 아비를 부른다. 답이 없다. 빛이 번쩍! 곧 천둥이 이어질 것이다. 작은 발을 동동 구르며 다시 아비를 부른다. 아비의 품을 열어 달라 청한다.

"아버지, 아버지, 송옥이예요. 송옥이…….."

느리게 문이 열리고 초췌한 아비의 얼굴이 그녀를 내려다본다. 순간, 하늘을 찢어 놓는 굉음이 송옥의 등을 밀었다. 콰콰쾅! 눈물범벅이 된 송옥이 최 대감의 품으로 달려들었다.

"무서워요……. 아버지, 무서워요…….."

어머니를 잃은 어린 딸이 흐느끼며 매달렸다. 그러나…… 그는 송옥을 밀어내었다. 작은 어깨를 잡고 자신의 품에서 떼어 놓았다.

"천둥은 천둥일 뿐이다. 무서워할 것 없다. 그리고 아녀자가

나무집 이야기 55

함부로 사랑채에 드나들면 안 되는 것이야. 아무리 어리고······."

"송옥아!"

아버지의 말을 끊어 버리는 목소리. 분노로 가득 찬 송명이다. 아버지를 노려보며 마루를 부술 것 같은 기세로 달려온 송명이 송옥의 손을 잡아챈다.

"가자!"

당돌하고 거침없는 열두 살 아들의 행동을 최 대감은 나무라지 못한다.

"오라······버니······."

망설이는 송옥의 손을 꼭 잡고 송명은 망우재로 향했다. 텅 빈 망우재에서 그는 이불로 송옥을 감싸 준다.

"무서워하지 마. 우리 송옥이는 이 오라버니가 지켜 줄 것이니까. 알았지?"

그때 그의 뒤에서 천둥이 고함을 쳤다. 콰콰쾅! 그러자 송옥은 다시 이불 속으로 파고들며 얼굴을 묻었다. 그 모양새를 본 열두 살의 송명이 이맛살을 한껏 찌푸렸다. 그리고 뒤돌아서서 하늘을 향해 있는 힘껏 소리를 지른다.

"시끄러! 시끄럽다고! 우리 송옥이가 울잖아!"

오라비의 고함에 송옥은 고개를 들고 눈을 동그랗게 뜬다. 어린 송명의 손에 연적이 쥐어져 있다. 힘껏, 던진다. 하늘, 번개와 천둥을 향해.

"내가! 우리 옥이 울리는 것들은! 내가! 용서 안 해! 번갯불도! 천둥도! 그 누구도!"

바락바락 소리를 지르느라 호흡이 가쁜 송명을 보며 송옥이 이불을 걷고 일어섰다. 하늘의 고함은 멈추지 않는다. 콰쾅! 콰콰쾅! 지붕이 무너질 것 같은 진동이 온몸으로 전해졌다. 송명은 놀랐을 송옥을 걱정해 뒤돌아보지만 누이는 이불에서 빠져나와 있었다. 송옥은 느리지만 분명한 걸음으로 다가와 송명의 곁에 섰다.

"옥아, 무서워하지 마라. 내가 같이 있어 줄게."

자신을 올려다보는 누이의 볼이 눈물에 젖어 있음에 송명은 손을 들어 눈물을 닦아 준다.

"아버님은…… 송옥이가…… 싫으신 걸까요?"

훌쩍거리며 간신히 묻는 송옥을 보는 송명의 얼굴에 그늘이 드리워진다.

"아니야, 우리 송옥이를 누가 싫어해. 절대로 그렇지 않아. 다만…… 어머니 돌아가신 후로 힘이 드셔서…… 그래서……. 우리 착한 송옥이는 이해할 수 있지?"

오라비의 말을 듣던 송옥은 고개를 끄덕인다. 가만히 눈을 깜박인다. 눈물에 젖은 검은 달이 송명의 위로를 먹는다. 송명의 마음을 먹는다. 먹고 놓아주지 않았다. 언제까지나.

***

"오라버니?"

침묵을 깬 것은 송옥이었다. 그제야 송명이 웃음을 터트린다.

"그래, 오라비다! 앉아서 잠이 들었더냐? 아님 혼이 나갔더냐?"

그의 물음에 송옥이 벌떡 일어난다. 팔을 벌려 그에게 안기려 하자 외려 송명이 뒤로 물러서며 누이의 어깨를 잡는다.

"오지 마라, 젖는다. 스승님 의숙義塾*에 마침 우의雨衣가 동이 나서 그냥 이리 달려왔더니 이 모양이야. 홀딱 젖었어. 하하!"

그녀는 아랑곳 않고 그의 품에 와락 안겨 든다. 그는 향기를 안은 듯 어지럼증을 느꼈다. 제 가슴에 기대어 있는 송옥을 바라볼 수도 없어 눈을 감은 채 그녀의 목덜미에 고개를 숙였다. 어지럼증이 더한다.

"걱정되셔서 오신 것이지요? 이 못난 누이가 천둥을 무서워할까……. 그렇지요?"

송명이 그녀의 목덜미에 입술을 가져가는 찰나, 송옥이 고개를 들어 물었다. 그는 번쩍 눈을 떴다. 다시 검은 달, 거부할 수 없는 검은빛이 자신을 보고 있다.

"아니, 아니다. 공부가 지겨워져서 도망 나온 것이다. 너한테 도망 온 것이야. 하하하!"

"도망……이라면, 대제학께서 역정이 대단하실 것인데……."

송옥의 얼굴에 근심이 어렸다.

"걱정 마라. 곧 돌아갈 것이다. 그저, 네 얼굴 한번 보러 온 것이니……. 곧 가야지."

"어찌 그러셔요. 오자마자 가신다니. 밥이라도 자시고……."

삽시간에 눈물이 그렁해진 그녀를 보고 송명은 쓴웃음을 지으

---

* 공익을 위해 의연금으로 세운 교육기관. 이 경우에는 개인의 집에 만든 기숙 학교.

며 붉게 물든 송옥의 손가락을 잡았다.

"아기인 것이냐, 여인인 것이냐. 눈물 많은 것이……. 걱정 마라. 말이 그러하다는 것이지. 돌아가서 달초를 당할 것은 마찬가지일 터! 며칠 머물다 가야지. 그러니 뚝!"

"오라버니께선 저를 놀리시는 것이 낙이신가 봅니다."

"낙이고말고! 이리도 큰 낙을 몇 달이나 볼 수 없으니 좀이 쑤셔서 견딜 수 있어야 말이지! 한데 뭘 하고 있었느냐? 손에 든 것이 무엇인데……."

송옥의 눈동자가 떨렸다. 검은 달이 구름 뒤에 숨으려는 것을 송명은 놓치지 않는다. 그는 누이의 손에 든 서한을 슬쩍 빼낸다.

"아, 저…… 오상 오라버니께서 보내신 서한입니다."

그녀가 대답하기 전에 이미 송명은 형의 서체를 알아보았고 송옥의 등 뒤에 선 키 큰 그림자를 보았다. 짙고 짙은, 백의 그림자.

"역시 하늘이 내신 천재는 다르구나. 성균관에서조차 누이에게 서한이나 보낼 여유가 있으시고……. 게다가 이것은 규원시閨怨詩가 아니더냐. 천 겹으로 막힌 달, 한 줄기 먼 은하수. 그대 못 보는 서러움 안고, 비낀 달빛 오동 끝에 내리는 이 밤*……. 연서를 보내는 사람처럼 대체…… 이것을 보고 눈을 감고 있었더냐?"

"…… 그저 머릿속에 그려 보았습니다."

"은하수를 말이냐? 아니면 형님을 말이냐?"

---

* 〈독불견獨不見〉. 악부가사의 하나. 양나라 때 유운이 처음 지은 것으로, 생각하는 사람을 만나지 못하여 상심하는 뜻을 서술한 것.

"무슨 말씀이신지……. 저는 그 마음을 그려 보았을 뿐입니다."

송옥의 답에 송명은 손에 그러쥐었던 서한을 그녀에게 돌려준다. 그리고 말한다.

"네가 그 마음을 그릴 수 있을까? 보지 못하여 서럽고 쓰라린 밤의 마음을 네가……."

그녀는 답이 없고 그는 다른 손에 쥐고 있는 송옥의 손가락을 끝까지 놓지 않는다.

"망호당望湖堂 아래의 한 그루 매화야, 널 보고자 몇 번이나 말 달려 왔나. 천 리 길 돌아갈 제 널 버리기 어려워, 또 찾아와 흠뻑 취해 곁에 누웠네.* ……이 마음은 어찌 그릴 것이야. 눈을 감고? 아니면 눈을 뜨고?"

"어려운 말씀만 하시니 무어라 답해야 할지 모르겠습니다."

"답하지 마라. 답 없이도 충분하다, 너는."

이번엔 송옥이 답하지 못했다. 빗소리도 침묵을 대신하지 못했다. 이틀 후, 만신창이가 된 스무 살 송정의 몸이 성균관 관노의 등에 업혀 나무집으로 돌아왔다.

---

* 〈망호당심매望湖堂尋梅〉, 이황.

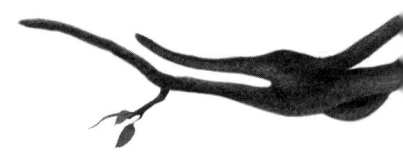

연서戀書

향유재, 석류나무 뒤에서 망을 보고 있는 것은 설이였다.

"미쳐, 내가 미쳐! 아기씨는 갑자기 왜 저리 변하셔 가지고는……."

입속말을 하며 발을 동동 구르는 그녀는 그 와중에도 고개를 빼고 분주히 눈을 굴려 편문과 중문을 연신 살핀다. 사랑채에서 최 대감과 송정의 점심 시중을 들고 있는 수영과 운남댁의 거동을 살필 것. 그런 황망한 명을 내린 후 송옥은 안방, 즉 수영의 방으로 들어가 버렸다. 이제 설이에게 송옥의 명은 어머니 운남댁의 명에 우선할 수밖에 없었다. 어미의 엄함이 변해 버린 상전에 대한 두려움을 이기지 못했다.

설이가 어미의 명을 지근지근 밟으며 망을 보는 동안 송옥은 판단의 촉각을 세웠다. 낯설고 화려한 가구들의 외피를 그녀의 시선이 기민하게 훑고 지난다. 한낮의 햇살이 나전칠기로 장식

나무집 이야기

된 머릿장과 소담스러운 버선장, 나뭇결이 고운 오동나무 이 층 농과 반닫이를 비추고 있었다. 촉박한 시간. 무엇부터 손을 대야 할지, 아니, 뒤지는 것이 옳은지조차 판단이 서지 않았던 송옥은 부산히 시선만 옮길 뿐이었다. 확신도 없었다. 수영이 숨기고 있는 것인지 아닌지, 숨겼더라도 진즉에 없애 버렸음이 사리에 맞는 것이다. 확신할 수 있는 무엇도 없는 지금에서야 송옥은 용기를 내었다.

연서, 부정의 증험. 그 위험한 존재를 떠올린 것은 천둥이 치던 날이었다. 수영이 송옥의 방에 들었던 그날, 천둥이 하늘을 울렸고, 기억을 울렸다. 그녀의 가슴을 울렸다. 그리고 떠올렸다. 연서.

"어디…… 어디 있는 것이냐……."

초조한 음성이었다. 어느 것 하나 흐트러짐이 없어 섣불리 건드릴 수 없는 방을 보며 송옥은 입술이 말랐다. 그리고 몇 번이나 마른 입술을 깨물었다. 망설이기엔 주어진 시간이 너무 짧았다. 애타지만 조심스러운 그녀의 손길이 닿는 어디에도 그것은 없었다. 머릿장에도, 이 층 농에도, 반닫이에도…… 수영의 옷가지와 소지품 이외엔 무엇도 없다. 혹시나 하여 열어 본 어머니의 자개 문갑 속에도 별다른 것은 없었다.

"그래……. 그리 어리석진 않을 거야. 그리 광도狂濤한…… 그러한 마음을 여태 지니고 있을 리가……."

이렇게 중얼거리며 송옥은 반닫이 위 팔각 상자를 손가락으로 건드렸다. 그때 문득 머릿장 위에 놓인 실첩이 눈에 들어왔다.

돌아가신 그녀의 어머니도 그와 비슷한 것을 가졌기에 추억의 한 조각이 송옥의 마음속에 떠올랐다.

'곁에 계실 적엔 살가운 구석이 없던 양반이 서한에선 다른 사람이 된 양, 어찌나 다정한 말들을 풀어내시는지……. 내 이렇게 가까운 곳에 두고 꺼내 보곤 하지.'

신씨 부인은 옛날 최 대감에게서 받은 서한을 작게 접어 예쁜 수실과 함께 실첩에 보관하고 있었다. 그리고 그것을 송옥에게 보여 줄 때 미소를 떠올렸다. 처음 보는 다정한 미소였다. 송옥에게 보이는 미소가 아닌 자신의 과거에 보내는 미소. 어머니는 송옥이 실첩을 만지지 못하게 했다.

수영의 실첩은 어머니의 것보다 다채롭고 정교했다. 어머니의 실첩은 두껍게 배접한 색지를 겉면에 바른 단순한 조각 실첩이었다. 그에 비해 수영의 것은 갖가지 문양들로 화려했고 정교했다. 실첩은 작은 여닫이창들을 감추고 있는 것 같은 모양새였다. 그것이 접혀 있을 때는 서책과 비슷했으나 펼치고 펼칠수록 수많은 이야기를 숨긴 창들이 가슴을 접고 있는 색色의 우주, 여인들의 우주가 거기 있었다. 송옥은 그 색의 우주에서 단 하나의 별을 찾으려 하고 있었다. 붉디붉게 타오르는 부정한 마음의 별 하나. 반으로 접힌 실첩을 펼치고 다시 작은 칸들 하나하나를 펴는 그녀의 손가락이 미세하게 떨렸다. 펼쳐지는 작은 칸들에는 고운 실들이 엉킴 없이 누워 있고…… 연서들이 있었다. 부정이 똬리를 틀고 있었다.

어지럼증이 일었다. 하지만 참았다. 송옥은 그중 하나를 꺼내어 차고 있던 소색주머니*에 넣었다. 그리고 재빨리 실첩을 접어 원래 자리에 놓아두었다. 그녀가 빨딱거리는 가슴을 진정시키려 크게 심호흡을 하는 동안 바깥에선 설이가 고역을 치르고 있었다. 운남댁에게 들켜 버린 것이다.

"무얼 하고 있느냐고 묻는데 어째 대답을 못 하는 것이야?"

어깨를 잔뜩 움츠리고 있는 딸을 추궁하는 운남댁의 기세가 등등하다. 그녀는 매서운 날씨에도 팔을 동동 걷어붙이고 있었다.

"애가, 어미가 묻는데 어째 발만 굴러? 뭐, 죄라도 졌어?"

허리에 두 손을 올리고 운남댁은 고개를 숙여 설이를 들여다본다. 엄한 얼굴이었다.

"왜 여기서 이리저리 고개를 돌리고 서 있었던 거야?"

설이는 답이 없다. 끝내 입을 열지 않는 딸자식의 고집에 두터운 입술이 일자로 꽉 다물어지고 희끗희끗 흰 것이 생기기 시작한 머리를 좌우로 흔드는 운남댁. 그것만으로도 설이의 등에 식은땀이 흘렀다. 절로 눈동자가 안방 쪽으로 돌아갔다.

"뭐냐, 안방에 누가 있는 것이야?"

딸의 작은 움직임을 포착한 운남댁의 물음에 설이는 고개를 번쩍 들고 어찌할 바를 몰랐다.

"아니, 저…… 그것이 아니라……."

"아니긴 뭐가 아니야. 이년이 맞아 봐야 정신을 차리지. 바른대로 대지 못해?"

---

* 상喪을 당하면 임금에서부터 천민에 이르기까지 찼던 것.

이제 그녀의 입술은 일자가 아닌 팔자로 일그러지고 작은 눈엔 불이 확확 타올랐다.

"이년이, 어미가 묻는데 어디서 어름거리고 있어!"

평소 자신의 오두방정에도 궁둥이 한번 찰싹거리고 말았던 어미의 뜻밖의 역정에 설이의 눈에선 눈물이 뚝뚝 떨어져 내렸다.

"안 되겠다. 내 직접 가 보면 될 일이지. 저리 비켜라."

"그것이, 아니 되는데……."

이리 말하며 치맛자락을 붙잡는 설이를 운남댁은 가차 없이 밀쳐 내며 꿀밤을 때렸다.

"아니 되는데에? 사내놈이 속곳 잡아 내릴 때 내는 소릴 왜 하는 것이야, 이년!"

물이 마를 날이 없는 운남댁의 두터운 손이 설이의 등짝을 내리쳤다.

"그만하게."

송옥이었다. 안채 마루에서 내려오는 그녀를 보며 운남댁은 눈을 껌벅거렸다.

"아니…… 아기씨께서 왜……?"

상전임에도 어릴 적부터 송옥을 돌봐 왔던 운남댁은 그녀에게 허리를 굽히지 않고 영문을 물었다. 송옥이 답이 없자 이번엔 좀 더 분명한 물음이 그녀의 입에서 터져 나왔다.

"어째 마님께서 자리를 비우셨을 때 안방에 드시고, 또 설이는 왜 여기 세워 두고 그러셨답니까?"

그녀도 송옥의 변화를 감지하고 있었다. 그러나 설이처럼 두려워하지는 않았기에 평상시와 다름없는 말투로 밀어붙였다. 운남댁의 밀어붙임을 송옥은 검은 눈빛으로 도려냈다. 말 이전에 눈빛이었다. 한 번도 그녀가 보인 적이 없는 싸늘한 눈빛. 이어진 송옥의 말은 싸늘하다 못해 터진 발등에 내리치는 서릿발 같았다.

"상전이 가노에게 일의 연유까지 밝힐 필요가 있는가? 행여 설이에게 매질이라도 하여 알아내려고 해도 소용없을 걸세. 저 아이도 모르는 일이니까."

처음이었다. 모진 말을 하는 송옥은. 설이는 칠칠맞지 못하게도 콧물과 눈물이 범벅이 된 얼굴을 하고 송옥과 운남댁을 번갈아 가며 보고 있었다. 운남댁이 판단을 내리지 못하는 사이 송옥은 소맷자락으로 눈물을 닦고 있는 설이를 불렀다.

"그만 울고 따라오너라. 네 상전은 나지 네 어미가 아니다."

설이도, 운남댁도 놀란 눈으로 송옥을 쳐다본다. 그러나 송옥은 멈추지 않았다.

"너를 낳은 것은 네 어미지만 네 목숨 줄을 쥐고 있는 것은 나라는 것, 명심해라."

그녀는 운남댁에게 시선을 준 채 이렇게 말하고는 망우재로 단호한 걸음을 옮겼다. 이제 운남댁은 울음을 그친 설이를 본다. 딸꾹, 딸꾹, 딸꾹질을 시작한 설이는 어미의 눈치를 한번 살피더니 기어이 송옥의 뒤를 따른다. 그예 운남댁은 붉으락푸르락 얼굴빛이 변하며 이를 꽉 깨문다.

"내게 이럴 수는 없지. 여태 뒤를 봐준 것이 누구인데……."

그렇게 언어를 비틀고 부수어 날 선 비수로 만드는 운남댁을 중문 뒤에 숨어 바라보는 이가 있었다. 여윈 얼굴을 하고 아직 불러 오지 않은 배에 손을 올리고 있는 수영이었다.

깊은 밤 홀로 된 송옥이 펼친 서한에서는 흑마의 질주처럼 거침없는 송명 특유의 필체를 확인할 수 있었다. 죽은 오라비의 흔적, 송옥은 눈물이 고이는 것을 참아 내고 연서를 읽었다.

산천을 물들이던 진달래 동산 나무 그늘 아래 그대와 정담을 나누었던 날들이 그리워 병이 날 지경이었소. 한데 하늘이 도와 그대를 다시 볼 수 있어 겨우 숨을 돌렸구려. 그 밤 월궁항아도 그대 앞에선 고개를 들지 못하였을 것이오. 내 손에 잡히던 그대의 옥수玉手를, 내 품에 안기던 어깨를, 향내 나던 입술을 어찌 잊을 수 있겠소. 이제 그대를 내 품에 안을 수 있다면 천하라도 포기하리니.

송옥의 허리가 굽었다. 뱃속에서 두려움과 분노가 차올라 토악질이 나오려 했다.
"사귀는…… 오라버니에게도 들렸던가. 사귀…….”
그녀는 입을 손으로 막은 채 그날을 떠올렸다. 사귀가 출몰한 그날을.

***

동지冬至였다. 그날 사부인의 병문안을 갔던 송정과 수영이 돌아왔다. 그 밤, 송옥은 수를 놓기 위해 꺼낸 바늘을 들 수 없을 정도로 졸음이 몰려왔다. 전에 없던 일이었다. 달빛도 조는지 들창 밖 나무 그림자도 비치지 않았던 어두운 동짓날 밤. 밤의 아지랑이가 피어오르고 생시인지, 꿈결인지 송옥의 정신도 일렁거렸다. 일렁이는 와중의 정신이었지만 방에 누군가 들었다는 것을 감지할 수 있었다.

몸을 비틀어 잠에서 깨어나려 애썼다. 그러나 전신이 묶인 양 꼼짝도 하지 않고 검은 형체는 계속해서 그녀에게 다가왔다. 잠에서 깨어나지 못했기에 움직일 수도, 말을 할 수도 없었다. 그러나 두렵지 않았다. 두렵기는커녕 친근하게까지 느껴지는 형체는 이제 그녀의 곁에 앉아 무어라 말을 걸었다.

"너는 무엇이냐······. 네가 대체······ 무엇이야. 너를 보면 마음의 불이 솟구치어 나를 집어삼킨다. 마음의 들불이 나를, 너를······ 네가 무엇이관데······. 진실로, 너는 나의 사망死亡이로구나."

고통에 흐느끼는 목소리였다. 송옥은 혼곤한 와중에도 가슴에 통증을 느꼈다. 형체는 손을 내밀어 그녀의 이마며 눈썹을 만졌다. 다정하고 부드러운 손길이었다. 마음이 놓이는 손길이었다. 송옥이 가만히 숨을 내쉬니 형체가 숨을 들이마신다. 그가 내쉰 숨은 송옥이 들이마신다. 그들에게 주어진 소명召命인 것처럼 서로를 호흡했다. 어둠 속에서 그들의 숨소리만이 몸을 포개고 창밖으로 바람이 마른 나뭇가지를 흔들었다. 타닥타닥, 나뭇가지가 서로의 몸에 부딪치고 송옥이 바람 소리에 혼을 실었을 때 형체가 일어났다. 그녀는 그를 잡고 싶었다. 아니, 그와 함께 바람에 실려 가고 싶단 충동을 느꼈다. 연유를 알 수 없는 충동이었다. 자신의 것이 아닌 것 같은, 자신이 통제할 수 없는 충동이었다. 하지만 몸을 일으킬 수는 없었다.

형체는 조용히 방을 나갔다. 망우재 밖에선 다시 바람이 세차게 불었다. 그렇게 송옥은 다시 꿈이 없는 잠에 설핏 드는가 싶었다. 바깥에서 들리는 수런거림만 아니었더라면 깨는 일도 없이 그리되었을 것이다. 사람의 것임에 분명한 수런거림에 그녀는 전에 없던 불안함을 느꼈다. 그리고 좀 전에는 용을 써도 움직이지 않았던 몸을 일으키는 데 성공했다.

"자하녀인가……."

송옥은 번뜩이는 눈빛의 자하녀를 떠올렸다. 어깨가 시렸다. 할 수 없었다. 그녀는 정신을 수습하여 조심스럽게 문 가까이로 기었다. 말소리는 작지만 분별이 될 만큼은 들리었다.

"가노들에게 들키기라도 하면 어쩌려고 이러십니까?"

송명이었다. 송옥은 화들짝 놀라 더욱 귀를 기울였다. 그러나 상대는 송명과 달리 조심성이 없는지 목소리가 더욱 뚜렷했다.

"그들에게 들키면 곤란한 것은 도련님도 마찬가지 아닙니까?"

이렇게 질문한 목소리의 주인이 올케임을 알아챈 송옥은 놀라 손으로 자신의 입을 막았다.

"목소리를 낮추세요. 송옥이 깹니다."

"아가씨가 깨는 것이 겁나는 분이 야심한 밤에 망우재에서 무얼 하셨답니까? 주무시는 아가씨 지켜 드리기라도 하시려고요? 무엇으로부터요?"

이해할 수 없는 둘의 대화에 송옥은 눈꼽재기창에 눈을 대고는 밖을 살폈다. 그녀의 눈에 들어온 풍경은 더욱 놀라운 것이었다. 의관을 정제한 송명과는 달리 그를 가로막듯이 서 있는 수영은 소복 차림이었다. 믿을 수 없는 광경에 송옥은 손등으로 눈을 비벼 보았다. 하지만 잠시 아른거렸던 광경은 다시 확연하게 그녀의 눈으로 들어왔다. 그리고 수영의 표정이 보였다. 표독스러움, 분노, 원망, 슬픔…… 복잡한 감정이 뒤섞인, 여인의 표정이었다. 수영은 송명 앞에서 여인의 표정을 하고 서 있었다.

"그럴 수도 있는 일 아닙니까? 옥이는 형수가 어떤 여인인지 모르고, 또 형수가 어떤 일을 저지를지도 알 수 없는 일이니 말입니다."

답하는 송명의 목소리 또한 시동생이 아닌 사내의 것이었다.

"그럼 나로부터 아가씨를 지키기 위해 이 시각에, 망우재를 몰래 찾으셨단 겁니까? 대체 내가 어떤 여인이기에 이러시는 겁니까? 묻고 싶군요. 나는 도대체 어떤 여인입니까? 당신에게 나는 어떤 여인이기에 능멸하고, 또 능멸합니까?"

수영의 눈에 눈물이 가득하다. 그러나 눈물을 담고 있는 눈은 흘리기를 거부하며 파르르 떨리고 있었다.

"정말 모르십니까? 저는 형수님께서 익히 알고 계시고 그러면서도 그것을 즐기시는 줄 알았습니다. 좌승지 댁 고귀하신 따님이셨을 때 저와 즐기셨듯이 말입니다."

"당신 입으로 들어야겠어. 내가 당신에게 어떤 여인이지?"

"요부妖婦."

송옥은 숨이 막혔다. 입술이 마르며 혀가 갈라지는 듯했다. 그리고 그녀의 귀를 날카롭게 가르는 소리. 수영이 송명의 뺨을 때렸다.

"당신이 내게, 그리 말할 자격이 있어? 당신이?"

그러자 송명이 수영의 두 손을 잡아챘다.

"소리 낮추래도! 온 집안사람들을 깨워서 어쩌자는 겁니까. 체통을 생각하세요, 형수. 하긴 내가 누구인지, 누구의 아우인지 뻔히 알면서 꾀어 낸 여인이니 무서울 것이 없을 법도 하지."

"당신은, 당신은 내가 누구인지 몰랐어? 당신도 알았잖아. 내가 누구인지, 내가 누구와 혼약했는지 알면서도…… 연서를 주고…… 품고…… 농락했던 거잖아."

"농락? 남녀가 함께 정을 통한 것이 농락? 도대체…… 당신이란 여인…… 애초에 대제학과 당신 집안에 수치를 더하기 위해 부정한 염정에 뛰어든 것이 아닌가 말이야."

여인의 얼굴이 창백하게 흔들렸다. 입술이 흔들렸다.

"그럼 당신은? 당신은 대체 왜…… 나를 품은 것이지? 형수가 될 나를?"

"당신이, 내 형님의 부인이 될 사람이었으니까. 형님의 것이니까. 형님의 소유에 흠집을 내는 것이 목적이었어. 보이지 않게, 그러나 철저하게. 그렇지 않아? 목적이 따로 있는 계집과 사내가 만나 정을 통하고 각자의 목적을 달성한 것일 뿐. 그러니 이제 그만해. 다 지난 일이야."

"당신은 정말 아무것도 몰라. 내가…… 단 한 번이라도 당신 형의 소유였던 적이…… 하……. 그거 알아? 당신들 형제, 정말 잔인하고 잔인한 인간들이야."

"그래. 그러니 잊어버려. 잊어버리고…… 내당으로 돌아가시지요, 형수님. 아! 그리고 내가 받은 서한은 진즉 태워 버렸소. 뭐, 현명한 형수이시니 후환 따위 남겨 두지 않으셨겠지요."

그렇게 자르듯이 말하고 송명은 감춘문을 통해 명경당으로 돌아가 버렸다. 그의 단호함에 수영은 표정을 잃었다.

"후환…… 우리에게 남겨진 후환이 얼마나 어마어마한 것인지…… 얼마나 무서운 것인지…… 당신이 안다면……."

차가운 북풍을 맞고 서 있는 그녀를 더 이상 지켜볼 용기가 없었던 송옥은 창에서 눈을 뗐다.

"사귀인 것이야. 사귀인 것이 분명해. 네 집으로 돌아가. 네가 무서워. 눈물을 흘려서 동정을 얻으려 하지 말고 돌아가."

송옥은 눈을 감고 중얼거리며 빌었다. 그러고도 한참, 용기를 끌어모은 그녀가 다시 눈꼽재기창으로 밖을 살폈을 때는 수영이 사라진 후였다.

"그래, 꿈이었을 것이야. 필시 꿈이었을 것이야. 꿈……."

송옥은 그 밤 문 앞에서 잠이 들었다. 사귀의 꿈을 꾼 것이라 믿으며.

***

사귀의 기억은 이제 연서로 형상을 갖추었고 송옥의 손에 쥐어졌다.

"묻어야…… 묻어야 하는 것인가……. 원한을 갚기 위해 이 부정을 어찌 드러내……."

그녀는 연서를 화로 위로 내민다. 숯이 붉은 열기로 연서를 향해 손을 뻗었다. 순간, 송옥은 다시 연서를 끌어당겼다. 훔친 불덩이, 연서를 쥔 송옥의 손이, 그녀의 눈동자가 함께 타올랐다. 분노였다. 사귀에 대한 깊은 분노. 그러나 곧 그 분노의 불길은 좌절의 파도에 세력을 잃고 사그라지려 했다.

"내게 무슨 힘이 있어……. 여인인 내게, 망우재에서 그림이나 그려 온 내게…… 무슨 힘이 있어서…… 누구에게 의탁할 수도 없는 내가……."

어두운 망망대해를 마주한 듯 아득하게 사라져 가는 의지의 끝에서 송옥은 한 사람의 얼굴을 명확하게 떠올렸다. 바위처럼 굳건하고 흔들림 없으나 인자한 미소가 가득한 연로한 얼굴.

"그래…… 그분, 그분이라면! 아니, 그분이라야 해. 반드시 그분이라야……."

화로 속에서 일렁이는 얼굴을 마주하며 송옥은 연서를 그러쥐었다. 흩어지는 의지를 그러쥐었다.

대제학

곡우穀雨, 대제학이 나무집을 찾았다.

운남댁은 근동에서 음식 솜씨가 좋기로 소문이 났으나 그날은 더 바짝 긴장해서 음식을 마련했다. 대제학 댁 음식이 워낙 정갈하고 맛나기로 유명한 것도 그렇지만 그분을 모시는 것을 소홀히 했다가는 최 대감이 경을 칠 것임을 잘 알고 있기 때문이었다. 다행히 이제껏 대제학은 음식에 대해 별다른 타박이 없었다. 게다가 어느 날은 '참 맛나다.'라는 상찬을 하여 운남댁의 콧대를 세워 주기도 했다.

"설아, 저기 더덕 좀 두들겨 놔라! 저번처럼 심을 놔두면 엉덩짝에 불날 줄 알고! 아니다, 그 전에 장김치 좀 보시기에 담아 놔야지. 저번에 보니 대제학 영감께서 잘 자시더라."

설이는 그런 어미의 종종거림이 좋았다. 척척 소매를 걷어붙인 팔뚝엔 아낙네답지 않은 힘줄이 불끈불끈했지만 그것도 좋았다.

'서방 죽었을 적에 따라 못 죽은 것, 전부 요 새끼들 때문이다. 요 새끼들!'

이렇게 말했던 운남댁. 그러나 설이는 알았다. 밤마다 품고 자는 새끼들이 죽었다 할지라도 어미는 살아갈 사람이라는 걸. 그래서 자신이 어미를 무서워하고 질려 버렸다는 것을.

어미의 일을 거들고 송옥의 점심상까지 들이고 내다 보니 시간이 훌쩍 지나가 버렸다. 일하는 틈틈이 운남댁이 입에 먹을 것을 넣어 주어서 망정이지 하루 종일 배를 주릴 뻔했다. 그럼에도 허기지고 힘이 부치긴 마찬가지여서 저녁상 차릴 때까지 좀 쉬어야지 생각하고 있는 그녀에게 사랑채의 명을 남이가 전해 왔다.

"대감마님께서 아기씨 좀 모셔 오라는데. 어? 왜? 왜 나한테 눈을 흘기는 거냐?"

젊은 여종들에게 시실시실 웃음을 흘리고 다니는 남이가 설이를 향해 똑같은 웃음을 흘리며 물었다.

"누가 눈을 흘겼다는 거야?"

그녀는 행주치마에 손을 닦으며 퉁바리를 놓았다. 어제 이화년과 시시덕거리는 것을 본 터였다.

"날파람둥이 같은 놈이 어디서……."

절로 욕지거리가 나왔다. 남이는 웃음을 거두지 않고 설이의 뒤태를 훔쳐보고 있었다.

"흘겨보지 않았어? 어? 저 봐라. 또 흘기네. 어허! 왜 밀치고 그러냐!"

부엌문에 기대 있던 그는 자신을 밀치고 지나는 설이의 팔을 덥석 잡았다. 살짝 통통하니 보드라운 것이 잡을 맛이 나는 팔이었다.

"이놈이 미쳤나? 이거 못 놔?"

"허, 참! 고년…… 야, 네가 열여섯이냐, 열일곱이냐?"

그는 팔을 빼내려 바동거리는 설이를 제 품에 더 바짝 당겨 놓고서 요리조리 얼굴을 살펴보았다. 까무잡잡한 피부에 도드라진 이마가 까만 구슬 같다.

"네가 알아 뭐할 것이야? 이거 놓으라고!"

"뭣을 한다는 것이 아니라 궁금해서 묻는 것인데. 하, 고것 참! 대답해 주면 보내 주지."

"이! 시벌 놈이! 놓으라니까!"

"아기씨 모시는 종년이 입이 걸기도 하다! 요 입에 또 뭐가 들어 있나 한번 볼까나?"

쌕쌕거리는 설이의 앙탈에도 아랑곳 않고 남이는 그녀에게 고개를 숙였다. 그때 남이의 뒤통수를 후려치는 낮은 목소리가 안채를 울렸다.

"뭣들 하는 짓거리냐! 남이 이놈!"

운남댁이었다. 골을 울리는 매서운 목소리에 남이는 퍼뜩 설이의 팔을 놓고 슬슬 뒷걸음질을 쳤다. 제법 머리가 굵기까지 운남댁에게 볼기짝을 얻어맞았던 남이는 금세 머리를 긁적이며 변명을 늘어놓는다.

"뭣을 한 것이 아니라…… 그냥 농지거리를 좀 한 것이지…… 참말……."

"닥치지 못해! 주둥이 닥치고 썩 꺼져라. 어서!"

사랑채로 소리가 넘어가지 않도록 목소리를 낮추긴 했지만 운남댁의 말에는 오금을 저리게 하는 힘이 있었다. 잔뜩 움츠린 어깨를 한 남이가 사랑채로 사라지자마자 설이는 어미에게 등짝을 얻어맞았다.

"내가 그런 것이 아니란 말이야. 저 미친놈이 괜스레 농을 걸고 그 지랄을 한 것이라니까."

설이는 억울한 듯 닿지도 않는 등에 손을 뻗으면서 발을 굴렀다. 운남댁은 눈 하나 깜짝하지 않고 다시 딸의 등을 맵게 내리쳤다.

"이년! 네년이 농을 받아 주니까 저런 시시껄렁한 놈이 수작을 부리는 것 아니냐! 어미가 몇 번이나 당부했냐. 너는 저런 종놈이랑 짝을 맺고 살지 않을 것이니 처신 똑바로 하라고!"

이를 갈며 읊조리듯이 말하는 운남댁에게 설이는 입술을 샐쭉거리며 투덜거린다.

"또 그런 되지도 않을 소리를 해? 종년이 종놈이랑 살지 않음 어데, 궁녀라도 되라고? 그래서 후궁 자리라도 꿰찰까?"

"저, 저 말하는 것 좀 보게. 닥치고 명심해라. 어미는 설이 너, 종년으로 살더라도 꼭 비단옷 입고 호의호식하면서 살게 만들 것이니 몸가짐 똑바로 하란 말이다."

"무슨 헛꿈이라도 꿨어? 무슨 소리야, 대체."

"종년으로 태어나도 소실이라도 되면, 거기다가 아들이라도 낳아 봐라. 팔자가 달라지지. 암, 달라지고말고."

그렇게 말하는 운남댁은 흐뭇한 웃음까지 짓고 있었다. 어미의 하는 양을 지켜보던 설이는 고개를 가로젓는다.

"헛꿈 꾼 것이 확실하구먼. 내 상판대기가 절세미녀도 아닌데 종년을 누가, 뭣이 아쉬워서 소실로 들인다 말이야?"

딸자식의 물음에 운남댁은 웃음을 거둔다. 그리고 대답하는 목소리는 더욱 낮아진다.

"이 댁 도련님들이지, 누구긴 누구야? 두고 봐라. 내 하자는 대로 할 수밖에 없을 것이니……."

뜻밖의 대답. 설이는 눈을 동그랗게 뜨고 어미에게서 한 걸음 물러섰다.

"제정신 맞아? 무슨 말을……."

"암, 제정신이고말고. 이 집안에서 제정신인 것은 종복들 말고는 없을 것이야. 어찌 되었든 너는 어미 말대로만 하면 되는 것이다. 알겠지?"

자못 결연하기까지 한 운남댁의 말에 설이는 그만 고개를 끄덕이고 만다. 그러고는 퍼뜩 정신을 차리고 망우재 쪽으로 몸을 돌렸다.

"아이고, 그 미친놈 때문에……. 아기씨 모시고 오라 하셨는데……."

그러면서 후다닥 별채로 뛰어가는 설이를 보며 이번엔 운남댁이 고개를 가로저었다.

"에고, 저년…… 저 철없는 년. 내가 누구 때문에 못 볼 꼴 보면서, 망측한 뒤를 봐주면서 사는데……. 에그……."

그러나 어미의 근심을 설이는 이미 천 리 밖의 바람결로밖에 느끼지 못했다. 망우재 대청마루 아래서 망설이는 그 순간에.

본래 집안사람 외의 이들에겐 낯을 비치는 것을 싫어하는 송옥이었다. 순하고 순한 그녀가 언짢은 마음을 며칠이나 설이에게 비칠 정도였다. 평소에는 맞출 비위랄 것도 없는 상전이 별 이유도 없이 앵돌아져서 말도 않고 까탈을 부리는 것은 설이에게도 고역이었다. 더군다나 대제학이다.

대제학 입암立巖*. 최 대감의 스승이자 송정, 송명 형제의 스승이기도 한 인물. 홍문관 대제학의 직에서 물러난 지 몇 해나 된 그였지만 그 명성과 덕망의 높음에 아직도 대제학이라 불리는 칠순의 유학자. 조정의 관리 된 자들 중 은덕을 입지 않은 자가 없으며 팔도 선비들이 그의 배움을 한 번만이라도 받기를 소원한다는 대학자. 진유 중의 진유란 칭송 속에 낙향하여 후학 양성에 힘쓰고 있는 그를 송옥만이 마주하기를 꺼려 왔던 것이다. 설이가 알아차릴 정도로.

'왜 그렇게 대제학 대감님을 싫어하시는 건데요? 참말 좋으신 분 아니십니까?'

언젠가 설이가 참지 못하고 뱉어 낸 물음에 송옥은 조용히 고개를 가로저으며 답했다.

'내가 감히 그분을 싫다, 좋다 할 수 있겠니? 그런 것이 아니

---

* 대제학의 호.

다. 다만…… 그분, 오래전부터 속병을 앓으셔서…….'

그리고 차마 대답하지 못하는 그녀의 눈치를 살피다 설이는 답을 찾아내었다.

'아! 냄새가 나시는구나! 그렇지요? 아기씨께서 제일로 싫어하시는 냄새!'

또랑또랑한 그녀의 외침에 송옥은 얼굴을 붉혔다.

'냄새가 싫어서가 아니다. 혹여 그분 앞에서 그런 내색을 비치게 되는 것이 아닐까, 그래서 그분이 무안해하시면 어쩌나, 그것이 두려운 것이다.'

짐작대로 송옥은 사랑채로의 부름에 내키지 않은 기색이 역력했다. 그러나 옷매무새를 가다듬고 정우당으로 향하는 것으로 설이의 불안을 잠재워 주었다. 불안은 가라앉았으나 설이는 사람의 본새는 쉬이 변하는 것이 아니란 것 또한 절감했다. 정우당은 고사하고 명경당으로 들어서기도 전에 송옥이 멈춰 서 버린 것이다. 그녀는 연둣빛 머리를 드리운 버드나무 곁을 지나며 손을 내밀어 보드레한 잎을 쓰다듬었다. 조심스럽고 느린 손길이었다.

설이는 목구멍에서 불길이 솟을 것 같았다. 남이 녀석 때문에 벌써 시각이 지체될 대로 지체되었다는 걸 알 리가 없는 송옥이다. 그러나 큰사랑방에서 기다릴 대제학을, 아니, 그보다 매의 눈을 하고 있을 송정을 떠올리니 정신이 아득해진 설이는 당치 않게도 상전에게 화가 치밀었다.

"아기씨, 사랑채서 기다리십니다."

보다 못한 설이의 재촉에 송옥은 감춘문으로 발길을 옮겼다.

"알았어, 가, 가잖아."

정우당의 내루 댓돌 앞에 다다라서야 설이는 안도의 한숨을 내쉴 수 있었다.

"아기씨 오셨습니다."

"어서 들어라."

최 대감의 음성이었다. 설이는 송옥이 댓돌에 꽃신을 벗어 놓고 내루로 올라설 때 표정이 차츰 굳어 가는 것을 보았다. 하지만 설이는 송명을 믿었다. 작은도련님이 있으니 별일은 없을 것이다, 그렇게. 큰사랑방 안으로 들어서는 송옥이 그러했듯이.

햇볕 향기로 가득한 마당과 달리 방 안은 차가 담긴 다관이 있음에도 어쩔 수 없는 답답한 냄새가 맴돌았다. 송옥은 표정에 느낌을 드러내지 않기 위해 더 깊이 고개를 숙이며 대제학에게 절을 올렸다.

"그래, 송옥이로구나. 많이 자랐어. 허허."

자애로움이 느껴지는 음성이었다. 그러나 오래된 음식 냄새, 혹은 썩은 내가 배어 든 숨이었다.

"뵙지 못하는 동안 무탈하셨는지요?"

"무탈이라…… 이 나이가 되고 보면 살아 있는 것이 그저 무탈한 것이지. 아니군, 아니야. 귀천歸泉하는 것이 진정 무탈한 것일 수도 있겠고."

"스승님, 받잡기 송구스러운 말씀을 하십니까."

표정마저 송구스러움으로 가득한 최 대감이 대제학의 오른편

나무집 이야기 81

에 자리하고 있었고 그 건너편으로 송정과 송명이 나란히 앉아 있었다. 송옥의 자리는 그들에게서 조금 떨어졌으나 대제학과는 마주하고 있었기에 어깨가 절로 움츠러들었다.

"농이네, 농. 인공仁恭*, 그리 정색하면 내가 무안하지 않은가. 어허, 이것도 농일세. 허허, 네 아비는 이리도 강직하구나."

송옥은 고개를 숙이고 있었으나 최 대감과 송정의 표정에 일어난 작은 파문을 놓치지 않았다. 미세한, 그러나 분명한 파문이었다. 그것을 아는지 모르는지 대제학은 말을 이어 나갔다.

"그것은 그리되었다 하고, 우리 십팔공十八公**들의 귀애하는 누이는 평안했는가?"

"예, 살펴 주신 덕분으로……."

"내 살핀 것이 무엇이 있다고……. 꽃이 절로절로 피어나고, 바람이 절로절로 부는 것이지. 그나저나 기경이 네가 친 난을 보여 주더구나."

송옥은 자연스레 송명에게 눈길을 주었다. 마른침을 삼키고 있는 자신을 향해 넉넉한 웃음을 보내고 있는 그가 표정을 감춘 송정의 곁에 앉아 있다. 남들은 흑범의 눈이라 하지만 그녀에겐 늘 봄날의 고양이 같은 웃음을 지어 주는 송명의 눈이 그녀에게 용기를 주고 있었다. 세상천지 누구에게도 주눅 듦이 없는 그가 언제든, 무엇에게서든 송옥을 감싸 줄 것이 틀림없는 넓은 어깨

---

* 최 대감의 호.
** 소나무松의 파자破字로, 여기서는 송정, 송명 형제를 의미함.

와 단단한 가슴을 곧게 펴고 앉아 있다.

"보잘것없는 재주로 어린애 장난처럼 그린 것인데 부끄럽습니다."

송옥의 겸양에도 대제학은 한참이나 그녀의 난을 들여다보더니 말했다.

"아니다. 너의 난은 송정의 난보다 뛰어나구나. 다만…… 네 나이가 올해 몇이더냐?"

"열일곱입니다."

당황한 송옥이 어물거리자 송정이 대신 답했다. 답하는 그의 목소리에도 표정이 없었다. 송옥은 숨이 막혔다.

"열일곱이라……. 열일곱의 난이 어찌 이리 근심이 많을꼬. 아이야, 너무 근심 마라. 살아가며 네가 해야 할 근심이 태산과 같을 것인데 무슨 연유로 이리 일찍 근심하는 법을 배웠느냐. 미리 근심하지 마라. 다음번에 봤을 때 너의 난이 근심을 털어 냈으면 하는구나."

그의 말에 송옥은 최 대감의 표정을 급히 살폈다. 최 대감은 송옥이 난을 치는 것을 마뜩해하지 않았다. 아니, 송옥의 난을 바라보는 것을 힘들어했다. 고개를 돌려 외면했다. 마치 딸의 난, 그 난엽의 저편, 거기 가려진 누군가를 외면하는 것처럼. 아니나 다를까 최 대감의 표정은 어둡고도 어두웠다. 어두울 뿐만 아니라 차갑기까지 했다. 아버지의 표정에 송옥은 손끝으로부터 한기가 시작되어 심장이 서서히 얼어붙는 것 같았다.

"열일곱이면 혼기가 찼구나. 정혼처가 정해졌는가?"

나무집 이야기 83

갑작스럽고 뜻밖의 물음이었다. 송옥의 눈동자가 갈피를 잃었다.

"그럴 리가 있겠습니까. 아직 형님의 혼처도 정해지지 않았는데……. 그러고 보니 이참에 스승님께서 형님의 혼처를 주선해 주시지요."

겁 없는 청을 넣는 송명의 말 또한 천만뜻밖의 일이었기에 송옥마저 고개를 들고 오라비들을 살폈다.

"스승님께 그 무슨 무람없는! 송구합니다. 기경, 저 녀석이 본시 철모르는 짓을 저리 잘합니다. 모두 제가 부덕한 탓이니 용서하십시오."

허리를 굽혀 사죄하는 최 대감의 이마가 바닥에 닿을 듯했다.

"아닐세. 사실 내 진즉 생각해 놓은 바가 있네. 내 질녀 중에 총명하고 정숙한 아이가 있어서 지켜보고 있던 참인데 이야기가 이리 나왔으니 잘된 일이구면."

송구스러워하는 최 대감과 대제학이 무어라 이야기를 나누었지만 송옥의 귀에는 아무 소리도 들리지 않았다. 방 안의 모든 공기가, 냄새가, 햇볕이 연당이 있는 마당으로 쓸려 나가 버린 듯했다. 암흑이 사위에 내려앉았다.

"아직 일가를 이루기엔 부족함이 많은 저입니다. 말씀 거두어 주시지요."

담담한 송정의 목소리가 공기를 다시 끌어왔다. 햇볕 한 줄기를 송옥의 손등 위로 당겨 덮어 주었다.

"아니다. 성품으로 보나, 자질로 보나, 조선 제일의 신랑감이 오상, 너임에 틀림없지. 내 질녀가 부족하다 한다면 모르겠지만…… 그렇지 않다면 인공과 함께 혼사를 논해 보겠다."

인자하나 거역할 수 없는 말이었다. 그러나 스승의 말에 절대 복종해 왔던 송정이 다시 사양의 뜻을 비쳤다.

"스승님의 질녀이기에 더욱 저어되옵니다."

"아니, 어찌 그렇습니까? 오히려 더욱 은공에 감읍하며 마땅히 받아들이셔야지요."

벙싯거리며 웃는 송명이 목소리를 높이며 송정에게 반박했다. 그러자 송정이 고개를 아우에게 조금 돌리며 싸늘한 시선을 보냈다.

"너는 언행과 생각이 진중하지 못함을 아직도 깨닫지 못하고 바로잡지 못하니 그러고도 선비라 할 수 있겠느냐."

"형님께서는 무슨 생각을 그리 깊고 진중하게 하시기에 스승님의 명을 물리시려 하십니까?"

스승과 아버지 앞에서도 송명은 형에게 거침없이 대선다. 그럼에도 모두 송정의 의중이 궁금하기에 그를 나무라는 이가 없었다. 송옥 역시도 살며시 눈을 들어 송정을 살폈다. 그러나 송정은 눈으로 살펴지는 남자가 아니었다. 무엇으로도 살펴지지 않는 송정은 아우의 물음에 답 대신 손을 내밀었다.

"무슨 색이냐?"

수긍의 뜻을 내포한 정적이 그들 사이를 고요히 오고 갔다. 답을 할 수 없는 송명은 굳게 입을 다물며 얼굴을 붉혔다. 하지만 대제학은 포기하지 않았다.

"네 저어하는 바를 알겠다. 하나 그것은 내가 풀어낼 것이니 염려하지 마라. 임금께서도 상찬해 마지않으신 너이다. 네 재주와 인품은 네 특이한 체질을 능히 덮고도 남음이 있으니……. 이제 그만 이 노스승의 뜻에 따르는 것이 어떻겠느냐?"

끝이다. 묻는 것이 아니라 명을 내린 것이다. 송정은 천천히 고개를 숙였고 송명은 눈으로부터 웃음 지었다. 다시 대제학과 최 대감 사이에 혼사에 관한 대화가 오갔다.

송옥은 송정을 보았다. 자신과는 무관한 이야기를 듣는 것같이 무심한 표정에 하얀 속눈썹이 눈동자를 가리고 있어서 무념무상해 보이는 얼굴을 하고 있는 남자. 하얀 불꽃으로 타오르는 남자. 그 외엔 아무것도 보이지 않았다. 송옥은 해를 쪼이고 싶었다. 머리카락 한 올 한 올 해를 받아들이고 몸을 바싹 말리고 싶었다. 마음을 말리고 싶었다. 눈을 감고 싶었다. 사랑방 안에서 벌어진 모든 일이 사라지게, 없어지게, 가능하다면 없던 일로 만들어 버리게…….

"스승님, 곧 사형제師兄弟들이 당도할 시간입니다."

송정이었다. 진중하고 깊은 목소리에 방 밖으로 물러났던 모든 것이 다시 제자리를 찾았다.

"그렇구나. 그래, 벌써 그리되었어. 아이야, 다음번에 또 향기로운 너의 난을 보여 다오."

사형들의 당도는 사랑채에 송옥이 있어서는 안 되는 강력한 이유이다.

"예, 내내 평안하십시오."

다소곳이 고개를 숙이고 일어난 송옥은 짧은 순간 다시 송정에게 시선을 주었다. 하지만 그는 시종일관 예의 바르게 스승의 시선과 말씀을 좇을 뿐이었다. 그녀 역시 그녀의 시선만을 좇는 송명의 시선을 느끼지 못한 것은 마찬가지였다. 그렇게 시선의 환環은 좁은 공간에서 엇갈리고 엇갈리다 송옥이 방문을 열자 침묵의 비명을 지르며 마당으로 뛰쳐나갔다. 그리고 뛰쳐나가는 말미, 송정의 시선이 송옥의 어깨에 머무르고 있음을 누구도 알지 못했다.

 정우당과 명경당 사이 편문을 지나 운영각에 다다랐을 때 송옥은 숨을 크게 들이마셨다. 꽃잎이 다 지고 푸른 잎이 돋아난 매화나무 아래였다.
 "왜 그러십니까?"
 큰사랑채 밖에서 한참이나 서 있느라 다리가 아팠던 설이는 툴툴거렸다.
 "매향梅香, 아직 남은 것 같아서……."
 "아이고, 아기씨!"
 설이가 탄식했지만 송옥은 아랑곳하지 않고 팔을 벌려 매화나무를 안았다. 큰사랑방에서 채워졌던 모든 숨을, 모든 기억을 뱉어 내고 나무 향을 들이쉬었다. 나아가는 숨은 그녀 가슴에 상처를 긁어 놓고 들어오는 나무 향은 서늘하게 상처를 덮어 준다. 나무 향으로 가슴을 채운 송옥은 먼 기억으로 자신을 돌려놓는다. 그리고 눈을 감으며 조그맣게 읊조렸다.

나무집 이야기

"천 겹으로 막힌 달, 한 줄기 먼 은하수. 그대 못 보는 서러움 안고, 비낀 달빛 오동 끝에 내리는 이 밤……."

상전의 하는 양을 보던 설이는 그저 기가 막힌다는 듯이 입을 벌리고 있다가 그 자리에 쪼그리고 앉아 버렸다.

"맘대로 하세요, 맘대로."

무릎에 팔꿈치를 올리며 턱을 괴었다. 햇볕이 그들의 머리 위로 쏟아졌다. 쏟아지는 햇빛은 나뭇잎 체에 걸러졌고 송옥은 눈을 감고서도 아롱거리는 빛의 그림자를 느낄 수 있었다. 동시에 속눈썹 사이로 반짝이는 것이 햇빛인지 자신의 눈물인지 구분이 되지 않았다. 슬픔이 그녀의 입술 새로 새어 나왔다. 그때 그녀의 눈매가 바람에 흔들리는 풀잎처럼 가로로 길게 눕고 도화桃花 꽃잎이 열린 듯 입술이 살포시 벌어짐을 의도치 않게 훔쳐본 이가 있었다.

정인후, 그는 대제학 영감이 마지막으로 받아들인 제자다. 행년 십팔 세로 학문에 대한 열정이 깊고 성품이 어질어 대제학의 총애를 받고 있는 자였다. 크고 맑은 눈동자와 시원스레 뻗은 콧날, 부드러운 턱이 그를 앳돼 보이게 했다. 하지만 흰 두루마기를 커다란 날개처럼 보이게 하는 당당한 골격은 미소년이라기보단 미장부美丈夫에 가까운 느낌을 주었다. 나무집을 방문한 여느 선비들과 마찬가지로 운영각에 대한 호기심을 이기지 못하여 명경당에 들었던 그는 주인이 자리를 비웠음을 발견하고 정우당으로 화급히 돌아서던 차였다. 그리고 그곳에서 매화나무를 안고 있는 여인을 발견했다.

미동도 없이 나무와 빛과 여인만이 거기 있었다. 사물의 형체와 소리가 모두 빛으로 녹아내려 여인과 함께 호흡했다. 사람이 나무를 안은 것이라고 생각할 수 없었다. 부드러운 풀잎이, 여린 꽃송이 하나가 나무에 안긴 것 같았다. 인후는 앞으로 나아가지 못하고 멈춰 서서 송옥을 바라보았다. 누구일까? 이런 생각이 든 것은 송옥이 햇볕과 향기로 자신을 채우고 망우재로 돌아선 후였다. 인후는 그녀에게서 시선을 뗄 수가 없었다. 그는 이내 그 낯선 규수가 사형들이 귀애해 마지않는 누이동생임을 깨달았다.

사형들의 누이는 아름다웠다. 아니, 아름답다는 말은 그녀에게 어울리지 않는다고 인후는 고개를 저었다. 아리땁다 해야 할지, 수려하다 해야 할지, 그것도 아니면 미려하다 해야 할지……. 그 자리에 서서 마음속으로 수많은 단어를 그녀에게 대입해 보았지만 딱 들어맞는 표현을 찾지 못한 그는 그녀가 안고 있던 매화나무를 어루만져 보았다.

"청아淸蛾*로구나! 청아."

불현듯 떠오른 단어에 인후는 비로소 흡족한 미소를 지었다. 그리고 그날로부터, 그날이 지나고도 내내, 그의 가슴에 송옥은 푸른빛으로 비쳐 들었다.

---

* 푸르고 아름다운 눈썹. 미인을 일컫는 말.

열림과 닫힘

"도련님, 도련님! 저 좀……."

대제학이 병중이었기에 장례가 끝나 갈 무렵이 되어서야 조문을 왔던 인후였다. 부축 없이는 오래 서 있을 수도 없을 지경으로 노쇠했던 대제학은 총애하는 제자의 장례에 조문 올 수 없음을 비통해했다. 그 비통함을 부족한 언사로 최 대감과 송정에게 전하고 돌아서던 인후를 조용히 부르는 목소리가 있었다. 허둥거리는 작은 목소리.

"여기, 여깁니다."

정우당 마당을 휘이, 둘러보다가 잘못 들었나 싶어 진공문으로 빠져나가려는 그를 다시 붙잡는 목소리였다. 고개를 돌리자 연지의 끝에서 계집종 하나가 연방 눈치를 살피며 서 있었다. 게다가 제 쪽으로 오라는 손짓까지 하고 있다. 천성이 양순한 그는 천천히 그녀에게 다가가며 저도 똑같이 목소리를 낮추어 물었다.

"나를…… 불렀느냐?"

"예에, 저기, 저쪽으로…… 저를 따라오십시오."

계집종은 뭐라 설명도 하지 않고 날름 명경당으로 통하는 편문으로 총총걸음을 쳤다.

"그것참!"

인후는 벌써 저만치 앞서는 그녀의 뒤를 따르기 시작했다. 계집종은 명경당이 아니라 매화나무를 돌아 망우재로 향했다. 그제야 그는 우뚝, 걸음을 멈추었다.

"너는 누구냐? 어디로 가는 것이야? 아니, 누가 나를 부른 것이냐?"

매화나무 아래서 인후가 꼼짝 않고 이렇게 묻자 계집종은 울상이 되며 발을 굴렀다.

"아이고, 예서 이러시면 어찌합니까! 어서 가시지요."

"너야말로 어찌 이러는 것이냐? 내 연유를 알아야 너를 따를 것이다."

이제 눈물까지 글썽해진 계집종은 그 와중에도 인후의 어깨 너머와 제 뒤의 감춘문을 살핀다. 그러더니 입술을 한 번 잘근 물고는 답했다.

"저는 이 댁 송옥 아기씨의 몸종입니다."

그것으로 모든 것이 설명되었다. 죽은 사형과 살아 있는 사형의 누이, 송옥. 푸른빛의 여인이 그를 부르고 있었다. 그렇기에, 그리고 그럼에도, 인후는 망설였다. 운영각은 운이 좋은 몇몇—대제학과 같은 학자들—은 내부를 볼 수 있었다. 그러나 이제껏 최씨 집안사람 이외의 사람이 망우재를 본 적은 단 한 번도 없다. 송옥이 머물던 시점부터는 인척에게도 열리지 않았던 곳이 망우재였다.

송옥이 슬픔의 숨을 내쉬었던 매화나무 아래서 인후는 갈등의 숨을 들이마셨다. 운영각이 그의 오른편에서 매서운 눈길을 보내는 것 같았다. 빛을 받아들이는 영창은 운영각의 눈동자다. 기이하도록 밝지만 동시에 어두운 동공……. 송정의 눈동자. 사형의 눈동자를 연상한 인후는 운영각을 똑바로 보지 못했고 애타게 자신을 바라고 있는 계집종, 설이를 보았다.

"도련님, 누가 보기 전에 어서 가시지요."

재촉하는 그녀의 등 뒤로 망우재로 통하는 감춘문이 틈을 보이며 열려 있었다. 그 순간, 모든 갈등을 물리고 인후는 오직 그의 가슴속에 자리한 청아함만을 믿기로 했다. 그는 감춘문을 향해 성큼성큼 걸음을 내디뎠다.

소리도 없이 열린 문 뒤로 망우재가 있었다. 소문이 열렸다. 개자하니 흰빛이 도는 망우재의 남쪽 벽을 마주한 인후는 절로 걸음을 멈췄다. 정오에 가까운 시각, 햇살이 정면으로 비춰 들자 벽 안의 꽃들이 온후한 빛으로 흔들렸다. 그리고 현어懸魚가 새겨진 합각이 도드라진 팔작지붕이 혹여 꽃들이 지칠까 그늘을 내어 주고 있었다.

"남향집에 남향 벽이라니……."

"선비님, 어서 이리, 마루에 오르시지요."

여전히 울상을 한 설이가 멍하니 지붕을 쳐다보고 있는 인후를 재촉했다. 좀 더 망우재를 둘러보고 싶은 마음이 컸지만 지체할 시간이 없다는 것은 인후도 알고 있었다. 누구에게라도 들킨다면 스승에게도, 최씨 집안에도, 자신에게도, 누구보다 송옥에게 큰 누가 끼칠 것이 자명했다.

"아기씨, 모셔 왔습니다."

그가 걸음을 옮기는 것을 확인하고 설이는 쪼르르 마루 아래로 달려가 이렇게 알렸다. 안에서는 답이 없었다. 하지만 자신의 뒤에 와 서 있는 인후에게 자리를 비키며 설이는 허리를 숙이고 말했다.

"어서 드시지요."

물러설 자리가 없었다. 그는 크게 한숨을 들이마시고 망우재의 마루에 발을 디뎠다. 어디에서도 볼 수 없었던 꽃살 무늬 살대가 화려한 미닫이문을 열자 그가 속했던 세상이 닫혔다. 그리고 그녀의 세상이 열렸다. 인후에게 열린 송옥의 세상은…… 대竹와 난蘭의 무수한 획들이 안개처럼 번지는 묵향의 세계였다.

야위었다. 거친 상복을 입고 안쓰러울 정도로 야윈 모습에서 혈육을 잃은 슬픔이 느껴졌다. 슬픔만이 아니다. 여느 규수들과 달리 낯선 남정네와 똑바로 시선을 마주하고 있는 그 눈동자에서 느껴진 것은. 결연한 의지, 무엇으로도 깰 수 없을 것 같은 의지를 보고 그는 적잖이 당황했다. 예전 나무와 호흡하던 때와는 달리 나무를 송두리째 불태울 것만 같은 빛을 발하고 있는 눈동자가 그를 응시하고 있다. 송옥과 홀로 대면한 정인후는 가슴속 깊은 곳에서부터 울려오는 떨림을 가까스로 감추고 있었다.

"규중의 아녀자가 선비님을 뵙고자 청한 것이 예에 합당한 것이 아닌지라 송구하고 또 송구합니다. 언짢으신지요?"

처음 듣는 그녀의 음성. 단정함과 고요함. 귀를 기울일 수밖에 없는 울림이 있는 목소리. 인후는 무심코 고개를 세차게 가로젓고 얼굴을 붉힌 채 떠듬떠듬 답했다.

"그런 것이 아니라…… 그저…… 예상치 못한 청이신지라…… 당혹스러워. 그런 것보다는……."

"아닙니다. 당혹스러우셨을 것입니다. 당혹스러운 것이 당연하지요."

송옥의 말에 인후는 부인조차 하지 못하고 헛기침만 쿨럭거렸다. 당혹스러웠다. 길지는 않을지언정 그의 인생을 통틀어 손가락에 꼽을 정도의 당혹스러움이었다. 그가 믿었던, 여리게만 보였던 청아함은 어디에 숨은 것일까. 인후는 완전히 달라진 송옥 앞에서 다시 한 번 당혹스러움을 느꼈다.

벽엔 대나무와 난이 빈틈없이 걸려 있었다. 창밖으로 바람이 한 번 불자 댓잎이 묵향을 일으키며 몸을 떨었고, 다시 한 번 바람이 불자 여린 난의 허리가 대의 그림자에 기대었다. 가슴속까지 침잠하는 농후한 묵향에 인후는 어지럼증을 느꼈다.

"저를 별채까지 청하신 연유가 무엇입니까?"

자신의 당황을, 현기증을 감추고 싶었던 그는 태연을 가장하며 물었다. 그러나 그는 감춤에 능한 사람이 아니었다. 특히나 송옥 앞에서는.

"예가 아님에도 이리로 모신 것은 이것을 대제학 영감께 전해 올렸으면 하는 청을 드리기 위해서입니다."

인후의 감춤과 드러냄에 마음을 쓸 겨를이 없던 송옥은 필낭을 내밀었다. 그때 급히 손을 내밀어 그것을 받으려던 그의 손이 그녀의 손끝을 스쳤다. 혹은 스친 것은 그의 마음뿐. 인후는 얼굴에 붉은 기운이 몰리는 것을 간신히 누르고 송옥에게서 받은 필낭을 내려다보았다. 목숨 수壽가 수놓인 단정한 필낭. 제법 묵직했다.

"이것이 무엇입니까? 아니…… 그보다 이 댁 종복에게 전하면 되는 것을 어찌 제게……."

"내용물도, 선비님께 이것을 전해야 하는 연유도 말씀드리지 못함을 너그러운 마음으로 용서해 주시길 바랄 뿐입니다. 대제학 대감께 전해 올려 주실 수 있겠는지요?"

그리고 고요한 응시가 이어졌다. 묵향이 송옥의 눈길에서도, 호흡에서도, 그림자에서도 느껴졌다. 인후는 말을 하여 소리의 언어로 향기의 언어를 혼탁하게 하고 싶지 않았다. 그는 그저 고개를 끄덕이며 필낭을 두루마기에 고이 챙겨 넣었다.

"선비님의 은혜 잊지 않겠습니다."

그의 조심스러운 몸짓에 송옥은 진심을 담는다. 그 진심에 인후는 용기를 내어 본다.

"혹여…… 결례가 되지 않는다면 저 또한 청이 하나 있습니다."

의외였다. 하지만 송옥은 인후와 달리 감춤이 낯설지 않은 여인이었다.

"무슨 청이신지요? 제 힘이 닿는 한 들어 드려야지요."

"제게⋯⋯ 난을 나눠 주실 수 있을는지요?"

감춤이 낯설지 않은 여인이 도리어 사내의 정직한 청에 당황하는 순간이었다.

"그림을 바라시는 것입니까?"

"결례가 아니라면⋯⋯ 저기, 저 귀한 난 중에 하나만 주신다면 평생 소중히 간직하겠습니다."

인후의 시선이 벽에 걸린 난으로 흩어진다. 송옥의 서늘한 결연함도 잠시 흩어진다.

"저 난들은 귀하지도, 순일純一하지도 못합니다. 굳이 저의 난을 원하신다면 다른 난을 찾아 드리지요."

그녀는 인후의 답을 기다리지 않고 사그락 몸을 일으켜 먹감나무 문갑 앞에 무릎을 굽히고 앉았다. 그리고 예전 송명의 죽음 이전에 그려 놓은 난을 꺼내 인후에게 건넸다. 인후는 숨을 고르며 난을 펼쳤다.

한 송이 꽃을 피운 난이 하늘로 난향을 피워 올리고 있었다. 어쩌면 향은 꽃에서 시작되는 것이 아니라 시원스레 여백을 가르는 잎에서 시작되는지도 모르겠다. 인후의 손가락이 향기의 궤적을 따라 선지를 어루만졌다. 난엽은 허공에서 맵시 있게 허리를 꺾었지만 교태가 없는 청정한 향을 전하고 있었다. 스승을 모시면서 조선의 이름 높은 선비들이 친 난을 여럿 보았지만 이렇게 청초한 난도, 이렇게 농후한 난향도 처음이었다.

"이런 귀한 난을 받아도 될는지⋯⋯."

"귀하다는 말씀을 거두어 주시지요. 받아 주시면 조금이라도 보은을 하는 것 같겠습니다."

송옥은 어느덧 일어나 있었다. 그를 보내야 할 때가 된 것이다. 대제학에게로. 인후는 허둥지둥 난을 가슴에 품고 일어섰다.

"당부드릴 한 가지는…… 제가 대제학 영감께 그것을 보낸 것을 오상 오라버님께는 비밀로 해 주셨으면 하는 것입니다."

정중한 인사를 나누기 전 인후는 송옥의 이 알 수 없는 당부도 가슴에 담았다. 이제 그는 그녀의 부탁은 무엇이든 거절할 수 없는 사내가 되었기에 또 한 번 고개를 끄덕일 수밖에 없었다. 또한 인후의 등 뒤로 문이 닫히자 송옥의 세계가 닫혔으나 이제 그의 마음은 그녀를 향해 영원히 열려 버렸다. 영원히.

초조한 낯을 하고서 망을 보고 있던 설이의 인도를 받으며 다시 명경당으로 통하는 문으로 걸음을 옮기던 인후는 다시 한 번 놀라고 말았다. 겨울, 망우재의 담을 따라 꽃들이 연모의 미소를 머금고 피어 있었다. 대궐의 꽃담을 본 일이 없지만 그에 뒤질 리 없을 것 같은 화려하고 아름다운 꽃담이었다.

"이 또한 주정공의 마음인가……. 사람의 마음이 이런 일을 해낼 수 있다니……."

꽃담 앞에서 또다시 걸음을 멈춘 인후를 설이는 답답하다는 듯이 쳐다보다 퉁명스럽게 재촉의 말을 건넸다.

"저기, 얼른 나가셔야 합니다. 따라오시지요."

"그래, 그래야지."

그를 재촉했던 설이는 정우당으로 통하는 중문이 아닌 명경당 깊숙한 곳으로 향했다.

"어디로 가는 것이냐?"

당황한 인후가 주변을 두리번거리며 목소리를 낮춘 채로 물었다.

"지금 큰사랑채로 나가시다가 행여 큰서방님께 들키기라도 하면 큰일입지요. 요기를 돌면 샛길로 통하는 편문이 하나 있습니다."

"그렇구나. 알았다."

종종걸음으로 명경당의 누마루를 지나는 설이를 그는 성큼성큼 따라갔다. 그녀는 끊임없이 주위를 경계하며 인후를 작은사랑채의 동쪽으로 이끌었다. 대청마루를 돌아 주인 잃은 국화 화단이 허허로운 속내를 드러낸 곳에 명경당의 편문이 있었다. 그 문은 높다란 서고 누다락에 가리어 집안사람이 아니고서는 가히 짐작할 수 없겠다 싶은 위치에 자리했다.

"그럼 살펴 가십시오."

임무를 완수한 설이는 몰아내듯이 인후를 편문 앞으로 이끌고는 얼른 돌아서 버렸다. 목에 씌워진 칼이 벗겨진 죄수처럼 가벼운 걸음이었다.

"나뭇집은 진실로 미궁이로구나. 사람도, 집도 미궁 속의 미궁이야!"

탄식과 탄성이 뒤섞인 말을 뱉고 인후는 잠시 뒤를 돌아보았다. 차갑고 어두운 구름이 어느덧 밀려와 있었다. 하지만 운영각의 맞배지붕은 그보다 더 어두운 그늘을 만들고 있었다.

"사람을…… 어찌 그리 가둬 둘 수 있었을까……."

빛을 먹고 어둠을 뿜어내는 운영각의 창을 보며 인후는 스승과의 대화를 회상했다. 그가 처음 나무집의 객으로 왔던 날, 그가 처음 송옥을 본 날, 운영각의 내부를 둘러볼 수 있었던 날의 일이었다.

*
*

"무극無極을 아느냐?"

쉬이 열리지 않는 운영각의 문을 열고 귀한 서책들을 둘러볼 수 있었던 것은 순전히 스승의 덕분이었다. 어린 제자의 열망을 알고 있던 대제학이 최 대감에게 청을 넣었던 것이다. 인후는 송명의 안내를 받으며 조선 최고의 장서각 안에 발을 디딜 수 있었다.

기이한 곳이었다. 이 층이 채 되지 않은 높이였으나 곳곳의 영창을 통해 들어온 빛은 마루와 서가를 환히 비추었다. 하지만 절대 햇볕이 직접 서책에 닿지 않을 뿐 아니라 서고의 가장 안쪽은 절대 암흑의 공간으로 비워져 있어 선뜻 발길이 가지 않았다. 눈길을 오래 주기 어려울 정도의 암흑이었다. 하지만 스승의 의숙에서도 찾아보기 힘든 서책을 손에 들고서도 시선이 가는 것을 참을 수 없는 암흑의 공간. 바로 송정, 백白에 관한 소문이 칠흑의 몸을 엎드리고 있는 곳이었다.

사형의 소문을 떠올리며 책장을 넘기는 것도 잊은 인후에게 대제학의 물음이 떨어졌다. 온후하나 천 길 사유의 끝자락에 있던 제자를 현실로 끌어오는 힘이 느껴지는 목소리였다.

"송구합니다, 스승님. 저의 공부가 아직 그리 깊지 못하여 답을 올리지 못하겠습니다."

그는 진실로 송구하였다. 대제학의 제자 중 그의 재질이 가장 떨어진다는 것은 그 자신이 가장 잘 아는 터였다. 그럼에도 스승은 인후를 마지막 제자로 받아 주었건만 그는 항상 학문을 익히는 데 더디고 미숙했다. 하지만 자신의 미숙함을 감추려 하는 영악함은 없었다.

"그래, 그렇겠지. 너를 책망하는 말이 아니니 마음 상하지 마라. 기경아, 무극이 무엇이냐?"

여전히 따스한 목소리로 대제학은 서가의 밝은 쪽에 서 있던 송명에게 다시 물었다. 자신의 무지를 부끄러워하며 고개를 숙이는 인후와는 달리 송명은 거침없이 답했다.

"보려 해도 보이지 않고, 들으려 해도 들리지 않고, 잡으려 해도 잡히지 않는, 천지의 어머니이자 만물의 조상을 무극이라 알고 있습니다. 즉 있으면서도 있는 것이 아니고 있는 것이 아니면서도 있는 것이 바로 무극입니다."

거침없는 답이며 대제학 역시 만족하는 빛이 역력함에도 송명의 낯은 굳어 있었다.

"바로 여기서 네 형, 오상이 그 답을 한 것이 겨우 열다섯 살이었느니…… 기억하느냐?"

"예, 제가 열두 살의 일이었지요."

공손하지만 무언가 누르는 듯 타오르는 사형의 눈동자를 보며 인후가 의아해하는 찰나 대제학이 그곳, 소문의 장소로 발길을 옮기며 말을 이었다.

"그때도 이곳은 참으로 어두웠지. 네 모친의 상이 있고 얼마 지나지 않은 때였지?"

"예, 어머님께서 돌아가시고 석 달이 지나지 않았습니다."

"그렇지······. 그래서 어미의 상조차 모시지 못한 오상이었어! 그리도 효심이 지극한 오상이 예서 모친을 그리 보내고, 상을 치르지도 못하였으며 묘소에조차 갈 수 없었으니······ 기구하고 기구하도다!"

대제학의 한탄이 어두운 마루에 쌓이는 것만큼이나 송명의 눈동자에 쌓이는 분노도 컸다. 그러나 그는 스승에게 그것을 들킬 인물이 아니었다. 그는 도리어 예의 바르고 겸손한 말투로 자신을 감추는 사람이었다.

"그러나 스승님이 구원해 주시지 않으셨습니까, 형님을 말입니다. 감사드릴 일이지요."

"내가? 오상을? 허허, 네가 잘못 알고 있구나. 오상을 구한 것은 오상 스스로이니라."

"무슨 말씀이신지······."

"오상이 그리 특이한······ 체질인 탓에 밀실에 갇혀 열다섯 해를 사는 동안 그가 무엇을 했느냐?"

송명은 깊이 고개를 숙였다. 그것은 감추기 위한 예였으며, 가장된 망설임이었다.

"오상이 단지 피부색이, 눈동자의 색이 그러하다는 연유로 장자의 자리마저 너에게 내어 주고 세상에 자신을 드러내지 못한 열다섯 해……. 짐작할 수도 없는 통고의 시간을 벼려 그는 스스로를 구하는 검으로 만들었느니."

"그때까지 오상 사형께서는 세상에 전혀 알려지지 않으신 것입니까?"

송명의 분노를 알아차리지 못한 것은 인후도 마찬가지였다.

"그래, 그저 나무집에 하얀 도깨비가 있다는 소문이 있었지. 누구도 보지는 못했지만, 분명히 존재하는 하얀 도깨비……. 최 대감, 그 사람이 내게조차 함구했던 장자……. 태어나면서부터 부정당한 장자가 오상이었지."

"아버님께서 어찌 알리실 수 있었겠습니까. 백아白兒가 태어남은 전란의 전조라 여겨 나라에서 흉조로 여기는 터에……."

송명은 이제 자신의 노함을 감추지 않았다. 그러나 대제학은 그의 노함을 품어 도닥였다.

"그래, 그렇지. 그럴 수 없었겠지. 사대부의 장자가 백아라니! 더군다나 주정공의 후손이! 주정공의 내상內相 되시는 분의 별칭이 백아였지?"

"예, 그러하셨지요. 그러하셨기에 형님이 태어나셨을 때 차마…… 그리하실 수 없었다고 말씀하시는 걸 들었습니다."

"그 덕에, 아니, 그 때문에 목숨은 부지하였으나 족보에 입적되지도 못하고 죽음을 가장해야 했지 않느냐!"

"그렇지요."

"어찌할 수 없었으나 참으로 가엾은 일이었어. 기억하느냐, 그때 오상이 어떠했는지? 상복을 입은 오상…… 그 눈빛을……. 바로 이 자리였어. 내가 그를 처음 만난 곳이 여기였어. 그렇지?"

"그러합니다. 여기서…… 형님께서 스승님께 스스로를 드러내었지요."

이를 가는 송명이었다. 실은 스스로가 아니다. 송옥이 도와주었다. 송정의 모든 해냄은 송옥이 아니었다면 절망으로 남았을 것이다. 송옥의 도움이 없었다면 드러냄조차 없었을 일이었다. 송옥이 비밀의 문을 열어 주지 않았더라면……. 제 생각에 골몰한 송명. 대제학은 그를 나무라지 않았다.

"생각해 보면 운명이었을 것이다. 내 무슨 까닭으로 그날따라 최 대감의 허락도 구하지 않고 운영각에 들었는지……. 여기다, 여기서 내가 어린 너에게 물었지. 무극이 무엇인지 아느냐?"

"저는 답하지 못했습니다."

인후는 스승과 사형이 이미 현재의 테두리를 벗어나 과거의 흐름을 잠시 빌려 와 그날의 시간을 되살리는 것을 보았다.

"당연히 그랬겠지. 수재로 이름 높던 너였으나, 겨우 열두 살이 아니었더냐. 네가 답을 할 수 있을 거라 기대하고 한 물음이 아니었다. 열두 살이 답하지 못할 것을 물었던 이유를 너는 이제 알고 있겠지. 너의 그 뛰어난 재질과 비상한 소질이 불러온 자만. 그것을 깨우치고 싶었지. 그래서 답하지 못할 물음을 한 것이다."

"예, 자만한 저였지요. 모두가 칭찬해 주고, 귀애해 주셨으니 참으로 오만방자한 꼬마둥이였습니다."

"그만큼 너는 재질이 특출한 아이였다."

"그러나 형님은 더욱 특출한 분이시지요."

송명의 눈동자에 뜨거운 불길이 일었다.

"오상은…… 하늘이 낸 천재인 것을…… 나 또한 그를 따를 수는 없을……. 그러니 사람이 어찌 하늘의 기대를 받는 자를 숨기고 은폐할 수 있었겠느냐. 네가 답하지 못한 그 물음에 답하며 내게 몸을 드러낸 오상……. 그날을 어찌 잊을 수 있겠느냐. 귀신? 그 모습을 어찌 귀신이라 할 수 있어! 상복을 입었으나 제빛을 스스로 가리지 못하여 환하던 얼굴과 형형한 눈빛이 마치 상제上帝의 아들과 같았느니!"

"그리고 제가 하지 못한 답을 막힘없이 스승님께 고했지요. 그리고 스승님께서 형님을 구하시어 세상에 알려 주셨습니다. 아버님께 행여 해가 돌아갈까 임금께 주청드려 주신 것도, 불길한 존재라며 벌 떼처럼 들고일어난 유림儒林을 설득해 주신 것도 스승님이셨지요. 모두 스승님께서 형님을 지극히 아끼시어 행하신 일들이 아닙니까. 그러니 형님을 구하신 것은 스승님이 맞습니다."

눈동자에서 시작된 불길은 언어를 빌려 대제학에게로 향했다. 그러나 대제학은 제자의 언어를 막지도, 내리치지도 않았다.

"그렇지. 내가 한 일들이 맞다. 동시에 내가 한 일이 아니기도 하다. 그것은 오상이 스스로 한 일이다. 열다섯 해 동안 벼린 학문의 검으로 자신을 옭아매고 있던 밧줄을 스스로 잘라 낸 것이다. 나는 그가 검을 들 수 있게 조금 도왔을 뿐이지. 생각해 보아

라. 만일 오상이 어둠 속에서 그저 제 운명을 탓하고만 있었더라면 임금께서 오상에게 시제詩題를 내리셨을 때 그토록 뛰어난 시를 지어 올릴 수 있었겠느냐? 유림의 앞에서 안회에 버금가는 특출함을 드러낼 수 있었겠느냐? 그 일들로 말미암아 모든 신원을 회복할 수 있었거늘……. 아무리 선대 주상 전하와 주정공과의 약조가 있었다 한들, 오상 스스로의 노력이 없었다면 있을 수 없는 일이었지. 그러니 오상은 스스로를 구한 것이라 해야 옳다. 와중에 네가 장자의 신분을 잃고 차자의 자리로 물러난 것에 아직도 분을 삭이지 못하는 것은 군자의 마음가짐이 아니니 그만 떨치도록 하여라."

불은 사그라지지 않았음에 분명했다. 그러나 송명은 스승의 말에 순종했다. 아니, 순종의 몸짓을 했다. 그것을 대제학 역시 모르는 바가 아니었으나 그저 몇 번 고개를 끄덕이고 수염을 쓰다듬을 뿐이었다.

사형과 스승 사이에 놓인 팽팽하고 가는 줄 하나를 인후는 그날 보았다. 하지만 늘 다가서서 당기기보다 물러서서 느슨해짐을 원했던 그는 절대 그 줄을 건드리지 않았다. 줄은 조여진 채로 팽팽하게 이어져 있었다. 적어도 송명이 생존해 있을 때까지는…….

*
**

다시 운영각을 바라보며 인후는 조여진 줄의 존재를 느꼈다. 어디에서 어디로 이어졌는지 가늠할 수 없는 긴장된 줄이 운영각의 영창에서 뻗어 나와 나무집 전체를 에워싸고 있다. 그는 한숨을 막지 못했다.

"어리석은 내가 다른 도리가 없지. 도리가 없어……."

단념의 한숨은 단념하지 못함의 한숨이기도 하다. 그리고 제자와 사내의 한숨을 동시에 흘리고 가는 인후를 어둠 속에서 지켜보는 이가 있었다. 어둠, 인후가 느낀 줄의 존재가 시작된 비밀의 어둠에 몸을, 마음을 숨기고 있는 남자, 송정이었다.

상복도, 그의 하얀 몸도, 하얀 머리카락도 어둠에 잠기어 제빛을 잃어버렸다. 오직 사람의 것이 아닌 듯이 그의 눈동자만이 빛나고 있다. 운영각 창틀에 올린 그의 창백한 손이 떨림을 참으려는 듯 꽉 쥐어졌다. 그러나 떨림은 손에서 시작된 것이 아니었다.

"무엇을…… 대체 무엇을 하려는 것이냐, 송옥아? 나의 여……."

송정은 심중의 말이 입을 떠나기 전에 재빨리 입술을 굳게 다물어 버린다. 그리고 고개를 더 깊은 어둠으로 돌린다. 그때 여인의 그림자가 어둠과 몸을 포개고 있다. 그가 다가가자 여인의 그림자는 어둠과 함께 멀리 달아난다. 잡아지지 않고, 잡을 수도 없는, 잡아서도 아니 되는 그림자다. 서책을 뛰어넘고 서가를 휘감는 검은 그림자를 백의 남자는 따를 수가 없다. 송정은 허리를 굽힌 채 고통의 이름을 내뱉는다.

"자하녀……."

자하녀 紫霞女

　봄의 밤. 타탁타탁, 돌계단을 뛰어오르는 발소리. 타타타탁, 쫓는 발소리. 야광나무의 흰 꽃이 선유당으로 향하는 계단을 따라 조로로 매달려 달빛을 머금은 밤. 소복 차림의 여인이 소나무 그늘 아래를 날듯이 달린다. 반들거리는 입술엔 한쪽으로 쏠린 미소가 걸려 있고 가끔씩 뜻을 알 수 없는 말을 뱉어 내기도 한다.

　여인의 그림자를 송정이 쫓는다. 어둠 속에서 누구보다 눈이 밝은 그였지만 여인의 그림자는 그에게 희미하기만 하다. 아니, 너무 짙어서 어둠과 짝을 이뤄 구분할 수 없었다. 잡히지도 않는, 광풍과 같은 여인이 달린다. 소나무의 허리를 감고, 분합을 내려 확장된 공간을 다시 제 안으로 숨긴 선유당을 돌아, 달리고 달린다. 날고 난다. 이제 발소리도 없이 여인의 소복 치맛자락만이 새의 날개인 양 파닥거린다.

　"흐훗! 잡을 수 있을까?"

여인의 웃음과 말소리는 그녀의 미소만큼이나 뒤틀려 있고 동시에 하느작거렸다.

"서라. 서!"

어느 누구도 거부할 수 없는 송정의 명이 여인의 그림자를 향해 떨어진다. 여인은 살짝 고개만 돌렸을 뿐, 나는 것을 멈추지 않는다. 그녀는 다시 돌계단을 뛰어 내려가기 시작했다. 이슬을 머금은 나뭇잎들은 소복을 적시고, 땀방울은 자신의 몸을 적시고, 그녀의 향내는 송정을 적신다. 여인은 이미 돌계단을 뛰어 내려가 자신의 향기와 그림자와 몸을 감추었다. 봄의 달빛이 내려앉은 망우재 그늘 아래로. 그는 더 이상 여인을 쫓지 못한다. 지쳐 버린 그의 하얀 몸이 소나무에 기댄다.

"너는 이리 또 나타나고…… 이리 또 숨어 버리는 것이냐. 자하녀……."

언제나 스러짐이 없던 목소리에 피로의 기색이 역력하다. 하지만 송정은 다시 허리를 세우고 고개를 든다. 등불 환한 망우재의 기와 너머로 암흑에 잠긴 운영각이 음산한 낯을 보였다. 봄날임에도 골수에 스미는 한기를 느낀 송정은 무심코 어깨를 감싸다가 자신의 손마저 뿌리쳤다.

"못난 놈."

자신에게 언어의 채찍을 휘두른 송정은 한참을 망우재를 내려다보았다. 선유당에서 시작된 어둠의 파도는 망우재 기와에서 너울지고 부딪쳐 송정의 마음속 소용돌이를 그렸다. 그는 한숨을 제 안으로 다시 들이마신다. 그리고 천천히 반들거리는 돌계단을 내려와 망우재, 송옥의 방 앞에 섰다. 단아한 난이 창에 음영을 드리우고 있었다. 송옥이었다.

"옥이 자느냐?"
송옥은 문풍지 너머로 들리는 송정의 목소리에 문득 고개를 들었다. 급작스레 가슴이 두근거리기 시작했다.
"아니어요. 들어오시지요."
"아니다. 밤이 깊었구나. 그만 자라."
그의 목소리는 매화 향기를 묶어 만든 회초리 같다고 생각하는 송옥이다. 차가운 눈과 이른 봄의 향기를 함께 머금은 듯 듣기 좋지만 때론 매섭고 단호하다. 그러나 다시 듣고 싶다. 그녀는 눈을 감고 그의 목소리를 기다렸다. 아니나 다를까 송정의 재촉이 들려온다.
"오라비 말 들었느냐?"
그 목소리엔 돌계단에서 그가 느꼈던 혼미함 따위는 조금치도 들어설 자리가 없었다.
"예, 곧 자도록 하겠습니다. 들어가시지요."
짧은 한숨을 내뱉고 송옥이 답한다.
"설이더러 잠자리 봐 주라 하련?"
"아니어요. 곤할 터인데 놔두십시오. 혼자 할 수 있습니다."
"알았다. 자라."
"예, 주무시어요."
남매의 대화가 문풍지를 오가며 깊은 밤 어둠에 작은 호를 그

나무집 이야기

렸다. 송옥은 문방구를 정리하며 바깥의 기척에 귀를 기울였다. 그러나 송정의 발소리는 들리지 않고 그의 기다림이 침묵으로 되돌아왔다. 기다릴 모양이다. 송옥은 서둘러 자리를 정리하기 시작했다. 사그락사그락 선지를 치우는 소리만. 부스럭부스럭 이부자리 펴는 소리만. 다시 부스럭부스럭 이불을 덮는 소리만. 훅! 등잔불 끄는 소리. 마침내 차박차박 송정이 큰사랑채로 돌아가는 소리가 들리자 송옥은 머리를 베개에 누이며 길게 한숨을 끌었다.

꿈, 송옥은 소름이 끼쳤다. 광녀狂女가, 자하녀가 거친 숨을 내쉬고 있다. 드러난 목덜미에서 땀방울이 흐르고 있고 살짝 벌어진 입술 사이로 드러난 하얀 이가 두려웠다. 먼 길을 달려온 조랑말의 입김인 듯도 싶은 여인의 숨이 자신의 안으로 들어오는 것이 싫었다.

"나가시오."
"어찌 나가? 그럴 수 없다!"
광녀는 머리채를 흔들며 소리친다. 그녀가 머리를 흔들 때마다 먹물이 사방에 튀긴다. 송옥의 흰 속옷 치마에도 먹물이 튄다. 난잡스러운 향이다.
"어찌 이리 무례하오. 나가시오!"
송옥이 용기를 끌어모아 외치자 자하녀는 으르렁거리는 소리를 낸다. 사나운 짐승이다.
"싫어! 네가 나가라! 여긴 내가 있을 곳이야!"

자하녀가 달려들어 흰 이를 송옥의 목에 깊이 박는다. 아찔해진 송옥이 목에 손을 대자 자하녀는 사라지고 손만 축축하다. 피인가? 젖은 손을 들어 확인을 하는데 검게 시들어 죽은 꽃송이가 핏물을 뚝뚝 흘리고 있다. 핏물은 다시 먹물로 송옥의 치마를 물들이고 송옥은 주체할 수 없는 어지러움에 눈을 감았다.

  사방이 흔들리더니 다른 풍경이 펼쳐진다. 자줏빛 안개가 희미하게 내려앉아 있다. 이것도 꿈이려니 선유당 앞 솔숲에서 눈을 뜬 송옥은 생각했다. 달빛이 소나무 사이로 내려앉자 저쪽, 커다란 소나무 그늘 아래 흰빛이 어른거리는 것이 보였다. 두려움에 송옥은 뒤로 물러나고 싶었다. 그러나 다음 순간 들린 말소리에 도리어 몸을 숨기고 소리 난 쪽을 훔쳐보았다.
  "이리 함부로 돌아다니면 어찌해! 그러다 몸이라도 상하면 어쩌려고……."
  송명이었다. 송옥은 송명의 팔에 매달린 여인에게 눈길을 주었다. 자하녀다. 송명의 다그침에도 그녀는 입꼬리를 올리며 미소를 짓는다. 그리고 하얀 소복 사이 보일 듯 말 듯 가느다란 팔로 그의 목을 휘감았다.
  "이 몸은 그대 것이니 그대만이 상하게 할 수 있지."
  자하녀가 까치발을 하며 송명의 입술에 미친 숨을 불어넣는 것을 보고도 송옥은 자리를 뜰 수 없었다. 보고 싶지 않은 마음에 눈을 감고 싶었지만 그들의 모습은 환한 달빛 아래 더욱 도드라져 보였다.

처음엔 자하녀의 손길을 피하는 듯 소나무에 등을 기대던 송명도 이내 숨이 거칠어지며 그녀의 허리에 팔을 감았다. 그리고 광녀의 목덜미에 얼굴을 묻었던 그는 서둘러 저고리를 벗겨 내면서 그녀를 들어 올려 소나무로 밀어붙였다. 소복 치마가 말려 올라가자 새하얀 자하녀의 다리가 송명의 허리에 감긴다. 그들의 거친 숨이 밤을 달렸다. 탐스럽게 드러난 광녀의 가슴을 베어 물며 허리를 밀어 올리는 송명을 송옥은 외면하고 싶었다. 그의 움직임이 격해지며 자하녀를 몰아붙일 때마다 그녀의 기묘한 신음이 바람을 타고 송옥의 귓전을 파고들었다. 무섭고도 요망한 소리였다.

송옥이 간신히 울음을 참으며 그들을 보았을 때 그녀는 놀라 가슴이 터질 것 같았다. 자하녀가, 신음하며 송명의 귓불을 빨아당기던 그녀가, 송옥을 향해 미소를 짓고 있는 것이었다. 자하녀의 입술이 송옥을 향해 소리 없는 말을 했다.

'꺼져.'

송옥은 눈을 질끈 감았다. 그리고 중얼거렸다. 꿈이라고, 이것은 꿈이라고……. 나오지 않는 목소리로 중얼거리며 눈을, 떴다.

어두웠다. 창은 밝아 오는데 눈앞은 어두웠다. 누군가 송옥의 얼굴에 검은 명주를 덮어 놓은 것 같았다. 땀에 젖은 머리칼이 이마와 볼에 붙어 거치적거렸다. 손을 들어 얼굴과 눈을 비비고 나서야 꿈에서 깨어났음을 인지한 그녀는 울음이 터져 나오려는 것을 간신히 참는다.

"어째서…… 어째서 그런……. 마음이 얼마나 구저분하기에…… 내 마음이…….."

답답함에 몸을 일으키고 싶었지만 천근만근, 단번에 일어나기도 힘들다. 다리에 힘이 들어가지 않는다. 한숨이 일었다. 억지스레 몸을 일으켜 보니 어제 입은 것과 다른 소복을 입고 있는 것이 눈에 들어온다.

"설이야, 설이야!"

부름에 달려온 설이가 눈을 끔뻑이며 송옥의 물음을 듣는다.

"새벽에 저를 부르셔서 속곳이며 죄다 갈아입으시지 않으셨습니까. 악몽에 땀을 많이 흘리셔서 냄새가 나니…… 또 생각이 안 나시는 겁니까?"

답과 물음을 함께 하는 설이의 얼굴에서 걱정이 묻어난다. 송옥은 골몰해진다.

"내가 또…… 몽유夢遊를 했나 보구나. 기억이 나지 않아."

어릴 때부터 종종 있었던 일이다. 몽유 후에는 밤의 기억이 사라졌다. 현실의 기억은 사라지고 꿈의 기억만이 뚜렷하게 살아났다. 송명의 허리를 휘감는 하얀 다리, 넘어갈 듯 욕정에 헐떡이는 숨소리의 얽힘. 송옥은 머리를 가로저었다.

소나기가 내린 후의 하늘을 품은 목소리를 듣고 싶었다. 지난밤의 꿈이 삿된 몽귀夢鬼의 장난질이라고 확신했지만, 그래도 오라비의 목소리를 들으며 떨쳐 버리고 싶었다. 그래서 옷을 갖춰 입자마자 명경당으로 향했다. 따르려는 설이도 물리쳤다. 명경당 대청마루 아래, 파초 잎을 스치는 송옥의 치맛자락에 이슬이 매달렸다. 방 안에선 기척이 느껴지지 않는다. 돌아서야 할까, 머뭇거리는 그녀의 마음에 꿈의 기억이 스쳤다. 치맛자락을 꼭 쥐었다. 크게 숨을 들이마시고, 용기를 내뱉었다.

"오라버니, 송옥이어요. 일어나셨습니까?"

답이 없다. 흩어지려는 용기를 다시 붙들어 마시고는 이번엔 마루에 올라서서 말한다.

"오라버니, 일어나셨습니까?"

그제야 분주하게 자리를 정리하는 소리가 들려왔다. 짧다고만은 할 수 없는 기다림의 시간이 흐르고, 헛기침 소리와 함께 송명의 목소리가 울렸다.

"들어오너라."

누이와 마주한 송명은 조금 달랐다. 평소에 그가 하늘빛과 닮은 대나무였다면, 지금의 그는 검은 그늘에 허리를 숙이고 있는 대나무 같았다. 송옥의 눈을 피했다. 피하면서 물었다.

"이리 이른 시각에 어쩐 일이냐? 너답지 않구나."

송명답지 않은 물음이었다. 언제, 어느 때든, 이르고 늦음에 상관없이 누이가 찾으면 연유를 묻지 않고 반겨 주던 그. 꿈의 잔상들로 마음이 어지러운 송옥은 그것을 깨닫고 깊은 한숨을 쉬었다.

"아니어요. 그저…… 꿈자리가 험하여……. 악몽에 겁을 먹고……."

"꿈? 무슨 꿈이기에?"

다시 묻는 송명은 찬찬히 송옥의 얼굴을 살피고 있었다. 그 살핌을 그녀는 견디질 못한다. 고개를 숙이며 잠시 눈을 감는다. 다시 떠오르는 자하녀의 요망스러운 몸짓.

"삿된 꿈이었어요. 아주 삿된……."

손을 잡아 주지 않는다. 평소의 송명이었다면 따뜻하게 그녀의 두 손을 맞잡아 주었을 것이 분명하거늘, 잡아 주지 않는다. 송옥은 저려 오는 손끝을 부여잡는다.

"꿈은…… 꿈일 뿐이야. 너무 근심 마라. 근심 마……."

여전히 누이의 얼굴을 바로 보지 못한 채 그렇게 말하는 송명이었다. 흔들리는 댓잎처럼 눈빛이 흔들리고 있었다. 꿈의 기억을 담은 송옥의 마음도 흔들렸다.

"예…… 근심하지 않겠어요. 그리하겠어요."

흔들림을 숨기는 것은 송옥도 마찬가지. 불안한 시선과 호흡만이 엇갈리는 가운데 아침 햇살이 명경당 안으로 비쳐 들었다. 봄의 햇살이다. 그러나 송옥과 송명만이 아침 햇살에서 비켜나 자신들만의 그늘에 숨어 있었다. 위태로운 봄의 시간이 깊어 갔다.

단옷날 아침, 송정이 설이 편으로 소삼작노리개를 보내왔다. 송옥은 무심한 듯 세심한 송정의 배려에 새삼 놀랐다. 생각해 보면 어머니가 돌아가신 후 명절 때면 운남댁에게 송옥의 새 옷을 당부한 사람은 언제나 송정이었다. 또 여름이 되기 전 어여쁜 매듭으로 장식된 부채를 송옥에게 보내 준 이도 송정이었다. 그의 배려는 늘 송옥을 향해 있었다.

"아휴, 색이 곱기도 합니다. 어서 치마허리에 걸어 보셔요, 아기씨."

설이는 부러운 눈초리로 노리개를 쓰다듬으며 송옥을 재촉하였다.

"혼인도 하지 않은 내가 이런 것을 해도 되는 것이야?"

"큰도련님께서 설마 아기씨가 해선 안 되는 것을 보내셨겠습니까? 걱정 마시고 얼른 차 보세요."

"하긴, 오라버님께서 그럴 분은 아니지."

송옥은 백옥으로 된 노리개를 조심스레 치마허리에 찼다.

"세상에, 고거 하나 다셨는데도 이리 태態가 고와지시네요! 아기씨, 그네 타러 가시지는……"

설이가 송옥의 눈치를 살피며 말했다.

"탈 줄도 모르는데 가서 무엇하겠니? 지난번처럼 괜히 모두에게 폐만 끼치지……"

송옥은 일 년 전 오늘이 떠올라 눈살을 찌푸리며 답했다.

**

초경이 있은 후 처음으로 나선 단오 구경이었다. 송명은 아침부터 교우交友들과 함께 장터로 출타를 하였고 송정은 성균관 유생들에게 치도곤을 당한 후 무엇에도 의욕을 보이지 않는 상태로 넋을 잃고 있었다. 거기 상처 입은 몸과 마음이 있으며 동시에 없었다.

최 대감의 허락을 구하러 사랑채로 갔던 송옥은 서안書案 앞에서 멍하니 앉아 있는 송정의 옆모습을 한참이나 바라보았다. 총기가 넘치던 눈빛이 초점을 잃었다. 아니, 초점은 자기 안으로만 향해 있는 것 같았다. 그리고 그녀에게 눈길 한번 주지 않았다. 송옥은 한숨을 감추지 못했다. 설이를 앞세워 둘러본 장터는 활기 있고 신기한 물품들로 가득했지만 송옥은 북적거리는 사람들의 열기를 감당하기 힘들었다.

"장터 구경은 이제 되었으니 솔밭에나 가 보자."

송옥의 명에 순종하긴 했지만 발걸음을 돌리는 설이의 얼굴엔 아쉬움이 넘쳤다. 그러나 솔밭에서 하늘을 날아오르듯이 솟구치는 낭자들의 가벼운 몸짓에 그런 아쉬움은 멀리 달아나 버렸다.

나무집의 솔밭은 평시엔 인척들과 손님들 외에 동리 사람들에겐 공개되지 않는 장소였다. 그러나 단옷날 하루만은 예외였는데 솔밭 가장자리에 솟은 느티나무 때문이었다. 푸른 하늘을 머리 삼은 커다란 느티나무는 그넷줄을 매기에 안성맞춤이었다. 그래서 최 대감도 단옷날만큼은 솔밭을 열어 놓아 인근의 모든 낭자들이 그네 타기를 할 수 있도록 배려해 주었던 것이다. 물론 송옥 자신은 다른 낭자들처럼 신 나게 그네 타기를 즐기지는 않았다. 하지만 해사하니 차려입은 제 또래의 낭자들이 길고 튼실한 그넷줄을 부여잡고 가벼이 공중을 오르내리는 걸 홀린 듯이 쳐다보며 즐거워했다.

"아니, 너 송옥이 아니니?"

즐거웠던 시간은 송옥을 알아본 먼 친척 여인에 의해서 위기의 순간으로 변해 버렸다. 어릴 적부터 짓궂게 송옥을 놀리는 걸

즐겼던, 아연이란 여인. 동그란 얼굴에 오똑이 솟은 콧날이 귀염상인 그녀는 또 그렇게 귀여운 미소를 지으며 억지로 송옥을 그네에 태웠다.

"예까지 나와서 그네 한번 타지 않겠다는 게 말이 되니? 자, 자, 어렵지 않아. 어서!"

손윗사람의 명을 거스르는 법을 몰랐던 송옥은 하얗게 질린 낯을 하고서 그네에 몸을 실었다. 괜찮았다. 살랑, 바람이 귓전을 간질이는 느낌도 좋았다. 사달은 아연이 송옥의 몸을 힘껏 밀어 올리면서부터였다.

"아이고, 아기씨!"

설이가 질겁하고 그녀를 말렸지만 아연은 아랑곳하지 않았다.

"괜찮다. 이 정도는 올려붙여야 그네 탔다 자랑을 할 것이 아니니!"

아연의 목소리가 다른 낭자들의 웃음소리와 섞여서 송옥의 귀에 들어왔다. 하얗게 겁에 질린 그녀를 향한 비웃음이었다. 귀를 떼어 내고 싶을 정도로 치졸한 웃음소리들. 멀리, 멀리 자신의 몸이 하늘에 닿을 듯이 비상하자 송옥은 눈을 감았다. 손가락 마디, 마디 아프도록 세게 쥐었던 그넷줄도 느슨하게 손에서 멀어졌다. 순간, 그녀는 자신의 몸이 가벼워짐을 느꼈다. 가볍고도 가벼워 꽃잎처럼 흩날리는 것 같은 찰나, 송옥의 몸이 공중으로 날았다.

"아기씨!"

외마디, 설이의 비명이 솔밭을 뒤흔들었다. 송옥이 정신을 차리고 눈을 뜬 것은 송정의 품이었다. 까암빡, 까암빡, 천천히 눈을 감고 여는 그녀를 들여다보던 송정이 조용히 입을 열었다.

"송옥아, 정신이 드느냐? 오라비를 알아보겠느냐?"

그녀는 가만히 송정의 눈동자를 보기만 했다. 그의 눈동자 안에 숲이 있었다. 숲에 그녀가 들어가 있었다. 송정의 숲에서 자신을 발견하며 침묵하는 송옥이다. 아직 몸이 성치 못했던 송정은 그녀를 조금은 힘겹게 안고 일어서며 설이에게 명했다.

"너는 달려가 집으로 의원을 모셔 오너라."

엄중하고 냉정한 음성이었다. 대제학과 임금이 인정한 천재, 백학의 눈빛은 차갑고도 차가웠다. 그 서늘한 눈빛에 사죄를 하려 다가서던 친척 누님조차 얼어붙어 버렸다. 집으로 발걸음을 옮기기 전 송정이 그녀에게 예를 갖추기는 했으나 제대로 답을 할 수 없을 만큼 얼음장 같은 그였다.

얼마 전 성균관 내에서 그의 학식을 시기하고, 그의 몸을 비웃던 유생 무리가 비겁하게 숨어서 치도곤을 때린 사건이 낭자들 사이에서 되살아났다. 또 낭자들 사이에 봄바람을 불러일으킨 송정의 차갑고도 아름다운 얼굴에 대해서도 소문의 구름이 일어났다. 여기저기 상처가 아물지 않은 백색의 얼굴은⋯⋯ 아름다웠다. 기이한 아름다움이었다. 불길하다, 저주임에 분명하다⋯⋯. 그렇게 말이 많았던 백학의 얼굴은 아름다웠으며, 그 풍채 또한 늠름하기까지 했다. 그러나 정작 당사자인 송정은 자신의 소문에 대해 무관심했으며 침묵 속에서 누이에게 집중했다.

집으로 가는 내내 송정의 품에 안겨 그의 가슴에 머리를 기대고 있던 송옥이 입을 열고 처음으로 한 말은 엉뚱한 것이었다.

"묵향이 납니다."

그녀는 한 손으로 송정의 옥색 두루마기 자락을 잡고 있었다.

"무어라 했니?"

"오라버니에게선 늘 묵향이 보여요."

그녀의 말을 묵묵히 듣고 있던 송정은 반듯한 송옥의 이마에 고개를 숙이고 싶은 마음을 가까스로 다스렸다. 그리고 눈을 감은 채 크게 숨을 들이쉬고는 말을 이었다.

"너는 난향이다. 네가 앉았다 일어선 자리에서조차 향이 은은한……."

"오라버니."

"그래."

"비밀 하나 말씀드릴까요?"

"비밀이라…… 말해 보아라. 너는 늘 내게 비밀을 말해 주었지. 갇힌 내게, 갇히지 않는 네가……."

"안개가…… 자줏빛 안개가…… 이따금씩 보여요."

순간, 송옥의 몸을 감싸고 있던 송정의 팔과 손에 힘이 가해졌다. 그의 눈빛이 변했다.

"네가 어릴 때 보았던 그 안개 말이니?"

"예, 완전히 사라진 줄 알았는데 아닌가 봐요. 그래서…… 겁이 납니다. 안개가 보이면 항상 나쁜 일이 일어났으니까요. 제 마음이 맑지 못하여 이런 것일까요?"

송정의 두루마기 자락을 잡고 있는 송옥의 손에도 힘이 가해졌다. 눈동자엔 물기가 어렸다. 그것을 느낀 송정은 팔을 끌어당겨 송옥을 제 가슴으로 바짝 당겨 안았다.

"천하에, 아니, 천상에도 너의 마음처럼 맑은 것은 없다. 아무 일도 없을 것이다. 아무 일도……."

그의 말을 끝으로 둘은 집으로 돌아올 때까지 아무 말도 하지 않았다. 서로의 몸과 마음에 기댄 채로.

망우재에 송옥을 내려 주고 의원에게 보이는 동안 소식을 듣고 쫓아온 송명에게 자리를 내어 준 송정은 그저 그녀의 이마를 한번 짚어 주고는 사랑채로 돌아가려 했다.

"오라버니, 어찌 아셨어요?"

"무엇을?"

"제가…… 그곳에 있는지 어찌 아셨어요? 어찌 아시고 그리로 오셔서 잡아 주셨나요?"

송옥의 물음은 송명의 불타는 눈빛과 함께했다. 평소였다면 답해 주지 않았을 것이다. 특히나 송명이 그리 화가 난 눈빛을 하고 있을 때는. 그러나 그날의 송정은 조금 달랐다.

"아까 네가 아버님께 고하지 않았더냐. 단오장을 구경하겠다고, 그네 타기도 보겠다고……. 그리하여 알았다."

"하지만……."

자신에게 눈길도 주지 않았던 송정의 답에 송옥은 말을 삼켜 버렸다. 실은 모두 열려 있었던 것이다. 송정은, 모두 그녀에게로.

"그러하면 떨어지기 전에, 아니, 아연이란 년이 송옥이를 그네에 태울 때 왜 말리지 않으셨습니까!"

버럭, 성을 내는 송명에게 송정은 진정으로 눈길을 주지 않고 답했다.

"아녀자들만 있는 곳에 어찌 사내가 함부로 나설 수 있었겠느냐. 그리고 손윗사람임에 틀림없는 인척 누님께……."

"되었습니다! 누님은 무슨, 내 그년을 가만두지 않을 것입니다!"

"행여 또 고삐 풀린 망아지처럼 굴어서 가문에 먹칠하지 말고 자중해라. 송옥이는…… 의원께 잘 뵈고."

빠득, 송명은 이를 갈았다. 망우재를 나서는 송정을 바라보는 송옥의 시선에 마음을 갈았다.

그날로 앓기 시작했다. 조금 놀라고 발목을 삐었다는 의원의 말과는 달리 송옥은 해 질 녘부터 열이 끓기 시작하여 몇 날 며칠을 앓았다. 다시 불려 온 의원이 송명의 분노에 사색이 되어 치료를 했건만 나아지는 기색은커녕 열은 점점 높아져 갔고 의식은 희미해져 갔다. 고열에 시달리면서도, 가쁜 호흡에 고통스러우면서도, 어렴풋한 의식의 와중에도 송옥은 표정을 찡그리지 않으려 애썼다. 그런 그녀의 애씀을 송명은 견디지 못했다.

"아프면 아프다고 해라. 힘들면 힘들다고 해! 참지 말고 그냥…… 송옥아……."

애처로워 견디지 못하는 음성과 눈빛에도 송옥은 의식을 차리지 못했다. 의원의 치료도, 종복들의 간병도, 송명의 밤낮 없는 걱정도 그녀의 눈을 뜨게 하진 못했다. 무엇도 그녀의 의식을 발열의 저편에서 끌어오지 못하는 시간들이었다. 그리고 열기의 저편이 아닌 현실의 그늘진 곳에 송정이 있었다.

  그는 송옥의 곁에서 간병을 하던 송명이 잠시 자리를 비운 순간이 되어서야 누이의 곁에 머무를 수 있었다. 이마에 얹힌 수건을 살포시 들어 깨끗하고 차가운 수건으로 갈아 주거나 때때로 자신의 창백한 손등을 내밀어 그녀의 볼을 쓸어 주었던 손길. 송옥이 고통을 참으려 눈썹을 찡그리면 길게 한숨을 쉬며 그녀가 좋아하던 시를 읊어 주기도 했던 숨결. 고요했으나 숨길 수 없는 그의 존재에 송옥은 무의식중에 반응을 보였다. 송정의 손길이 자신의 이마에 닿을 때면 그 서늘함에 그를 향해 고개를 살짝 숙였다. 그의 숨결이 언어를 통해 자신에게 들어오면 다소나마 편안한 숨을 내쉬며 자신의 의식을 알렸다.

  "대신…… 대신 아팠으면…… 너를 대신하여 내가 아팠으면……. 매를 맞고 처참해진 내 꼴을 보고 네가 울면서 그랬지. 나를 대신해 네가 아팠으면 좋겠노라고. 꿈인 줄만 알았는데, 아니었어. 꿈이 아닌 현실에서 그리 말해 주었지. 지금 내가 그러하구나. 네 몸의 모든 열이 내게 옮겨지기를 매일 빌고 있다. 내가 저주했던 그 천지신명께 사죄하며 다시금 빌고 있어."

  송옥이 앓기 시작한 이후 처음으로 그녀의 손을 잡으며 송정이 말했다. 송옥의 열이 절정으로 치닫던 밤. 얼음장처럼 차가운 이마의 아래, 붉디붉은 열꽃에 몸과 혼을 빼앗긴 그녀가 송정의 손을 놓치지 않으려 애쓰고 있었다. 그녀의 또 다른 애씀에 송정은 또 처음으로 표정을 바꾸었다. 고통이 차오름을 참을 수 없어 하는 남자의 표정이었다.

"오라버니…… 송옥이를…… 놓지 마세요. ……그리하시면 송옥이는…… 살 수가…… 없어요. 그러니까…… 저를 놓지 마세요. 절대로…… 절대로……."

믿을 수 없는 힘이었다. 그리 말하며 송정의 손에 가해지는 그녀의 힘. 믿을 수 없이 강하고 끈질겨서 더욱 안쓰럽고 슬픈 힘이었다.

"놓지 않으마. 절대, 어떤 일이 있더라도, 너를 놓지 않고, 포기하지도 않으마. 너는 나의……."

"누이지요. 우리의 소중한 누이."

송명이었다. 소리도 없이 다가와 그들을 노려보고 있던 송명은 그대로 불이었다. 불의 파수꾼, 그가 곁으로 다가오자 송옥의 의식은 다시 점멸되었다. 그 사실에 송명의 불은 더욱 미친 듯이 타오르기 시작했다.

"정신을 잃은 것이냐? 형님과 있을 때는 말까지 하던 네가 어째서…… 매일 네 곁을 지킨 내 앞에선 정신까지 잃는 것이냐!"

"소리 낮춰라. 병자이지 않느냐. 대체 무얼 불평하는 것인지 모르겠구나."

말과 눈을 감고, 의식을 감춘 송옥을 향해 화를 내는 송명, 그에게 송정은 조용하지만 엄한 목소리로 말했다. 그러나 그에 굴할 송명이 아니었다.

"당연히 모르시겠지요. 형님께서 이 아이에 대해서 진실로 알리가 없지요. 얼마나 가엾은 아이인지, 얼마나 외로운 아이인지!"

그는 송옥의 손을 잡고 있는 송정의 팔을 거칠게 잡아당겼다.

"무슨 짓이냐! 마음만큼이나 네 하는 짓도……. 그만하자. 송옥이가 이리 앓고 있는데 형제끼리 다툼이라니……."

송옥의 손을 이불 위에 살며시 놓으며 송정이 낮은 목소리로 이렇게 말하자 송명은 굵은 눈썹을 더욱 찌푸렸다.

"역시 고고하시고 생각 깊으신 형님다운 말씀이십니다. 하나 저는 형님 말씀처럼 마음도, 하는 짓도 개망나니 같은 놈이니 형님께서 곁에 계시면 계속 큰 소리를 낼 것 같습니다. 그러니 어쩌겠습니까, 형님께서 이만 정우당으로 물러나셔야지요."

"운남댁을 부르겠다. 너도 그만 명경당으로 돌아가거라."

"그럴 수 없습니다. 송옥이 곁은 제가 지키겠습니다. 송옥이를 지키는 사람은 누구도 아닌 저입니다. 아시겠습니까? 괜히 운남댁을 불러 분란을 일으키지 마시고 어서 돌아가시지요."

물러섬이 없는 송명의 태도에 송정은 차갑게 표정이 굳었지만 더 이상 동생의 분노를 건드리지는 않았다. 다만 송옥의 이마를 한 번 더 짚어 주었을 뿐. 그런 송정이 자리에서 일어나자마자 송명은 형의 자리를 차지했다. 그리고 말했다.

"너의 정신이 여기에 머물건, 머물지 않건 나는 네 곁을 지킬 것이다. 너를 지키는 것은 오직 나뿐이니까. 진실로 너를 지키는 것은……."

허식이 없는 거친 그 진심의 불꽃이 일렁거렸다. 일렁이는 송명의 불꽃은 그날 아름다운 정념의 불꽃 하나를 깨워 놓았으니 그녀, 자하녀였다.

뿌리까지 흔들리는 그의 목소리.

"이름이 무엇이라고?"

"자하녀…… 내가 싫은 것이니?"

"아니, 아니다. 싫지 않다. 싫을 리가 없지 않느냐. 너인데…… 싫을 리가……. 한데 네가 정녕…… 네 이름이 자하녀냐? 그리 생각하느냐?"

"그럼 내가 누구일까? 후훗! 내가 싫은 것이 아니라면 나를 안아 주어야지 무얼 하는 것이지?"

"뭐? 무어라고?"

"바보로구나. 계집이 안아 달라 하는데 무어라고 묻는 사내, 참 재미없구나!"

그러면서 덥석! 자하녀는 송명의 가슴에 안긴다. 놀란 송명의 두 팔이 솔개의 날개처럼 벌어진다. 요동치는 그의 가슴에 얼굴을 묻고 볼을 비비던 자하녀가 고개를 든다. 붉은, 벌어진 꽃잎이 송명의 입술을 덮는다. 낮은 신음이 그의 입술에서 새어 나오자 자하녀의 입술에서 웃음이 샌다. 송명이 퍼뜩 날개를 접어 자하녀를 꼭 부둥켜안는다. 이제 신음은 둘 다에게서 새어 나온다. 자하녀가 그의 입술을 놓아주었을 때 송명은 눈을 감은 상태였다. 그녀는 반들거리는 입술을 핥으며 다시 웃음을 흘렸다.

"말은 재미없는 사내인데 입속은 재밌고나. 뜀박질하고 있는 가슴도 재미있을 것이지? 아마…… 여기도? 후후후후."

자하녀의 새하얀 손이 송명의 아랫도리를 훑는다. 기겁한 그가 그녀의 손목을 잡자 자하녀는 다시 웃음을 터트리며 그의 가슴에 볼을 기댔다.

"싫지 않을 것인데 그리 정색을 하는 것이니? 싫지 않을 것이야. 아니, 원할 것이야. 그렇지 않아? 나를 품는 것, 나를 갖는 것, 간절히 원하는 것일 게야. 내가 그러하듯이. 아니니?"

송명은 대답하지 못한다. 대답하지 못하는 그의 입술을 자하녀의 입술이 다시 덮는다.

"그래, 원해……. 너는 온전히 내 것일 테니……. 나만의 것인 너를 원하고 원해."

욕망의 김이 솟았다. 자하녀의 몸이 그를 휘감는다. 그때 열의 저편에서 희미하게 깜박거리는 송옥의 의식이 눈을 떴다. 옅은 자줏빛 안개가 일렁거린다. 숨을 부여받은 살아 있는 생명체인 양 꿈틀거리는 안개가 망우재를 휘감고 있다. 송옥은 두려운 마음으로 눈을 뜨고 자하녀와 송명을 본다. 입술과 허리와 다리가 뜨겁게 얽히고 있는 남녀다.

보았지만 응당 꿈일 것이라 생각한다. 악몽일 것이라 생각한다. 그렇지 않고서야 자신의 곁에서 낯선 여인과 오라버니가 저리할 리 없다고 생각한다. 그럼에도, 꿈일 것임에 틀림이 없을 테지만 욕정으로 가득한 저 여인과 송명을 떼어 놓아야 한다고 생각하고 또 생각했다. 생각은 생각일 뿐, 송옥의 의식은 고통의 저편에 갇혀 정욕을 나누는 송명과 자하녀에게 닿지 못했다. 언제나 그러했다. 송옥의 의식은 불타오르는 자하녀의 몸에 닿지 못했고 말릴 방법도 찾지 못했다. 안개는 점점 짙어지고 뒤엉킨 남녀의 몸 위로 내려앉는다. 안개의 이편, 눈물도 흘릴 수 없는

나무집 이야기

고통의 정점에서 그녀는 결국 의식을 닫아 버리고 그들에게서 멀어졌다. 송명과 자하녀의 첫 정욕의 밤은 닫힌 송옥의 의식 곁에서 깊어지고 짙어졌다.

자하녀는 그렇게 송옥의 의식이 열기의 저편에 갇히고 닫힌, 깊고 깊은 밤에 나무집에서 다시 솟아났다. 솟아나고 뒤엉키고 얽힌 그녀의 벌거벗은, 아름다운 몸 아래에서 송명의 젊은 육신과 송옥의 의식이 신음하는 밤들이 그날로부터 이어졌다.

**

생각이 그에까지 미치자 송옥의 한숨은 더욱 깊어졌다. 그리고 그네를 타지 않을 것임이 분명한 송옥의 반응에 설이는 실망한 기색이 역력하다. 송옥은 표정이 글자처럼 드러나는 설이의 얼굴을 보며 살짝 미소 지었다.

"설아, 그러면 나는 되었으니 너라도 장터 구경도 하고, 씨름도 구경하고 오렴."

"네?"

송옥의 말에 설이의 눈은 호랑이를 본 양 휘둥그레진다.

"무얼 그리 놀라. 나는 바깥구경이 반갑지 않은 사람이라 네가 답답할 것이야. 그러니 단옷날 재미있는 구경 많이 하고 와서 내게 이야기도 해 주고 하라는 것이다."

설이의 마음은 이미 담장을 넘어 단옷날 흥으로 술렁이는 장터로 내달렸다.

"하지만 쇤네 혼자서 어찌······."

"되었다. 저녁 때 창포탕이나 잘 만들어 오렴."

"네, 아기씨. 감사합니다."

잰걸음으로 나가는 설이의 옷자락이 팔랑이며 날갯짓을 했다.

저녁, 창포탕을 만들어 온 것은 설이가 아닌 운남댁이었다. 송옥이 창포탕에 머리 감는 것을 도우며 운남댁은 퉁명스레 말했다.

"다 큰 계집년이 어찌 그리 조심성이 없는지, 제 치맛자락에 발이 걸려 넘어지는 것이 어디 가당키나 한 일입니까?"

"장터에 사람이 많아 그리된 것이겠지. 그래도 그만하니 다행이네."

"하필 발목을 삐어서 아기씨 시중도 못 들고······."

"사람이 상하지 않는 것이 중하지."

"하기야······ 그나저나 하이고, 아기씨 머릿결이 비단 같으십니다."

운남댁은 창포탕에 잘 헹군 송옥의 머리채를 무명 수건으로 말려 주며 감탄했다.

"그러한가? 그래······ 그러고 보니 어머님 머릿결도 참 좋으셨지. 쪽을 찌신 머리가 늘 향기롭고 정결했어."

송옥이 돌아가신 어머니에 대해 언급하자 운남댁은 눈썹을 움찔하며 손놀림을 멈췄다.

"안방마님······ 기억이 많이 나십니까?"

"아기 때도 아니고 열 살 때 돌아가신 분에 대한 기억이 적을

나무집 이야기

리가 없지."

대답은 그리했지만 송옥의 기억 속에서 어머니는 항상 멀리 있는 분이었다. 멀리, 마음의 거리가 멀리 있는 분.

**
*

조심스러운 빗질이었다. 어린 송옥의 머리칼을 단정히 빗질하던 손길은…… 운남댁이었다. 어머니가 아니었다. 송옥을 앞에 앉혀 놓고 운남댁이 빗질을 하면 그저 멀찍이서 바라보면서 훈계를 할 뿐이었다.

"아녀자는 잠이 들어서도 몸가짐을 함부로 해서는 아니 되는 것이야. 그런데 너는 어찌 그리 잠버릇이 험해서 머리칼을 그 모양으로 만들어 버리는 것이냐? 거기, 귀 뒤쪽이 일어났구려. 다시 빗질하게."

운남댁에게 이런저런 훈수를 두는 것도 잊지 않았다. 그러나 절대 어머니 스스로 빗을 들고 송옥의 머리칼을 어루만져 준 일은 없었다.

"아기씨 머리칼에서 윤이 반질반질한 것이 참말로 검정 비단 같지 않습니까?"

운남댁이 잘 빗질된 송옥의 머리칼을 손바닥으로 쓸어내리며 그렇게 물었다.

"그래…… 참 곱구려. 저 나이 때 여자아이들은 다 저러하겠지. 저렇게 윤이 나고 어여쁠 것이야. 모두…… 그 아이도……."

그렇게 답하는 어머니의 눈빛은 송옥의 어깨 너머, 먼 곳을 바라보았다. 자신을 보지 않는 어머니. 송옥은 그때마다 어깨를 움츠렸다. 차가운 바람이 어린 어깨를 할퀴고 지나가기라도 한 것처럼. 춥고 아팠다.

"흑나비의 날개도 우리 송옥이 머리카락보단 덜 어여쁘지?"

춥고 아픈 송옥을 업어 주며 달래 준 것은 송명이었다. 시무룩하게 입술을 삐죽이며 향유재 대청마루에 걸터앉아 다리를 까딱거리고 있는 송옥을 업어 주었다. 송명은 그런 오라비였다. 친척 어르신이 왜관倭館에서 구해 온 오화당五花糖*을, 오직 장자에게만 주어진 맛난 간식거리를 송옥의 손에 쥐여 주며 송옥을 업어 주는 오라비. 송옥은 그의 등에서 눈물을 참으며 잠이 들곤 했다.

손님이 오신 날은 절편을 만들기도 했다. 무늬가 예쁜 떡살로 눌러 만든 맛 좋던 절편에 군침을 삼켰다. 어린 송옥이 어머니가 만든 절편을 멀찍이서 바라본다. 당연히 손님의 다과상에 먼저 올렸던 절편. 그리고 송명과 송옥에게 각자의 몫이 주어졌다. 그러나 달랐다.

"우리 송명이, 자, 맛나지?"

어머니의 젓가락은 절편을 집어 송명의 입으로 가져다 나르는 제비의 입 같았다. 한 번도 송옥의 입으로 절편을 집어넣어 준 일이 없었다. 물론 송옥의 앞에도 똑같은 양의 절편이 놓이기는 했다. 그러나 같은 절편인데도 송옥은 차갑다고 느꼈다. 송명의 입

---

* 오색으로 물들여 만든 둥글납작한 사탕.

으로 들어가는 절편이 더 맛나고, 따뜻하게 느껴졌다.

"어머니, 송옥이도 주세요."

언제나 그러하듯이 송명은 누이를 챙겼다.

"그래, 송옥이도 어서 먹으렴."

말로 권했다. 타인에게 권하듯이 말로만. 어머니의 말에 송옥은 서툰 젓가락질로 절편을 집어 올려 입으로 밀어 넣었다. 그리고 눈물이 고여 드는 것을 참았다.

"어째 먹지 않니? 맛이 없니?"

송옥이 서러워하면 송명은 입을 다물어 버렸다. 그리고 동생을 물끄러미 바라보았다. 가여운 작은 새를 보는 것같이. 그의 두 손으로 감싸 줘야 할 작은 새.

"하나 더 먹어 보렴. 조청이라도 찍어 주련?"

안타까운 재촉이었다. 어머니는 입을 다물어 버린 아들을 달랬다. 송옥의 가슴속에서 알 수 없는 서러움이, 차가운 서러움이 차올랐다. 그리고 송정을 떠올렸다. 자신보다 더 어머니와 멀리 떨어진, 어둠이 품은 오라비를. 보고 싶고 또 보고 싶었다. 그래서 밤이 되면 달렸다. 달려가서 숨겨 놓은 절편을 송정에게 내밀었다.

"자, 오라버니 것. 맛있어요."

그렇게 송옥의 작은 손이 내미는 절편을 송정은 또 반으로 나누어 누이의 입에 먼저 넣어 주었다. 어머니가 해 주지 않은 것을 송정이 해 주었다. 가슴속에서 서럽게 응어리졌던 차가움이 조금씩, 조금씩 녹아 갔다.

"네 입에 들어가는 것부터 보자. 그래, 참 예쁘다."

웃으면서, 눈물을 글썽이지만 웃으면서 오물거리는 송옥. 그렇게 송옥이 절편을 먹는 것을 보고서야 제 입에 넣던 송정. 둘은 서로에게 어미 새가 되어 주었다.

**

아련하고도 시린 기억에 잠겨 있을 때 운남댁이 송옥의 머리를 수건으로 감싸며 말했다.

"이제 잘 말리시면 됩니다. 쇤네가 기다렸다가 머리를 빗겨 드리겠습니다."

"아니네. 곤할 텐데 쉬게. 이대로 서책을 보고 싶네."

"너무 늦게까지 서책을 보시면…… 또 몽유를 하실 수도 있으니 일찍 주무십시오."

아랫사람답지 않은, 당부하는 것 같은 음성이다. 하지만 송옥은 개의치 않았다. 어머니가 돌아가신 후로 운남댁은 늘 그러했으니까.

"알았네."

운남댁이 나가고 나서야 송옥은 온전히 그녀로서 편히 쉴 수 있었다. 열어 놓은 창으로 밀려들어 온 바람이 송옥의 머리채 사이사이에서 물기를 앗아 갔다. 송옥은 송정이 보낸 노리개를 서안 위 오른편에 올려 두고 서책을 읽으며 때 이른 더위를 식혀 주는 바람에 살짝 미소 지었다. 바람의 손가락이 그녀의 머리칼을

나무집 이야기

빗어 준다. 바람의 숨결이 그녀의 목덜미를 서늘하게 감싸 준다. 형체 없는 바람의 가슴이 그녀의 젖은 등을 안아 준다. 그리고 그 바람의 혼에서 송정을 느끼는 송옥이다. 그래서 더 고요히, 더 희미하게 미소 지을 수밖에 없는 그녀이기도 했다. 그때, 송명의 목소리가 바람을 망우재 밖으로 밀어내었다.

"송옥이 자느냐?"

"아닙니다."

갑작스러운 송명의 부름에 송옥은 자신이 머리채를 풀어 헤치고 있다는 사실도 잊은 채 대답하고는 자리에서 일어났다. 방으로 들어선 송명은 그런 송옥을 보고 흠칫 놀랐다.

"누, 누구냐!"

소리를 치는 그에게 송옥이 더욱 놀라 눈을 동그랗게 뜨자 송명이 이내 웃음을 터트렸다.

"귀신인가 했다! 하하, 귀신인가 했어! 그 모양으로 서책을 읽고 있었느냐? 괴이하구나, 우리 누이 괴이해!"

송옥은 그제야 자신의 머리채를 한 손으로 잡고 안절부절못하였다. 송명은 허리를 굽히고 큰 웃음을 터트렸고 송옥은 황급히 얼레빗을 찾았다. 왼손 가득 자신의 머리채를 부여잡고 거칠게 빗어 내는 그녀를 웃으며 바라보던 그는 송옥의 손에서 얼레빗을 빼앗았다. 그러고는 그녀를 자기 앞에 앉혔다.

"그러다 머리칼 다 뽑히겠다. 보자, 오라비가 빗어 주마."

"아니 됩니다. 어찌 오라버니께서……."

"혹시 형님께서 아실까 봐 그러느냐? 걱정 마라. 아버님과 형님께선 출타 중이시다. 내일쯤 돌아오실 거야."

 송명에게서 희미하게 술 냄새가 났다. 그가 취했을 때는 무슨 일을 하건 말릴 수 없다. 송옥은 송명이 하는 대로 머리채를 맡기기로 한다. 다소 거친 그의 빗질에 송옥은 비할 바 없이 부드러웠던 다른 빗질을 떠올렸다.

 어머니가 돌아가신 후 어둠 속에서 송옥의 머리를 만져 주었던 송정이 있었다. 송옥이 열어 주었던 비밀의 문을 통해 들어왔던 운영각에서 아무도 모르게. 영창 너머 달빛이 오누이를 비추면 그는 송옥의 머리를 빗질해 주었다. 그의 손길은 운남댁의 그것에 비하면 서툴렀지만 항상 더 부드럽고 한없는 인내심으로 송옥의 엉킨 머리카락을 천천히 빗겨 내려 주었다.

 "낮에 무얼 하고 놀았기에 이리 머리칼이 엉켰어. 아프지도 않더냐?"

 엉킨 부분을 빗으로 풀어내는 송정의 손짓이 얼마나 조심스러웠는지 송옥은 꾸벅꾸벅 졸 지경이었다. 그렇게 졸다가 그의 질문에 송옥은 고개를 절레절레 흔든다.

 "아프지 않아요."

 "그래, 아프지는 않았다 하고, 아프지는 않지만 무얼 하며 놀았는지도 물었다."

 "몰라요. 기억나지 않아요."

 "어째 기억나지 않을까?"

 조심스럽지만 집요한 빗질로 기어이 엉킨 부분을 풀어낸 송정이 또 물었다. 송옥은 다시 고개를 좌우로 흔들었다.

나무집 이야기 135

"어째서인지도 몰라요. 그냥…… 자줏빛 안개가 보였어요. 그리고 머리도 엉키고 옷도 지저분해지고 그랬어요."

"또…… 그랬구나."

오래된 기억 속에서 송정과 송명의 모습이 겹치고 마음이 겹친다.

"참빗이 여기 있나?"

송명은 참빗이 담긴 바구니를 내리려 일어섰다. 그리고 참빗을 찾아 송옥의 머리를 천천히 빗겨 내린다. 보드라운 그녀의 머리칼이 그의 손안에서 향기를 일으키고 송명은 지그시 눈을 감았다.

"창포로 머릴 감은 게로구나. 향이 참 좋다."

"네, 단옷날이니까요."

찬찬히 송옥의 머리를 빗기는 송명에게서 땀 냄새가 났다. 서책보다는 활동하기 좋아하는 송명인지라 평소에도 땀 냄새가 송정에 비해 많이 나긴 했지만 오늘은 조금 다르다. 무엇이 다르지? 송옥은 송명의 두루마기 자락이 어깨를 스칠 때마다 풍기는 향내에 신경을 기울였다. 하지만 송명이 그녀의 머리채를 모두 땋을 때까지도 송옥은 무엇이 다른지 알아낼 수 없었다.

그녀의 머리카락을 땋고 난 후에도 송명은 가만히 눈으로 그녀의 목덜미와 어깨를 한참 동안 바라보았다. 송옥의 흑발은 유달리 부드럽고 윤이 흐른다. 그리도 검은 머리칼이 드리운 새하얀 목덜미는 백목련 같기도 하다. 송명의 커다란 손이 송옥의 어깨를 향해 마음을 뻗는다. 아주 조금만, 조금만 더……. 손가락이 그녀의 여린 어깨에 닿으려는 찰나 그는 주먹을 꽉 쥐며 마음을 물린다. 질끈, 눈을 감는다. 눈을 감고서 오직 송옥의 향기만을 느껴 본다. 산뜻한 초록의 향내다. 안개비가 품은 꽃향기다. 머금고 싶은 여인의……. 그는 퍼뜩 눈을 떠 버렸다. 그때 송명은 서안 위에 놓인 노리개를 발견했다.

"처음 보는 노리개구나. 단오장터에서 샀니?"

송정이 보내 준 노리개를 손에 들고 그가 무심히 물었다.

"아닙니다. 큰오라버니께서 보내 주신 겁니다."

이유는 알 수 없으나 송옥은 이리 답하며 송명에게 미안함을 느꼈다.

"그래? 언제 주셨지?"

노리개를 내려놓으며 송명이 물었다.

"오늘 아침에 설이를 통해 받았습니다."

"아침이라…… 큰일 앞두고 참 대단도 하시구나. 이런 것까지 챙길 정신도 있으시고."

송옥은 그의 말에서 가시를 느낀다.

"네? 무슨, 큰일이 있습니까?"

"인륜지대사니 큰일이지. 오늘 아버님과 형님이 대제학 영감 댁에 가셨다. 입암 대감의 막내 되시는 분, 그러니까 곧 형님의 장인어른이 되실 어른께 형님을 선뵈기 위해서지. 몰랐더냐?"

"그간 일이 그렇게 진행된 줄은 몰랐습니다."

"장인 되실 분이 무려 승정원 좌승지시니 가문의 경사지 뭐냐."

송명의 음성에서 분노를 느낀 송옥은 고개를 돌려 그를 바라보았다. 무엇에 성이 났는지 그의 눈동자가 흔들리며 타오르고 있었다. 깊은 곳으로부터, 맹렬하게 타오르는 불길이었다.

"왜 그리 표정이 어두운 것이냐? 너는 형님께서 혼인하는 것이 싫은 것이냐?"

송명의 노기는 이제 송옥을 향해 있다. 그녀는 고개를 숙였다.

"그럴 리가 있겠습니까. 좋은 가문과…… 혼인하시는 데 참으로 경사스러운 일이지요."

당황한 송옥이 이리 말해도 송명은 세운 날을 거두지 않았다.

"그런데 네 표정은 오라비의 경사를 축하하는 누이의 표정이 아니지 않느냐."

"무슨 말씀이신지 저는……."

"정녕 모르느냐? 모르는 척하는 것이냐?"

송명의 다그침에 송옥이 고개를 든다. 투명한 얼굴이다. 지나치게 투명해서 손가락 하나, 숨결 하나 함부로 건넬 수 없을 것 같은 그녀의 얼굴에 송명은 제가 먼저 눈을 돌리고 만다.

"아니다. 내가 술에 취하여 말이 길을 잃었나 보구나. 그리 놀랄 것 없다. 누가 감히 너를 추궁하겠느냐, 어느 누가 감히……."

그러고는 도포 자락 안에서 무언가를 꺼내 송옥의 손에 쥐여 준다.

"댕기가 낡았으면 설이에게 사 오라고 할 것이지…… 청승맞게 다 해어진 것을 머리에 드리우고 있어서 기어이 오라비가 사 오게 한 것이냐."

곱디고운 자색의 비단 댕기.

"왜, 맘에 들지 않는 것이냐?"

"아니…… 예쁩니다. 감사드려요."

숨김이 없는 다정함. 무슨 말을 이어야 할지 말문이 막힌 송옥에게 송명은 다시 숨김없는 다정함을 드러낸다.

"밤이 늦었구나. 우리 송옥이 고이 자게 오라비는 그만 가 봐야겠구나."

거역할 수 없는 다정함이기도 하다.

"예, 오라버니."

그가 방을 나서며 그녀의 머리를 쓰다듬자 송옥은 비로소 깨닫는다. 지분脂粉 냄새다. 송명의 땀 냄새와 섞인, 그래서 다르다고 느낀 것은 바로 지분 냄새 때문이었다. 기녀의 것인지 혹은 다른 여인의 것인지 구분할 수 없으나 자하녀의 것은 아닐 것이라 송옥은 확신했다. 한 번도 자하녀는 그런 지분 향내를 풍기지 않았다. 오직 두렵도록 생생한, 야만적인 살내를 풍길 뿐이었다. 송옥은 차라리 안도했다. 송명이 자하녀를 만난 것은 아닐 것이니……. 손에 송명의 댕기와 송정의 노리개를 쥐어 본다. 두려움이 물러났다. 그 밤, 송옥은 오라비들이 준 노리개와 댕기를 양손에 쥐고 고이 잠들 수 있었다. 악몽은 없었다. 그날 밤만은.

납거

 향유재 화단의 원추리가 짓밟혔다. 최 대감이 며느리에게 내려 준 것이었다. 원추리의 다른 이름, 의남宜男. 여인네들이 아들 낳기를 소망하며 기르던 화초, 그것이 채 꽃을 피우기도 전에 처참하게 짓밟혀 화단에 쓰러져 있었다.
 "아니, 도둑괭이 새끼가 예까지 들어와서 설쳤나 보네! 몇 놈이 발정이 났는지 밤중에 그리 요란스럽더니…… 마님께서 아끼시는 꽃을……."
 망연히 짓이겨진 꽃을 내려다보고 있는 수영의 곁에서 운남댁의 괄괄한 목소리가 울린다. 수영은 답이 없다. 운남댁이 곁눈질로 본 상전의 배가 이제 제법 부르다.
 "앞으로는 제가 잡도리를 단단히 하겠습니다. 송구스러워서 어쩌나……. 이놈의 괭이 새끼들……."
 "고양이가 아닐세."

부른 배에 한 손을 올리고 있는 수영이 조용히 말했다.

"예? 그 무슨 말씀이신지……."

"저기."

이리 말하며 수영은 손을 들어 올리며 화단의 흙을 가리킨다. 사람의 발자국이 선명했다. 크지 않지만 어찌나 힘을 주었는지 선명하게 제 몸체를 남긴 발자국이 어지러이 원추리 주변에 널려 있었다. 운남댁의 얼굴이 굳었다. 하지만 아무 말도 하지 않고 다만 눈을 돌려 망우재 쪽을 한 번 힐끗, 볼 뿐이었다. 그리고 심장이 멎는 줄 알았다. 송옥이 그들의 뒤에 서 있는 것이었다.

"아, 아기씨…… 언제 오셨습니까?"

좀처럼 목소리에 동요를 일으키지 않는 운남댁의 목소리가 떨리고 있었다. 그녀의 말에 시누이를 돌아보는 수영의 시선이 순식간에 송옥의 치마 아래 꽃신으로 향했다. 깨끗했다.

"무엇이 잘못되었는가?"

운남댁의 물음을 무시하고 제 할 말만 내뱉는 송옥의 목소리가 차갑다.

"그것이……."

"누군가 제 원추리를 밟아 놓아 살펴보고 있던 참입니다. 아가씨께서는 누구 짓인 것 같습니까?"

자신의 말을 가로채는 수영의 얼굴에서 분노를 읽어 낸 운남댁은 두 상전의 뒤로 물러났다. 몸을 사릴 때이다.

"제가 어찌 알겠습니까만…… 다만 광녀의 짓이 아닐지 짐작해 봅니다."

"광녀요?"

"아! 동리에 광녀 하나가 돌아다녔는데 그년이 얼마나 날래고 신출귀몰한지 예전부터 골머리를 썩였습지요. 맞네, 맞아. 그년 짓거리가 분명하네!"

물러나 있던 운남댁의 목소리에서 알 수 없는 안도감과 함께 생기가 느껴졌다.

"그런 광녀가 어찌 안채에까지 침범할 수 있단 말인가! 이제까지 어찌 단속을 했기에! 차후로 이런 일이 다시 있을 시 치도곤을 면할 수 없을 것일세. 알겠나?"

날카로웠다. 자존심 센 운남댁도 허리를 숙이며 굽실거릴 수밖에 없었다. 그러나 깊게 숙인 얼굴에 나타난 치욕까지는 지울 수 없었다. 지울 수는 없으나 감출 수는 있는 치욕. 상전들이 안방으로 들어간 후 운남댁의 치욕은 분풀이로 바뀌어 다른 노비들에게 불똥이 튀었다.

"남이, 네놈은 대체 행랑채 문간을 고쳐 놓으라고 몇 번을 이야기해야 되는 게야? 큰사랑채에서 뻔히 보이는 행랑채 문이 그 모양이면 드나드는 양반네들이 이 댁 꼴을 어찌 보겠어! 시월이, 이년! 내가 장독은 매일 네년 얼굴 세수하는 것보다 더 부지런히 닦아야 한다고 그리 이야길 했으면 들어 먹어야 할 게 아니야! 나잇살이나 처먹어 가지고서는 마루 닦기나 하려고 하는 거야? 그리고 저년 봐라, 저년! 이화 년! 네년이 해 놓은 빨랫감 어디 다시 펼쳐 볼까? 때가 하나도 지지 않았는데 그걸 빨래라고 해 놓은 것이야? 남이 놈하고 붙어먹느라 정신이 나갔나 본데 내 대감마님께 말씀드려 연놈 중 하나를 다른 집으로 보내 버려? 아니, 작은도련님 돌아가신 후로 죄다 이 모양이네, 이 모양이야! 아이고, 속 터져!"

가슴을 팡팡, 치는 운남댁의 눈치를 보며 남이는 장도리를, 시월이는 마른걸레를, 이화는 빨랫감을 들고 각기 재빨리 흩어진다. 분을 삭이지 못해 씩씩거리는 운남댁 옆으로 설이가 비죽비죽 다가선다. 그 하는 양을 보고 운남댁은 한껏 한쪽 입술을 치켜올리며 뾰족한 목소리로 말했다.

"네년도 꼴 보기 싫어! 누구 때문에 더런 꼴 뒤치다꺼리하면서 이리 사는데 아기씨한테 냉큼 붙어?"

"아직도 화가 난 것이오? 그럼 내가 어쩔까……. 상전 잘 모시라고 신신당부한 것이 누구인데……."

"이년아, 그건 상전 눈치를 잘 살펴서 몸 보전 잘하라는 것이었지 어미 뒤통수 갈기라는 것이었냐? 어이구, 내가 헛키웠지, 헛키웠어."

또 가슴을 팡팡, 치는 운남댁을 설이는 어깨를 움츠리고 본다. 그쯤 되면 망우재로 내뺄 만도 한데 자신의 눈치만 살피는 설이에게서 심상찮은 낌새를 느낌 운남댁이 고개를 숙이고 목소리를 낮추며 묻는다.

"어째 그런 것이냐? 혹시 송옥이 아기씨…… 이상하시더냐?"

그 물음에 제 어미만큼이나 작은 목소리로 설이가 답한다.

"송옥 아기씨 이상한 거야 하루 이틀 일이 아니고…… 저기 어제는……."

나무집 이야기 143

그러면서 운남댁의 귀에 속닥거리는 설이의 표정은 불안하기만 하다. 그녀의 말을 듣는 운남댁의 표정은 점점 일그러지다가 붉어졌다가 이내 입가에 미소가 번졌다.

"그래? 그래서 신발은 잘 닦아 놨겠지?"

"그럼. 옛날부터 그래 왔으니까. 새벽에 일어나서 제일 먼저 아기씨 속곳이며 신발부터 살피고……. 혹시 저기 화단……."

"쉿! 너는 모르는 거다. 아무것도. 알겠지?"

"알지, 알아. 나는 아무것도 모르고 아무것도 보지도, 듣지도 못했어."

"그래, 그래야 네가 산다. 이제 가 봐라."

운남댁은 턱을 내밀어 설이를 망우재로 보냈다. 그리고 상전들이 들어가 있는 안방을 보고 치욕과 분으로 가득 차서 떨리던 표정을 지우고 만족스러운 미소를 지어 보였다. 그것은 미소라기보다 맵고 사나운 손찌검과 비슷한 것이었다.

"실컷 밟아 보시지. 그래 봤자, 제정신 아닌 것들인 것이지. 모두 내 손안에 있는 것들이야. 내 손안에……."

질겅거리는 혼잣말이 어둠처럼 운남댁의 입에서 흘러나와 향유재를 기어올랐다. 스멀스멀 향유재 세벌대를 기어오른 운남댁의 분기는 대청마루를 지나 문틈을 비집고 안방으로 스몄다. 그리고 스밈과 동시에 얼어 버렸다. 시선을 마주하고 있는 송옥과 수영의 사이에서, 단 한 번의 저항도 할 수 없이, 숨을 거두었.

청허淸虛한 얼굴이다. 수영은 자신과 시선을 마주하고 있는 송옥을 보며 생각했다. 청허하지만 심중에 무엇이 들어 있는지 짐작조차 할 수 없는 사람이라고도. 도무지 어림이 되지 않는 사람. 송정도 그러했다. 수영은 아랫입술을 깨물려다 참아 낸다.

배가 부르다. 수영의 배는 이제 풍성한 치마 아래에서도 부른 태가 역력했다. 그녀가 자리에 기대어 앉을 때 그것을 본 송옥은 올케 모르게 치맛자락을 움켜쥐었다. 순간, 손가락을 울리는 통증에 잠깐 얼굴을 찌푸린다. 그러나 수영은 그 변화를 놓치고 말았고 송옥은 통증과 표정을 감춘다. 마주 앉은 두 여인. 공기가 얼어붙은 채로 흐르고 있다. 누구도 섣불리 입을 여는 이가 없다. 그리하여 침묵의 깊이는 더해지고 둘 사이의 거리는 멀어져 간다.

"지난번에 보니 아버님의 주발보가 낡아서 보기 흉하더군요. 오늘은 함께 주발보를 만들어 보고 싶어 이리 들었습니다."

스스럼없이 말하는 송옥의 태도에 수영은 안으로 분노한다. 구석진 망우재에서 오라비들의 비호를 받으며 세상도, 사람도, 연모도 모르는, 아무것도 아닌 연약한 난초 주제에. 치욕의 그날처럼 자신을 도도하게 내려다보고 있는 순결한 난초……. 그러나 숨겨야 한다. 이가 갈리는 것을 간신히 참는다. 수영은 호흡을 골랐다.

"그랬습니까? 제가 눈여겨보고 미리 만들어 놨어야 했는데 아가씨께서 먼저 보셨다니……. 제가 이리 부덕합니다."

부드럽고 낮은 목소리였다.

"누가 먼저 본 것이 무에 그리 중요한 일이겠습니까."

나무집 이야기 145

송옥은 올케의 부덕을 부인하지 않았다. 부인하지도 않고 미소까지 지었다. 수영은 참고 또 버텼다.

"그리 말씀해 주셔서 감사합니다. 주발보는 밥그릇을 따뜻하게 해 주는 것이니 솜을 두툼하게 넣는 것이 좋겠지요. 지금 것은 좀 얇더군요. 주발보 본은 제게 없으나 어려운 모양이 아니니 본부터 그려 보지요."

역시 만만찮다. 침착하게 바느질거리를 챙기는 수영과 달리 송옥의 생각은 죽은 송명에게로, 송정에게로, 대제학에게로, 다시 송명에게로 향했다. 그리고 마침내 그녀의 생각이 연서에까지 미친 것은 수영이 본을 다 그리고 바늘귀에 실을 꿰는 순간이었다.

"올해는 진달래가 더디 피는 것 같습니다."

갑작스러운 말이었다.

"그런가요? 저는 잘……."

"진달래 그늘 아래 정담을 나누려던 이들이 낙심하지 말아야 할 것인데……. 그런데 연모를 하면 천하도 포기할 수 있을까요?"

연모란 말에 수영의 눈동자가 살짝 흔들린다.

"글쎄요……. 참된 연모는 그리할 수 있겠지요."

"올케께서는 오라버니를 참된 마음으로 연모하시는 것이 아니었습니까?"

"연모……하지요."

수영은 송옥을 똑바로 바라보았다. 패하지 않을 작정이었다.

"그리하셨습니까?"

송옥의 언어는 과거를 향해 활을 겨누고 있었고 수영은 그것을 고의로 놓칠 수도 있었다. 그러나 이번에는 그리하지 않겠다고 마음먹었다. 송옥을 꺾어 놓겠다고.

"그리하였던 것이 아니라 그리하고 있습니다. 연모하고 있습니다."

그러나 그녀의 짐작보다 송옥은 너무 많이 알고 있었다. 또 자신의 앎을 숨기지 않았다.

"돌아가신 분을 어찌 계속 연모할 수 있는지요?"

수영이 바늘을 놓쳤다. 참고 버텼던 마음을 놓쳤다.

"무슨…… 흉한 말씀을 하고 계신 것입니까? 저는 아가씨 말씀의 진의를 알 수가 없군요."

송옥은 수영이 놓친 마음을 벼랑으로 밀어 버릴 결심을 한다.

"진의를 말씀드릴까요? 그럼 감히 입으로 뱉을 수도 없이 부정한 치정과 그로 인한 죽음을 들어 보시렵니까?"

떨고 있는 것은 외려 송옥이었다. 분노와 복수심으로 입술을 떨며 수영을 노려보고 있었다. 하지만 벼랑 끝으로 추락하며 비명을 지를 줄 알았던 수영은 도리어 놓쳤던 마음을 끌어 올리고 바로 세웠다.

"아닙니다. 그런 부정한 이야기를 들을 수는 없지요. 태교에 좋지 않을 것이니까요. 아가씨께서 왜 그런 곡해를 하시는지 모르겠지만 어서 그 무서운 곡해는 풀도록 하시지요."

그러면서 부른 배에 손을 올렸다. 자신의 목을 조르고 있는 생명을 방패로 삼은 것이다. 그리고 그 여린 생명의 태에 송옥은 잠시 주춤한다. 그때 미친 웃음소리가 귓가를 스쳤다. 광기와 비웃음이 뒤섞인 웃음소리…… 아니, 울음이런가. 잊고 있었던 자하녀의 음성이다. 송옥은 올케의 배에 머물렀던 눈빛에 단도의 빛을 더해 수영의 미간을 노려보았다.

"무서우십니까? 정말 무서우십니까? 저 따위의 말이 무에 무섭다고 그러십니까? 저는 부끄럼도 없고, 염치도 없이 내뱉는 올케의 숨이 두렵습니다."

"정신을 놓으신 것입니까? 말씀이 너무 지나치지 않으십니까!"

날카롭게 높아진 수영의 목소리에 송옥은 도리어 미소를 지었다. 이제 떨고 있는 것은 수영이다. 누구에게도 본 일이 없는, 상상조차 해 본 일이 없는 무서운, 광적인 미소였다. 숨구멍을 틀어막고 심장을 들어내어 씹어 먹어 버릴 것 같은 미소였다.

"말이 지나쳐 보았자 사람을 죽이지는 못하지요. 올케께서는…… 부정하고 부정한 마음으로 두 오라버니를 욕되게 하고, 우리 가문을 욕되게 하고…… 오라버니를, 기경 오라버니를…… 그럼에도 그리 아무렇지도 않게 참된 연모를 입에 올릴 수 있단 말입니까! 인두겁을 쓰고 어찌……."

송옥의 입에서 흘러나온 이를 가는 소리가 수영의 전신을, 혼을 찢고 갈아 놓았다. 그러나 그녀는 포기하지 않았다. 끝까지 포기하지 않고 두 팔로 배를 감싸 안았다.

"그만하십시오! 실성하지 않고서야……. 나가 주세요! 부정한 것은 아가씨입니다. 부정한 마음과 함께 나가 주세요!"

마치 배를 걷어차이기라도 한 양 허리를 굽히고 배를 감싸며 소리치는 수영의 모습에 송옥은 분노의 눈물이 차오르는 걸 애써 참았다.

"요망하고 요망한 것이 사람의 마음이라더니……. 기경 오라버니께서는 어찌하여 그대 같은 여인을…… 또 남은 오상 오라버니는 어찌한단 말인가……. 이것만은 알아 두시지요. 하늘 아래 끝까지 지켜지는 비밀은 없습니다. 죄과 역시 언젠가는 그 벌을 받기 마련이지요. 저는 기경 오라버니의 억울함을 그냥 좌시하지는 않을 것입니다. 절대로…… 절대로……."

그녀의 다짐에도 수영은 고개를 들지 않았다. 아니, 들지 못했다. 고개를 들면 광기에 가득 찬 시누이가, 그녀의 등 뒤에 선 송명의 혼이 자신을 물어뜯고, 찢어발길 것 같았기에.

계속 그저 배를 감싸고만 있는 수영을 뒤로하고 송옥은 천천히 안방을 나왔다. 그리고 안방 앞, 마당에 우두커니 서 있는 송정을 발견했다. 햇살 아래 하얀 불기둥이 그녀를 향해 손을 내밀었다.

"기어이 허상을 실상으로 둔갑시킬 작정이냐."

물음도, 다그침도 아니었다. 그것은 연민에 가까운 혼잣말 같았다. 잘못한 것이 없다, 그렇게 생각했건만 송옥은 송정과 똑바로 눈을 마주칠 수 없었다. 그저 안채의 앞마당에서 자신을 향해 내밀었던 그의 손을, 망우재로 들어설 때까지 자신의 손을 세게 잡았던 그의 손을 바라볼 뿐이었다.

잡아 주지 않았던 손이었다. 송명의 장례 이후 한 번도 잡아 주지 않았던 손을 잡아 준 날인데 그에게 맞서야 했다. 송옥은 자신의 손에 남은 그의 체온과 감촉을 지우려 초조하게 손을 비볐다. 아렸다. 그녀 자신도 잊고 있었던 손가락의 상처가 아렸다. 저절로 눈썹이 일그러지며 표정이 바뀌었다. 수영이 무심코 놓쳤던 것을 송정은 놓치지 않았다. 놓칠 수 없었다.

"손가락은 왜 다친 것이냐?"

그의 물음에 송옥은 얼른 다른 손으로 상처를 가린다. 하지만 그에게 마음을 가릴 수는 없었다.

"별일 아닙니다. 심려치 마십시오."

"몇 살 때 이후로 처음 생긴 상처인 줄 아느냐?"

뜻밖의 질문이었다. 송옥은 고개를 저었다.

"열 살이다. 열 살 이후로 처음 다친 것이다. 네가 입은 모든 상처는 항상 나로 인한 것이었지. 그런데 그 상처는 내가 알지 못하는 것이다. 한데도 별스러운 일이 아니다, 심려치 말라…… 그리 말할 것이냐? 어찌 생긴 상처이냐?"

다그치는 눈빛이 아니었다. 안아 주는 눈빛이었다. 그럼에도 송옥은 진실을 말할 수 없었다.

"용서하셔요. 말씀……드릴 수 없습니다."

**

"혹시 은장도를 지니고 계십니까?"

송옥이 수영에게 물었다. 당돌하리만큼 똑바로 시선을 맞추며.

"네, 두어 개 가지고 있습니다."

"제게 하나만 주십시오. 기경 오라버니께서 그리되신 후로 망우재에서 혼자 잠들기 무서워서 그럽니다. 은장도를 머리맡에 놓으면 악귀를 막아 준다고 들었거든요."

천연덕스러운 송옥의 표정에 혼란스러운 건 수영이었다. 변해도 너무 변해 버린 시누이. 그러나 끝까지 손윗사람으로서 체면을 유지하려 애썼다.

"그러면 안채서 함께 주무시지요."

"아닙니다. 어머님 돌아가신 이후로는 제가 혼자 잠드는 습관이 있어서 그리는 하지 못할 것 같습니다."

단번에 자신의 배려를 물리치는 시누이에게 수영은 은장도를 내줄 수밖에 없었다. 수영의 은장도, 송옥은 그것으로 대나무 잎을 잘랐다. 깊은 밤 홀로 달빛 아래서 송옥이 댓잎을 잘랐다. 서걱! 잘 갈린 은장도는 쉽게 댓잎을 갈랐다. 송옥은 어이없을 정도로 쉽게 베어지는 댓잎들을 모아 필낭에 넣었다. 그리고 은장도를 부러뜨렸다. 쉬운 일이 아니었다. 낮에 골라 놓은 단단한 돌로 장도의 허리를 가격하기를 수십 번, 수백 번. 송옥의 손가락에 물집이 잡히고 피가 터졌다. 손톱이 너덜거렸다. 아프지 않았다면 거짓말이다. 아팠다. 눈물이 맺히고 입술을 깨물어도 가시지 않은 아픔이었다.

숨이 차고 이마에 땀이 맺혀 뚝뚝, 떨어졌다. 셀 수 없는 내리침과 볼 수 없는 눈물이 은장도 위로 떨어졌다. 수백 년은 너끈히 버텨 낼 것 같던 은장도의 허리가 부러진 순간, 비로소 송옥은 울었다. 소리는 없었다. 소리 없이 툭, 한 방울의 눈물을 은장도에 떨어뜨렸다. 원한을 떨어뜨렸다. 그리고 곧장 입술을 깨물었다.

나무집 이야기

그 밤, 더 이상의 눈물은 없었다.

허리가 동강 난 은장도를 댓잎이 든 필낭에 넣어 방으로 가져가며 송옥은 비틀거렸다. 다리가 후들거렸다. 하지만 눈빛만은 서늘했고 결연했다. 송옥의 결연함은 흔들림이 없었다. 인후를 망우재로 불러들일 때도, 대제학의 서한을 기다릴 때도 흔들림이 없었다. 흔들림은 오직 송정의 앞에서만, 감추어진 흔들림만 허용될 뿐이었다.

*
**

"어째서…… 네가 믿는 허상 때문이냐?"

이제 안아 주는 눈빛은 사라지고 다그치는 목소리만이 남았다.

"아니지요. 제가 믿는 실상, 제가 믿지 않아도 실상임에 분명한 사실 때문입니다."

"그리하여 고협을 끌어들이고 다시 그가 스승님의 서한을 네게 전하러 왔단 말이냐!"

흠칫, 송옥이 놀랐다. 후자의 일은 적당한 핑곗거리가 있을 수 있으나 전자는 어떤 경우에도 용납될 수 없는 일이었기에. 그래서 그녀는 정면으로 맞섰다. 누구나 두려워하는 백학에게.

"그랬습니다. 그리도 중하고 그냥 묻혀서는 아니 되는 실상 때문에 아녀자의 도리도 잠시 접은 채 그리했습니다. 그분께서 오셨습니까?"

놀라는 기색은 역력하나 피할 생각은 전혀 없는 듯이 이렇게 묻는 그녀의 태도에 송정은 화가 치밀어 올랐다. 하지만 언제나처럼 능숙하게 화를 누르고 눌러 숨을 죽여 놓았다.

"그래, 명경당에서 너의 답신을 기다리고 있다. 너의 허상을 혹여 아버님께서 아시게 되면 아니 되겠기에 그리하라 했으니. 스승님도 마찬가지다. 스승님께 네 허상을 알린 것이라면……."

"그런 것이라면 저도, 대제학 영감도, 모두 죽이시렵니까? 소문을 죽이듯이 말입니다."

화를 참지 못한 것은 송옥이었다. 그럼에도 송정은 또다시 참아 내었다.

"너의 말 괴이하기 짝이 없구나. 소문을 죽이는 것은 소중한 이를 지키기 위해서다. 그런데 너를 죽여? 너를? 너는 기어이 그리 자신을 해하는 길을 고집하는 것이냐."

"실상을 밝히는 일이 어째서 저를 해하는 길이 되는 것입니까? 오라버니께서 끔찍이 소중히 여기는 것은 가문이 아닙니까. 네, 가문을 해할 수는 있겠지요. 그러나 저는 가문을 위해 실상을 죽일 수는 없습니다. 그러니 이제 그분께서 가져오신 대제학 영감의 서한을 제게 주시지요."

송옥이 상처 입은 손을 내밀었다.

"줄 수 없다 하면 어찌할 것이냐. 네 말대로 내가 소중한 것을 지키기 위해 그리할 수 없다면 어찌할 것이냐."

그녀의 상처에 시선을 고정한 채 그가 말했다.

"예에 어긋나더라도 대제학 영감을 뵙고 직접 말씀을 들어야 겠지요. 제가 그리한다고 말씀드렸으니 이제 오라버니께서는 저

나무집 이야기 153

를 가두시렵니까? 소중한 것을 지키기 위해서요."

송옥은 끝내 손을 거두지 않았다. 송정을 향한 시선도 거두지 않았다. 그를 향한 마음도……. 거두어지지 않은 그녀의 모든 것에 송정은 입술을 깨물었다. 피가 배어 나올 것같이 강하게. 피와 함께 그의 번뇌도 배어 나올 것같이 고통스럽게.

"내가 너를…… 가둘 수 있을 거라고 생각했느냐? 아주 잠시라도 그런 생각을 네가…… 할 수가 있단 말이야? 갇혀 살며 내가 어떻게…… 어찌 버텨 왔는지 누구보다 잘 아는 네가 그런 생각을 했단 말이냐……. 누구도 그런 심연에 갇혀서는 안 된다. 그것이 너라면 더더욱."

"오라버니……."

비로소 송옥의 손이 떨어졌다. 그녀의 눈에 어둠 속에서 웅크리고 있던 하얀 소년이 물기로 차올랐다.

"그래, 너에게 주마. 네가 어찌하든 나는 나대로 지킬 것이니, 너는 너대로 해 보아라. 자, 여기 있다."

소년은 물기를 걷어 내어 버리고 다시 차갑게 타오르는 불기둥이 되었다. 송정은 힘없이 떨어진 송옥의 손을 잡고 서신을 쥐여 주었다. 그러면서 상처 난 그녀의 손가락을 가만히 바라본다. 진물이 흐르고 있었다. 송정이 무명 손수건을 꺼낸다. 선비의 체모를 중시하는 그였지만 한 치의 망설임 없이 이로 손수건을 찢는다. 그리고 그것을 그녀의 손가락에 살며시 감아 주었다. 송옥의 눈에 그는 아직도 물기에 젖은 소년이다. 하지만 그의 입에서 나오는 말은 부드러운 행동과는 반대의 단호함을 담고 있었다.

"읽어라. 읽고, 내 앞에서 답신을 써라."

송정의 명에 송옥은 잠시 그의 손수건이 감긴 손가락을 쥐어 보고는 고개를 숙인다.

"무얼 하느냐, 네가 기다리던 대제학 영감의 서한이 아니더냐? 읽어라."

그의 재촉에 송옥이 고개를 들었다. 그때 이미 그는 알았다. 그녀를 보호하는 길이 더욱 험난해질 것을. 이어진 그녀의 말이 그의 짐작을 확인시켜 주었다.

"송구하지만 그럴 수 없습니다. 저 혼자서 읽고, 판단하고, 또 저 혼자서 답신을 써서 그분께 직접 전해 올리겠습니다. 하오니 나가 주시지요."

"꼭 그리해야겠느냐?"

"예, 오라버니 말씀대로 저는 저대로 해 보아야겠습니다. 그리해 보아야 훗날 기경 오라버니를 뵐 때 부끄럽지 않을 것 같습니다."

"네가 정히 그리해야겠다면……."

송정은 무겁게 말끝을 죽이고 일어섰다. 그러자 화려한 꽃살문을 통해 들어오는 햇살이 그의 시선 너머로 물러났.

"하나 이건 알아야 할 것이다. 언젠가 기경을 마주하는 것은 네가 아니라 내가 될 것이다. 어떤 비난도, 어떤 벌도 모두 내가 받을 것이다. 네가 무엇을 하건, 내가 무엇을 하건……."

어둠 속에서 더욱 날카로워지는 눈을 감으며 송정이 말했다. 송옥은 답하지 못했다. 그리고 그들이 서로의 행함에 대해 논하고 맞서며 고통스러워 할 때 인후는 자기 몫의 번뇌를 명경당에서 홀로 응시하고 있었다.

하필이면 운영각으로 통하는 미닫이문이 열려 있다. 주인을 잃은 방으로 인도되어 온 것도 마뜩잖았는데 그 문까지 열려 있다니……. 이무기의 몸통 같은 오름마루가 그의 눈앞에서 어둠의 혀를 날름거렸다. 오름마루의 몇 구석은 영창으로 간간이 빛이 들긴 했다. 그러나 운영각의 절대적인 암흑 앞에서 그것은 그저 세찬 바람에 흔들리는 등불 같았다.

눈에 보이는 암흑과 상념 속의 암흑이 사람의 형체가 된 것이 송정이었다. 적어도 인후가 느끼기엔 그러했다. 그렇게도 하얀, 빛 그 자체로 보이는 사람에게서 암흑을 느끼다니……. 인후는 정우당에서 그를 맞아 주던 송정을 떠올리며 고개를 저었다. 장례식을 치르는 동안 수척해진 송정은 눈빛이 깊어짐과 동시에 매서워져서 더욱 범접하기 힘든 인상이 되었다. 송정에게 차를 대접받으며 인후는 저도 모르게 대사형의 눈빛을 피했다.

본래부터 같은 사문師門으로 대제학에게 가르침을 받으면서 인후가 정을 느끼며 따랐던 사람은 송명이었다. 그것은 송정의 특이한 외모 때문만은 아니었다. 송정은 누구도 함부로 다가갈 수 없는, 차가운 비범함을 지녔기에 늘 혼자였다. 그에 비해 송명은 밝고 곰살궂어 어느 누구와도 거리낌 없는 우애를 나누었으며 자신보다 나이 많은 사형들에겐 귐을 받았다. 친동기간도 그리 다를 수 있다는 걸 그들 형제를 통해 알 수 있었을 정도로 인후가 느끼는 송정과 송명의 사람됨은 그리도 달랐다.

한편 송정 역시 인후가 도포 자락을 붙잡으며 차를 마시는 것을 찬찬히 살펴보며 그를 가늠하고 있었다. 수염도 나지 않은 근심 없이 맑은 얼굴. 대제학이 마지막 제자로 받아들인 사내, 아니, 아직은 소년. 거부巨富는 아니지만 풍족한 집안에서 자라 그러한지 그늘이 없는 얼굴이었다. 남다른 총기는 없었다. 그것은 인후 자신도, 스승인 대제학도 인정하는 사실이었다. 그러나 학문에 대한 열의는 뉘에게도 뒤지지 않는 자. 그럼에도 대제학의 마지막 제자로는 부족함이 커 보였기에 언젠가 송정이 제자로 받아들인 연유를 물은 일이 있었다.

대제학의 대답은 이러했다.

'분명 부족함이 많은 아이지. 너처럼 하늘이 내린 천재도 아니고 네 아우처럼 총기가 남다른 것도 아니어서 경전을 이해하는 것은 물론이요, 암송하는 것조차 버거워하는 일이 많아. 그러나 자신의 부족함을 원통해하거나 남의 탓으로 돌림 없이 노력하고 또 노력한다. 더 중요한 것은 노력의 결과가 어찌 되든 고협은 겸손하다. 겸손하면서 덕을 갖추었어. 너에게 묻노니 답해 보아라. 촉한의 현덕공이 손권보다 세勢가 컸느냐? 조조보다 계략이 뛰어났느냐? 아니면 관운장보다 무예가 출중했느냐? 그것도 아니면 와룡선생보다 지혜가 뛰어났느냐? 모두 아니다. 그러나 후세인들은 그를 숭앙하고 있다. 그가 숭앙받는 까닭이 바로 내가 고협을 제자로 받아들인 연유다.'

몸가짐이 단정하긴 했으나 아직 풋내기인 인후의 모습에서 송정은 대제학이 본 겸손과 덕행 대신 맑음을 보았다. 아직 세상이 휘두르는 채찍을 한 번도 맞아 보지 못한 자의 순진함과는 다른 종류의 맑음이었다. 타고난 맑음, 쉬이 더럽혀지지 않는 정淨한 혼이 그에게 누구보다 소중한 얼굴을 떠올리게 만들었다. 송옥이었다.

그가 송옥을 떠올리는 그 순간, 인후는 처음으로 사형의 얼굴에서 표정을 보았다. 분명 자신을 보고 있는데 또한 다른 이를 바라보는 것 같은 아련한 시선이었다. 그러나 표정은 남자의, 마음만 먹으면 자신을 벨 수 있을, 남자의 것이었다. 당황스러움을 감추기 위해 인후는 섣부른 질문을 했다.

"이제 곧 전시殿試*를 치르셔야 할 터인데 큰일을 당하셔서 어찌합니까?"

떨리는 목소리를 감추느라 헛기침을 하며 말하는 그와는 달리 송정은 침착하기만 했다.

"대과 준비는 언제나 해 온 것이니 나머지는 하늘의 뜻에 맡겨야지. 걱정해 주어서 고마우이. 한데 스승님께서 누이에게 서한을 보내셨다고?"

급습이었다. 예상치 못한 급습에 인후는 공손함을 잃지는 않았으나 긴장을 역력히 드러내고 만다.

"예? 그렇지요……. 스승님께서…… 그렇습니다. 서한을 보내셨습니다. 난을 받아 오라는 당부를 하시면서요."

---

* 복시覆試에서 선발된 사람에게 임금이 친히 치르게 하던 과거.

"그것 참 이상한 일이구면. 그런 일이라면 내게 서한을 보내셔도 될 것을 어찌 송옥에게 서한을 보내셨을까……."

송정은 찻잔에 눈길을 주었지만 인후는 보이지 않은 사형의 눈동자가 자신을 꿰뚫는 것 같아 마른침을 삼켰다. 사랑채 창호로 들어온 햇빛 때문에 송정의 피부는 투명하도록 하얗게 보였다. 그러나 그의 내부로부터 뻗어 나오는 기운은 빛을 잠식시키는 암흑이었다. 혼까지도 검게 물들일 것 같은 암흑이 백의 송정으로부터 뿜어져 나오고 있었다.

"글쎄요, 여쭈어 보지 않아서……."

거짓이 아니었다. 그는 스승의 명에 토를 달거나 의문을 제기하는 제자가 아니었다.

"그럼 예서 기다리지 말고 명경당에서 기다리게나. 기경이 그리되고 아버님께서 많이 쇠약해지셨네. 혹여 심려 끼쳐 드릴까 저어되는군. 스승님의 서한은 이리 주게나. 내가 송옥에게 전해 주겠네."

무엇이 최 대감의 심려를 건드리는 것인지, 또 왜 송정이 송옥에게 서한을 전해야 하는지 인후로서는 이해되지 않았다. 그러나 그는 공손히 스승의 서한을 사형에게 건넸다. 그리고 그가 이끄는 대로 명경당에서 홀로 기다리게 된 것이다. 어차피 인후가 이해할 수 있는 것은 거의 없었다. 송옥의 필낭을 스승에게 전하는 순간부터는 이해할 수 없는 일투성이였다.

"송옥이 무엇을 보냈다고?"

나무집 이야기

한참 기침을 토해 내던 대제학이 인후에게 필낭의 존재를 물은 것은 해가 지고 난 후였다. 그의 병세는 제자의 누이가 보낸 필낭 따위에 신경을 쓸 여력이 있을 정도로 가벼운 것이 아니었기에. 인후는 필낭을 스승께 올리며 송옥을 떠올렸다. 그림자조차 옅었던, 난초의 향기 같은 소녀가 깊이를 알 수 없는 눈빛과 고요한 여인의 얼굴을 하고 있었던…….

"꺼내 보아라."

대제학은 필낭을 받을 기운도 부족한지 제자에게 명했다.

"왜 그러느냐?"

필낭을 기울여 속을 비우던 인후가 당황한 기색을 비치자 대제학은 기침을 참으며 물었다.

"그것이…… 저…… 스승님…… 이것이 무엇인지…….."

그의 당황한 목소리를 듣고 대제학은 불편한 몸을 바로 세우고는 흐린 눈의 초점을 간신히 맞추어 인후가 서안에 내려놓은 것들을 바라보았다.

"인후야, 네가 착각한 것이냐, 아니면 내가 잘못 본 것이냐?"

임금의 앞에서도 떨림이 없었던 그의 목소리가 떨리고 있었다. 그만큼 송옥이 보낸 물건은 의외였다. 부러진 은장도와 시든 대나무 잎사귀 몇 개. 서안에 올린 물건들을 대제학과 인후는 홀린 듯이 바라보았다. 온 마음을 집중하여 그것들이 전하는 이야기를 들으려는 사람들 같았다. 소나무와 사슴 문양이 음각된 은장도는 동강 난 채로 빛을 잃었고 시들 대로 시든 대나무 잎사귀는 필낭 안에서 이미 바스러져서 간신히 형태만 유지하고 있었다.

스승과 제자는 말을 잃었다. 말을 잃고 오직 머릿속으로만 치열하게 듣고, 이야기하고, 생각할 뿐이었다. 기나긴 침묵이 그들 사이를 관통하고 나서야 대제학은 은장도를 집어 들고 인후에게 말했다.

"너는 어떤 추측도 질문도 해서는 안 된다. 물론 누구에게라도 이 일을 발설해서도 아니 될 것이다. 서약해라."

엄중한 음성이었다.

"예, 스승님. 서약하겠습니다."

인후는 그리하였다. 발설을 상상하지도 않았고, 궁금증이 차올라도 묻지 않았다. 그 후로 대제학이 고뇌하며 뒤척이는 것을 지켜보고 수발들면서도 말을 아꼈다. 그가 알 수 있는 것은 송옥이 보낸 물건이 스승에게 번뇌로의 여정을 이끄는 연화煙花가 되었다는 것이다. 사가師家에서 기숙하며 학습하던 모든 제자들을 자신의 건강 악화를 구실 삼아 집으로 돌려보낼 정도로 그는 번뇌 속으로 침잠했다.

침거沈居에 들어간 그의 곁에 유일하게 남은 이는 인후였다. 지방 수령으로 발령받아 내려간 대제학의 외아들과 며느리를 대신하여 스승의 수발을 든 것도 인후였다. 봄이 될 때까지 대제학은 시름과 고뇌에 잠겼다. 새벽녘 자리에서 일어나서 제일 먼저 하는 일도, 잠들기 전에 마지막으로 하는 일도 바로 송옥의 필낭을 열어 보고 한숨 쉬는 것이었다.

인후는 송옥이 원망스러웠다. 그가 부모보다 더 존경하는 스승에게 그토록 깊은 근심을 심어 준 그녀가 원망스러웠다. 동시에 날마다 그녀를 원했다. 인후는 스승이 금한 모든 것을 지키면서 스승과 함께 한숨짓고, 근심했다. 그리고 스승이 금하지 않은 단 한 가지, 송옥에 대한 연모를 날마다 키워 나갔다.

송옥은 어떤 여인과도 달랐다. 여러 여인이 한 몸에 모여든 사람 같았다. 청아한 풀빛의 숨을 쉬는 여인이었다. 동시에 참기 힘든 관능이었다. 다디단 향기를 탐하고 싶은 송옥의 입술이 밤마다 그에게 들리지 않는 말을 속삭였다. 그녀의 단정한 손가락들은 어느 때는 난엽이 되어 바람에 흔들리다가도 또 어느 때는 부드러운 비단이 되어 그의 턱과 목을 스쳤다. 어느 밤의 꿈에는 허리를 굽혀 채색을 하던 송옥의 품에 자신이 안겨 있기도 했다. 그때마다 그녀는 다른 여인이었다. 송옥의 얼굴을 가진 다른 여인이 인후에게 미소 지었다가 멀어지고 입 맞추었다가 다시 멀어졌다. 꿈속에선 금지되지 않은 송옥은 외려 인후에게 끝없는 갈망의 대상이 되었다.

스승의 명이 인후에게 떨어진 날은 대제학이 아끼던 매화 분이 꽃망울을 두어 개 터트려 준 날이었다. 인후는 그것으로 스승이 기운을 좀 차리겠거니 생각하며 밝은 표정으로 대제학에게 말씀을 올렸다.

"스승님, 매화가 피었습니다."

대제학은 눈을 가늘게 만들어 창가의 매화를 완상玩賞하며 답했다.

"그래, 그랬구나. 어젯밤에 매화 향이 수런거린다 했더니 오늘 피어 주었구나."

상제의 그것 같은 수염을 쓸어내리며 대제학은 매화를 완상했다. 그리고 점심이 지났을 무렵 인후를 불러 명했다.

"내일 너는 내 서한을 송옥에게 전해라. 아마도 송정이 결단코 널 송옥과 만나게 하지는 않을 것이다. 예에 어긋나는 일이기도 하고……. 그러나 내가 서한을 보냈다 하면 널 소홀히 대하지는 않을 것이다. 난을…… 난을 받아 오라 했다고 전하면 될 것이다. 내가 송옥의 난을 무척 보고 싶어 하니 바로 그려 달라 했다고 하면 될 것이야."

스승의 명은 기쁘고도 두려운 것이었다. 혹시라도 송옥을 볼 수 있을지도 모른다는 기대에 기뻤고 송정과 오래 독대를 해야 할지도 모른다는 우려에 두려웠다. 기대는 어긋나고 우려는 들어맞았다는 생각에 인후는 한숨을 쉬었다.

"송옥이 잠시 기다려 달라 하는군."

이렇게 말하며 송정이 다시 그와 마주 앉았기 때문이다. 어떤 상대라도 단번에 제압해 버리는 백학 앞에서 인후는 한숨을 감출 때 송옥은 망우재에서 대제학의 서한을 읽으며 시름에 잠겼다.

떨리는 필체만큼이나 어지러운 대제학의 심기가 느껴지는 서한이었다. 진의를 파악하기 힘든, 난해한 서한이기도 했다.

> 창졸간에 오라비를 잃은 너를 생각하니 마음이 아프구나. 그러나 나 또한 귀애하던 제자를 잃은 것이니 내 비통이 너의 비통과 크

게 다르지 않을 것이다. 게다가 네 오라비, 이제 향년 스물. 늙은 스승이 가지 못하고 젊은 범과 같은 제자를 앞세웠으니 나날이 의욕이 떨어지고 근심만 늘어 가고 있었구나.

그러던 중에 네가 보낸 그 물건들을 보고 내 아연실색하지 않을 수 없었다. 그 뜻밖의 일을 벌임에 나는 네가 비통함이 도를 넘어 의식이 흐려진 것은 아닌지 시름까지 하였다. 그러나 천만다행히도 그런 흉측한 소식은 전해지지 않았구나. 그렇다면 네가 필히 전하고자 하나 차마 글로 전하기 힘든 내막이 있을 거라고 짐작했다. 그렇지 않고서야 숙부드러운 규수인 네가 그런 대담한 행동을 할 리가 만무하지 않느냐.

고심하고 또 고심했노라. 부러진 은장도와 댓잎 조각들이 무엇을 의미하는지를……. 수영이었다. 네가 그것들을 다른 누구도 아닌 내게 보내는 까닭의 끝에는 수영만이 있더구나. 수영이 아니었더라면 네가 굳이 집안의 일을 내게 알릴 까닭이 없었겠지. 그리고 은장도가 부러졌으니 여인으로서는 치명적인 흠이 있음을 의미하겠지. 하지만 나는 이해가 되지 않는구나. 너의 집안으로 출가하기 전까지 정숙하게 집 안에서만 지냈던 수영을 부러진 은장도와 어찌 비할 수 있느냐. 또 시들어 버린 댓잎 조각은 무엇을 의미하는 것이냐. 알 수 없구나.

내 애초에 지혜가 부족해서인지 나이가 일흔에 이르러 총기가 흐려져서인지 네가 알리고자 하는 일을 정확히 알기 어렵다. 그러나 분명 수영이 관련된 것은 사실일 터, 그 아이 혼례에 내가 관여한 이상 결자해지라 진상을 명확히 알아야겠구나. 쉽지 않겠지만 네 심중의 말을 덜어 내거나 보탬 없이 풀어 보내 다오. 그리하여야 내 부족한 지혜를 모아 일의 매듭을 풀어낼 수 있을 것 같구나.

하지만 송옥아, 나는 수영의 백부이면서 송정의 스승이다. 그래서 나는 너의 가문과 수영을 위해 행할 것이다. 나의 행함이 혹여 너의 바람과 어긋날 수도 있음을 헤아려 주기 바라는구나. 이제 너의 이야기를 들려 다오.

답신을 적기에 앞서 송옥은 오래도록 망설였다. 대제학의 말처럼 그는 수영의 백부다. 송옥의 믿음과는 달리 질녀에게 불리한 행함은 하지 않을 수도 있다는 생각이 스쳤다. 그래도 뜻밖인 것은 그가 수영과 송명의 죽음을 연관시키지 못했다는 것이다. 시든 댓잎, 그것은 곧 죽은 선비가 아니겠는가. 그 사실을 인지했더라면 대제학이 직접 움직였으리라. 송옥이 기대한 것도 사실 그것이었다.

대제학 앞에서 죄를 실토하는 수영. 그리되면 가문에 어떤 해악을 끼치지 않고서도 수영의 죗값을 조용히 치르게 할 수 있을 것이라 기대했다. 그러나 송옥의 기대는 어긋나 버렸고 이제 사건을 밝히는 것은 다시 그녀의 손으로 넘어와 버렸다. 초조함에 손을 맞잡느라 송정이 묶어 준 무명이 벗겨지는 것도 몰랐던 송옥은 쓰라림에 퍼뜩 상처를 내려다보았다. 벌써 몇 달째 낫지 않고 곪아 가는 상처. 은장도의 허리가 부러지던 날 그녀의 손에도 상처가 생겼다. 송옥의 마음도 차고, 달빛도 차가웠던 날…….

이상하리만큼 낫지 않는 상처였다. 송옥은 은장도를 부러뜨리던 밤을 상기하고는 상처를 다시 동여매었다. 인후가 기다릴 터였다. 그것도 이 세상 가장 날카로운 눈을 가진 남자, 송정과 함께. 송옥의 마음이 분주해졌다. 붓을 든 그녀의 손끝도 분주했다. 분주했으나 오랜 시간 마음에 담아 두었던 언어였던지라 이치에 맞지 않는 말도 없었고 감정에 치우친 말도 없었다. 그녀의 언어는 부드러우면서도 올곧았다. 송옥은 한 번도 멈추지 않고 서한을 마무리했다.

고운 봉지封紙에 서한을 담은 송옥은 명경당으로 향했다. 설이가 당황하여 발을 구르며 말렸지만 송옥의 발걸음은 거침없었다. 거침없는 것은 발걸음만이 아니었다. 어찌할 바를 모르는 인후에게 서한을 건네는 손길도 거침없었다. 그녀의 말은 더욱 거침이 없었다.

"시간이 촉박하여 대제학께서 보시기에 부끄러운 서한입니다. 부디 관대히 이해해 주시길 간청드린다고 말씀 올려 주십시오."

당혹스러운 것은 인후나 송정이나 다름없었는지 모른다. 아녀자가 사랑채에, 그것도 가족이 아닌 남정네가 있음에도 당당히 자신을 드러내는 것으로 모자라 그에게 말까지 건네다니! 똑같이 당혹스러웠으나 드러냄과 감춤이 다른 그들이었다.

"예, 그, 그러겠습니다."

떨리는 목소리와 손으로 서한을 받는 인후는 불안한 듯 그녀와 사형을 번갈아 가며 보았다. 매일 그리워하던 송옥이었다. 그러나 그녀는 사형의 누이, 백학의 날개 아래 있는 난초가 아니던가. 인후는 어찌할 바를 몰랐다. 어찌할 바를 모르는 그의 등을 두드려 준 것은 송정이었다.

"스승님께서 송옥의 난을 흡족해하셨으면 좋겠구먼."

"난을……? 아, 예……."

송정은 송옥의 말을 깨끗이 무시하고 공기까지도 어리둥절한 상황을 정상으로 돌려놓는다. 인후는 차라리 그것이 안심이 되었고 받아들이려 했다. 하지만 송옥은 용납하지 않았다.

"서한이라 말씀드렸습니다. 난이 아닙니다."

그녀의 말에 처음으로 송정의 얼굴에 노기가 드러났다.

"서한이 아니다. 너는, 대제학 영감께, 난을, 올린 것이다. 난이다."

"오라버니!"

송옥의 목소리가 높아졌다. 동시에 송정의 얼굴에서 차가운 냉기가 피어올랐다.

"입을 닫아라. 아녀자의 본분을 잊고 날뛰는 것을 언제까지 참아 줄 것이라 생각했느냐. 조용히 망우재로 돌아가서 자중해라. 당장, 돌아가."

매서운 말투였다. 스윽, 스윽, 도려내는 눈빛이었다. 단단해지고 강해진 송옥이었지만 대번에 눈물이 고여 들게 만드는 모질고 모진 언어였다.

"자네도 이만 돌아가게나. 스승님께 난을 잘 올려 주고."

"예……."

송옥의 마음에 생채기를 낸 송정이 원망스러웠지만 감히 내색조차 할 수 없는 인후는 그저 그녀를 지나칠 수밖에 없었다. 송옥

나무집 이야기 167

의 곁을 지나치며 깊이, 더 깊이 숨을 들이마실 수밖에 없었다. 깊이, 더 깊이 그녀를 마음에 품을 수밖에 없는 인후가 나가고도 한참 송옥은 서서 눈물을 흘렸다.

인후가 그녀를 깊이 들이마셨다면 송정은 제 혼의 바닥에까지 송옥의 눈물과 아픔을 새겨 넣었다. 마침내 송옥이 눈물을 멈추고 고개를 들었을 때 그녀는 자신의 얼굴을 송정에게서 보았다. 자신의 모든 슬픔과 아픔이 고스란히 그의 얼굴에 옮겨 가 있었다. 그래서 용서했다.

"미워하지 않습니다. 오라버니, 송옥이는…… 오라버니를 미워하지 않아요."

송정은 언어를 잃어버렸다. 그리고 몸을 돌려 명경당을 나가는 송옥을 눈에 담았다. 눈에 담은 그녀의 모습을 마음에, 혼에 다시 담으려 눈을 질끈 감았다. 암흑 속에서도 빛나는 송옥을.

송정이 야밤에 출타했다. 출타 자체가 드물었던 송정이었기에 야밤의 출타는 더더욱 낯설다. 세상은 송정을 천재라 칭송하면서도 꺼림칙해했다. 전란의 전조, 흉사凶事, 천형天刑……. 백아에게 따라다니는 수식어들과 그로 인해 목숨을 잃어야만 했던, 기록조차 드문 어린 목숨들. 송정이 목숨을 건질 수 있었던 건 최각의 부인 덕분이었다.

시각과 청각을 잃고 죽어 갔던 송정의 조상. 세상을 떠나기 일년 전부터 머리카락이 하얗게 세어 버렸으나 최각은 도리어 '나의 백아'라 부르며 그녀를 지극히 아꼈다고 했다. 그래서 송정은 살아남았다. 집안에 해악이 미칠 수 있었음에도 최 대감과 신씨 부인은 차마 백아인 장자를 죽일 수가 없었다. 죽이는 대신 유폐했고 송정은 목숨을 건지는 대신 장자의 지위와 이름을 잃었다.

어린 시절 송정의 이름은 그저 '백아'였다. 가문과 부모와 세상이 부정한 존재, 백아. 오직 송옥만이 그의 존재를 긍정했다. 어둠 속에 갇혀서도 송옥이 '오라버니'라고 불러 주면 불이 밝혀진 것처럼 환해졌다. 빛이 꽃처럼 피어났다. 자신이 살아 있다는 걸 확인시켜 주는 것 같았다. 오로지 송옥만이.

'오라버니.'

길을 걷고 있는 송정의 귀에 송옥의 목소리가 들렸다. 뒤를 돌아보았지만 아무도 없다. 어둠뿐이다. 다시 앞을 보았다. 어둠다. 희미한 달빛이 간신히 길을 비추었지만 너무 어두웠다.

'가지 마세요, 오라버니.'

다시 들리는 송옥의 목소리에도 송정은 뒤돌아보지 않았다. 그것이 자신의 내부에서 들리는 것임을 깨달았기에. 눈을 감았다, 떴다. 눈앞에 길이 놓여 있었다. 악귀들이 수천 개의 팔을 뻗어 만든 암흑의 길이었다. 바람이 불 때마다 악귀들의 마른 팔이 흔들렸다. 어둠에 익숙한 그였지만 그 길을 향해 걸음을 옮기기 힘겨웠다.

"멈추지 마라. 계속, 가자."

송정은 자신에게 명했다. 그러나 그의 발은 움직이지 않았다.

"멈춰서는 안 된다. 송옥이를 잃을 셈이냐. 가자, 가야 해."

비로소 겨우 걸음을 옮길 수 있었다. 성큼성큼 어둠을 향해 걸었다. 하얀 그의 몸이 악귀의 팔을 베어 놓는다. 베고 또 베며 악귀와 교전하듯이 걸었다. 검은 악귀들은 밤의 피를 토해 놓았고 송정의 몸과 혼은 점차 어둠에 물들어 갔다. 그래도 그는 걸음을 멈추지 않았다. 몸뚱이만 남은 악귀들은 다시 구불구불한 길이 되어 엎드렸다. 밤을 밟고 그가 마침내 멈춘 곳은 외딴, 허물어져 가는 오두막이었다.

무뢰한은 아니었다. 송정 앞에서 가로로 눕힌 죽장도*를 쥐고 있는 사내, 풍기. 흐트러진 머리칼과 누추한 차림새를 하고 있었으나 예리한 눈빛을 빛내고 있는 그는 무사에 가까운 기운을 뿜어내는 자였다.
"죽이는 것은 아닙니까?"
낮고 낮게 깔리는 음성이었다.
"아니네. 다만 지켜보게. 조금이라도 수상쩍은 낌새가 있으면 바로 통고해 주면 되네."
보통 사람이었다면 주눅이 들어 제대로 눈을 마주하지도 못할 풍기에게 답하는 송정은 태연해 보였다. 풍기 역시 모두의 호기심을 자아내는 송정의 겉모습에는 별 관심이 없는 것 같았다.
"죽이게 될 수도 있습니까?"
자신의 임무에 집중하고 있는 것이었다. 송정은 고개를 가로저었다. 풍기의 물음은 이어졌다.

---
* 칼날이 마치 창포의 잎과 같은 검의 일종. 대나무 자루 안에 칼날을 숨김.

"그것은 어떤 경우에도 살인은 없다는 뜻입니까? 아니면 필요할 경우 직접 하시겠다는 뜻입니까?"

명확한 자였다.

"돈으로 살 수 있는 검이 아니라 들었네. 나는 그저 자네의 눈과 날랜 발을 사는 것이네."

송정은 은전銀錢이 가득 든 염낭을 풍기 앞에 내려놓으며 답했다. 그러나 풍기는 염낭에 손을 대지 않았다. 시선도 주지 않았다. 그의 시선은 송정에게 고정되어 있었다. 누구라도 오금이 저리게 만드는 그 시선을 송정은 피하지 않았다. 맞서지도 않았다. 그런 송정에게서 풍기는 거대한 바위산을 느꼈다. 자신의 검으로는 수천 번, 수만 번을 내리쳐도 흠집 하나 낼 수 없는 바위산이다. 피식, 웃음이 나왔다.

"어느 미련한 것들이 나리의 별칭을 백학이라 붙였답니까? 백암白巖이라 해야겠구먼."

송정은 웃지 않았다.

"나에 대해 세상에 떠도는 이야기는 모르네. 관심을 두지도 않았고."

"그런데 대제학 대감의 집에서 새어 나오는 이야기는 돈으로 사서라도 아셔야겠다."

"말이 많군. 입이 무거운 사내라 들었는데 아닌가?"

"호기심이 동한 것은 아닙니다. 죽기를 각오하지 않고서야 알려 주시는 것 외의 일을 알 필요도 없지요. 다만……."

"무엇인가?"

명확한 것은 송정도 매한가지다.

"다만, 일을 끝내고 나서도 이놈 목숨을 부지할 수 있을지 확신이 들지 않고서는 수행할 수 없겠다는 생각이 들었을 뿐입니다."

어느덧 풍기의 입에서 웃음이 지워졌다. 그러나 송정은 동요하지 않았다.

"어째서?"

"소인이 듣기로 나리의 검술은 무관과 대적할 정도라 했습니다. 제가 오늘 나리의 손을 보니 분명 하루도 검을 손에서 놓지 않는 고수임을 알겠습니다. 또한 나리께서는 임금님께서도 인정하시는 천재이기도 하십니다. 한데 그런 분이 뒤처리를 소홀히 하실 리가 있겠습니까?"

"맞네. 뒤탈 없이 깨끗이 마무리 지어야겠지."

부인하지 않는 송정에 동요한 것은 외려 풍기였다. 자신의 기색을 살피는 그를 향해 송정은 말을 이었다.

"물론 자네를 없애면 깨끗이 마무리될 수도 있겠지. 그러나 그리되면 나는 훌륭한 눈과 검을 잃게 되는 것이지 않겠나."

"그러하면……."

"나는 하나를 죽여 하나를 잃는 길보다 하나를 살려 둘을 얻는 길을 택하겠네."

"아둔한 소인은 알아듣지 못하겠습니다."

간파되지 않는 상대에 대한 본능적인 경계심으로 풍기의 눈알이 번뜩였다.

"소화, 자네 손위 누이."

송정의 입에서 나온 이름에 풍기는 완전히 흔들리고 만다.

"소화 누님…… 누님을…… 누님이 왜……."

"십수 년 전, 자네 아비가 노름에 미쳐서 노비로 팔아넘겼다지. 어디로 팔았는지 털어놓기도 전에 자네 아비는 칼에 맞아 죽고, 그 후로 계속 찾고 있었던 누나가 소화 아닌가?"

"그래서 나리께서 찾으셨단 말씀이오? 어디서 말이오!"

이미 그는 무사가 아닌 어린 남동생의 얼굴을 하고 있다.

"조금의 비난이라도 면해 보려고 자네 아비가 거짓말을 했더군. 자네는 그 말을 믿었고 지금껏 양반가만 찾아 헤맸겠지. 하지만 나는 사람을 믿지 않는다네. 부모라는 사람도 마찬가지야. 충분히, 자식에게도 잔인해질 수 있는 존재가 사람임을 잘 알기에 나는 다른 곳을 찾아봤네."

"다른 곳이라면……."

"기루에서 찾았네."

풍기의 눈이 충혈되었다. 검을 쥔 손이 부르르 떨렸다.

"기생이…… 되었단 말씀입니까?"

"이제는 아니네. 내가 기생 적籍에서 소화를 빼내 왔으니 이제 양민이지."

"그래서 누님 있는 곳을 알고 싶으면 나리께서 시키시는 일을 계속하라는 그런……."

"자네는 나를 욕보이는군. 거기, 염낭 안에 소화가 자네를 기다리고 있는 장소가 적힌 종이가 들어 있네."

송정의 말이 떨어지자마자 풍기는 염낭을 열어 확인한다. 과

연 언문이 적힌 종이가 은전과 함께 들어 있다. 검으로 베어도 비명 한차례 지를 것 같지 않은 그의 얼굴이 눈물에 젖어 가기 시작했다. 그런데 송정은 벌써 일어나 문을 열고 있었다.

"나리께서는 제 검을 얻으셨습니다. 하니 죽이는 일이 있다 해도 제게 맡기십시오."

급히 충심을 외치는 그를 돌아보지도 않고 송정은 말했다.

"검이 하는 맹세이니 믿어도 될 터이지."

문밖으로 나섰다. 사내의 소리 없는 울음을 뒤로하고 나온 오두막의 마당. 밤은 여전히 어둡고 악귀들로 들끓고 있었다.

'오라버니.'

이번엔 어둠의 깊숙한 품에서 송옥의 목소리가 울렸다. 송정은 그 깊고 깊은 어둠의 품으로 걸어 들어갔다. 한 번의 망설임도 없이.

대제학의 병환이 악화되었다. 일절 병문안은 받지 않았다. 다만 조석으로 그에게 죽을 쑤어 올릴 종비를 보내어 달라 자신의 아우 좌승지에게 청했을 뿐이었다. 서한을 받고 좌승지는 한달음에 달려오고 싶어 했다. 그러나 애초에 대제학이 병문안을 간곡히 사양하는 뜻을 서한으로 전했기에 종비, 고산댁만을 보낼 수밖에 없었다. 어미 대부터 정갈한 음식 솜씨로 소문이 자자한 고산댁. 그녀는 수영의 유모였다.

며칠간 고산댁은 타락죽, 우분죽, 의이죽, 호도죽 등 대제학의 입맛을 돋울 죽을 올렸다. 대제학은 말없이 그녀가 올리는 죽을 먹었다. 그때도 인후는 금지된 것을 묻지 않았다. 또다시 며칠이 지났을 때 대제학은 고산댁을 사랑채로 불렀다. 인후는 함께 있는 것을 허락받지 못했다. 머리가 희끗희끗 세기 시작한 그녀는 조신하게 대제학 앞에 고개를 조아리며 앉았다.

"자네 덕분에 입맛이 많이 돌아왔구먼. 고맙네."

"별말씀을 다 하십니다."

"아닐세. 이번에 자네 덕을 많이 보았어. 해서…… 이것 받아두게나."

이렇게 말하며 대제학은 행하行下가 담긴 주머니를 그녀에게 내밀었다.

"아닙니다. 쇤네가 무슨 공이 있다고 행하까지……."

"자네 공이야 예전부터 내 익히 알고 있었네. 수영과 적積이의…… 일도 그러하고……."

그 순간, 내내 감읍하다는 표정을 짓고 있던 고산댁의 얼굴에 경계의 빛이 어리는 것을 대제학은 놓치지 않았다.

"그때, 그 일을 자네가 내게 먼저 고하지 않았더라면 일이 어찌 되었을지 생각만 해도 아득하네."

"모두 옛일이 아니겠습니까. 다행히 수영 아기씨께서 혼인도 치르셨고 저리 무사히 지내시니……."

조심스러운 언어와 눈빛이었다. 고산댁은 대제학을 바로 보지 않았다. 그녀의 경계를 푸는 것은 불가능해 보였다. 대제학은 회유로 푸는 길이 아닌 공격으로 베는 것을 택했다.

"무사하지가 않네."

나무집 이야기

급작스러운 그의 공격에 팽팽히 조여졌던 경계의 밧줄이 끊어져 버린 고산댁이 마침내 고개를 들어 대제학을 보았다. 그들의 눈이 마주치는 찰나, 모든 것이 결정되었다. 그가 이겼고, 그녀가 졌다.

"무슨...... 그게 무슨 말씀이십니까?"

그녀의 물음에 대제학은 확신을 더했다. 이제 대제학은 엄함과 냉정함이 혼재된, 양반의 얼굴을 하고 있었다. 이기적인 표정이기도 했다. 고산댁이 일생을 통해 체득한 이기적인 양반의 얼굴. 그녀는 재빨리 눈을 내리깔았다. 그때도 대제학의 얼굴은 그러했다. 그의 아들, 적이 수영에게 저지른 일을 고산댁에게 들었던 그날도.

"무슨 말인지는 자네가 더 잘 알겠지. 그렇지 않은가?"

똑같은 말이다.

'어찌 처신해야 할지 자네가 더 잘 알겠지. 그렇지 않나?'

그날 대제학은 똑같은 말을 그녀에게 했다. 수영이 엉망이 된 몸과 마음을 추스르지 못한 채 누워 있던 바로 옆방에서. 양반 남정네들은 소름이 끼치도록 잔인하고 이기적이었다. 고산댁은 어깨가 떨렸다.

"수영이 무사하지 않다는데도 숨길 셈인가! 수영의 시댁 가족이 내게 수영의 일을 알리려 했는데도?"

"그럴 리가 없습니다! 이미 돌아가신 분입니다. 그분과 통정한 일을 그 댁 분들이 어찌 아신단 말입니까!"

이번엔 대제학의 숨이 막혔다. 혼돈이, 주체할 수 없는 혼돈이

기침으로 터져 나왔다. 그의 몸이 꺾였다. 그리고 머릿속엔 베어진 댓잎이 서걱거렸다. 한참 동안 이어진 기침에 밖에서 인후의 목소리가 들렸다.

"스승님, 괜찮으십니까?"

늘 손에 쥐고 있던 손수건으로 입을 막고 기침을 하던 대제학이 제자의 목소리에 퍼뜩 눈을 뜨고 몸을 세웠다. 그리고 목소리를 높였다.

"괜찮으니 너는 멀리 물러나 있어라."

자박자박, 인후가 물러나는 소리를 듣고서야 대제학은 고산댁을 향해 하문하였다.

"수영이…… 기경과 통정을 했단 말인가? 언제부터!"

다시 휘청거리는 것은 고산댁이다. 치명적인 착각이 불러들인 무서운 결과에 어떤 판단도 서지 않았다. 설움에 겨워하던 수영의 울음소리가 들리는 것 같았다. 부인하기엔 이미 늦었단 걸 너무 잘 아는 그녀였다. 인정을 하고 나니 체념이 찾아들었다. 고개를 떨어뜨린 고산댁은 가장 깊숙이 숨겨 두었던 기억을 끄집어 내었다. 그녀에겐 두려움이요, 대제학에겐 치욕이 될 기억이 언어로 재현되었다. 그것은 송옥이 밝히고자 하는 진실의 조각이기도 했으며 수영이 느끼는 공포이기도 했다. 또한 송정이 은폐하고자 하는 비밀의 단초였다.

고산댁의 고백을 듣는 내내 대제학은 손수건을 쥔 주먹을 풀지 않았다. 이마에서 축축하니 땀이 배어 나왔고 침침하기만 한 눈동자는 한없이 떨렸다. 치욕과 공포는 비밀의 얇은 장막에 가리어져 있었다. 한없이 얇아서 찢어지기 쉬운 그 장막의 사이로 대제학은 진실을 보았다. 그의 생에서 세 번째로 맞이한 명백한 진실, 역시나 추악하고 경악스러웠다. 그리고 세상에 드러나서는 안 될 진실의 맨 얼굴을 덮기로 결심한다. 다시금, 또다시, 세 번째로.

"영민한 사람이니 이 일이 알려질 경우 어찌 될지 잘 알고 있으리라 생각하네. 수영만 잘못되는 것이 아니야. 양 가문이 풍비박산이 나는 것은 물론이요, 장차 대대로 고개를 들지 못할⋯⋯ 끔찍하고도 끔찍한 일이네."

무겁고 무서운 목소리였다. 조선 유생의 존경을 한 몸에 받고 있는 노학자의 목소리가 아닌 이기적인 양반 남정네의 목소리. 고산댁은 납작 엎드리며 함구의 맹세를 대신했다. 어차피 자신의 목숨이 달린 비밀이었다. 가문과 목숨을 건 비밀이 검은 태동을 시작했다. 그리고 대제학의 집, 담장 밖에서 눈빛이 날카로운 사내가 그 태동을 주시하며 검을 쓸어내리고 있었다.

이미 명은 내려졌다. 며칠 전 고산댁이 대제학의 집에 들어간 것을 보고한 즉시로 내려진 것이었다. 고산댁 납거. 한 치의 망설임도 없이 단호한 명을 내리던 송정의 모습을 머릿속에 그려보던 풍기의 마음에 차가운 검이 솟아올랐다. 평생에 그리 차갑고 날 선 검은 처음이었다. 두려운 검이다.

두려운 검, 송정은 선유당에서 눈을 감고 좌정하고 있다. 그의 앞에는 환도環刀가 놓여 있다. 옥으로 장식된 화려한 띳돈이 달린

칼집 안에서 고요한 숨을 쉬고 있는 그의 환도. 송정은 조심스럽고도 강하게 칼자루를 손으로 감싸며 서서히 환도를 빼낸다. 잠을 깨운다. 몸을 드러낸 환도는 번쩍, 소리 없는 번개의 포효를 내지른다. 그러나 송정은 동요하지 않는다. 동요 없이 포효를 손 안에서 다스리며 칼끝을 선유당 밖으로 겨눈다. 세상을 겨눈다.

송정이 세상을 향해 겨눈 검인 풍기가 고산댁의 뒤를 밟고 있다. 비가 내리려는지 사위가 어둑어둑하다. 바람이 분다. 고산댁은 치마가 날리는 것도 아랑곳하지 않고 서둘러 걸음을 옮긴다. 흩날린 꽃잎이 그녀의 짚신 아래 밟혀 으스러진다. 설핏 자신의 걸음 소리와 겹치는 소리를 들은 것 같은 생각에 뒤를 돌아보는 고산댁의 눈엔 그저 짙은 그림자를 드리우고 있는 나무들만이 들어올 뿐이다. 그녀는 다시 부지런히 걸었다. 후두둑, 비가 긋기 시작했다.

선유당의 팔작지붕에 손을 뻗은 소나무가 흔들리며 빗방울을 털어 냈다. 바람이 선유당 안으로 들이쳤지만 송정은 겨눈 환도를 거두지 않는다. 다만 서서히 검을 휘두르듯이 말했다.

"용서를 바라지 않으마. 나를 용서치 마라. 나도 너를 용서치 않으니까. 너의 부정, 너의 죽음, 너의 마음…… 용서치 않겠다."

바람이 그의 검에 베어져 천 갈래로 흩어졌다. 쿠르릉, 천둥이 울렸다.

변덕스러운 하늘을 올려다보며 고산댁은 혀를 찼다. 마음이 급했다. 대제학 앞에서 함구를 맹세했으나 적어도 수영에게는 사실을 알려야겠다는 생각이 들었기에. 변덕스러운 것은 하늘만이

나무집 이야기

아니다. 여인의 마음도 그러하다. 제 젖으로 키운 수영의 안위가 달린 일이다. 골몰하는 고산댁이 인적이 드문 골목으로 접어든다. 때마침 굵어진 빗방울에 팔을 들어 올려 머리를 가리는 그녀를 가격하는 손. 민첩하고 강한 손이었다. 고산댁은 외마디 비명도 지르지 못하고 정신을 잃고 늘어져 버린다. 그녀의 늘어진 육신을 풍기의 팔이 감싼다. 바람과 하늘 이외에 보는 이는 없다. 쏴아, 비가 쏟아지고 어둠이 내렸다.

먹구름이 하늘을 메우고 봄빛까지 밀어내었다. 선유당 지붕 아래에선 송정이 허리를 곧게 펴고 서서 먼 데 하늘에 시선을 주고 있었다. 그것도 잠시, 그의 시선은 천천히 망우재로 향했다. 온갖 꽃들의 호위를 받고 있는 망우재에도 먹구름의 어둠은 어김없이 드리워져 있었다. 송정은 커다란 손을 가슴께로 들어 올려 왼편에서 오른편으로 크게 저었다. 마치 망우재에 드리운 어둠을 몰아내려는 것처럼. 가슴이 더워졌다.

"여름이 오려는가."

그가 말했다. 끊임없이 쏟아지는 어두운 빗방울, 빗방울, 빗방울……. 어두운 빗방울은 송정의 가슴으로 스미며 어두운 기억을 건져 올린다. 절망과 좌절의 기억을.

백아白兒

 천재라는 칭송도, 백학이란 별칭도 성균관에선 비아냥거림에 지나지 않았다. 유림이 인정했다 하더라도 성균관은 인정하지 않았다. 시기와 멸시가 뒤섞인 시선과 수군거림은 그가 소과*에 연이은 장원을 하기 이전, 대제학의 수제자가 되면서부터 이미 시작되었다. 어느 날 불쑥, 나무집에서 나타나 대제학의 총애를 한 몸에 받는 것으로 모자라 임금께 올린 시문으로 모든 족쇄까지 단번에 벗어 버린 천재. 기이한 외모가 도리어 경외심을 불러일으키는 존재. 그 사실은 그의 또래에게 시기와 반발심을 일으킬 뿐이었다. 그에게 벗은 없었다.
 대제학의 의숙에서 동문수학했던 자들도 송정의 편에 서지 않았다. 어디를 가나 시기와 멸시의 시선이 늘 그를 따라다녔다.

---
* 문과의 예비 시험 성격인 생원진사시. 사마시.

학관學官*들은 깊이를 알 수 없는 제자를 외경하면서도 한편으로 그를 의식적으로 피했다. 그들이 이루지 못한 경지를 쉽게 이룬 자에 대한 시기심을 가리는 데 급급했다는 것이 옳을 것이다.

처음부터 벗을 사귀고자, 당파에 속하고자, 혹은 문과에 응시할 자격을 얻고자 성균관에 들어온 것은 아니었다. 배움을 넓히는 목적도 아니었다. 송정은 증명이 필요했다. 자신의 존재가 조선이라는 나라에서 선비란 이름으로 버텨 낼 수 있다는 증명과 인정. 천재라는 칭호는 아무것도 아니다. 송정의 탁월함 그리고 선대왕과 최각의 미묘한 약조를 내세워 임금은 송정에게 씌워진 족쇄를 풀어 주었다. 하지만 그것으로는 무엇도 할 수 없다.

대제학이 불러들인 유림들 앞에서 수십 번의 시험과 수백 수의 시詩로 그들을 매혹시켰으나 그것이 힘 자체는 될 수 없었다. 성균관의 인정이 필요했다. 성균관에서 버텨 낸다면 조선을 버텨 낸 것이리라. 그 옛날 밀실로의 유폐를 선택했듯이 송정은 성균관으로의 유배를 스스로 선택한 것이다. 그는 힘을 가져야만 했으니까. 자기 자신을 위한 것이 아닌 송옥을 위한 힘.

문제는 송정이 '실수'를 배우지 못했다는 것에서 발생했다. 단한 번의 실수도 없이 자신의 천재성을 드러내 버린 것. 학관일강學官日講, 학관순제學官旬製, 월강月講**까지 송정은 막힘이 없었을 뿐만 아니라 항상 최고 점수를 받았다. 때때로 그에게 시험관이

---

* 성균관 교수.
** 학관일강은 매일 학관이 부과하는 경서를 외우는 시험. 학관순제는 열흘마다 치는 제술 시험. 월강은 예조에서 주관하는 시험을 말함.

압도당하는 일까지 발생했다. 그는 이미 문과 시험 때 초시를 면제한다는 혜택까지 받아 내었다.

완벽보다는 실수에 애정이 가는 것이 인간이다. 꼿꼿한 완벽을 보면 깨뜨리고 싶어지는 것도 인간이다. 유생들이 송정이란 완벽을 망가뜨리기로 작정한 것도 무리는 아니었다. 그만큼 범인凡人에게 그는 지나치게 뛰어나고, 자만으로 가득 찬 사람으로 비쳤다.

기습이었다. 몇몇 유생들이 그를 포박하였고 얼굴을 가린 상태에서 몰매가 가해졌다. 치명적 실수는 몰매를 가하며 자신들의 울분을 소리로 토해 냈다는 것이다.

"괴, 괴물로 태어난 주, 주제에 어디라고 기어들어 와!"

말을 더듬는 우승지의 둘째.

"재주를 타고났다고 건방지게!"

항상 코 막힌 소리는 내는 이조참판의 장자.

"그렇다고 조정에 발을 붙일 수 있을 것 같으냐?"

배 속에서 들끓는 것 같은 음성을 가진 병조판서의 장자.

"병신 놈이 주제를 모르고 유학을 공부한다고?"

쇳소리를 그르렁거리는 골초인 좌의정의 셋째.

"아예 골통을 깨뜨려 버리게!"

매일 기루에 드나들어 늘 지분 냄새가 진동하는 호조참판의 장자. 자신의 몸에 가해지는 매질과 함께 송정의 머릿속엔 폭력을 가하는 자들의 신상도 새겨졌다.

피투성이가 되었다. 몸만 그리된 것이 아니었다. 벗이 될 생각은 없었지만 적이 되어 해악을 끼칠 의도는 없었다. 그럼에도, 다만 자신보다 뛰어나다는 이유만으로도 잔혹해질 수 있는 것이 인간이라는 것을 깨달았다. 그것도 선비라는 자들이. 인과 의를 예를 통해 실현하는 선비는 서책 속에서만 존재했다. 하얀 살갗의 찢어진 틈으로 인간에 대해 남아 있던 미미한 신뢰마저 피와 함께 흘러 나가 버렸다.

정신이 희미해져 갈 때 그의 머릿속에 떠오른 사람은 송옥이었다. 스승의 의숙으로 옮겨 공부를 시작한 이래 일 년에 몇 번만 볼 수 있었던 송옥. 그의 모든 빛. 날로 황홀해져 가는 그 빛을 다시 봐야만 했다. 온몸이 찢기는 것 같은 통증 속에서도 오로지 송옥을 다시 봐야 한다는 일념에 정신을 잃지 않았다. 그래서 도리어 매질이 멈추지 않았다. 송정이 꺾이지 않는 것에 더욱 분노했던 유생들이었다. 순시를 하던 관노들이 멀리서 고함을 지르며 뛰어올 때까지 때리는 자도, 맞는 자도 광기에 휩싸여 멈춤이 없었다. 먼저 꺾인 것은 결국 유생들이었다. 관노들이 들이닥치기 전에 하나 둘 도망치기 시작하는 발소리가 들렸다. 그래도 송정은 정신을 놓지 않았다.

"아니, 이게…… 이게 어찌 된 일입니까?"

관노들이 그에게 씌워졌던 가리개를 벗기는 와중에도 송정은 송옥에 대한 그리움을 붙잡고 있었다. 그래야 살 수 있을 것 같았다. 문초를 당한 죄인처럼 피투성이가 되어 부어오른 송정의 얼굴과 몸은 말 그대로 만신창이였다. 어디가 부러지지 않은 것이 천운이라 할 정도였다. 며칠 후 몸과 마음이 철저히 망가진 채로 송정은 나무집으로 업혀 왔다.

스무 살의 몸이 명경당 지붕 아래서 숨을 내쉬고 있다. 대낮임에도 아침부터 퍼붓는 비 때문에 사위가 어두컴컴했다. 숨을 쉴 때마다 가슴을 찌르는 통증에 눈을 떴다. 익숙한 공간이 익숙지 못한 고통 안에서 낯설게 시선 안으로 들어왔다. 성균관이 아닌 나무집에서 눈을 떴다는 사실이 그저 꿈인가 싶었다. 더더구나 자기 곁에 뽀얀 빛으로 앉아 있는 송옥의 형태는 너무나 아련하였다. 그래서 말했다.

"꿈에서라도…… 볼 수 있어서…… 다행이구나."

말하는 것조차 쉽지 않았다. 그는 자신의 입술이 찢기고 입안까지 부어 있음을 알지 못했다. 꿈이기에 몸을 움직일 수도, 소리 내어 말하기도 힘들다고 믿었다.

"너는…… 잘…… 있느냐……. 여기서…… 내가 없는 곳에서…… 너, 나의 꽃…… 잘 있느냐……."

송옥이 고개를 끄덕인다. 물에 적신 수건을 쥔 손을 뻗어 식은 땀이 흐르는 그의 이마를 닦아 준다.

"나는…… 잘 있지…… 못하구나. 못나서…… 버텨 내지…… 못해…… 미안하구나."

꿈이란 믿음과 고열에 깊숙이 감춰 둔 감정이 얼굴을 드러내고 있었다. 송정이 말을 할 때마다 송옥은 손짓을 멈춘다. 그리고 수건을 다시 물에 적셔 그의 상처에서 흐르고 있는 진물을 살며시 닦아 주었다. 그녀를 따라 빛이 움직였다. 그제야 송정은 송옥이 눈물을 흘리고 있음을 본다.

"울지 마라. 나의…… 송옥아."

그녀의 눈물이 떨어질 때마다 빛도 방울방울 떨어졌다. 그녀가 입을 연다. 향기가 소리로 퍼진다.

"아프지 마세요, 오라버니. 아프지 마세요. 오라버니께서 아프시면…… 송옥이 마음이 너무 아파서…… 제가 오라버니 대신 아프고 싶습니다. 그러니까 아프지 마세요."

"아프지 않다. 나는…… 괜찮다."

거짓말을 했다. 꿈속에서라도 송옥이 우는 것은 보고 싶지 않았으니까. 그래도 송정은 부풀어 오른 눈꺼풀을 간신히 열어 그녀를 바라본다. 숨이 가빴다. 그러나 꿈속의 그녀가 근심할까 두려워 참는다.

"천 겹으로 막힌 달, 한 줄기 먼 은하수……."

얼마 전 송정이 보내 준 시를 송옥이 그를 바라보며 읊었다. 고통 속에서도 송정은 시를 이어받는다. 마음을 이어받는다.

"그대 못 보는 서러움 안고, 비낀 달빛 오동 끝에 내리는 이 밤……. 보고 싶었느니…… 담을 넘고 싶은 밤…… 그리할 수 없어 은하수만 바라보았던…… 그런 밤……."

기운이 쇠한 그는 말을 잇지 못하고 정신을 잃고 말았다. 성한 구석 하나 없이, 상처투성이가 된 송정의 얼굴을 보며 송옥은 눈을 감는다.

"저는 매일 그러했습니다. 뵙고 싶어서, 곁에 있고 싶어서…… 매일……."

송옥은 두 손을 모으며 앞으로 허리를 꺾었다. 슬픔과 아픔에 허리를 바로 세울 수가 없었다. 그것을 송명이 보고 있다. 며칠 전 대제학의 의숙에서 송옥을 보기 위해 뛰쳐나온 그였다. 눈썹이 파르르 떨렸다.

"나는, 담을 넘는다. 보기 위해서는 그리한다. 그리했고."

송명의 목소리에 송옥은 허리를 폈다. 흐르는 눈물을 황급히 닦아 낸다.

"당해 낼 수가 없구나. 당해 낼 수가……. 저 지경이 되어서도 단번에 나를 이겨 내 버리니……."

그러면서 돌아선다. 아직은 제 방이 아닌, 송정의 방에서 물러난다. 그들의 마음에서도 물러난다. 송옥은 고개를 돌려 그를 볼 수도 없었다. 들켜서는 안 되는 마음이다. 그러나 감춰지지 않는 마음이기도 하다. 아무 말도 할 수 없이 그저 눈을 감았다. 그들은 꿈으로 이어진다. 오직 꿈으로만. 살짝 열어 놓은 창으로 파초 잎에 빗방울이 떨어지는 소리가 애절하기만 했다.

단오가 지났다. 송명은 대제학의 의숙으로 돌아갔고 송정은 학문을 놓아 버렸다. 한 달이 넘게 서책을 펼쳐 보지 않았다. 검을 잡지도 않았다. 서서히 몸이 회복되었으나 그의 마음은 망가진 채로 회복되지 못했다. 여름이 깊어 가도 그는 더위조차 느끼지 못하는 것 같았다. 초췌한 낯으로 파초를 바라보는 그가 귀신과 같다 하는 종복들의 쑥덕거림이 들렸으나 그조차도 무시했다. 아니, 그 말이 옳다고 수긍해 버렸다.

나무집 밖, 실재하는 세상 사람들에게 그는 천재지만 자신들과 같다는 것을 인정할 수 없는 귀신이라고 생각했다. 송옥도 그를 일으켜 세울 수 없을 것같이 무력한 시간이었다. 송정이 주로 머무른 곳은 운영각이었다. 송옥은 그곳에서 오래전 밀실에 몸을 숨겼던 키 큰 소년을 보았다. 세상에 자신을 드러내서는 안 되는 슬픈 소년이 어른의 모습을 하고 서책들 사이에서 마음을 감추는 것도 힘겨운지 초점 없는 눈을 하고 서 있었다. 단옷날 이후 심히 앓고 헛것까지 보았던 송옥보다 더 기력을 잃은 모습이었다.

명경당 공루空樓*에 앉아 파초에 떨어지는 빗방울을 몇 시진이나 바라보고 있을 때도 있었다. 또 그의 건강을 염려하는 대제학의 서한에 답을 하려고 붓을 들었다가도 먹물만 뚝뚝 떨어뜨린 채 굳어 버린 일도 있었다. 그때마다 송옥은 그에게서 조금 물러선 자리에서 안타까운 시선에 타는 마음을 실어 보낼 뿐이었다.

무더웠던 낮과는 달리 선선한 바람이 나무들의 뜨거운 머리를 식혀 주던 여름밤. 설이를 통해 송정의 청이 송옥에게 전해졌다. 선유당에서 야경을 그려 달라는 것. 그녀는 손수 화구畵具를 챙겨 송림으로 향했다.

치자 향기가 달빛과 어울려 혼곤하고 야광나무 흰 꽃이 등불처럼 흔들렸다. 송옥의 하늘색 모시 치마도 흔들렸다. 그녀는 돌계단을 오르며 송림의 저편을 바라보았다. 분합을 모두 걸어 올

---

* 한옥에서 지붕 아래 다락방과 같은 공간.

린 선유당은 여름밤을 떠다니는 배가 되어 있었다. 바람이 불었다. 달빛이 선유당 뱃전에 부딪치며 수천수만의 알갱이로 부서져 흩어졌다. 거기 송정이 그녀를 기다리고 있었다.

"왔구나."

"예, 야경을 그려 달라 하셨다고요?"

"그래…… 야경이 아니더라도 너 하고픈 대로…… 그려 보아라. 나는 상관이 없으니……."

송옥은 말없이 화구를 펼쳤다. 먹을 갈고 색색의 채료彩料를 덜었다. 붓을 꺼내 색을 먹였다.

"장마 전에 본 말똥구리입니다. 어찌나 부지런한지 개미보다 더 부산했지요."

"그렇구나."

"올 여름엔 연꽃이 크지 않았지만 아침이면 퍽, 하면서 열리는 소리가 신이했습니다."

"그러하지."

"사당 곁에 백일홍 보셨습니까? 올해 빛깔이 유달리 고운 것 같아요."

"그렇더냐?"

밀실에서 세상을 보여 주듯이 송옥은 그에게 계절을 펼쳐 보여 주었다. 그러나 송정은 세상을 보려 하지 않았다. 보려 하지도, 자신을 보여 주려 하지도 않았다. 어느 순간 송옥이 그리는 것을 멈추었다. 송정은 그것조차도 한참 뒤에 알아차릴 정도로 자기만의 밀실에 스스로를 가두고 있었다. 그가 침묵을 알아차리고 눈을 들었을 때 그녀는 입술을 꽉 깨물고 있었다.

"어찌 그러느냐? 피가 나려 하지 않아!"

송정이 놀라 그녀에게 외쳤다. 그러나 송옥은 고개를 외로 돌릴 뿐 계속 입술을 물었다.

"송옥아, 내 잠시 다른 생각을 한 것이다."

"그런 것이 아니어요. 오라버니는…… 갇히신 것 같아요."

송옥의 말을 송정은 부정하지 않는다.

"세상이 그것을 원하는구나. 내가 나가는 것을 거부하는구나. 내가 아무리 버텨도 밀어내기만 하고 다시 가두려고만 드는구나. 그러니…… 어찌하겠느냐……."

송정은 시선을 나무집의 건너, 세상에 던지고 있었다.

"그래서 가두시려는 거예요? 저는 오라버니께서 스스로를 가두시는 것이 싫습니다. 오라버니께서 세상에 지는 것도 싫고, 갇히시는 것도 싫습니다. 송옥이 곁에서도 마음을 닫으시는 것도 싫어요."

한 번도 강하게 마음을 표한 일이 없는 송옥이 목소리에 힘을 주며 송정을 향해 똑똑히 말했다. 그가 압도될 만큼의 힘이었다. 그러나 그의 마음은 너무 망가져 있었다.

"그래서 어찌하란 것이냐. 이런 모습을 하고서는 도저히…… 버틸 수가 없는 것을…… 견뎌 낼 수가 없는 것을……."

그는 자신의 하얀 손을 송옥에게 내어 보이며 말했다. 희디흰, 달빛 아래 더욱 창백한 그 손을 송옥이 잡는다. 송정은 그 손을 뿌리치지 못했다.

송옥은 붓에 초록의 색을 먹인다. 그리고 송정의 손등에 풀잎을 그린다. 풀잎이 흔들리며 흙내 가득한 땅의 기를 그의 몸에 전해 준다. 붉은색을 먹인다. 그의 손바닥에 꽃을 그린다. 꽃잎이 떨리며 청량한 바람의 숨을 그의 가슴에 불어넣는다. 푸른색을 먹인다. 흉터투성이인 그의 팔에 새를 그린다. 하늘이 새의 날개를 펼쳐 그를 감싸 안는다. 다시 먹빛을 붓에 담아 그의 눈썹에 부드럽게 휘어진 난을 그린다. 묵향에 땅과 하늘과 바람의 향이 모두 들어 있었다. 송옥의 향이 송정 안으로 들어왔다. 세상이 들어왔다.

 송정의 눈에서 눈물이 흘렀다. 송옥 앞에서 그는 울었다. 감긴 눈 아래로 쉼 없이 그의 좌절이, 절망이, 슬픔이 그리고 송옥을 향한 마음이 투명하게 흘러내렸다. 굳게 다문 입술에서 고통의 신음이 엎드려 울고 있었다. 붓을 내려놓은 송옥의 손가락이 그 눈물을 안아 준다. 그의 얼굴을 쓰다듬어 준다. 괜찮다고 소리 없이 말해 준다. 송정은 눈을 뜰 수 없었다. 그의 머리가 허락할 수 없는 이 순간을 눈을 감은 채로 고스란히 마음에 담고 싶어서. 그래서 눈을 감고 송옥의 손길을 받아들인다.

 송옥의 팔이 송정의 목을 감싸 안는다. 온기가, 황홀한 온기가 그의 전신으로 퍼졌다. 송정은 눈물을 멈출 수 없었다. 한恨이 뜨겁게 넘치고 있었다. 송옥은 한참 동안이나 그렇게, 가만히 송정을 안아 주기만 했다. 말은 필요치 않았다. 서로의 온기와 숨결이면 충분했다. 그녀는 떨리는 그의 어깨에 볼을 기대었다. 시간이 고요하게 선유당의 뱃전을 비켜 갔다.

"버텨 낼 수 없으면 버티지 마셔요. 견뎌 낼 수 없으면 견디지 마셔요. 송옥이가 제일 싫은 것은 오라버니께서 지는 것이 아니니까…… 제일 싫은 것은 오라버니께서 아프고 슬픈 것이니까."

송정이 떨림을 멈추었을 때 송옥이 그의 귓전에 속삭였다. 눈물은 멈췄으나 그때까지도 눈을 뜰 수 없었던 송정이 비로소 눈을 떴다. 송옥이 그에게 불어넣어 준 세상도 눈을 떴다. 그는 송옥에게 안긴 채로 입을 열었다.

"그래, 버텨 내지 않을 작정이다. 견뎌 내지 않을 작정이야. 이제 그들이 버티고 견디게 만들 것이다. 나를 가두려고 하면 나는 더 큰 그물을 펼쳐 그들을 가둬 버릴 것이다."

그의 말에 송옥이 팔을 풀었다. 그런데 송정의 팔이 그녀의 등을 감싸 안았다. 처음이었다.

"나는 질 수가 없는 사람이다. 송옥아, 나는 지지 않는다. 너를…… 지켜 줘야 하니까."

"저를 왜 지켜 주셔야 하지요? 송옥이는 그렇게 약하지 않아요. 저 때문에 그렇게…… 그렇게 억지로……."

온기는 열기로 바뀌어 가고 있었다.

"너는…… 약한 것이 아니다. 하지만 너는…… 너를 지켜야 할 때가 올 것이다. 그저 그렇게만…… 그저 나를 믿어 주면 안 되겠느냐?"

겨우 자신을 일으킨 송정의 청을 송옥은 거부할 수 없었다. 그녀는 그의 품에 안긴 채로 고개를 끄덕였다. 송정의 팔과 가슴에서 열기가 전해졌다. 그러나 그는 송옥을 조용히 품에서 떼어 놓앉았다. 그의 얼굴은 완전히 예전과 같은, 아니, 예전보다 더 견고한 가면을 쓰고 있었다. 눈앞에 있으나 천 리 밖에 있는 사람이 되어 있었다. 송정 역시 송옥의 얼굴을 보았다. 다시 한 번 자신을 살린 빛. 그에게 그녀는 가슴 안에 있는 사람이었으나 천 리 밖에 두어야 할 사람이었다. 지키기 위해서. 선유당을 비껴 가던 시간이 그들 사이를 흐르고 하나일 수 없는 갈망이 파도를 일으키며 스러져 내렸다.

다음 날 송정은 단검을 숨긴 채 성균관으로 돌아갔다. 폭행 사건이 벌어지기 전과 다를 바 없는 모습으로. 너무 의연하여 그런 사건은 아예 없었던 것처럼 느껴질 정도였다. 그리고 그는 자신을 구타한 이들을 발고하지 않았다. 학관들이 아무리 다그쳐 물어도 자신을 습격한 이들을 모른다고만 답했다.

그렇게 며칠이 흘렀다. 습격한 이들이 안도의 한숨을 내쉬었던 밤, 그는 숨겨 들어간 단검을 가지고 그들을 한 사람씩 찾아갔다.

"나는 죽일 수 있다. 너는 죽일 수 있는가? 직접, 나를 죽일 수 있는 것이 아니라면 다시는 내게 손대지 마라. 또 입을 열지도 마라. 다시 말하지만 나는 언제든, 어느 밤이든 너를 죽일 수 있어. 답해라. 그 일과 이 일, 모두 다물겠다고."

한 사람, 한 사람에게 모두 찾아가 검을 목에 들이대며 같은 맹세를 하게 만들었다. 감히 대항하는 자는 없었다. 송정의 안광眼光은 압도적이었다. 그의 입술에서 쏟아진 언어 역시 서슬을 퍼렇게 내며 그들을 제압했다.

"지금 답하지 않으면 나는 너를 죽일 것이다. 너만 죽이는 것이 아니라 네 불의한 무리까지 모두 죽일 것이다. 못할 것 같으냐? 그러니 답해라, 지금."

모두가 떨며 그에게 맹세를 했다. 송정은 말로만 맹세를 받는 자가 아니었다. 수결까지 받아 내었다.

"이것을 공개하면 어찌 되는지 알겠지? 내 한 번도 대제학의 제자임을 내세워 득을 본 일이 없지만 이 일에 관해서는 철저히 그 지위를 이용할 작정이다. 다시 말해 너희를 성균관에서 내침은 물론이고 다시는 과거를 볼 수 없도록 만들 것이다. 내가 그리 할 수 있음을 너희가 더 잘 알 것이야."

그들은 자신들의 맹세를 지킬 수밖에 없었다. 송정이 승리한 것이다.

그 후 일의 전말이 알려지진 않았지만 암암리에 송정은 건드릴 수 없는 자라는 소문이 퍼졌다. 이제 견디는 쪽은 송정이 아닌 그들이 되었다. 그리고 송정이 치르지 않아도 되는 초시에서 장원으로 급제하여 성균관을 나갈 때까지 매일 밤 공포에 떨었던 것도 그들이었다. 송정은 증명했고, 인정받았다. 조선이 그를 받아들였다.

그러나 어느 누구도 그가 다시 일어설 수 있었던 것이 송옥 덕분이었음을 몰랐다. 그녀 자신조차도.

※
※※

소서小暑가 지나고 송옥이 연당에 빠졌다. 연꽃이 봉오리를 열기도 전, 새벽의 일이었다. 송정이 소리를 듣고 나왔을 때 눈앞에 벌어진 광경을 그는 잊을 수 없었다. 치자로 물들인 노란 저고리에 연분홍빛 치마가 연잎이 일렁이는 연당 가운데 부풀어 있었다. 송옥이라는 연꽃이었다. 당황한 그녀가 팔을 휘저을 때마다 연잎들 위로 물방울이 튕기고 맑은 기운이 송정이 서 있는 사랑채 우물마루 쪽으로 밀려왔다.

그는 일말의 망설임 없이 도포를 입은 채 물에 뛰어들었다. 연당에 빠진 것보다 송정의 출현에 놀란 송옥이 짧은 비명을 질렀지만 그는 아랑곳하지 않았다. 단번에 물속으로 팔을 깊이 넣어 송옥을 가볍게 들어 안았다. 그녀는 부끄러움을 느낄 새도 없이 그의 목에 팔을 두를 수밖에 없었다.

연당을 빠져나오는 것은 쉬운 일이 아니었다. 몇 번이나 발이 미끄러지고 휘청거리는 사이 송옥은 더 강하게 송정에게 매달렸다. 물기에 젖은, 가쁜 숨이 서로에게 매달렸다. 간신히 송옥을 먼저 연당 밖으로 밀어 올린 그는 물 밖으로 나오자마자 그녀를 향해 물었다.

"괜찮은 것이냐?"

다급한 물음에 송옥은 고개를 끄덕였지만 입술은 파랗게 질려 있었고 전신을 바들바들 떨고 있었다. 그는 떨고 있는 그녀를 다시 제 품에 안고 일어섰다.

"아니…… 혼자 가겠어요."

"이리 떨고 있으면서 무슨 소리냐."

나무라면서 송옥을 내려다보던 송정의 눈에 그녀의 몸이 들어왔다. 얇은 저포紵布*로 만든 젖은 저고리 아래 봉긋이 솟은 가슴. 그녀의 그 보드라운 가슴이 자신의 가슴에 기대고 있음에 송정은 정신이 아뜩해졌다. 혼미한 향이 그녀로부터 시작되어 그의 혼을 취하게 만들었다. 그러나 그는 고개를 들었다. 고개를 들고 걸음을 옮겼다.

커다란 연잎이 송정의 걸음마다 펼쳐졌다. 그는 영원을 바랐다. 나뭇잎에서 미끄러진 이슬방울의 낙하도 멈춘 것 같은 둘만의 시간. 옅은 초록빛 연잎을 디딜 때마다 그의 마음이 방울방울 투명하게 자취를 남겼다. 세상 사람들은 볼 수 없는 눈물의 자취이기도 했다. 연잎도, 마음도, 눈물도 송옥을 안은 송정을 따라 피어났다가 새벽빛과 함께 스러졌다.

한마디도 묻지 않았다. 하루가 지나도록 송정은 송옥에게 아무것도 묻지 않았다. 다음 날이 되어서 망우재에 들어 송옥과 마주하고서도 그는 이렇게 물을 뿐이었다.

"고뿔이 들지는 않았느냐?"

평소보다 부드러운 송정의 음성에도 그녀는 고개를 끄덕일 뿐이었다. 후텁지근한 바람이 침묵과 함께 솔 장판 위로 내려앉았다. 송정은 고개를 오른편으로 돌렸다. 걸어 올린 분합 밖으로 계관화가 심어진 화단이 보였다. 닭 볏을 닮은 그 붉은 꽃이 잡귀를 물리쳐 주기를 바라며 그가 손수 심은 것이었다. 잡귀……. 송

---

* 모시.

정은 한숨을 쉬었다.

"드나듦을 함부로 해서는 안 되는 사랑채다."

"……잘 알고 있습니다."

그녀의 목소리가 바람 소리를 간신히 누르고 일어났다.

"연유는 알아야 될 것이 아니냐."

"스스로 생각하여도 어리석었던지라 말씀드리기 부끄러울 뿐이어요."

"알았으니 말해 보아."

"연화차를…… 만들어 보려 했습니다."

"연화차?"

송옥의 답에 송정은 고개를 갸우뚱했다. 방 안의 공기가 슬렁, 울렸다.

"네,《부생육기浮生六記》* 속 운芸이라는 여인이 있습니다. 그 여인은 차를 비단 봉지에 싸서 새벽녘에 피지 않은 연꽃 봉오리 속에 넣어 두었다가 달여 마셨다기에……."

그녀가 발그레한 볼을 하고서 이렇게 답하자 송정은 슬그머니 미소를 지었다.

"그래, 운이라는 그 여인을 흉내 내어 연꽃 속에 차를 넣으려다 연못에 빠졌다는 것이냐."

"오라버니들께 드리고 싶었어요."

"연화차 만들려다 심청이 되어 연못에 솟았던 게로구나."

---

* 중국 청나라의 화가 심복沈復이 쓴 수필식 자서전.

"해괴한 일로 놀라게 해 드려서 송구합니다."

다소곳이 답하는 송옥의 단정한 이마를 송정의 시선이 살며시 훑고 지났다. 그러자 송옥은 서늘한 달 같은 눈썹을 살짝 들어 올려 그를 바라보았다. 청아한 그 얼굴이 송정의 마음에 가득 찼다. 하지만 언제나처럼 그는 마음을 밀어낸다.

"해괴하지 않다고는 말할 수 없으나 아름답지 않다 하기도 힘들겠구나. 하나 네겐 위험한 일 같으니 그와 같은 일은 다시 하지 마라. 대신 매화차를 보내 주마. 지난봄 구해 놓은 것이 아직 남아 있다."

그러고는 송옥이 뭐라 답하기도 전에 열린 문을 통해 방을 나서려 했다. 그런 그를 송옥의 다급한 물음이 붙잡았다.

"곧, 혼인을 하신다고요?"

그녀의 물음에 송정은 표정을 바꾸었지만 결코 그녀를 바라보지는 않았다.

"말은 바람과 같아서 막을 수가 없다더니……. 그래, 아마 가을쯤이 될 것 같구나. 그것이 궁금했던 게냐?"

어둡고 괴로운 그의 표정을 익숙한 감춤의 목소리가 가렸는지라 송옥은 저만의 고통을 안고 다시 물었다.

"대제학 영감의 질녀 되시는 그분…… 어떤 분이시던가요?"

"장인어른 되시는 분을 뵈었는데 인품이 인자하시면서도 대쪽 같으시니 따님도 그러하시겠지. 하나 네가 궁금한 것이 있어도 답해 줄 것은 많지가 않구나."

무심한 그의 답에 그녀는 질끈, 눈을 감았다. 눈물을 감추었다.

"경하드려요, 오라버니."

송정 역시 눈을 감았지만 그녀는 보지 못했다. 그의 눈동자 속 숲의 깊은 울음도 듣지 못했다.

"고맙구나. 너는 늘 건강하기만 하면 된다. 알겠지?"

"예, 오라버니."

자신의 혼사를 남의 일인 양 예사롭게 말하고 정우당으로 향하는 송정을 송옥은 물끄러미 바라보았다. 한 치의 그릇됨도 없는, 곧음이 하늘을 떠받치는 것 같은 사람. 은은한 묵향을 백 리에 퍼트리는 사람. 어떤 바람이 불어도 흔들리지 않을 사람이라고 송옥은 생각했다. 자신만이 흔들리고 쓰러지는, 허리가 꺾인 향기가 되었다고…….

위잉, 대우전大羽箭*이 송명의 목궁을 벗어나 송림을 가르는 소리가 묵직하다. 처서處暑가 지나서인지 하늘은 맑고도 높았다.

"용케도 명중이구나."

몇 보 떨어진 곳에서 환도로 수련 중이던 송정이 말했다. 그도 그럴 것이 대우전은 촉이 무거워 사거리가 짧은데도 송명은 번번이 명중을 놓치지 않았기 때문이다. 본시 근력이 탁월한 송명이었기에 가능한 일이었다.

"좀 가벼운 편전이나 착전을 써 보는 것도 좋을 것 같다만."

송정의 말에 기다란 목궁을 내리며 송명은 흘깃 형의 손에 쥐

---

* 살촉이 무겁고 깃이 큰 의례용 화살. 근거리 전투나 사냥에도 사용.

나무집 이야기

어진 환도를 쏘아보았다. 이른 가을의 햇살이 칼날에 베어지고 있었다.

"그러면 형님께서도 목검을 쓰시지 않고요."

고분고분한 말투가 아니다. 아니, 쏘는 듯한, 대서는 말투와 눈빛이었다. 그럼에도 송정은 평정심을 잃지 않는다.

"너도 알지 않느냐. 진검이 아니면 쓰지 못하는 것을."

밀실에서 나오면서부터 하루도 빠짐없이 수련했던 검술. 송정은 오직 진검만 사용했다. 자칫 자신을 벨 수도 있는 위험과 언제든 타인을 벨 수 있는 과단성을 진검에 담았다.

"쓰지 못하는 것이 아니라 쓰지 아니하시는 것이겠지요."

유난히 날이 선 목소리였다. 송정은 그에 답하지 않고 송명에게서 등을 돌렸다. 그 모습에 활을 쥔 송명의 주먹에 잔뜩 힘이 들어갔다.

"그 혼인을 하실 작정이십니까!"

일순, 송명이 날린 언어의 화살이 송정의 등에 꽂혔다. 송정이 돌아서자 송명은 그의 눈에서 이전에 볼 수 없었던 분노를 보았다. 차가운 분노였다. 멈추기엔 너무 늦었다.

"다시 말해 보아라."

진심으로 두려워졌다. 자신의 형이, 송정이, 자기 눈앞의 한 남자가. 그 두려움이 치욕스러워진 송명은 오히려 한 발 앞으로 나서며 다시 말했다.

"그 혼인을 하실 작정이시냐고 물었습니다."

그의 말이 떨어지자마자 송정은 동생을 향해 검을 겨누었다.

"너로 인해 시작된 일이다. 다른 누구도 아닌 네 세 치 혀로 인해 벌어진 일! 네가 지금 나를 힐난하는 이유가 무엇이야!"

송정의 고함이 검기와 합송을 이루어 송명을 찔렀다. 물러나고 싶었다. 그러나 또다시 한 발 나서는 송명은 활을 세웠다.

"모르시겠지요. 알 리가 없으시지요. 제 혀가 어찌하여 그런 일을 벌인 것인지, 그리하면서도 그 혼인을 막고 싶어 하는지, 알 리가 없으시겠지요."

이번엔 송정이 앞으로 나섰다. 그는 검을 거두지 않았다.

"혼인을 막고 싶다? 이 모든 사달을 만든 네가?"

송명 역시 물러나지 않았다. 물러서지 않고 섬뜩한 빛을 발하는 검을 향해 다가섰다.

"막고 싶습니다. 형님의 혼인을 강제하고 싶으면서도 또한 막고 싶다고요!"

"어째서냐? 어째서냐고!"

한 발만 더 내디디면 부딪치게 된다. 그러나 둘 다 물러설 생각 따위는 없고 그들의 검과 활은 소나무 그늘 아래서 서로의 가슴을 맞대며 울고 있었다. 검과 활로 마음을 대신하고 있는 형제의 팔이 떨렸다.

"송옥…… 이리 말해도 형님은 아실 리가 없지요. 그 아이에 대해…… 진실에 대해…… 알 리가…… 송옥……."

동요된 것은 송명, 자신이었다. 송정은 틈을 놓치지 않고 송명의 활을 날려 버린다. 그의 검은 아우의 목을 겨누고 있다. 그의 목소리는 그의 검만큼이나 차갑다.

나무집 이야기 201

"그래, 나는 몰라. 몰라야만 하지. 너도 몰라야 한다. 앞으로도 계속……. 우리는 누이에 대해 몰라야 한다."

검은 계속 송명의 목 아래서 살기를 드리우고 있다. 하지만 송명은 두려움을 버렸다.

"모르는 주제에…… 아무것도 모르는 주제에!"

송명의 몸이 송정에게 부딪쳐 왔다. 형제의 몸이 뒤엉키며 송림의 바닥을 굴렀다. 이번엔 완력이 강한 송명이 송정을 제압하고 한 팔로 그의 가슴을 눌렀다.

"다 참을 수 있어. 백아, 네가 내 형님인 것도, 그래서 장자의 자리를 차지한 것. 네가 하늘이 내린 천재라 내 재주로는 도저히 당해 낼 수 없다는 것도. 그런데 송옥이까지…… 그 아이를 지킨 것은 나인데! 아무것도 모르는 네가 송옥이까지……."

"웃기지 마라. 너는 단 한 번도 참은 적이 없다. 참으면서 내게 빼앗긴 것이 없어! 송옥이만큼은…… 아니…… 모른다. 나는 모른다. 아무것도 몰라. 너도 몰라야 하고!"

처음으로 송정이 흔들렸다. 흔들리는 그의 눈빛에 송명이 팔에서 힘을 뺐다. 송정보다 더 크게 흔들렸다.

"너…… 너…… 설마…… 송옥이 우리 누이가 아니란……."

그때 온 힘을 다해 송정이 송명을 밀쳤다. 막으려면 그리할 수 있었으나 송명은 그저 옆으로 넘어져 하늘을 향해 누워 버렸다. 송정 역시 두 팔을 벌리고 누워 버린 아우를 누를 생각은 없었다.

"아니, 나는 듣지 않았다. 나는…… 아무것도 듣지 않았다. 나는 아무것도 모른다."

흙투성이가 된 송정이 일어서며 이렇게 말하자 송명은 눈을 감아 버렸다. 푸른 하늘이 닫혔다.

 "눈을 감는다고, 저 하늘이 보이지 않는다고, 거기 없는 것이오? 백아…… 형님…… 우리 둘 다 병신이었구려. 도대체 우리가 어째 이래야 하는 것이오? 어째서…… 형님은 어째서 그리하는 것이오?"

 송명은 한 팔을 들어 올려 얼굴까지 가려 버렸다.

 "나는, 끝까지 지켜야 하니까."

 "무엇을요? 선비의 체모를요? 아니면 우리의 잘난 가문을?"

 송명은 팔을 내리지 않은 채 체념의 물음을 던졌다.

 "송옥."

 단 한마디였다. 그것이 송정의 모든 것이었다. 그러나 송명은 아무것도 보지 못했고 형제는 같은 이름을 향한 다른 길을 향해 나아갔다.

**

 송옥이란 이름이 송정에게 각인되기 전, 기억의 처음엔 어둠만이 자리했다. 유폐된 채 유년을 보내야 했던 송정에게 비상한 지력智力은 오히려 저주와 같은 것이었다. 너무 일찍 찾아온 기억의 시작. 향유재의 공루에서의 반나절과 해가 진 후 겨우 건넛방으로 내려와 몸을 펼 수 있었던 반나절이 그것이었다.

 겨우 네 살이었다. 자신의 존재를 인식함과 동시에 갇힌 몸이

나무집 이야기

란 걸 알아차린 순간, 그리고 그때로부터 매일의 기억이 무겁게 송정을 짓누르고 있는 것이다. 답답함조차 느낄 수 없었다. 그의 눈에 빛은 아픈 것이었다. 어머니는 아들을 가엾어했지만, 백아는 두려워했다. 안아 주지조차 못했다. 그저 어둠의 저편에서 바라볼 수밖에. 애초에 순하고 순한 아기였다. 눈만큼이나 하얀 몸을 하고서 울음을 삼키는 법을 터득하고 태어난 것처럼 큰 울음 한번 제대로 터트리지 않는 그런 아기였다. 어쩌다 울어도 너무나 신통치 않은, 가는 울음이었기에 밖으로 소리가 새지도 않았던 아기.

백의 몸을 가진 아기는 환란의 징조였기에 태어나자마자 죽이는 것이 당연했으나 어차피 곧 죽을 것처럼 보였다. 오래 살지 못할 거라 믿었기에 그저 명命대로만 숨겨 키우고자 했던 아기. 그렇게나 허약하고, 조금치의 애정도 받지 못했던 그에겐 이름도 주어지지 않았다. 조상의 별칭을 따라 백아라고 불렀던, 자식이 아닌 하늘이 잠시 맡긴 아이가 송정이었다.

죽지 않았다. 죽지 않아서, 몸을 잘 펴지도 못하는 곳에서도 쑥쑥 자라나서 부모에게 근심이 되었다. 누구도 말을 걸어 주지 않기도 했거니와 소리 내는 것을 금지당했기에 말하는 법을 알지 못했던 작고 '하얀 도깨비'. 그것은 최 대감 내외를 제외하고는 유일하게 그의 존재를 알고, 숨기는 것을 도왔던 운남댁이 붙인 별칭이었다. 무슨 뜻인지 알지 못했지만 그녀가 손짓을 하면 조심조심 다가가 밥을 받아 왔다. 그때 상전의 귀에는 들리지 않게 작은 목소리로 그녀가 그를 향해 말했다.

"하얀 도깨비 같으니라고."

운남댁에게 하얀 도깨비는 부정하고 불길한 존재였다. 게다가 때가 되면 밥을 주고 오물을 치워 주고 옷까지 갈아입혀야 하는 귀찮은 존재. 제사나 명절 때 인척들이 모여들기 전에 그는 늦은 밤 안채에서 망우재의 골방으로 옮겨졌다. 그때 그에게 쓰개치마를 씌우고 안아 옮긴 것도 운남댁이었다. 인척들이 모두 돌아갈 때까지 몇 날 며칠이고 숨어 있어야 하는 골방에 어린 그를 내려놓으며 운남댁은 꼭 몸서리를 쳤다.

"이놈의 하얀 도깨비 점점 무거워지기만 하고…… 어이고!"

그의 몸이 닿았던 자리를 탁탁, 털었다. 그런 몸짓에서, 시선에서 그는 처음으로 '혐오'를 보았다. 그것이 마음에 들지 않을 뿐만 아니라 아프다는 것도 알았다. 아플 만큼 싫었다.

하루 종일 밖의 움직임에 귀 기울이며 숨소리를 죽여야 하는 상황, 음식 냄새가 진동하는데도 운남댁이 가져다주는 음식을 기다리며 배를 곯는 상황. 방에 불을 땔 수도 없어 냉골에서 파란 입술을 하고 벌벌 떨어야 하는 상황. 요강을 비우지 못해 제 배설물 냄새에 구역질이 나도 창을 열지 못하는 상황. 그런 것은 비참함의 이름을 달지도 못했다. 진짜 비참함은 이유도 알지 못하고 혐오의 시선을 받아야 한다는 것이었다. 이유를 묻지도 못한다는 것이 비참함이었다. 도리가 없는 비참함이었다. 아이에게 주어지기엔 너무도 참혹했으나 참을 수밖에 없었다. 그 외의 방법은 알지 못했으니까. 그런데 변화가 생겼다.

기쁨의 아이가 송정의 앞을 지나쳐 뛰어간다. 모든 것을 가진 아이, 모든 것을 가지고도 가졌다는 것조차 알지 못했던 아이, 송명. 그의 탄생으로 그는 알게 되었다. '다른 삶'도 있다는 것을. 혐오의 눈빛을 받지 않아도 되는 삶.

송정이 네 살 때 태어난 송명은 모든 것을 가진 아이였다. 집안에서는 태어나자마자 안타깝게 죽은 장자—족보에조차 올리지 못했던, 친척들에겐 기억으로만 존재하는—를 대신할 귀한 장손이었고 부모에겐 드러내고 사랑할 수 있는 귀여운 아들이었다. 자랑스러움과 사랑스러움이 뒤섞인 시선들이 아기 송명에게 쏟아졌다. 축복과 같은, 닿으면 따뜻할 것 같은 시선들은 송정에게 향한 혐오의 시선과는 너무도 다른 것이었다.

의문이 생겨났다. 자신이라는 아이와 송명이라는 아이는 어찌하여 이리도 다른 시선을 받는 것일까? 왜 저 아이는 빛이 쏟아지는 밖에, 나는 어두운 안에만 있는 것일까? 그것이 변화의 시작이었다. 다름을 인식하는 순간, 갈망이 생겨났으니까. 송정은 송명이 가진 모든 것을 갈망하기 시작했다.

송명의 옹알이, 송명의 걸음마, 송명의 배움……. 모든 일에 환희가 따라감을 송정은 숨어 지켜보며 갈망했다. 그리고 누구도 몰랐지만 아우를 따라 익혔다. 소리로 빚어낼 수 있는 생각, 말을 익혔다. 아무도 그의 말에 기뻐해 주지 않았다. 아무도 그의 말을 들어 주지 않았다. 그러나 그는 어머니와 아버지와 세상 사물들의 이름을 소리 내어 말할 수 있음에, 자신과는 다른 삶을 살고 있는 빛나는 아이와 다르지 않음에 홀로 기뻐했다.

모든 것이 홀로였다. 천둥 치는 날의 공포도, 공루 밖에 집을 짓던 제비를 보고 느꼈던 즐거움도, 어느 밤 어리둥절할 만큼 퍼졌던 치자의 황홀한 향내도 모두 홀로 마주해야 했다. 보름달이 공루의 구석까지 환히 비춰 주던 밤에 백아는 다시 의문을 가졌다. 어째서 아직도 그 아이는 저기, 나는 여기에 있지? 골몰하고 골몰하여도 알 수 없었다. 그때 보름달의 빛이 백아의 작고 흰 손을 비추었다. 그리고 깨달았다. 기쁨의 아이와 자신의 차이점. 살갗의 색이 달랐다. 운남댁이 손에 쥐는 것을 싫어하면서 땋아 주었던 머리카락을 당겨 보았다. 그것도 달랐다. 색의 이름을 알지 못했으나 눈에 보이는 빛깔의 차이를 깨닫기에는 충분했다.

공루의 틈으로 지켜본 어떤 사람도 자신과는 다르다. 그것이 그 아이에겐 기쁨과 빛을, 자신에겐 혐오와 어둠을 주었다는 것을 깨닫는 순간, 눈물이 흘렀다. 아기 때 본능적으로 흘리던 것과는 다른 것이었다. 분노와 슬픔이 뒤섞인, 존재 자체가 흘리는 것이었다. 혼의 흐느낌이요, 절규였다. 백아는 절규가 흐르는 것을 멈출 수가 없었다.

달래 주는 이 하나 없는 어두운 공루에서 백아가 울고 있었다. 손톱으로 자신의 손등이며 팔을 마구 긁어 상처를 냈다. 차라리 붉은 핏자국을 보는 것이 숨을 쉴 수 있을 것 같았다. 머리카락을 쥐어뜯었다. 투둑, 투두둑, 하얀 머리카락이 끊어지며 바닥에 쌓였다. 가늘고 하얀 달빛의 비늘같이. 바꿀 수가 없다. 절대 바뀌지 않는다는 사실에 백아는 절망한다. 그러나 절망의 와중에도 그는 비명을 지르지 않았다. 절망을 내지르지 않았다. 꽉 깨문 입술에서 피가 흘렀지만 참는다.

"으으으…… 으윽……."

다만 어른의 절규 같은 신음만이 울릴 뿐이었다. 분출되지 못한 절망은 안으로, 안으로 칼날처럼 파고들었다. 그리고 녹아들었다. 핏속으로 녹아들어 혼의 깊숙한 곳까지 점령하고 백아와 하나가 되어 버렸다. 마침내 백아는 무릎을 꿇고 쓰러져 웅크린다. 이제 신음도 내지 못하고 겨우 숨을 몰아쉴 뿐인…… 겨우 여섯 살에 불과한 백아.

온몸이 상처투성이가 된 채 산발을 하고 쓰러져 잠이 든 아이를 보고 최 대감과 신씨 부인은 깨달았다. 백아가 너무 커 버렸다는 것을.

"아이를…… 더 이상 향유재 안에서 키울 수 없겠소."

결단을 내린 것은 최 대감이었다. 신씨 부인은 가엾고도 두려운 아들, 그래서 만질 수도 없는 아이를 보면서 눈물을 글썽거리며 고개를 저었다.

"어디로 보낸단 말입니까? 어디서라도…… 드러날 몸이지 않습니까? 하아…… 어디로……."

"밀실이 있지 않소. 그곳이라면 그 누구에게도 들키지 않을 것이오."

지아비의 말에 신씨 부인은 눈을 크게 떴다. 셋째 아이를 잉태한 몸을 간신히 가누면서 일어났다.

"그렇게 어둡고, 그렇게 빛 한 줄 제대로 들지 않는 곳에…… 너무 잔인한 일이어요. 그래도…… 그래도 우리 아이인데……."

무기력한 눈물을 흘렸다. 부인의 눈물을 외면하며 최 대감은 단호하게 말을 이었다.

"이대로는 안 된다는 것을 잘 알지 않소? 이렇게 어영부영 시간을 보내다가 발각이라도 되는 날엔 이 아이 목숨은 물론이고 우리 가문의 안위도 위험하오. 그곳이라면…… 적어도 목숨은 부지할 수 있으니…… 옮겨야 하오. 옮길 것이오."

그의 말이 옳았다. 옳지만 신씨 부인은 얼른 동의할 수 없었다.

"하지만…… 하지만…… 너무 가여운……."

"그만하시오. 이달 그믐, 종복들을 범박골 추수를 도우라는 명을 내려 모두 내보낼 것이오. 그때 백아를 밀실로 옮길 것이니 그리 알고 운남댁과 준비해 놓으시오."

동의할 수 없으나 반대할 수도 없는 일이었다. 백아의 운명은 이미 어둡고 은밀한 밀실로 이어지고 있었다. 세상 누구도 모르는 그곳, 어둠의 밀실로. 그리고 그곳으로 옮겨지기 직전, 백아는 송옥의 탄생과 죽음을 보았다.

그날이었다. 종복들이 모두 범박골 추수를 돕기 위해 집 안을 비운 날. 운남댁 이외의 누구도 어머니의 곁을 지키는 이가 없던 고요한 밤. 그 일이 일어났다. 어머니의 비명과 함께. 날카롭게 이어지는 어머니의 비명은 그에게 낯선 것이 아니었다. 송명이 태어나던 날에도 어머니는 비명을 질렀다. 그러나 그때와는 다르다. 돕는 이라고는 운남댁밖에 없고 어머니의 비명은 더 길고 더 여리다. 겁에 질린 송명은 송정이 있는 공루 아래 건넛방에서 떨면서 귀를 막고 있었다. 울고 있었다.

"어머니…… 아프지 마세요. 어머니…… 아앙!"

소리를 지르고, 발을 구르며 울었다. 송명은 마음껏 울며 떼를 부릴 수 있는 아이였다. 백아는 분노했다. 분노하며 생각했다. 없애고 싶다고. 저 아이를 없애고 저 자리에 자신이 있고 싶다고. 그리하여 무서울 때, 외로울 때, 마음껏 소리 지르며 울고 싶다고. 그러나 방법을 알지 못했다. 그런 방법 따위 있을 리가 없다고 생각했다. 자신은 언제까지고 홀로 무섭고, 홀로 외롭고, 홀로 울어야 한다고 절망했다. 백아의 절망은 깊고도 어두웠다.

빛이 스밀 수 없는 절망에 잠겨 드는 백아가 고개를 숙이는 순간, 어머니의 비명이 갑작스레 그쳤다. 잠시 후 구슬프고 서러운 울음소리가 향유재를 울렸다. 안방에서 운남댁이 튀어나와 큰사랑채로 달려갔다가 아버지와 함께 돌아온다.

"어쩐답니까, 아기씨께서 변을 당하셔서……."

송구스러움이 뚝뚝, 떨어지는 목소리였다. 그것은 자신에게 떨어지는 문책을 피하기 위한 것이기도 했다. 궁금했다. 송명과 백아, 둘 다 궁금했다. 그러나 궁금증에 대처하는 방법은 다르다. 어린 송명은 궁금증을 참지 않고 건넛방 문을 열고 안방으로 다가간다. 백아는 갇혀 있는 동안 예민해진 청력으로 소리에 집중했다.

"못 데려가요! 아직 숨이 붙어 있다고요!"

어머니의 새된 목소리가 안방에서 흘러나왔다.

"이미 숨을 거두었소. 그러지 말고 주시오. 염이라도 해야 할 것이……."

"살아 있다니까요!"

몇 번의 실랑이가 오가고 무겁게 고개를 숙인 아버지가 운남댁과 함께 안방을 나온다. 그는 맑은 눈으로 자신을 올려다보고 있는 송명을 발견하고 아이를 들어 올려 운남댁에게 안겨 준다.

"백아를 옮기기로 한 날, 이리되다니……."

"그러면…… 그냥 저리 두실 겁니까?"

한숨을 내쉬는 최 대감의 눈치를 한껏 살피며 운남댁이 조심스럽게 물었다.

"아니 되겠지. 종복들이 모두 자리를 비우는 기회가 어디 흔하던가. 더 이상 미룰 수가 없으니 지금 내가 데리고 가지. 자네는 한시도 저 사람 곁을 비우지 말게. 지금…… 너무 충격을 받아 무슨 짓을 저지를지 걱정이 되는구먼."

"예, 단단히 지키겠습니다."

공루의 문이 열렸다. 아버지였다. 단 한 번도 백아를 안아 주거나 손을 잡아 준 일도 없는 남자. 심지어 그를 똑바로 바라보는 일조차 드문 남자. 송명이 '아버지'라 부르면 그제야 커다란 웃음을 터트리는 남자. 자신에게도 아버지임에 분명하지만 아버지라 불러 본 일이 없는 남자. 그가 한없이 슬퍼 보였다.

"내려오너라. 다른 곳으로 가야겠구나. 무슨 말인지 알아듣겠느냐?"

슬픈 음성이었다. 백아는 총총걸음으로 공루에서 내려와 그의 앞에 섰다.

"착하구나. 그래, 너는 언제나 착했지. 조용히…… 따라오너라."

그러면서 돌아선다. 백아는 아버지의 말을 거역하지 않았다. 그때 살짝 열린 안방 문틈 사이로 송명과 눈이 마주쳤다. 송명은 운남댁에게 안겨서 졸고 있었다. 비통의 밤에도 자신의 본능에 충실할 수 있는 아이가 그를 보고 눈을 동그랗게 떴다. 백아는 재빨리 모습을 숨겼다. 송명의 칭얼거리는 소리가 등 뒤에서 이어졌다. 운남댁의 달래는 소리도.

"아무것도 아닙니다. 하얀 도깨비는 무슨…… 아무것도 아니에요."

입술을 깨물었다. 아무것도 아닌, 아무것도 아니어야 하는 자신에게 다시 한 번 깊이 상처 자국을 내었다. 어머니의 울음소리는 그치지 않았다. 그 서럽고 낮은 울음소리를 들으며 백아는 자신의 곁에서 느리게 걷고 있는 아버지를 올려다보았다.

넓은 갓이 드리운 그림자로 표정이 드러나지 않았지만 온몸으로 슬픔을 말하고 있었다. 송정은 느낄 수 있었다. 자기 곁의 남자가 아프다는 것을. 겉이 아닌 속이 많이 아파서 울음도 터트릴 수 없다는 것을. 남과 다르다는 것을 인식했던 그 밤의 자신처럼 비명을 안으로 삭이고 있다는 것을. 결코 그가 용서되지는 않았지만…… 가엾어졌다. 그래서 용기를 내었다. 용기를 내어 작은 손을 내밀었다. 그러나 감히 손을 잡지도 못하고 흰 도포 자락을 잡았을 뿐이었다. 그리고 물었다.

"제가 달라서…… 남들과 달라서 아버지 아파요?"

어린 아들의 물음에 아버지의 무릎이 꺾였다. 처음으로 듣는 아들의 말소리. 그는 자신의 귀를 의심했다.

"네가…… 네가 말을 한 것이냐? 말을, 할 줄 알았던 것이냐?"
 백아는 답하지 않았다. 이미 들었으면서 다시 묻는 아버지가 이상했다. 그래서 다시 물었다.
 "제가 다른 사람들과 달라서 아버지 아프세요? 저 때문에요?"
 원망도 아니었다. 슬픔도 아니었다. 그것은 염려였다. 아버지는 무릎을 꺾고 흐느꼈다. 자신의 어린, 아들임을 밝힐 수 없는, 어린 아들이 자신을 염려해 묻고 있다.
 "아니다. 너 때문이 아니야."
 "그럼 무엇 때문인가요?"
 "내가…… 죄가 커서, 내가…… 세한을 죽여서…… 내 아이들이 대신 벌을 받는 것이…… 마음이 찢어지는구나. 너는 이러하고…… 갓 태어난 아이는……. 이 죄를 어찌 씻을 수 있을지…… 나는 모르겠구나."
 눈물이 아버지의 얼굴을 덮었다. 아버지는 그가 다른 사람과 다른 것이 벌이라고 했다. 그것도 그의 잘못이 아닌 아버지의 잘못으로 인한 벌. 백아는 가슴 안쪽이 따끔따끔했다. 자신이 벌을 받는 것을 아버지는 막아 줄 수 없다는 것을 확인했다. 아무도, 누구도, 막을 수 없는 벌이다. 원망스럽고 원망스럽지만 드러낼 수도 없다. 누구를 원망해야 할는지 알 수 없었다. 헤어 나올 수 없는 악몽을 꾸는 기분이었다.
 아버지는 계속 눈물을 쏟고 있었다. 그 때문만은 아니다. 평소에 그를 위해 울어 주던 아버지는 아니었으니까. 그럼 아기가 죽어서일까? 죽는다는 것이 그리 슬픈 일일까? 송정은 이해할 수 없었다.

"아기가 죽어서 아프세요?"

"그래, 아프구나. 여기…… 여기가 아파서 견딜 수가 없구나."

가슴을 치며 답하는 아버지를 물끄러미 쳐다보면서 송정은 또박또박 말한다.

"그러면 살리세요, 아기. 그러면 안 아프잖아요. 어머니도, 아버지도."

아들의 말에 아버지의 표정이 바뀐다.

"무어라 했니? 아기를 살리라고 했니?"

"응, 살리세요. 죽는 것이 슬픈 일이라면 살리면 되는 거 아닌가요?"

"우리 아기는 이미……. 그래…… 이것이 운명이라면…… 살려야겠구나. 그 사람 아이라도 살려야겠구나."

아버지의 얼굴에 어떤 빛이, 의지가 서렸다.

"그래, 살려야겠다. 세한은 살리지 못했으나 그의 자식은 살려야겠어. 내 자식은 살리지 못했으나 그의 자식은 살려서 어떻게든 죗값을 치러야지. 그래, 네 말이 옳다."

그러나 그 빛도 잠시일 뿐. 다시 그의 낯이 어두워졌다. 더욱 어두워졌다 해야 할 것이다.

"백아야…… 네 말이 옳구나. 하나 나는 네게 해 줄 수 있는 일이 없구나. 너는 다시…… 죄스럽고, 한스럽구나."

그 말을 듣고 알았다. 어찌하여도 자신은 송명처럼 살 수 없다는 걸. 절망이 몸 밖으로 터져 나오려 했지만 백아는 참았다.

"괜찮아요. 저는 괜찮으니 데려가 주세요. 어디든 괜찮아요."

괜찮지 않았다. 아프고 슬펐다. 하지만 괜찮지 않다고 해서 바뀌는 것은 없다. 아버지는 무엇도 바꿀 수 없는 사람이다. 또다시 절망이다. 그때 놀라운 일이 일어났다. 남자가, 아버지가 그를 와락 안은 것이다. 안은 채로 사죄를 했다.

"미안하구나. 미안해······. 너를 이리 살게 하여 미안하구나. 아무것도 해 줄 수 없어서 미안하구나."

그의 사죄와 온기에 백아는 흔들릴 뻔한다. 아버지의 품은 생각보다 훨씬 따뜻하고 안전하게 느껴졌다. 그러나····· 아버지의 잘못으로 그가 벌을 받는 것이다. 아버지는 그를 위해 무엇도 할 수 없고, 할 생각도 없는 사람이다. 송명을 사랑하듯이 그를 사랑한 적이 단 한 번도 없는, 아무것도 할 수 없는, 아버지의 이름만 갖고 있는 사람이다. 분노와 절망이 똑같은 크기로 일어났다. 하지만 숨겼다. 숨기고 거짓 용서를 한다.

"제가 다른걸요. 달라서 그런 것을 알아요."

어린 자식, 불쌍하고 불쌍한 아들의 용서에 감동한 아버지는 실수를 하고 만다.

"너를 가둘 수밖에 없지만······ 원하는 것이 있더냐?"

빛을 원합니다, 밖에서 살기를 원합니다. 그렇게 말하고 싶었지만 불가능한 것을 잘 알았던 그는 다른 선택을 한다.

"글자를 배우고 싶어요. 글자를 배우고 저도 쓰고 싶어요."

공루에서 어머니가 글을 쓰고 서책을 읽는 것을 보아 왔던 백아였다. 다른 종복들은 하지 못하는 일. 그 일을 자신도 할 수 있

나무집 이야기

다면 견딜 수 있을 것 같았다. 얼마나 짙은 어둠에서, 얼마나 오래 견뎌야 할지 알 수 없었지만 사람에게 기댈 수 없는 그가 택한 것은 결국 글이었다.

"방법을 생각해 보마."

아버지는 어리고 가엾은 아들의 청을 차마 물리치지 못한다. 그러나 동정심에 가까운 그의 부정이 세간의 이목과 소문의 두려움을 이기지 못하는 것도 사실이었다. 그는 백아를 공루보다 더 짙은 어둠으로 이끈다. 한낮에조차 빛 한 줄기 들지 않은 밀실로.

겨우 열흘 만이었다. 백아가 천자문을 익히는 데 걸린 시간은 열흘이었다. 붓을 쥐여 주자 거침없이 문장을 만들어 내었다. 이번에는 시험 삼아 시를 읽어 주었다.

"바닥까지 보이는 맑은 연못에 하늘의 빛과 구름의 그림자. 못 가운데 달 비치면 티 없는 경지를 이루리라."*

그랬더니 곧바로 자신의 시로 응수를 해 오는 것이 아닌가.

"하늘의 빛과 구름의 그림자 비치지 않고 달빛도 들지 않건만, 마음 가운데는 맑음이 자리하니 그대 이룬 경지를 따르리라."

그제야 아버지는 유폐된 그의 아들이 천재라는 것을 깨닫는다. 그것은 기뻐할 일이 아니었다. 두려웠다. 또 하나의 저주였다. 태생부터가 불길한 아이가 천재이기까지 하다. 자칫 집안이 멸문지화를 당할 수도 있는 불씨를 품은 아이다. 생각이 거기에 미치자

---

* 〈광영당光影塘〉, 이황.

그는 가르침을 중단한다. 밀실로 향하는 발길을 끊어 버린다.

"이것이 너를 죽일 수도 있겠구나."

서책도 앗아 가 버린다. 백아는 또다시 홀로 남겨진다. 다만 문자만이 머릿속에 남았을 뿐이다. 매일 머릿속에서 천자千字의 세계를 펼쳤다. 문자를 통해 사물의 이치와 세상을 익힌다. 문자를 통해 세상을 본다. 아이는 이제 갇힌 존재가 아니다. 도리어 세상이 갇혔다. 문자로 가둬 놓은 세상을 아이는 깊이, 깊이 탐구했다.

그는 머릿속에서 꽃을 피우고 나무를 심었다. 높은 곳의 강물은 낮은 곳의 바다로 흘렀고 하늘의 해와 달이 하루라는 시간을 나누며 뜨고 진다. 생명은 사람에게만 있는 것이 아니라 한낱 미물에게도 공평하다는 것도 안다. 밀실의 눅눅한 벽을 기어가는 토충土蟲*도 밤이면 살금살금 나타나 울어 대는 실솔蟋蟀**도, 명命은 소중하다. 하늘, 땅, 해, 달, 별, 강물, 바다……. 세상 모든 사물이 자신의 비밀을 백아라는 아이에게 속삭여 주었다.

그는 이제 자신의 이름이라 믿었던 '백아'의 뜻을 알았다. 그래서 그것이 자신의 진짜 이름이 아님을 깨닫는다. 그것은 오직 단 하나의 존재만을 위한 이름이 아닌 그들의 편리를 위한 명칭에 불과함을.

"나는 대체 무엇이지?"

---

* 지네.
** 귀뚜라미.

나무집 이야기

가능한 한 모든 기억을 끄집어내어 자기 존재에 대해 사유했다. 자신을 향한 혐오와 동정의 시선, 송명과 너무도 다르게 자란 환경, 부모의 말과 행동. 안으로, 안으로 기억을 파고들었다. 그리고 그 기억들과 세상을 연결시키자 또다시 절망스러운 사실이 명확해졌다.

"나는 세상으로 나갈 수 없겠구나. 여기서 이렇게 살아…… 아니야. 내 살아 있음과 죽음이 다르지가 않아. 단지 다른 사람과 다르게 보인다는 것 때문에…… 부父와 모母와 가家에 저주인, 나는 천지간에 저주받은 존재로구나."

눈물을 흘리지는 않았다. 눈물은 스스로를 동정할 수 있는 사람이나 흘리는 것이었으니까. 그는 자신을 동정하지 않았다. 그는 다만 절망했고, 절망했고, 절망했다. 그러나 그의 절망은 또 다른 비밀을 볼 수 있는 눈을 열어 주었다. 어쩌면 백아라는 이름을 가진 다른 존재를 사랑했던 혼이 그에게 비밀을 열어 준 것일지도 모른다. 밀실 속 또 다른 밀실이 열린 것이다.

우연, 다른 이들은 그것을 우연이라 하겠지만 그는 운명이라 믿었다. 밀실 안에서 최 대감도, 집안사람들 어느 누구도 알지 못하는 또 하나의 작은 밀실을 발견한 것은 그에게 운명이었다. 그것은 갇힌 자이기에 가능한 것이었다. 빛 속에서는 제대로 눈조차 뜨지 못하는 백아였기에 어둠 속에서 벽의 이상한 점을 발견할 수 있었다.

"무엇이지?"

가는 틈이었다. 어둠 속에서는 틈이라 부를 수 없을 정도로 미세한 틈을 그가 보았다. 그리고 예민한 촉각과 청각을 이용해 틈의 건너편이 비어 있음을 알아차린다. 그가 알아차린 이상 그것은 열린 것이나 같았다. 돌문이다. 어린 그의 몸이 열기에는 턱도 없이 무겁다. 하지만 그에게 필요한 것은 튼튼한 몸도, 하늘이 내린 비상한 머리도 아니었다. 갇힌 자가 가진 날카로운 감각만 있으면 충분했다. 어차피 문을 열 수 있는 장치는 밀실 안에 있을 터였다.

서두르지 않았다. 천천히 벽의 구석, 바닥의 작은 흙부스러기 하나까지 관찰했다. 희미한 등불이 흔들리고 그림자가 흔들려도 그의 시선은 흔들리지 않았다. 해가 뜨고 지고, 달이 뜨고 졌다. 그는 포기하지 않았다. 그리고 기어이.

"알았다! 하나구나!"

그랬다. 하나였다. 밀실로 들어오는 입구에 달린 고리와 또 다른 밀실을 여는 장치의 시작. 단지 당김과 비트는 것의 차이일 뿐이었다. 단순한 원리를 누구도 알아차리지 못한 것은 아무도 갇혀 보지 못했기 때문이다. 오직 안쪽에서만 비틀 수 있도록 설계되었기에 밖에서 살아온, 잠시 그곳을 들고 나는 이방인들은 결코 발견할 수 없는 장치였다.

갇혀 있는 자에게만 비밀이 열렸다. 서책들과 서한들이 그에게 주어졌다. 그리고 최각의 것이었던 비밀이 주어졌다. 또 다른 세상이 그에게 자신을 허했다. 다른 이들에게 주어지지 않은 온갖 비밀들이 그에게 모두 열렸다. 그러나 백아는 자신을 향해 열린 비밀의 세상을 제 것으로 만들지 않았다.

"이것으로 내가 무얼 할 수 있어? 이런 몸인데…… 아버지도, 어머니도 버린…… 이름도 갖지 못한, 백아일 뿐인데…… 이게 다 무슨 소용이냐고!"

그는 자신에게만 허락된 비밀에 등을 돌린다.

"어차피 아무 소용없어. 여기서 나가도…… 모두가 날 싫어할 뿐인데…… 나는 송명과 다른…… 괴물일 뿐인데……."

비밀의 문은 다시 닫혔다. 만일 송옥이라는 실재하는 세상이 쏟아지지 않았더라면 영원히 닫혔을 것이다. 백아가 열두 살이 되었을 때 송옥, 그녀가 갑작스럽게 찾아들었다.

"봐 봐, 송옥아! 뭔가 있을 거라고 했지! 운남댁이 매일 밤 여길 오는 걸 봤다니까! 빨리!"

빛과 함께 밀실의 문이 열리고 아이의 커다란 목소리가 들렸다. 쏟아지는 빛에 눈이 아팠던 백아는 구석으로 몸을 물린다. 이내 다다다, 뛰어 내려오는 소리와 함께 자신보다 키도 크고 몸집도 커 버린 송명이 백아의 공간으로 침입해 왔다.

"괜찮아. 귀신 따위 없다니까. 내려와. 내가 잡아 줄게."

층계참에 발을 올리며 송명은 손을 위로 내민다. 그 손을 잡는 다른 작은 손. 백아는 송명의 시선을 따라 시선을 옮긴다. 눈이 부시다. 빛은 그에게 너무 강하고 가차 없었다. 그러나 고개를 돌리지는 않았다. 간신히 가느다랗게 눈을 뜨고 본 그 시선의 끝에 송옥이 있었다.

샛노란 꽃 한 송이가 햇살과 함께 사뿐히 내려앉았다. 노란 치마에 색동저고리를 입고, 붉은 주머니를 차고 있는 꽃. 움직이는 꽃이었다. 꽃이 아닐 수가 없었다. 저토록 어여쁜 존재가, 저토록 고운 빛깔을 가진 존재가 자신과 같은 사람임을 믿을 수가 없었다. 서책에서만, 머릿속에서만 피어났던 꽃이 송옥이란 존재로 백아의 눈앞에서 향기를 전하고 있었다.

"어두워요, 오라버니. 송옥이, 손잡아 줘요."

어둠 속에 기대어 숨을 죽인 채 백아는 살아 움직이는 경이를 지켜본다. 송명은 더 이상 백아의 시선을 끌지 못했다. 오직 송옥만이 백아의 눈에, 마음에 가득 찼다.

"겁꾸러기, 이리 와."

그렇게 놀렸지만 송명은 다정하게 송옥의 작은 손을 잡아 주었다. 그 순간, 백아의 마음에 무엇으로도 대체할 수 없는 갈망이 솟아올랐다. 저 꽃을 갖고 싶다! 그러나 갈망보다 강한 것은 자기 자신에 대한 혐오감과 두려움이었다. 저 꽃도 자신을 괴물이라 부르며 무서워할지도 모른다는 사실에 더욱더 구석으로 몸을 숨겼다. 하지만 꽃의 눈동자는 맑고도 밝았다.

"오라버니! 저기, 저기……."

송옥이 백아가 있는 어둠의 구석을 손끝으로 가리켰다. 이어 송명도 백아를 알아보고 흠칫, 놀라는 기색을 보였다. 그러나 곧 눈을 부라리며 누이동생을 등 뒤로 감추고는 두 팔을 벌리며 소리를 질렀다.

"누구냐! 귀신이냐?"

백아는 답할 수 없었다. 나는 귀신은 아니다. 하지만 나를 사람이라고 할 수 있는가? 저들과 같은 사람이라고 할 수 있는가? 어둠의 자리에 웅크리며 주저앉았다.

"귀신이냐, 사람이냐?"

송명은 계속 답을 원한다. 그러면서 한 걸음, 한 걸음 백아가 웅크리고 있는 어둠의 구석으로 다가온다. 송옥도 그의 등 뒤에 숨어 낯설고 기이한 존재를 바라보았다.

"오라버니, 무서워. 가지 마요."

송명의 옷자락을 움켜잡으며 만류했다. 송옥의 말에 백아는 더욱 깊이, 더욱 어두운 곳으로 숨어 버리고 싶어졌다.

"괜찮아. 귀신 따위!"

송명은 탁자 위 등잔불을 집어 들고 백아에게로 점점 다가섰다. 어둠이 백아의 뒤로 숨어들었다. 아니, 어둠이 백아를 송명과 송옥 앞으로 밀어내었다. 빛 앞으로 끌어당겨진 백아의 모습은 송명의 걸음을 멈추게 만들었다. 그도 그럴 것이 송명의 눈에 비친 백아는 핏기라고는 전혀 없는 순백의 낮도깨비 같은 모습이었다. 피부도, 머리카락도, 그가 입고 있는 옷도 모두 하얀색으로 도무지 사람이라 생각할 수 없는. 소문의 하얀 도깨비가 눈앞에 있었다. 자신감은 사그라지고 입안이 바짝 말랐다.

"하, 하얀 도깨비…… 하얀 도깨비……."

백아를 가리키는 손끝이 떨렸다. 말을 잇지 못하며 뒷걸음질치는 송명과 달리 송옥은 오라비의 등 뒤에서 나와 하얗게 빛나는 형체를 들여다보았다. 한 걸음, 한 걸음 다가섰다.

"송옥아! 가, 가지 마!"

송명이 소리치며 기겁했지만 송옥은 멈추지 않았다. 송옥의 걸음마다 부드러운 그림자가 둥글게, 둥글게, 아픈 빛을 밀어내 주었다. 고개를 갸웃거리며 다가와 백아와 눈을 마주쳐 주었다. 송옥의 눈동자 속에서 백아는 생애 처음으로 따스함을 느꼈다. 그리고 방긋, 미소까지 지은 송옥이 소리쳤다.

"아녜요. 사람이에요! 사람이 분명해요!"

확인시켜 주었다. 사람임을, 사람이 분명함을, 송옥이 확인시켜 주었다. 따스함과 동시에 가슴속에 얹힌 바윗덩이에 금이 쩌억, 벌어짐을 느낀 백아가 일어섰다. 자신을 사람이라 불러 준 어여쁜 꽃을 만지고 싶어 손을 내밀었다.

"저리 가!"

그때, 송명이 소리를 지르며 달려들었다. 바깥세상에서 햇살 아래 자란 송명은 간단하게 백아를 쓰러트린다.

"내 동생 건드리지 마, 하얀 도깨비!"

동생? 저 꽃이 너의 동생이라고? 우리…… 동생이라고? 백아는 쓰러진 채로 송명과 송옥을 번갈아 쳐다본다.

"도련님! 아기씨! 아니…… 이게 대체!"

운남댁의 목소리가 들렸다. 그녀는 밀실 안에서 벌어진 광경에 경악했지만 사태를 수습하는 데 주저함이 없었다.

"여기 내려오신 걸 대감마님이 아시면 혼이 나십니다! 어서, 어서 올라가십시다!"

운남댁은 송명과 송옥의 팔을 잡아끌며 층계를 올랐다.

"운남댁, 저 아이 사람이지? 응? 맞지?"

나무집 이야기

송옥이 묻지만 운남댁은 답을 하지 않고, 송명은 경계심 가득한 눈으로 끝까지 백아를 흘겨보았다.

"운남댁, 저…… 저거, 누구야?"

밀실의 문이 닫히기 전 송명의 물음이 들려왔다. 이어진 운남댁의 답은 혐오의 시선과 함께 백아의 가슴을 아프게 찔렀다.

"저건, 아무것도 아닙니다. 아무것도 아니에요."

역시, 아무것도 아닌 것인가? 괴물도, 사람도 아닌, 아무것도 아닌 것인가? 송옥 덕분에 잠시 동안 따스했던 가슴에 칼바람이 불었다. 검은 상처를 내었다. 거기, 상처가 있다는 것도 알 수 없을 정도로 짙고 검은 상처.

그날 밤 '누구'도 될 수 없는, '아무것'도 아닌 백아에게 아버지가 찾아왔다. 몇 달 만에 밀실로 내려온 그는 아들과 눈을 마주치지 못했다.

"네 동생들에게는 알아듣게 말해 놓았다."

그뿐이었다. 살가운 말이나 눈빛은 없었다. 눈치를 살필 뿐이었다. 백아는 그것을 알아차렸다. 아버지는 끝끝내 죽지 않는 자신을 두려워하고 있었다. 자신을 두려워하는 상대는 쉬운 법이다.

"두 가지만 묻겠습니다."

"아, 그래. 물어보아라."

놀랐으나 애써 놀람을 감추며 허락하는 아버지를 향해 백아는 뜻 모를 질문을 한다.

"송옥이란 아이가 몇 살입니까?"

"일곱 살이다."

백아는 고개를 끄덕인다. 또 묻는다.

"사람을 다시 살릴 수 있습니까?"

"그럴 수는 없지."

"예, 그것으로 되었습니다."

예상치도 못했던 물음과 답에 아버지는 혼란스러웠다. 아들의 표정을 살폈지만 그런 것은 애초에 갖지 않은 아이 같았다. 표정 없는 아이를 자신은 감당할 수 없었다.

'그 괴물이 제 형이라고요? 그런…… 아니, 절대로 아니에요. 절대로 그런 괴물이 제 형일 리가 없어요! 절대로!'

분노를 터트리며 난동을 부리는 송명이 훨씬 다루기 쉬운 아이였다. 그래, 남달리 총명하다고는 하나 송명은 '아이다운' 아이였다. 그러나 백아는 완전히 달랐다. 백아는 아이답지도, 사람답지도 않은…… 두려움이었다. 아들에 대한 동정심보다 두려움이 앞섰던 아버지는 서둘러 백아에게서 등을 돌렸다. 도망치듯이 밀실을 빠져나가는 아버지를 보며 백아는 송옥이 섰던 자리에 똑같이 서 본다. 잠시 열린 밀실 문 사이로 달빛이 들어 그를 비추었다. 송옥의 그림자를 비추었다.

"아니구나. 동생이 아니야."

이내 문이 닫히고 그는 여전히 갇힌 존재가 되었다. 그러나 그날 이후로 그는 다른 존재가 되었다. 갈망하는 존재, 갈망하는 '사람'이 되었다. 송옥으로 인하여.

"오라버니."

나무집 이야기

어느 날 밤 밀실로 내려온 꽃이 그렇게 그를 불렀다. 다정하고 따뜻한, 너무 따뜻해서 목덜미가 간질거리는 음성으로 백아를 불렀다.

"어떻게…… 넌 여기 오면 안 돼."

반가웠지만, 가슴이 터질 것처럼 반가웠지만 백아는 고개를 저으며 뒤로 물러섰다.

"왜 안 돼요? 오라버니는 여기 살잖아요. 왜 송옥이는 오면 안 돼요?"

백아가 뒤로 물러선 만큼 송옥이 앞으로 다가선다. 꽃송이가 피어난다.

"나는…… 괴물이니까. 여기는 나 같은 괴물이 있어야 할 곳이니까."

그렇게 답하는데 울컥, 울컥, 눈물이 솟았다. 자신이 다른 이들과 다르다는 점을 자각하던 밤 이후로 처음, 또 다른 사람 앞에서 처음으로 보이는 눈물이었다. 부끄러웠다. 부끄러우면서도 서러웠다. 자신이 괴물임을 송옥에게 실토하는 것이 부끄럽고 서러웠다. 그렇지만 참을 수 없었다. 힘겹게 끅, 끅, 울음을 토했다. 정수리가 뜨거워졌다. 어지러웠다.

"오라버니, 코피 나요!"

"뭐?"

어지러운 채로 멍한 백아와 달리 송옥은 붉은 주머니에서 작은 무명 손수건을 꺼내 내밀었다. 꽃이 수놓인 손수건이었다. 세상의 색色이었다. 백아는 차마 그것을 받지 못한다. 그러자 송옥이 직접 코피를 닦아 주었다. 고운 손수건에 붉은 피가 물들었다. 그는 그게 싫었다.

"괜찮아. 나는…… 괜찮아."

그러나 송옥은 걱정스레 올려다보며 계속 코피를 닦아 주었다.

"괜찮으니까 어서 가. 나 같은 괴물이랑 함께 있으면 안 돼."

손수건을 받아 들고 코를 막은 백아가 송옥을 밀어내며 말했다. 송옥은 또다시 고개를 갸웃거린다.

"괴물? 괴물이 울어요?"

백아는 말문이 막혔다.

"괴물도 코피 나요?"

"모르겠어. 나도 몰라."

거짓말은 하지 않았다.

"사람이 괴물을 낳아요? 오라버니는 어머니께서 낳으셨다는데 왜 괴물이에요? 오라버니는 눈도 두 개고, 코도 하나고, 입도 하나고…… 송옥이랑 똑같은데 왜 괴물이에요?"

"하지만…… 살갗이 너와 달라. 다른 사람들과 다르다."

고개를 숙였다. 그런데 송옥이 백아의 손등을 꼬집었다.

"아!"

깜짝, 놀란 백아가 자신도 모르게 소리쳤다. 그러자 송옥이 소리 내어 웃는다. 온 세상 꽃들이 웃으며 피어났다.

"똑같네! 아프잖아! 여름에 논일하고 들어온 사람들은 얼굴이 새까맣고, 만날 안방에서 누워 계시는 어머니 얼굴은 노랗고, 여기 있는 오라버니는 하얗고. 그렇지만 모두 꼬집으면 아파! 그건 똑같아."

 순식간에 밀실이 밝아졌다. 찌르는 듯 아픈 빛이 아니라 동글동글하고 따스한 빛이었다. 그 빛이 백아의 몸과 혼의 구석구석을 비추었다. 송옥을 통한 빛은 언제나 그렇게 따스했다.

 "그래, 똑같구나. 아픈 것이 같으니…… 나, 다른 사람들과 다르지 않구나!"

 "응! 다르지 않아요, 오라버니."

 활짝 웃는다. 백아도 그녀를 따라 입술을 가로로 길게 늘였다. 입술이 파르르 떨렸다. 그가 하는 양이 우스운지 송옥이 또 까르르 웃음을 터트린다. 비로소 백아도 입을 벌리며 소리 내어 웃는다. 백아는 송옥에게 자신이 사람임을 배우고, 웃는 법을 배웠다. 처음이었다. 홀로이지 않는다는 것이, 함께인 것이 이토록 좋은 것인지 처음 알았다. 송옥과 함께일 때 숨 쉬는 것이 아프지 않았다. 살아 있다는 것이 아프지 않았다.

 매일 꽃이 피어났다. 타박타박, 걸어 들어와 밀실을 환히 비춰 주었다. 꽃의 손에 어느 날은 곶감이 들려 있고, 어느 날은 떡이 들려 있었다. 맛난 것이 생기면 감추어 두었다가 어두워지면 그에게로 달려오는 모양이었다. 꽃이 내민 음식들은 하나같이 모양이 흐트러지고 속이 터져 있었다. 그러나 백아는 언제나 맛있게 먹어 주었다. 꽃이 지켜보는 앞에서.

 "맛있지요? 오라버니 주려고 송옥이가 숨겨 놨어요."

 "그래, 네가 먼저 먹어 보아."

백아는 송옥의 입에 먼저 먹을 것을 넣어 주었다. 송옥은 배시시 웃으면서 입을 오물거렸다.

"오라버니가 송옥이 입에 먹을 거를 넣어 주면 좋아요. 더 맛있어."

"그러냐?"

"응, 작은오라버니 입에 어머니께서 먹을 거 넣어 주시는 것도 그래서인가 봐요. 더 맛있으라고."

순간 송옥의 얼굴에 그늘이 지는 것을 백아는 놓치지 않는다.

"왜 그러느냐? 어머니께서 송옥이에겐…… 안 주시니?"

"아니, 아니에요. 주셔요. 똑같이 주셔요. 주시는데…… 오라버니처럼은 아니에요."

백아는 송옥에게서 자신이 느낀 소외감을 본다. 그리고 짐작한다. 예상한다. 결론한다.

"그래, 그렇구나. 나는 그러지 않으마. 나는 항상 네가 먼저야."

"응!"

다시 웃는다. 주름 하나 없는, 맑디맑은 향기를 품은 꽃송이다. 백아가 사람임을 알려 준 꽃송이는 이제 그에게 세상을 보여 준다. 그리고 백아의 진짜 자리가 어디인지 알려 준다.

어느 날 송옥이 제가 그린 그림을 잔뜩 가져왔다. 그가 한 번도 보지 못한 나무, 새, 나비, 풀, 꽃 들이 역시 그가 보지 못한 색으로 그려져 있었다. 새로운 세상이 종이 위에 펼쳐졌다.

"내가 그린 거예요. 오라버니는 여기 있어야 하는데, 여긴 너

나무집 이야기

무 어두우니까 이거 보라고 송옥이가 그려 왔어요."

실제의 형태와 색은 중요하지 않았다. 송옥이 그려 준 세상이 그에겐 더 소중하고 더 아름다웠으니까. 그것이 전부였으니까.

"잘 그렸구나. 정말 잘 그렸어. 고맙다."

또 웃어 주었다. 언제나 웃어 주는 송옥은 이제 끙끙거리며 화구를 가지고 내려와 백아의 앞에서 세상을 언어와 그림으로 보여 준다.

"여기는 선유당이에요. 그 옆에는 소나무가 많아서 여름에도 시원해요. 소나무는 이런 색이고, 봄에는 노란 꽃이 많이 피어요. 이렇게……. 여긴 앵두나무 있는데 진짜 맛있어요. 그런데 지금은 없어요. 앵두는 빨간색…… 이렇게……."

붓을 잡고 삐뚤삐뚤 그림을 그리는 송옥은 진지하기 그지없다. 그녀가 보여 주는 세상은 온갖 색으로 가득했고 따뜻했다. 그는 그 안에서 풀빛의 향기와 눈을 아프게 하지 않는 햇살에 취해 황홀해했다. 어둠 속에서도 푸른 하늘이 보였고 녹음으로 가득한 숲을 거닐 수 있었다. 그의 발밑으로 싱그러운 풀이 돋아났고 향긋한 꽃들이 피어났다. 시냇물이 맑은 웃음을 터트리며 흘렀다.

"여기는 서고예요."

"서고?"

"응, 우리 위에 있는 집이 서고예요. 운영각. 책들이 아주, 아주 많아요."

"그렇구나. 책들이 많구나."

"응. 아주 많아요. 그런데 손님들한테는 안 보여 줘요. 대제학 대감님 빼고요."

"대제학? 그 사람이 누구지?"

송옥은 운영각의 지붕을 그리는 데 여념이 없었지만 그의 질문에 꼬박꼬박 대답했다.

"응, 스승님요. 아버지의 스승님인데 작은오라버니도 곧 그분 댁에 가서 공부한다고 했어요. 굉장히 높은 분이라고 했어요. 아! 오라버니, 책 보고 싶어요?"

문득 생각난 듯이 송옥이 눈을 빛내며 물었다.

"책……. 무슨 소용이 있겠니? 나는 이곳에서 언제까지고 지내야 하는데……."

힘없이 대답하는 백아를 향해 송옥의 손바닥이 날아든다. 타악, 그의 등을 때렸다. 느닷없는 송옥의 행동에 백아는 튀어나올 듯이 크게 눈을 떴다. 송옥은 도리어 웃음을 터뜨렸다. 사방에서 맑은 종소리가 울렸다.

"사람이 세상에 태어나 사람 노릇을 하자면 학문을 해야 한다!* 작은오라버니께서 게으름 피우면 아버지께서 만날 이렇게 야단치세요. 오라버니도 사람이니까 공부해야 하잖아요. 송옥이도 《천자문》이랑 《소학》이랑 공부하는데. 오라버니, 공부하기 싫어요?"

"사람이 세상에 태어나 사람 노릇을 하자면 학문을 해야…… 여기서든 밖에서든 나는 사람이니, 짐승의 노릇을 하는 것이 아니라, 사람의 노릇을 해야 하니…… 그렇구나. 나는 사람으로 태

---

* 《격몽요결》, 이이.

어났으니 공부를 해야 하는구나."

허리를 펴고 고개를 들었다.

"송옥이가 갖다 줄게요. 작은오라버니가 그랬어요. 서책 안에 아주 똑똑한 사람들이 살고 있어서 이야기를 해 주는데 그게 정말 재미있다고요. 그러니까 여기서도, 송옥이가 없을 때도, 오라버니 심심하지 않을 거예요."

다음 날로부터 송옥이 서책을 가져다주었다. 운영각으로 통하는 문을 열고 사닥다리 위로 서책이 무작위로 쏟아져 내렸다. 서책의 난이難易를 가늠할 수 없었던 송옥은 그저 손에 잡히는 대로 가져다주고 오라비가 웃어 주면 그뿐이었다. 그것으로 만족했고, 즐거웠다.

서책 안에 살고 있는 현인들은 백아가 알지 못하는 문자로 된 세상을 보여 주었다. 그것은 광활하고도 깊이를 가늠할 수 없는 바다 같은 세상이었다. 그리고 백아는 그곳에서 새하얀 인식의 물결을 일으키며 헤엄쳤다. 숨을 쉬듯이 자연스러운 배움이 서책 안에서 행해졌다. 그 모든 행함이 송옥으로부터 비롯되어 송옥으로 이어졌다.

"오라버니, 왜 울어요?"

송옥이 책을 가져다주면 홀린 듯이 읽곤 했던 백아가 어느 날 책을 덮고 눈을 감은 채 눈물을 흘렸다. 통곡은 아니었다. 소리 없는, 눈물의 흐름이었다. 송옥이 걱정스럽게 그의 손목을 잡아당기자 비로소 눈을 열고 까닭을 말했다. 아니, 그것은 시였다.

"부모가 자식을 기르면서 가르치지 않는 것, 이는 부모가 자식을 사랑하지 않는 것이요, 가르친다 하더라도 엄하게 가르치지 않는 것, 이 또한 부모가 자식을 사랑하지 않는 것이다.* 참으로 옳구나. 사랑하지 않는 자식은 가르치지 않는 것이겠지. 그리하여 나는 배우지 못했던 것이겠지. 무명無明의 백아로 어둠 속에서 살도록……."

그의 말에 송옥의 입이 삐죽거렸다. 삐죽거리면서 눈물이 그렁그렁해졌다.

"아니에요. 오라버니…… 그렇지 않아요. 오라버니가 밖에 나오면 해치려고 하는 사람들이 있어서 어쩔 수가 없다고 하셨어요. 사랑하지 않으신 것이 아니에요. 응? 아니에요."

또르르, 눈물이 굴렀다. 송옥의 눈물에 백아가 눈물을 멈췄다. 손을 들어 송옥의 머리를 쓸어 주었다.

"너는 어찌 이리 착하고, 어찌 이리 깨끗할 수 있지? 너의 세상에서 사람들은 모두 착하고 맑고 어여쁘겠지."

"송옥이 세상에는 오라버니도 있어요. 오라버니도 착하고 예뻐요."

그제야 백아의 얼굴에 미소가 번졌다.

"그래, 고맙구나. 우리 송옥이, 역시 내…… 송옥이로구나."

"오라버니, 종이도 많이 가져다줄까요? 작은오라버니는 많이 쓰면서 공부해요. 오라버니도 종이 많이 필요하지요?"

---

* 《고문진보》, 유영.

칭찬을 듣고 얼굴이 발그레해진 송옥이 물었다.

"아니, 필요치 않다."

"응? 왜요?"

"모두 외웠으니까. 머릿속에 모두 들어 있으니 굳이 쓰지 않아도 되지."

동그랗게 송옥의 눈이 크게 떠졌다.

"정말? 정말이에요? 송옥이가 가져다준 책, 모두 외웠어요? 엄청나게 많은데?"

"정확히 사백예순네 권이다. 그래, 언제 다시 볼 수 있을지 모르니 읽으면서 모두 외웠지. 이상한 일이냐?"

혹여나 송옥이 자신을 멀리할까 두려워진 백아가 물었다.

"와! 오라버니, 대단하세요! 정말 대단해요! 작은오라버니도 뭐든 잘 외워서 아버님이며 대제학 대감님…… 아무튼 모두에게 칭찬받지만 오라버니만큼은 아니야. 오라버니는 정말로 대단해요!"

발을 동동 구르며 감탄하는 송옥을 보며 백아는 깊이 생각에 빠진다.

"이것이 좋은, 대단한 재주인 것이냐?"

"응! 아버님, 어머님 모두 기뻐하실 거예요. 대제학 대감께서도 칭찬해 주실 거예요. 정말로, 정말로 대단해요!"

확신하며 크게 고개를 끄덕이는 송옥에게서 백아는 희망을 보았다. 빛을 보았다.

"그렇다면…… 밖으로 나갈 수도 있을까? 세상 사람들에게 괴물이 아닌, 학문하는 자로 받아들여지고…… 그러하면 부모님과 가문에도 해악을 끼치지 않고 나갈 수 있을까? 내 스스로의 힘으로……."

송옥이 그의 손을 꼬옥 잡았다.

"오라버니가 밖으로 나왔으면 좋겠어요. 나와서 작은오라버니랑 송옥이랑 다 함께 매일매일 재밌게 지냈으면 좋겠어."

"그래, 우리 송옥이와 매일 함께 지냈으면 좋겠구나. 여기가 아닌, 저 밖에서……. 그렇게 되기 위해서 더 강해지고 싶구나. 더 강해져야겠어. 강해져서 내 자리를, 내 진짜 자리를 찾아야겠구나. 너와 함께 있기 위해서."

백아의 머릿속에 자신을 떠밀던 송명이 떠올랐다. 주먹이 쥐어졌다. 그리고 마침내 최각의 비밀을 자신의 것으로 만들 결심이 섰다. 그날로부터 백아는 최각의 서책과 서한을 읽기 시작했다. 포기하지 않고 희망을 붙들었다. 그리고 위기와 기회가 동시에 찾아들었다. 모든 것은 송옥으로부터 시작되었고 모든 것이 송옥에게로 이어져 있었다. 그것은 어머니의 죽음으로부터 시작되었다.

상복이 전해졌다. 그것이 무엇인지, 왜 자신에게 주어지는 것인지, 여전히 혐오를 드러내는 운남댁에게 묻지 않았다. 충분히 짐작되었기 때문이었다. 어머니의 죽음. 지난 몇 년 동안 향유재로부터 풍겨 오던 탕약 냄새가 사라졌단 사실로도 충분히…….

"어머니…… 끝을 내셨군요."

손바닥으로 까칠까칠한 상복을 어루만지며 그렇게 말하는 백아의 얼굴에선 슬픔을 찾아볼 수 없었다. 자신에게 생명을 준 것 이외 아무것도 주지 않은 어머니의 죽음에 그는 슬픔의 근거를 찾지 못했다. 아니, 그에겐 슬픔을 느낄 여유가 없었다 함이 옳다. 자신에게 주어진 기회를 놓치지 않기 위해.

대제학이 문상을 온다 했다. 송옥에게 그 사실을 듣는 순간, 그것이 기회임을 직감했다. 또 계획했다. 모든 것을 되찾을 계획이며 송옥을 지킬 계획이었다. 그리고 송옥의 도움이 필요한 계획이었다.

"송옥아, 네가 나를 구해 줘야겠구나."

"응? 무슨 말이에요?"

송옥은 영문을 몰랐다.

"대제학 대감께서 문상을 오시면 네가 여기 밀실과 운영각으로 통하는 문을 열어 줘야 하겠다."

"내가요?"

"그래, 너만이 그리해 줄 수 있어. 내가 너를 지키기 위해 우선 네가 나를 구해 줘야겠다."

"문을 열어 놓으면 오라버니…… 어떻게 할 건데요?"

"세상으로 나갈 것이다."

송옥의 입이 벌어졌다. 그 모양을 보고 백아는 웃는다. 웃으면서 턱을 톡, 건드린다.

"무에 그리 놀라? 네가 함께 있자고 하지 않았니."

"응, 그런데…… 왜 대제학 대감이 오시는 날 그래야 해요?"

"아버님보다, 우리 가문보다 더 강한 힘을 가진 사람이어야 나를 세상으로 나가게 할 수 있으니까. 그리고 대제학 대감이 나를 이 나라 조선에서 가장 강한 힘을 가진, 그 사람에게로 이끌어 줄 것이야."

"나라에서 가장 힘이 센 사람? 임금님?"

고개를 갸웃하면서 송옥이 묻는다. 백아는 고개를 가로젓는다.

"아니에요? 임금님이 가장 힘이 세지 않아?"

"그래, 아니다. 조선에서 가장 강한 사람은 임금이 아니야."

"그럼 누구예요? 누가 임금님보다 힘이 세요?"

"유림이다. 선비들⋯⋯. 그들이 가장 강하다. 그들이 인정하면 나는 세상으로 나갈 수 있어. 세상에서 살 수 있어. 그리고 너를 지킬 수 있지."

"송옥이는 모르겠어. 하지만 오라버니 도울 거예요. 송옥이가 도와줄게요. 문만 열어 놓으면 돼요?"

"그래, 네가 문을 열면⋯⋯ 세상이 열릴 것이다."

백아의 말이 옳았다. 송옥이 열어 놓은 문으로 세상이 열렸다. 문상을 마친 후, 대제학은 백아의 짐작대로 운영각으로 왔고 소문 속 하얀 도깨비를 만났다. 하얀 도깨비는 천재였다. 사람들은 천재에 매혹되게 마련이고 대제학도 마찬가지였다. 그는 당혹과 분노를 고스란히 드러내는 송명을 무시한 채 백아를 운영각에서 명경당으로 데리고 내려왔다. 그리고 확인하고자 했다. 천재의 진위 여부.

백아는 알았다. 진眞이면 세상이 주어지고, 위僞면 다시 암흑이다. 그래서 자신이 천재임을 아낌없이 드러낸다. 감춤을 가장

나무집 이야기 237

한 드러냄이었다. 대제학은 그것을 감지하지 못한 채 백아에게 매료당했다.

"그래, 네가 나무집의 하얀 도깨비로구나. 이름이 무엇이냐?"
"백아입니다."

공손했다. 터럭 하나 예의에 어긋남이 없이 공손하고 진중했다. 달랐다. 어느 누구와도 달랐다. 대제학을 두려워하지 않았다. 그의 앞을 거쳐 간 수많은 인재들, 어느 누구와도 비견될 수 없는 탁월함보다 공손한 대범함이 대제학은 마음에 들었다. 하지만 재차 확인해야 했다. 그저 탁월해서는 안 된다. 최고여야 한다.

"조금 전 운영각에서 네가 대답한 무극에 대해 자세히 설명해 줄 수 있겠느냐?"

"염계廉溪* 선생의 《태극도설》에 의하면, 무극이 곧 태극으로 태극이 움직여 양을 낳고, 움직임이 고요히 되었을 때 음을 낳는다고 했습니다. 그 고요함이 다시 극에 달하면 다시 움직이게 되니 음과 양은 서로의 뿌리가 된다 했습니다."

막힘없는 답이었으나 거만하지는 않았다.

"옳거니. 무극의 진리와 음양오행의 정기가 합쳐져 만물이 생성하고 무궁히 변화하는 것이지. 그렇다면 군자와 소인의 차이를 무극과 어떤 연관이 있는지 설명할 수 있겠느냐?"

"예, 성인은 천지와 그의 덕이 합치되고, 해와 달이 그의 밝음과, 사철과 그의 칠서가, 귀신과 그의 길흉이 합치게 되는데 군자

---

* 북송의 대유학자 주돈이의 호.

는 이를 닦음으로써 길하게 되는 사람입니다. 반면 소인은 이를 거스름으로써 흉하게 되는 자이지요. 다시 말해 하늘을 서게 하는 도는 음과 양이고 땅을 서게 하는 도는 부드러움과 강함이요, 사람을 서게 하는 도는 인과 의인데, 군자는 음과 양, 부드러움과 강함, 인과 의를 두루 배우고 익혀 깨치는 자를 일컫습니다."

점점 세상이 밝게 열리고 있었다.

"참으로 옳도다. 그러나 이 인과 의를 익히려 할 때 사특함이 마음을 가릴 때가 있는데 이때는 어찌해야 좋겠느냐?"

"안을 안정시키고 밖을 제어할 수 있어야 합니다. 즉, 《논어》에 이른 '극기복례克己復禮', 자신을 극복하고 예로 돌아가면 천하가 모두 인으로 돌아간다는 말씀을 새기고 늘 경계함이지요."

자신의 말을 증명이라도 하는 듯이 백아는 예를 갖추되 비굴하지 않았다. 그것이 대제학의 마음을 더욱 흡족하게 만들었다. 예를 갖추는 선비는 많았다. 그러나 비굴하지 않은 선비는 드물었다. 그들의 예는 대학자를 마주한다는 두려움에 기인한 비굴함이 대다수였다. 공손함과 비굴함은 똑같은 예의 옷을 입더라도 분명코 다른 것이다. 백아는 공손함이다, 대제학은 그렇게 판단했다.

"송구하오나 스승님, 백아는 다시 돌아가야 합니다."

송명이 끼어들었다. 대제학은 그의 눈에서 혐오와 분노를 보았다. 노여움이 일어났다.

"백아는 너의 무엇이냐?"

느닷없는 물음에 송명이 입술을 깨물었다. 백아는 자신이 누구임을 밝히지 않고 입을 다물고 있다. 너의 입으로 답해라, 내

나무집 이야기 239

가 답하지 않을 것이다. 너의 입에서 나온 나의 진짜 자리를 들어야 하겠다. 차갑게 불타오르는 생각을 감추고 여전히 공손하게 고개를 숙이고 있는 백아를 죽일 듯이 노려보면서 마침내 송명이 입을 열었다.

"저의…… 저의…… 형님입니다."

되었다. 그것으로 충분했다. 대제학은 망설임 없이 최 대감을 불렀고 백아에게 세상을 열어 주었다. 임금과 유림이 대제학과 마찬가지로 백아에게 매혹당했다. 세상이 매혹당했다. 매혹당한 세상은 그에게 이름을 찾아 주었다. 그리하여 '송정'이 세상으로 나왔다. 아니, 세상이 송정 안으로 빠져들었다. 하지만 송정이 자신을 잠근 상대는 학문도, 명예도, 세상도 아닌 송옥이었다.

갈망하면서도 갈망하면 아니 되는 송옥. 모든 갈망이 송옥에게로 귀결되었다. 그러나 그 무렵, 송정이 기회의 순간을 맞이한 바로 그 무렵, 송옥에겐 위기가 닥쳤다. 그녀의 위기는…….

**

"오라버니, 아버님께서 찾으셔요."

갈망이다. 매 순간이 위기인, 그래서 매 순간 지켜 줘야 하는 갈망이다. 운영각에서 어릴 적 보았던 서책을 쓰다듬고 있던 송정의 뒤에서 송옥이 그를 불렀다. 그는 서책을 내려놓고 송옥을 응시했다. 갈망을 응시했다. 그녀 주위로만 둥글게 빛이 모여들었다. 그 빛을 잡고 싶다는 생각이 들었지만 그는 참는다. 참아 낸다.

"아버님께서 오라버니 찾으십니다."

송옥은 다시 말했다. 아직도 밀실의 절대적인 어둠에 갇힌 사람 같은 송정. 사방으로 어둠의 거미줄이 그를 옭아매고 놓아주지 않았다.

"그래, 알았다."

송정이 그녀를 향해 걸어왔다. 어둠이 함께 걸어왔다. 송옥이 물러났다. 빛이 함께 물러났다. 그가 그녀의 앞에 멈춰 섰다. 함께이던 어둠은 저기, 물려 놓았다. 송옥이 고개를 들었다. 빛이 잠시 등 뒤에 숨어 주었다. 아주 잠시 동안 그곳엔 오직 송정과 송옥, 둘만이 존재한다. 갈망이 존재한다. 송정의 시선 속에, 송옥의 숨결 속에. 하지만 비밀을 알고 있는 것은 송정뿐이다. 그는 다시 참아 낸다. 참아 내면서 송옥을 비켜나 서고를 내려간다. 굳게 다문 입안에서 갈망의 비명이 터져 나오는 것도 참아 낸다. 송옥을 온 힘을 다해 외면한다. 뒤돌아보지 않으려 전력을 다한다. 그래서 송옥이 자리에 주저앉아 눈물을 흘리는 것을 보지 못한다. 그들은 둘 다 서로의 갈망을 보지 못한다. 그리고 송정의 혼인날이 다가왔다.

가을, 나무집은 송정의 혼례 채비를 하느라 번다했다. 소란했던 날들이 지나고 송정의 혼례를 앞둔 어느 밤, 송옥은 흔들리는 등불 아래 홀로 난을 치고 있었다. 그러나 붓을 든 그녀의 마음은 한 사람에게로 흐르고 있었다. 난의 향기도 그에게 굽어 흐르고 있었다. 송옥은 한숨을 내쉬며 붓을 내려놓았다.

"못난 누이구나. 혼례 날이 오지 않았으면……."

저도 모르게 혼잣말이 새자 먹이 묻은 손가락을 들어 입술을 막는 그녀였다. 한참 동안이나 마음이 새어 나오는 것을 막던 손가락을 떼었을 때 송옥의 입술에 먹이 연지처럼 번져 있었다. 그때 자하녀가 그녀의 눈앞에 섰다. 송옥은 급히 숨을 들이마셨다. 어느새 낮게 깔린 짙고 짙은 자줏빛 안개에 숨이 막혀 왔다. 어떻게든 숨을 쉬어 보려고 헉헉거리는 송옥을 향해 자하녀가 다가왔다.

"어찌 그리 놀라누? 한두 번 뵈는 얼굴도 아닌데?"

천연덕스럽게 말을 뱉는 자하녀의 붉은 입술은 삐뚤어진 미소를 만들고 있다. 어찌해야 좋을지 판단이 서지 않는 송옥을 자하녀는 비웃고 있는 것이다.

"왜? 설이라도 불러 주리?"

고개를 이리저리 갸우뚱거리며 송옥을 놀려 대었다. 송옥은 그저 입술을 깨물었다.

"그래, 그럴 줄 알았다. 설이를 어찌 부르겠니? 불러 뭐라 할 수가 있겠어? 저 미친년이 작은오라버니와 붙어먹은 년이라고 이르기를 하겠어, 어쩌겠어? 하하하!"

"그리, 그리 쉽게…… 오라버니와의 일을 입 밖에 꺼내지 마!"

용기를 끌어모아 송옥이 외쳤지만 자하녀는 피식 웃으며 완벽히 무시해 버린다. 난을 집어 들고는 달랑거려 보인다.

"난의 허리가 나긋나긋한 것이 사내를 잘 후리겠구나!"

얼굴이 붉어진 송옥이 그림을 빼앗으려 자하녀에게 달려들었다. 그러나 자하녀는 날랜 몸짓으로 피하며 도리어 송옥을 쓰러뜨린다. 그리고 억센 손길로 양팔을 포박하듯이 붙잡았다. 감당할 수 없는 자하녀의 힘에 눌려 버린 송옥은 눈물이 터져 나올 것 같았다. 분하고도 미웠다. 무엇 하나 바꿀 수 없고, 어느 누구도 이겨 내지 못하는 자신이 미웠다. 자신은 무엇도 바꿀 수 없었다. 송정의 마음 자락 하나 얻을 수 없었다는 외침이 마음을 치며 울렸다.

"또 우니? 그렇겠지. 너는 울기만 하지? 정인情人을 다른 여인에게 뺏기게 생겼는데도 이리 난이나 치고, 눈물만 흘리고……. 넌 나더러 미쳤다지만 난 절대로 내 것을 뺏기는 못난 짓은 하지 않아."

자하녀가 말했다. 송옥은 인정했다. 미친 자하녀가 옳다고 생각했다. 자신은 못난 누이이기 이전에 무기력한 여인이라고, 아무것도 할 수 없고 해서도 안 되는 약하고 약한 여인이라고. 송옥의 눈에서 눈물이 넘쳤다. 순간 그녀의 입술을 자하녀의 입술이 침범했다. 매끄럽게 젖은 붉은 뱀 한 마리가 송옥의 혀에 향기롭게 감겨들었다. 천만뜻밖의 사태에 송옥은 자하녀를 밀어내지도 못했다. 뱀은 놀랍도록 부드럽고 유연하게 그녀의 혀를 감고 풀며 향내 나는 신음을 풀어 놓았다. 매혹적인 뱀의 휘감김은 거기서 그치지 않았다. 가느다란 손가락이 송옥의 저고리 아래로 들어오며 가슴을 감아쥐었다. 가냘픈 신음이 울렸지만 송옥은 그것이 제 것인지 자하녀의 것인지 구분할 수 없었다.

자하녀의 손이 포박을 풀었다. 그러나 송옥의 팔은 저항하지 않고 머리 위에서 느리게 허우적거릴 뿐이었다. 두 팔이 자유롭게 된 자하녀는 송옥의 가슴을 부드럽게 감싸며 한 손으로는 서서히 치마를 밀어 올렸다. 망우재 안으로 농염한 밤의 향기가 흐르고 넘쳐흘렀다. 가슴 안쪽이 간지러웠다. 배 속 깊숙한 곳이 울리며 뱀을 안으로, 안으로 빨아들였다. 그런데 자하녀의 손가락이 송옥의 허벅지를 벌리려는 찰나, 송옥의 귓가에 송정의 음성이 들렸다. 그것은 어린 목소리였다. 밀실에서 오직 그녀만 바라보던 어린 송정의 음성이었다.

'송옥이는 세상에서 제일 착하지. 그래, 세상에서 가장 맑고 착한 우리 송옥이.'

송옥은 감은 눈을 뜨며 자하녀의 입술을 깨물었다. 그제야 자하녀는 뒤로 물러난다. 그녀의 입술에 먹과 뒤섞인 핏방울이 맺혀 있었다. 그러나 자하녀는 미소 지으며 혀로 할짝, 핏방울을 핥고는 송옥에게 은밀한 목소리로 말했다.

"좋았지? 그렇지 않아? 후후, 네 오라비가 혼인을 하면 이런 짓을, 이보다 더한 짓을 그 여인과 할 것인데 너는 정말로 괜찮은 것이야? 그 가슴에 다른 여인이 안길 것인데?"

"그러면 어찌하란 말이냐. 나는 그분에게…… 여인이 아닌데…… 절대 무너지지 않을 사람인데…… 어찌하란 말이냐……."

송옥은 다시 울고 있었다.

"어쩌기는! 그래도 가야지. 내가 너라면 지금 당장 달려가서 안아 달라 할 것이다. 아니다. 내가 먼저 입 맞추고, 내가 먼저 옷을 벗을 것이야. 그리해서라도! 절대로 놓아주지 않을 것이야.

물론, 너는 그리하지 못할 것이지. 너는 순진무구한 송옥이니까. 하하하!"

송옥을 내버려 둔 채 밖으로 뛰어나가 버렸다. 송옥은 한참이나 일어날 수 없었다. 다시금 자하녀의 말이 옳다는 것을 절감한다. 자하녀가 짓밟은 난이 구겨진 채 바닥에서 뒹굴고 있는 것이 눈에 들어왔다. 그것을 손에 들고 송옥은 몸을 일으켰다.

"나와 같구나. 구겨지고 흉한 것이······. 내가 여인이라면······ 그분에게 여인이라면 달려갈 것인데······. 만일 내가 여인일 수 있다면······ 이 문을 열고······."

송옥은 쉼 없이 흐르는 눈물을 내버려 두고 고개를 사랑채 쪽으로 돌렸다. 허락되지 못한 그녀의 연모만이 문을 열고 송정을 향해 달렸다. 그리고 달려 나간 연모는 망우재 밖 버드나무 뒤의 송정에게 소리 없이 안겼다.

밤바람이 버드나무 잎을 송정의 머리 위로 밀어 주었다. 몇 번이나 이슬에 젖은 버드나무 잎이 제 머리를 스치며 물기를 떨어뜨렸는데도 그는 꼼짝 않고 송옥의 방을 바라보고 있었다. 그녀의 그림자가 잡힐 듯이 어른거렸다. 그의 눈동자가 갈망으로 차올랐다. 나무를 짚고 있던 손이 떨리며 주먹을 쥐었다.

다시 바람이 불며 버드나무 잎이 흔들렸다. 잎은 주먹을 쥔 그의 손등을 보드랍게 스쳤다. 마치 붓의 움직임과 같이. 송정은 살결을 스쳤던 붓의 움직임을 떠올렸다. 송옥의 손짓을 떠올렸다. 기억하고 싶지 않은 일과 기억해야만 하는 일이 혼재되어 있는 그

일. 기억이 소용돌이쳤다. 여린 버드나무 잎이 송정의 손등을 스쳤다. 송옥 방의 등불이 꺼지며 망우재가 어둠에 휩싸였다. 망우재를 향해, 송옥을 향해 내딛는 한 걸음. 송정은 그 걸음을 스스로 붙잡았다. 그리고 오히려 뒤로 물러선다. 마음을 물린다.

"너를 내가…… 그리할 수 없다. 송옥아…… 나는 겁쟁이일지언정 너를 지켜야 하는 사람이다. 너를 가져서는…… 아니 되는…… 나는 절대……."

밤바람도 그의 말을 그녀에게 실어다 줄 수 없을 정도로 작고 작은 목소리였다. 달빛도 그를 비추지 못할 정도로 자신을 숨긴 송정이었다. 그는 끝내 돌아서고 만다. 자신의 갈망에서, 마음에서. 돌아서는 그를 자녀가 망우재의 어둠 속에 숨어 훔쳐보는지 알지 못한 채. 며칠 후 송정은 좌승지 대감 댁으로 초행醮行*길에 올랐다.

온 집안이 혼례를 치르고 돌아오는 송정 내외를 맞이하느라 분주했다. 특히 큰상** 차림은 물론 수영이 실제로 먹는 입매상*** 차림까지 모든 일을 지시하는 사람은 운남댁이었다.

"편육 모양이 그게 뭐야? 정갈하지 못하게……. 다시 썰게! 찜은 다 됐는가? 어서어서 서두르지 않고 뭘 그리 꾸물거리나? 에그, 속 터져!"

손가락질을 해 가면서 부엌이며 안마당을 분주히 오가는 운남

---
* 신랑이 혼례를 올리고자 신부 집으로 가는 것.
** 잔치 때 주인공을 대접하기 위하여 특별히 많은 음식으로 크게 차리는 상.
*** 잔치의 주인공 앞에 따로 차려 주는 면과 간단한 찬으로 이루어진 상.

댁을 여종들이 흘긴 눈으로 보았다. 그러고는 속닥였다.

"오늘따라 왜 저리 유난인 게야? 제가 안방마님이라도 되는 양……."

"놔두게, 놔둬. 그래 봤자, 오늘로 저 꼴도 끝 아니겠는가. 진짜 마님이 들어오시니……."

음식 손질하는 손길은 멈추지 않고 그들은 운남댁을 흉봤다.

"그렇지. 마님 돌아가신 후로 도대체 얼마 만에 제대로 된 안방마님이 들어오시는 거야?"

"칠 년이야. 칠 년 동안 저것이 안살림을 돌보네, 어쩌네 하면서 기고만장해서는……. 송옥 아기씨께서 조금만 더 당차셨어도…… 에이그……."

"쉿! 오네, 와."

끊임없이 잔말을 늘어놓는 운남댁이 화채를 살피기 위해 부엌으로 들어오자 여종들은 서로의 옆구리를 쿡, 찌르며 입을 다물었다.

새벽부터 쉴 새 없이 움직였던 터라 온몸이 쑤셔 대는 것보다 여러 생각이 마음을 들쑤셨다. 운남댁은 양념으로 쓸 장을 뜨러 향유재 뒤뜰의 장독대로 가며 한숨을 쉬었다. 햇살에 보기 좋게 반들거리는 장독의 부른 배가 눈에 들어왔다.

"이 살림을 어찌 꾸려 왔는데…… 어찌 지켜 왔는데……."

탄식이 절로 나왔다. 그러나 티를 내서는 안 되는 마음이다. 그녀는 입술을 잘근잘근 씹으며 장독을 열어 둥둥 뜬 빨간 고추를 밀어내며 장을 떴다.

나무집 이야기

"설이만큼은 종살이 안 하게 할 것이야. 이 살림, 고년이 이어받아야 하고말고. 암."

야무진 손놀림만큼이나 단호한 음성이었다. 보는 이는 없었다. 오직 꽃담 너머 망우재의 마루에서 검은 그림자가 설핏 스친 것 외에는. 곁눈질로 그림자를 보았지만 운남댁은 모른 척한다. 다만 야박한 목소리로 이런 말을 내뱉은 후 부엌으로 돌아갔다.

"미친년."

운남댁의 모습이 사라지자 망우재의 그림자도 멀어졌다. 가을 햇살만이 나무집을 비추었다.

우물尤物*이라고 송정의 처, 수영을 보고 송옥은 무심코 생각했다. 알알이 벌어진 붉은 석류가 그려진 가리개 앞에서 큰상을 받고 있는 수영은 아름다웠다. 좌승지 댁 귀한 따님답게 옷매무새며 행동거지며 나무랄 데 없이 다소곳함은 물론이고 초승달이 웃고 있는 것 같은 눈썹, 깊고 검은 눈동자, 봉긋한 입술은 붉은 매화 바로 그것이었다.

"시어미가 없기에 안살림 단속에 더욱 힘쓰고 지아비 섬김에 한 치의 소홀함도 없어야 할 것이다. 또한 시동생들은 자애로움으로 보살펴야 할 것이다. 무엇보다 가문의 번창을 위해 아들 많이 낳기를 바라고 또 바라노라."

"예, 아버님 말씀 명심하겠습니다."

---

* 얼굴이 아름다워 남자에게 매력이 있는 여자를 비하하여 표현한 것.

며느리에게 당부하는 말을 하는 최 대감에게 답하는 수영은 목소리 또한 차분하면서도 맑았다. 쪽을 올린 머리 아래로 보이는 수영의 시원한 목선을 살펴보다 송옥은 건너편에 자리한 송명과 눈이 마주쳤다. 어쩐 일인지 송명의 볼이 붉었다. 송옥은 의아했다. 이런 일에 부끄러워할 그가 아니거니와 더군다나 그 붉음은 부끄러움의 그것이 아님에 그러했다. 그것은 송명이 당혹스러워할 때, 혹은 무언가 성이 났을 때 얼굴에 드리우는 빛이었으니까. 다시 그의 낯빛을 살폈지만 까닭을 알 수 없었다.

한 가지 그녀가 알 수 있었던 것은 수영도, 송명도 절대 서로에게 시선을 주지 않는다는 것이었다. 그것은 다른 이들이 보기에는 이상할 일이 아니었다. 가족이 되긴 했으나 내외를 분명히 해야 할 사이였으니 당연한 일일 수도 있다. 하지만 형수에게 천연덕스러운 농을 던지는 것이 송명에게는 어울리는 일이란 걸 송옥은 알고 있었다. 또한 그 철저한 내외의 이면에 흐르고 있는 미세한 긴장감을 감지해 내었기에 더욱 석연찮았다. 타당한 이유를 찾을 수 없어 답답해진 그녀는 살짝 미간을 찌푸렸다. 그때 그녀의 눈에 송정이 들어왔다.

없었다. 그는 거기 없었다. 비어 있었다. 뒤편으로 햇빛이 환하게 비쳐 들어 더욱 하얗게 빛나는 몸만 남겨 두고 송정은 제 마음의 밀실에 숨어 있었다. 방 안의 모든 이들은 몰랐지만 송옥은 알 수 있었다. 가끔 호기심 많은 친척이나 객客 들의 앞에서 그랬던 적이 있었다. 그러나 이토록 깊게 숨은 적은 없었다. 지금 누군가 쓰러진다 할지라도 그를 끌어낼 수 있을 것 같지 않을 정도로 깊은 곳에 마음을 숨긴 송정을 송옥은 안타깝게 바라보았다. 까닭에 대해 골몰할 수도 없었다. 까닭이 필요 없는, 무조건적인 마음이 그에게로 향했다. 긴장과 숨김의 균형을 깬 것은 최 대감이었다.

"송명은 형수를, 송옥은 올케를 공경하고 잘 받들어야 한다."

이런 당부의 말을 내려놓음으로써.

"예, 아버님."

"예, 아버지."

송명과 송옥이 거의 동시에 대답했다. 긴장이 무너지고 숨김이 드러났다. 하지만 더 능숙한 것은 송정이었다. 처음부터 없지 않았던 것처럼, 숨기지 않았던 것처럼 평온한 얼굴을 하고 송명과 송옥을 바라보았다. 그러나 그조차 숨김이다. 송옥은 생각했다.

"며늘아기도 알다시피 네 시어머니가 세상을 뜬 지 오래고 송옥이 나이 아직 어려 집안 살림을 모두 가노인 운남댁이 맡아 꾸려 왔다. 이제부터 네가 맡아야 할 이들이니 오늘 가서 운남댁에게 곳간 열쇠를 받고 자세한 이야기를 듣도록 해라. 슬기롭게 살림할 것으로 믿으마. 송옥아, 올케를 안채로 안내해 주고 가는 길에 운남댁도 데려가거라."

송정의 숨김을 좀 더 지켜보고 싶었던 송옥에게 최 대감의 명이 떨어졌다. 딸에게보다 며느리에게 더 자애로운 목소리. 그러나 그녀는 순종하는 딸이었다.

"예, 아버지."

순종하는 딸인 송옥 안에서 순종하길 거부하는 여인이 발버둥 쳤지만 나무집 사람들은 모두 숨김에 능한 이들. 순종의 얼굴을 한 송옥은 조용히 수영을 안채로 안내했다.

나무집의 살림에 대해 수영에게 보고하는 운남댁은 가노라기보단 깐깐한 친척 어른 같았다. 일 년에 제사가 얼마나 있는지, 한 달에 손님은 몇이나 드나드는지, 식구들의 식성은 각각 어떠한지 빠뜨림 없이 열거하는 그녀의 얼굴엔 자만심까지 엿보였다. 내가 아니었으면 이 큰살림을 안주인도 없이 어림없지! 너도 내 도움 없이는 힘들 것이다!

"시어머님 돌아가신 후로 자네가 큰살림 맡아서 하느라 수고가 많았구먼. 내 어찌 오늘 하루 동안 그 일을 익힐 수 있겠는가. 하나 소임을 맡은 이상 소홀히 할 수는 없는 노릇이지. 그럼 곳간 열쇠는 주게나."

수영의 무심하고도 당연한 일격이었다. 곳간 열쇠……. 그것은 운남댁이 가진 힘의 절반이었다. 신씨 부인이 병이 들었을 때부터 관리해 왔던 그것을 갓 시집온 수영에게 넘겨야 한다는 것이 당연하면서도 뼈아프게 느껴졌다. 그러나 십수 년을 나무집에서 살고, 살림을 해 왔던들 수영은 양반이고 자신은 한낱 노비에 불과하다. 그녀는 허리춤에 찬 주머니에서 곳간 열쇠를 꺼내 수영에게 내밀었다. 마디가 굵고 거친 운남댁의 손에서 보드라운 수영의 손으로 곳간 열쇠가 건네졌다. 힘이 건네졌다. 하지만 운남댁은 나머지 힘의 절반은 절대로 놓지 않을 작정이었기에 입속으로 이를 꽉 깨물었다.

"당분간은 자네가 내 곁에서 실수 없도록 도와주게나."

나무집 이야기

수영의 음성은 당찼다.

"예, 아씨. 여부가 있겠습니까."

운남댁은 자신이 놓친 힘에 미련을 두지 않았다. 다시 찾아오면 될 것이라 믿었으니까. 자신이 아니라 설이라도. 그래서 기꺼이 고개를 숙였다.

"자네가 있어 든든하구면. 내 잠시 시누이와 담소를 나누고 싶으니 다관을 내어 오시게."

머뭇거림 없는 명이었다. 좋은 모시는 상전의 기질에 잘 맞추어야 몸이 편한 법. 자존심이 상한 운남댁이지만 굳이 힘든 길을 택할 이유가 없었기에 공손히 허리를 굽히며 안방을 나갔다.

"우전차 향기가 아직 쓸 만합니다. 담소 나누다 가시지요."

수영은 보자기 꾸러미에서 작은 함을 꺼내어 송옥에게 보여 주기까지 했다. 수영의 만면에 미소가 떠나지 않았다. 아름다운 사람이라고 생각했다. 자신과는 비교가 되지 않는 미색이라고도 생각했다. 그리 생각하는 송옥의 마음에 불현듯 자하녀의 음성이 날카롭게 울렸다.

'네 오라비가 혼인을 하면 이런 짓을, 이보다 더한 짓을 그 여인과 할 것인데 너는 정말로 괜찮은 것이냐? 그 가슴에 다른 여인이 안길 것인데?'

그와 동시에 송정의 품에 안긴 수영의 모습이 머리에 떠올랐다. 가슴과 얼굴에 열이 올랐다. 열을 가라앉히기 위해, 마음을 다잡기 위해 안간힘을 썼다. 다행히도 그때 운남댁이 안방으로 다관을 들여보내 주었다. 송옥은 안도했다. 다관은 전에 보지 못한 귀한 빛을 발하는 물건이었다. 백자로 만들어진 다관은 파르라니 밝은 달빛을 머금고 있었다. 그 빛을 송옥이 홀린 듯이 바라보자 수영이 말했다.

"친정어머니께서 아끼시던 다관이지요. 내어 주기 아까워하시는 것을 조르고 졸라 받아 내어 온 것입니다. 어릴 적부터 귀한 손님이 오실 때나 볼 수 있었던 것인데 어찌나 어여쁜지……. 아가씨께서 좋아하시는 걸 보니 역시 받아 오길 잘했네요."

"이리 귀한 것을 보내시고 사돈어른께서 서운해하시겠어요."

간신히 구색만 맞춘 답을 하는 송옥을 수영은 어린아이를 보는 것 같은 눈빛으로 바라보았다. 그리고 말했다.

"백부님께서 아가씨의 난을 칭찬하셨다더군요. 사람에 대한 상찬이 흔치 않은 분이신데 이 댁 분들에겐 아낌이 없으셨지요."

그녀의 말에 송옥은 올케의 얼굴을 면밀하게 살폈다. 수영 자신은 인식하지 못했으나 미묘하게 말투가 바뀌었기 때문이다. 그 변화의 끝자락을 놓치지 않으려 애쓰며 송옥은 떠듬떠듬 답했다.

"그럴 리가요……. 근심하는 난…… 그리 말씀하셨는걸요."

"아닙니다. 옛 기개 높은 선비의 그것과 견주어도 손색이 없다 하시며 상찬하셨다, 그리 들었습니다. 하긴 백학과 흑범의 누이분이시니 오죽하겠습니까."

비꼼도 아니요, 질투도 아닌…… 증오였다! 어찌하여 증오인가? 수영의 눈빛에서도 느껴지는 증오. 그 증오가 가리키는 손가락의 끝을 알 수 없었던 송옥은 불안해졌다. 하지만 수영은 곧 다시 일상적인 이야기를 이어 갔고 송옥은 자신의 느낌이 착각이었다고 생각했다.

"갓 시집을 와 부족한 것이 많을 것이니 아가씨께서 많이 도와주세요."

올케의 이런 청에 담소를 마치고 망우재로 돌아가려던 송옥은 몸 둘 바를 몰랐다.

"사실 살림에 대해선 운남댁에게 기대 온 터라 도움이 될지 모르겠습니다. 하지만 미약한 제 도움이 필요하시면 언제든 손을 보태 드리겠습니다."

송옥의 답에 함박 웃는 수영의 얼굴에서 활짝 핀 작약이 보였다. 별당으로 돌아와서 송옥은 수영의 웃음을 흉내 내려 애쓰지만 면경에 비치는 자신의 미소는 어색하기만 하다. 그녀는 한숨도 쉬지 않고 조용히 면경을 덮었다.

입동 무렵, 송명이 대취해서 나무집의 진공문을 두드렸다. 인정人定*이 울리고 한참이 지난 일이었고 그즈음 이틀에 한 꼴로 벌이는 일이기도 했다. 그의 호탕한 기질을 귀애하는 최 대감은 그러한 소동도 눈을 감아 주었으나 송정은 달랐다. 그는 쓰러질 듯 비틀거리는 송명을 남이에게 부축하도록 하고 함께 명경당으로 들어갔다.

"수고했네. 그만 가 보게."

남이를 보내고 송정은 바닥에 앉은 아우를 바라보았다. 송명

---

* 밤에 통행을 금지하기 위해 종을 치던 것.

은 오른손으로 바닥을 짚으며 중심을 잡으려 애쓰고 있었다.

"이러는 연유가 무엇이냐?"

송정의 음성은 싸늘했다.

"타고나기를 난잡하여 그렇지요."

취기에 허리를 바로 하지 못하면서도 송명은 형에게 눈을 치뜨며 답했다.

"난잡함을 타고나다니……. 네가 지금 부모를 욕되게 하는 것이냐!"

"……."

"언제까지 그러할 것이냐?"

"언제까지…… 형님께선 언제까지 그러실 것입니까?"

"무엇을 말이냐?"

"사람의 마음을 숨기는 것 말입니다. 사내의 마음을 죽이는 것 말입니다!"

송명이 버럭 소리를 질렀다. 가슴에서 불길이 솟았다. 송정은 대답하지 않았다. 그러자 송명은 가슴의 불을 눈동자로, 언어로 옮긴다.

"형님께선 숨기고 죽이고도 잘도 차지하더이다. 내 것을 말이오. 그래서 나는 숨기지 않고 차지해 봤소."

"무슨 말이냐?"

"형님 것, 내가 먼저 가져 봤단 말이오. 향기롭고 보드라운 것이 참 좋더이다."

"입 닫아라. 입을 열어서 더러운 말을 뱉어 내지 말란 말이다!"

송정이 송명의 멱살을 잡았다. 그러자 송명은 피식, 비웃음을 머금었다. 이번엔 송정의 눈에서 불길이 솟았다.

"무엇에 대한 비웃음이냐! 네가 내 무엇을 비웃는 것이야?"

"무엇이냐고요? 몰라 물으시오? 사내인 송정을 비웃는 것이오. 사내인……."

"네가…… 사내로서의 나를…… 네가 비웃어?"

송정의 손은 힘을 점점 더해 갔다. 하지만 송명은 아랑곳하지 않고 비웃음을 거두지 않았다.

"예, 비웃지요. 그리고 나를 비웃지요. 우리를 비웃지요. 못난 사내들인 우리를 말이오. 우리가 대체 진실로 가진 것이 무엇이오? 우리가 할 수 있는 것이 무엇이오? 사내로서 우리가 할 수 있는 것이 무엇이냐 말이오? 조선 팔도가 칭송하는 천재인 백학과 흑범이 사내로서는…… 그러니 비웃어야지요. 비웃어야……."

송명은 비웃음을 머금은 채로 말했다. 그러나 점점 목소리가 희미해지고 눈빛이 흐려졌다. 송정은 아우의 멱살을 놓았다. 스르르 미끄러진 송명이 바닥에 널브러진다.

"지옥이 따로 있는 것이 아니외다. 여기, 이 나무집이 지옥이오. 마음과 마음이 얽혔으나 얽히지 않은 척하는 이곳이 바로 지옥이란 말이오. 고고하신 형님과는 다른 나는…… 견딜 수가 없단 말이오."

널브러진 채 자신의 가슴을 쥐어뜯다가 그것으로도 모자랐는지 주먹을 쥐고 바닥을 치는 송명이었다. 송정은 눈을 감았다.

"견뎌야 한다. 놓아야 한다. 그래야 네가 살고…… 모두가 산다. 제발…… 견뎌 다오."

"견디며 사는 것이 지옥이란 말입니다. 견디며 사는 것이 죽는 것보다 고통스럽단 말입니다!"

비통이 송명으로부터 쏟아졌다. 그러나 송정은 눈을 뜨지 않았다. 아우를 보아 주지 않았다. 그의 비통으로부터 등을 돌렸다.

"나는, 그 지옥에서 매일을 견뎠다. 태어나면서부터 지금까지, 단 하루도 견디지 않은 날이 없었다. 태어나면서부터, 백아로 살아가며, 송정이란 이름을 얻게 되었지만 말이다."

눈을 뜬 것은 송명이었다. 자신에게 모진 말만 내뱉고 돌아서는 송정의 뒷모습에서 여태껏 한 번도 본 일이 없는 형의 비애를 보았다. 그러나 동정을 원하지 않는 비애였다. 동정을 무너뜨리는 비애였다. 송명은 다시 눈을 감았다. 마음을 닫았다.

송옥은 송명의 늦은 귀가를 잠자리 준비를 돕던 설이를 통해 들어 알게 되었다.

"운남댁에게 내일 아침 작은오라버니께 꿀물 갖다 드리는 것 잊지 말라 하고, 해장하실 국거리도 준비하라 전해 주련?"

송옥은 잠시 근심스럽긴 했으나 송명다운 운신이었기에 그저 그렇게 당부했다.

"걱정 마십시오. 내당 마님 분부가 벌써 있었으니까요."

이불을 펴던 설이는 대수롭지 않게 답했다.

"그렇구나. 올케께서…… 마음 씀씀이가 참 고우신 분이야."

"시집온 지 얼마 되지 않으셨는데도 시댁 식구들 챙기는 것이

나무집 이야기

알뜰하다고 저희 아랫것들도 추어올리는 말이 자자하지요."

설이는 조심성을 잃고 있었다.

"그래, 그렇겠지."

"그나저나 요즘 작은도련님 약주가 잦으신 것이 아무래도 큰서방님 장가드신 것이 샘나시거나 여적*에 빠지셨나 봅니다."

"그게…… 무슨……."

송옥은 방정맞게 입을 놀리고 있는 설이를 빤히 바라보았다. 그러나 설이는 제 입이 저지르는 치명적인 과오를 알아차리지 못하고 말을 쏟아 내어 버렸다.

"단옷날 말씀입니다. 그때 제가 발목을 다쳤지 않습니까? 따지고 보면 그게 다 작은도련님 때문이지요."

"기경 오라버님 때문?"

"그렇지요. 그날 제가 단오장을 구경하고 있는데 말입니다. 작은도련님께서 여인네들 장식물을 파는 시전 앞에 서 계시지 뭡니까. 저는 도련님께서 아기씨께 드릴 것을 고르시나 궁금해서 지켜봤지요. 그런데 도련님께서 어떤 여인과 말씀을 나누시는 것이 아닙니까? 쓰개치마를 하고 있어서 얼굴을 보지 못했지만 양반댁 규수인 것 같았습니다. 저야 양반님들 예법은 잘 몰라도 저러시면 아니 되시지 했지요. 그래서 자세히 그 여인 얼굴을 봐 두려고 하니 갑자기 시전 옆 골목으로 함께 사라지는 것입니다."

"누가 말이냐?"

---

* 남자의 마음을 어지럽히는 여색

송옥의 눈이 열렸다. 마치 설이의 이야기를 귀로 듣는 것이 아니라 눈으로 듣는 것처럼. 설이는 상전의 안색이 심상치 않음을 놓치고 계속 수선스럽게 말을 이었다.

 "누군 누구겠습니까? 그 여인과 작은도련님이지요. 그러니 저도 도련님을 쫓아 골목으로 들어갔습니다. 인적이 드문 골목 어디 어디까지 들어가시기에 그만 돌아가야겠다고 생각했을 때 말입니다……."

 다음 순간 설이는 어깨를 움츠리며 목소리를 낮추었다.

 "세상에, 그 여인과 도련님께서 갑자기 부둥켜안으시지 뭐겠습니까! 대낮에 저희 같은 상것들도 그렇게는 못 하겠습니다. 입까지 맞추셨다니까요."

 이번에 움츠러든 것은 송옥이었다. 그녀는 함부로 송명의 행적을 고하는 설이의 말에 마음을 움츠렸다.

 "그러다가 그 여인이 제가 훔쳐보는 낌새를 챘는지 무어라 도련님께 말을 하기에 이년은 그길로 달려 도망을 쳤지요. 그러다가 발목을 삐어 버린 것입니다. 어찌나 아프던지……."

 설이는 아직도 통증이 있는 것처럼 제 발목에 손을 얹었다. 그녀의 이야기가 끝났는데도 송옥은 아무 말이 없었다. 찬 바람만이 덜컹, 망우재의 문을 흔들 뿐 한참 동안이나 침묵이 이어졌다. 설이는 그때서야 송옥의 기운이 심상치 않음을 느끼고 눈치를 살피기 시작했다. 눈빛이 변해 있었다. 착하기만 한 규수의 눈빛이 아니었다. 그것은 상전의 눈빛이었다.

 "네 어미에게 그 사실을 말했느냐?"

나무집 이야기

"아, 아닙니다. 어떻게 감히……."

거짓말이었다. 그날 바로 모든 일을 어미에게 털어놓았고 입을 다물라는 말까지 들었다. 어미의 말을 잊고 입을 연 것이 결국 탈이 되었다고 설이는 속으로 혀를 깨물었다. 양순하고 만만한 상전이긴 했지만 어쨌든 송옥은 양반이다. 그리고 그녀의 뒤에는 오금이 저리도록 두려운 송정이 있었다.

"그래, 그건 다행이구나. 단옷날 그 일은 누구에게도 발설치 마라. 오라버니 전정前程에 누가 될까 두렵구나. 또…… 오상 오라버니께서 알게 되시면 너도 곤욕을 치르게 될 것이다. 그러니 내게 고했듯이 그리 가벼이 입을 놀리면 안 될 것이야."

"명심하겠습니다, 아기씨."

설이는 고개를 푹 숙였다.

"그래, 이제 잠자리에 들어야겠구나. 너도 건너가서 쉬어라."

"예…… 아이고! 내 정신 좀 봐! 탕약 올리는 것을 깜빡했습니다! 잠시만 기다리십시오."

호들갑을 떨며 설이가 부엌으로 뛰어갔다. 그녀가 돌아올 때는 식어 버린 탕약이 소반 위에 올려져 있었다.

"이리 식어서 어쩌나……. 송구합니다. 저기…… 아기씨, 큰도련님, 아니, 서방님께는 비밀로 해 주십시오."

슬슬 눈치를 보며 이렇게 말하는 설이에게 송옥은 고개를 끄덕였다. 벌써 몇 해째 몽유하는 누이동생을 위해 송정이 보내오는 탕약. 쓰고도 썼다. 먹지 않겠다, 먹기 싫다, 떼써 봤자 소용없는 일. 송옥은 한숨을 쉬며 입을 헹구어 냈다. 그걸 확인하고야 설이는 행랑채로 돌아갔다. 그것도 송정의 명. 나무집에서 송정의 시선을 비켜날 자리는 없다.

설이가 나간 후 송옥은 한참 동안이나 잠자리에 들지 못했다. 단옷날 밤, 송명에게서 풍기던 지분 향기가 다시 감도는 것 같았다. 송옥은 한숨 가운데 자하녀를 떠올렸다. 그리고 혼잣말을 중얼거렸다.

"너도 정인을 빼앗길지도 모르겠구나. 정인을 빼앗긴 너는 어찌할까……. 나처럼 울고만 있지는 않겠지. 차라리 아무것도 모르렴. 아무것도 모른 채, 그렇게 미친 채…… 미친 연모를 하려무나."

매서운 바람이 나뭇가지들을 흔들듯 어지러운 생각들이 송옥을 흔들었다.

혼야昏夜, 자하녀가 광풍이 되어 송명의 방으로 스민다. 취기에 정신을 잃은 듯 잠이 든 그의 입술 사이로 술 내음이 뜨거운 입김과 함께 새어 나왔다. 자하녀는 송명의 배 위로 몸을 실으며 벌어진 그의 입술을 강하게 빨아 당긴다. 그러나 가느다랗게 신음만 낼 뿐 송명은 의식을 차리지 못한다. 그러자 자하녀는 하얀 손을 재게 놀려 그의 저고리를 벗겨 내고 몸을 낮춰 송명의 가슴에 몇 차례나 입맞춤을 했다.

"무어…… 뭐냐……."

그제야 송명이 정신을 차리며 말소리를 내자 그녀는 손을 들어 그의 입을 막으며 속삭였다.

"쉿! 소리 내면 아니 되지."

나무집 이야기 261

자하녀의 존재를 알아챈 송명은 눈을 크게 뜨며 그녀의 손을 뿌리치려 했다. 그러나 자하녀는 한사코 그의 입을 막으며 송명의 눈동자를 빤히 들여다보았다.

"여인이 생겼다지? 내 모를 줄 알았나? 응? 그 여인과도 이리 했어?"

그녀의 물음에 송명은 천천히 고개를 가로저었다.

"참말? 그대 말 믿을 수 있을까?"

자하녀는 붉은 미소를 지으며 그의 입을 막았던 손을 풀었다. 그러나 그는 답하지 않았다.

"왜 대답이 없지? 거짓이란 거야? 거짓이면 내 그대를 죽일 것인데?"

"그래, 여인이 있었다. 아름다운 여인이었지. 참 달고 맛난 여인……. 그런데 그 여인도 내 것은 아니야. 내가 먼저 가졌지만 결국…… 그리되었지."

송명의 답에 자하녀는 눈초리를 올리며 입술을 깨물었다. 그러더니 곧바로 송명의 아랫입술을 깨물고 나더니 뜨거운 혀를 밀어 넣었다. 처음에 그녀의 혀와 뒤엉키며 욕망을 들이켰던 송명은 고개를 돌리며 거부했다. 그의 반응에 자하녀는 거친 숨을 몰아쉬며 더더욱 집요하게 송명에게 매달렸다.

"이러지 마라. 이러지……."

자신의 바지춤을 끌어 내리려는 그녀의 손을 붙잡으며 송명은 애원했다. 그 말에 시종일관 거칠었던 자하녀의 몸짓이 모두 사그라지며 가느다란 한숨이 그녀에게서 흘러나왔다.

새파란 상상

새파란상상은 파란미디어의
중간 문학 middlebrow literature 브랜드입니다.

상상의 경계를 허문다
이야기의 힘을 믿는다

파란미디어

새파란상상 도서 목록

blog paranbook.egloos.com **e-mail** paranbook@gmail.com
twitter @paranmedia **tel** 070. 4616. 2011 **fax** 02. 3141. 5590

"그 여인이 나보다 더 좋은 것이야? 그래서 나를…… 버리려는 것이야?"

눈물이 어둠 속에서 반짝, 빛났다. 그 눈물에 송명은 눈을 감아 버렸다.

"너보다 더 좋은 것이 세상에 있을 수 있단 말이냐. 그런데 너를 어찌 버려. 버릴 수…… 없다. 너를 버릴 바에는 차라리 내가 죽으마."

그의 말에 자하녀는 이내 미소를 지으며 송명에게 입맞춤했다. 모든 것을 체념한 송명은 자하녀의 입술을 받아들이며 그녀의 둔부에 손을 얹었다.

"모두 뺏겼지만 너만은…… 너만은 내 것이야. 너만은 빼앗길 수 없어……. 으……."

주체할 수 없는 욕망이 그에게서 솟아오르고 자하녀는 서서히 제 안에 그의 욕망을 가둔 채로 허리를 움직였다. 송명은 어느 때보다 강렬하게 그를 조여 드는 부드럽고도 뜨거운 욕정의 동굴 안에서 낮게 신음했다. 그리고 그의 신음보다 더 애절한 교성이 자하녀의 입술에서 새려 하자 이번엔 송명이 몸을 일으키며 입술로 그녀의 입을 막았다. 그들의 몸짓은 욕망의 향유香油가 되어 흘러넘치고 밤을 적셨다.

수영

여름의 초입. 대제학과 수영이 서로를 겨누고 있다.

"네가 벌인 짓이냐?"

"제가 벌인 짓이 하나둘이 아니지 않습니까. 무엇을 말씀하시는 것인지요?"

부른 배를 하고서 수영은 그의 공격을 막아 낸다. 태연한 목소리와 표정이다. 당황한 것은 대제학이었다.

"어찌 그리 언사를 함부로 하는 것이냐?"

"함부로 한 것이 언사뿐입니까. 행동거지도 요사스러워서 집안에 큰 해악을 끼쳤지요."

수영의 미소가 불타오르고 있었다. 불길은 그녀를 집어삼키고 맞은편 대제학의 늙은 몸을 향해 기어가고 있었다.

"아직도 적이를 원망하고 있는 것이구나."

그의 입에서 적이란 이름이 나오자 수영은 입술을 떨며 주먹을 움켜쥔다.

"아직도? 아직도……라고 하셨습니까? 백부님께선 그 일이 쉬이 잊혔는지 모르겠으나 저는…… 평생 잊지 못할 치욕이고, 능욕입니다. 능욕을 당했음에도…… 제가 요사스러워 벌어진 일로 되었습니다. 그리되었어요. 어차피 제가 무얼 할 수 있겠습니까."

입술을 잘근잘근 깨무는 수영이다. 대제학은 깊은 한숨을 쉬었다.

"그 일은 네게 할 말이 없구나. 그저 미안하고…… 그러나 그렇다고 하여 네가 벌인 일을 묵과할 수는 없다. 어찌 그런 일을 벌였느냐?"

"무슨 일을 말씀하시는 겁니까? 제가 아둔하여 백부님 말씀을 알아들을 수가 없습니다."

"네가 벌인 일을 묻기 위해서 고산댁을 납거했느냐고 묻는 것이다."

수영이 놀란다. 아니, 경악한다. 벌린 입술엔 잇자국이 선명했다.

"그게 무슨 말씀입니까? 고산댁이…… 어찌 되었다고요?"

"납거되었다. 소식을 듣지 못한 것이냐, 아니면 네가 일을 벌이고도 모른 척하는 것이냐?"

"언제…… 어디서…….'

"사흘 전이다. 너에 대해 추궁할 것이 있어 불렀다가 다시 보내었는데 그길로 사라졌다. 정말 네가 벌인 일이 아니더냐?"

대제학의 엄한 물음에도 수영은 답을 하지 못하고 이리저리

나무집 이야기

눈알을 굴리며 숨을 몰아쉴 뿐이었다. 그것으로 충분했다.

"네가 벌인 일이 워낙 엄청나서 혹여 도망한 것인가도 생각했다만⋯⋯ 고산댁의 자식들이 모두 좌승지 집에 살고 있거늘 저 혼자 살려고 그리하지는 못했을 것이고⋯⋯."

침묵이 향유재의 안방에 내려앉았다. 침묵을 깬 것은 수영이었다.

"제가 벌인 엄청난 일이 무엇인지 아십니까?"

대제학은 답 대신 쿨럭쿨럭, 연이어 기침을 쏟아 내었다. 고통을 토해 내었다. 가슴을 움켜쥐고 겨우 기침을 참아 내는 대제학. 수영은 그의 고통을 그냥 지켜보기만 한다. 증오의 시선이었다. 한참이 지나서야 그녀는 사발에 물을 떠 올렸다. 대제학은 그녀가 올린 물을 모금모금, 셀 정도로 천천히 넘긴다. 억지로 말을 잇는 그의 얼굴에 짙은 그림자가 드리워져 있었다.

"안다. 아는 것이 절통할 정도다."

수영은 고개를 숙이려다 이내 꼿꼿이 든다. 대제학의 눈을 피하지 않는다.

"그렇습니까? 절통하십니까? 어째서 그때는 그러하지 않으셨습니까? 적 오라버니께서 저를 범하셨을 때는 어찌하여 저에게만 원망을 퍼부으시고⋯⋯ 절통은 그때 하셨어야지요. 그때 절통하셨더라면 제가 그런 일을⋯⋯."

"그래서 그런 것이냐? 내가 적이를 용서하고 너를 원망하여? 그래서 기경과 천인공노할 부정을 저지른 것이냔 말이다!"

"네! 그랬지요. 천인공노할 일을 당했으면서도 도리어 원망을 듣는 아녀자라서, 차라리 천인공노할 일을 벌이자고 생각했지요. 그래서 뜻이 맞았던 그분과 그리했어요. 부정을 저지르고 또 저질렀지요."

붉어진 눈에 눈물을 가득 담지만 수영은 울지 않았다.

"결국 모두 나의 죄과인가……. 그리하여 또, 또 무슨 일을 저지른 것이냐?"

체념, 대제학의 목소리에 체념의 기색이 역력했다.

"없습니다."

단호한 음성이었다. 그러나 대제학은 의심을 풀지 않았다.

"참이냐?"

"참입니다."

"그러면 어찌하여 시집올 때 만다라화를 가져온 것이냐?"

그의 물음에 수영은 잠시 머뭇거렸다. 그 머뭇거림을 대제학은 몰아붙였다.

"네가 친정에서 계수씨…… 네 어머니의 관절염에 효험이 있는 그것을 다루어 왔다는 걸 고산댁에게 들어 알고 있다. 그러나 내 알아보니 만다라화는 많은 양을 복용할 경우엔 생명을 잃을 수도 있다더구나. 그런 위험한 약초를 시댁에 들고 온 연유가 무엇이냐 말이다."

"바로 그래서입니다."

뜻밖의 대답에 대제학은 몸을 앞으로 내밀었다. 수영의 눈엔 광기가 들어앉았다.

"뭐라? 그래서라니?"

"백부님께서는 적 오라버님의 일을 덮기 위해서 저를…… 저, 저 끔찍한 괴물과 혼인시킨 것이 아닙니까? 천재이긴 하나 절대 조정에서 대성할 수 없는, 괴물에게 말입니다! 힘을 갖지 못하게 하기 위해서인 것 알고 있습니다. 제가 어떤 경우에도 적 오라버님께 복수할 수 없게 만들려는 백부님의 계책이셨겠지요. 아니라고, 부인하지 마십시오. 그 정도는 셈할 수 있는 저입니다. 다른 이들은 모두 훌륭한 인품의 대학자라 칭송해도 저는…… 알고 있단 말입니다."

"그래, 네 말대로 내가 그런 마음으로 너를 혼인시켰다고 하자. 그것이 네가 만다라화를 이곳에 들인 연유와 무슨 상관이 있단 말이냐?"

"싫었습니다. 백부님께서 맺어 주신 사람에게…… 몸을 주기가 싫었어요. 다시는 내가 원하지 않는 사람에게 억지로…… 게다가 살이 닿는다고 상상만 해도 구역질 나는 그런 괴물과 그 짓거리를 하란 말입니까? 싫어요! 절대로 싫습니다! 그런 일을 당하기 싫어서 괴물에게 약을 먹였습니다. 그것이 잘못입니까?"

"오상에게 그것을 먹였단 말이냐!"

소스라치게 놀란 대제학은 무너지려 하고 있었다. 수영은 그의 노쇠에서 눈을 돌려 버린다.

"예, 먹였어요. 첫날밤부터 술에 넣어 백부님께서 정해 준, 지아비라는 사람, 아니, 괴물에게 먹였습니다."

"그것을 많이 먹을 경우 죽을 수도 있다는 것을 알면서도 그리했느냐?"

"알고 있었습니다."

"그런데도? ……계속 먹인 것이냐?"

"예, 몇 달을 그리했지요."

수영의 대답에 대제학은 아연실색하면서도 자연스레 그녀의 부른 배로 시선을 옮겼다.

"하나 너는 지금 수태 중인데……."

"아이의 아비를 묻고 싶으신 것이겠지요. 백학인지, 아니면 흑범인지……. 저는 가르쳐 드리지 않을 것입니다."

대제학은 손을 이마로 가져가서 짚었다. 차라리 눈을 감아 버렸다.

"수영아……. 설마…… 기경에게도 먹였느냐?"

"죽였느냐고 물으시는 것입니까?"

되묻는 수영의 눈이 날카롭다.

"그랬느냐?"

"이 또한 가르쳐 드리지 않을 것입니다."

"말을 해야 한다. 어떤 진실이든 내가 알아야……."

어떻게든 회유하려는 대제학을 향해 수영은 내던지듯이 소리를 지른다.

"모르십시오! 알지 말고, 알아도 모른 척하세요! 그때 모른 척하셨듯이 그저 모른 척하시란 말입니다. 짐작하며 고통스러워하시게 가르쳐 드리지 않겠어요. 어떤 겁박을 하셔도 가르쳐 드리지 않을 겁니다."

"수영아!"

나무집 이야기 269

"절대로! 가르쳐 드리지 않을 거라고요! 그래서 알량한 가문을 위해 백부님께서 어떤 계책도 세우실 수가 없도록 할 것입니다. 제가 죽어 고꾸라져도…… 그러니 포기하셔요. 다만 고산댁을 납거한 것은 제가 아닙니다. 그것은 알려 드리지요."

대제학은 더 이상 수영을 추궁할 수 없었다. 절대로 답해 주지 않을 것을 알았기에.

"나는 네가 송명을 해쳤다고 믿고 싶지 않다. 만약 그것이 사실이라 할지라도……. 아니다, 그런 것은 생각지 않으련다. 그러나 너를 의심하고 있는 사람이 있음에 참으로 근심스럽구나. 고산댁의 일도 그러하고……."

"송옥 아가씨입니까?"

"송옥이 네게 다른 언질이 있었느냐?"

"기경 도련님과의 일을 알고 계셨고…… 저를 의심하고 계셨습니다."

"그걸 네게 직접 말했다고……. 그러나 그 아이가 사람을 시켜 고산댁을 납거한 것은 절대 아닐 것이야. 그럴 아이는 아니지. 그렇다면 대체 누가…… 진정 나의 죄과가 크구나. 죄가 커……."

한숨이 절절했으나 수영의 눈빛은 사그라지지 않았다.

"아니라 말씀드릴 수 없습니다. 백부님의 죄가 아니라고……."

끝끝내 참아 왔던 눈물이 흘렀다. 대제학도, 수영 자신도 외면할 수밖에 없는 눈물이었다.

"이 일에 대한 수습은 어차피 내가 해야 할 터. 죽음으로라도 마무리하고 갈 것이다. 부디 너는 지금부터라도 죄과를 만들지 마라. 내 마지막 부탁이라고. 아니, 네 아비와 어미를 위한다면 제발 이 백부의 청을 들어 다오."

그는 수영의 답을 듣지 않고 안방을 나섰다. 망우재로 가는 편문 앞, 목련 아래 서 있던 인후가 서둘러 달려왔다.

"스승님, 저를 부르지 그러셨습니까. 이제 댁으로 뫼실까요?"

지극히 공손한 말투와 몸짓으로 자신을 부축하는 제자를 보며 대제학은 고개를 저었다.

"아니다. 한 군데 더 들러야겠구나."

대제학은 인후의 부축을 받으며 망우재로 무거운 걸음을 옮겼다.

안방 문이 닫히며 구부정하니 노쇠한 대제학의 뒷모습이 사라지자마자 수영은 부른 배를 손바닥으로 감싸며 숨을 몰아쉬었다. 울고 있었다. 그리고 웃고 있었다. 눈물이 흘러 아름다운 얼굴을 적셨고 입술은 삐뚤게 틀어지며 웃음을 머금었다. 흐느낌과 같은 혼잣말이 울고, 웃는 입술을 통해 새어 나왔다.

"수습? 수습이라고요. 백부님의 죽음으로…… 겨우 죽음으로…… 이 죄과를 가릴 수 있겠습니까? 겨우……."

가늘고 흰 그녀의 손가락이 자신의 혼잣말을 움켜쥐듯이 둥그런 배 위에서 떨리며 주먹을 쥐었다. 가늘고 야윈 손마디가 하얗게 드러났다. 수영은 눈을 질끈 감는다. 짐승의 거친 숨소리가 온몸에 번져 드는 것 같아서 그녀는 주먹을 쥔 채로 어깨며 팔을 쓸어내렸다. 더러운 것을 떨쳐 버리려는 듯이. 그러나 떨쳐지

나무집 이야기 271

지 않았다. 한번 일어나기 시작한 공포와 분노의 기억은 끈덕지게 수영의 몸에 붙어 불결한 숨소리를 토해 내었다. 기어이 그녀의 기억 속에서 숨소리는 형체를 부여받고 고약한 꿍꿍이를 꾸미기 시작했다. 찬란했던 봄, 그녀의 뒤, 단정한 선비의 모습을 가장하고서.

***

이른 봄이었다. 대제학의 칠순 잔칫날, 팔도에서 그의 제자들이 구름같이 모여들던 날이었다. 이십 년 전에 대제학의 부인은 세상을 등졌고 하나뿐인 며느리는 큰 잔치를 감당하기에 너무 어렸다. 그래서 인척 여인네들은 합심하여 집안의 잔치를 치러 내었다. 그중에서도 수영의 어머니 음식 솜씨는 경기京畿 제일, 빠질 수 없었다. 수영 또한 신경통이 심한 어머니를 돕기 위해 함께 대제학의 안채를 부지런히 오고 갔다.

조정 내 관리들은 물론이거니와 이름난, 혹은 이름 없는 선비들까지 인산인해를 이루며 한자리씩 차지했다. 지위 고하를 막론하고 음식을 공평히 나누라는 대제학의 명이 있었기에 안채는 그야말로 눈코 뜰 새 없이 바빴다. 반죽하고, 찌고, 말리고, 재우고, 지지고…… 온갖 종류의 음식 냄새가 집 안을 가득 메웠다.

유밀과, 유과, 백편, 석이편, 밤설기, 동아적, 어전, 와각탕이 대제학 앞의 큰상에 보기 좋게 놓였다. 손님상에도 연약과, 강정, 메밀만두, 수교의, 동아선, 편육 등이 가지런히 올라 입맛을 돋우었다. 또한 인척 여인들의 집안에서 담가 온 향기로운 술들이 부족함 없이 술잔을 채웠기에 잔치 분위기는 불콰하니 달아오른 손님들 얼굴만큼이나 흥이 올랐다.

사랑채에 넘치던 감축 인사와 안채의 음식 냄새가 소란으로 엉키던 그때, 수영은 뒤뜰의 작은 바위에 앉아 있었다. 잔치에 소요될 음식은 모두 준비가 되었고 그녀의 어머니는 신경통이 재발하여 비어 있는 안방에 몸을 누이고 있는 터였다.

연당으로 이어지는 뒤뜰의 한편에서 목련이 봉긋이 하얀 미소를 짓고 있었다. 바람이 다시 불고 수영은 자리에서 일어나 목련에로 걸어갔다. 바람이 불면 목련과 수영이 함께 흔들렸다. 그리고 꽃의 흔들림은 보지 못하고 오직 수영의 흔들림만 훔쳐보는 눈이 있었다.

"예서 무얼 하고 있는 것이냐?"

제 마음의 흔들림을 물음으로 가리고 수영에게 접근한 이는 적이었다. 그녀보다 열 살 연상인 사촌 오라비, 대제학의 외아들인 가문의 장자. 그는 지방 수령으로 부임받아 부인과 함께 집을 떠나 있었으나 부친의 칠순 잔치를 치르러 잠시 들른 터였다.

"조금…… 쉬고 있던 터였습니다."

답하는 수영의 목소리에 윤기가 없다. 어릴 때부터 그를 좋아하지 않았다. 모난 구석이 없고 유순했지만 보잘것없는 선비라고 생각했다. 부친의 명망이 아니었더라면 그리 쉬이 과거에 급제했을 리가 없다고 수군거리는 소리도 몇 번이나 들었다. 도무지 야망이라고는 없는, 재능 없고 평범한 선비……. 수영은 그런 남자가 한심하고 싶었다. 동시에 적과 닮은, 유순하기만 한 사촌 올케의 얼굴이 떠올랐다. 똑같이 평범한 내외간. 자신은 절대로 저런 남자와 혼인하지 않을 것이다. 그렇게 생각했다. 그런 그녀의 마뜩잖음을 짐작할 수 없었던 적은 성큼성큼 걸어와 수영의 옆에 섰다.

"그랬구나. 피곤도 할 것이야. 하루 종일 손님이 좀 많았느냐."

"저야 조금 도왔을 뿐인걸요. 그런데 손님을 대접하셔야 할 분이 안채의 뜰에 와 계셔도 됩니까?"

가시 돋은 말이었다. 그러나 적은 기민하지 못한 남자이기도 했다.

"나도 좀 피곤하구나. 여기라면 혼자 있을 수 있을 것 같아서 와 봤다. 여기 목련은 여전하구나."

수영은 대답조차 귀찮아 그냥 고개를 들고 꽃만 응시했다.

"너…… 탁영정濯纓亭에 들어가 본 일이 있느냐?"

귀에 익은 그 이름에 수영은 눈을 반짝 뜨며 적을 바라보았다. 그녀의 놀람을 아는지 모르는지 그의 얼굴은 태평하기만 했다.

"가 본 일이 없으면 지금 같이 가 보련?"

이제 그녀는 자신의 귀를 의심할 지경이었다. 탁영정에 자신이? 믿을 수 없었다.

탁영정. 대제학 집의 뒤편에 커다랗게 자리한 연못의 중간에 세워진 정자는 조선의 선비라면 누구라도 발을 들이고 싶어 하는 곳이었다. 대제학에게 자신의 학문을 입증하고서야 비로소 초청받을 수 있는 곳. 그래서 탁영정에 가 봤다는 것은 학문의 깊이를 인정받은 것이며 그는 선비들에게 선망의 대상이 되었다. 사실 그곳에 초청을 받은 사람은 손에 꼽을 정도였다. 하물며 아녀자야! 아무리 인척이라지만 절대로 불가한 일이기도 했다. 수영은 가슴이 울렁거렸다. 조선 천지 여인네들 중 유일한 사람이 되는 것이다. 이미 그녀의 마음은 주체할 수 없이 휘어져 버렸다.

"제가…… 들어가도 되는 것입니까?"

"안 될 것은 무엇이겠느냐."

그래, 안 될 것은 무엇인가. 그녀의 마음에 적이 던진 물음이 수긍의 달콤한 소용돌이를 일으켰다. 그는 그 소용돌이의 끝자락을 움켜쥐고 슬그머니 잡아당겼다.

"지금이 아니면 다시 보기 힘들 것인데……."

느슨한 당김이었으나 결정적인 당김이기도 했다. 길은 알고 있었다. 결심이 선 수영은 오히려 적의 앞에 서서 뒤뜰의 호젓한 길을 따라 걷다 만난 편문을 열었다. 거기 봄의 호위를 받고 있는 탁영정이 있었다.

운영각이 허공 위에 부유하는 학문의 밀실이라면 탁영정은 수면 위에 놓인 학문의 다리와 같은 곳이다. 대제학에게서 인정받은 조선의 유학자들은 탁영정이라는 다리를 건너 서로의 인품과 학문을 가늠했다. 다리는 비단 탁영정 안에 머무르지 않고 조선 팔도로 이어지고 엮어져서 거대한 그물로 변형되었다.

수영은 저도 모르게 아랫입술을 빨아 당겼다. 홀린 듯한, 욕망의 시선을 탁영정에 준 채. 그것은 적도 마찬가지였다. 그도 수영을 보며 침을 삼켰다. 탐욕의 시선을 주었다.

나무집 이야기

"저기, 나무다리를 건너면 된다."

거기서 한 번 더 망설이게 되었다. 통나무를 아무렇게나 다듬어 연당의 이쪽 끝과 탁영정 사이에 걸쳐 놓은 위태로워 보이는 나무다리. 수영의 머뭇거림을 적이 알아차렸지만 끝내 모르는 척했다.

"자, 가자. 치마 때문에 위험할 수도 있으니 오라비 손잡고……."

오라비…… 그 말이 또다시 수영의 경계심을 허물었다. 그녀는 그의 손을 잡았다. 조심조심, 조금씩 흔들리는 다리 때문에 그의 손을 잡고도 바들 떨면서 탁영정으로 건너간 수영은 몰랐다. 그녀에게 탁영정은 학문의 다리가 아니라 치욕의 다리가 되어 버렸다는 것을.

"들어가자. 안의 문인화가 볼만하다."

과히 그러했다. 대제학이 손수 그린 대나무는 물론이요, 그의 제자들 중 화재畵材가 뛰어난 이들이 보낸 사군자며, 산수화 같은 그림들이 보기 좋은 간격으로 걸려 벽을 채우고 있었다. 수영은 그중 한 그림에 시선을 빼앗겼다.

난이었다. 초개했음에도 그윽하기가 이를 데 없는 교교한 난이었다. 수영 자신도 오라비의 지도를 받아 몇 번 난을 쳐 보긴 했으나 언제나 볼품없이 뒤틀려 버리기에 일쑤였다. 무엇이든지 뛰어났던 그녀였다. 자수도, 음식도, 심지어 글공부도 오라비들보다 뛰어났다. 하지만 난만은 그러하지 못했다. 그녀에게 난은 하나의 동경이었다. 좌승지 또한 대제학처럼 그림을 수집했기에 수영의 그림을 완상하는 안목은 수준 이상이었다. 그런 그녀에게도 탁영정에 걸린 그 난은 참으로 수려하면서도 향기로운 것이었다.

"묘한 난이군요. 청초하면서도 향이 농후한데 어지럽지는 않습니다. 한데…… 그늘이 짙으니…… 신기합니다."

"아버님도 너와 비슷한 말씀을 하시더구나. 새뜻하니 아리따운 난인데 근심이 많다……. 여인이 그렸는데 참 재주가 신통하지 않으냐? 그러한데도 조선 어느 선비의 난보다 뛰어나다고 상찬에 상찬을 금치 못하셨지. 아버님께서 말이다."

그렇게 말하면서도 적은 난이 아닌 수영을 완상하고 있었다. 그녀의 단정하고 윤기 흐르는 머리와 흰 목덜미 그리고 나긋한 어깨선과 난향을 압도하는 향내를 흘리는 입술을.

"여인이요? 여인의 난을 백부님께서 어찌……."

놀라면서도 질투했다. 자신의 동경을 황홀하게 이루었을 뿐만 아니라 인척인 자신도 겨우 발을 들인 탁영정에 먼저 향기를 들여놓은 얼굴도 모르는 어느 여인을 질투했다.

"백학…… 오상의 누이동생이 그린 난이라 하더구나. 나무집의 사람들은 하나같이 대단도 하지!"

질투해야 마땅해 보였다. 자신이 일생을 바쳐도 이루지 못할 학문적 경지를 이룬 상대에 대해 분명 질투했어야 정상이라고 수영은 생각했다. 그러나 적은 질투하지 않았다. 적은 제 눈앞의 욕망에 혼을 빼앗긴 상태였으니까. 수영은 고개를 끄덕이며 난의 궤적을 따라 시선과 고개를 천천히 돌렸다. 허공중에서 가벼이 허리를 비튼 난처럼 부드럽게 그녀의 턱이 움직였다. 난의 향기에 취한 수영의 시선과 숨이 모두 혼곤했다. 그렇다고, 적은 생각했다. 그리고 순식간에 생각이 허물어졌다.

커다란, 뜨거운, 손이 수영의 허리를 낚아채며 균형이 무너졌다. 손의 정체를 가늠하기도 전에 다른 손이 그녀의 턱을 잡고 꼼짝할 수 없게 만들었다. 너무나 갑작스럽고 상상할 수 없는 일이었다. 두려움에 그녀는 눈을 감아 버린다. 강제로 입이 벌려지고 뜨겁고도 축축한 혀가 입으로 들어와 마구 타액을 뱉어 놓는다. 그리고 아프도록 그녀의 혀를 빨아 당긴다. 구역질과 비명이 타액과 뒤섞이고 수영은 정신을 잃을 것 같은 공포에 온몸이 굳어 갔다. 숨이 막혔다. 누군가 머리에 못을 박는 듯했다. 쾅쾅, 생각이 마비되었다. 제 양껏 그녀의 입안을 희롱하던 혀가 물러났지만 수영은 비명을 지를 수 없었다. 적이었다. 다른 누구도 아닌, 자신의 사촌 오라비, 적!

"한시도 너를 원하지 않은 때가 없다. 너를……. 수영아……. 사모하고 간절히 원했던 너를……."

수영이 온 힘을 다해 그를 밀었지만 꿈쩍도 하지 않고 그녀의 위에서 헐떡이는 적은 이미 사람이 아니었다. 그것은 짐승이었다. 저고리가 찢기고 치마가 찢겨 나갔다. 그녀 자신의 손으로도 함부로 건드릴 수 없었던 가슴이 짐승에 의해 빨리고 물렸다. 짐승의 혀가 젖꼭지를 날름거리며 핥고 입술이 젖가슴을 마구 빨았다. 그 더럽고도 음탕한, 빨아 대는 소리가 수영의 귀에 뚜렷이 들렸다. 냄새나는 짐승의 침이 그녀의 목덜미와 젖가슴을 온통 적셔 놓고 뭉개 놓았다. 눈물이 찢어져 흘렀다. 말소리가 나오지 않았다. 제발 저리 가라고, 그만하라고……. 그 말이 입 밖으로 나오지 않았다.

치욕과 고통이 전염병처럼 수영을 공격하고 물어뜯었다. 둘 다 태어나 처음 겪는 것이었다. 몸과 마음이 동시에 능욕당했다. 그러나 수영은 포기하지 않았다. 자기 몸 위에 엎드려 헐떡이며 욕망의 숨을 토해 내는 짐승의 어깨를 밀어내고 몸을 뒤틀었다. 이리저리 팔을 뻗어 손에 무엇이든 잡아 짐승을 죽여 버리고 싶었다. 그녀 안에 더러운 제 몸을 밀어 넣고 신음하는 짐승을 죽여 버리고 싶었다. 하지만 짐승은 너무 강했고 그녀에게 가해지는 폭력은 잔인하며 간악했다.

어깨를 밀어내던 손으로 짐승의 얼굴을 할퀴고 때려도 멈추지 않았다. 어떻게든 고개를 들고 힘껏, 짐승의 팔을 물었다. 날카로운 비명이 짐승의 입에서 터져 나왔지만 그것도 소용없었다. 놈은 더욱 무겁게 그녀를 짓누르며 광적으로 수영을 탐했다. 아랫도리가 불덩이에 의해 지져지고 찢어지는 것 같았다. 그녀에게서 고통에 찬 비명이 새어 나오려 하자 짐승은 제 입으로 그녀의 입을 막았다. 수영의 입술이 찢어지고 피가 흘렀지만 짐승은 그것마저도 탐욕스럽게 빨아 먹었다.

수영은 제 몸 위로 불결한 땀을 뚝뚝 흘리는 짐승의 얼굴을 외면하려 고개를 돌린다. 거기 또 난이 있었다. 짐승이 그녀의 몸에 저를 밀어 넣고 뺄 때마다 난이 흔들리며 휘어졌다. 향기도 휘어졌다. 그들에게서 멀어지려는 듯이. 수영은 입술을 깨물었다. 수치에 수치가 더해졌다.

마침내 짐승이 저만큼이나 추악한 욕망을 수영 안에 사정하고 몸을 일으켰을 때 그는 제가 한 짓의 흉악함보다 그녀의 시선에 두려움을 느꼈다. 수영은 찢긴 눈물을 거두고 혐오와 증오를 담아 적을 노려보고 있었다. 이제 그녀는 말할 수 있었다.

"나를…… 나를 죽이는 것이 좋을 거야. 나는 네놈을 절대로 용서하지 않을 것이니까. 그러니까 지금, 나를 죽이라고!"

차라리 죽기를 바랐다. 적이 자신을 죽여 살인의 죄를 물어 참살당하기를 바랐다. 그러나 적은 수영의 짐작보다 훨씬 못나고 겁쟁이였다. 오로지 겁쟁이만이 짐승이 되는 법이다. 그녀의 독기 어린 시선과 말에 적은 주섬주섬 옷을 주워 입고는 달아나 버렸다. 그의 모습이 사라지고 나서야 수영은 다시 눈물을 흘렸다. 통증이 살아나고 치욕이 혼을 잠식했다. 울음이 그치지 않았다. 몸을 말고 오열했다. 얼마나 오랫동안 울었을까. 수영의 눈에 다시 난이 들어왔다. 청아한 난.

비틀비틀, 통증을 참으며 그녀가 일어섰다. 아랫도리의 통증보다 심중의 통증이 수백, 수천 배로 그녀를 찢어 놓는다. 벌거벗은 몸을 가릴 생각도 하지 않고 일어서서 난 앞에 섰다.

"무얼 보는 거냐. 그래, 나는 이리되었어. 조금 전까지만 해도 너나 나나 똑같이 향기롭고 순결하였는데 나만…… 이리되었어! 너만 청초하다고…… 비웃고 있는 것이냐고!"

참을 수 없는 분노였다. 수영의 손이 족자를 벽에서 떼어 낸다. 그리고 난을 찢어발겼다. 갈가리, 자신의 몸처럼, 마음처럼 찢어서 밟아 버린다. 그러나 다시금 찢어지고 밟힌 것은 수영,

자신이었다. 입술을 아무리 깨물어도 시간을 돌릴 수 없었다.

문이 열렸다. 고산댁이 경악하며 들어왔다. 어찌 된 일이냐고 묻는다. 그러나 수영은 답이 없다. 고산댁은 수영이 탁영정에서 아파 쓰러졌다고 적이 알려 줬다는 말을 한다. 옷을 입혀 준다. 흐트러진 수영의 머리를 쓰다듬어 준다. 다시 어찌 된 일이냐고 묻는다. 수영은 또 답이 없다. 고산댁은 다시 어찌 된 일이냐고 끈질기게 묻는다. 그때서야 수영은 넋을 잃은 표정으로 고산댁에게 짐승이 저지른 일을 말한다. 눈물도 없이, 남의 일인 것처럼. 자신이 당한 일이 아니라 다른 여인이 당하는 모습을 본 것을 말하는 것 같았다.

"어머니…… 어머니께는 함구해야 해."

유일하게 자신이 당했다는 것을 인정하고 당부한 말이었다. 고산댁은 수긍한다.

"용서 안 할 거야. 백부님…… 백부님께 고해서…… 벌을 받아야……."

수영이 쓰러졌다. 불덩이 같은 몸이었다. 고산댁은 수영의 찢긴 몸 곁에서 한참을 흐느낀다. 그러나 망설일수록 수영에겐 독이 될 것이었다. 그녀는 수영의 어머니가 아닌 대제학에게로 발걸음을 옮겼다. 이미 잔치가 파하고 대제학은 사랑채에서 지친 노구를 쉬고 있을 때였다. 다행히도 수영의 어머니는 딸이 올린 만다라화를 넣은 약을 먹고 잠이 든 상태였다. 한 번뿐인 기회를 고산댁은 놓칠 수 없었다.

대제학은 죄스러움이 아닌 원망을 드러냈다.

"수영이 어찌 처신했기에 적이 그런 일을! 가문의 수치, 이런 수치를! 이 탁영정에서 그런 일을 벌이다니! 이 어찌!"

고산댁은 바짝 엎드렸다. 엎드려서 입술을 깨물었다. 한없이 이기적인 양반 남정네들…….

"……어찌 처신해야 할지 자네가 더 잘 알겠지. 그렇지 않나?"

엎드려 고개를 숙이고 있는 고산댁을 보며 대제학은 아들의 수치를 덮는다. 수영의 고통을 외면한다. 그에게 명성과 가문에 우선하는 것은 없다. 적은 용서받았다. 용서받고 멀쩡하게 제 부인을 끼고서 부임지로 내려갔다. 수영은 갑자기 열병이 나서 며칠 대제학의 집에 머무르는 것으로 이야기가 되었다. 수영의 어머니는 미욱한 딸자식 때문에 대제학에게 폐를 끼치는 것이 아닐지 송구스러워하며 허리를 숙였다. 죄인처럼.

수영은 칼을 갈고 독을 품었다. 용서받아야 할 쪽은 저 짐승들이다! 생각하며 주먹을 움켜잡고 원한을 움켜잡았다. 그리고 움켜잡은 원한과 생각이 맞닿은 사람을 만났으니 그가 송명이었다.

전 홍문관 부제학의 장자라고 했다. 자신과 정혼한 사람. 임금에게 상찬을 받은 천재라고도 했다. 자신이 혼인해야 할 사람. 그리고 백부가 가장 총애하는 제자라고 했다. 자신의 지아비가 될 백학. 그렇다 할지라도, 삼대가 내리 청요직*에 제수되었던 집안이라도, 천재라 할지라도, 시아주버님의 중매라 할지라도,

---

* 승정원, 사간원, 홍문관, 예문관 등의 관직으로 대체로 출세가 보장됨.

그런 결함이 있는 자라니! 받아들일 수 없다고 고개를 저은 것은 수영의 어머니였다. 그러나 형님의 중매인데 어찌할 수 없다는 좌승지, 그녀의 아버지는 혼사를 허락하고 만다.

수영의 의견은 아무런 힘을 발휘하지 못했다. 그것은 그녀 자신이 처음부터 알고 있었다. 대제학이 일생에 처음으로 나선 유일한 혼사다. 그녀가 자결하지 않는 이상 어떻게든 이루어질 혼사였다. 아니, 그녀는 자결할 생각이 없었다. 자결하여 적에게, 대제학에게 평안을 주고 싶지 않았다. 벌주지 못한다면 차라리 치욕스럽더라도 그들에게 평생 가시 같은 존재가 되고 싶었다. 또한 사람을 벌주지 못할 바에야 가문을 벌주고 싶었다. 진짜 수치가 무엇인지, 그로 인한 공포가 무엇인지 그들에게 보여 주고 싶었다. 그래서 송명이었다.

삼짇날, 북촌北村의 취운정翠雲亭*에서 사랑편사**가 벌어진다는 소문이 돌았다. 그 편사에 명경당의 이름을 걸고 흑범이 솜씨를 발휘한다는 소문도 들렸다. 정우당 백학의 아우, 대제학의 애제자 중 하나. 수영의 눈이 어둡게 빛났다. 송명이어야 했다. 반드시 송명이어야 했다. 깨물면 꿀물이 배어 나올 것같이 반들거리는 붉은 입술을 앙다물며 치마를 움켜잡았다.

수영은 화전놀이를 가겠다고 어머니에게 말했다. 자신의 병수발에 지쳤을, 게다가 모자란 사내와 혼인해야 하는 딸자식을 가

---

* 예전 북촌에 있었던 활터.
** 사랑舍廊과 사랑 간에 사원을 편성하여 활쏘기 승부를 가르는 편사의 한 종류로 각기 사랑의 당호堂號로 구분하여 경기를 함.

없게 여긴 그녀의 어머니는 승낙하고 만다. 마뜩지 않았던 것은 고산댁이었다. 안다는 것은 모든 일에 두려움을 앞세우게 되는 것이다. 적과의 일을 알았던 고산댁은 상전의 명에 두견화전*을 지지고 꿀에 재면서도 두려웠다. 그 일 이후 매사에 의욕이 없었던 수영의 눈빛이 빛나기 시작했다. 그것이 두려웠다.

어릴 때부터 욕심 많고 지기 싫어했던, 자존심이 강해 무슨 일이 있어도 자신이 원하는 대로 행하고, 원하는 바를 이루었던 수영이었다. 다시 빛나기 시작하는 그녀의 눈동자가 이루고자 하는 바가 두려웠다. 그러나 아무리 제 손으로 키웠다 할지라도 수영은 상전이다. 고산댁은 묵묵히 그녀의 말을 따랐다.

"취운정으로 가세."

수영의 명은 뜻밖이었다. 편사가 벌어지는 곳은 번다할 것인데 조용한 것을 좋아하는 수영이 제 발로 그곳으로 가다니……. 고산댁은 점점 두려움이 커져 갔다. 그녀가 그러하든 말든 쓰개치마를 쓴 수영은 망설임 없이 발길을 옮겼다.

그들이 취운정에 도착했을 때는 이미 편사가 한창 벌어지고 있었다. 대담한 수영이라 할지라도 운집한 무리 가운데 서 있을 수는 없었던지라 야트막한 언덕에 올라 편사를 지켜봤다. 그녀 곁에선 다른 댁 규수들이 꽃단치기니 꽃싸움 같은 놀이를 하며 노닥거리거나 화수가**를 주고받으며 노닐었다. 수영은 오직

---
* 진달래꽃에 찹쌀가루를 묻혀 끓는 기름에 띄워 지진 전.
** 남이 보낸 시와 노래에 화답해 갚음.

편사에 모든 신경을 집중하고 있었다. 흑범을 만나야 한다. 흑범……. 흑범……. 그리고 그녀의 집념이 그를 찾아내었다.

막막강궁*임에 틀림없는 활을 잡고 시위를 당기는 사내. 멀리서 보기에도 안광이 형형하고 키가 훤칠하니 과연 소문 속 호탕하고 거침없는 흑범의 이름에 걸맞은 자였다. 화살을 날리는 것 또한 그러했다. 주저함 없이 단번에 명중시켰다. 구경꾼들의 환성에도 흔들림이 없었다. 마지막으로 그가 활시위를 당겼을 때 큰 바람이 불었다. 구경꾼들 사이로 바람이 드나들고 도포와 치마가 날렸다. 아이들의 외침이 바람과 함께 하늘로 솟았다. 바람은 시위를 당기고 있는 송명에게로 몰아쳤다. 그의 도포 자락 안으로 바람이 드나들어 크게 부풀었다. 뿌옇게 일어난 먼지가 시야를 가리고 있었다. 그의 벗들은 바람이 멎을 때까지 기다리라고 소리쳤다. 그러나 송명은 바람에 흔들리지도, 바람이 지나길 기다리지도 않았다. 윙, 묵직하게 화살이 바람을 가른다. 명중! 환호성이 취운정을 뒤흔들었다. 그가 웃는다.

바람은 백 갈래로 흩어져 수영이 서 있는 언덕으로 불어왔다. 수영의 분홍치마가 봉긋이 부풀어 올랐다. 단정히 땋은 머리칼이 살짝 흐트러졌다. 바람은 숨이 되어 그녀의 가슴 구석구석에까지 밀고 들어왔다. 바람의 날개가 수영의 가슴에서 활짝 펼쳐지며 그 참담한 날 이후로 멈춘 것 같았던 심장을 뛰게 했다. 연유를 알 수 없는 두근거림. 수영은 저고리 앞섶을 움켜쥐었다. 머리를

---

* 아주 힘이 센 활.

가로저었다. 정신 차려라. 그녀는 고산댁을 불러 귓속말을 했다. 두려움이 사실이 됨을 확인한 고산댁은 머뭇거린다.

"자네가 내 유모라고 해서 상전의 명을 업신여기는 죄를 면할 수 있을 거라고는 기대치 말게. 무슨 뜻인지 알고 있겠지?"

알고도 남음이 있다. 좌승지 댁에서 가장 단호한 상전은 수영이었다. 고산댁은 송명에게로 향했다. 그리고 승리에 환호하는 이들 가운데서 그를 수영 앞으로 데려온다.

형을 증오하는 남자와 가문을 증오하는 여자가 만났다. 화전놀이 하는 이들이 만들어 낸 소음이 남자와 여자 뒤로 멀리 물러났다. 비가 오려는지 사위가 차츰 어두워졌다. 남자의 도포 자락과 여자의 치마를 부풀게 했던 바람이 그들 사이에서 휘몰아치며 어두운 하늘로 솟았다. 하늘로 오르기 전 바람은 여자의 뱃속을, 아니, 뱃속보다 더 깊고 어두운 곳을 찌르듯이 울렸다. 남자의 안광이 화살처럼 여자의 가슴에 꽂혔다. 명중이었다. 치명적인. 여자의 초승달 같은 눈매가 남자의 가슴에 달라붙었다. 심장을 빨릴 수도 있는 눈웃음이다. 남자는 마다하지 않았다. 마다하기는커녕 두 손으로 움켜쥐고 제 심장에 박아 넣는다.

"좌승지 댁 소저시라 들었습니다."

빗방울 대신 남자의 웃음이 쏟아졌다. 금방이라도 비가 내릴 것 같은 기세로 바람이, 끝없이 바람이 일었다. 편사와 화전놀이하던 이들이 서둘러 자리를 정리하느라 일대 소란이 일어났다. 하지만 남자와 여자는 동요하지 않는다.

"아녀자가 감히 이렇게 먼저 뵙기를 청한 것을 너무 타박 마셨으면 합니다."

여자가 미소 지었다. 달콤하게 감아 당기는 미소다. 후두둑, 마침내 쏟아지는 비. 빗방울과 함께 어둠이 점점이 번진다. 사람들이 언덕 아래로 뛰었다. 남자와 여자는 개의치 않는다. 시선과 시선이 얽힌다. 그것은 입술에 칼을 문 이들의 것이다.

송명이 수영의 머리 위로 팔을 들어 올린다. 그의 커다란 도포가 수영의 얼굴이 젖는 것을 막아 준다. 펄럭, 거세게 바람이 불자 그녀의 이마에 그의 도포 자락이 스친다. 뜨겁고도 서늘하다. 수영은 손등으로 도포 자락이 스친 자리를 살짝 눌러 본다. 열기는 수영의 손등으로, 목덜미로, 가슴으로 퍼진다. 그리고 그녀로부터 사향을 빨아 먹은 열기는 송명에게 밀려가 그의 허리를 칭칭 감는다. 그는 마다하지 않는다.

아무도 없다. 남자와 여자 사이엔 아무도 없다. 그리고 모두가 있다. 송명과 수영 사이엔 모두가 있다. 대제학, 송정, 송옥, 가문……. 모두가 그들 사이에서 일그러진다. 침묵의 비명을 지르며 미래가 쓰러진다. 남자와 여자는 증오의 대상을 파괴하는 도구로 서로를 끌어안는다. 그러나 파괴되어 간 것은 바로 자신들이었다. 자신들, 남자와 여자.

**

이미 파괴된 남자와 여자를 위해 대제학과 송옥이 망우재에서 마주했다.

"존체가 미령하신 듯합니다."

송옥의 말에 대제학은 잔기침이 터져 나오려는 것을 참았다. 지금은 드러내서 마땅한 것이 하나도 없다.

"저승사자를 머리맡에 두고 사는 늙은 몸이 다 그렇지 아니하겠느냐."

드러내지 않았으나 감추지도 않는 노쇠함을 먼저 보이는 대제학은 그제야 기침을 두어 번 뱉는다.

"병중이신 대감께 마음의 짐을 얹어 드린 것 같아 송구스럽습니다."

그가 보기에 역시 송옥은 수영보다 한 수 아래였다. 타고나길 수줍음 많고 숙부드러운 규수일 것이니까. 비밀을 알고 있다 할지라도 수영보다 독할 수는 없다. 그렇게만 생각했다.

"내게 짐을 주었다고 네 마음이 가볍지는 않았을 터, 개의치 마라."

자애로우나 고뇌를 짊어진 음성을 드러냈다. 그러나 송옥은 그가 알던 그녀가 아니었다.

"그렇다면 대감께 여쭙겠습니다. 대감께서는 올케의 백부님이길 택하셨습니까, 기경 오라버니의 스승이기를 택하셨습니까?"

숨김이 없는 일격이었다. 수영으로부터 받은 일격의 여파가 아직 그를 떠나지 않았는데 송옥마저 대제학의 짐작과는 완전히 다른 방향에서 밀려와 그를 뒤흔들었다.

"수영이 기경과 통정했다는 것은…… 사실이다."

"사실이지요. 명백한 사실입니다."

아리도록 쨍한 맑음. 대제학은 그 순간, 송옥의 뒤에서 그녀와 똑같았던 맑음의 잔상을 발견했다. 의아했다. 그럴 리가 없다고 생각되는 그 의아한 맑음을 보고 송옥 역시 회유되지 않을 것임을 직감했다. 회유되지 않는다면 꺾어 놓아야 한다.

"그 명백한 사실만으로도 조선이 뒤집어질 일이다."

"사실을 알리고자 하는 것은 아닙니다. 마땅히 받아야 할…… 그 용서받지 못할 죄를 올케께서 인정하고……."

"네가 말하는 죄란 기경의 죽음에 대한 것이겠지."

"이미 서한에서 모든 정황을 말씀 올렸습니다. 달리 무엇이 있겠습니까?"

"증험이 있느냐? 부정의 증험이 아닌 죽음에 대한 증험이 있느냐 말이다."

흔들렸으나 쓰러지지는 않는 대제학이었다. 그는 송옥을 꺾을 준비를 한다. 노련한 그에 비해 송옥의 맑음은 정직하기만 하다.

"없습니다."

"그래, 없다. 너는 정황 이외에는 무엇도 없다. 분명 수영의 죄가 크긴 하지만 그것은 부정에 대한 죄일 뿐, 기경의 죽음에 대한 것은 아니다."

"그것이 대감의 결론이십니까? 올케의 백부로 남겠다는 것이?"

"아니다. 나는 수영의 백부이면서 동시에 네 아비 인공과 오라비들의 스승이다. 모두의 안위를 근심해야 하는 사람이야. 그래서 나는 수영과 기경의 부정도 덮으려 한다."

"대감!"

뚝, 뚝, 맑음이 부러지기 시작했다. 대제학은 아랑곳하지 않고 말을 이었다.

"어떻게 벌을 주어야 하느냐? 아니, 벌을 주기 전에 너는 그 아이들의 부정을 오상과 인공에게 알릴 수 있느냐? 이미 죽은 아들과 아우의 부정을 이제 와 알릴 수 있느냔 말이다. 네 생각대로 수영의 죗값을 치르게 하는 것이 그들에게 어떤 의미인지 생각해 봤느냔 말이다."

송옥은 답하지 못한다.

"슬픔을 감내하기에도 힘겨운 그들이 어째서 치욕까지 감내해야 하느냐? 나는 그에 대한 답을 찾지 못했다. 그래서 무엇도 밝힐 수 없고, 어떤 벌도 내릴 수 없다. 수영을 위해서가 아니라 살아 있는 네 아비와 오라비를 위해서 그리할 수 없는 것이다."

"그렇다면 올케는 죄에 대한 어떤 대가도 치르지 않겠군요. 결국 기경 오라버니만이 죽음으로써 죗값을 치르고……. 부당하고 또 부당합니다."

입술을 깨무는 송옥의 눈이 분노로 파랗게 떨렸다.

"맞다, 부당하다. 부당하나 그것이 최선의 길일 수도 있느니……."

"그래서 용서하라는 말씀이십니까?"

"용서는…… 나의 몫이 아니다. 그것은 오로지 네가 결정할, 너의 몫이다. 한 가지…… 나는 네가 생각하듯이 수영이 죗값을 치르지 않았다고는 생각지 않는구나. 네가 괴로운 것의 곱절을 힘겨웠을 것이다. 분명…… 그러했을 것이야."

"저는 모릅니다. 올케의 괴로움은…… 모릅니다."

"그래, 그러나 아비와 오라비의 고통은 짐작하고 알 것이다. 나는 여기까지다. 네가 내게 기대한 무엇도 해 줄 수 없음이 미안하지만 나로서도 어찌할 수가 없구나. 나를 원망하여도 어찌할 수가 없어."

"대감께는 심려를 끼쳐 드려 송구하다는 말씀밖에는 드릴 말이 없사옵니다. 그러나 저는 올케가 용서되지 않습니다. 무엇도 인정하려 하지 않는 그런 분을…… 용서할 수가 없습니다. 그래서 봐야겠습니다. 올케가 자신의 죄를 인정하는 것을요. 그래야 저승에 계신 오라버님에 대한 죄스러움을 조금이나마 거둘 수 있을 것 같습니다. 대감께서는 이런 저를 이해해 주십시오."

꺾였다고 생각했다. 그러나 꺾이지 않은 맑음이었다. 대제학은 송옥의 눈빛과 말투에서 아련한 기억 속의 옛 제자를 떠올렸다. 스스로가 금지시킨 기억. 그는 무겁게 고개를 젓는다. 설마…… 그럴 리가 없다.

"죄 많은 내가 너의 행보에 대해 왈가왈부할 수는 없으나…… 송옥아, 부디…… 아비와 오상을 생각하려무나. 자칫하면 모두가 다친다. 그것을 기경이 바랄 리가 없다는 것이 저승으로 가는 문턱에 있는 이 늙은이의 소견이니…… 좀 더 깊이, 신중하게 네 사람들의 앞날을 생각해라."

간곡한 음성에 송옥은 고개를 숙였다. 틀림이 없는 말이었다. 부쩍 노쇠함이 드러나는 최 대감과 눈매만 떠올려도 가슴이 저린 송정을 다치게 하면서까지 수영의 인정과 사죄를 받아야 하는가.

나무집 이야기 291

송옥은 혼란스러워졌다. 그리고 그녀의 얼굴에서 혼돈을 읽어 낸 대제학은 비로소 병든 몸을 일으켰다.

"내 살아서 할 수 있는 말은 다 했으니 이제 돌아가 봐야겠구나. 고협을 불러 주겠느냐."

모든 체력을 소진한 것 같은 그 모습에 송옥은 서둘러 방문을 열었다. 멀찍이 선유당으로 통하는 계단 앞에서 뒷짐을 지고 있는 인후가 눈에 들어왔다. 그녀는 사그락, 조심스럽게 마루를 내려가 그 온순한 남자의 뒤에 섰다.

"대제학께서 찾으십니다."

송옥의 말에 인후는 퍼뜩 상념에서 깨어났다. 뒤돌아서자 그의 상념, 송옥이 서 있었다. 그가 천지간에 가장 존경하는 스승을 근심에 빠뜨린 사람이다. 다른 이였다면 원망했을 것이다. 그러나 그녀 앞에선 원망이 갈망으로 바뀌어 버린다. 외간 남자의 시선을 그대로 받아 내는 그녀를 당돌하다고 여길 수 없었다. 오히려 자신과 눈을 마주하고 있는 눈동자를 매일 바라보고 싶었다. 그러나 그의 말과 행동은 순박하리만큼 느리고 다듬어지지 못했다.

"……예, 예. 그러하신가요?"

더듬더듬 말을 잇는 인후에게 송옥은 그저 고개를 한 번 끄덕여 줄 뿐이었다. 그 몸짓에서도 향기를 느끼는 인후는 붉어진 볼을 감추며 그녀의 뒤를 따랐다. 여름임에도 마음에 부는 봄바람을 멈출 수 없는 그를 기다린 것은 늙고 지친 스승의 육신이었다. 인후는 순간 죄책감을 이기지 못하고 눈썹을 찡그리며 급히 스승을 부축했다. 누구도 탓하지 않는 순연한 마음을 스스로 탓하고 아파하는 몸짓이었다.

인후의 부축을 받으며 망우재를 나서는 대제학의 몸은 한 치는 작아진 듯 보였다. 스러져 가는 겨울이 돋아 오르는 봄에 기대어 명경당으로 사라지고 있었다. 그리고 모든 계절을 이겨 내는 남자, 송정이 스승을 배웅하려 멀리서 기다리고 있었다.

"뜻을 모두 전하셨습니까?"

공손히 손을 모으고 허리를 굽혔던 몸을 세우며 송정이 대제학에게 물었다. 인후는 다시금 사형에게 출처도, 방향도 알 수 없는 두려움을 느꼈다. 그것은 그에게 기대어 있는 대제학도 마찬가지였다. 자신이 세상으로 나오게 해 준 귀애하는 제자가 아닌 것처럼.

"뜻은 전했으나 뜻을 따를지는 알 수 없구나."

"뜻이 천리天理에 합당하면 뉘라서 따르지 않을 수 있겠습니까. 너무 마음 쓰지 마십시오."

송정의 답에 대제학은 눈을 가늘게 뜨며 자세히 제자를 살핀다. 한 번도 의심한 적이 없는, 하늘의 사람이었다. 그때 그가 간과한 사실이 가슴을 스쳤다. 그토록 천재인 송정이 부정의 전말을 전혀 모를 수 있었겠는가! 대제학은 비틀거림을 참을 수 없었다. 그의 비틀거림을 버텨 내는 것은 인후였다. 그의 몸을 부축하고 있는 인후는 저승꽃이 핀 스승의 이마에서 식은땀이 흐르는 것을 본다.

"스승님, 괜찮으십니까?"

나무집 이야기

급히 묻는 제자에게 대제학은 고개를 끄덕인다.

"괜찮다. 괜찮아. 어서 가자. 더 이상 민폐를 끼칠 수 없지."

"가마를 준비해 놓았습니다."

송정의 음성은 공손하고 예의 바르기만 했다. 하지만 지나치게 서늘했다. 어깨가 시릴 정도였다. 겨우겨우 가마에 오른 대제학을 향해 최 대감과 함께 깊이 허리를 숙이는 모습조차도 사람의 것이 아닌 듯 차갑다. 흔들, 가마가 들리는 찰나 대제학은 고산댁이란 이름을 떠올린다. 고개를 돌려 송정을 바라보았다. 가마가 흔들리고, 대제학이 흔들리고, 세상이 흔들려도 절대로 흔들리지 않는 남자가 서 있었다. 송정이 처음으로 자신을 감추지 않고 보여 준 것이다. 스승이라 이름 하는 자에게.

대제학은 비로소 깨달았다. 송정은 단 한 번도 자신의 제자였던 적이 없었다는 것을. 필요에 의해 스승으로 선택했을 뿐이란 것을. 사람들이 칭송하는 백학이 아니라는 것을. 그가 자신의 아들과 가문을 위해 수영을 시집보낸 자는 그녀의 말처럼 괴물이었다는 것을. 천재성을 평생 감추고 살아온 자, 시의적절한 날이 오자 자신을 드러낸 자, 드러냄의 상대를 고를 줄 알았던 자 그리고 모든 진실을 능숙하게 감추는 자……. 정신이 아뜩해졌다. 아뜩해진 정신과 몸을 가마에 기대며 대제학이 멀어지는 것을 송정은 끝까지 지켜보았다. 그가 쳐 내고, 이겨 내야 할 상대를. 아니, 이미 이겨 낸 상대를.

송정이 이겨 낸 또 다른 상대, 수영은 안방에서 통증에 신음하고 있었다. 두 팔로 부른 배를 감싸 쥐고 자리에 쓰러져 고통에 허덕였다.

"차라리 죽어라. 죽어⋯⋯. 너 때문에⋯⋯ 너 때문에 내가⋯⋯ 얼마나 큰 치욕을 당하고 있는지⋯⋯ 태어나지 말고 죽어⋯⋯."

쥐어뜯는 것 같은 혼잣말이었다. 아니, 그것은 배 속의 태아와 나누는 처절한 대화였다. 아이는 수영의 태胎 속에서 몸부림치며 고통의 답을 주었다. 죽을 수 없다! 태어나고 말 것이다! 제 아비처럼 잔인하고 이기적인 생명이었다. 버릴 수 없는, 도저히 떨쳐 낼 수 없는 것도 똑같았다.

"나 혼자서만, 나만, 이런 치욕을⋯⋯ 당신이란 사람은 죽어서도⋯⋯."

정신이 아득해진 수영에게 진달래꽃이 피 냄새처럼 흩어져 보였다. 그를 두 번째로 만난 것은 진달래꽃이 해사하게 만개한 언덕이었다.

*
**

화전놀이 왔던 이들이 거의 집으로 돌아갔을 무렵, 나무 아래 하얀 도포를 입은 훤칠한 송명. 수영은 청색의 쓰개치마를 어깨에 살짝 걸치고 있었다. 파괴의 목적을 가지고 있었으나 어쩐지 그의 앞에서는 얼굴이 붉어지고 가슴이 설레었다. 순순히 자신의 유혹에 넘어와 주는, 호방하고 쾌활한 얼굴이 보기 좋았다. 어쩌다 그의 옷깃에 자신의 옷깃이 스치기만 해도 맨살이 닿는 듯 가슴이 뛰었다. 그래서는 안 된다고, 마음 따위는 버려야 한다고, 몇 번이나 자신을 질책했다. 하지만 다정하고 달콤한 송명의 말이 수영의 질책을 녹이고, 다시 세우고, 또다시 녹이기를 반복했다.

"귀하신 아기씨 잘 모시고 돌아가시게나. 이번에 댁으로 가시면 또 언제 뵐지……. 기회를 봐 내 서한을 보냄세."

고산댁에게 행하를 건네며 그리 당부하는 마음이 다정하여 왈칵, 눈물이 나오려 했다. 노을이 그의 어깨에 드리워지고 그 빛을 담은 뜨거운 눈동자를 마주하는 것이 좋았다.

서한이 오고 가고 혼곤한 언어에 마음은 자꾸만 방향을 잃어갔다. 적에게 능욕을 당한 후 하루도 거르지 않고 꾸던 악몽에 가끔씩 송명의 얼굴이 떠올랐다. 천만부당하게도 꿈속에서 수영은 그의 얼굴을 자신의 가슴에 끌어안기까지 했다. 제 품에 안긴 송명이 숨을 몰아쉴 때마다 수영의 팔에서, 허리에서, 다리에서 꽃이 피고 구름이 파도처럼 일어났다. 꿈속에서 수영은 그러했다. 그러나 수영은 인정할 수 없었다. 불과 얼음의 마음을.

입하立夏가 지나고 초파일 연등회 날이었다. 달이 떴는데도 더위가 가시지 않았다. 그날 수영은 저포로 만든 미색의 치마저고리를 입었다. 송명이 절에서 기다리고 있을 터였다.

"그런 일이 없던 네가 졸라 보내 주기야 한다만 걱정이 앞서는 것이 어미 마음이구나. 부디 뭇사람들에게 책잡히는 일이 없도록 몸가짐에 신경 쓰고……. 고산댁이 아기씨 잘 모시고 행여나 불미스러운 일이 없어야 할 것이야. 알겠는가?"

수영의 어머니는 아픈 무릎에 손을 얹으며 딸과 고산댁에게 당부했다.

"여부가 있겠습니까. 쇤네가 잘 모시고 다녀오겠습니다."

고산댁은 안방마님이 아닌 수영의 눈치를 보고 있었다. 무엇도 수영을 멈추게 할 수가 없고, 무엇도 수영의 분노로부터 자신을 보호해 주지 못한다. 일의 전말을 수영 어머니에게 고하기엔 너무 늦어 버렸다. 혀를 잘못 놀렸다가는 대제학과 좌승지 모두 자신을 죽이려 할 것이다. 고산댁은 어두운 얼굴을 상전에게 감추며 수영의 앞에 서서 절로 향했다.

술시戌時, 이미 수백 개의 연등이 절로 가는 길목은 물론이고 탑돌이가 한창인 마당에까지 고운 빛을 드리우고 있었다. 연등 아래 소원을 빌며 탑돌이를 하는 이들의 대다수가 아녀자들이었지만 남정네들도 제법 되었다. 탑돌이를 하는 동안 수영은 쓰개치마를 쓴 채로 송명의 모습을 찾아 헤매었다. 그러나 그는 연등회가 파할 시각까지 나타나지 않았다. 서찰을 통해 먼저 만나자 한 것이 송명, 자신이었음에도. 수영은 마음에 피어오르는 실망감을 분노라고 애써 생각했다. 결국 연등회가 파하고 아녀자들이 서둘러 집으로 돌아가기 시작할 때까지도 송명의 모습은 보이지 않았다.

"가세."

자신과는 반대로 안도하는 고산댁에게 수영이 명했다. 명은 그리했지만 수영의 발걸음은 느리기만 해서 집으로 돌아가는 아녀자들의 행렬 마지막에서 미련을 흘렸다.

달빛이 훤하고 연등이 길을 밝혔던 그 길에 송명이 서 있었다.

순간, 수영의 가슴에도 고운 연등 하나가 환히 불을 밝혔다.

"보는 눈이 너무 많아 본의 아니게 기다리시게 만들었습니다. 용서하십시오."

"아닙니다. 현명한 판단을 하신 게지요."

"못 뵌 사이 더욱 미려해지셨습니다."

송명의 언어는 부드럽고 따스했다.

"낭자와 둘이서만 나눌 이야기가 있으니 잠시만 자리를 피해 주게나."

고산댁에게 대담하게 요구하는 당당함에 수영은 저도 모르게 미소 지었다. 그리고 미소가 떠오른 그녀의 입술에 송명의 입맞춤이 더해졌다. 그 입맞춤은 적에 의해 강제된 것과는 완전히 다른 것이었다. 입안에서 향기가 터지고 가슴에서 불꽃이 터졌다.

"그대를…… 가지고 싶소."

이렇게 귓가에 속삭이는 송명의 목소리에 수영은 온몸에서 단단한 무언가가 빠져나가 버리는 것 같았다. 주저앉아 버리고 싶었다. 그의 품 안에서 주저앉아 마냥 기대고 싶었다. 복수, 복수, 복수……. 아무리 되뇌어도 생각은 이미 마음에 지배당한 후였다. 그런 그녀의 손가락에 송명이 은지환을 끼워 주었다.

"내 마음의 증표라고 생각해 주시오."

어여쁜 꽃이 새겨지고 푸른 보옥이 점점이 박힌 아름다운 것이었다. 그가 남긴 마음의 증표를 매일 끼고 빼고 다시 끼었다. 욕망을 품었다. 오롯한 순정이기보다는 차라리 욕망이어야 한다고 되새겼다. 욕망하여 품고, 안기고, 파괴해야 한다고 생각했다. 그리고 단옷날 욕망을 탐함을 계획했다. 그러나 계획되지 않은 마음이 끝내 모든 것을 무너뜨려 놓았다.

기루였다. 사내들의 욕망이 술과 함께 나뒹구는 기루의 별채에 욕망하는 남녀가 마주했다. 화려한 견사석繭絲席*이 깔리고 꽃과 나비가 그려진 휘장의 그림자가 남녀의 머리 위로 드리워졌다. 아무런 말이 오가지 않았다. 술상이 그들 사이에 있었지만 누구도 술잔을 들지 않았다. 오로지 욕망의 숨만이 들고 날 뿐이었다.

욕망의 장소인 기루에서는 그리 특별할 것도 없는 몸짓이었으리라. 서로의 옷을 벗기고, 몸을 휘감고, 마음을 벗기는 몸짓들이. 그러나 수영에겐 매번 숨이 막히도록 떨리고 황홀한 몸짓이었다. 구역질 나게 자신을 탐하던 적과는 완전히 다른 송명의 손길에 매번 혼이 흘러내릴 만큼 취해 버렸다. 그 단옷날 이후로 매번……. 여름의 뜨거움을 몸으로 품으며 수영은 송명에게 안길 때마다 생각했다. 이것은 복수다. 백부에 대한, 가문에 대한, 여인인 자신의 무력함에 대한 복수다. 그러나 지나치게 달콤하고 농염한 복수였다. 자신을 주체할 수 없이 흠뻑 취해 버린 복수였다.

"그대의 벗은 몸이 좋소. 떠올리고 싶어. 누군가의 앞에서……이 가슴을, 이 다리를, 그리고……."

"하아…… 누구의?"

"누구라도……."

---

* 누에 고치실을 물에 담가 염색한 자리.

수영은 그것이 누구인지 끝까지 추궁하지 못했다. 불꽃의 몸을 가진 남자가 손가락으로 온몸을 훑는다. 그래도 그녀는 그것이 복수라고 우겼다. 그 손가락이 제 몸의 가장 은밀한 곳을 파고들고 머리끝이 쭈뼛할 정도로 질퍽한 욕정이 솟아올라도 끝까지 우겼다. 이것은 복수라고. 마음이 없는 복수일 뿐이라고.

혼인날이 가까워질수록 격렬하게 원했다. 복수를, 욕망을, 복수를, 송명을, 복수를, 그의 마음을……. 부인했다. 격렬하게 원하고 또 원했다. 송명의 허리에 다리를 감으며 더 깊이 그를 받아들이며, 신음하며 그의 입맞춤을 원할 때도 부인하면서 원했다. 그런데 너무 깊이, 혼절할 정도로 깊이 들어와 신음조차도 지르지 못하고 숨이 막혔던 어느 순간 송명이 눈을 감고 있는 수영의 귀에 속삭였다.

"그대…… 완전히 내 것인 거야. 내 것이지?"

온몸을 휘감는 열락에 수영은 몸을 떨며 고개를 끄덕였다.

"대답하시오. 그대, 이제, 완전히, 내 것이지?"

물음의 마디마디마다 그는 허리를 밀어 올리며 깊게 그녀에게로 들어왔다.

"아!"

수영은 송명의 목에 팔을 두르며 쾌락의 비명을 터트렸다. 눈물이 그녀의 눈초리를 타고 흘러내렸다.

"그래요……. 흐음…… 당신의 것…… 당신 것!"

자지러질 것 같은 신음과 함께 간신히 답하는 수영의 안으로, 안으로, 송명이 밀고 들어왔다. 조금 빠져나가고 깊이 들어오기를 반복하는 송명의 움직임에 수영은 자신을 놓아 버린다. 소리 높여 신음을 질러 대고 송명의 팔과 등을 긁어 놓는다. 그가 빠져나갈라치면 허리를 움직여 그를 놓치지 않으려 애썼다. 여름의 작열하는 태양이 그들 사이에서 녹아내리는 것 같았다. 마침내 절대로 멈추지 않을 것 같았던 그가 무너지며 그녀 안에 뜨거운 욕망의 바다를 쏟아 놓았다. 다시 그가 속삭였다.

"꼭…… 기억해 주시오. 꼭……."

가슴 위로 무너지며 당부하는 송명의 허리에 다리를 감으며 수영은 눈을 감았다. 몸 위의 그를, 그 몸의 무게를, 뜨거움을, 숨결을 자신의 몸으로 기억하려 애썼다. 그리고 발견했다. 욕망을 넘어선, 마음의 실체를. 그것은 연모였다.

분명코 연모다. 입술을 잘근잘근 씹으며 수영은 자신의 발견을 되뇐다. 생애 처음으로 찾아온 연모다. 조선의 어떤 여인도 경험하지 못한 끓어넘치는 연모다. 그런데 이승에서는 결코 갖지 못할 연모다. 복수에의 선택이 연모에 이르게 되다니!

"못났구나. 이렇게 쉽게…… 이렇게 완전히…… 이런 마음을 가져 버리다니……. 어찌하면 좋단 말이야……."

치마에 얼굴을 묻고 눈물을 참아 내었다.

"울지 않아. 울지 않을 것이야. 하나 그분은…… 아무 죄가 없는 그분은……."

치맛자락을 움켜쥔 수영의 손이 부들부들 떨렸다. 가녀리고 창백한 손등에 푸른 힘줄이 솟았다. 그녀는 손등을 물었다. 아픔을 느낄 수 없었다.

"말해야 해. 내가 누구인지, 그분의 무엇이 될 사람인지······ 말해야······. 얼마나 치를 떠실까? 얼마나 혐오스러워하실까? 얼마나 원망하실······ 아······."

손등에 멍이 하나 둘, 늘어 갔지만 수영은 멈추지 않는다. 울지 않겠다고 다짐하고 또 다짐했지만 눈물이 절로 흘렀다. 고통에 일그러진 입술 사이로 눈물의 짠 기가 느껴졌다. 짜고도 썼다. 고개를 들었다. 웅크렸던 허리를 폈다. 결심을 갈아 세웠다.

"나는 그 짐승처럼 비겁한 겁쟁이가 아니야. 말하겠어. 말하고······ 경멸이든, 원망이든······ 용서든······ 아니, 무엇이든."

그리고 송정과의 혼례를 겨우 나흘 앞두고 송명과 마주했다. 고산댁이 질겁하며, 엎드려 빌듯이 말렸지만 그녀는 듣지 않았다. 시간이 없다. 그것이 경멸이든, 원망이든, 용서든, 혹은 그녀가 마음 깊숙이 숨겨 두었으나 바라 마지않는 도피든······ 시간이 없다.

그들이 처음 몸을 섞었던 기루에서 송명과 마주한 수영은 창백했다. 그가 권해 준 합환주로 입술을 적셨지만 차마 입이 떨어지지 않았다. 그와 눈을 마주칠 수도 없었다.

"안색이 좋지 않구려. 무슨 일이 있으신 겁니까?"

여느 때와 다름없이 다정한 그의 목소리에 결심이 흔들렸다.

"손이 차갑고······ 떨고 있군."

그러면서 자신을 끌어당기는 송명의 품에 차마 안길 수 없었던 그녀가 일어서며 그에게서 한 걸음 물러났다. 그도 따라 일어난다.

"어찌 그러시오?"

다가오는 송명, 물러나는 수영.

"드릴 말씀이 있어요. 드릴 말씀이……."

그녀의 눈에 대번 눈물이 고인다. 그러나 수영은 참는다.

"무엇이오?"

송명은 수영의 팔을 잡은 채로 묻는다. 때문에 그녀는 달아날 수도 없이 실토를 할 수밖에 없다. 그러나 사촌 적과의 일은 말할 수 없었다. 그 일은 절대로, 누구에게도 말할 수 없는 치욕, 연모하는 이에게는 더더욱 말할 수 없는 일이었으니까. 느리고 고통스럽게 자신이 누구인지, 아니, 누가 될 사람인지 말한다. 대제학에 대한 원망도 말한다. 적과의 일을 말할 수 없었기에 납득시킬 수 없을 것이라 체념하면서 말했다.

"저를 경멸하셔도 할 수 없어요. 저를 원망하셔도…… 모두 저의 잘못이니……."

자신의 이야기를 들으며 얼굴빛이 변해 가는 송명을 보며 수영은 고개를 숙였다. 달아나 달라고 말하고 싶었다. 연모를 쫓아 모든 것을 버리고 자신과 함께 달아나자고……. 끝끝내 꺼낼 수 없는 그 말을 가슴에 담고 고개를 숙였다.

죽고만 싶었다. 연모하는 이의 형수가 되는 처참함을 참아 낼 자신 따위는 없었다. 짐승에게 능욕을 당했을 때조차도 상상치 않았던 자결. 죽어 버린 자신을 마음에 그렸다. 그런데…… 송명이 팔을 끌어당겨 제 품에 수영을 안았다. 뜨겁고도 넓은 품, 연모하는 이의 품. 송명의 단단한 팔은 수영을 강하게 끌어안았고 그녀는 안도의 눈물을 흘렸다. 되었구나, 용서받았구나, 연모의 용서를……. 안도하며 달아나자는 말을 입에 담으려는 찰나, 송명의 목소리가 고드름처럼 그녀의 심장을 찔렀다.

"모른다고 생각했소? 그대가 형수가 될 사람인지 모를 것이라 그리 생각했던 것이오?"

차갑고도 날카로운 고드름이었다. 수영이 그에게서 몸을 떼려 했지만 송명은 으스러질 듯 그녀를 끌어안고 놓아주지 않았다.

"처음부터 알고 있었소. 내가 누구인지 알면서도 내게 안겼듯이 나 또한 모두 알고 있었단 말이오. 아니, 알았기 때문에 안았어. 형님의 것이 될 몸이니 지금 안아야지. 모든 걸 가진 형님, 내게서 모든 걸 앗아 간 형님의 지어미가 될 사람을 먼저 가져 버려야지."

언어의 고드름은 수백 개의 얼음 조각이 되어 수영의 온몸으로 아프게 퍼진다. 혼을 조각낸다. 수영은 안간힘을 쓰며 혼과 생각의 조각을 모았다. 수치가, 분노가, 증오가, 불길이 되어 일어나고 얼어붙었던 몸을 뜨겁게 만들었다.

주먹을 움켜쥐고 송명을 치면서 밀어내었다. 이를 악물고 밀어내지만 송명은 그녀를 놓아주지 않는다. 오히려 분노로 핏발이 선 수영에게 입맞춤을 한다. 그러자 수영은 그의 입술을 깨물어 버린다. 피비린내. 둘 다 입술에 피를 묻히고서 서로를 노려본다. 먼저 움직인 쪽은 수영이었다. 자기 앞의 수치에서 도망가려 문을 향해 움직이는 그녀, 송명은 그런 그녀를 가뿐히 낚아채었다. 그리고 벽으로 밀어붙였다. 밀어붙이며 거칠게 치마를 들쳐 올렸다.

"이걸 원해서 온 것이 아니오? 혼인을 나흘밖에 남기지 않은 여인이 이렇게 다른 사내를 찾은 것은…… 이거, 이걸 원한 것이잖아!"

그러면서 그녀의 손을 억지로 끌어당겨 자신의 아랫도리를 만지게 만들었다. 짜악! 수영의 다른 손이 송명의 뺨을 쳤다.

"당신도 다를 바 없는 짐승이야."

달구어진 단도로 송명의 가슴을 찔렀다. 경멸을 담아 노려보았다. 송명 역시 수영을 노려보았다. 증오와 분노의 시선이 오고 가는 정적의 순간, 송명의 입술이 다시 수영의 입술을 덮쳐 왔다. 밉다, 밉다, 밉다, 미워서 죽이고 싶다. 수영의 머릿속을 가득 채운 생각과 달리 그녀는 힘껏 그의 입술과 혀를 탐했다. 피비린내가 그들의 입안에서 엉켰다.

생각은 만 리 밖으로 달아나고 없다. 오로지 자신의 육신을 핥고, 빨고, 탐하는 송명의 육신에 매달릴 뿐이었다. 뜯어내듯이 자신의 저고리를 벗겨 내고 젖무덤을 빨고 있는 송명. 수영은 그의 어깨를 짚으며 간신히 벽에 기댔다. 젖꼭지를 잘근잘근 깨물며 빨아 당기는 그의 뜨거운 입술에 다리가 풀리려는데 송명이 갑자기 무릎을 꿇었다. 그리고 치마 속으로 머리를 넣고는 그녀의 속곳을 모조리 벗겨 낸다.

"아…… 그러면…… 아!"

수영은 말을 잇지 못하고 혼곤한 신음만 뱉어 낼 뿐이다. 벌려진 자신의 다리 사이, 은밀한 곳을 송명의 입술과 혀가 집요하게 탐했기에. 젖무덤을 빨던 것과는 다르게 부드럽고도 음란한 혀의 움직임에 수영은 주저앉을 것만 같았다. 도저히 참을 수가 없는 전율이 퍼지고 그녀의 신음이 비명에 가까워질 때 송명이 일어섰다. 동시에 수영을 뒤로 돌게 하며 엎드리게 만들었다. 저항할 수 없었다. 저항하기 싫었다.

허리에 치마를 걸친 채로 드러난 수영의 둔부에 송명의 몸이 덮쳐 왔다. 덮치며 깊이 들어왔다. 살과 살이 부딪치고, 신음과 신음이 겹쳤다. 얼음과 불이 뒤엉키며 물이 되어 흘렀다. 농濃하고 혼昏한 물이 수영과 송명의 몸 안에서, 몸 밖에서 흘러넘쳤다. 끊어질 줄 모르는 육신의 고리가 물로 이어지고 신음으로 흩어졌다.

"아아!"

"으윽!"

둘이 동시에 절정의 신음을 뱉어 내었을 때 송명도 수영의 몸 안에 뜨거운 제 물을 쏟아 내고 그녀의 등 위로 쓰러졌다. 열기와 땀, 가쁜 호흡으로 등을 덮고 있는 그를 느끼며 수영은 눈을 감았다. 그리고 인정했다. 그의 곁에 있고 싶다는 마음을. 함께 달아나지 못한다면, 복수를 하지 못하더라도, 경멸의 시선을 감내해서라도, 곁에 있고 싶다고.

"형님에게 안기며 오늘을 기억해 주기 바라오."

아직 가시지 않는 쾌락의 열기에 몸을 추스르지 못하는 자신을 내버려 둔 채 방을 나가 버리는 냉정한 송명의 뒷모습을 보고서도 그렇게 생각했다. 그래서 달아나지 못했다. 죽지도 못했다.

그저, 송명 곁에 있고 싶었다. 오로지 그의 곁에 있고 싶었다. 그의 곁에.

나흘 후, 수영은 괴물과 혼인하고 나무집으로 들어왔다. 그러나…….

**

다시 고통이 울리며 바닥을 굴렀다. 수영은 이를 악물며 비명을 참았다. 바라고 바랐던 일, 송명의 아이가 죽어 버리는 일이 마침내 이루어지려 하고 있다. 주먹을 쥐고 바닥을 쳤다. 죽어라, 제발 죽어 버려라. 그렇게 빌었다. 그런데 갑자기 문이 열리며 누군가가 들어왔다. 간신히 눈을 들어 본 곳에 송명이 있었다.

"당신이…… 어떻게……."

숨이 막힐 것 같았다. 다시 깨달았다. 자신은 송명을 그리워하고 있었다. 그 모습에 눈물이 쏟아지고 가슴이 무너지는 것을. 하지만 송명이 아니었다.

"절대로 뜻대로 되지 않을 거라고 했소. 그 아이는 나의 아이니까."

송정이었다. 저승사자보다 두렵고 냉정한 남자가 자신을 내려다보고 있었다.

"의원을 부르겠소. 대를 이을 소중한 아이, 절대로 잃어서는 아니 되니까."

소름이 돋았다. 고통보다 증오가 거세게 일어났다.

"왜요, 왜 그렇게 이 아이에 집착하십니까? 당신 아이도······."

"내 아이요, 나의 아이! 나의 아이임을 잊지 말고 그대는 말조심하시오."

들어왔을 때처럼 차갑게 돌아서는 송정을 수영은 고통 속에서 노려보았다.

"괴물 같으니라고!"

간신히 몸을 일으킨 수영이 그를 향해 말했다. 그러나 그는 돌아보지도 않고 답했다.

"그래, 맞아. 그대는 괴물과 혼인한 것이지."

알고 있었다. 진작 알았던 사실이었다. 아니, 자신이 선택한 것이다. 죽으려면 죽을 수도 있었으나 그러지 않고 자신의 발로 나무집으로 들어온 것이다. 돌이킬 수 없는, 버텨 낼 수밖에 없으나, 버텨 내기엔 너무도 가혹한 그 사실을.

요부 妖婦

　첫날밤부터였다. 송정에게 만다라화를 먹여 동침을 피했다. 그가 혹여 안방에 들기라도 하면 수영은 떨리는 마음으로 만다라화 가루를 꺼냈다. 다행히 그는 안방에 잘 드는 사내가 아니었다. 어쩌다 안방에 들어도 첫날밤처럼 술에 타기도 하고, 차에 타기도 하며 송정의 손길을 피했다. 약을 먹은 송정은 원앙금침에 쓰러지듯 잠이 들어 아침이 되기까지 깨지 않았다. 그리고 날이 밝으면 의관을 정제하고 사랑채로 건너갔을 뿐 절대 수영에게 손을 뻗치는 일이 없었다.

　정숙하고 다소곳한 지어미로, 며느리로, 올케로 그리고…… 형수로 하루하루를 버텨 갔다. 그즈음 하늘에 잿물을 탄 듯 몹시도 흐린 날들이 이어졌다. 정중하지만 살가운 구석이 조금치도 없는 지아비란 괴물은 그녀에게 무심하기만 했다. 그의 무심함은 오히려 다행한 일. 그리고 송명은…… 싸늘했다. 하지만 그녀는 인정하지 않았다. 끝이 아니라고, 송명의 곁에서 숨 쉬고 있는 한, 끝이 난 것이 아니라고. 그래서 송정을 거부했다. 그에게 안길 수 없었다. 송정은 수영에게 괴물임과 동시에 송명의 형이다. 그의 형……. 수영은 송정을 볼 때마다 온몸에 소름이 돋았다. 행여나 그가 자신에게 손을 뻗을까 봐 가슴 졸였다. 손끝 하나라도 닿으면 그 자리가 썩어 버릴 것 같았다. 그래서 그녀는 자신이 할 수 있는 최선을 다했다.

파괴된 그녀가 다시 만다라화 가루를 합환주에 탔다. 시아버지가 합방을 재촉했을 것이 분명했다. 운남댁이 들여놓고 간 그 합환주를 송정에게 따르며 수영은 그저 그가 빨리 잠들기를 바랐다. 차가운 남자, 누구에게도 곁을 주지 않는 남자, 속을 알 수 없는 남자……. 괴물이었다. 뜨겁고 뜨거웠던 송명과는 완전히 다른, 사람이 아닌 것 같은, 얼굴이 아닌 것 같은 얼굴을 한 남자에게 수영은 처음부터 질려 버렸다.

"드시지요."

언제나처럼 잘 마셔 주고 잠들겠지, 예사롭게 생각하며 또 예사롭게 말을 건넨 그녀였다. 그런데 뜻밖에도 송정이 술잔을 입에 가져가지 않고 그녀를 똑바로 바라보았다. 섬뜩한 눈빛이었다. 검술을 즐기는 그녀의 큰오라비의 방에서 본 칼날이 떠오르는 눈빛. 이어 송정의 말이 수영을 베었다.

"이 술에는 약이 들지 않았겠지요? 아침에 머리가 무거운 것은 질색이오."

베어진 그녀의 혼은 말의 고리를 잇지 못했다. 다시 송정이 말했다.

"이제 무엇에도 약을 타 내게 주지 마시오. 부인께 손대는 일은 없을 테니……."

너덜거리는 혼을 부여잡고 수영이 간신히 말을 뱉었다.

"무슨…… 말씀이십니까? 약……이라니요?"

송정은 대답 없이 수영을 한참 바라보았다. 이제 송정은 눈빛으로 수영을 베고 있었다. 누구도 그와 같은 사람은 없었다. 비겁하고 야비했을지언정 적과 대제학도 송정처럼 냉정하지 않았다. 수영은 뱃속부터 울리는 두려움을 간신히 참아 내며 그와 마주했다.

"나는 체질적으로 그런 약이 잘 듣지 않는 사람이오. 다만 그대가 원하는 대로 잠든 척했을 뿐이지."

"왜…… 그렇다면 왜……."

그녀의 목소리가 떨리고 있었다. 송정은 동정도 없고, 가차도 없다.

"나 또한 그대를 품기를 원치 않으니까."

원하던 바였다. 그러나 치욕스러웠다. 수영의 눈에 서서히 독기가 스며들었다.

"다행한 일이군요. 네, 참으로 다행한 일입니다. 하지만 궁금하군요. 어찌 그렇게 저를 원치 않으시는지요."

격양되어 가는 그녀와 달리 송정은 표정조차 없다. 그런 그가 조용히 입을 열었다. 낮고 낮게 아래로 흐르지만 스치기만 해도 깊은 상처를 낼 것 같은 목소리였다.

"기경의 이름을 부르더군. 그러면서 안아 달라고 하더군. 아직도 사모하고 있다고 그렇게 애타게 꿈속에서도 부르는 여인이니까."

정신을 잃을 것 같았다. 수치와 당혹으로 죽고만 싶었다.

"제가, 자결해 드리면 되겠습니까?"

비명을 지르듯이 묻고는 눈을 질끈 감는 수영에게 송정의 말이 계속 이어졌다.

"왜 그대가 자결해야 하오? 나는 아무것도 모르오. 앞으로도 아무것도 모를 것이오. 아버님도 모를 것이고, 스승님도 모를 것이며, 세상 사람들도 모를 것이오. 그러니 앞으로 부인께서도 모르시길 바라오."

수영은 눈을 떴다. 그녀의 앞에는 사람이 아닌 괴물이 앉아 있었다. 사람의 마음이라고는 바늘 끝만큼도 갖지 않는 괴물이었다.

"그런다고 없었던 일이 되는 것입니까? 당신은 정녕 그리되십니까?"

"되고, 되지 않고는 중요치 않소. 처음부터 모르는 일이오. 시작조차 없었던, 모르는 일. 나는 이만 가 보겠소."

괴물은 나가 버렸다. 수영은 망연자실 한 번도 제구실을 하지 못한 원앙금침에 시선을 준 채 중얼거렸다.

"참으로 무서운 사람들이구나. 남정네들…… 모두 참…… 잔인스럽고 이기적인……. 그런데도, 그런데도…… 나는 아직도 그 사람을……."

엎드려 울었다. 그녀의 흐느낌이 안방을 울리고 밤을 찢어 놓았다. 모든 것이 끝났다고 생각했다. 그러나 그것은 시작이었다.

 임신이었다. 누구에게도 알릴 수 없었다. 누구에게도 알릴 수 없는 임신을 깨달은 순간 수영의 머릿속에 가장 먼저 떠오른 이는 송명이었다. 그날이었을 것이다. 복수를 포기하던 날, 저주받을 생명일지언정, 당신이 아이의 아비라 알려 주고 싶었다. 그러나 알릴 수 없는 일이기도 했다.
 차가워진 날씨보다 더 차가워진 송명의 태도에도 수영의 시선은 계속 그를 맴돌았다. 술에 취해 업혀 들어오는 일이 잦은 그의 행적에 일말의 희망을 갖기도 했다. 혹여 자신에게 마음의 곁자리를 주지 못해 괴로워하는지도 모른다고……. 그러나 아침이면 싸늘하기만 한 그의 태도에 다시 절망했다. 희망과 절망이 매일 수영을 공격하고 핍박했다.
 동지. 송정과 함께 어머니의 병문안을 갔던 그녀가 나무집으로 돌아온 날 밤. 수영은 천만뜻밖의 광경을 목격하게 된다. 망우재로 들어가는 송명이었다. 도무지 견딜 수 없음에 그에게 알리고자 마음먹었던 날이기도 했다. 당신의 아이를 가졌다고, 어찌해야 하느냐고, 그리고…… 함께 달아나자고 매달리기라도 하겠다고 마음먹은 밤이었다. 그런데 송명이 망우재로 들어갔다. 불이 꺼진 제 누이의 방에 들어가 한참이나 나오지 않는 그. 구역질이 솟았다. 소복 차림의 수영은 두 팔로 어깨를 감싸 안았다.
 "나무집은…… 괴물들의 소굴이었구나. 괴물들……."
 도망가고 싶었지만 그럴 수 없었다. 다리가 움직이지 않았다.

아니, 마음이 움직이지 않았다. 이윽고 송명이 무거운 발걸음으로 망우재에서 나왔다. 그리고 수영을 발견한다. 둘 다 움직이지 못한다. 아무 말도 하지 못한다. 하지만 언제나 더 증오하는 쪽이, 더 연모하는 쪽이 움직일 수밖에 없다. 수영은 분노와 두려움, 무엇보다 그리움을 억누른 채 입을 열었다.

"언제까지 모른 척하실 작정입니까?"

"죽을 때까지."

차가운 대답에 그녀는 손을 뻗어 송명의 팔을 잡았다. 그러나 단번에 뿌리치는 그.

"가노들에게 들키기라도 하면 어쩌려고 이러십니까?"

뿌리쳐진 것은 자신이라고 생각했다. 그리움보다 분노가 앞선 수영은 조심성을 잃어버리고 이제 목소리를 높였다.

"그들에게 들키면 곤란한 것은 도련님도 마찬가지 아닙니까?"

"목소리를 낮추세요. 송옥이 깹니다."

그 이름에 수영의 가슴에서 어두운 불길이 일어났다. 마음속의 난이 자신을 비웃고 있었다.

"아가씨가 깨는 것이 겁나는 분이 야심한 밤에 망우재에서 무얼 하셨답니까? 주무시는 아가씨 지켜 드리기라도 하시려고요? 무엇으로부터요?"

표독스러운 목소리로 재차 묻는 그녀에게 송명도 가차 없이 답한다.

"그럴 수도 있는 일 아닙니까? 옥이는 형수가 어떤 여인인지 모르고, 또 형수가 어떤 일을 저지를지도 알 수 없는 일이니 말입니다."

 "그럼, 나로부터 아가씨를 지키기 위해 이 시각에, 망우재를 몰래 찾으셨단 겁니까? 대체 내가 어떤 여인이기에 이러시는 겁니까? 묻고 싶군요. 나는 도대체 어떤 여인입니까? 당신에게 나는 어떤 여인이기에 능멸하고, 또 능멸합니까?"

 수영은 눈물을 참으며 물었다. 송명 역시 그녀 눈에 고인 눈물을 외면한다.

 "정말 모르십니까? 저는 형수님께서 익히 알고 계시고 그러면서도 그것을 즐기시는 줄 알았습니다. 좌승지 댁 고귀하신 따님이셨을 때 저와 즐기셨듯이 말입니다."

 "당신 입으로 들어야겠어. 내가 당신에게 어떤 여인이지?"

 "요부."

 수영은 송명의 뺨을 때렸다. 자신의 연모를 찢었다.

 "당신이 내게, 그리 말할 자격이 있어? 당신이?"

 "소리 낮추래도! 온 집안사람들을 깨워서 어쩌자는 겁니까. 체통을 생각하세요, 형수. 하긴 내가 누구인지, 누구의 아우인지 뻔히 알면서 꼬여 낸 여인이니 무서울 것이 없을 법도 하지."

 수영의 두 손을 잡아챈 송명이 도려내듯이 말했다. 그러면서 수영의 두 눈에서 뿜어져 나오는 독을 그대로 들이마셨다.

 "당신은, 당신은 내가 누구인지 몰랐어? 당신도 알았잖아. 내가 누구인지, 내가 누구와 혼약했는지 알면서도…… 연서를 주고…… 품고…… 농락했던 거잖아."

 "농락? 남녀가 함께 정을 통한 것이 농락? 도대체가…… 당신이란 여인…… 애초에 대제학과 당신 집안에 수치를 더하기 위해 부정한 염정에 뛰어든 것이 아닌가 말이야."

그의 답에 수영의 얼굴은 더욱 창백하게 흔들렸다.

"그럼 당신은? 당신은 대체 왜…… 나를 품은 것이지? 형수가 될 날."

"당신이, 내 형님의 부인이 될 사람이었으니까. 형님의 것이니까. 형님의 소유에 흠집을 내는 것이 목적이었어. 보이지 않게, 그러나 철저하게. 그렇지 않아? 목적이 같은 계집과 사내가 만나 정을 통하고 목적을 달성한 것일 뿐. 그러니 이제 그만해. 다 지난 일이야."

말이 그녀의 몸에서, 혼에서, 기운과 온기를 모두 앗아 갔다.

"당신은 정말 아무것도 몰라. 내가…… 단 한 번이라도 당신 형의 소유였던 적이…… 하…… 그거 알아? 당신들 형제, 정말 잔인하고 잔인한 인간들이야."

"그래, 그러니 잊어버려. 잊어버리고…… 내당으로 돌아가시지요, 형수님. 아! 그리고 내가 받은 서한은 진즉 태워 버렸소. 뭐, 현명한 형수이시니 후환 따위 남겨 두지 않으셨겠지요."

송명은 명경당으로 돌아가 버렸다. 홀로 남은 수영은 제 허리를 감싸 안았다.

"후환…… 우리에게 남겨진 후환이 얼마나 어마어마한 것인지…… 얼마나 무서운 것인지…… 당신이 안다면……."

죽어야겠다고 결심한다. 또한 죽을 수 없었다. 죽어서 자신을 비참하게 만든 남정네들의 뜻대로 해 줄 수는 없다고 생각한다.

그러면서도 제 안의 생명이 두렵고도 두렵다.

"차라리…… 당신을 죽이겠어. 차라리 당신을……."

어느 길을 택해도 암흑의 굴레를 벗어날 수 없는 수영을 노려보는 눈이 있다. 번득거리는 광기를 토해 내는 눈은 비틀거리며 향유재로 돌아가는 수영의 뒷모습을 좇는다. 그리고 빠르게 광기를 몰고 명경당으로 바람이 불었다. 명경당에 불어닥친 광기의 바람은 욕정의 열풍으로 바뀌어 송명의 몸을 휘감는다. 자하녀다.

"저 여인이야? 어? 겨우 형의?"

비아냥거리며 그녀는 송명의 단단한 허리에 다리를 감는다.

"그래, 저 여인이다. 형수, 나의 형수다. 너, 너…… 내 미친 연모로도 모자라서…… 하늘 아래 가장 추악한 짓을 저질렀다."

그것은 하나의 절규였다. 절규를 내뱉는 그의 입술에 자하녀의 혀가 닿는다. 욕망을 쏟아 놓는다. 욕망을 받아 마시며 송명은 여무진 금琴을 연주하듯이 자하녀의 유연한 다리 사이로 제 몸을 튕겨 올리고 내렸다. 그가 거친 호흡을 다스리며 더디게 자하녀 안으로 들어왔다 빠져나가면 그녀는 애끓는 소리를 울리며 송명에게 매달렸다. 자하녀의 매달림에 전신으로 쾌락이 번지면 송명은 더 큰 욕정에 몸부림치며 격렬히 그녀 안으로 들이쳤다. 그렇게 둘은 서로에게만 공명共鳴하는 악기처럼 서로의 육신을 연주했다. 마침내 송명이 자하녀 안에서 줄이 끊어지며 스러지고도 그녀는 그의 허리에 감은 다리를 풀지 않았다. 그녀는 끊어진 욕망의 줄을 다시금 매어 달았다.

"하…… 놓지 않을 것이야. 놓아주지 않아. 절대로……."

나무집 이야기

송명의 머리를 꼭 감싸 안았다.

"그래, 나를 놓지 마라. 제발 놓지 말고 영원히 이렇게만 있자꾸나."

자하녀의 품에 안긴 송명은 땀에 젖어 매끈거리는 그녀의 가슴에서 얼굴을 들고 대답했다. 그리고 도톰히 솟은 그녀의 젖꼭지를 입안 가득 물며 다시 욕정을 일으켰다.

"나 외에…… 하아…… 다른 여인은…… 누구도 아니 돼. 절대로…… 다른 여인을 품으면…… 나는 너를 죽일 거야."

송명의 욕정을 제 안에 가두기 위해 허리를 들며 자하녀가 말했다.

"너 외에 다른 여인은 없어. 너만은 나의 것이니까. 온전한 나의 것. 이제 절대…… 너 외에는……."

그 밤, 그들은 서로에 대한, 미친 연모에 대한 탐미곡을 거듭 합연合演하였다. 명경당 밖으로 스산하고 요란한 바람이 불어 그들의 신음을 덮어 주었다. 그것은 욕망의 신음이고 고통의 신음이었다. 고통은 나무집 도처에 자리했다. 엎드려 눈물을 흘리고 있는 수영이 있는 향유재에도, 송정이 얕은 잠을 청하고 있는 정우당에도, 고통의 바람이 불었다. 겨울, 어두운 밤하늘 아래 나무집 전체가 고통으로 신음했다.

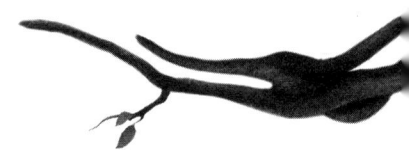

사생死生

    바람이 어사화를 흔들었다. 증광시增廣試*에서 장원을 한 송정이 말에서 내려 진공문에 들어서는 것을 온 집안사람들이 지켜보았다. 늦봄, 여러 해 동안 왕실과 조정이 기다려 마지않았던 왕세손이 탄생했다. 임금은 기뻐하며 증광시를 명했고 거기 송정이 장원급제를 한 것이다. 유가遊街**는 없었다. 잔치도 없었다. 송명의 상례가 끝난 지 얼마 되지 않았거니와 송정 자신이 요란한 의식을 꺼리는 것도 까닭이 컸다. 임금이 하사한 곡식과 물품도 겸사하다 아버지 최 대감에게 내린 포상만을 받은 그였다. 그리고 여느 날처럼 글을 읽었다. 그를 지켜보며 송옥은 너무나 그답다고 수긍했으며 수영은 소름이 돋았다. 그녀에게 송정은 차가운

---

* 국가에 큰 경사가 있을 때 실시된 부정기 과거 시험.
** 과거 급제자들이 합격 후 말을 타고 풍악을 올리며 행진을 하며 유희를 베푸는 것.

괴물, 바로 그것이었다.

 벌써 하지夏至가 가까워졌다. 출산이 한 달 남짓 남았다. 그날까지도 수영은 죽지 못했다. 죽음에 실패했다고 해야겠다. 처참한 실패였다.

 만다라화가 사라졌다. 안채 공루의 구석진 곳에 아무도 모르게 숨겼다고 생각했는데 사라져 버렸다. 처음엔 운남댁을 의심했다.
 "마님께서 몸이 편치 않으시니 자네가 한시도 곁을 비우지 말아야 할 것이네. 만일 태중의 아기에게 무슨 일이 생기면 자네 또한 무사하지 못할 것임을 명심하고 잘 보살펴 드려야 할 것이야."
 이렇게, 수영이 보는 앞에서 송정은 운남댁에게 지시했다. 그의 말대로 운남댁은 수영의 곁을 한시도 비우지 않았다. 심지어 측간을 갈 때조차 따르는 그녀를 보며 수영은 자신이 감시받고 있음을 절감했다. 그리고 만다라화가 사라져 버린 것이다. 운남댁이 감추었으리라 짐작했다. 좀 더 빨리 실행했어야 했거늘……. 후회가 밀려들었다. 그렇게 만다라화를 이용한 죽음의 계획은 어긋났다. 그러나 포기하진 않았다.
 행랑채에서 벌어진 노비들의 다툼에 운남댁이 자리를 잠시 비운 사이 수영은 명주 끈을 들고 선유당으로 향했다. 목을 맬 작정이었다. 안채에서 선유당으로 가려면 송옥의 방을 지나야 했지만 상관없었다. 어차피 자신이 죽기를 바라는 시누이 따위.
 "홀몸도 아니신 분이 야밤에 그리로 가심은 마땅치 않은 것 같군요."

그녀의 발길이 선유당에 닿기도 전에, 치자 향이 짙게 풍기는 돌계단에서 들린 송정의 목소리에 수영은 입술을 깨물었다. 멈춰서서 수치를 잘근잘근 씹고 있는 그녀에게서 그가 끈을 뺏어 들었다.

"무엇을 목적으로 하는 것인지는 모르겠으나 이것은 내가 갖지요."

"무엇을 목적으로 하는 것인지 알고 계시지 않습니까."

표독스럽게 목소리가 갈렸다. 그러나 송정은 도리어 손을 내밀며 조용히 말했다.

"나는 모르는 일입니다. 끝까지. 내가 아는 명백한 사실은 그대 몸에서 자라고 있는 그 아이는 우리 가문의 대를 이을 귀한 생명이란 것이지요. 계단이 미끄러우니 조심하시지요."

"정말…… 이 아이가 누구의 아이인지 모르고 이러시는……."

송정의 냉혹함에 혐오가 치밀어 오른 수영이 말을 맺기도 전에 그가 그녀의 팔을 붙잡았다. 여전히 냉정한 얼굴, 그러나 눈동자는 감히 마주할 수 없을 만큼 뜨거웠다.

"그 아이는, 나의 아이로 입적이 될 것이오. 누구도 어린 생명을 제 일신의 안위를 위해 없앨 수 없어. 나무집 안에서 더 이상 그런 일은 없어야 해. 그리고 분명 우리 가문의 피를 이어받은 아이니까, 아무 문제도 없소. 그러니 자기 죄를 아이와 함께 짊어지려 하지 말고 낳으시오. 절대로 아이에게 죄를 전가하려 하지 말란 말이오!"

수영은 그의 말에 처음으로 수긍했다. 비록 그녀 자신의 치욕이 더 컸기에 긍정할 수는 없었지만 수긍은 했다. 분명코 자신의 죄다. 그 죄를 아이에게 묻는 것은 잔인한 처사다. 그러나 아이가 송정의 자식으로 자라는 것을 수영은 볼 수 없었다. 상상만으로도 구역질이 나오는, 무서운 일이었다.

다음 날 운남댁은 모진 나무람을 당했다. 그녀가 죽은 신씨 부인을 따라 나무집으로 들어온 이후 처음 있는 일이었다. 송정은 누구에게나 가차 없었다.

"어제, 부인께서 큰일을 당하실 뻔했네. 자네가 자리를 비운 사이에 말일세. 도대체 그 나이가 되어 가지고 생각이 그리 얕아 어찌하겠나!"

운남댁의 자존심이 산산이 부서지는 사건이었다. 다시는 그런 굴욕을 겪을 수 없었던 운남댁은 설이와 번갈아 가며 수영을 감시했다. 죽음은 쉬운 일이 아니었다. 친정에선 고산댁의 납거조차 알려 주지 않았다. 철저히, 수영은 모든 진실로부터 차단되었다. 죽음을 선택할 자유를 박탈당한 그녀에게 강제적으로 생명이 주어지려 했다.

거부할 수도, 긍정할 수도 없는 생명을 품은 배를 내밀고 수영이 송정에게서 관복을 받았다. 송정 내외의 냉랭함을 감지한 최 대감의 명에 의한 지어미로서의 의무. 수영은 표정 없이 묵묵히 그에게서 관복을 받아 의걸이장에 걸었다.

장원이기에 종육품의 관직을 제수받은 송정은 사헌부에 직을 두었다. 파격이라 했다. 장원이 종육품의 관직을 제수받은 것이 파격이 아니었다. 송정이 청요직인 사헌부에 직을 두게 된 것이 파격이라 했다. 아무리 대제학의 애제자라도, 몇십 년 내에 가장 뛰어난 답안을 써낸 장원이라도, 한계가 있을 거라 추측했다. 그러나 그에 대한 임금의 총애는 뭇사람들의 추측을 뛰어넘었다. 송정의 외양을 불길하다 여기는 몇몇 대신들의 반대를 무릅쓸 만큼. 그래서 수영의 친정에서 자랑스러운 일이라며, 홍복으로 감사히 여기라는 서찰이 당도할 정도로 파격이었다. 사람들의 부러움을 한 몸에 받는 파격, 송정의 관복을 걸며 수영은 차가운 미소를 지었다. 그것은 스스로에 대한 비웃음이었다. 무엇이 자랑이며, 무엇이 홍복인가! 괴물의 지어미인 것이 저주이지 축복일 수 있는가. 그렇게 생각하며 뒤돌아 송정에게 고개를 숙였다.

"억지로 수발들 필요는 없소. 아버님께는 그대가 몸이 무거워 수발들기 힘들다고 내 말씀 올리겠으니……."

"되었습니다. 아무 의미도 없는 일인데 그러실 필요 없습니다."

"그대의 의미 없는 행함이 두렵구려."

진위를 알 수 없는 송정의 말에 수영은 손끝이 떨렸다. 또다시 자신을 향해 덫이 놓이고 있음을 감지했다. 그러나 피할 생각도, 이유도 잃어버린, 오직 독기만이 남은 그녀는 눈을 지릅떴다.

"서방님께서 두려움을 아십니까?"

송정은 아무 말 없이 문방구와 서찰을 보관하는 문갑 옆에 놓인 약장을 연다. 먹감나무로 짠 약장엔 팔십여 개의 서랍이 각기 약재의 이름을 달고 단정하게 구별되어 있었다. 그리고 아래 칸에는 따로 열쇠를 단 서랍이 달렸는데 집안사람들 중 누구도 그 서랍에는 손을 댈 수 없었다. 그것을 여는 모습에 수영은 오직 소문으로만 접했던 나무집의 또 다른 괴물 최각을 떠올렸다. 병든 부인의 약재를 손수 다루었다는 송정의 조상. 최각처럼 송정도 아버지 최 대감이 병환이 있을 때마다 직접 약재를 구해 탕약을 올리곤 했다. 그의 약재에 대한 지식은 어중간한 의원을 월등히 앞질렀다. 물론 수영의 집에서도 자주 쓰이는 약재는 각게수리* 약장에 보관하여 관리하곤 했지만 송정의 약장에 비할 바가 아니었다. 그 거대한 약장의 비밀 서랍에서 무언가를 꺼내 수영에게 내미는 송정의 손은 낫이었다. 언제 목을 베어 버릴지 모를 차가운 낫.

만다라화였다. 수영이 친정에서부터 가지고 온 모란이 수놓인 주머니에 그대로 담겨 있는, 사라진 만다라화. 수영은 눈을 질끈 감았다. 어둠 속에서 눈禍이 빛났다. 송명이 죽던 날 천지를 뒤덮었던 눈이 그녀의 눈동자 안에서 울고 있었다.

*
**

죽어야만 한다. 거의 매일 술을 마시고 늦게 귀가하는 송명을 기다리며 생각했다. 당신은 죽어야만 한다. 나무집에서 가장 먼저 사라져야 할 괴물은 바로 송명이라고. 그리고 곧 자신도, 자신의 아이도 죽어 사라질 것이라고 결심했다.

---

* 귀중품을 보관하기 위해 여닫이문 안에 여러 개의 서랍을 설치한, 일종의 금고.

새벽부터 눈이 내렸다. 쌓였다. 수영의 살의도 쌓였다. 설이로부터 송명이 귀가했다는 소식을 전해 들었다. 그는 그날도 송옥의 방에서 한참이나 머물렀다고 했다. 만다라화를 꺼냈다. 꿀물에 만다라화 가루를 타고 정성껏 저어 흔적을 없앴다. 죽음의 소용돌이가 일어났다. 수영은 죽음을 들고 명경당으로 갔다. 자신의 방으로 들어서는 수영을 송명은 질린 듯이 쳐다보았다.

"형수님, 야심한 시각에 무슨 일이십니까?"

경멸이었다. 그의 말투에서 경멸이 느껴졌다. 마음껏 경멸하라고, 경멸의 바닥까지 보이라고, 그녀는 눈으로 말했다.

"설이에게 들으니 과음을 하셨다지요? 꿀물을 타 왔으니 드시지요."

송명은 수영을 쳐다보지도 않고 단숨에 꿀물을 마시고는 소리 나게 사발을 내려놓았다.

"되었지요? 이제 나가 주시지요."

수영은 보았다. 자신의 죽은 연모를 송명이 마시는 것을, 삼키는 것을. 경멸하는, 경멸받는 연모임에도 단 한 번이라도 진심이라 듣고 싶은 마음이 그녀 깊은 곳에서 신음했다. 그러나 늦었다. 너무 늦어 버렸다. 그의 눈빛에서 놓쳐 버린 때의 뒷자리를 보았다. 진정眞情을 받지 못한다면 절망을 찔러 주리라. 그렇게 노려보았다. 수영의 눈빛에도 송명은 누그러짐이 없이 매몰차게 말했다.

"어서 나가 주십시오. 아무리 시동생의 방이라지만……."

"나갑니다."

수영은 그에게서 등을 돌렸다. 그리고 절망을 찔러 주는 것은 잊지 않았다.

"제가 수태를 했습니다. 참으로 신기한 일입니다. 형님께선 저를 한 번도 안지 않으셨는데 말입니다."

보지 않고도 알 수 있었다. 송명의 무릎이 꺾이고 몸이 쓰러졌다. 마음은 그보다 더 먼저, 깊게 쓰러졌을 것이다. 수영은 뒤돌아보지 않고 안방으로 돌아왔다. 그녀의 죽어 버린 연모와 절망이 눈길에 어둡게 찍혔다.

수영은 등불이 꺼진 방에서 달빛에 비친 만다라화를 싸 두었던 주머니를 보았다. 남아 있었다. 죽이기 위해서는 남아 있어서는 안 되는 것인데 남아 있다. 그가 꿀물과 함께 마신 만다라화의 양은 죽음에 이르기까지는 부족한 양이다. 육신의 마비는 있을지언정 절대 죽음에 이르기까지는 모자란 양이었다.

"나는…… 이다지도 약해 빠진 여인이로구나. 그깟 정이…… 연모가 무엇이관데……."

수영은 눈물도 흘리지 못했다. 눈물 대신 절망이 넘쳤다. 연민이 넘쳤다. 경멸과 무정한 그에게 연민의 발자국이 이어졌다. 송명이 짊어질 절망의 무게에 수영은 연민을 느꼈고 아픔을 느꼈다.

그러나 그 밤, 송명이 죽었다. 죽이고자 했으나 진정으로는 죽이고 싶지 않았던 연모였다. 절망을 주었으나 나누고 싶었던 것은 절망이 아닌 연모였다. 하지만 그는 죽어 버렸다. 죽음의 길목까지는 모자랐을 양은 자신의 원한과 증오가 대신 채워 그를 죽음에 이르게 했다고, 수영은 믿었다. 그리고 더 깊은 나락으로 떨어져 갔다. 나락의 가장 낮은 곳에서 수영의 모든 것이 죽어 버린 밤이었다.

※※

 죽어 버린 수영의 연모가 차가운 시체처럼 송정의 손안에 늘어져 있었다. 그런데 그 순간, 부른 배의 아래서 발길질이 느껴졌다. 수영은 퍼뜩 손을 얹었다. 마치 아이의 숨구멍을 덮어 버리려는 듯이.
 "이것이 두려움의 연유로 부족한 것이오?"
 다시, 아이가 발길질을 했다. 참으로 끈질긴 생명이었다. 끈질긴 모멸이기도 했다. 부당한 것은 아니나, 공평하지는 않다고 말하고 싶었다. 모멸은 사촌 적에게, 송명에게도 가해져야 하는 것인데 오로지 자신에게만 가해지는 것은 공평하지 않다고 외치고 싶었다. 그러나 침묵만이 수영이 할 수 있는 최선이었다. 말은 송정의 몫이었다.
 "그날 일어난 일을 알고 있소. 모든 것을 모르고자 했으나 모를 수 없는 일도 있더이다."
 "모를 수 없었던 일을 말씀해 보시지요."
 "말로…… 그 참담한 일을 뱉어 낼 수 있겠소. 다만 두려울 뿐이오. 그대가, 그대가 행했던 일이, 그대가 행할 수 있는 일들이 두렵소."
 거짓이었다. 수영은 그것을 알았다. 송정은 조금도 자신을 두려워하지 않았고, 자신이 저지른 어떤 일도 두려워하지 않는 남자다. 그럼에도 두려움을 논하고 있는 것은 실체 없는 두려움에 대한 죗값을 수영에게 치르게 하기 위해서임을 느낄 수 있었다. 송정이 씌우는 죽음의 덫이 수영에게 보였다. 하지만 피하고 싶지 않았다. 자신은 이미 오래전에 죽어 버렸다고, 지금 나무집에서 움직이는 것은 죽어 버린 자신에게 가해졌던 모든 치욕과 모멸의 사귀라고 생각했으니까. 이제 죽어야 할 것은 사귀다. 수영은 사귀의 죽음을 바랐다.

"두려움을 흉내 내실 필요 없습니다. 저는 아무것도 행하지 않을 것이니까요. 행함이 없이 그저…… 되었습니다."

송정 역시 알았다. 수영의 죽음에의 열망을. 그러나 아직은 그녀를 놓아줄 수 없다.

"그리 믿기에 일단은 모르는 것으로 하겠소. 출산이 얼마 남지 않은 것으로 알고 있소. 태교에 소홀함이 없도록 하시구려."

출산이 얼마 남지 않았다는 말이 수영에겐 죽음이 얼마 남지 않았다는 말로 바뀌어 들렸다. 기꺼운 죽음이었다. 치욕의 종말을 맞이할 수 있을 것이라 믿었다. 그러나 종말은 더디, 고통스럽게 수영의 목을 졸랐다.

송옥이 앉아 있었다. 다소곳이 두 손을 모으고 방석 위에 앉아 있는 송옥의 뒷모습에 수영은 주체할 수 없는 적개심을 느꼈다. 송옥, 그 순결하고 향기 높은 난을 짓밟아 버리고 싶었다. 그러나 수영은 속마음을 감추고 사분사분하게 물었다.

"이 늦은 시간에, 주무시지 않고 어쩐 일이십니까?"

대답을 듣지 않고 보료에 앉은 수영은 시누이의 얼굴을 보고 섬뜩했다. 적개심에 불타오르는 와중에도 섬뜩했다. 그만큼 달라졌다. 자신이 꺾어 버리고 싶은 난은 완전히 달라져 있었다. 아무것도 모르고 순진하기만 했던 난이 아니라 자신과 동등한 한 여인과 마주함에.

"올케의 말씀대로 늦은 시간에 주인도 없는 방에 들어와 있어 송구합니다. 하지만 오늘은 꼭 여쭈어 봐야 할 것이 있어 일부러 늦은 시간에 든 것이니 용서하십시오."

단호함에 빛나는 눈동자를 하고 송옥이 말했다.

"말씀하시지요."

또다시 책임을 추궁하겠지, 그렇게 생각하며 수영은 온갖 마음의 방어책을 세웠다. 그러나 송옥은 쉬이 입을 열지 않고 가만히 수영을 응시했다. 한참 동안이나 이어진 침묵의 공박을 수영은 도도한 눈빛으로 막아 내었다. 어차피 종말이 머지않았으니 송옥 따위 두렵지 않다고 스스로에게 거짓말을 했다. 이윽고 송옥이 차분한 목소리로 물었다.

"올케에게 연모는 무엇입니까?"

뜻밖의 질문이었다. 그녀의 물음은 대제학의 이기심보다, 송정의 냉혹함보다 더 깊고 강하게 수영의 혼을 흔들어 놓았다. 모르는 새 눈에 물기가 어렸다. 수영은 당황하여 입술을 깨물었다. 다른 누구도 아닌 송옥의 앞에서는 죽어도.

"다시 여쭙겠습니다. 올케께 연모는 무엇입니까?"

나무집 이야기

수영은 송명을 떠올렸다. 그녀가 떠올린 얼굴은, 욕망에 신음하던, 잔인한 말을 내뱉던, 경멸의 시선을 보였던, 혹은 죽어 염을 한 후 창백하게 굳어 있던, 그런 얼굴이 아니었다. 푸른 하늘 아래 당당히 활을 날리던, 연등 아래 다정히 안아 주었던, 연서에 어른거리듯이 떠오르던 연모의 얼굴이었다. 그 연모의 얼굴이 송옥의 뒤에서 어른거렸다. 수영은 고개를 외로 돌리며 그리움의 얼굴을, 마음을 외면했다.

"허상입니다. 죽음입니다."

"그렇다면…… 올케에게 연모가 허상이었기에, 죽음이었기에…… 아무렇지도 않게 살아가실 수 있는 것입니까?"

"아가씨께서 연모에 대해 무엇을 알기에, 나에 대해 무엇을 알기에…… 아니, 무엇을 알든 아가씨께서는 나를 비난할 자격이 없으십니다. 나를 비난할 자격은 누구에게도 없습니다."

수영은 송옥의 눈을 피하지 않는다. 자신의 그리움을 외면하지 않는다. 증오를 마주한다.

"나는 기경 오라버니의 동생입니다. 그러한데 자격이 없다고요? 올케의 연모에 대해 비난할 자격이 없다고요?"

"그러니까! 더더욱 자격이 없지요. 동생인데…… 동생이면서…… 그 사람의 마음을 가질 수가…… 이 나무집엔 괴물들만 살았던 것이지요."

송옥은 가릴 수 없이 명확했던 증오와 분노에 안개가 어른거리는 것을 보았다.

"대체 무슨 말씀입니까? 나는 올케의 연모와 죄에 대해 이야기하고 있습니다."

"그래요! 나의 연모와 죄, 더럽고 용서받을 수 없지요. 하지만 그 사람의 연모는, 죄는, 용서받을 수 있는 것입니까? 우리는 모두 용서받을 수 없는 연모를 하고, 받았던 사람들인데…… 어찌하여 나만이 모든 치욕을 감내해야 되느냔 말입니다!"

"올케의 말은 독이로군요. 기경 오라버니를 그리 만든 독……. 올케의 연모 역시 독이로군요."

송옥은 조금도 물러섬이 없는 수영에게 질린 얼굴로 중얼거렸다. 그러자 수영 역시 갑작스레 모든 기력이 쇠한 듯이 어깨를 늘어뜨리며 그늘을 제 몸에 드리웠다.

"독…… 그래요, 내게 연모는 독이지요. 내가 가질 수 없고, 가져서도 아니 되었던…… 가지면 결국 죽음에 이르는…… 그러니 분해 마시지요. 그 독에 내가 죽을 날도 얼마 남지 않았으니까."

"무슨 뜻이십니까? 죽기라도 하실 작정이십니까?"

"죽는 것이…… 뜻대로 되었다면……. 되었습니다. 아가씨께서는 절대로, 절대로 이해하지 못할 것이지요. 이해받길 원하지도 않고……."

"그래요, 이해하지 못합니다. 저는 올케의 연모를, 죄를 이해할 수 없어요. 그러니 인정해 주십시오. 그리고 기경 오라버니께 사죄하십시오."

"후후후후, 사죄? 누가, 누구에게? 나는 사죄할 것이 없소. 그러니 더 이상 날 모욕하지 말고 이만 나가 주시오. 아무리 시누이라 할지라도 더 이상은 용납할 수 없으니까. 나가시오."

서슬 퍼런 눈이었다. 송옥은 수영이 진심으로 그녀 자신이 뱉는 말을 믿고 있음을 감지했다. 무서운 여인이다, 생각했다.

"나가지요. 나가겠습니다. 이제 함께 마주하는 것조차 견딜 수가 없군요. 역겨워서, 올케의 죄와 뻔뻔함이 역겨워서 견딜 수가 없어요!"

말을 휘두르고 송옥은 일어났다. 그러나 눈물을 흘린 것은 수영이 아니라 송옥이었다. 수영은 송옥이 휘두른 말에 베이고 찢겼으나 눈물 흘리지 않았다. 그녀가 입술에 미소를 머금으며 흘린 것은 다시 쏟아져 나온 송명에 대한 그리움과 원망의 핏방울이었다. 붉음이 지나쳐 검게 변한 핏물. 수영은 울지 않고 피의 곡을 했던 것이다.

밤하늘 위로는 구름 뒤로 숨은 달빛이 번져 가고 있었다. 송옥은 무겁게 발을 끌며 망우재로 향했다. 죽은 송명을 위해 자신이 할 수 있는 일이 더 이상 존재하지 않음에 절망스러웠다. 어두운 밤길을 따라 걷는 그녀의 희미한 그림자가 나무들이 만든 그림자에 섞여 들고 있었다. 밤이 그림자에 잠겨 들고 있었다.

연서가 자취도 없이 없어져 버렸다. 갈피를 잡을 수 없는 마음을 추스르려 송명의 묘에 다녀온 사이 벌어진 일이었다. 흐드러지게 핀 홍매화가 그려진 병풍 뒤 숨겨 놓은 것을 감쪽같이 가져간 것이다. 집 안에서 송옥이 그곳에 물건을 숨기곤 한다는 것을 아는 이가 없음에 안심하고 놓아둔 것이 화근이었다.

"사귀…… 기어코 이것까지……. 참으로 치밀하고 무섭구나.

나는 어리석어서…… 너를 막지도 못하고…… 가엾다고까지 생각했어. 내가 어리석어…….”

송옥은 자신에 대한 분노를 참지 못해 커다란 병풍을 쓰러트렸다. 우당탕, 병풍이 쓰러지며 등잔불을 덮쳤고 망우재는 암흑으로 뒤덮였다. 사물이 분간되지 않는 어둠이었다. 그럼에도 송옥은 두 눈을 부릅뜨고 어둠을 응시했다. 분간되지 않는 형체와 존재 들이 뒤섞인 그곳에서 오직 자신의 숨소리만이 분간되었다.

송명의 묘 앞에서 몇 시진이나 서 있었던 터라 지칠 대로 지친 몸이었건만 분을 삭이지 못한 송옥은 어지럽혀진 방 한가운데 버티고 버텼다. 암흑의 건너편으로 송옥의 의식이 침잠하고 옅게 흩어졌다. 창으로 스미는 달빛만이 굳어 버린 송옥과 암흑을 가르고 있었다. 그때 달빛보다 창백한 형체가 방으로 들어와 암흑으로부터 송옥을 위호하듯이 우뚝 섰다. 송정이었다. 그는 잠시 동안 말없이 방 안을 둘러보고 누이를 보았다.

"누구냐?"

누이임에 분명한데도 이렇게 확인하는 그에게 송옥은 답이 없었다.

"송옥아."

송정의 부름에도 송옥은 움직임이 없었다. 눈썹 하나, 손가락 하나의 움직임이 없는 그녀의 육신은 오감의 활력을 잃어버린, 살아 있는 것이 아닌 것 같았다. 창을 넘어온 바람이 이마로 살짝 빠져나온 머리칼을 살랑, 건드리고 그녀의 하얀 모시 치마를 희롱하며 지나쳐도 그녀는 침잠에서 헤어 나오지 못했다. 송정은

나무집 이야기

마른침을 삼키며 송옥에게 다가섰다.

"송옥아, 나다. 오라비다."

오라비……라는 말에 굳어졌던 송옥의 눈동자가 서서히 움직여 그를 보았다. 보았다……고 송정은 생각했다. 그러나 여전히 그녀의 육신은 움직임이 없었다. 빛깔을 잃은 꽃이 간신히 향기로만 숨을 쉬는 모습이었다. 송정은 송옥의 여윈 두 팔을 잡아끌어 안아 주었다. 그리고 등을 쓸어 주며 그녀의 귀에 낮은 음성으로 읊조렸다.

"네 탓이 아니다. 송옥아, 어떤 것도 네 잘못이 아니야. 네가 감당하려 하지 마라. 그것은 네 몫이 아니다. 모든 과오는 내가 짊어지고…… 모두 내가 가지고 갈 것이야. 그러니 이리하지 마라. 이리 아프고 힘들지 마라. 모두 나의 허물, 나의 책임이다. 나의, 나의 꽃아. 네 잘못이 아니다. 네 잘못이 아니다. 네 잘못이……."

송정은 송옥을 안고 수십 번을 그렇게 되뇌었다. 송정의 꽃이 그의 품 안에서 따스한 향기를 내쉬며 기대었다. 그는 그 향기를 깊게 들이마시며 제 가슴에 반짝이는 빛을 담았다. 어린 시절 밀실에서 그러했듯이 여전히 빛나는 그의 꽃, 송옥을 자신의 혼을 펼쳐 안았다. 그리고 어느 순간, 송옥은 정신을 잃고 온전히 송정의 품으로 쓰러져 버렸다. 꽃이 그에게로 무너져 내렸다.

늦은 아침, 설이의 재촉으로 눈을 뜬 송옥은 어리둥절했다. 언제 자신이 잠이 들었는지, 어찌 잠이 들었는지 기억을 하지 못했다. 불현듯 지난밤 자신이 병풍을 쓰러트린 기억이 떠올랐다. 그녀는 주위를 둘러보았다. 방은 평소처럼 깨끗하게 정돈되어 있었고 자신도 잘 펴진 자리 위에 이불을 덮고 있었다. 영문을 알 수 없는 일이었다. 송옥은 끊어진 기억의 실타래를 이으려 애썼다.

"네가 방을 치웠느냐?"

혹시나 하는 마음에 설이에게 물었지만 그녀는 고개를 저으며 부인했다.

"아기씨 기침하시지도 않으셨는데 제가 감히 어떻게 방을 치우겠습니까. 당치도 않습니다. 어서 일어나셔서 소세하시지요. 큰서방님께서는 진즉에 등청하시고 대감마님께서도 기침하셨습니다."

설이의 말을 들으면서도 송옥은 소실된 지난밤의 기억에 골몰했다. 다음 날이 되어서도, 다음 달이 되어서도, 여름을 지나 가을이 되어서도 그녀는 골몰했으나 기억을 살리진 못했다. 결국 그 밤의 기억은 송정만의 것이었다. 많은 기억이 그러했듯이.

대서大暑가 지날 무렵, 폭풍이 불어닥쳤다. 거센 바람은 기왓장을 날리고 빗방울은 마루에 들이치는 것으로 부족해 창호지를 긁어 대었다. 어제 등청했던 송정은 비바람에 발이 묶여 퇴청도 하지 못했을 정도로 폭풍의 기세가 대단했다. 그런 폭풍의 날, 망우재에서 꼼짝 못하고 비바람이 지나기를 기다리던 송옥에게 설이가 뜻밖의 기별을 전했다.

"올케께서 나를 보자 하셨다고?"

나무집 이야기 335

"네, 그리 말씀하셨습니다."

대답하는 설이의 목소리에도 마뜩잖은 기운이 역력했다. 출산을 앞둔 안방마님은 처음 시집왔을 때의 아리따운 모습은 간데없고 창백하고 야위었다. 정기를 모두 빨린 사람 같은, 죽을 날만 기다리는 산송장 같은 모습을 하고 있었다. 그런 몰골을 하고서 눈동자만 스윽, 움직여 아기씨를 모셔 오라는 명을 내렸을 때는 모골이 송연할 만큼 소름이 돋았다. 그런 그녀가 있는 안방에 송옥이 들어가는 것만으로도 끔찍한 일이 벌어질 것만 같은 예감이 들었던 설이는 차라리 송옥이 명을 거부하길 바랄 정도로 마뜩잖았다.

"앞장서라."

송옥은 쓰개치마를 챙겼다. 그러나 폭풍우는 그녀의 쓰개치마를 무용지물로 만들 정도로 거셌고, 안채에 들어섰을 때 송옥은 이미 흠뻑 젖어 버렸다. 설이는 상전의 몰골에 어찌할 바를 모르다가 무명 수건을 찾아 대령했다. 대충 물기를 닦아 낸 송옥은 비가 들이치는 대청마루로 올라섰다.

"비가 들이치니 예서 기다리지 말고 부엌에라도 가 있어라."

송옥은 그렇게 말해서 설이를 안방에서 떨어진 부엌으로 보내었다. 그리고 나서야 목소리를 가다듬어 자신이 왔음을 수영에게 알렸다.

"저를 찾으셨다고요."

답을 기다렸으나 거센 바람 소리만이 안채를 휘감을 뿐이었다. 할 수 없이 방문을 열고 안방으로 들어섰을 때 송옥의 눈에 들어

온 것은 자리보전을 하고 누워 있는 수영의 창백한 낯이었다.

수영이 병석에 누운 것은 송옥과 대립한 바로 다음 날로부터 였다. 그녀의 병세는 점점 악화되어 갔고 입이 가벼운 이들은 송명의 죽음 이후로 나무집에 악귀가 떠돌고 있다고 입방정을 떨었다. 속 모르는 이들이 보기에 원인이 불분명한 수영의 병은 종잡을 수 없는 불행과 악귀의 장난질로 비치기에 충분했다. 안방에 들어온 송옥이 선 채로 우두커니 자신을 보는 것에 수영은 화들짝 놀랐다. 순간적으로 송옥이 저승사자로 보인 까닭에.

"정신이 드십니까? 저를 보자 하셨다고요?"

송옥의 말에 비로소 눈을 똑바로 뜬 수영은 억지로 몸을 일으켜 앉았다. 죽어 나자빠지는 한이 있어도 약한 모습을 보여 줄 수 없었던 그녀였다. 특히나 죄업으로 인한 병이라 통쾌해하는 눈빛 따위는 보고 싶지 않았다.

"네, 앉으시지요."

다짐과는 달리 몸은 앞으로 기울고 목소리에선 생기가 느껴지지 않았다.

"말씀하십시오."

비바람이 덜컹덜컹 안채를 뒤흔들었다. 수영은 흔들리는 방문과 창문을 바라보았다. 눈을 통해 혼이 나갈 수 있다면 수영의 혼은 벌써 사라지고 없었을, 공허한 시선이었다. 그녀는 시선을 송옥에게 돌리지 않고 말했다.

"나는…… 죽을 것입니다. 사람의 죽고 삶이 하늘에 달려 있다 하지만, 나는 그것을 거스를 작정입니다. 하늘을 거스르고 죽을 작정입니다."

 수영의 목소리엔 어떤 감정도 담겨 있지 않았다.

 "무엇 때문에 그러시는 것입니까? 연서도 손에 넣으셨으니 제겐 어떤 증좌도 남아 있지 않고…… 송정 오라버니께선 모든 것을 모른다 하실 분입니다. 그런데 왜 올케께서 죽음을 택해야 하는 것입니까? 아니, 죽음이란 것이 택한다고 택해지는 것이던가요?"

 송옥의 목소리 역시 담담했다.

 "저는 믿고 있습니다. 죽음이 주어질 것으로 믿고 있어요. 하늘이 아닌 악귀들이 내게 죽음을 줄 것을 믿고 있습니다. 그것을 아가씨께 이야기해 봤자 절대 이해하지 못하실 테지요. 여하튼 아가씨께서 가져가신 연서는…… 저는 모르는 일입니다."

 "그것조차 부인하실 작정이십니까?"

 수영은 송옥의 물음에 답하지 않고 생각에 잠겼다. 그러나 곧 정신을 수습하고 대답했다.

 "착각하지 마십시오. 말씀드렸다시피 나는 그분께 죄지은 바가 없습니다. 이제 와 그 연서를 다시 찾은들 무엇이 달라지는 것도 아닌데……."

 잠시 분기를 드러낸 수영은 곧 한 손으로 바닥을 짚으며 몸을 지탱할 수밖에 없었다. 출산을 앞둔 몸이 가로로 눕고자 하는 것을 그녀는 힘겹게 버텼다.

 "다만 하늘을 거스르기 위해 죽으시려는 거란 이야기를 하시려고 저를 부르신 것입니까?"

 가여웠다. 임부의 몸을 하고서 죽어 가는 수영이 가여웠다. 그러나 송옥은 동정을 드러낼 수 없었다. 더 가여운 것은 죽은 송명이라고 생각했으니까.

"내 죽음에는 저만의 이유가 있으니 섣불리 판단하지 마시란 겁니다. 아가씨께서 짐작하는 그런…… 양심의 가책 따위로 죽어가는 것은 아니라는 걸 꼭, 알려야 했습니다. 아가씨께선 그분만이 억울하고 불쌍하겠지만, 내게는…… 아닙니다. 여기, 받으십시오."

비쩍 마른 수영의 손이 보료 아래에서 서찰을 꺼내 송옥에게 건넸다.

"이게 무엇입니까?"

"이해를 바라는 것은 아닙니다. 용서를 바라는 것은 더더욱 아니고요. 하지만…… 경멸을 저 혼자 떠안고 죽을 수는 없습니다. 결코…… 그리는 하지 못하겠어요."

송옥은 의아한 표정으로 제 손에 쥐어진 서찰을 내려다보았다. 두툼했다. 그녀가 무어라 답을 하지 못하자 수영은 가쁜 숨을 쉬며 말을 이었다.

"아가씨의 비난, 경멸…… 그래요, 받아들이겠습니다. 받아들이고 죽습니다. 그러나 그 비난과 경멸을 나눠야 할 사람들이 있습니다. 아니, 내게 가해지는 이 고통의 근원에 있는 사람들…… 그걸 아가씨도 보아야 합니다. 보고, 그 더러움에 치를 떨고, 진정한 역겨움을 맛보셔야 합니다. 그러고 나서도 나를 비난할 수 있으면 내 시신에 침을 뱉고, 내 무덤에 오물을 퍼부으세요."

송옥은 자신이 칼날을 쥐었음을 직감했다.

나무집 이야기

"이것을 왜 제게 주시는 것입니까? 저는 올케를…… 올케를 증오합니다. 올케의 진실을 외면할 수도 있는 사람이 저인데 왜 제게……."

그때, 수영이 희미하게 미소 지었다.

"나 역시 아가씨를 증오합니다. 아니, 증오는 합당치 않은 말이지요. 어쩌면 부당할지도 몰라……. 질투라 합시다. 들끓는 질투로 견딜 수 없어서, 아가씨가 견딜 수 없이 미워서 그 청초한 마음에 상처를 주고, 더럽히고 싶습니다. 아마 그래서인지도 모르겠습니다. 나의 진실을 알면 아가씨의 맑은 세상이 무너질 수도 있으니……. 그래서 내 부모도, 형제도 아닌 아가씨에게 진실의 무기를 쥐어 주는 것인지도…… 그 무기로 베이고, 다치기를 원하는 것인지도……. 그러니 감당할 수 없을 거면 차라리 받지 마십시오."

그러나 감당하기 힘들 진실의 칼날을 송옥은 움켜잡았다. 마음에서부터 스윽, 베이는 소리가 들렸다. 놓을 수 없다.

"제가 어찌하기를 원하십니까?"

"내가 죽은 후에 읽어 보십시오. 그 후엔…… 서방님께 드리십시오."

상상치 못했던 말이었다. 놀라는 송옥에게 수영은 다시 삐뚤어진 미소를 보였다.

"고고하신 백학께선 어찌하실지 두고 봐야겠습니다. 저승에서 말이지요. 그때도 모른다 하시며 덮으실지…… 귀애하는 누이까지 알아 버린 진실을 말이지요. 그러니 꼭 서방님께 드리십시오."

"오상 오라버니께 제가 기경 오라버님의…… 일로 짐을 지워 드릴 거라 생각하시는 겁니까?"

"정말 아가씨는 아무것도 모르는군요. 서방님께서 모르는 일이 하나라도 있는 줄 아십니까? 모르겠다고 작정을 하셨을 뿐, 진실로 모르는 것은 하나도 없는, 아가씨와는 반대이신, 무서운 분입니다. 모든 걸 안다고 생각하지만 아무것도 모르는 아가씨와는 전혀 다른 분이란 말입니다."

이제 송옥의 눈동자가 흔들렸다.

"그럼…… 오라버니께서…… 모든 걸 알면서도 덮으셨단 말씀이신가요?"

"그래요. 아가씨가 모르는 사실까지도 알고, 알면서도 완전히. 하아…… 아가씨와 왈가왈부할 기운이 남아 있지 않습니다. 나는 아가씨를…… 믿습니다. 미워하지만 믿어요. 아가씨는 아는 것을 모른다 하고 덮는 사람은 아니니까. 그래서 한 가지만 더 부탁하지요."

"무엇입니까?"

"내가 죽어 염습을 할 때가 오면 저기, 상자에 담긴 가락지를 끼워 주십시오."

수영은 팔을 들어 장롱 위에 놓인 나전이 된 사각의 상자를 가리켰다. 그리고 간신히 그것을 가리켰던 팔이 툭, 이불 위로 떨어졌다.

"제가 정말 올케의 청을 모두 들어줄 것이라 생각하십니까?"

"믿는다 하지 않았습니까. 아가씨는 내게 칼을 들이댄 사람 중

나무집 이야기

에 유일하게 등 뒤가 아닌 앞에서, 그것도 내리치겠다고 예고까지 하고 공격한…… 순진한 사람이니까."

"……."

"미운 사람이지만 한 가지 경고를 드리지요."

"말씀……하세요."

"서방님을, 그분을 믿지 마십시오. 말씀드렸다시피 서방님은 모르는 것이 없으나 아무것도 모르는 얼굴을 가장할 수 있는 사람입니다. 내가 아는 어떤 사람도 그런 완벽한 가면을 쓴 사람이 없었습니다. 절대로……."

수영은 더 이상 말을 잇지 못하고 옆으로 쓰러졌다. 진통이 시작된 것이다. 송옥은 서찰을 쥔 채 벌떡 일어나 안방 문을 열었다. 세찬 바람이 그녀의 얼굴을 때리고 안방으로 밀려들어 왔다. 태초부터 존재했던 고통이 밀려왔다.

고통은 수영의 온몸을 샅샅이 훑고 지나갔다. 아니, 찢어 놓았다. 그녀 생에 더한 고통은 없을 것이라 믿었지만 출산의 고통은 정신의 고통을 능가했다. 목숨만 겨우 연명할 정도의 곡기로 버텼던 그녀는 이미 죽은 사람이나 마찬가지였다. 약해질 대로 약해진 수영의 몸이 자기 생의 마지막 치욕을 뱉어 낼 때 송옥은 망우재에서 웅크리고 귀를 막고 있었다.

폭풍 속에서 수영의 비명이 송옥을 향해 덮쳐 왔다. 나무집을 울리는 고통의 비명에 나무들이 떨고 풀이 떨었다. 송옥도 떨었다. 설이는 운남댁 곁에서 수영의 출산을 돕느라 송옥의 곁에는 아무도 없었다. 귀신의 울음소리 같은 바람이 망우재를 휘감고 지났다. 송옥은 입술을 깨물었다. 오라버니, 오라버니, 오라버니……. 계속 불렀다. 다시 날카로운 비명이 담을 넘어 어둠을 갈라놓았다.

"오라버니……."

입 밖으로 그를 부르는 말이 샜다. 송옥은 눈을 질끈 감았다. 쿠르릉, 천둥이 바람과 함께 나무집을 뒤흔들었다. 비명과 함께…… 아기의 울음소리가 숨차게 들려왔다. 눈을 떴다. 아직 어두웠다. 어두운 가운데 쉼 없이 아기 울음소리가 울렸다. 까닭을 알 수 없는 두려움이 번지고 있음에 송옥은 가슴께를 움켜잡았다. 불안했다. 불안하고 숨이 막혔다. 아기 울음소리가 천둥보다 크게 그녀를 집어삼킬 것 같았다.

"오라버니……."

입 밖으로 그를 부르는 마음이 샜다. 그러자 송정이 그녀 앞에 나타났다. 꿈인가 싶어 눈을 비벼 보았지만 역시 그였다. 동시에 점점 아기 울음이 멀어졌다. 그는 어둠과 울음을 밀어내고 송옥에게 다가와 그녀를 안아 주었다.

"괜찮다. 아무 일도 없을 것이다. 괜찮아. 무서워하지 마라."

"아기…… 아기 울음소리입니다."

"안다. 아기 울음소리가 맞다. 그러나 저 아기는 너를 해치지 못하는 아기다. 저 아기는…… 보통의 아기다. 그러니 괜찮다. 괜찮아."

송옥은 눈을 감았다. 이제는 아무 소리도 들리지 않았다. 무음

無音의 세계에서 온전히 그의 존재가 떠올라 그녀를 감쌌다. 송옥이 간신히 평온을 찾아갈 때 밖에서 설이의 다급한 목소리가 들렸다.

"서방님, 마님께서, 마님께서 위독하십니다!"

송옥의 어깨가 다시 떨렸다. 그러자 송정이 두 손으로 그녀의 귀를 막고 설이에게 말했다.

"알았다. 내 곧 건너갈 테니 안방을 비워 놓아라."

그리고 송옥의 손을 잡으며 낮은 목소리로 말했다. 그녀의 눈동자를 똑바로 바라보면서.

"어떤 일이 있어도 모두 나의 책임이다. 너의 책임이라고는 먼지만큼도 없어. 무엇도 너를 해칠 수 없으니 두려워하지 말고 여기, 있어라."

송옥은 다시 그의 눈동자에서 숲을 보았다. 그늘이 넓지만 햇빛으로 충만하다. 바람이 불고 숲이 흔들렸다. 숲이 그녀를 안아 넓은 그늘 속에 품었다. 송정은 송옥을 제 그늘 안에 들이고서야 향유재로 발걸음을 옮겼다.

출산을 도왔던 운남댁과 설이가 송정의 명으로 안방을 비운 사이였다. 수영은 아직 이름을 갖지 못한 아기를 물끄러미 바라보았다. 아들이라고 했다. 송정의 자식으로 자랄 아들이라고 했다. 강보에 싸인 아기의 얼굴은 평화롭게만 보였다. 눈도 뜨지 못하고 발그레하고 주름이 가득 자리한, 노인과 같은 얼굴. 그러나 사랑스러운 얼굴. 뉘라서 감히 저 아이에게 치욕의 이름을 내릴 수 있을 것인가.

고통이 지나간 그녀의 온몸은 그저 빈껍데기. 의식만이 그 몸과 아기 사이에 누워 있을 뿐이었다. 시간은 수영의 몸 밖에서 흘러갔다. 등불의 흔들림이 수백, 수천의 빛 무더기가 되어 느리고 느리게 흩어지고 쏟아졌다. 문이 열리며 그가 들어왔다. 수영의 의식은 그를 단번에 알아보았다.

"왜, 이제야, 왜…… 이리 늦게 오셨답니까. 제가 얼마나 기다렸는지…… 무심하고…… 무심한, 냉정한 분……."

힘겹게 말을 잇는 수영의 눈에 눈물이 차올랐다. 송명의 모습이 눈물에 번졌다. 생의 마지막 힘을 다하여 간절한 손을 내미는 수영에게 송명이 미소 지어 주었다. 그리고 앙상한 그녀의 손을 커다란 두 손으로 감싸 주었다. 비로소 수영의 입가에도 미소가 감돌았다.

"안 오시는 줄…… 알았습니다. 저를…… 미워하시고…… 원망하셔서…… 안 오시는 줄…… 이제 저를 떠나지 마십시오. 저를 버리지……."

"미안하오. 그대에게 미안하오. 이제 그대를 떠나지 않으리다."

"아니어요. 당신…… 마음에…… 제가 있음을 알았으니 이제 괜찮습니다. 우리…… 아기 어여쁘지요?"

"그래. 어여쁘구려. 그대만큼, 어여쁘구려."

"불쌍한 우리 아기…… 우리 죄 때문에…… 연모 때문에…… 진짜 아비도 모르고…… 어미도 없이…… 불쌍하고 어여쁜 우리 아기……."

이렇게 말하며 수영은 서서히 잠 속으로, 죽음 속으로 빠져들고 있었다.

"잘 자랄 것이오. 걱정 마시오. 누구보다 사랑받으면서, 빛 속에서 자라게 할 것이오."

그의 말에 수영은 편안한 표정을 지으며 깊이, 더 깊이 가라앉았다.

산길을 밝히고 있는 연등이 미풍에 살랑 흔들린다. 자박자박 그녀의 뒤를 따르는 발소리. 그분이로구나! 기쁨의 불꽃이 수영의 가슴에서 타올랐다. 돌아보고 싶은 마음을 누르고 눈을 감는다. 달빛이 내려앉은 산길을 걷는 수영과 그의 발소리가 한 사람의 것처럼 같아졌을 때 그녀의 어깨를 감싸는 따스하고 강한 팔을 느낄 수 있었다. 그였다. 수영은 눈을 뜨지 않고 어깨와 귓가를 스치는 그의 숨결을 받아 마셨다. 그녀가 몸을 돌리고 눈을 떠 본 송명은 그들이 처음 만났을 때와 똑같았다. 하늘보다 푸른 사람. 그녀의 마음을 설레게 했던 푸름. 수영의 손이 그의 얼굴선을 따라 움직인다. 그 손길을 웃으며 받아들이던 송명이 그녀의 손을 살포시 잡고 말없이 은지환을 꺼내 끼워 준다. 초파일 연등회 날 그러했듯이 수영의 입술에 부드럽게 입맞춤을 해 주었다. 그녀가 송명의 입술을 받아들이자 연등의 불빛은 빛의 나비가 되어 그들 주위를 환하게 밝혀 주었다. 수영의 혼도 타올랐다. 숨이 타올랐다.

수영의 숨이 고요히 이승을 떠나는 것을 마지막까지 지켜본 송정이 그녀의 눈을 감겨 주었다. 그녀가 송명이라 믿고 진심을 쏟아 놓았던 그 자리에 송정이 앉아 있었다. 그는 수영의 눈을 감겨 주고 나서야 자신의 손안에 쥐어진 그녀의 손을 살며시 내려놓았다. 수영이 괴물이라 불렀던 남자의 표정엔 어떤 냉혹함도 느껴지지 않았다. 그저 숨을 거둔 여인에 대한 애처로움과 동정심만이 그 눈동자에 넘치도록 흐를 뿐이었다.

"미안하오. 내 소중한 사람을 지키기 위해 우리 형제가 그대에게 저지른 일들, 그 용서받을 수 없는 일들…… 저승에서 갚으리다. 부디 평안히 가시오."

처음으로 지아비로서 다정한 말을 건넸다. 그리고 그것이 마지막이었다.

향년 스무 살, 수영이 숨을 거두었다. 수영의 부음을 들은 송옥은 전신을 조여 매던 끈이 툭, 풀어져 버리는 것 같았다. 동시에 수영의 청이 떠올랐다. 염습을 하기 전, 송옥은 안방으로 가 상자를 내려 염습을 행하는 이들에게 건넸다. 그리고 병풍 뒤에 자리한 수영에게 말하듯 당부했다.

"안에 든 것으로 치장해 드리게. 망자가 원했던 일이니."

차마 수영의 시신을 볼 수 없었던 송옥은 그렇게 상자를 건네고 안방을 나와 버렸다. 염습을 하는 이들이 상자 안에서 본 것은 푸른 보옥이 박힌 은지환이었다. 그들은 수영의 시신을 향탕수로 씻기고 그녀의 친정어미가 보내 준 옷을 입혔다. 티 없이 하얀 버선도 신겼다. 흐트러진 머리는 빗어 쪽을 찌고 마지막으로 은지환을 그녀의 손가락에 끼워 주었다. 그러나 출산으로 인해 부은 수영의 손가락은 은지환을 받아들이지 않았다. 은지환은 결국 실에 꿰여 수영의 목에 걸렸다. 그렇게 숨을 거둘 때 희미하게 미소를 지은 모습 그대로 수영의 시신은 은지환과 함께 입관되었다.

송옥의 손에 서찰이 남았다. 서찰은 두 개였다. 두 개의 창檜이었다. 겨눔이 다른 창이었으나 치명적이라는 결과에선 다름이 없는 독의 창. 송옥이 먼저 읽은 것은 대제학을 향해 겨눈 창이었다. 수영은 고한다는 말로 문장을 열고 있었다.

고합니다. 저는 현 좌승지 김안정 대감의 여식이며 백부님 되시는 분은 전 대제학이신 입암 김안손 대감이십니다. 그리고 저는 죽음을 목전에 두고 있습니다. 이렇게 죽음을 앞둔 아녀자가 무거운 붓을 들어 고하는 글을 올리는 것은 눈을 감기 전에 제 혼에 새겨진 한을 조금이라도 풀고자 하기 위해서입니다. 그것이 설사 가문에 위해를 가하는 일이 된다 할지라도 이리하지 않으면 원귀가 되어 모두에게 패악을 끼칠 것임이 분명하기에 붓을 들게 되었습니다.

그렇다 할지라도 쉽지 않은 고백입니다. 진실을 알게 되실 아버님과 어머님을 생각하면 가슴이 뭉개지는 것 같기 때문입니다. 그러나 자식은 죽는 순간까지 불효한지라 자신의 마음을 먼저 살피니 그저 사죄의 말씀을 먼저 올릴 뿐입니다. 그러나 저를 불효녀로 만든 장본인은 바로 저의 백부이신 입암 대감과 사촌 오라비인 적입니다. 이제 와 무엇을 감추고 그럴듯한 말로 가리겠습니까.

작년 봄, 저는 사촌 적에게 겁탈을 당했습니다. 백부님의 칠순 잔칫날, 탁영정에서 있었던 일입니다. 그는 자신의 아버지 칠순 잔치를 돕던 저를 탁영정으로 유인하여 철저히 유린하고 겁간하였습니다. 그리고 비겁하게 도망하였습니다. 그날의 참담함과 치욕을 어찌 말로 다 풀어 놓겠습니까. 그저 죽고만 싶었습니다. 아녀자가 정절을 지키지 못하였음에 자결을 하는 것이 마땅한 일입니다. 만일 그것을 백부님께서 명하셨다면 저는 진실로 그리했을 것입니다. 사촌적에게 마땅한 벌이 내려졌다면 말입니다. 그러나 백부님께서는 당신의 아들만큼이나 비겁한 분이셨습니다. 누구에게도 그 사실을 함구하란 명이 내려졌습니다. 제 부모님께도 말이지요. 그리고 원망하시더군요. 저를 말입니다.

저의 행동거지가 음란하여 아들을 꾀었다고 생각하셨던 그분께서는 도리어 겁탈당한 저를 원망하셨습니다. 또 덩신의 아들에겐 조금의 벌도 내리지 않고 모든 일을 덮어 버리셨습니다. 게다가 저의 혼례를 주선하시어 서둘러 제 입을 막아 버리고자 하셨지요. 그리하여 저는 지금의 서방님과 혼인하게 된 것입니다. 그날, 저의 정절이 짓밟히고 가문을 위해 저의 혼이 희생당한 날, 저는 죽어 마땅했을지도 모르겠습니다. 그러나 살아야 했습니다. 살아서 백부님과 적의 패악을 제 몸으로 증명하고 싶었습니다. 하지만 살아서는 불가능한 일이라는 것을 깨달았습니다. 이제 제가 죽음에 이르니 알겠습니다. 저의 치욕은 오직 죽음으로만 씻길 수 있는 것임을.

고하노니 부디 이 치욕을 마땅히 받아야 할 자들에게 내려 주십시오. 죽어서라도 편히 눈을 감을 수 있도록 간곡히 엎드려 비오니 벌을 받아야 할 자들에게 벌을, 치욕의 벌을 번개처럼 내리치시길.

수영은 세상에 고하고 있었다. 그녀의 고함에 송옥은 소름이 돋았다. 한 번도 상상할 수 없었던, 존재하는지 몰랐던 더러움의 세상이 수영의 서찰 안에 있었기에.

자신에겐 그저 인자하기만 했던 대제학의 얼굴이 떠올랐다. 그에게 송명의 억울함을 풀어 달라 하소연했던 자신의 어리석음에 소름이 돋았다. 절대로 사람의 한에 마음을 기울일 리 없는 사람에게 한을 풀어 달라 했으니……. 이제 송옥은 누가 희생자인지 가늠이 되지 않았다. 가늠이 되지 않는, 소용돌이치는 마음을 안고 두 번째 서찰을 읽을 수밖에 없었다. 멈추기엔 너무 늦었다. 두 번째 서찰은…… 연서戀書였다.

이제 조금만 기다리면 그대를 만날 수 있겠지요. 저승으로 가는 길은 이리 더디고 힘겨운지. 그대에게 가는 길과 저승길이 다르지 않음이 한 가지 위로인 요즘입니다. 그대는 모르실 것입니다. 모르신 채로 돌아가셨으니 아실 리가 없지요. 제가 그대를 얼마나 연모했는지. 물론 증오했지요. 죽이고 싶을 만큼, 어쩌면 내가 죽였을지도 모를 만큼 그대를 미워하고 증오했지요. 그리고 연모했습니다. 증오와 연모가 똑같은 크기로 가슴에서 불타오르던 밤들이 이 나무집에서 저를 도려내고 찢어 놓았습니다.

처음에는 그저 백부님과 가문에 대한 복수심이었습니다. 그대와 연을 맺게 된 것 말입니다. 그대도 알고 있었고, 그대 역시 형님에 대한 증오심에 저를 안았다는 것도. 안다는 것은 그리도 잔인한 갈증과 같아서 모든 것이 파탄이 날 때까지, 아니, 그 너머까지 그대를 연모하게 되어 버린 것입니다. 그리하여 그대의 형수가 되어서라도, 어떤 이름으로 불리더라도, 그대 곁에 있고 싶었습니다. 오직 그대 곁에 있기 위해서. 그러나 그대는 저를 연모하지 않으신다 하셨지요. 맞습니다. 그날 그대의 눈에서 발견한 것은 혐오였습니다. 그대는 저를 혐오하고 있었습니다. 그리고 그때 제 마음에서 증오가 연모보다 크게 불타올랐습니다. 연모를 삼켜 버린 것이지요. 그래서 그대를 죽였습니다. 죽였다고 믿고 있습니다. 나의 독으로 말입니다.

   모자란다고 생각했으나 모자라지 않았던 것이겠지요. 어쩌면 독이 모자란 자리를 독보다 더 지독한 증오와 연모가 채워서 그대를 죽였던 것이겠지요. 그래요, 분명 그럴 것입니다. 내가 내 아이의 아비를 죽인 것입니다. 그러니 저는 죽어 마땅한 여인입니다. 내 아이의 아비를 죽인, 아이의 원수이자 치욕인 어미이니 죽어 마땅하고 벌을 받아 마땅합니다. 그러나 모든 것은 그대를 향한 저의 미칠 것 같은 연모로 비롯된 일입니다. 용서를 구하지는 않겠습니다. 용서는 이런 하찮은 문장으로 구하는 것이 아니지요. 저의 사죄는 저의 목숨으로 바칠 것입니다.

   이제 붓을 들 힘도 부족하군요. 마음에는 그대에 대한 연모와 죄책감으로 가득한데 그것을 문장으로 풀어내기엔 턱없이 부족한 저의 힘이 한스럽기만 합니다. 한스러운 여인이 그대에게 갈 때 부디 밀어내지 마시길, 부디 가엾게 여겨 주시길 간절히 바랄 뿐입니다. 나의 그대여, 나의 증오여, 나의 연모여, 나의 죽음이여, 이제 오소서.

무너졌다. 모든 기준이 무너지고, 모든 명확함이 무너졌다. 뒤엉키고 흔들렸다. 송옥의 세상이 흔들렸다. 그러함에도 송옥은 수영이 가여웠다. 송명을 연모했으나 그를 죽일 수밖에 없었던, 송명의 아이를 가졌으나 송정의 아이로 낳을 수밖에 없었던, 송명의 정인이고자 했으나 송정의 아내로 죽을 수밖에 없었던 수영이 가여웠다. 눈물이 멈추지 않았다. 그것은 송옥이 증오하는 이를 위해 처음으로 흘린 눈물이었다.

연서가 담을 허문 것이 아니다. 연서에 담긴 진심이 밀어낼 수 없이 깊이 사람의 마음으로 흘러드는 것이다. 그리하여 눈물로 넘치고야 마는 진심은 송옥의 손에 쥐어진 연서만이 아니었다. 오래전 갇힌 소년의, 갇힐 수 없었던 마음에서도 연서는 슬프게 울렸다.

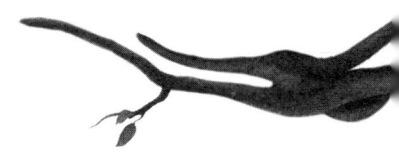

운명의 연유

 연서는 최각의 서책과 몸을 나란히 하고 있었다. 마음과 육신을 살릴 수도, 죽일 수도 있는 무기. 그 앞에 소년, 송정이 앉아 있다. 닫힌 밀실의 틈새로 차가운 바람이 새어 들어와 등불을 밀고 당겼다. 살을 에고 뼈를 저미는 얼어붙은 겨울의 밀실이다. 밀실의 밖, 나무집 위로 눈발이 흩어지고 있었다. 흩어지는 눈발보다 하얀 송정의 손가락이 연서를 집어 들었다. 그것은 최각의 연서이자 유서였다. 밀실 안의 밀실에서 송정에 의해 발견된 비밀. 송정은 두툼한 연서를 펼쳐 읽기 시작했다.

 동백이 피었소. 매화가 피었소. 목련이 피었소. 모란과 작약도 피었소. 백일홍과 배꽃도 피었소. 그대가 좋아하던 치자도 피었소. 그대가 떠난 겨울부터 꽃들은 피어나고 지더이다. 아니, 피어나고 졌다고 하더이다. 나는 그대가 떠난 후로 꽃들을 차마 보지 못했소. 그저 꽃이 피고, 지고, 향을 퍼트린다는 것을 바람으로부터 들었을 뿐이오.

꽃들에 혼백이 있다면 그대와 조우하게 해 주련만. 그리하여 그 아리따운 미소 한 번, 더 볼 수 있다면 내 무슨 짓이든 할 터인데. 아니, 그대가 내겐 꽃의 혼백이었소. 꽃의 혼백을 가진 아름다운 나의 향기여, 나의 백아, 나의 여인이여.

무슨 짓이든 해 버린 것이 나의 죄요, 나의 업보요. 그대의 병을 낫게 하기 위해 무슨 짓이든 해 버려서 오히려 그대를 해한 것. 매일 매일 단검으로 살을 도려내고 가슴을 찌르는 고통이오. 연모의 이름으로 그대를 해한 그 진실로 인해서 내 마음은 언제나 지옥이라오. 내가 저지른 처참한 짓을 어찌 사죄해야 할는지. 이따위 문장으로는 설명될 수가 없는 나의 고통이며 죄스러움을 그대가 알 수 있을는지. 아니, 그대는 알고 있었소. 분명 알고 있었어.

그대의 병을 고치기 위해 무던히도 애썼던 나. 온갖 약재와 약초를 구하고, 애꿎은 짐승들에게 먹이고 시험하고, 그것들의 배를 갈랐던 나. 무엇보다 조바심과 자만으로 그대에게 나의 약을 먹인 나를 진정 죽이고 싶소. 밤하늘보다 더 검고 윤기 흐르던 그대의 머리칼이 하얗게 변했을 때 멈췄어야만 했소. 그러나 나는 멈추지 않았지. 그대의 병이 나아 가는 중이라고, 나의 약이 그대를 낫게 하고 있다고 어리석은 믿음을 가졌던 것이오. 미쳐 버린 나의 연모가 내 눈을 가렸던 것이오. 마침내는 그대 아름다운 눈동자의 빛과 목소리마저 내가, 내 연모가 앗아 가 버렸소. 내가 그대를 죽게 만든 것이지. 다른 누구도 아닌 내가 말이오.

연모의 이름으로 내가 한 짓, 그대 머리칼과 눈동자와 목소리를, 결국에는 목숨을 빼앗았는데도 그대는 나를 사모한다고 했소. 용서한다고 했소. 마지막으로 그대의 머리칼을 빗겨 주던 날, 아직 피어나지 않은 꽃들을 그리워하며 내 품에 안긴 그대. 나는 눈물을 참을 수 없어서 소리 없이 울고 있었소. 그런데 그대가 손을 들어 허공에 써 준 글자. 애愛 그리고 사赦*. 그렇게 알았소. 그대가 모든 것을 알고 있었음을. 그럼에도 나를 용서해 준 것을. 오직 사모하기 때문에, 연모하기 때문에, 모든 것이기 때문에. 그리고 그대는 나의 품에서, 나를 떠났소. 나를 용서하여 주고 말이오.

　그리움이 통곡처럼 일어나오. 그대라는 존재에 대한 갈애渴愛에 숨이 막히오. 아니오, 나는 이미 죽은 것이오. 이미 죽은 나이지만 그대와 만날 수는 없기에, 저승으로 가고자 하오. 그대를 만나기 위해, 그대를 만나 다시 사랑하고, 사랑하고, 또 사랑하기 위해서. 부디 이런 나의 염원을 물리치지 말아 주기를 천지신명께, 우리의 연모에 엎드려 빌고 있소. 저승으로 가는 수천수만 리 길을 그대 향기를 등불 삼아 날아가려니 나를 보거든 그대 부디 내 품에 안겨 주시구려. 다시, 기쁘게, 영원토록.

　최각은 자결했다. 연모에서 연유한 그의 죽음은 조선 사대부에게는 허용되지 않는 것이었기에 감춰지고 은폐되었다. 마치 송정처럼. 낡은 상자 안에는 최각이 동물과 식물에 행했던 모든 일

---

* 용서하다.

들이 직접 그린 그림과 함께 자세히 기록된 일지가 의서들과 함께 들어 있었다. 그것들을 앞에 두고 송정은 생각에 빠져들었다. 어차피 학문은 그에게 허용된 것이 아니었다. 게다가 연서의 내용으로 보아 이것은 사람을 죽음에 이르게 할 수도 있는 지식이었다. 생각했다. 또 생각했다. 자신을 가둔 아버지와 어머니의 얼굴이 떠올랐다. 자신을 경멸하는 송명의 얼굴도 떠올랐다. 손을 뻗었다. 그런데 송옥의 얼굴이 피었다. 멈칫 손을 접었다.

"이것으로 절대, 너를 해치는 일은 없을 테니까……. 너를 구하고, 너를 지킬 것이니까."

접었던 손을 펼쳐 일지와 의서를 집어 들었다. 생명의 맺고 끊음을 좌우할 수 있는 배움이 그의 앞에 펼쳐졌다. 송정은 모두 받아들였다. 모조리, 남김없이, 글자로 된 모든 지식을 제 것으로 만들고 열망했다. 더, 더, 더! 처음 글을 배울 때와 마찬가지의 일들이 송정의 마음속에서 일어났다. 최각이 죽이고 갈랐던 동물들의 생명이 송정의 마음에서 깨어나고, 살고, 신음하고, 죽었다. 최각이 구해 왔던 약초들이 송정의 마음에서 향을 뿜어내고, 혹은 독을 뿜어냈다. 약재들은 이것과 섞이고, 저것과 섞여 새로운 효능을 만들어 내고 그 비밀을 송정에게 속삭여 주었다. 송옥을 통한 학문과는 다른, 비밀의 학문이 그의 안에서 날마다 세력을 키워 갔다.

아쉬운 것은 그의 손으로 직접 만질 수 없다는 것 하나였다. 그러나 이미 송정의 의학에 대한 지식은 여느 의원보다 훨씬 앞서 있었다. 그 지식을 통해 그는 상상 속에서 아버지를 병들게 했다. 어머니를 병들게 했다. 송명을 병들게 했다. 그들을 병들게 도 하고 살리기도 하면서 사랑을 쟁취해 내었다. 스스로를 밀실에서 구해 내었다. 그러나 송옥은 상상에서라도 아프게 하지 않았다. 감히 누가 꽃을 아프게 할 것인가. 송정은 의술 또한 힘이라고 인식하기 시작했다. 일지를 통해 최각이 자신의 금지된 지식으로 임금의 어머니, 대비를 구한 사실을 알았기에.

***

그것은 우연한, 그러나 결정적인 일이었다. 최각과 나무집, 송정에게는. 대비가 병이 든 것은 최각의 부인이 세상을 떠난 후였다. 그때 최각은 실험에 실험을 되풀이하며 자신의 실수를 찾아내고 있었다. 그리고 그의 벗 하나가 찾아왔다. 그는 최각이 의술에 조예가 깊다는 것을 아는 유일한 지인이었다. 그 벗의 누이가 바로 임금의 후궁이었다. 그녀 역시 잔병이 많아 늘 약을 곁에 두고 지냈는데 최각이 무심코 한 조언에 따랐더니 훨씬 몸이 가뿐해져서 감사의 서찰과 함께 작은 선물을 보내왔을 정도였다. 그것이 계기가 되어 주었다.

임금에게 최각의 신통한 의술을 자랑한 것이 바로 그녀였던 것이다. 만고의 효자였던 임금은 최각을 궁으로 불러들였고 어의의 반대에도 대비의 병세를 그에게 알려 주었다. 그것은 대비에게도, 나무집에도, 송정에게도 천운이었다. 대비의 병은 죽은 최각 부인의 병과 유사했다. 유사했으나 병세는 덜하고 그가 연구한 약재로도 쉬이 고칠 수 있는 것이었다. 그는 쓰디쓴 심정으로 대비의 병을 호전시킬 탕약을 조제해 주었다. 사랑하는 사람을 구하지 못한 지식으로 다른 이의 생명을 구하게 되는 것이, 그 다른 이가 지체 높은 대비라 할지라도 그에겐 기꺼운 일이 될 수 없었기에.

재물이 내려졌다. 벼슬도 내려졌다. 그러나 최각은 기꺼운 기색을 보이지 않았다. 임금 앞에서도 거짓의 가면을 쓰지 않았던 그였다.

"그대가 참으로 원하는 것이 무엇이냐?"

최각의 기색을 알아차린 임금은 성냄도 없이 이렇게 물었다. 그의 벗도, 벗의 누이 후궁도 모두 안절부절못했으나 최각만은 덤덤하게 대답했다.

"신은 이미 바라는 것이 없는 사람입니다. 바란다는 것은 바라는 무언가를 줄 수 있는 자에게나 가능한 일이지요. 전하의 성은으로도 죽은 이를 살릴 수는 없는 것이므로 제가 바라는 것은 이룰 수 없는 것입니다."

무례하게까지 느껴지는 그의 대답에 벗과 그 누이의 얼굴이 붉어졌다. 하지만 임금은 그저 고개를 끄덕이며 그를 응시할 뿐이었다.

"참으로 옳도다. 내 이미 그대가 부인과 사별하고 크게 상심하고 있음을 전해 들었다. 지극한 정이다. 그래도 과인의 어머니를 치료한 그대를 그냥 보낼 수는 없는 일이 아니겠는가. 부디 원하는 바를 말하여 과인의 체면을 세워 주게나."

"미욱한 소신께 너그러운 성심을 베풀어 주셔서 참으로 몸 둘 바를 모르겠나이다. 전하께서 그리 말씀하시니 소신, 소원을 말씀 올리겠습니다."

"말하라."

"소신의 집을 나무집이라 부르는 것을 아실 줄로 압니다."

"그래, 알고 있느니."

"백아, 그 사람이 생전에 좋아하던 온갖 꽃나무들로 가득한 집입니다. 그 집을 보존하게 해 주십시오."

"무슨 뜻인가? 누가 나무집을 해하려 하기라도 하는 것인가?"

"지금은 그렇지 않으나 수십 년, 수백 년이 흘러 가세가 기울면 소신의 후손들이 나무집을 팔 수도 있지 않겠습니까. 또는 나무집의 나무들을 베어 버릴 수도 있지 않겠습니까. 저는 그런 상상만 하여도 마음이 무너집니다. 하오니 어명으로 그것을 금해 주십시오."

임금은 망설임 없이 허했다.

"알았다. 어명으로 최각의 후손들 중 누구도 나무집 안의 나무를 베어서는 아니 될 것이며, 나무집을 팔아서도 아니 된다는 것을 보장하겠노라. 그러나 곤궁하면 임금의 명도 힘을 발휘하지 못하는 법. 앞으로 대대로 그대의 후손들에게 일 년에 한 번 궁에서 재물을 내릴 것이다. 이것은 과인의 약속임과 동시에 과인의 후손과 그대 후손 들의 약속이니라. 만일 과인의 후손이든 그대의 후손이든 이를 어긴다면 불충과 불효의 죄를 동시에 물어 마땅할 것이다."

나무집 이야기

"그리고 또 하나······."

최각이 머뭇거렸다.

"무엇이냐? 말해 보아라."

"용서입니다."

"그게······ 무슨 뜻인고?"

임금은 의아해했다. 또 무슨 엉뚱한 소리를 할까 겁이 난 벗과 후궁이 전전긍긍했지만 최각은 담담하게 말을 이었다.

"저는 큰 죄를 지었으나 가당찮게도 용서를 받은 사람입니다. 그 용서가 없었더라면 제가 대비마마를 치료하는 일은 결코 없었을 것입니다."

"그래서?"

"저의 자손 중에 어떤 자가 무슨 죄를 저지를지 알 수 없사오나 제가 받은 용서의 자애로움을 입어 저를, 아니, 제 안사람을 기억하기를 바라는 마음입니다."

"아마······ 자네를 용서한 것이 죽은 자네 안사람인가 보군. 자네의 죄가 무엇이든 이미 용서받았으니 물어본들······. 한데 그것이 자네의 소원과 무슨 연관이 있는가?"

"말 그대로입니다. 저의 자손 중 단 한 사람, 그 한 사람의 죄가 무엇이든 미리 용서를 청하는 바입니다."

임금은 생각에 잠겼다.

"임금의 은혜가 공평하듯이 벌도 공평해야 한다고 생각하네. 그러나 자네에게 소원을 말하라 한 사람이 바로 과인이었으니······. 이리함세. 살인과 반역은 제외일세. 자네 안사람을 기억하기 위함이니 부녀자를 농락한 죄 역시 제외일세. 그 외에는 과인의 후손이 죄의 경중을 따져 사면함을 약속하겠네. 단 한 사람, 자네 자손 중 단 한 사람일세."

"성은이 망극하옵니다."

**

그리하여 백여 년이 지나는 동안에도 나무집은 굳건히 지켜지고 보살펴졌다. 최각의 밀실과 물건들이 그대로 또 다른 백아에게 전해질 만큼. 또한 백아가 세상에 나왔을 때 그의 존재 자체, 그의 부모가 백아를 숨긴 것이 용서된 것도 그 약속의 공이 컸다. 송정은 그것을 운명이라 생각하고 믿었다. 자신이 그런 외양을 가지고 태어난 것도, 자신의 아명兒名이 백아인 것도, 또 밀실에 갇힌 것도 모두 운명이라 믿었다. 최각이 과거 임금과 그러한 약속을 한 것 역시나 운명이라고. 또 운명이 자신에게 최각의 비밀을 알려 준 것이라고. 그러나 연유를 알 수 없었다. 아무리 운명이라도 연유는 있을 것이다. 골몰했다. 그때, 밀실의 문이 열리며 이불 더미가 굴러떨어졌다. 송옥이 함께 굴렀다.

"오라버니, 춥잖아요. 그래서 송옥이가 가져왔어요."

계단에 부딪쳐 울먹울먹하면서도 제 몸보다 더 큰 이불 더미를 한 아름 안아 내미는 송옥을 송정은 물끄러미 바라보았다. 몰래 빠져나와서인지 소복 차림 그대로, 맨발이 발갛게 추위에 떨고 있었다. 송정은 이불을 받아 치우고 송옥을 의자에 앉혔다.

그리고 무릎을 꿇고 두 손으로 그녀의 발을 감싸 준다. 오른발, 왼발, 얼어붙은 작은 발을 감싸서 녹여 주었다. 체온을 나눠 준 자신의 손이 얼어 가는 것은 개의치 않았다.

"오라버니, 손 시리겠어요."

송옥이 얼른 내려와 그의 손을 잡아 주었다. 입으로 가져가서는 호오, 하고 입김을 불어 주었다. 그 하는 모양을 송정은 빤히 쳐다보았다. 또 골몰했다. 골몰하다가 문득 말했다.

"너로구나. 네가 운명의 연유이구나."

"네? 무슨 뜻인데요? 어려워서 모르겠어요."

송옥은 그의 손을 꼭 잡은 채 고개를 갸우뚱한다. 송정은 하얗게 미소 지어 준다.

"몰라도 된다. 너는 아무것도 몰라도 상관없다. 내가 알면 되는 것이니까."

찬 바람이 다시 밀실로 들이쳤다. 그러나 춥지 않았다. 무엇도 침범할 수 없는 두 사람은 그날 딱딱하고 차가운 나무 침상에서 서로 꼭, 꼭, 끌어안고 잠이 들었다. 귀신의 울음 같은 바람이 몰아치고 깊고 깊은 어둠이 밀실을 덮었다. 그러나 무섭지 않았다. 외롭지 않았다. 둘이라면, 함께라면, 그 무엇도.

복수

잇단 흉사 때문이었는지 최 대감에게 매병呆病* 증상이 나타났다. 그가 처음 증상을 드러낸 것은 송옥 앞에서였다.

"오상은 등청했느냐?"

아버지의 진짓상을 살피던 송옥에게 최 대감이 물었다. 평소와 달리 다정한 음성에 주발보를 벗겨 내던 송옥의 손이 멈칫거렸다.

"예, 아버지."

그녀는 수영의 장례 이후 많이 상한 송정의 얼굴을 떠올리며 대답했다. 장례가 끝나고 얼마간은 등청하지 않아도 된다는 명이 있었건만, 그는 나라의 녹祿을 먹는 자의 도리가 아니라며 새벽같이 등청했다.

---

* 일종의 치매.

"그래, 며늘아기는 아침밥 먹었고?"

송옥은 흠칫 놀라 최 대감을 바라보았다. 말실수를 하셨나? 그렇게 생각했다. 그러나 최 대감은 태연히 수저를 들어 식사를 하고 있었다. 곁에서 함께 시중을 들던 설이 역시 소스라치게 놀라며 상전을 살피고 있었다. 송옥은 숨을 내쉬며 마음을 진정시키려 애썼다.

"아버지, 뭐라 말씀하셨습니까?"

"어허, 뭘 그리 놀라누. 네 낯빛이 좋지 않아 물어본 것이다. 물론 아이 낳는 것이 보통 힘든 일이 아닌 것은 안다마는…… 시집을 때 해사하니 맑던 안색이 내 집에 들어와 상했다 하면 사돈 어른들께 면목 없는 일이 아니더냐. 잘 챙겨 먹어야 한다. 네 몸이 굳건해야 아이도 잘 자라느니."

애가 타는 그녀와는 달리 최 대감은 짐짓 미소까지 지으며 답했다. 그 역시 아버지에게 느껴 본 일이 없었던 따스한 미소다. 그녀를 향한 것이 아니다. 송옥은 아득해진 정신을 간신히 붙잡고 아버지를 바라보았다.

최 대감의 대답은 온 집안을 발칵 뒤집어 놓았다. 송정은 당장 용하다는 의원을 수소문했다. 그러나 매병에는 특별한 치료법이 없는지라 의원들은 고개를 흔들며 물러날 뿐이었다. 그날로부터 송정은 자신이 직접 탕약을 달여 올렸다. 종복들은 물론 송옥에게도 그 일을 맡기지 않았다. 약탕기를 씻고, 말리고, 의원이 보낸 약재에 혹여 삿된 것이 섞이지나 않았는지 확인하고 숯불에 올리는 것까지 모두 송정이 했다. 아침과 저녁, 등청을 하기 전과 등청 후에 곤할 것임에도 고집스레 그리하는 그에게 효자라는 칭송이 따라붙었다. 하지만 최 대감의 기억은 과거로, 과거로 후퇴할 뿐이었고 호전됨이 전혀 없었다.

그때 큰사랑방에서 서책을 읽고 있는 최 대감은 도저히 매병에 걸린 사람 같지 않았다. 송정은 여느 때와 다름없이 정성껏 달인 탕약을 아버지에게 올리던 중이었다.

"드시지요."

최 대감은 아들이 올린 탕약을 단번에 마시고 웃음까지 지어 주었다. 그러나 다음 순간 그의 얼굴에 슬픔이 차올랐다. 회한에 가까운 슬픔이었다.

"세한, 나를 용서하지 못하겠지?"

송정은 섣불리 대답하지 않았다. 대신 가만히 아버지를 응시했다. 현재는 물러나고 과거가 그들 사이에 자리했다. 최 대감의 지나가 버린 청춘이 희미한 기억 속에서 살아났다.

"아무리 스승님께서 자네를 돕는 것을 허하지 않으셨다 할지라도…… 우리는 죽마고우였건만…… 우리는 지음知音*이었건만…… 내 목숨을 걸고서라도 자네를 도왔어야 했는데 가문의 안위가 무엇이라고……."

송정은 조용히 고개를 가로저었다.

"내가 비겁했으이. 노론의 그늘에 숨고자, 가문을 지키고자 자

---

* 내 소리를 듣고 마음을 알아주는 친구.

네를 버렸으이. 세한…… 이 죄를 어찌 씻을 수가 있겠는가. 송옥을 내 딸로 키우면 자네에 대한 죄책감이 덜어질 거라 생각했건만 아니구려. 죄책감이 덜어지기는커녕 자책감만 더하고 있으이. 우리 약속처럼 자네의 딸…… 내 아이, 우리 송정의 짝으로 맺어 주어야 했거늘…… 그것이 그 아이들 운명이거늘…….”

한숨 섞인 최 대감의 말에 송정의 눈빛이 과거를 향해 빛나기 시작했다. 차갑고도 뜨거운 빛이었다. 냉정과 분노가 뒤섞인 빛. 그러나 그때 최 대감은 기억의 문을 닫아 버렸다.

"송정아, 바람에 찬기가 섞여 있는 것이 여름이 가는구나."

"예, 아버님."

아쉬웠으나 아쉬움을 표하지 않고 공손히 답하는 송정의 머릿속은 어느덧 조각난 과거들을 이을 방법을 생각해 내었다. 다음 날부터 송정은 사헌부의 기록을 샅샅이 훑기 시작했다. 과거가 현재로 이어지고 송정으로부터 미래가 계획되었다.

가을빛이 완연한 날 늦은 오후 송옥은 운남댁이 구해 온 황국黃菊을 손질했다. 향침香枕을 만들기 위해서였다. 발병 후 최 대감이 매일 두통을 호소했기 때문이었다. 송정은 황국을 메밀껍질과 섞어 베개를 만들면 머리를 가볍게 해 준다는 사실을 송옥에게 말해 주었다. 그래서 송옥은 운남댁에게 황국을 구해 오게 하고 메밀껍질을 그늘에 말렸다. 베갯잇으로 쓰려고 준비해 놓은 붉은 베에 황국과 메밀껍질을 섞어 넣고 시침질하는 송옥의 손길은 차분했으나 근심이 어렸다.

안채로부터 희미하게 아기 울음소리가 들렸다. 희명希明이었다. 나면서부터 어미를 잃은 아기의 울음은 처량하고 가엾었다. 송옥은 고개를 들어 꽃담 건너편의 향유재를 바라보았다. 젖어미가 젖을 물려 주었는지 울음이 그쳤다. 희명…… 송정은 아이의 아명으로 빛을 희망한다는 이름을 주었다. 그리고 소화를 희명의 유모로 들였다. 소화……. 송옥은 크게 한숨을 쉬었다.

젊고 예쁜, 맘씨 고와 보이는 아낙이었다. 그러나 젖도 나오지 않는, 아이에 대해 아무것도 모르는 것 같은 여인이기도 했다. 희명의 유모는 운남댁이거나 적어도 그녀가 추천한 아낙이 될 거라 생각했는데 느닷없이 송정은 소화를 데려왔다. 그리고 소화가 희명의 유모가 될 것이며 젖어미는 따로 들이라고 했다. 토를 달 수 없는, 단호한 말투였다. 때문에 소문이 돌았다. 소화가 송정의 숨겨 놓은 소실이라는.

"무엇을 안다고……."

다시 한숨을 쉬며 송옥이 혼잣말을 했다. 아니라는 것을 누구보다 잘 아는 그녀였다. 소화를 볼 때 송정의 눈은 감정이 담겨 있는 것이 아니었다. 송옥을 볼 때와는 완전히 다른 눈빛. 이따금씩 자신을 담는 그 숲을 떠올리자 송옥은 고개를 저었다.

"향침을 만들고 있느냐?"

상념에 잠긴 송옥의 귓전에 송정의 목소리가 울렸다. 놀란 그녀는 바늘로 손가락을 찔러 버렸다. 꽤나 깊이 찔린 모양이었다. 피가 솟고 고통이 솟았다. 송옥은 얼굴을 찌푸리며 얼른 손가락을 입으로 가져가려 했다. 그러나 송정이 먼저 그녀의 손을 잡아

채며 도포에서 꺼낸 작은 손수건으로 피를 닦아 주었다.

"쇠에 찔린 상처에서 난 피를 입에 가져가면 못쓴다."

그는 한참 동안 송옥의 손을 잡고 상처를 누르고 있었다. 손끝에서 두근거림이 점점 커져 갔다.

"아버님 간병을 너에게만 맡겨 미안하구나. 많이 힘들 것이야."

"자식 된 도리로 당연한 일인데 그런 말씀 마십시오. 그리고 오라버니께서 얼마나 애쓰고 계시는지 아는걸요. 탕약도 혼자, 그리 정성껏 준비하시고요."

송정의 손은 '탕약'이란 말에 송옥의 손을 놓아주었다. 약재상에서 사 온 약재에 풍기가 은밀히 구해 온 약재를 섞는 자신의 손이 눈앞을 스친다. 그는 순간 눈을 질끈 감았다가 뜬다.

"송옥아."

"말씀하세요."

"아직도 아버님께서 너를 잘 알아보지 못하시느냐?"

송옥은 고개를 끄덕였다. 매병의 증세가 본시 그러한 것은 알고 있었지만 최 대감은 유독 송옥을 알아보지 못하고 죽은 며느리로 착각하곤 했다. 송옥은 그런 아버지의 행동이 처음에는 황망하였지만 이제 가엾다 생각이 앞섰다. 가엾고도 씁쓸했다. 어린 시절부터 그녀에겐 곁을 내어 주지 않았던 아버지가 정신을 놓고서야, 그것도 다른 이로 착각하여 다정하게 곁을 주다니······.

"날이 더 추워지기 전에 아버님과 관어정觀魚亭에 다녀오지 않겠느냐? 겨울이 되면 거동하시기도 힘들 것이고······. 악공樂工을 딸려 줄 것이니 노복들을 대동하고 다녀오도록 해라. 너도 집 안에만 있어 답답할 것이니 아버님 모시고 그곳의 바람을 마시는 것도 좋을 것이야."

관어정은 최 대감의 아버지가 만든 정자로 산 하나를 넘으면 있는 계곡에 위치하고 있었다.

"네, 내일이라도 날이 화창하면 아버지께 말씀 여쭙고 가도록 하겠어요."

다소곳하게 송옥이 찬성했다.

"아버님 간병에 네 몸이 상할까 두렵구나. 늘 몸조심하고."

이렇게 말하고는 송정은 망우재에서 정우당으로 걸음을 옮겼다. 당당하기만 했던 그의 어깨에 얹힌 무게를 가늠할 길이 없는 송옥은 안타까움이 가득한 눈으로 그의 뒷모습을 바라봤다. 모든 것을 아는 자의 뒷모습은 고독했다. 그 어둠에 깊이까지 더해야 하는지 송옥은 판단이 서지 않았다. 수영의 서한……. 그 잔인한 진실을 아직 건넬 용기가 없었다. 진실을 공유한다고 해서 덜어지는 고독은 절대 아닐 것이므로.

최 대감은 관어정으로 향하는 동안 걱정했던 바와는 달리 맑은 정신을 유지했다. 뿐만 아니라 계곡에 이르렀을 때는 가마꾼들이 힘들다 하며 가벼운 걸음으로 관어정까지 행차하여 송옥의 마음을 기쁘게 했다. 그녀는 관어정 아래 계곡물 위를 떠가는 단풍에 가을이 흐르고 있음을 실감할 수 있었다. 촐랑이 설이조차 계곡에 가득 찬 가을빛에 감탄할 정도로 관어정의 가을은 수려했다.

"어떤 곡조를 올릴까요?"

송정이 보낸 악공이 거문고를 꺼내 자리를 잡고는 물었다.

"〈영산회상〉*으로 부탁하네."

최 대감의 말에 악공은 허리를 굽혀 예를 표하고 거문고를 뜯기 시작했다. 느리게 계곡을 울리는 현絃의 소리에 계곡이, 가을이 귀를 기울였다. 빠르게 흐르던 계곡물도 거문고 곡조와 어울려 관어정 아래 고이다 다시 곡조를 품고 흘러갔다. 그사이 송옥은 차를 준비했다. 차를 즐기는 최 대감이 오래전 관어정 곁에 작은 솥을 걸 수 있는 곳을 마련해 두었기에 돌솥을 얹어 물을 끓일 수 있었다. 평소 아끼던 투박한 분청사기 다관에서 차향이 일어나자 최 대감은 눈을 뜨고 하늘과 계곡물을 눈에 담았다. 곡조가 차향을 감싸며 허공에서 하늘로 피어올랐다.

"세한의 거문고가 떠오르는구나."

차향을 음미하던 최 대감이 문득 생각난 듯 말했다.

"그분이 뉘신지요? 처음 듣는 분입니다."

혹여 아버지의 정신이 흐려진 것이 아닌가 걱정이 된 송옥이 물었다.

"네가 모르느냐? 아비의 가장 친한 벗을 모르면 어쩌누. 그 사람…… 어린 나이임에도 선비의 지조와 의리가 높았느니라. 학문의 깊이 또한 남달라 당파가 달랐음에도 스승님의 총애를 한 몸에 받았지. 대과에 급제한 후로 그 사람됨이 뛰어나 나보다 먼저

---

* 조선 후기 선비들의 교양 음악으로 연주되던 풍류 음악 가운데 대표적인 곡.

홍문관 수찬 자리에 올랐는데 어찌나 내게 미안해하던지……. 그러고 보니 세한의 여식이 너와 나이가 같을 것이다. 그래, 하루 차이를 두고 태어났어."

최 대감의 말에 송옥은 의아했다. 아버지의 가장 친한 벗을 한 번도 만나지 못했음은 물론 그 이름도 듣지 못했음에. 불안함에 차향이 흐려졌다.

"제 기억에는 없는 분이신데…… 교우를 하지 않으신 지 오래되었습니까?"

"이상하구나. 그 사람이 내 집을 제집처럼 드나들었는데……."

최 대감의 이마에 주름이 잡히자 송옥은 두려워졌다.

"그것 아느냐?"

최 대감은 곧 다른 사람처럼 표정을 바꾸며 물었다. 자신이 떠올리지 못한 기억은 안중에도 없는 것 같은, 환한 표정.

"예?"

"세한과 나 사이에 약조가 있느니라."

"무슨……."

"우리가 사돈이 되자는 것이었지. 둘 다 혼례를 하기 전이었는데 그런 약조를 했어. 허허! 그럼, 세한의 여식과 송정이 혼례를 치러야겠구나. 늦기 전에 어서 세한에게 기별을 넣어야겠다."

최 대감의 대답을 듣고 송옥은 두려움이 사실이 되었음에 마음이 아팠다. 오라버니는 이미 혼례를 치렀습니다, 그 말을 올릴 수가 없었다. 송옥의 마음을 아는지 모르는지 최 대감은 흥이 난 어투로 말을 이었다.

"세한에게 너의 난을 보여 줘야겠다. 세한의 난이 얼마나 향기로운지……. 그도 너의 난을 좋아할 것이야. 송정이 족자를 만든다며 가진 것이 좋더구나. 집으로 돌아가면 가져오너라."
"예? 저의 난을…… 난을 말입니까?"
송옥은 의아해하며 물었다.
"그래, 송옥이 너의 난이지 누구의 난일까? 참 기특하기도 하지. 어찌 그런 난을…… 허허."
다사로운 웃음을 터트리며 자신을 보는 아버지가 송옥은 낯설었다. 흐려진 정신 때문만은 아니었다. 아버지의 시선은 자신을 비켜나 다른 이를 보고 있었다. 아버지의 입에 올려진 '송옥'이란 이름은 햇살 아래 달구어진 조약돌처럼 따뜻했다. 한 번도 아버지는 자신을 그렇게 불러 주지 않았다. 더군다나 난이라니……. 자신의 손을 내리치던 부채가 떠올랐다.

**

"그저 꽃이나 그리라 일렀거늘, 아비 말을 어기고 또 난을 치고 있느냐?"
향기를 따라 허리를 꺾는 난엽에 열중했던 송옥에게 호된 꾸지람이 가해졌다. 투두둑, 먹물이 막 봉오리를 맺은 난 위로 번지고 향기가 어지러이 흩어졌다. 너무 놀랐던 그녀는 붓을 떨어뜨리고 아버지의 부채가 내리친 손등을 감쌌다.
"부모의 당부를 거역하는 것이 불효라는 것을 모르는 것이냐?

어째서 아비 말을 이리 듣지 않는 것이야?"

"난이…… 난이 좋아서……."

입술을 바들바들 떨며 송옥이 답을 했지만 그는 마저 듣지 않고 다시 언성을 높였다.

"어디서 감히 아비에게 말대답을 하는 것이냐!"

난엽이 송옥의 눈물로 휘어지고 흐려졌다. 쉼 없이 흐르는 그 눈물을 보고서야 최 대감은 화를 누그러뜨리고 말을 이었다.

"아녀자가 지나치게 서화에 능하면 팔자가 드세다고 하지 않느냐. 또 난은……."

망설이는 최 대감을 송옥의 눈물에 젖은 눈이 가만히 응시한다. 당황한 쪽은 최 대감이다.

"아니다, 아니야. 부질없는 말이지……. 다시 당부하건대 앞으로 난은 치지 말도록 해라."

송옥은 선뜻 대답하지 않았다.

"어째서 답이 없느냐?"

"거짓말은…… 나쁘지 않습니까. 저는 아버님께 거짓말하고 싶지 않습니다."

"그래 계속 난을 치겠다는 것이냐? 저런 고집불통을! 너는 정말 그 사람을 참 많이 닮기도…… 하아, 고약한 것 같으니……."

고개를 저으며 망우재를 나서는 최 대감 앞에 송정이 서 있다. 세상으로 나온 지 얼마 되지 않았지만 이미 완벽하게 제자리를 되찾은 가문의 장자. 아버지의 키를 넘어선 그의 어깨는 넓고도 환했다. 송정은 두 손을 모으고 공손히 아버지에게 예를 갖춘다.

나무집 이야기 373

최 대감은 헛기침을 몇 번 할 뿐, 아들에게 어떤 말도 건네지 못하고 자리를 뜨고 만다. 송정 역시 아버지에게 길을 내어 주기는 했지만 절대 뒤돌아보지 않는다. 그의 눈에는 오직 송옥만이 들어올 뿐.

송정이 방으로 들어왔지만 송옥은 움직임이 없다. 그저 가만히 앉아 눈물을 흘리며 자신의 난을 내려다보고 있었다. 그는 송옥 앞에 한쪽 무릎을 세우며 앉았다. 그녀의 눈물을 닦아 준다. 송옥의 눈물은 멈추지 않았다. 그러자 송정은 번지고 휘어진 송옥의 난을 두 손으로 소중히 받쳐 들고 가만히 들여다본다.

"너를 닮아 참 어여쁘구나. 참 향기로워."

그의 말에 송옥은 입술을 샐룩거리며 고개를 젓는다.

"망쳐 버렸는걸요. 온통…… 망쳐 버렸어요."

다시 눈물이 고여 드는 그녀의 눈동자.

"네 손에서 만들어진 모든 것은 절대 망쳐 버린 것이 아니야. 너의 손을 통해 나온 모든 것은 어떤 形으로 드러내어지든, 그것은 너의 일부분을 품고 나타난 것이니 망쳐질 수가 없지. 절대로."

송정은 미소 지으며 그녀의 머리를 쓰다듬어 주었다. 그의 손 안에서 난이 다시 허리를 폈다. 향기가 햇살 속으로 스며들었다.

**

"송옥아, 무얼 그리 생각하는 것이냐? 허허."

상념에 잠긴 송옥을 깨우는 최 대감의 다정한 목소리와 웃음. 송옥은 다시금 낯설었다. 그러했던, 과거에 늘 그러했던 아버지는 지금 누구를 부르며, 누구를 보고 있는 것일까? 물음이 꼬리를 물고 일어났지만 정신이 흐린 아버지에게 물어볼 수도 없는 노릇이었다.

"아, 아니어요. 집으로 돌아가면 곧 찾아 올리겠습니다. 저의 난……"

송옥의 답에 최 대감은 만족한 듯이 고개를 끄덕이며 멀리 흘러가는 계곡물을 바라보았다. 자신은 풀 수 없는 물음을 그저 가슴에 안고, 송옥도 먼 데 시선을 주었다. 거문고 곡조가 멈추었으나 계곡물은 쉼이 없다. 시간도 쉼이 없다.

가장 쉼이 없이 흐르고 있는 것은 송정의 마음이었다. 아버지의 약재와 자신이 선별한 다른 약재를 섞는 동안에도 그의 마음은 격랑을 이뤄 흐르고, 부딪치며 분노의 포말을 일으켰다. 전대前代부터 이어 내려온 죄의 폭포수가 그의 정수리를 관통하여 등허리를 타고 내려와 온몸으로 퍼졌다.

사헌부의 오래된 기록들에서 발견한 죄의 징험들. 덧칠되었으나 결코 없었던 것으로 돌릴 수는 없는, 돌이킬 수도 없는…… 아버지와 스승의 죄. 가문의 안위와 명성을 지키기 위해 벗을 버리고, 제자를 죽였다. 같은 이유로 아들을 유폐한 것과 다르지 않은 그들의 죄에 송정은 분노했다. 허상에 사람을 기꺼이 버릴 수 있는 그들에게 분노했다. 버림받아 봤던 송정만이 느낄 수 있는 깊은 분노였다. 그리고 참담했다. 그들이 버렸던 대상, 그들이 죽인 대상의 실체에 참담하고 가슴이 아팠다.

세한 이행李荇, 벗에게 버림받고, 스승에게 죽임당한, 아버지의 벗의 운명에 분노했다. 그리고 그가 그저 아버지의 벗인 사람이 아니었기에 참담하고 아팠다. 송정은 약탕기에 약재를 넣고 고개를 들어 망우재 쪽을 바라보았다. 따뜻한 가을볕이 기와를 비추고 있었다.

"너를 지키는 것은…… 어찌 이리도 힘이 드는 것이냐. 너와는…… 어찌 이리 참담하게……. 우리는 어째서……."

약재를 달일 때는 주위를 물리는지라 주변엔 아무도 없었다. 송정은 자신의 혼잣말을 듣는 이가 없는지 고개를 돌리지도 않은 채 살폈다. 역시 꽃담 너머 향유재에서 운남댁과 설이의 분주한 움직임만이 느껴질 뿐이었다. 희미하게 희명의 울음소리가 들렸다. 송정의 입술 사이로 근심의 숨이 새어 나왔다. 그러나 다시 혼잣말을 내뱉지는 않았다. 그에게 두 번의 실수는 없다.

서서히 열이 오른 약탕기에서 약재의 향이 퍼지기 시작했다. 기억을 잠식하는 약재의 향도 섞여 있었다. 송정은 눈을 내리깔며 아버지의 기억을 갖고 도망할 향의 길을 더듬어 본다. 그것은 패륜의 길이었으나 또한 복수의 길이기도 했다. 처음엔 송정 자신의, 지금은 아버지의 벗의 원한을 갚을 길이 구불구불 하늘까지 이어졌다.

집으로 돌아온 최 대감은 송옥에게 난을 가져오라 재촉했다.

한사코 송정이 가진 난이어야 한다고 고집했다. 원하는 것을 얻기 위해 조르는 아이 같았다. 송옥은 할 수 없이 등청을 한 송정의 방에 들어 난을 찾았다.

송정의 방은 그의 성정을 그대로 비추듯이 최소한의 가구만이 자리했다. 약장과 의걸이장이 나란히 자리를 차지했고 배나무 서탁자에 서책이 가지런히 쌓여 있었다. 그리고 그가 벗처럼 여기는 서안이 놓여 있었다. 귀올림이나 다른 장식이 없는 단정한 모양의 서안에서 서찰을 보관하는 문갑으로 송옥의 시선이 움직였다. 노을빛도 함께 움직였다. 먼저 서탁자의 서책들을 하나씩 들추어 보았다. 없다. 서안의 서랍을 열어 보았지만 역시 없었다. 송옥은 마지막으로 조심스레 문갑을 열었다. 문갑 안에는 서찰들이 흐트러짐 없이 가지런히 보관되어 있었다. 역시 없었다.

문갑을 닫으려는 찰나, 익숙한 향이 느껴졌다. 자신의 향주머니에서 나는 향이다. 어째서일까, 그녀의 생각보다 손가락이 향을 따라 서찰들을 들추었다. 그리고 거기서 송옥은 사라진 연서를 발견했다. 송명의 글씨를 보지 않더라도 그녀의 손가락은 선지에서 풍기는 향과 감촉으로 그것이 연서라는 것을 알 수 있었으나 확인해 봐야 했다. 그녀의 눈동자에 송명의 필체가 들어왔다. 어지러움에 송옥은 연서를 손에 든 채로 주저앉았다.

옳았다. 수영의 말이 옳았다. 모든 것을 알고 있는 단 한 사람. 그녀가 믿을 수 있는 단 한 사람이지만 또한 믿을 수 없는 한 사람. 그러나 끝까지 믿고 싶은 사람. 송옥은 연서를 서찰들 사이에 다시 넣고 서랍을 닫았다. 닫힌 서랍에서 진실의 목소리가 새

나무집 이야기

어 나오는 것 같았다. 그녀는 손으로 귀를 막았다.

"알고 싶지 않아. 나오지 마. 나오려 하지 말고…… 무엇도 내게 말하려 하지 마. 나는 듣지 않을 것이니까."

어둠이 내리기 시작한 송정의 방을 송옥은 조용히 나왔다. 그리고 아버지에게는 자신이 갖고 있던 난을 올렸다. 최 대감은 그것이 자신이 찾던 난과 다른 난임을 구분하지 못했다. 이미 자신이 왜 그것을 찾았는지 잊어버린 채. 그리고 그 밤, 송정이 그녀를 찾아왔다.

가을밤, 차가워지기 시작한 바람이 창틈으로 들어와 송정과 송옥 사이로 흘렀다. 연서……. 그것이 떠오른 송옥은 손끝으로부터 냉기가 차올랐다. 그를 마주할 자신이 없었다. 그가 알고도 모른다 하는 진실과 마주할 자신이 없었다. 그러나 송정은 그녀를 똑바로 바라보았다. 말없이 그녀를 응시했다. 한참 동안 침묵을 지키던 송정이 관복 소매에서 무언가를 꺼내 서안에 올려놓았다. 송옥은 한눈에 그것이 송명의 연서임을 알아보았다.

"무엇인지 알고 있을 것이다. 이것을 왜 내가 지니고 있는 것인지 묻지 않을 것이냐?"

"……."

"네가 묻지 않는 것은 내가 지니고 있다는 걸 이미 알고 있었기 때문이겠지. 놀랄 것 없다. 이 집안에 감히 오라비 방 문갑에 손을 댈 이가 너밖에는 없지 않겠느냐."

"어찌…… 아셨습니까?"

마음을 추스르며 그녀가 물었다.

"문갑에 넣어 둔 서한들의 순서를 모두 기억하고 있으니까. 원래 있어야 할 자리가 아닌 다른 자리에 있다는 것은 누군가 손을 대었다는 것이고, 이것의 존재를 아는 사람은 너뿐임에 알 수밖에 없었지."

"그렇다면 여쭙지요. 오라버니께서는 제게 그…… 서한이 있다는 것을 어떻게 아시고 가져가신 것입니까?"

견딜 수 없는 진실일지라도 견뎌야만 했다. 그를 믿고 싶었으니까.

"몰랐다. 나는 다만 네 방에서 서한을 훔쳐 나오는 그 사람을, 네 올케를 보았을 뿐이다. 그리고 내가 그 사람에게 받아 낸 것이다."

"하지만 올케는 아니라 했어요. 게다가 제가 그것을 숨긴 장소 또한 올케께서 생각해 낼 곳이 아니었고요."

송옥은 다급히 반론을 했다.

"그 사람이 너에게 진실을 이야기해 줄 사람이더냐? 그런 엄청난 일을 저지른 사람이?"

"어째서 없애시지 않았습니까? 가문을 위해서라면 마땅히 없애야 하는 것이 아닙니까?"

갑자기 송정이 침묵했다. 가만히 송옥을 보았다. 그것은 진실의 냉혹한 눈빛이 아니었다. 그것은…… 물기 어린 따스함이었다. 오래전 그가 밀실에서 매 순간 그녀를 바라보던 그런 눈빛이었다. 이어지는 그의 말 마디마디에도 그 따스함은 스며 있었다.

나무집 이야기 379

"가문을 위해서라도 버리거나 없애서는 아니 되는 것도 있다. 절대로 그럴 수 없는 것도 있다. 아니, 그것을 위해 가문을, 그 무엇이라도 내어 줄 수 있는…… 그런 존재도 있는 것이다. 지키기 위해서 보낼 수는 있지만, 지키기 위해서 버릴 수는 없는 존재……."

송정의 눈빛과 말에 송옥은 다시 흔들렸다. 그녀가 숨기고 있는 다른 서한들, 수영의 유서가 떠올랐기 때문이었다. 그녀는 아직 마음을 정하지 못했다. 그런 그녀의 흔들림 앞에서 송정은 다시 말을 이었다.

"나는 참아 내었다."

"무엇을요? 오라버니께서 참아 내신 것이 무엇입니까?"

"내가 갇혀 살았던 그 모든 세월을 제하고도 참아 낸 것들 말이냐? 그래, 나는 안사람과 동생의 통정을 참아 내었다. 처음부터 알았다. 첫날밤부터 그 사람이 내게 약을 먹여 동침을 피한 것을 알고 있었어. 그리고 잠꼬대로 기경의 이름을 간절히 불렀고…… 알게 되었어. 그 사람과 기경의 부정한 관계를 말이다. 나는 참아 내었다. 또 내가 무엇을 참아 내었는지 물었느냐? 밤마다 기경이 술에 취해 제 스스로를 망가뜨리는 것을 봐야 했다. 만취한 기경이 네 올케와 통정했음을 말했을 때도 나는 참아 내었다. 내가 참아 내지 않으면 도리가 있었겠느냐? 참지 않았다면 두 가문 모두가 풍비박산이 났겠지. 그리고 기경의 죽음도…… 치정에 의한 살인을…… 너라면 밝힐 수 있었겠느냐? 답해 보아라."

송옥은 이번에도 답할 수 없었다.

"내가 참아 내야 했던, 참아 내야 할 일들은 너무나 많다. 잔인하리만큼, 어깨가 부서질 만큼 많아. 송옥아…… 이만 이 오라비를…… 나를 제발…… 믿어 주면 안 되겠느냐?"

송옥은 낮게 방 안을 울리는 송정의 목소리에서 흔들림을 느꼈다. 드문, 그의 일생에 거의 드러나지 않았던 흔들림에 그녀는 다시 똑바로 그를 보았다. 관복을 입은 그의 풍채는 여전히 당당해 보였지만 양어깨에 얹힌 혼백들이 보였다. 송명과 수영의 혼이, 진실이 그의 젊은 기개를 갉아먹고 있는 것 같았다. 그리고 그의 주먹이 서안 위에서 힘줄을 세우며 떨고 있음도 보았다.

송옥은 망설임 없이 서안에 놓인 연서를 집어 등불로 가져갔다. 화르륵, 연서에 불이 붙었다. 그녀의 갑작스러운 행동에 놀란 송정이 무어라 말하기도 전에 연서는 형체도 없이 바스러졌다. 그리고 송옥이 송정에게 다가왔다. 그를 안아 주었다. 그를 안은 송옥이 말했다.

"진실이…… 오라버니를 괴롭히는 것이라면 그것을 드러내어 무엇하겠습니까. 그것은 제게 아무런 의미가 없다는 것을 이제야…… 어리석은 저는 이제야 알 것 같습니다. 그러니 오라버니, 부디 편안해지세요. 어느 것도 오라버니 잘못이 아니고, 누구도 오라버니를 원망하는 이가 없으니까요. 송옥이는 오라버니를 믿을 것입니다. 믿지 않는다고 말씀드렸지만 줄곧 오로지 오라버니만은 믿어 왔듯이 앞으로도 그렇게……."

송정은 쥐었던 주먹을 풀고 잠시 그렇게 송옥의 품 안에서 눈을 감았다. 빛 속에서 빙그르르 살아 춤추던 꽃이 향긋한 꽃잎을 펼쳐 그를 감싸 주고 있었다. 눈을 감았지만 여전히 그의 숲 안에서 그 꽃은 생생했고 아름다웠다.

제 몫의 주전부리를 내밀던 작은 손과 반짝이는 눈동자를 가진 어린 송옥이 까르르 웃으며 숲의 가장자리를 뛰었다. 세상의 모든 색과 형체를 그에게 입혀 준 소녀 송옥이 천천히 나무 그늘 아래로 들어왔다. 이제 둥글고 보드라운 연꽃으로 피어난 여인 송옥이 숲의 가장 깊은 곳에서 송정을 가만히 응시하고 있다. 피할 수도, 거부할 수도 없는 응시였다. 이제 그는 송옥이란 꽃송이 안에 혼곤히 취해 안긴 숲이었다. 송옥은 송정이란 숲 깊은 곳에 피어난 꽃, 송정은 송옥이란 꽃에 젖어 든 숲.

그때 송정의 마른 입술에 송옥의 저고리 옷자락이 스쳤다. 그녀의 입술이 스친 것처럼 그의 가슴에 푸른 불덩이가 타올랐다. 자신을 감싸고 있는 그녀의 팔이, 그녀의 가슴이, 그녀의 허리가 삼키고 싶은 꽃잎처럼 느껴졌다. 그리하여 자신의 가슴에서 불타고 있는 푸른 불덩이와 함께 영원히……. 그러나 꽃은 언제나처럼 갑작스럽게 그의 품을 벗어났다.

"오라버니, 보여 드릴 것이 있습니다."

송옥은 그를 놓아주었다. 그리고 문갑에서 두툼한 서한을 꺼내 그에게 내밀었다. 자기 안의 푸른 불덩이를 다스리려 숨을 고르던 송정은 무엇이냐 묻지도 아니하고 서한을 읽었다. 순간 불덩이는 차갑고 차가운 하얀빛의 불꽃으로 타올랐다.

"올케께서 돌아가시기 전에 제게 맡긴 것입니다. 오라버니께 드리라 부탁하면서요."

서한을 모두 읽고 생각에 잠긴 송정에게 송옥이 조심스럽게 말했다.

"그리고 이제야 내게 이것을 주는 것은 아마도 그동안은 나를 믿지 않았기 때문이겠지. 되었다. 너를 책망하여 하는 말이 아니야. 이미 나를 믿지 않느냐. 그러니 되었어."

"그 서한을 어찌하시든 이제 저는 상관치 아니할 것입니다. 이제…… 모두 오라버니께 맡기고 저는 그저…… 오라버니를 믿을 것입니다."

"그래, 그것만이 내가 너에게 바라는 전부다. 그거면 되었어. 되었어……."

서한을 움켜쥐고 송정이 일어나 망우재를 나섰다. 자신이 품었던 숲이 멀어지자 송옥은 검은 하늘을 올려다보았다. 달도, 별도, 떠도는 혼들도 어둠 뒤에 숨은 밤.

밤의 끝자락에서 송정이 붓을 들었다. 검과 같은 붓이었다. 최초이자 최후의, 그러나 결코 피할 수 없는 진실의 일격이 문장으로 혼연히 일어나 대제학을 겨누었다. 겨눔과 동시에 복수를 이루는 치명타였다. 다음 날 대제학에게 송정의 일격이 전해졌다.

인후에게 송정의 서한을 전한 사내는 풍기였다.

'절대 봉지를 열어 보아서는 아니 된다고 당부하셨어. 그리하면 네 목숨이 위태롭다고…….'

송정의 말을 덧붙이며 소화는 동생에게 서찰을 건넸다. 누이로부터 전해 받은 서찰을 품고 바람과 같이 달리는 그의 마음은 무겁게 내려앉아 있었다. 은혜를 갚기 위해 송정의 명대로 어떤 일이라도 할 각오가 되어 있었지만 소화가 나무집에 들어간 것은 불길했다. 그러나 소화는 고집을 꺾지 않았다.

'천기賤妓로 희망 없이 살 나를 구해 주시고 너까지 만나게 해 주신 분이야. 그렇다고 천함을 면한 것은 아니지만 사람 된 도리는 하고 싶어.'

아기를 돌보는 일만 한다 했으니 별일은 없을 것이다. 그렇게 스스로를 안심시켰던 풍기는 살기를 굳이 감추지 않으며 인후에게 서한을 전했다. 그 역시 송정의 명 중 하나였다. 참으로 알 수 없는 사내였다. 아니, 사람이 아닌 것 같은, 하늘의 사자使者 같은 이였다. 거역할 수 없는 자. 자신은 손으로 검을 휘두르지만 그는 눈으로 검을 다루는 자였기에.

예사롭지 않은 눈빛을 가진 풍기에게서 서한을 전해 받은 인후 역시 불길함을 느끼며 스승께 서한을 올렸다. 오랜 병치레로 약해진 노쇠한 몸이었지만 흐트러진 모습을 보이지 않으려 애쓰며 대제학은 제자의 서찰을 펼쳤다.

그것은 어쩐 일인지 끝 부분이 조금씩 붙어 있어서 대제학은 손가락에 침을 묻혀 서찰을 펼쳤다. 펼쳐진 서찰 속엔 제자의 문장이 아닌 그의 인생 최고, 최악의 적이 보낸 검이 날을 세우고 있었다. 결코 막을 수 없는 문장이 대제학의 가슴에 꽂혔다.

깊고 깊은 유림의 숲에 죄를 숨기신 스승이시여, 매향이 죄의 숨결에 짓밟히고 있습니다. 그럼에도 아직 그 숨을 거두지 못하고 청백리*의 허명을 움켜쥐고 있습니까? 마땅히 스스로 밝히고 죗값을 치러야 할 죄를 언제까지 진유의 이름으로 덮으실 작정입니까? 차마 고개를 들지 못할 추잡한 죄의 고린내가 탁영정으로부터 발원하여 나무집까지 뒤덮고 있습니다.

갑작스럽다, 무례하다, 배은망덕하다, 그러한 생각으로 마음이 어지럽습니까? 지금 그 어지러움의 곱절, 그 곱절의 수곱절의 혼돈과 고통을 아무 죄 없는 이들에게 끼친 것은 망각한 채 말입니다. 여기 당신이 망각한 죄의 침전에 숨이 막힘을 더 이상 참을 수 없는 자가 있습니다. 당신이 가장 귀애하는 제자라 공언하신 저, 오상 최송정입니다. 제가 더 이상은 당신을 참아 낼 수가 없습니다. 당신의 죄를 참아 낼 수가 없습니다. 그래서 당신이 쥐여 준 검, 붓에 진실을 담아 보냅니다.

진실, 죄의 증험이 제 손에 있습니다. 당신이 감추려 했던, 아예 없는 것으로 만들려 했던 모든 죄의 증험이 말입니다. 그 참혹함을 이루 다 말할 수 없을 정도입니다. 그러나 저는 외면과 용서, 모두를 할 수 없는 사내입니다. 그러니 제가 가진 증험을 알려 드리겠습니다.

하나, 죽은 제 처가 남긴 서찰이 있습니다. 수영은 당신의 아들, 사촌 적에게 능욕당했음과 그것을 당신께서 감추려 서둘러 저와 혼인시켰음을 서찰에 썼습니다. 오직 가문과 아들을 위해 자신을 희생시킨 백부를 용서할 수 없다고, 그 억울함을 토로하고 있습니다.

---

* 인품, 인격, 치적 등 모든 관리의 모범이 되며 후세 귀감으로 삼게 했던 관기숙정 제도. 이것에 녹선되면 품계가 오르고 자손은 음덕을 받을 수 있게 됨.

둘, 수영이 송명을 죽인 증험이 있습니다. 내 아우의 숨을 끊어지게 만든 약과 수영의 자백이 담긴 서찰 그리고 고산댁. 그렇습니다. 고산댁을 납거한 자는 바로 저입니다. 제가 납거를 지시했습니다. 이 서찰을 전한 바로 그자에게 명했고 제 앞에서 고산댁은 아우와 수영의 부정을, 그리고 그 부정을 당신께서 모두 알고 계심을 제게 실토했습니다. 바로 그것이지요. 당신은 모두 알고 계셨다는 것. 아들 적의 죄와 수영의 죄를 동시에 아시면서도 덮으셨다는 것. 모두 자신의 명예와 가문을 위해서이지요. 저를 위해서라는 말씀은 마십시오. 아우와 부정한 관계였던 여인을 저의 지어미로 삼는 것이 저와 저의 가문을 위해서란 말씀은 어불성설이니 말입니다.

셋, 그 모든 죄보다 더욱 깊고, 더욱 어둡고, 근본적으로 당신이 절대 진유일 수 없는 죄가 드러난 사헌부의 일지가 제 손에 있습니다. 바로 당신의 제자이자 제 아버지의 벗 그리고 송옥의, 그 아이의 친부親父인 세한 이행을 죽음으로 몰아넣은 일.

충격으로 대제학의 입술이 떨렸다. 자신도 모르게 신음처럼 혼잣말이 새었다.
"그 아이가…… 세한의…… 그럴 리가……."
멈추고 싶었다. 자신의 더러운 죄가 제자의 날카로운 필치로 낱낱이 파헤쳐지고 꾸짖어지는 치욕을 멈추고 싶었다. 그러나 죽음이 얼마 남지 않았다. 대제학은 수치를 받아들였다.

당파가 다르다는 것은 이유가 아니지요. 그분을 죽게 만든 원인은 당신의 졸렬拙劣함입니다. 제가 밝혀낸 일의 전모는 이러합니다. 당신이 홍문관 부제학이었던 때 청백리에 천거되셨지요. 의정부와 육조, 대사헌과 대사간의 천거를 받았으니 전하의 재가만 얻으면 녹선이 될 수 있는 그때. 그분, 세한께서 대사헌께 반대의 뜻을 전했습니다. 왜냐하면 스승이 이조전랑으로 계실 때 뇌물을 받고 무능한 제자를 천거한 일을 알고 있었기 때문이지요. 아무리 스승이라지만 티끌과 같은 허물도 용납할 수 없었던 그분은 결국 고변의 길을 택했고, 그것이 그분을 죽음으로 몰아넣었습니다. 아니, 고변이 아닌 당신이 그리하셨지요.

고변 다음 날 사헌부 관원이었던 당신의 대단하신 제자들이 그분께 장리贓吏*의 혐의를 물어 야다시夜茶時**를 열었습니다. 그리고 그 죄목을 적어 그분 집 대문에 붙이고 문짝에 검은 칠, 칠문漆門을 가했지요. 이것이 채 하루도 되지 않는 동안 벌어진 일입니다. 그동안 그분의 죽마고우인 제 아버지께서는 침묵을 지키고 계셨습니다. 아니, 침묵을 지키는 것을 넘어 그분을 고변하는 서書에 수결까지 하셨지요. 한데 이것이 어찌 제자들이 단독으로 감행한 일이라 할 수 있겠습니까. 분명 당신이 명하신 것이라 저는 확신하고 있습니다.

그 후의 일은 더욱 참혹합니다. 장리 혐의로 칠문을 당한 그분은 본직에서 물러나고 두 번 다시 벼슬에 나가지 못하게 되었습니다. 하지만 그분께는 벼슬을 하지 못하게 된 사실보다는 청렴하기로 이

---
* 뇌물을 받은 관리.
** 비상한 일이 있을 때 사헌부 감찰들이 밤중에 모이던 일.

나무집 이야기

름 높았던 가문이 장리의 가문으로 낙인찍혔음이 더더욱 치욕스러웠을 것입니다. 그러니 만삭의 아내, 송옥의 친모親母를 두고 목을 매고 자결을 하셨던 것이지요. 그 후 송옥의 친모이신 김씨 부인 역시 난산 끝에 송옥을 낳고 곧 돌아가셨습니다. 그리고 송옥은 내 죽은 누이를 대신하여 나무집에 들어와 살게 된 것입니다.

만일 당신이 허명에 대한 탐욕을 접었더라면 세한 그분께서는 돌아가시지 않으셨겠지요. 그렇다면 후일 벌어진 그 모든 죄악들은 아예 일어나지도 않았을 것입니다. 송옥은 친부모의 품에서 다른 이름으로 행복하게 살았을 것입니다. 그리고 애초 부모님들의 약조대로 그 아이는 저와 혼인을 하였겠지요. 그렇다면 송명과 수영의 운명 역시 달라졌을 것입니다.

당신의 죄가 이와 같습니다. 그리고 그 죄의 증험이 모두 제게 있음을 다시 말씀드립니다. 증험들을 없애려 또 다른 죄업을 쌓는 일은 마시기 바랍니다. 제가 잘못될 시 그 증험들은 모두 전하께 전달되도록 조치를 해 두었습니다. 제가 아버님과 가문을 위해 절대 모든 진실을 밝히지 못할 거라는 짐작은 하지 마십시오. 애초에 부모와 가문에서 버려졌던 저입니다. 무엇이 두렵겠습니까. 그렇다면 제가 당신에게 바라는 것이 무엇인지 궁금하실 것입니다. 물론 바라는 것이 있습니다. 제가 바라는 것은 당신의 죽음입니다. 그러나 연로하시고 병중이신 분께 죽음이 무슨 벌이 될 수 있겠습니까. 제가 바라는 것은 그저 평안한 죽음이 아닙니다. 고통스럽고 치욕스러운, 죽음의 그 너머입니다.

당신의 죽음은 고독해야 할 것입니다. 죄 없던 제가 공루 아래서,

밀실에서 그러했던 것보다 더욱더 고독해야 마땅합니다. 홀로 맞이하십시오. 반드시 홀로여야 합니다. 홀로 죽음의 얼굴을 똑똑히 보고 자책하십시오. 생의 단 한순간도 진유였던 적이 없었던 자신을 자책하고 고통스러워하십시오. 그리고 장례에 문상을 금지하십시오. 누구도 당신의 죽음을 추도해서는 안 됩니다. 저승 가는 길에도 고독하십시오. 만장輓章*을 단 하나도 세우지 마십시오. 비석도, 석상도 세우지 마십시오. 그 무덤에 청렴의 이름을 붙일 수 없게 무엇도 시도하지 말라 유언하십시오. 그리하여 수십 년이 지나면 무덤도, 당신의 이름도 기억하는 이가 없도록 말입니다. 만일 당신의 죄 많은 아들 적이나 제자들이 유언을 어길 시 저주가 내릴 것이라는 내용도 잊지 말고 유언으로 남기십시오. 지금 당장 당신의 졸렬한 붓을 들어 유언을 남기십시오. 밤을 넘기지 말고 꼭 그리하셔야 할 것입니다.

이것이 제가 바라는 바입니다. 바라는 바가 이뤄지지 않을 시 저는 모든 것을 잃을 각오를 하고 세상에 진실을 밝힐 것입니다. 저는 백아로 태어난 순간 모든 것을 잃어 보았기에 두려울 것이 없습니다. 혹여 저를 스승께서 구해 주셨다는 사실에 한 가닥 희망을 갖고 싶으시다면 그 희망은 살해될 것입니다. 저를 구한 것은 당신이 아니기 때문입니다. 세상에 이름을 내걸 수 있게 됨은 제게 아무런 의미가 없는 일이므로 당신은 저를 구한 것이 아니라 자신의 명성을 높일 신이한 존재 하나를 발견하신 것, 그뿐이니 말입니다.

---

* 죽은 사람을 슬퍼하여 지은 글. 비단이나 종이에 적어서 기를 만들어 상여 뒤를 따름.

이제부터 죽음에 이르기까지, 죽음 그 너머까지 오욕과 모순으로 가득한 자신의 삶을 자책하고 고독하십시오. 고독하고 또 고독하여 생살을 도려내고 뼈를 들어내어 잘근잘근 씹어 내는 고통을 느끼십시오. 그 고통의 굽절과 굽절을 당신의 죽은 제자들과 질녀와 제가 겪어 왔으니 반드시 고통스럽기를 간절히 바랍니다.

휘청, 허리가 꺾이고 정신이 꺾였다. 그러나 서찰을 손에서 놓치지 않았다. 자신의 죄를 놓쳐 인후에게 비칠 수는 없는 노릇이었다. 그래서 쓰러지는 순간에도 서찰을 움켜쥐고 놀라 자신에게 달려오는 인후에게서 죄를 감추었다. 순간, 깨달았다. 송정의 말이 모두 옳음을. 자신은 죽는 순간까지, 죽음 후에도 처절히 고독해야 마땅할 위유偽儒였다. 절망스러웠다. 그러나 죄과를 감추려는 그 절망스러운 몸짓이 인후의 생명을 구했다는 걸 대제학도, 인후도 알지 못했다.

"스승님, 정신이 드십니까? 스승님."

근심이 가득하나 죄 없이 맑은 인후의 얼굴이 자신을 가만히 내려 봄이 눈에 들어왔을 때조차 대제학은 서찰부터 확인했다. 검버섯 가득 앙상한 손이 움켜쥐고 있는 무거운 죄. 한숨을 내쉬었다.

"스승님, 의원을 불러올까요?"

"되었다. 잠시 어지러웠을 뿐이다."

거역함을 모르는 인후였지만 스승을 부축하며 사형의 서찰에 잠시 눈길을 주었다. 무슨 내용이기에 서찰을 읽는 순간부터 스승의 얼굴빛이 사색이 되었으며 휘청이기까지 하셨을까. 그러나 언제나처럼 의문을 삼켰다.

"서찰을 전한 자는 어떠하더냐?"

"아…… 눈빛이 험했습니다. 노비는 아닌 것 같고……."

"무사인 것 같더냐? 아니다, 네가 무사의 눈을 알 리가 없는 것을……."

"송구합니다, 스승님."

"네가 송구할 바는 없다. 지금 지필묵을 준비해 오너라."

"예? 하오나 스승님, 존체가 미령하시온데……."

실제로 그러했다. 대제학의 몸은 가늘게 떨리며 아주 조그만 충격만 가해도 쓰러져 다시는 일어날 수 없을 것처럼 보였다. 그러나 그는 뜻을 굽히지 않았다.

"괜찮다. 아니, 괜찮지 않아도 어이할 수 없는 일이다. 늦기 전에 어서 가져오너라."

거역함은 없었다. 그러나 가슴속에 들끓는 무언가가 일어났다. 존경하는 스승을 극한으로 몰고 가는 송정에 대한 반발심. 그것은 송옥에 대한 연심戀心과 정반대에 놓인, 증오에 가까운 감정이었다. 그 들끓는 감정 때문에 처음으로 인후는 입술을 깨물고 주먹을 쥐었다. 하지만 할 수 있는 일은 아무것도 없었다. 심지어 스승의 곁에 머물 수도 없었다.

"되었으니 너는 물러가 있어라."

제 마음을 감추려 더 정성껏 먹을 갈던 인후에게 대제학의 명이 떨어졌다.

나무집 이야기

"스승님……."

"홀로 있게 해 다오."

완곡한 명이었다. 거역해서는 아니 되는 명이었다. 그런데 처음으로 인후는 거역을 마음먹었다.

"아니 됩니다. 스승님 곁을 지켜야겠습니다. 스승님 곁을 떠나지 않겠습니다."

결연한, 갸륵한 거역이었다. 대제학은 인후의 맑은 얼굴에서 지나치게 고집스러운 세한과 하늘과도 대적할 듯했던 송명과 난의 얼굴을 한 송옥의 모습을 동시에 보았다. 자신에게 죄의 중함을 키웠던 아들보다 더욱 애틋한 정이 솟는 제자. 그렇기에 절대로 자신의 졸함을 보이기 싫은 제자. 인후에게까지 졸렬한 위유이고 싶지 않은 마음을 깨닫고 대제학은 깊은 한숨을 내쉬었다.

"그가 옳도다. 나는 위유 중에서도 가장 졸렬한 위유로구나……."

"어느 누가! 감히 스승님께 그런! 오상 사형입니까?"

혼잣말처럼 내뱉은 스승의 말에 발끈하는 인후의 모습에서조차 대제학은 죽은 제자들의 모습을 보았다.

"그럴 리가 있겠느냐. 나를 위하는 너의 마음은 참으로 고마우나…… 네 진실로 이 스승을 위한다면 내 말대로 해 다오. 이렇게 부탁하마."

대제학이 고개를 숙였다. 그와 동시에 인후는 무릎을 꿇고 엎드렸다.

"어찌…… 스승님께서는 어찌 저를 죄인으로 만드십니까?"

"너처럼 맑고 곧은 아이가 무슨 죄가…… 그저 이 죄 많은 스승이 홀로 마주해야 할 과거가 있다. 그러니 홀로 있게 해 다오."

간곡한 청이었다. 다시 거역할 수 없는. 인후는 스승의 앞에 바싹 엎드려 죄스러운 제 마음을 보이고 조용히 방을 나왔다.

밤이 해를 먹고 있었다. 해를 먹은 밤은 자야子夜*, 대제학의 노쇠한 몸과 혼을 불태웠다. 송정의 서찰도 불태웠다. 그리고 재가 된 서찰을 대신할 서찰을, 유언을, 쓰기 시작했다. 한때 일필휘지를 자랑하던 그의 서체가 잔기침에 흔들렸다. 아니, 대제학의 서체를 흔든 것은 잔기침이 아니었다. 밤의 호위를 받고 있는 원혼들이 그의 몸과 혼을 한 점씩 뜯어 가고 그 몸과 혼이 담긴 서체를 흔들었다. 뜯긴 혼은 먹과 함께 점점이 흩뿌려지고 서찰이 하나, 둘 완성될 때마다 그의 이마에는 식은땀이 핏방울처럼 맺혔다.

바람도 없는데 등불이 흔들렸다. 등불의 건너, 빛이 굽은 팔을 펴지 못하는 곳에 죽은 제자의 젊은 얼굴이 떠올랐다.

"아직은…… 세한, 너를 따라갈 수 없다. 조금만 더…… 시간을 다오."

가슴 깊은 곳에서 시작된 통증이 정수리까지 뻗쳤지만 대제학은 붓을 놓을 수가 없었다. 한 자, 한 자, 먹이 번지는 것과 동시에 고통이 그의 몸에 번지고 찔렀다. 다시 등불이 흔들렸다. 총명하고도 아름다웠던 자신의 질녀, 수영의 부릅뜬 눈동자가 어둠

---

* 자정 무렵.

속에서 빛났다.

"아니 된다. 그리…… 원혼이 되어…… 곧 내 혼을 내어 줄 것이니 잠시만……."

손등이 뒤틀렸다. 팔이 뒤틀렸다. 목이 뒤틀렸다. 시야가 흐려지고 있었다. 흐려진 시야 뒤에 송명이 자신을 향해 화살을 겨누고 있었다. 피할 수 없었다.

"몇 자만 더…… 더……."

대제학은 이제 애원하고 있었다. 마음과는 달리 느리게 나아가는 붓을 부러뜨리고 싶은 심정이었다. 마침내 모든 글을 마무리하고 봉지에 넣어 나란히 놓아둠과 동시에 핑, 송명이 화살을 날렸다. 대제학은 눈을 감았다. 하지만 그의 눈은 감기지 않았다. 송명이 날린 화살은 화살이 아니었다. 목을 매고 혀를 늘어뜨린 채 핏대를 세운 눈동자를 치켜뜬 세한이었다. 사촌에게 능욕당해 여기저기 피멍이 들고 머리칼이 산발이 된 수영이었다. 그리고 부러진 화살을 검처럼 움켜쥔 송명이었다.

원혼들이 핏빛 화살이 되어 대제학에게로 한꺼번에 쏟아졌다. 그는 무너졌다. 무너진 그의 몸과 혼 위로 쏟아진 원혼들은 세상 누구도 견디지 못할 고통의 칼날로 그를 찌른다, 벤다, 내리친다. 목구멍이 타들어 가고 내장이 찢기는 것 같은 고통이 엄습했다. 소리 없으나 가장 처절한 비명이 대제학의 입에서 터져 나왔다. 누구도 듣는 이 없는 고독한 비명이었다.

대제학은 그 밤을, 고통을, 고독을 버텨 내지 못했다. 달도 없고, 바람도 없는, 홀로 맞는 최후의 밤이었다. 인후와 그의 가족들이 발견한 대제학의 시체는 참혹했다. 그의 몸, 관절이란 관절, 뼈마디란 뼈마디는 모조리 뒤틀려 있었고 입술은 일그러진 채 벌어져 있었다. 흐리멍덩한 동공은 허공을 향해 열려 있었는데 감히 손을 올려 그 눈동자를 닫아 주고 싶은 마음이 들지 않을 정도로 핏발이 서 있었다. 그리고 고통을 참지 못해 쏟아 놓은 오물이 이름 높은 대학자의 몸을 더럽히고 있었다. 그의 자식조차도 아버지의 몸에 손을 대는 것을 꺼렸다. 누구도 생각 못 했던, 가장 처참한 죽음이었다. 대제학의 죽음과 함께 송정이 계획한 미래가 움직이기 시작했다.

"스승님 병구완을 하느라 자네가 애썼다고 들었네. 나는 안팎으로 다망하여 제자 된 도리를 다하지 못하였으니 부끄럽구먼."

송정은 여전히 어려운 상대였다. 그가 권한 차를 마시던 인후는 적절한 대꾸를 찾는 것만으로도 식은땀이 흐르려 했다.

"아닙니다. 사형 댁 사정이 그러하셨는데 어느 누가 감히 비난하겠습니까."

"바깥을 의식하는 것이 아니라, 내 마음이 그러하다는 것이지."

"제가 우매하여 말씀의 뜻을 잘 살피지 못하였습니다."

인후를 송정은 찬찬히 살펴보았다. 총명하진 않은 자였다. 그러나 마음은 맑은 자, 송옥의 마음과 닮은 자였다. 인정하긴 싫었지만 그러했다. 게다가 자신을 두려워하는 것이 훤히 보이는 자였다. 그런 자가 스스로 자신을 찾아왔다. 송정의 시선이 인후의 마음을 꿰뚫고 있었다. 그것을 인후는 견디기 힘들었다.

나무집 이야기 395

"춘부장께서 편찮으시다 들었습니다. 요즘은 좀 어떠신지요?"

"내 불효하여 아버님께서 그리 차도가 없으시군. 누이동생이 종일 아버님 곁에서 수발들며 병세가 악화되지 않도록 애쓰고 있다네."

송정 앞에서 차향을 느끼지 못하던 인후는 '누이동생'이란 말에 송옥의 얼굴을 떠올리며 간신히 마음을 다잡을 수 있었다.

"사학四學*에서 소과를 준비하려는가?"

"예, 그리하려 합니다. 제가 미욱하여 스승님 존함에 누를 끼칠까 심려되옵니다."

인후는 마음을 꾸미지 않고 대답했다.

"스승님께서는 고협, 자네의 사람됨을 어느 누구의 학문보다 높이 평가하셨네. 그러니 그런 걱정은 접어 두고 지금껏 해 오던 바를 지켜 나가면 되지 않겠는가."

감히 넘볼 수도 없는 경지에 이른 사형의 격려에 인후는 감복했으나 긴장을 풀지는 않았다. 아니, 풀 수 없었다. 스승의 청이 아직 그의 품 안에 있었다.

"그렇게 말씀해 주시니 의기를 다져 더욱 학문에 매진하겠습니다."

"그래야지. 그런데 자네가 이리 나를 찾아온 연유를 아직 말해 주지 않았으이."

돌변. 인후는 송정의 표정에서 미소가 단번에 지워지는 것을

---

* 조선 시대에, 나라에서 인재를 기르기 위하여 서울의 네 곳에 세운 교육기관.

보고 소름이 돋았다. 방심해서는 안 되는 상대. 가능하다면 상대하고 싶지 않은, 어찌할 수 없이 상대해야 하는, 연모하는 이의 오라비.

"아, 저…… 스승님께서 부탁하신 말씀이 있으셔서……."

당혹한 기색이 역력한 인후가 품에서 서찰을 꺼내 송정에게 내밀었다.

"스승님께서 돌아가시던 날에 남기신 서찰입니다."

송정은 무표정하게 대제학의 마지막 서찰을 받아 들었다.

"그렇구먼."

"그날 사형의 서찰을 읽으셨지요."

밑바닥에 가라앉아 있는 용기를 끌어모아 이렇게 말한 인후는 송정의 표정을 살폈다. 아무리 생각해 보아도 스승의 모습은 송정의 서찰을 읽기 전과 후가 너무 달랐다. 그러나 송정은 인후에게 표정을 읽힐 만한 상대가 아니었다.

"그러셨는가. 그래, 그랬겠군. 다행일세. 스승님께서 돌아가시기 전에 서찰을 읽으셨다니……. 찾아뵙지 못한 죄송함을 담아 보낸 것인데……."

그의 대답은 인후 정도의 통찰력을 가진 이조차 믿을 수 없는 것이었다. 하지만 그가 어찌하겠는가. 감히 백학을 대적할 수 없거늘. 생각의 고리들이 맞물려 얽히고 얽힐 때 송정의 물음이 이어졌다.

"그날…… 홀로 눈을 감으신 것이 확실한가?"

괴이한 물음이나 답하지 않을 수 없는 것이다.

나무집 이야기

"예, 죄스럽게도 제가 곁을 지키지 못했습니다."

인후는 고개를 숙였다. 그랬다, 죄스러웠다. 존경하는 스승의 최후를 지키지 못했음이 죄스러웠고 그의 마음을 헤아리지 못한 것이 죄스러웠다.

"그 유언도 혼자 남기셨나 보구먼."

"예……."

송정은 고개를 숙이며 죄스러움에 어찌할 바를 모르는 인후를 물끄러미 바라보고 서찰을 생각했다. 대제학에게 건네진 자신의 서찰……. 독.

송정은 누구도 믿지 않았다. 풍기도, 인후도, 대제학도. 어느 한 사람이라도 비밀에 대한 대가를 목숨으로 치르지 않을 사람이 없도록 독이란 덫을 쳐 놓았다. 독, 피부에 스미거나 더욱이 섭취했을 때 치명적인 독을 서찰에 발라 놓았다. 무색무취하나 치명적인 독이었다. 죽은 대제학은 목숨으로 대가를 치렀고 풍기와 인후는 충정으로 목숨을 구했다.

한편 인후는 또 다른 서찰을 생각하고 있었다. 스승은 가족에게, 송정에게 그리고 인후에게 각각 서찰을 남겼다. 아마도 송정의 서찰은 없애 버린 듯했다. 인후에게 남기는 서찰의 내용은 간략했다. 한결같은 마음으로 학문에 매진하고 지금의 맑은 마음을 잃지 말라, 송정에게 서찰을 전해 달라, 그것이 다였다. 문제는 가족에게 남기는 서찰의 내용이었다. 그것은 유언이었다.

만장을 세우지 말라 했다. 무덤에 비석과 석상도 세우지 말라 했다. 문상도 받지 말라 했다. 혹여 임금께서 시호를 하사하신다

하더라도 곡진히 사양하라 했다. 이를 어기는 자손에겐 저주가 내릴 것이란, 대학자에게 도무지 어울리지 않은 유언이었다. 집안이 발칵, 뒤집어졌다. 처음엔 누구도 그의 유언을 받아들이지 않으려 했다. 그러나 아들 적은 자신만이 읽을 수 있게 봉인된 서찰에서 이런 대목을 발견하고 경악하고 말았다.

……유언을 따르지 않을 시에는 너와 나만 아는 그 죄를 낱낱이 적은 서찰을 임금께 올리라 했다. 누구에게 그것을 맡겼는지 섣불리 짐작하지 마라. 네가 상상할 수 없는 사람이니…….

결국 그의 유언은 받아들여졌다. 빗발치는 제자들의 항변에 대제학의 아들, 적은 어쩔 수 없이 대제학의 유언을 공개하기에 이르렀다. 물론 자신의 죄에 대한 부분을 제외하고. 세상이 경악했다. 어떤 이들은 대제학이 워낙 청렴하여 벌인 일이라 했고, 어떤 이들은 오랜 병치레로 정신이 혼미한 중에 실언을 한 것이라 했다. 그러나 유학자가 저주를 운운한 것은 어떤 경우에도 이해될 수 없는 일이었기에 죽음 이후 그의 명성은 서서히 금이 가기 시작했다. 금이 가고 부서져 내린 대제학의 이름은 풍화되어 갔다. 송정의 바람대로 쓸쓸하고 고통스러운 죽음이었으며 고독한 망각이었다.
"근자에 마음이 어지러워 《시경詩經》을 다시 가까이하고 있네. 자네는 《시경》 중 어느 편을 좋아하는가?"
갑작스러운, 뜻밖의 물음이었다. 그러나 인후는 공손히 대답했다.

"주나라 성왕의 〈경지敬之〉 편을 숭상하옵니다."

인후의 말이 떨어지자마자 송정은 노래하듯 읊었다.

"일취월장日就月將 학유집희우광명學有緝熙于光明, 그 뜻을 짚어 주시겠나."

인후는 잠시 말을 잊었으나 워낙 즐기던 구절이라 곧 막힘없이 답할 수 있었다.

"날로 쌓고 달로 쌓아 애쓰고 애써 밝은 지경에 이르리라, 즉 사람의 학문은 나서부터 주어지는 것이 아니라 노력이 따라야 지혜로워질 수 있다는 뜻으로 압니다."

"옳은 말일세. 선비 되는 자가 교만하여 배움을 게을리한다면 하늘에 부끄러운 일이지. 자네가 내게 큰 깨우침을 주는구먼."

"그리 말씀하시니 송구스럽습니다."

"아닐세. 자네의 노력과 겸손함을 천하가 알아줄 날이 있을 것이네. 하나 '미불유초靡不有初 선극유종鮮克有終*'이라. 날 적에는 누구에게나 있지만 끝까지 지키기란 어려운 것이라 했네. 자네의 그 뜻을 끝까지 이어 나가길 바라네."

"사형의 말씀, 깊이 새기겠습니다."

담박한 사내였다. 송정은 다시 미래의 판을 짜기 시작했다.

"자네, 나이가 올해 몇이지?"

도무지 종잡을 수 없는 송정의 물음에 이제 인후는 예측하는

---

* 《시경》 중 〈대아大雅 탕蕩〉 편.

것도, 마음의 방어벽을 쌓는 것도 포기해 버렸다. 애초에 상대가 되지 않는 사람.

"열아홉입니다."

"그렇구먼. 따로 정혼한 규수가 있는가?"

포기했음에도 놀라지 않을 수 없는 물음이었다. 감출 수 없는 당혹감에 인후의 얼굴이 붉어졌다.

"아, 아닙니다. 아직……."

"그러하군……. 알았네."

영문을 알 수 없는, 그러나 예에 어긋나는 것은 아닌 송정의 언행에 골몰했으나 답을 찾을 수 없었던 인후는 며칠 후 아연실색하고 만다. 최 대감 댁에서 인후의 부모님께 매파를 보낸 것이다. 매파는 송옥과 인후의 혼사를 청했다.

의논은 없었다. 최 대감은 병중의, 제정신이 아닌, 어른 노릇을 하지 못하는 사람일 뿐이었다. 송정은 인후의 집에 매파를 보낸 후 큰사랑방으로 들어 탕약을 아버지에게 올리면서도 혼례에 대한 말을 일절 내려놓지 않았다. 다만 탕약을 마신 최 대감이 과거의 시간으로 자신을 돌려놓기 직전, 대제학의 서찰을 품에서 꺼내었다. 때가 된 것이다. 송정은 소리 내어 서찰을 읽기 시작했다.

죽음이 임박했구나. 저기 문밖에서 죽음, 그가 나를 부르고 있다. 기실 오래전부터 그는 나를 원하고 있었건만 네 말대로 졸렬한 나는 떨치고 일어나지 못했구나. 그리도 중한 죄를 짓고, 그리도 많은 혼들을 괴롭히고서 아직도 말이다.

옳다. 너의 말이 모두 옳아. 나는 위유 중에서도 가장 밑바닥의 시정잡배와 같은 자이구나. 입암立巖이란 호는 내게 가당치도 않아. 아들의 죄를 덮기 위해 수영을 외면하고, 다시 수영을 너와 혼인시키고, 그 아이와 송명이 부정한 관계임을 또다시 숨긴 나는 진정 죄인이다. 무엇보다 세한을 그리 만든 나의 죄를 어찌 씻어야 할지 죽음 앞에서조차 알 길이 없구나. 그 일들은 여기에서 다시 논할 필요도 없이 너의 말이 다 옳고 나 또한 인정하노라. 부끄럽고 부끄러워 해를 보기도, 달을 보기도 힘들구나. 등불조차 내게 과하다.

다시, 너의 말이 모두 옳다. 내가 그랬느니라. 내가 세한의 죽음에 관여를 했다. 이조전랑으로 있을 때 자격 없는 자를 관원으로 천거했다는 그의 고변은 옳았다. 내 무능한 제자가 안타까워 그리했다는 변백은 소용이 없었고, 게다가 세한의 고변으로 졸렬한 분노를 일으켜 사헌부 관원인 제자들에게 섭섭한 마음을 토로했던 것도 맞다. 그리하면 당파도 다르고 재주도 뛰어났던 세한을 오래전부터 질시한 그들이 세한을 가만두지 않으리라 짐작했다. 짐작하여 그리 치졸한 마음을 나와 똑같이 닮은 제자들에게 말했던 것이다.

내가 죽인 것이다. 그들이 야다시를 열었음에도 말리지 아니하였고, 칠문을 하는데도 말리지 않았다. 무엇보다 네 아비 인공이 세한을 돕는 것을 금했다. 금했을 뿐만 아니라 그를 해하는 일에 가담하게 만들었다. 그러니 내가 죽인 것이 맞다. 세한, 송옥의 친부를, 내가 죽였다. 비겁한 변백이라 할 수 있겠으나 세한에 대한 분노가 컸던 만큼 그에 대한 죄책감도 컸다. 죽은 세한과 김씨 부인에 대한 악몽에 시달렸던 나날, 문드러진 가슴에서 솟는 죄책감, 그것을 드러낼 수도 없이 저승으로 가야 함이 한스럽구나. 그러나 그 역시 모두 나의 업보, 죗값을 치르는 것이니 달게 받겠다.

내 업보로 인해 원혼이 된 사람들이 저승에서 나를 기다리고 있으니 그들에겐 내 혼이 닳아 사라질 때까지 용서를 빌 것이다. 하지만 너와 송옥에겐 용서를 빌지 못함이 더욱 죄스럽기 그지없구나. 네 말대로 그 아이, 본래 세한의 여식으로 자랐더라면 너와 혼인하였을 것인데 하늘이 정한 연을 한낱 사람이 갈라놓았으니 이 죄를 어찌 씻을 수 있겠느냐. 이리 글로, 너에게나마 용서를 비노니 부디 이 못난 스승을, 아니, 죄 많은 노인을 측은히 여기는 마음을 조금이나마 가져 주길 간절히 바라고 바라노라. 이제 너의 바람대로 나는 홀로, 고독하게 나의 죽음과 마주할 것이니.

송정이 서찰을 읽는 동안 최 대감은 잠깐 젊은 인공이 되었다. 눈동자에 불이 밝혀지고 고통의 표정이 떠돌았다. 서찰을 다시 가슴에 품은 송정은 말없이 아버지를 응시했다. 입을 먼저 연 것은 인공이었다.

"그래도…… 그리해서는 아니 되었어. 자네를 장리로 고발하는 서書에 수결을 해서는 아니 되는 것이었어. 사형들이 아무리 겁박해도…… 게다가 그날 도움을 청하러 온 자네를 내치기까지 했어. 그리 비겁하게 당파의 그늘에 숨어 떨고 있기만 해서는 아니 되었는데……. 그리하여 벗을 죽인 나의 죄가 자식들에게 이어져서 이리도 참담한 지경에 이르렀어. 나는 자네 여식이 죽기를 바란 적도 있어. 속죄를 위해 데려왔던 그 아이가 죽기를 바라다니……. 내 감히 자네에게 용서를 빌지도 못하겠으니…… 세한, 어서 나를 데려가게나. 세한……."

눈물, 회한이, 죄책감이 주름진 눈가와 볼을 타고 수염을 적셨다. 이제 그는 더 이상 젊은 인공이 아닌 송정의 아버지, 최 대감이 되어 있었다. 송정은 그 아버지를 위해 어떤 위로의 말도 건네지 않고 엄혹한 빛을 담은 눈으로 계속 노려볼 뿐이었다. 그의 말대로 용서는 그의 몫이 아니었기에. 그리고 모두를 용서할 수 있는 단 한 사람, 그러나 용서의 기회를 갖지 못했던 송옥이 문밖에서 온몸과 마음을 떨며 서 있었다.

숨이 가빴다. 눈앞이 아뜩했다. 귓전에 맴도는 모든 소리가 왕왕, 커지며 머리를 울렸다. 손끝과 발끝의 감각이 점멸하다 몸이 먼저 스러졌다. 마음이 스러졌다. 스러진 몸과 마음은 도리어 스러진 과거를 불러왔다. 정우당 대청마루에 스러진 송옥은 열여덟이 아닌 열 살의 그녀였다. 열 살의 그녀가 열에 잠긴 채 스르르 눈을 떴다.

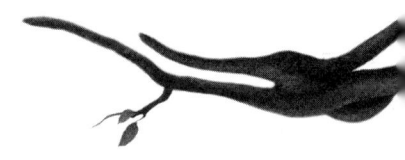

낮의 여인, 밤의 여인

 머리가 뜨겁다. 손발이 무거워 움직일 수 없다. 움직일 수 없는 부자유함에 급히 들이마신 숨은 해를 삼킨 듯 후끈하다. 어린 송옥은 겁이 덜컥 났다. 계속 앓아 왔던 것은 어머니, 신씨 부인이었다. 그런데 자신도 병이 난 것일지도 모른다고 생각하니 겁이 나서 견딜 수가 없었다. 어디선가 무서운 아기 울음소리가 들리는 것 같기도 하다. 아주 오래전부터 꿈속에서 들렸던 아기 울음이다. 무서워, 무서워, 무서워……. 나도 어머니처럼 이상해진 걸까? 겁이 났다. 얼마 전부터 마음까지 병이 나서 이상한 행동을 하는 어머니와 같아졌을까 봐 겁이 났다.

 위중해지자 신씨 부인은 분노하는 일이 많아졌다. 징후도 없이 갑작스럽게 일어나는 그녀의 분노는 주로 송옥을 향했다. 그건 아주 사소한, 도무지 납득할 수 없는 사소한 일이 계기가 되곤 했다. 송옥이 한다, 송옥을 본다, 송옥을 혼낸다. 순서는 그렇게 이뤄졌다. 송옥이 바르게 글씨를 쓴다. 한 글자도 틀리지 않고, 먹을 튀기지도 않고 바르게 글씨를 쓴 송옥을 신씨 부인이 물끄러미 본다. 그리고 이내 눈초리가 매서워지며 트집을 잡는다.

"너는 글머리엔 힘을 너무 주고 마지막은 흘려 버리는구나. 얼핏 보기엔 바른 글씨 같으나 그것은 마음의 처음과 끝이 같지 않은 사람임을 나타내는 것이야."

송옥은 다시는 어머니 앞에서 글을 쓰지 못한다. 송옥이 예쁘게 수를 놓는다. 색색의 꽃과 나비가 제법 생생하고 곱다. 신씨 부인이 그것을 가져오라 손짓한다. 송옥이 머뭇머뭇 어머니의 손에 수를 놓은 무명을 쥐어 준다. 신씨 부인은 여지없이 입술을 일그러뜨린다.

"사람을 홀리는 색이구나. 정숙해야 할 아녀자가 놓은 수가 이리 요염해서 어쩌누? 가서 《내훈》이나 부지런히 읽고 마음가짐이나 바로 해라."

눈물을 글썽이면 더 매서운 말이 쏟아졌다.

"어미가! 아픈 몸을 하고서도 너를 위해 충고를 하는데 눈물을 보이는 이유가 무엇이야? 억울하다는 것이냐? 무엇이? 그래도 너는 살아서…… 되었다, 되었어!"

신씨 부인의 분노가 절정에 달할 때는 송옥이 무언가를 먹는 것을 볼 때였다. 어느 날은 인척이 보낸 곶감을 송명이 송옥에게 나누어 주었다. 원래 곶감을 좋아했던 송옥이 게 눈 감추듯이 제 몫의 곶감을 먹어 버리자 송명은 제 것을 누이 손에 들려 주었다. 그것이 송옥의 입에 들어가자마자 호되기 그지없는 신씨 부인의 목소리가 송옥의 등을 때렸다.

"네가 오라비 먹을 것을 빼앗아 먹어? 네가…… 네가 이제 내 아들 입에 들어가는 것도 가로채는 것이냐?"

햇살이 좋아 공루에 잠시 나와 있던 신씨 부인이 송옥을 노려보고 있었다. 곧 자신을 향해 달려들 것처럼 몸을 앞으로 숙인 어머니를 겁에 질린 눈으로 보던 송옥은 앙, 하며 울음을 터트렸다.

"무엇이 서러워서 운단 말이야? 대신 누리면서…… 대신 모두 누리면서 사는 주제에 무엇이 서러워?"

"어머니! 그만…… 그만하세요."

"무엇을? 내가 어쨌기에?"

송명이 송옥의 앞을 막아서며 항의하자 신씨 부인은 더 화를 내다가 결국 몸을 가누지 못했다. 그런 그녀를 운남댁이 부축해 안방으로 들어가면 송명은 울고 있는 송옥의 머리를 쓸어 주었다.

"오라버니…… 왜…… 어머니는 송옥이…… 미워하세요?"

훌쩍이며 묻는 송옥에게 송명은 바로 대답하지 못했다. 대답 대신 누이동생을 꼭 안아 주었다. 송옥은 송명의 품에서 다시 울음을 터트렸다. 서러움이 돌덩이처럼 어린 가슴에 얹혔다. 눈물로도 풀리지 않는 서러움이었다. 이유를 알고 싶었다. 그 이유를 알려 준 것은 송명이 아닌 송정이었다. 낮에 있었던 일을 모두 송정에게 이야기하자 그는 가만히 상황을 마음에 그려 보았다. 그리고 고개를 끄덕였다. 송옥의 작은 손을 잡은 채.

"어머니께서는 많이 편찮으시구나."

"오래전부터 아프셨어요. 그런데요? 그러면 송옥이 미워하게 돼요?"

"어머니께서는 이제 마음까지 아프신 것이야. 몸과 마음, 둘 다 아프셔서 너에게 그리 대하시는 것이지."

"마음이 아프면 사람을 미워하게 돼요?"

"그래, 마음이 많이 아프면 사람을 미워하게 되지. 아니, 미워한다고 생각하게 되지. 그래서 진실로는 너를 미워하지 않더라도 미워하는 행동을 하게 되신 거야. 하지만 사실 어머님께서 진실로 미워하는 사람은 바로 당신이실 것이야."

"왜요? 왜 어머니께서 자기를 미워해요?"

송옥의 눈동자는 맑았다. 송정은 그 안에서 떨고 있는 작은 새를 발견했다. 자신이 보듬어 주고 감싸 줘야 할 작은 새. 이제 그는 두 손을 펼쳐 송옥의 손을 꼬옥 감싸 쥐었다.

"지켜 주지 못했기 때문이지. 자신에게 소중한…… 지켜 줘야 할 소중한 사람을 지켜 주지 못해서 그렇게 마음도 아프고, 자신을 미워하고…… 그러한 것이야."

"응…… 어머니는 마음이 많이 아프신 것이구나. 그럼 송옥이는 마음이 아프고 싶지 않아. 사람을 미워하고 싶지 않으니까. 오라버니도 마음이 아프지 마세요."

작은 새가 재잘거린다. 재잘거리며 오히려 송정을 위로해 준다. 그는 미소 지으며 송옥의 어깨를 안아 주었다.

"나는 아프지 않을 것이야. 내게 소중한 사람을 반드시 지켜 줄 것이거든."

눈물로 풀리지 않는 서러움이 송정의 품에서 녹아 갔다. 그러나 괜찮지는 않았다. 미움을 받는 것이 괜찮을 리가 없었다.

전날 신씨 부인에게 호된 꾸중을 듣고 송옥은 앓았다. 자신이 앓고 있다는 것도 모를 정도로 열이 오르고 정신을 잃었다. 그것을 운남댁에게 전해 들은 최 대감이 향유재에 들었다. 그리고 신씨 부인과 나란히 앉아 누워 있는 송옥을 내려다보았다. 신씨 부인은 운남댁에게 기대어 간신히 앉아 불규칙한 숨소리만 내고 있었다. 그 와중에 송옥의 의식이 눈을 뜬 것이다. 의식만이 눈을 떠서 자신도 어머니처럼 되었을까 봐 두려워했다. 오라버니들이 보고 싶었다. 특히 송정이 보고 싶었다. 울컥, 눈물이 나오려는데 아버지의 엄한 목소리가 들렸다.

"어째서 자꾸…… 아이를 괴롭히는 것이오? 어린것이 가엾지도 않소?"

"가엾지요. 그렇게 참담히 부모를 잃은…… 저 아이, 가엾지요. 하오나 저 아이만 보면 자꾸만…… 하아, 우리 진짜 송옥이가 생각이 나서…… 저 아이가 우리 송옥이 자리를 차지하고 있는 것이 견딜 수가 없는 것을 어찌합니까."

가쁜 호흡과 끊어질 듯 이어지는 가는 목소리였지만 신씨 부인은 말을 계속했다.

"이제는 그만…… 그만 말해 주시어요. 우리 송옥이, 진짜 우리 송옥이…… 어느 자리에 묻으셨습니까? 제대로…… 제대로 묻히기나 한 것입니까?"

알아듣기 어려웠다. 아니, 말소리는 구분이 되었으나 뜻을 알기 어려운 말들이었다.

'어머니, 송옥이 여기 있어요. 저 묻히지 않았어요.'

마음속으로 외쳤다. 그러나 여린 마음속 목소리는 이어지는 신씨 부인의 말소리에 묻히고 흩어졌다.

"말씀해 주셔요. 그날 우리 불쌍한 아기…… 우리 진짜 송옥이 그리되고…… 백아가 밀실로 옮겨진 그 저주받은 날…… 서방님께선 운남댁을 데리고 가셨지 않습니까. 그 댁으로…… 세한, 그분 댁으로…… 우리 송옥이 데리고 가서 저, 저 송옥이를……."

"부인, 그것은…… 묻지 않기로 하지 않았소."

"제발 말씀해 주십시오. 제가 죽을 날을 받아 놓은 것이나 진배없는데…… 저승 가는 길에 우리 아기, 그 불쌍한 아기…… 어디 묻혔는지 알아야 제가 품고…… 저승으로……."

눈물이 신씨 부인의 말을 흐리고 최 대감은 고개를 돌려 부인을 외면했다. 그러자 운남댁이 조심스레 끼어들었다.

"대감마님, 이제 알려 주시지요. 마님께서 이리 간청드리지 않습니까. 제발……."

깊은 한숨이 최 대감의 입에서 새어 나왔다. 그와 함께 송옥의 마음속 말소리가 멈췄다. 그녀의 몸으로 소리와 소리가 들고 날 뿐이다.

"그날…… 운남댁을 데리고 세한의 집을 갔을 때, 김씨 부인은 산욕열로 세상을 등진 후였소. 종복이라곤 없는 가난한 집…… 죽은 세한의 부인 곁에 쌍둥이가 있더이다. 한데 그중 한 아기는 죽었고…… 살아남은 한 아기가 지금의 저 아이요."

"그럼 우리 송옥이는요?"

신씨 부인이 매달리듯이 물었다.

"장례까지 잘 치렀소. 세한과 김씨 부인의 딸로 그들 곁에 묻혔소. 죽은 쌍둥이 아기와 함께 말이오. 분명 김씨 부인께서 저승길에 잘 데리고 가셨을 테니…… 제발 더 이상 마음 쓰지 마시구려."

"박복한 것…… 가엾은 것…… 우리 송옥이……."

흐느끼는 신씨 부인과 과거의 죄업에 짓눌린 최 대감을 송옥이 보았다. 열이 들끓었지만 어쩐 일인지 몸이 가볍기만 했다. 두 팔을 벌려 파닥거리면 날아오를 것도 같았다. 송옥이 일어섰지만 누구도 눈치채지 못했다.

"어머니, 송옥이 여기 있어요. 울지 마세요. 저 여기 있어요."

안아 주세요, 그 말은 삼키고 어린 송옥이 신씨 부인에게 팔을 벌렸다. 그런 송옥을 노려보던 신씨 부인의 눈동자가 화르륵, 타올랐다. 순식간의 일이었다. 송옥에게 달려들어 목을 조르기까지는. 누구도 예측하지 못한, 상상할 수도 없는, 병자라 할 수 없는 힘과 빠르기였다.

"어머니……."

"누가 네 어미냐! 같이 죽자. 너처럼 저주받은 것이…… 우리 송옥이 자리를 차지하고서…… 그럴 수 없지……."

벌겋게 충혈된 눈알을 번뜩이며 가녀린 송옥의 목을 조르는 신씨 부인. 뎁접한 운남댁이 신씨 부인의 팔을 붙잡고 말려 보지만 역부족이었다. 신씨 부인은 혼신의 힘을 다하고 있었다. 송옥의 목을 조르는, 죽이는 일에 혼신의 힘을 다했다. 어린 송옥이 바동거리며 신씨 부인의 손아귀에서 벗어나려 애썼으나 고통만 더할 뿐이었다.

"어머니…… 살려…… 살려 주……세요."

숨이 막혀 왔다. 희미해지는 시선 너머로 금빛이 보였다. 장지로 쏟아져 들어오는 햇빛은 작정을 한 듯이 방 안 구석구석을 비추었다. 그리고 송명이 보였다. 눈꼽재기창으로 안방을 들여다보고 있던 송명이 더 이상 커질 수 없는 눈을 하고 주저앉아 있었다. 감히 소리 낼 수 없는 충격이 소년의 몸을 얼어붙게 만들었다. 입이 벌어지고 가쁜 숨과 함께 엉켜 버린 생각들이 쏟아져 나왔다.

"어머니…… 아, 아버지…… 사, 살려…… 제발 살려, 주세요."

파랗게 질린 입술을 하고 송옥이 최 대감을 향해 손을 뻗었다. 그런데…… 최 대감은 움직이지 않았다. 경악한 얼굴을 하고서 떨고 있었지만 송옥을 돕기 위해 움직이지 않았다. 송옥은 그저 살고 싶었다. 믿을 수 있는 것은 오라비뿐. 마지막으로 송명에게 손을 뻗는다.

"오라버니…… 살려…… 주세, 살려……."

간신히 송명에게 도움을 요청한 송옥이 정신을 잃어버렸다. 동시에 송명이 방 안으로 뛰어들었다.

"그만하세요! 어머니! 그만! 그만!"

소리를 지르며 어머니의 손을 송옥에게서 떼어 내려 안간힘을 썼다. 그러나 신씨 부인은 아들을 알아보지 못했다. 입가에 무시무시한 미소를 띠고 광기에 휩싸여 있었다. 송명은 소름이 돋았다. 두려웠다.

"아버지! 어머니 좀 말려 주세요, 아버지!"

비명을 지르듯이 최 대감을 불렀다. 그제야 정신을 차린 최 대감이 신씨 부인의 팔을 붙들었다. 아들과 함께 간신히, 간신히 송옥에게서 신씨 부인을 떼어 놓는다. 하지만 그녀는 계속 송옥을 향해 팔을 뻗으며 소릴 질렀다.

"놔! 저것을 내가 데려가야 해! 내가 우리 송옥이 자리를 찾아 줘야……."

입에서 거품이 일며 신씨 부인의 몸이 무너졌다.

"마님!"

"부인!"

운남댁과 최 대감이 쓰러진 신씨 부인을 부축하는 동안 송명은 정신을 잃은 송옥을 안고 그녀를 계속 불렀다.

"송옥아, 송옥아, 정신을 차려 봐. 오라비다, 송옥아……. 오라비가 늦게 와서…… 미안해. 잘못했다. 송옥아……."

송명의 부름에 송옥이 눈을 떴다. 마음으로만 눈을 떴다. 마음의 눈에 자줏빛 안개가 보였다. 처음으로 본 자줏빛 안개가 몽글몽글, 솟아올라 방 안을 덮었다. 신씨 부인을 부축하고 있는 아버지와 운남댁을 모두 뒤덮은 안개는 물결치듯이 흘러넘쳤다. 넘치고 넘쳐 방문 틈으로 몸을 비집고 나가 나무집으로 퍼져 갔다. 누구도 자줏빛 안개를 막을 수 없었다. 어디선가 날카로운 아기 울음소리도 울렸다. 아기…… 형체도 없던 아기가 서서히 송옥의 혼에서 여자아이의 모습으로 고개를 내밀었다. 송옥이 죽은 줄 알았던 송명의 품에서 여자아이는 빠져나와 몸을 일으켰다.

"송옥아……."

나무집 이야기

멍하니 입을 벌리고 주저앉아 있던 송명 앞에 소녀가 섰다. 그건 송명의 누이가 아닌, 낯선 소녀였다. 송옥의 얼굴을 하고, 어머니의 손자국이 선명한 목덜미를 드러내고 있었지만 아니었다. 반들반들 빛나는 눈동자를 하고 해사하니 미소를 지은 소녀가 송명을 내려다보고 있었다. 등 뒤로 어머니의 정신을 차리게 하려 애쓰는 아버지와 운남댁의 목소리가 들렸지만 송명은 소녀에게 눈과 귀와 입, 모든 것을 빼앗긴 후였다.

"옥, 옥아……."

틀린 이름이었다. 소녀는 아직 이름이 없었으니까. 소녀는 답하지 않았다. 답하지 않고 피식, 웃으며 그를 지나쳐 달려간다. 달리면서 크게 숨을 내쉬었다. 소녀가 그를 스쳐 지날 때 송명은 이전에 단 한 번도 느낀 일이 없는 향기를 느꼈다. 놓칠 수 없는, 놓쳐서는 안 되는, 놓치면 죽을 것 같은 달콤한 향내였다.

송명은 벌떡 일어나 뒤를 돌아보았다. 어른들은 그저 송옥이 무사한 것이면 되었다는 듯이 어머니에게만 신경을 기울일 뿐이었다. 그리고 잔인하도록 무심한 그들 뒤로 맨발인 소녀가 향유재 마당을 망우재 쪽으로 뛰고 있다. 하얀 치맛자락이 향기의 자취를 선으로 그려 내고 있다. 동시에 팔랑팔랑, 하얀 나비가 그를 향해 꺄르르, 웃어 준다. 송명이 따라 뛰었다. 잡고 말 것이야, 잡고 말 것이야……. 되뇌고 되뇌며 소녀를 쫓았다. 소년 송명의 몸이 날래게 소녀를 따랐다.

숨바꼭질하듯이 망우재를 돌며 소녀는 송명을 향해 계속 웃어 준다. 망우재의 기둥과 기둥으로 소녀의 향기와 웃음이 휘감겼다. 그 역시 한 번도 들어 본 일이 없이 맑고 가벼운, 하늘로 날아올라 카랑, 터질 것 같은 웃음이었다. 송명은 홀린 듯이 소녀를 따른다. 소녀는 이제 밀실로 걸음을 옮겼다. 그때, 송명의 정신이 퍼뜩 돌아왔다. 감춰진, 인정하기 싫은, 인정할 수 없는, 자신의 형이란 괴물에게 소녀를 보여 주고 싶지 않았다. 소녀마저 빼앗기고 싶지 않았다.

"안 돼! 거긴!"

절박한 송명의 목소리가 바람 같은 소녀의 발걸음을 멈추게 했다. 마침내 그를 뒤돌아본 소녀는 반들거리는 미소를 짓고 있었다. 그리고 한 걸음, 한 걸음, 그를 향해 다가왔다. 잡고 싶었던, 제 손안에 넣고 싶었던 소녀지만 송명은 뒤로 물러서고 만다. 그것을 보고 소녀는 더 크고 반짝거리는 미소를 머금는다.

"왜, 왜 안 돼? 여기 뭐가 있어서?"

겁 없는 목소리, 송옥과는 너무 다른 그 당돌한 목소리에 송명은 그만 심중의 말을 쏟아 내고 만다.

"네가 거기 들어가는 게 싫어. 네가 그놈과 만나는 게 싫어."

"왜? 왜 싫은데?"

걸음조차 당돌하게 다가온 소녀가 송명 바로 앞에 섰다. 숨결이 느껴질 정도로 가까웠다. 생글거리는 눈과 입술이 눈앞에 있었다. 어지러움을 참으며 송명이 답했다.

"너는…… 너는 빼앗기고 싶지 않아. 그놈에게 빼앗기고 싶지 않아."

그의 답에 송옥의 얼굴을 했으나 마음은 송옥이 아닌 소녀가

나무집 이야기

와락, 송명을 끌어안았다. 향긋하고 보드라운 소녀의 몸.

"빼앗기지 마. 나도 빼앗기지 않을 거야. 다시 찾을 거야."

뱃속을 간질이며 울리는 목소리에 송명은 영원히 마음을 빼앗겨 버렸다. 순간, 아버지의 목소리가 둘을 회초리처럼 내리쳤다.

"무얼 하고 있는 것이냐?"

갑자기 소녀의 몸이 고꾸라졌다.

"송옥아!"

송명은 저도 모르게 누이의 이름을 불렀다. 그 부름에 가늘게 눈을 뜬 사람은 송옥이었다.

"오라버니…… 송옥이가 잠이…… 들었나 봐요. 오라버니, 무서워요."

송명의 품을 파고들었다. 송옥은 아무것도 기억하지 못했다. 부모의 대화도, 어머니가 자신을 목 졸라 죽이려 한 일도, 다른 소녀가 되었던 일도……. 기억하지 못하는 그녀에게 누구도 진실을 말해 주지 않았다. 그날로부터 송옥의 몽유가 시작되었다.

송옥의 몽유, 그것은 나무집의 또 다른 비밀이었다. 아침에 일어나 보면 옷과 발이 흙투성이가 되어 있곤 했다. 머리칼이 산발되어 그녀를 깨우기 위해 들어온 설이를 놀래기도 했다. 분명 제 방에서 잠이 들었는데 깬 곳이 다를 때도 있었다. 송명의 방에서 눈을 뜨면 그가 업어서 데려다 주었지만 서고나 선유당에서 깨면 자지러진 송옥의 울음소리가 나무집을 울리곤 했다. 몽유의 밤이 이어지던 어느 날, 송옥이 팔랑거리며 한 손에 제가 그린 그림을 쥐고 밀실로 날아들었다.

"오라버니, 오라버니, 이것 좀 보셔요."

병아리들이 대나무 그늘 아래 모여 오종종거리는 그림이었다.

"예쁘구나, 요 노란 궁둥이가 살아나 움직일 것 같구나."

송정을 미소 짓게 만드는 단 하나의 연유가 방싯거리며 그를 향해 고개를 까딱거렸다. 그런데 금세 시무룩한 표정으로 입술을 삐죽거렸다.

"어찌 그러누?"

"이 고양이요……."

송옥의 오동통한 손가락이 가리킨 끝, 바위 뒤에 고양이 눈동자가 날카롭게 반짝이고 있었다. 고양이의 솟은 귀와 날렵한 수염을 응시하던 송정의 시선이 다시 송옥을 살핀다. 하얀 이로 아랫입술을 살짝 깨물고 있는 송옥.

"왜…… 고양이가 맘에 들지 않니?"

그의 물음에 송옥은 천천히 고개를 저었다.

"그런 것이 아니라…… 송옥이는…… 송옥이는, 고양이를 그린 적이 없어요."

송정의 눈동자가 커졌다.

"그럴 리가 있느냐. 네 붓이 갔음이 분명한 그림인데……."

거짓말이었다. 같지 않았다. 달랐다. 색채는 비슷하였으나 송옥은 한 번도 해치는 눈을 가진 동물을 그려 본 일이 없었다. 송정의 가슴에 의혹이 차올랐다.

"아니야, 송옥이가 그린 것이……. 무서워요. 저 고양이가 병

나무집 이야기 417

아리들을 채어 갈 것 같아요."

입술을 잘근 깨무는 송옥을 보고 송정은 손을 내밀어 고양이를 덮었다.

"봐라, 이러면 어떠하겠니. 이리하면 고양이가 우리 송옥이의 병아리들을 해치지 못할 것이다. 이 오라비 손안에 가둬 두면 말이야."

"응, 그러면 괜찮아요. 무섭지 않아요."

생긋 웃으며 파르라니 힘줄이 드러난 송정의 손등에 송옥은 작고 보드라운 제 손을 덮는다.

"오라버니 손등에 업혔어요, 송옥이 손."

"그렇구나. 내 손등에 네 손이 업혀 있구나. 참…… 따뜻하다."

그가 세상에서 느끼는 유일한 따스함. 절대 꺼뜨릴 수 없는 따스한 불꽃. 그 불꽃이 몽중에서 다른 빛깔이 됨을 밤이 되어 비로소 송정은 알게 되었다.

늦은 밤, 아니, 새벽에 가까운 시각. 송정은 밀실 문이 열리는 소리에 잠에서 깨었다. 타다닥, 거침없는 발소리가 들렸다. 어둠 속에서 저렇게 날래게 뛰는 사람의 발소리를 송정은 알지 못했다. 불을 켜지 않았다. 송정이 깊은 어둠 속에 몸을 숨긴다.

열린 밀실 문으로 희미하게 달빛이 새어 들어왔다. 소녀의 그림자가 어둠에 몸을 숨긴 송정의 발치까지 뻗었다. 송정은 조용히, 숨까지 감춘다. 소녀는 팔을 뻗어 사방을 휘저으며 탐색을 시작했다. 송정은 가만히 소녀가 하는 양을 지켜본다. 낯익으면서도 낯선, 소녀의 그림자와 향기. 혼란스러웠다. 혼란스러운 와중에 소녀의 손이 그의 가슴을 스쳤다. 송정은 먼저 자신을 드러내기로 한다. 등불을 켠 것이다.

백의 소년, 송정이 소녀와 마주했다. 소녀의 눈동자가 커지며 백의 그림자를 담았다. 입술이 조금 벌어지며 한 걸음, 물러섰다. 송정은 물러나는 소녀를 고요히 지켜보았다. 송옥의 얼굴을 가졌으나 송옥이 아닌 소녀.

"무엇이냐, 너. 무엇이야?"

추궁하는 듯한, 건드리면 베일 것 같은 목소리였다. 소녀는 한 걸음 더 물러섰다. 그럴수록 송정은 더 매서운 눈초리로 소녀를 노려보며 앞으로 나섰다.

"무엇이냐고 물었다. 너, 무엇이냐?"

그의 물음을 소녀는 번뜩이는 눈빛으로 받아쳤다. 앙다문 소녀의 입술이 일그러졌다.

"네가 무엇인데 우리 송옥이의 얼굴을 하고 있는 것이야?"

날카로운 물음에도 소녀는 앞으로 어깨를 쑤욱 빼며 혀를 내밀어 보였다. 그리고 비틀린 목소리로 답했다.

"이건 내 얼굴이기도 해!"

예상치 못한 대답이었다. 송정이 여러 정황을 모으고, 분류하고, 답을 향해 선을 그어 머릿속 지도를 만들어 갔다.

"어째서 그것이 너의 얼굴이냐? 네가 송옥이 아닐진대, 송옥의 얼굴이 네 얼굴이라고 말하는 이유가 무엇이야?"

"이유 따위 무슨 필요 있어! 원래 하나로 태어났으니 내 것이

나무집 이야기

지. 흥!"

소녀는 손가락을 펴서 볼을 마구 찌른다. 송정의 눈썹이 휘어졌다.

"하나로…… 태어나다니…… 무슨 말도 되지 않는……. 사귀인 것이냐?"

"사귀? 그게 뭐야? 귀신이야? 내가 귀신이면 넌 영락없는 하얀 괴물이구나! 괴물!"

"뭐라?"

분노한 송정이 소녀의 어깨를 잡고 흔들자 소녀가 웃음을 터트린다. 종소리 같은 웃음이었으나 뒤틀린 웃음이기도 했다. 송정은 더 세게 멈추지 않고 소녀를 흔들었다. 그러면 사귀가 떨어져 나가기라도 하는 듯이. 그때, 웃음이 돌연 울음으로 바뀌었다. 가녀리고 희미한 울음소리였다. 송정은 모든 것을 멈추고 가만히 그녀를 들여다보았다.

"송옥…… 송옥이로구나. 그렇지? 송옥이야."

가늘게 눈을 뜨고 자신을 흔드는 송정을 보던 송옥이 고개를 끄덕였다. 그리고 울먹였다. 울먹이면서도 송옥의 정신은 몽롱함에서 벗어나지 못했다.

"오라버니…… 무서워요. 송옥이가…… 왜 여기 있어요? 왜 송옥이 막…… 잡고…… 오라버니 송옥이한테 화났어요?"

"아니야, 송옥이한테 화난 것이 아니니 울지 마라."

그의 달램에도 송옥은 눈물을 그치지 않았다. 반쯤 감은 눈에서 눈물방울이 흘러내렸다.

"송옥이가 또…… 몽유란 걸 했나 봐요. 또……. 무서워."

"몽유?"

송정은 그 단어를 빠진 선의 자리에 넣어 머릿속 지도를 완성했다.

"응, 이상한 안개…… 안개를 보면…… 그리되어요."

꿈인지 생시인지 모를 몽롱한 상태로 송옥이 눈을 끔뻑이며 답했다.

"안개라 했니?"

이제 송옥은 까무룩 잠이 오는지 고개를 까딱거렸다.

"응…… 색이 있는…… 예쁜 안개예요. 어머니 비단 치마, 붓꽃, 제비꽃…… 그런 예쁜 색을 가진 안개……. 또…… 아가야 울음소리도 들려……. 너무 슬프고 무서운 울음소리……."

그러고는 잠에 취해 송정에게로 쓰러졌다. 그는 두 팔을 벌려 송옥을 안고 다시 가만히 들여다보았다. 눈을 감고 새근새근 숨을 내쉬는 모습, 분명 송옥이었다.

"너를, 내가 너를, 지켜야 할 때가 온 것이로구나. 생각보다 빨리……. 누구도 너를 가둘 수 없게 지켜야겠구나."

송정은 비밀을 가둠으로써 송옥을 가두지 못하게 하고자 했다. 그러나 비밀은 가둘 수 있는 것이 아니었다. 송정의 존재가 그러했듯이.

어느 날 설이의 자지러지는 울음소리가 향유재에 울려 퍼졌다. 그날은 송명이 대제학의 집에 기숙하며 공부하기 위해 나무집을 떠난 날이었다. 벌써 한 해 전에 그리했어야 했는데 신씨 부인이 위독한 바람에 늦춰지고 있었던 일이었다.

"내 목숨이 너의 학업보다 중치 않거늘 너를 너무 오래 내 곁에 붙잡아 둔 것 같구나. 이리 지체되다가는 내가 너의 공부를 망칠까 두려워 편히 눈을 감을 수도 없을 것이다."

이렇게 말하며 신씨 부인은 한사코 나무집에 남으려는 송명을 대제학 댁으로 떠나보냈다. 그녀는 송옥을 보는 송명의 눈빛이 변했음을 직감했던 것이다. 그날, 그녀가 정신을 놓고, 송옥을 죽이려 했던 날 이후로 송명은 완전히 변했다. 송옥을 보는 송명의 눈빛은 너무도 애틋했다. 어머니로서 신씨 부인은 그것을 두고 볼 수 없었다.

폭풍이 휩쓸고 지나간 자리처럼 그날 이후 그녀 주변의 모든 것이 변해 있었다. 그러나 그것을 바로잡기엔 그녀에게 주어진 시간이 너무 짧다는 것도 변할 수 없는 사실이었다. 변해 가는 사람과 변하지 않는 사실 속에서 신씨 부인이 선택할 수 있는 것이라곤 자식을 떠나보내는 것뿐이었다. 그것이 송명을 지키는 최선이라고 생각했다.

조랑말을 타고 대제학 댁으로 떠나는 송명을 배웅하러 나온 송옥의 눈에 눈물이 글썽했다. 하지만 울 수 없었다.

"오라비 마음이 너로 인해 흐려져서 공부에 방해되면 어쩔 것이야? 절대 눈물을 보여서는 안 될 것이다."

그렇게 어머니가 신신당부를 했기 때문이다. 얼마 전 송옥이 많이 앓았던 날 이후로 어머니는 더욱 차가워졌고 아버지도 그녀를 멀리하는 것 같았다. 그런데 이제 완전히 자기편인 둘째 오라비마저 떠난다. 그럼에도 송옥은 눈물을 보이지는 않았다. 벌써 눈물을 삼키는 법을 알았다.

"걱정 마라. 우리 송옥이 보고프면 오라비가 언제든 달려올 것이고…… 우리 송옥이 지키기 위해서 무엇이든 할 것이야. 아무도 나를 막을 수 없어. 그러니 울지 마라."

다정하고 다정한 송명은 송옥의 이마에 입을 맞춰 주었다. 처음 있는 일이었다. 눈이 휘둥그레진 송옥이 그를 올려다보았지만 송명은 빙그레 웃기만 했다. 환하게 불이 밝혀졌다. 밝은 빛이 저 멀리로 떠나갔다. 그리고 설이의 비명이 들렸다. 송명이 떠난 것은 아침, 설이의 비명이 울린 것은 정오가 막 지나서였다.

운남댁이 향유재로 달려와 보니 설이는 송옥의 손아귀에 머리채를 잡힌 채 울고 있었다. 딸의 얼굴에는 온통 손톱으로 긁힌 자국이 가득했다. 무엇보다 송옥의 눈빛, 운남댁을 쏘아보는 송옥의 눈빛이 달랐다.

"아기씨…… 이, 이게 무슨 일입니까? 왜 설이를 그리……."

어미를 향해 설이가 팔을 버둥거리며 달려오려 했지만 대번에 엉덩방아를 찧어 버렸다. 송옥이 힘껏 머리채를 잡아당겼기에. 머리카락이 끊어지고 설이는 다시 울음을 터트렸다.

"이년이, 종년 주제에, 송옥이한테 뭐랬는지 알아? 울보라고 했어. 종년이! 감히!"

이를 부득 갈며 말하는 송옥을 보며 운남댁은 소름이 끼쳤다. 작은 악귀 새끼가 바락바락 악을 쓰는 것 같았다. 평소에 설이가 설쳐 대기는 했지만 송옥이 저리 역정을 낸 적은 없었다. 아니, 역정 정도가 아니다. 자칫하면 설이를 죽일 수도 있을…… 악귀의 눈이었다. 그걸 깨닫자마자 운남댁은 송옥의 친부모를 떠올렸다. 다른 핏줄의, 다른 씨. 그녀는 지체 없이 딸을 송옥에게서 떼어 놓으려 했다. 놀랍도록 힘이 셌다. 힘이 세기보다는 악을 쓰며 덤벼들었다. 그때마다 설이의 머리칼이 한 움큼씩 뽑혔다. 운남댁과 설이가 송옥 하나를 이겨 내지 못하고 절절맬 때 안방에서 가느다랗게 신씨 부인의 목소리가 들렸다.

"무엇인가? 운남댁, 무슨…… 무슨 일인가?"

순간, 송옥의 어린 몸이 급작스럽게 무너졌다. 겨우 송옥에게서 빠져나온 설이는 어미의 등 뒤로 숨고 운남댁은 쓰러진 송옥을 제 팔 안에 들어 안았다.

"아닙니다. 설이가 넘어져 무릎이 깨진 걸 가지고…… 송구합니다, 마님."

급하게 거짓을 지어낸 그녀는 설이에게 검지를 들어 입술에 대어 보인다. 잠시 후 정신을 차린 송옥은 맑은 눈으로 운남댁을 올려다보았다.

"운남댁…… 송옥이가 여기서 잠들었어? 송옥이가 또 몽유한 거야?"

설이가 답하려는 걸 운남댁은 팔을 휘저어 막는다. 그리고 또다시 거짓을 말한다.

"예, 얼마나 잠이 오셨으면 마루에서 주무셔서 제가 안아서 데려다 드리려고 했지요."

"응…… 잠 와, 송옥이 너무…… 잠이 와."

송옥은 스르르 잠이 들었다. 그녀를 건넛방에 누이며 운남댁은 깊은 생각에 빠졌다. 결론이 내려지지 않는 생각이었다. 그녀로서는 도저히 송옥의 행동을 풀어낼 수가 없었다. 이해할 수 없는 송옥의 행동을 풀어 준 사람은 송정이었다.

그날 밤, 밀실로 송정의 식사를 가져갔던 운남댁은 언제나처럼 획, 돌아서려고 했다. 자신이 하얀 도깨비라 부르던 그의 눈빛이 어느 순간부터 변했다는 걸 감지했기 때문이었다. 그것은 상전의 눈빛이었다. 인정하고 싶지 않았지만 송정은 분명 그녀의 상전이었다. 운남댁은 더욱 그와 말을 섞으려 하지 않았고 송정도 그녀에게 먼저 말을 거는 일은 없었다. 그런데 그날 밤, 송정의 목소리가 그녀를 붙잡았다.

"낮에 소란스럽던데 무슨 일이 있었는가?"

운남댁의 어깨가 움찔 떨렸다.

"별일 아닙니다. 그저…… 설이가 넘어져서……."

운남댁은 송정이 너무도 당연히 자신에게 하대를 했으며 반대로 자신은 존대를 했다는 걸 인식하지 못했다. 인식하지도 못한 채 그녀는 이미 송정에게 굴종하고 있었다. 그리고 신씨 부인과 송옥에게 했던 거짓이 송정에게는 통하지 않을 것임을 예감했다. 어둠 속에서 일어나 걸어온 송정은 마치 저승사자와 같은 눈을 하고 그녀를 응시했다.

"그것인가? 설이…… 자네의 딸아이가 넘어져…… 안채에서 그리도 큰 소리로 울고 비명을 질렀다는 말인가? 그걸 내가 믿을 것이라 생각하는가?"

거짓이 통하지 않는 괴물……. 아니다, 상전이다. 갇혔으나 상전은 상전이다. 운남댁은 재빨리 생각을 고쳤다. 말을 고쳤다. 고쳐진 그녀의 말을 들은 송정은 동요됨이 없는 얼굴을 하고 말을 이었다.

"앞으로 자네가 할 일이 많네. 자네가 덮어 줘야 할 일이 많아. 그 일들이 자네에게 많은 보상을 줄 것일세."

그의 말이 운남댁의 얼굴에 욕심의 그늘을 드리웠다. 송정은 운남댁을 탐욕의 늪으로 깊이, 깊이 끌어들였다. 그것이 송옥을, 비밀을 안전하게 숨기는 방법임을 확신했기에. 그는 밀실에서부터 송옥을 지키기 위해 자신의 모든 수단을 동원했다. 그리고 며칠 후 신씨 부인이 세상을 떠났다.

"네가 나의 자리를 빼앗았어!"

사당에 제祭를 올리고 족보에 송정이 제 이름을 올린 날이었다. 허락이 필요 없는 햇살 아래서 그 눈부심이 주는 어지럼증에 소나무에 기대서 있는 송정에게 송명이 활을 겨눈 것은.

장례의 와중에 대제학에게 자신을 드러낸 송정. 그것은 송옥이란 비밀을 감추기 위한 드러냄이었다. 인정받기 위함도, 폭로도 아닌 더 깊숙이 숨기기 위한 드러냄에 아버지가 속고, 대제학이 속고, 세상이 속았다. 송명도 거의…… 속을 뻔했다. 그러나 형제가 숨기고자 하는 대상은 같았고 갈망하는 바도 같았기에 그는 속지 않았다. 속지 않고 천재라는 찬란한 칭송 속에 다시 숨어

든 형을 증오했다. 분노했다.

송정은 대제학에게서 생명과 이름, 비밀을 지킬 힘까지 쟁취했다. 누구도 알아차리지 못한 쟁취였다. 송명까지도 그의 쟁취를 대제학이 부여한 것으로 생각할 정도로 갑작스럽고, 현란한 쟁취. 며칠 만에 임금의 귀에까지 다다른 송정의 천재성에 조선 천지가 뜨르르했다. 당연히 최각과 선대왕의 약속이 조정은 물론 유림 사이에 거론되었다. 송정은 과거로부터 먼저 사면받은 신이한 존재로 받아들여졌다. 그리하여 나무집은 하늘이 내려 준 것 같은 이 기이한 천재를 만나기 위한, 혹은 시험하기 위한 친족들과 선비들로 북적였다.

소년은 안회의 환생처럼 보일 정도로 맑고 예를 행함에 어긋남이 없었다. 무엇보다 그 어떤 물음에도 막힘이 없었다. 인해人海의 파도 속에서도 송정은 평정심을 잃지 않았다. 선비들은 그에게 매료되었으나 동시에 질시하는 마음에 휩싸이는 모순에 흔들리며 나무집을 떠났다. 그래도 끊임없이 사람들이 밀려들었다.

그날은 애제자의 건강을 염려한 대제학의 배려로 잠시 선유당에 송정이 지친 심신을 의탁할 수 있었던 날이었다. 그는 송옥의 손을 잡고 천천히 선유당으로 올라갔다. 그와 햇살 사이에는 오직 수천수만의 나뭇잎만이 존재했다. 세상의 모든 공기가 그를 향해 열려 있었다. 어지러웠다.

"잠시만 쉬자꾸나. 잠시만……."

송정은 송옥의 손을 잠시 놓고 나무에 기대었다. 등허리로 살아 있는 나무의 수피가 느껴졌다. 밀실에서 농축된 그의 피가 나

나무집 이야기 427

무의 수액과 자리를 바꾸었다. 송정은 숨을 쉰다는 말의 진의를 새로이 깨달았다. 몸의 깨달음이었다. 그것은 골수에까지 은혜로움이 스민다는 것이었다. 눈을 감았다. 자연이 그에게 베푸는 은혜로움을 들이마셨다. 깨달음의 순간은 지극히 짧았다.

"네가 나의 자리를 빼앗았어!"

송정이 눈을 뜨자 송명이 충혈된 눈동자를 하고서 활을 겨누고 있었다. 그럼에도 송정은 분노하지 않았다. 이미 자신은 승리했다. 모두의 사랑을 독차지했던 축복받은 아이, 자신의 동생에게서.

"되찾은 것뿐이다. 애초에 네 것이 아니었던 자리이지 않으냐."

지극히 차분한 목소리에 송명은 더욱 분노했다. 분노한 송명과 차가운 송정 사이에서 어린 송옥은 발을 구르며 떨고 있었다. 송명은 활을 거두지 않았다.

"아니, 내 것이야! 내 것이었어! 네가 분수를 모르고 괴물 같은 몸뚱이를 끌고 나오지만 않았더라면 죽을 때까지 내 것인 자리였어! 모두 내 것이었다고!"

"그래서 쏠 것이냐? 네가 쏜 화살이 내 가슴을 뚫는다고 다시 너의 자리가 될 성싶어서? 그렇다면, 쏴라!"

활은 든 것이 송명인지, 송정인지 모를 순간이었다.

"오라버니…… 그러지 마세요. 쏘지 마……."

송옥이 입술을 바들거리며 애원했다. 하지만 정작 송정은 화살의 겨눔을 두려워하지 않고 되레 호통을 쳤다.

"무얼 하는 것이냐, 쏴라! 어서 쏴!"

팔을 벌리며 제 가슴을 열어 보이는 송정을 향하는 송명의 화살 끝이 흔들렸다. 그의 눈동자가 갈피를 잃었다.

"겁을 먹은 것이냐? 어째서 쏘지 못하는 것이야!"

송정은 계속 몰아쳤다. 흔들리던 화살이 다시 몸을 바로 세우고, 송명이 입술을 깨문다.

"죽여 버릴 것이야."

힘껏 시위를 당기며 말을 씹어 삼킨다. 그때, 그의 시선을 가리는 형체가 있었다. 송옥이었다. 울보에다가 겁꾸러기인 송옥이 송명과 송정 사이에 섰다.

"안 돼! 절대로 안 돼. 쏘지 마요. 오라버니 죽이면 송옥이가 용서 못 해!"

눈초리를 올리고 다부지게 소리쳤다. 그것이 송명의 분노를 돋우었다.

"왜 백아의 편을 드는 것이야! 너는…… 너는 내 편이 되어야지! 나는 죽어도 네 편인데!"

분노의 눈물이 고여 들었다.

"몰라! 송옥이는 몰라!"

송옥은 힘차게 고개를 저으며 송명에게 대질렀다. 불꽃이 되었다. 송옥의 말과 눈빛, 모두가 불꽃이 되어 송명의 가슴을 불타오르게 했다. 주체할 수도 없고, 생각의 겨를이라고는 없는, 분노의 불이 타올랐다.

"송옥아, 비켜라. 이것은 송명과 나의 문제이니……."

"시끄러! 시끄럽다고! 송옥이까지 너는 모조리!"

눈물로 흐려진 시야로 외치던 송명이 그만, 시위를 놓쳐 버린다. 화살이 그의 손을 떠난다. 핑, 화살이 나는 소리에 송명과 송정, 모두 심장이 오그라들었다. 화살은 송옥을 향해 곧장 몸을 날렸다. 퍽, 둔탁한 소리가 송림을 울렸다.

"송옥아!"

형제의 목소리가 하나가 되어 한 사람을 갈망한다. 멍하니 서 있던 송옥이 손을 들어 제 볼을 만진다. 피, 붉은 피가 흐르고 있었다. 화살은 그녀의 피를 머금고 나무에 꽂혀 파들거리고 있었다. 파들거리는 화살보다 더, 온몸을 떨며 송명이 주저앉았다. 그리고 배틀배틀 송옥이 쓰러졌다. 쓰러지는 그녀를 품 안에 받은 것은 송정이었다.

"오라버니…… 무서워요."

"송옥아…… 괜찮다. 조금, 조금 볼이 베인 것이야. 흉도 없을, 작은 상처니 무서워 마라."

"오라버니……."

송정의 말에 송옥은 안심의 한숨을 내쉬고 정신을 잃는다.

"송옥아, 송옥아…… 정신을 차려 보렴. 송옥아……."

송옥의 귓전에 다정하고 부드러운 송정의 목소리가 맴돌았다. 서늘한 숲의 그늘에서 꺼져 가던 의식을 일으켰다.

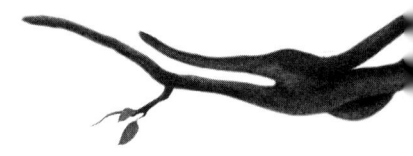

눈雪

"송옥아…… 정신이 드느냐? 송옥아, 오라비다. 송옥아……."

열여덟의 송옥이 눈을 떴다. 망우재의 지붕 아래, 송정의 눈앞에 반듯하게 누워 있는 자신을 발견한 그녀는 안도의 한숨을 쉬었다.

"정신이 드느냐, 송옥아?"

송정이 다시 제 이름을 부르자 송옥은 희미하게 미소를 지어 보인다.

"괜찮……습니다. 제가…… 꿈을 꿨나 봅니다."

"그래, 꿈일 것이다. 어릴 때부터 네가 그러하였지."

송정 역시 안도의 숨을 쉬었다. 안도가 숨으로 얽히고 자리를 바꾸어 서로의 가슴으로 스며들었다. 그런데 보아 버렸다. 제 발치에 자줏빛 안개가 넘실거리는 것을. 손을 들어 눈을 비벼 보았지만 사라지지 않고 뚜렷이 파도치는 자줏빛 안개.

"어째 그러느냐? 안색이 창백하구나."

"아, 아니어요. 아무것도……. 그저 꿈이 불길하여……."

거짓에 서툰 송옥. 그러나 모든 것을 꿰뚫는 송정은 서툰 송옥의 거짓에만 창이 되는 것을 포기해 버렸다.

"현실에 이루어지지 않는다면 한낱 미망일 뿐. 내가 막아 줄 터이니 염려 마라. 무엇도 너를 해할 수가 없으니."

커다란 손을 내밀어 송옥의 이마를 짚어 준다. 날카로운 눈을 한 고양이를 덮어 주었듯이. 모든 불길한 것들을 덮고, 모든 비밀을 덮어 송옥을 보호해 왔듯이. 송옥은 안개에 발이 닿지 않도록 무릎을 세웠다.

"모두 꿈이다. 꿈에 다치지 마라. 꿈은 너를 해치지 못한다."

송정은 손을 거둬들이고 망우재를 나섰다. 잡고 싶었다. 돌아서는 그를 잡고 싶었다. 옷자락을 잡고, 검과 활보다 두려운 그 꿈을 거둬들여 달라 조르고 싶었다. 현실이 아닌 꿈이라 다시 한 번 확인받고 싶었다. 하지만 잡을 수 없었다. 자줏빛 안개가 그의 등 뒤로 짙게 깔리고 꿈이 현실의 옷을 입고 나타났기에. 배실배실 붉은 웃음을 지으며 자하녀의 얼굴이 떠올랐다. 지금, 송옥이 입은 옷과 똑같은 옷을 입고, 그녀와 똑같은 얼굴을 한, 무서운 꿈, 두려운 현실.

"대체…… 너는 무엇이지?"

몸을 일으켜 자하녀와 마주 선 송옥이 물었다. 그런데 자하녀도 묻는다.

"대체…… 나는 무엇이지?"

두려움에 가득 찬 송옥이 한 걸음 물러섰다. 그러자 자하녀는 한 걸음 다가선다. 안개가 송옥의 발목을 휘감는다.

"왜, 나한테 왜…… 이러는 것이야?"

송옥의 물음에 자하녀의 눈이 희뜩하다. 그리고 또 묻는다.

"왜, 너한테 왜…… 이러는 것일까?"

발목을 감은 안개는 송옥의 허벅지를 타고 올라와 배와 가슴과 어깨를 삼킨다. 차가울 줄 알았던 안개는 뜨겁다. 온몸에 자줏빛 불길이 일렁였다. 송옥은 두 손을 들어 입을 막고, 비명을 막는다. 그랬더니 자하녀가 두 손을 들어 눈을 가리고, 입을 벌렸다. 그녀의 입안에서 핏빛 꽃송이가 툭, 떨어졌다. 꽃잎이 파아, 흩어진다.

"너는 사귀이니?"

"내가 사귀일까?"

송옥의 숨이 가빠졌다. 자하녀의 숨도 가빠졌다.

"너는 나이니?"

"나는 우리이지."

날카로운 비명이, 다른 이들에게는 들리지 않는 날카롭고 높은 비명이 망우재를 울렸다. 송옥의 혼에서 쏟아져 나온 비명은 붉은 옷을 입고 있었다. 뜨겁게 일렁이던 안개가 잠잠해지고 꽃잎들이 시들었다. 자하녀는 송옥의 비명을 입고 그녀 앞에 섰다. 시든 꽃잎을 짓밟고서. 농염한 자줏빛 향내가 자하녀에게서 밀려왔다.

"송명 오라버니는 네가 무엇인지 아셨던 것이지."

나무집 이야기

"송명 오라버니는 우리가 무엇인지 아셨던 것이지."

"송정 오라버니는 네가 무엇인지 모르시겠지?"

"송정 오라버니가 우리가 무엇인지 모르시겠니?"

송옥이 무너졌다.

"나는 송옥이 아니었구나. 이미 오래전에 알고 있었던 것을, 알고도 등 돌리고 있었던 것이야……. 슬퍼, 아니, 기뻐. 송옥이 아님에 슬프고 오라버니의 누이가 아님에 기뻐. 기뻐……. 하지만 우리는…… 억겁의 죄를……. 이 몸으로…… 송명 오라버니와……."

송옥은 제 어깨를 부여잡으며 주저앉았다. 그녀의 손아귀 안에서 저고리가 구겨졌다. 보드라운 살결에 긁힌, 붉은 자욱이 몇 개나, 몇 개나 생겨났다.

"이 더러운 몸을…… 이 더러운 마음을…… 어찌한단 말이냐. 씻을 수 없는 죄를……. 송명 오라버니, 가르쳐 주세요. 제가, 제가 미쳐…… 미쳐 버려서 오라버니와…… 어째서 오라버니는 저를 품으셨단……."

송옥의 팔은 이제 제 몸을 끌어안는다. 절대로 들켜서는 안 될, 죄악을 끌어안는다. 다리를 오므리고, 꼭, 꼭, 제 안으로 파고든다.

"그것이 오라버니의 연모였습니까? 올케가 아닌…… 저였습니까?"

"아니! 네가 아니야. 나야. 우리가 아니라 나였어! 그 사람이 품은 것은 자하녀, 나라고!"

울면서 몸을 뒤트는 송옥을 향해 자하녀가 달려들었다. 송옥 자신보다 강한 힘으로 그녀를 끌어안은 자하녀가 송옥의 귀에 입술을 바싹 붙이고 낮고 진득하게 속삭인다.

"기억나지 않아? 그 사람과 내가 어떤 일을 벌였는지? 너도 봤잖아."

웅크린 송옥의 배로 손을 뻗었다. 아래로, 아래로, 자하녀의 손이 송옥의 몸을 더듬었다.

"아니야! 아니야!"

송옥이 자하녀의 손을 떨쳐 내려 몸부림쳤지만 뱀의 몸뚱이처럼 자하녀는 송옥을 휘감고 놓아주지 않았다. 자하녀의 붉은 입술이 송옥의 귀를 부드럽게 덮는다. 그녀의 혀가 송옥의 귓구멍 안으로 밀려들어 와 말한다.

"아니, 봤어. 분명히 봤어. 여기로…… 내가 그 사람을 삼키는 것을!"

자하녀의 손이 송옥의 다리 사이로 들어왔다. 순간, 두 육신이 얽혀서 뱉어 내던 뜨거운 입김과 신음이 송옥의 귓가를 울렸다.

"아니야!"

송옥은 자하녀의 손을 뿌리치는 대신 귀를 막는다. 귀를 막자 욕망의 소리가 머릿속에서 울리기 시작했다.

"그만해! 그만!"

소리를 몰아내려 머리를 흔들며 머리카락을 쥐어뜯었다. 투둑, 투둑, 머리카락이 끊어져 손가락에 잡혔지만 송옥은 고통을 느낄 수 없었다. 오직 욕망에 몰입한 소리, 소리, 소리, 소

나무집 이야기

리……. 소리가 송옥의 몸을 집어삼키려 했다. 고통스럽게 몸을 뒤트는 송옥을 자하녀는 끈질기게 끌어안고 놓아주지 않는다. 송옥의 가슴과 다리 사이에 제 몸을 밀어 넣고, 감는다.

"그렇게 그 사람은 나를 원한 거야. 나는 그 사람을 삼킨 거라고. 네가 아니라 내가……."

"너는…… 우리잖아. 우리……. 그런데 오라버니가 안은 것이 어찌 너라고…… 자하녀, 너라고 말하는 것이야."

증오하는 목소리였다. 원망하는 목소리였다. 송옥은 눈물로 범벅이 된 얼굴을 하고 자하녀를 노려보았다. 자하녀는 결코 송옥의 시선을 외면하지 않았다. 제 눈동자로 송옥의 눈동자를 찍어 버린다.

"연모하니까. 나는 연모하는데 너는 연모하지 않았어. 그 사람도 나를 연모한 거야. 네가 아니라 나를. 그러니까 그 사람이 품은 사람은 나야."

"그래서…… 그래서 이 몸이…… 이 몸이 오라버니에게 안기지 않았다고 그런 미친 소리를 하는 거야? 그런 미친?"

물음을 마치자마자 자하녀의 몸이 송옥을 더욱더 조여 오기 시작했다. 숨을 쉴 수 없을 정도로 강한 힘이었다. 자하녀는 이를 갈고 있었다.

"그래, 미쳤어. 연모는 본래 미친 것이야. 그러니 내가 너보다 정직한 것이지. 정직하게 내 남자를 가진 것이야."

"놔……. 놓아줘. 이제 제발…… 놔……."

숨이 막혀 헉헉거리며 송옥이 애원했다. 그러나 자하녀는 온몸으로 송옥에게 감겨 왔다.

"놓아줄 수 없어. 놓지 않을 거야. 모두 가졌으면서도 알지도 못하고…… 겁쟁이인 너를……. 나를 암흑에 내버려 둔 채 행복하게 살아온 너를 놓아줄 수 없어."

자줏빛 안개로 화化한 자하녀가 송옥의 목과 가슴, 허리, 다리, 숨구멍 하나에 이르기까지 스며든다.

"놓아줘……. 제발…… 제발……."

거듭해 애원하던 송옥은 결국 눈을 감는다. 어둠이 송옥의 의식을 삼킨다. 삼켜진 그녀의 의식 위로 자줏빛 안개가 두텁게 쌓이고 쌓인다. 송옥의 몸이 늘어진다. 그녀가 다시 눈을 뜬다. 그녀는 자하녀다.

새벽, 차가운 명경당 마루에 송정이 서 있다. 이슬을 머금은 국화가 화단을 가득 채우고 있었다. 국화 봉오리 사이로 바람이 흘렀다. 그의 한숨도 흘렀다. 한숨은 짙고 깊었다.

"언제까지 내버려 둘 것이야?"

한숨을 딛고 자신을 내리치는 목소리에 송정은 아랫입술을 깨물었다. 자하녀다. 그녀는 산발을 한 채였다. 송정은 답하지 않고 그녀를 바라보았다. 모든 비밀을 지배하는 남자, 그를 지배하는 단 하나의 비밀이 연모의 얼굴을 하고 서 있었다.

"대체 언제까지 이리 둘 것이냐고 묻잖아!"

달려들 것 같은 기세였다. 달려든다면, 그녀가 자신에게로 달려든다면 피할 수 있을까. 의문스러웠다. 달려든다면, 품에 안아

나무집 이야기 437

버리고 싶다고도 생각했다. 그러나 자신은 송명이 아니다.

"무엇을 말이냐?"

새벽 공기만큼이나 차가운 목소리로 되물을 뿐인 송정이다. 자하녀는 더 뜨거운 걸음으로 송정에게 한 걸음 다가서며 답한다.

"송옥이 말이야. 송옥이, 왜 내버려 두는 거야? 왜 품지 않는 거야? 연모하잖아, 갖고 싶어 하잖아."

그녀의 다그침에도 송정은 물러서지 않았다. 그렇지만 다가서지도 않았다.

"내가 그 아이를 품으면…… 영원히 잃게 된다. 그 아이, 다치게 된다. 그러니까…… 품을 수가 없다."

"바보로군. 네가 품지 않으면 송옥이가 다치지 않을까? 아프지 않을까?"

다시 한 걸음 그에게로 다가서며 자하녀가 물었다.

"그만해라. 네가 무어라 해도 나는 그 아이를 가질 수 없다."

"왜? 왜 가질 수 없지? 달아나면 되잖아. 이 나무집에서 달아나서, 멀리 달아나면 되잖아."

한 걸음, 한 걸음 송정에게로 다가간 자하녀가 물끄러미 그를 올려다보면서 말했다. 송옥의 눈동자로……. 송정은 그 눈동자만을 자신의 눈에 담으면서 답했다.

"난들 왜…… 너를 데리고 달아나고 싶지 않겠니. 멀리 달아나서 이 향긋한 너를 품에 안고 싶지 않겠냐고……."

"그럼 달아나 버려. 나를 데리고, 품에 안고, 달아나서 가지면 되잖아. 달아나."

어느덧 송정의 두 손이 그녀의 볼을 감싸고 향내 나는 숨결을 들이마시고 있었다. 다디단 붉은 열매가 살짝 벌어진 채 그의 입술을 기다리고 있었다. 아주 살짝만 건드려도 몸 전체로 향기가 흐드러지게 피어날 것 같은, 탐스럽고 아름다운……. 송정의 입술이 가쁜 숨을 몰아쉬며 다가갔다. 향기와 숨결이 농염하게 얽혔다.

"품어……. 품어 버려……."

그녀의 언어조차 탐하고 싶은 순간, 송정 안에서 최각의 연서가 슬피 울었다. 그는 퍼뜩 손을 내려 자하녀의 어깨를 잡고 자신에게서 떼어 놓았다.

"그럴 수 없다."

자하녀는 이를 부득, 갈며 눈을 치떴다.

"왜? 왜 품지 않는 거야? 왜 달아나지 않는 거야?"

"백아인 나와…… 조선 천지 어딘들 숨을 수 있을 것 같으냐? 절대 불가능하다. 절대로 불가해. 그런데, 그걸 알면서 품으라고? 달아날 수도 없고, 달아난들 지켜 줄 수도 없는데 품으라고? 내가…… 송옥이에게 그런 짓을 저지를 수 있을 거라고 너는 생각하느냐? 그 아이는 평범하게, 행복하게 살아야 한다. 내가 꼭 그리 만들어 줄 것이다. 내가 줄 수 없는 행복을 모두 누리면서……. 그러니 제발…… 제발 너, 자하녀…… 나타나지 말아 다오. 나타나서 내가 주고 싶은 행복을 깨트리지 말아 다오."

"바보 같은 놈……. 너는 바보 천치야. 네가 우리에게 먹인 탕약이 무엇인지 모를 줄 알았어? 송옥이는 모르겠지만 나는 알아.

나무집 이야기

나는 송옥이처럼 순진하지 않거든. 그건…… 혹여라도 우리가 임신할까 봐 먹인 것이지? 그렇지? 그렇게도 지키고 싶었던 것이야? 너는 품지도 못하면서……. 말해 봐."

"그래, 맞다. 나는 품지 못하지만 그래도…… 지켜 주고 싶었다. 천지간에 버림받는…… 나 같은 사람이 되지 않도록 지켜 주고 싶었어. 그렇게 해서라도……."

"바보 같은…… 바보 같은 것들…… 갖고 싶으면 갖고, 품고 싶으면 품으면 되는 것이지……. 둘 다 바보 같은 것들……."

"갖고, 품고, 그리하여 송명이 어찌 되었느냐? 너의 연모가 그를 지켜 내었느냐?"

앙칼지게 눈을 치떴던 자하녀가 송정의 물음에 고개를 푹, 숙인다. 그의 손아귀 안, 어깨가 늘어진다. 윤기가 사라졌다.

"그래, 나는 연모를 지키지 못했어. 나는…… 그 사람은…… 그 사람…… 보고 싶어. 보고 싶어서……."

쿨렁, 눈물이 넘쳤다. 붉은 입술이 일그러지고 어깨가 떨렸다.

"어리석은…… 어리석은 것, 이리될 것을 어찌…… 하……."

송정은 온몸을 떨며 울고 있는 자하녀를 끌어당겨 제 품에 안아 주려 했다. 그러나 그녀는 두 팔을 뻗어 그의 가슴을 밀어냈다. 여전히 고개를 숙인 채.

"나를…… 나를, 안을 수 있는 건 그 사람…… 그 사람, 송명뿐이야. 너한테 안기지 않아. 너의 품에선 울지 않아."

뒤돌아 비틀비틀 망우재로 발걸음을 옮겼다. 걸음걸음마다 눈물이 번졌다. 고개를 숙인 건 송정도 마찬가지. 그의 입에서 신음처럼 원망이 새어 나왔다.

"송명아, 너는 어쩌자고 저 아이를……. 어쩌자고…… 저 아이를 지켜 주지도, 너 자신을 지키지도 못하여 이 지경에 이르게……."

창백한 미명, 향유재 쪽에서 희명의 울음소리가 들리고 나무집이 꿈틀거리기 시작했다.

중천의 해가 직선으로 쏘아 내린 금빛 화살은 망우재 팔작지붕에 부딪치고 송옥의 발치에 닿았다. 철이 지나 계관화가 뽑힌 화단이 황량하다. 송옥은 툇마루에 걸터앉아 있다. 그녀 앞엔 몇 장의 화지畵紙가 널려 있다.

"아기씨…… 점심 올릴까요?"

아까부터 송옥의 눈치를 보던 설이가 조심스레 물음을 건넨다. 송옥은 설이에게 어려움을 넘어 두려운 상전이 되었다. 온전한 정신이 아니었던, 그래서 어릴 때부터 감시하고 뒤치다꺼리를 해서 귀찮기는 했지만 온순하고 말을 고분고분 들어주던 상전이었다. 편한 상전을 두어 좋겠다고 다른 종년들이 부러워하기까지 했다. 그러나 그것은 다 옛말, 송옥의 눈빛이 희뜩일 때마다 설이는 오줌을 지릴 것 같았다.

어릴 적, 그녀의 머리채를 휘어잡고 흔들던 미친년이 송옥을 집어삼키고 자신까지 미치게 할까 봐 두려웠다. 두려움이 어머니, 운남댁의 명을 어기게 만들었다.

"아기씨가 무슨 짓을 벌이든 너는 상관하지 마라. 알고 있단 티도 내서는 안 되고. 그저 어미에게 무슨 일이 있었는지 말만 전해. 알았지?"

언제나 그랬다. 송옥이 몽유를 시작할 때도 그녀가 어딜 가든 막을 필요는 없었다. 어머니에게 말하고 송옥의 신을 닦아 놓았다. 송옥의 속곳이 야릿한 냄새가 나고 이상스레 젖어 있으면 역시 어머니에게 말하고 새것으로 갈아입혀 놓으면 되었다. 그렇게 송옥의 신변에 일어난 거의 모든 일은 설이를 통해 운남댁의 귀에 먼저 들어갔다. 그러나 이제 설이에게 더욱 두려운 사람은 송옥이었다. 아니, 송옥의 안에 들어 숨 쉬는 미친년이었다. 언제, 어떤 일을 벌일지 모르는 미친년⋯⋯.

설이는 광기가 두려웠다. 그 광기를 어미에게 전하는 것도 지긋지긋했다. 그래, 설이는 이제 어미가 지긋지긋했다. 어미의 탐욕이 지긋지긋했다. 벗어날 수만 있다면, 송옥의 광기에서, 어미의 탐욕에서, 나무집에서 벗어날 수만 있다면!

"그래⋯⋯ 먹어야지. 밥은 먹어야 하는 것이겠지."

먼지보다 가벼웠던 시선의 갈피를 송옥은 끝내 잡지 못하고 힘없이 대답했다.

"잠시만 기다리십시오."

단둘이 있는 자리를 피할 수 있게 된 설이가 얼른 답했다. 그러고는 뒤꿈치를 들고 부엌으로 채비를 하러 나갔다. 송옥은 다시 화지에 시선을 주었다. 희미한 선에 불과한, 난이라 부를 수 없는 여린 풀들이 쓰러져 있었다.

"더위도 다 지났는데 네 난들이 픽픽! 왜 그 모양이냐?"

화지의 건너편에 쪼그리고 앉은 자하녀가 묻지만 송옥은 답하지 않는다.

"기운도 없고, 향기도 없는 것이 지금 너 같구나."

고양이 울음처럼 울리는 목소리로 악을 올리며 자하녀는 손가락을 내밀어 쓰러진 풀들을 따라 오르내린다. 사람의 살결을 만지듯이 부드러운 손길이다. 그러나 눈동자는 날이 서 있다.

"너, 날 무시하려는 게냐? 어? 우리가 아닌 척할 것이냐고!"

화지를 집어 송옥에게 던진다. 구겨진 난이 허공에서 천천히 하강했다. 송옥은 난을 보았다. 자하녀를 보지 않았다. 그러자 자하녀의 입술 사이로 이를 가는 소리가 들리고 그녀가 곧장 송옥에게로 달려들었다. 또다시 자하녀의 팔과 다리가 송옥의 사지를 옭아매었다.

"안 보이는 척하면 없는 게 되는 것이냐? 모르는 척하면 없었던 일이 되느냐 말이야. 무시하지 마. 날 무시하지 말라고!"

송옥은 눈을 질끈 감았다.

"……더러워."

그 말을 씹어 뱉었다. 송옥이 씹어 뱉은 말을 자하녀는 난도질한다.

"더러워? 내가 더러워? 아니지, 우리가 더러운 것이겠지? 어? 이런?"

송옥의 턱에서 볼까지 느리게 핥아 올리는 자하녀의 붉고 보드라운 혀.

"이런 게 더러워? 뭐가 더럽다는 것이야? 네가 무엇을 안다고…… 행복에 겨워서 고고하게……. 나는 죽은 수영이란 년보다 네가 더 미워. 절대로 너를 놓아주지 않을 것이야."

"그래서 더, 더, 더러워지자는 것이야? 더 불행해지자고? 네가 원하는 것이 무엇이야?"

"내가 원하는 것? 몰라 묻는 것이니? 단 하나였어. 내가 바라는 건 많지도 않았다고! 그런데 그 하나를 가질 수 없어서…… 그 하나도 네가……. 그러니까 널 용서할 수 없어. 다 가지고, 배가 터져라 다 가져가 버린 너를 용서할 수 없어."

칡보다 더 단단하게 자하녀의 몸과 육신이 송옥을 옭아매었다. 고통스러운 숨이 차올랐다. 눈물은 말라 있었다. 눈물조차 자하녀가 빨아들여 버린 것같이……. 오직 고통만이 송옥의 가슴에서 시작되어 온 육신으로 퍼져 나갔다.

"차라리…… 죽는 것이, 죽는 것이…… 하아, 하아……."

"죽어? 누가? 아니, 난 다시 죽을 수 없어. 우리는 절대로 죽지 않을 거야. 죽지 않아, 죽지 않아, 죽지 않아……."

"그래…… 죽을 수도 없지, 죽을 수도……. 오라버니가 이승에 있는데……."

"죽지 않아, 죽지 않아……. 우린, 죽지 않아……."

자하녀의 중얼거림 속에 송옥은 의식을 닫았다. 빛을 닫는 의식의 끝에서도 고통은 혼의 마디마디까지 저릿저릿하게 찔러 대었다. 비명도 없었다. 비명도 없이 천천히 송옥은 어둠 속으로 잠겨 들었다. 상을 들고 망우재에 들어선 설이 눈에 보인 것은 웅크리고 잠이 든 송옥과 찢겨 흩날리는 화지들이었다. 설이는 조심스레 상을 놓고 망우재를 나갔다. 바람이 옅은 난엽들을 일으켜 송옥의 몸을 덮어 주고 송림으로 물러났다.

한로寒露, 퇴청 후 송정이 망우재에 들었다. 그날, 송옥이 과거와 자신을 응시한 날 이후 그들은 서로를 보지 않았다. 또한 매일 보았다. 정우당과 망우재, 꽃담을 사이에 두고 오감이 없었으나 매 순간 오고 갔다. 자취가 남지 않는 마음의 왕래를 하며 그들의 혼은 밤이슬에 발이 젖고, 아침 햇살에 머리를 말렸다.

형체도, 흔적도 없는 매일의 갈망이 송정과 송옥 사이에서 고요한 격랑을 일으키고 있었다. 차가 식어 가고 차향이 침묵에 가라앉았다. 반쯤 열린 창으로 바람이 불어 서한 위에 놓인 석창포를 흔들었다.

"청낭자靑娘子*로구나."

"아…… 예, 그러하군요."

송옥은 송정의 시선에 시선을 포개어 본다. 꽃잎보다 가볍고 얼음보다 투명한 날개를 반짝이며 백자 연적 위에 앉은 여린 생명. 다음 순간, 잠자리가 다시 창을 통해 밖으로 날아가고 포개졌던 그들의 시선은 이제 서로를 향한다. 그러나 송명과 자하녀로 인해 가로막힌 시선이며, 갈망이었다. 먼저 시선을 거둔 것은 송정이었다. 시선을 거두고 그는 찻잔을 들었다. 차갑게 식은 차로 적셔진 송정의 입술이 뱉어 낸 말은 송옥이 몽중에도 상상치

---

* 푸른 처녀. 잠자리의 별칭.

못한 일이었다. 인후와의 혼인.

"지금, 혼인이라…… 하셨습니까?"

되묻는 송옥의 목소리가 떨렸다. 그녀의 손도, 어깨도, 마음도 온통 흔들렸다. 하지만 송정은 흐트러짐이 없는 표정이다.

"그래, 고협과 너의 혼사를 청했다."

잠시 송옥의 모든 것이 멈추었다. 눈을 깜빡이는 것도, 숨을 쉬는 것도, 생각도……. 가느다란 빛 한 줄기조차 스미지 못하는 암흑이 송옥을 삼켜 버린 것 같았다. 간신히, 아주 간신히 생각의 줄기를 붙잡은 그녀는 급히 숨을 들이마시며 물었다.

"혼사를…… 청하셨다는 말씀은……?"

"그래, 내가 청했다. 그 댁에 매파를 보내서 너와의 혼인을 청했다."

파르르 속눈썹을 떨며 송옥이 눈을 감았다. 치맛자락이 떨리는 그녀의 손안에서 구겨졌다. 발그레했던 입술과 볼이 창백해져만 갔다. 그러나 송정은 아무것도 보지 못했다고, 아무것도 보이지 않는다고 스스로에게 말했다.

"고협은 어린 나이임에도 인자함과 덕이 높은 사람이다. 또한 그 사람됨이 명경明鏡과 같아 너와 좋은 짝이 될 것이야. 또한 발전은 느리나 인내와 노력이 꾸준하니 언젠가 학문에서도 일가를 이룰 것이다. 하니 너에게 복된 혼례가 되지 않겠느냐. 그래서 내 직접 나서서 혼인을 청하게 되었다."

송옥은 감았던 눈을 서서히 떴다. 듣고 싶지 않았고, 아무것도 들리지 않는다고 스스로에게 말했다. 그러나 보는 것과 듣는 것,

모든 것이 잔인하도록 명확했다.

"작은오라버님 돌아가신 지 일 년도 지나지 않았고 올케께서 그리되신 지도 얼마 되지 않았는데 혼사를 논하는 것은 합당치 못한 일인 줄로 압니다."

그 명확한 사실을 회피하기 위해 송옥이 의탁할 모든 수단을 동원했다.

"그래, 너의 말에도 일리가 있다. 그러나 지금 당장 혼인을 하라는 것이 아니지 않느냐. 지금은 매파를 통해 집안끼리 뜻을 전하고 있을 뿐이야. 또 정혼을 하게 된다 하더라도 혼례까지는 몇 달이나 걸리니 복상服喪과도 무관하지 않겠느냐."

"아버님은 어찌합니까? 병중이신 아버님을 두고 제가 편히 혼례를 치를 수 있을 것이라 생각하십니까?"

"그러니 더욱 네 혼례가 급한 것이 아니냐. 아버님 정신이 조금이라도 맑을 때 혼례를 치러서 아버님을 기쁘게 해 드려야지."

송정의 말에는 틀림이 없었다. 그럼에도 그는 송옥의 눈을 마주 보지 못했다. 이제 그녀는 소원에 의탁하기로 한다.

"오라버니, 저는 그저…… 송옥이는 그저 평생 아버님 병수발을 들며 이 나무집에서 조용히 살고 싶습니다. 나무집에서, 오라버니 그늘 아래서 살다가 죽는 것이 소원입니다. 진정 그것이 저의 소원이어요."

굳건했던 그가 송옥의 소원에 흔들렸다. 나무집에서의 평생, 그녀와 함께하는 평생이 그를 심히 흔들어 놓았다. 하지만 흔들림은 잦아지고 송정은 더욱 단호해졌다.

"그 소원은 오라비로서 들어줄 수 없는 것이다. 여인으로 태어나 부모의 수발을 드는 것도 효도지만, 좋은 혼처를 만나면 혼례를 하여 행복하게 사는 것이 진정한 효도인 것이다. 그리고 양반가의 여식이 어찌 평생을 나무집에서 처녀로 살아간단 말이냐. 어느 가문에서 그런 것을 용인한단 말이야."

틀림없는 말이었다. 깊은 수렁으로, 절망으로 빠져드는 송옥이 마지막으로 희망을 건다. 그녀의 마지막 의탁, 송정.

"오라버님께서는…… 송옥이가 혼인하는 것이…… 괜찮으십니까?"

그의 흔들림이 대답을 먹었다. 괜찮다고, 아무렇지도 않다고, 어서 답해야 한다고, 그의 머리가 명했다. 하지만 냉철한 그의 머리는 뜨거운 가슴을 누르지 못했다. 송정은 다만 침묵으로 간신히, 모든 힘을 다해 간신히, 가슴의 말을 억눌렀다. 그러나 침묵으로 답을 대신했다는 것을 몰랐다. 송정, 가슴의 대답. 괜찮지 않다, 괜찮지 않다, 아프다, 아프다, 괜찮지 않다……. 침묵의 답에만 의탁할 수 없었던 송옥이 다시 물었다.

"정녕 오라버님께서는 괜찮으십니까? 송옥이가 나무집을…… 떠나가는 것이, 오라버님 곁을 떠나는 것이, 괜……찮으십니까?"

괜찮지 않다는 진심이 그의 가슴에서 피처럼 흘렀다. 그러나 송정은 백학의 가면 뒤로 자신을 숨긴다.

"괜찮지 않을 리가 없지 않으냐. 누이가 좋은 혼처를 만나 혼인하는 것은 외려 기쁜 일이지. 어찌 그런 것을 묻는 것이야. 여하튼 네 혼사는 이 오라비 뜻에 따르는 것으로 알겠다."

마지막 의탁조차 좌절된 송옥을 두고 송정이 일어섰다. 백학의 가면이 조각나기 전에 몸을, 마음을, 혼을 서둘러 물려야 했다. 그런데 모든 의탁을 포기한 송옥이 낮은 목소리로 그의 몸과, 마음과, 혼을 잡아 놓았다.

"그러면 연모는 어찌합니까?"

송정은 감히 뒤돌아볼 수도 없었다. 연모, 송옥이 연모라는 이름의 손을 펼쳐 그의 심장을 움켜잡았기에. 그 심장을 삼켜 버렸기에……. 뒤돌아보면 그녀가 삼킨 제 심장을 되찾기 위해 송옥을 품에 안고 입술을 벌려 깊이, 깊이 빨아들일 것 같았기에……. 뒤돌아볼 수 없었다. 차라리 가지라고, 갖고 돌려주지 말라고 뒤돌아선 채 그는 생각했다. 두 눈을 감고서.

"아버님을 위해, 가문을 위해, 오라버니를 위해…… 혼인한다면…… 그러면, 그렇다면 연모는 어찌하나요? 연모는…….”

두 눈을 감은 송정이 송옥의 눈물에 젖은, 떨리는 목소리에 망우재를 나서지 못하고 굳어 있었다. 돌아보고 싶다, 돌아봐서는 안 된다, 안고 싶다, 안아서는 안 된다, 갖고 싶다, 가지면 안 된다, 안고 싶다, 안고 싶다, 안고 싶다……. 안겼다. 송옥의 팔이었다. 가슴이었다. 몸이었다. 머리와 마음의 언어가 치열하게 대립하는 송정을 그녀가 안았다. 넓지만 고독한 등에 머리와 가슴을 기대고 허리에 팔을 둘렀다. 풀리지 않을 매듭처럼 제 손을 깍지 꼈다.

굳게 감겼던 송정의 눈이 스르르 떠졌다. 자신을 안고 있는 송옥의 숨결이, 몸이, 마음이, 혼이 그 눈동자 안에서 그를 향해 가슴을 벌렸다. 바람이 스치고 지나는 숲에 두 사람만이 외따로 서 있었다. 온 우주에 하나뿐인 숲이었다. 가늠할 수 없는 갈망이 그의 혼을 태웠다. 송옥의 손 위로 갈망으로 떨리는 송정의 손이 포개졌다. 숨조차 크게 내쉴 수 없는 갈망이 그의 손바닥에서 그녀의 손등으로 전해졌다. 네 개의 손이 둘로, 두 개의 손이 하나로, 포개지고 녹아들었다. 그들의 숨이 녹아들고 포개져서 하나의 갈망이 되었다.

송정은 다시 눈을 감았다. 수천수만 번 솟아올랐던, 억눌렀던, 살아났던, 죽여 왔던 갈망이 자신을 지배하는 것을 느꼈다. 송옥에 대한 목마름. 그 목마름을 채울 수 있다. 고개만 돌리면, 몸을 돌리면, 그 전에 마음을 돌린다면……. 송옥이란 꽃송이에 얼굴을 묻고 마음껏 향기를 들이켜며 가져 버릴 수도 있다. 하지만…… 눈을 잃고, 귀를 잃고, 목숨을 잃은 여인이 송정의 마음속에 떠올랐다. 죽은 여인을 안고 통곡하는 남자가 떠올랐다. 그가 흘리는 피눈물이 송정을 향해 말했다. 갈망과 연모는 같지 않다. 선택을 해야 한다면…… 연모다.

다시 눈을 뜬 송정은, 갈망을 탐하는 남자가 아닌 연모를 지키고자 하는 남자였다. 송옥의 손등을 감쌌던 제 손으로 깍지를 풀었다. 팔을 풀고 자신에게서 그녀를 떼어 놓았다. 고개를 돌리고, 몸을 돌려 그녀를 바라보았지만 마음을 돌리진 않은 송정이 말했다.

"외로워서 그러느냐? 그리 너를 아끼던 기경도 곁에 없고, 정든 집을 떠나야 한다는 생각을 하니 외롭고 막막한 것이 당연하겠지."

　견고하다. 온 마음으로 부딪쳐도 전혀……. 송옥은 눈물을 참았다. 그녀가 참아 내는 눈물을 송정이 얼마나 애타게 아파하는지 모른 채, 어깨를 떨며 잘근잘근, 입술을 깨물었다.

　"그런 것이 아닙니다. 외롭고 막막한 것이 아니라……."

　깨물린 탓에 더욱 붉어진 입술로 송옥이 말문을 열었지만 더 이상 갈망을 용납할 수 없었던 그는 그녀의 말을 막았다.

　"아니, 외롭고 막막하여 그러한 것이다. 오늘 네가 한 모든 물음과 행동은 모두 그 탓이다. 다른 연유는 있을 수 없다. 있어서는 아니 된다."

　"있을 수 없는…… 있어서는 아니 되는 것인가요?"

　지키고자 하는 연모가 진실을 구하고 있다. 그러나 진실은 연모를 지킬 수 없게 한다.

　"그렇……다."

　송옥의 눈에서 눈물이 흘러넘쳤다. 송옥은 흐느꼈다. 두 손에 얼굴을 파묻고 흐느껴 울었다. 연모의 눈물에도 송정은 가슴으로 품어 줄 수 없다. 품어 줄 수 없을 뿐 아니라 돌아서야 했다. 돌아서서 망우재를, 송옥의 곁을 떠나야 했다. 문을 열고, 한 걸음을 옮길 때마다 그녀에게로 돌아가려는 혼과 송정의 줄다리기가 이어졌다. 한 걸음, 한 걸음…… 걸음의 순간순간, 고통의 창이 송정을 찌르고 베었지만 그는 멈추지 않았다. 잠시라도 멈추면 송옥에게로 돌아가려 안간힘을 쓰고 있는 혼에 육신이 끌려가 버릴 것이 분명했으므로. 죽을힘을 다해 걸음을 내디뎠다.

겨우 명경당 마당에까지 도달한 송정의 몸은 식은땀으로 흠뻑 젖어 있었다. 불끈 쥔 주먹이 부들부들 떨리고 있었다. 귓가에 아직도 송옥의 흐느낌이 울렸다. 어둠의 저편, 배나무의 그림자가 흔들렸다.

"그래, 송명아……. 이제 알 것 같구나. 네가 어찌하여 자하녀를……. 그 허깨비라도 안으려 했던 너를 이해할 수 있을 것 같구나. 너를, 너의 연모를…… 내 이제야……."

그러나 송정은 눈물 흘리지 않았다. 다만 그의 그림자가 대신 울어 주었다. 슬픔에 젖은 달이 떴다.

울고 있다. 눈을 가렸으나 눈물은 가리지 못하고 흐느낌도 가리지 못했다. 울고 있다. 자하녀가 울고 있다.

"어찌 우니?"

송옥이 물었다. 자하녀가 곧바로 되묻는다.

"우는 것으로 보이니?"

다시 보니 우는 것은 송옥, 자신이고 자하녀는 입을 벌리고 웃고 있다. 소리 없는 웃음이다.

"그래, 너는 웃고 있구나. 너는 언제나 웃었지. 내게 나타날 때마다 너는 웃고 있었어."

등불을 밝히지 않았지만 달빛으로 환한 선유당에 오도카니 앉아 송옥은 먼 데, 박을 이고 있는 초가지붕들을 바라본다.

"무얼 보는 것이야?"

"초가집들."

"무엇하러?"

"어여쁘잖아. 작고, 소박하고, 평범해."

소곤소곤 대답하는 송옥 곁에 자하녀는 주저앉는다. 하지만 자하녀의 시선이 머무는 곳은 초가집이 아닌 송옥의 얼굴이다.

"그런데 왜 우는 것이야?"

"웅대하지도, 비범하지도, 기이하지도 않아서 어여쁘지. 평범함은……."

"그러한데 왜 우는 것이냐고?"

가시가 돋은 자하녀의 말이 송옥의 귀를 찔렀다. 송옥은 눈을 감고 얼굴을 찌푸렸다. 후두둑, 눈물이 쏟아졌다. 송옥의 눈물에 자하녀는 눈을 치뜬다.

"망할 년, 내가 무어라 했다고 그리 짜는 것이야? 왜 우……."

"탐이 나! 저렇게도 어여쁘고 평범한 저들이 탐난다고! 나는 절대로, 절대로 가질 수 없으니까. 나는…… 우리이니까……."

애통한 외침이었다. 절절한 외침이었다. 그러나 자하녀는 송옥을 동정하지 않는다.

"탐난다고? 탐이 나? 평범한 저들이? 다 가진 년이 투정질이 심하구나!"

송옥을 쓰러뜨린다. 그녀의 배에 올라타고는 저고리 앞섶을 움켜잡고 흔들어 댄다.

"뭐가 탐이 나? 네년이 뭐가 탐나냐고? 죽지 않고 살아서, 이 몸뚱이 주인이 되어 나무집에서 귀여움받고 잘도 살았으면서 뭐가 탐이 나! 네가 오라비들이라 부르는 그 사람들의 마음을 다 차지해 놓고선 뭐가! 어둠에 갇혀서…… 죽은 것도 아니고, 산 것도 아닌…… 미쳐야지 겨우 형체를 가질 수 있는 나도 있는데, 뭐? 탐이 나?"

탕, 탕, 자하녀의 뒤흔듦에 송옥의 머리가 바닥에 부딪친다. 송옥은 저항하지 않는다.

"도대체 네가 그런 투정을 하는 연유가 무엇이야? 어?"

여전히 송옥은 눈을 감고 눈물만 흘리고 있다. 그녀의 온몸이 눈물로 출렁이는 것 같다.

"말해 보라고! 네가 무엇이 부족해?"

그때, 송옥이 눈떴다. 그리고 자하녀의 두 팔을 붙잡았다.

"너와 같아."

"뭐?"

"너와 같다고."

"우리가 무엇이 같아?"

이제 자하녀는 몸을 굽혀 송옥의 얼굴에 제 얼굴을 바짝 갖다 댄다. 죽은 호흡과 산 호흡이 오가고, 불의 시선과 물의 시선이 만나 달빛으로 녹여졌다. 서로의 눈동자에, 서로의 형체가 솟아나고 사라지기를 끊임없이 반복했다.

"연모를…… 연모를 가질 수 없는 것."

송옥의 답에 자하녀의 눈이 감겼다. 한 호흡…… 두 호흡…… 그리고 뚝, 뚝, 자줏빛 눈물이 떨어져 송옥의 얼굴을 적셨다.

"어찌 우니?"

"……보고프니까."

송명이란 이름이 가슴에 떠올랐지만 송옥은 소리 내어 말하지 않는다. 말하지 않아도 자하녀는 듣는다.

"그래…… 그 사람이 너무 보고프다."

송옥은 팔을 벌려 자하녀를 안아 주려 한다. 하지만 자하녀는 탁, 그 팔을 뿌리친다.

"누가 네 동정이 필요하다고 했어? 너는 가질 수 있잖아! 가질 수 있는데도 울고만 있는 것이잖아!"

"가질 수 없어. 내게 마음을 주지 않는데…… 백학인데…… 조선의 이름 높은 백학을 이 더러운 내가…… 미친 내가……."

"멍청한 것! 어째서 겁쟁이에 멍청하기까지 한 네가 살아남은 것이야? 내가 아니라…… 내가…… 네가 되었어야 했는데……."

자하녀의 몸이 무겁게, 무겁게 송옥의 가슴을 눌러 왔다. 자하녀의 눈물은 이미 말라 있다. 입술이 송옥의 목덜미를 물었다. 맥이 뛰는 바로 위를 자하녀의 붉은 입술이 덮는다. 검다. 검은 난이 송옥의 목덜미와 자하녀의 입술 사이로 솟았다. 그리고 덩굴처럼 송옥의 목덜미를 감았다. 고통에 송옥이 몸을 뒤틀었지만 자하녀는 증오의 눈길을 보낼 뿐이었다.

"너는 죽을 때까지 우리여야 할 것이야."

검고 검은 묵향이 선유당을 너울거리며 채웠다. 송옥의 신음이 함께 차올랐다. 송림으로 자하녀가 달아난다. 그 밤, 고통은 오롯이 송옥의 몫이어야 했다.

북풍은 하루가 다르게 차가워져 가고 송옥과 인후의 혼례는 순조롭게 진척되었다. 최 대감 댁의 흉사는 삼대가 청요직에 임용되었다는 후광에 미치지 못했다. 송정의 기이함도 임금이 귀히 여기는 그의 재주와 사헌부의 직이 가려 주었다. 송정이 인후의 든든한 뒷배가 되어 줄 것이란 기대가 더해지고 신랑의 집에서 곧 청혼서를 보내왔다. 송정은 청혼서를 받아 아버지에게 보인 후 허혼서를 써 답했다.

두 집안이 혼서를 교환함으로써 송옥과 인후의 혼약이 결정되었다. 그때부터 운영각에서 괴이한 울음소리가 들렸기에 나뭇집 종복들은 해가 지면 그 근처엔 얼씬도 하지 않았다. 그래서 새벽녘이면 운영각에서 나오는 송정을 본 이는 아무도 없었다. 백학의 눈이 붉어져 있는 것을 본 이도 없었다.

택일을 위해 신랑 집에서 사주단자를 보내왔다. 손* 없는 날 도착한 사주단자를 송정은 경건하게 맞았다. 정우당 대청마루에 돗자리를 펴고 붉은 보자기를 씌운 상 위에 사주를 놓았다가 폈다. 그는 군더더기 없는 손놀림으로 봉투 안의 간지簡紙**를 꺼냈다. 정성껏 일곱 번 접힌 간지엔 인후의 사주가 적혀 있었다. 송정은 간지를 최 대감에게 보여 주고 다시 곱게 접어 봉투에 넣었다. 그리고 송옥의 사주를 적어 신랑 집에 보냈다. 누구도 그날 송정의 손이 떨리고 있음을, 눈빛의 흔들림을, 알아채지 못했다. 그 자신도 흔들림을 인정하지 않았다. 그러나 그날도 그는

---
* 날짜에 따라 방향을 달리하여 따라다니면서 사람의 일을 방해한다는 귀신.
** 두껍고 품질이 좋은 편지지. 흔히 장지壯紙로 만들며 정중한 편지를 보내는 데 씀.

운영각에서 낮게 울었다.

며칠 후, 신랑 집에서 몇몇 날짜를 알려 오고 송정은 그중 하나를 택하여 간지에 옮겨 적었다. 그리고 흰 봉투에 '연길涓吉'이라 쓴 후 청·홍 보자기에 싸서 신랑 집으로 보냈다. 드디어 날받이가 이루어진 것이다. 그날까지도 송옥의 마음은 꺾이지 않았다. 꺾이지 않은 마음으로, 가슴으로 흐느끼는 송정과 마주했다.

송옥은 마음을 꺾지 않았다. 꺾지 않았을 뿐만 아니라 송정이 인후와의 혼사를 이야기한 다음 날부터 망우재에서 한 발자국도 나오지 않았다.

"당분간 아버님 수발을 자네에게 부탁하네. 아무쪼록, 정성을 다해 주시게."

얼굴 마주 보는 것도 꺼려 각을 세웠던 운남댁에게 천만뜻밖의 공손한 부탁을 한 후였다. 송옥이 두문불출한 지 여러 날이 지나고 청혼서가 온 날 송정이 망우재에 들었다. 그녀의 맞은편에 앉아 낮은 목소리로 말했다.

"청혼서가 왔구나."

"……"

"허혼서를 보냈다."

"……"

찬 바람이 화단의 시든 꽃들을 스치며 창을 흔들었다. 창 너머 초겨울 햇살이 방 안, 침묵의 어깨 위로 그림자를 드리웠다. 눈을 아래로 뜬 송옥은 송정의 시선에서 비켜 그림자에 그림자로 답할 뿐이었다. 그러나 송정은 소리 없는 답을 외면하고 일어서서 망우재를 나와 버렸다. 그날로부터 송옥은 말조차 하지 않았다.

사주단자가 도착한 날에도 송정은 망우재에 들었다.
"사주단자를 보내왔구나. 너의 사주도 적어 보냈다."
"……."
"아직도 고집을 피우는 것이냐?"

송옥은 말문을 열지 않은 채 문틈으로 새어 들어온 북풍에 대나무 그림이 흔들리는 것을 보았다. 송명이 좋아하던 그림이었다. 마른 댓잎이 옥판선지玉板宣紙* 속에서 서걱거렸다.

"눈물단지면서 고집은 황소고집보다 더하니……. 뭇사람들이 천재라 부르는 백학이 여리고 여린 누이동생을 어찌하지 못하고 절절매는 것을 안다면……."

눈이 내리려는지 아침부터 흐린 하늘, 낮임에도 어두운 방 안, 송정의 한숨이 흘렀다. 그럼에도 송옥은 그와 눈을 마주치지 않았다. 한쪽 무릎을 세우며 그가 일어서려는 순간, 송옥이 입을 열었다. 느리지만 뚜렷한 목소리.

"누이동생입니까?"

생각과 생각이 엉키고, 시선과 시선이 부딪쳤다. 송정의 눈썹이 꿈틀거렸다.

"무슨…… 말이냐?"

---

* 폭이 좁고 두꺼우면서도 빛이 희고 결이 고운 고급 선지로, 그림이나 글씨에 많이 씀.

송옥은 다시 입을 다물고 다만 물끄러미 응시를 멈추지 않을 뿐이었다. 피하고 싶지만 피할 수 없는, 피해서는 안 되는 응시였다.

"그게 무슨 말이냐고 물었다."

송옥의 입은 열리지 않았다. 송정은 다시 깊은 한숨을 흘렸다. 생각과 시선이 엇갈린 채로 시간을 흘렸다.

"춘분春分 무렵으로 택일을 했다. 그리 알고 혼인 준비를 시작해라."

"밀실에 비밀 통로가 있지요."

갑작스러운 통보였고, 대답이었다. 놀란 것은 송정이었다. 그는 기억을 더듬었다. 떠올리고 싶지 않은, 가슴에 묻어 둔, 밀실의 기억.

"그래, 있지……. 서고로 통하지 않느냐."

두문불출, 침묵 속에 망우재에서 고요히 엎드려 있던 송옥의 물음과 시선에 송정의 마음이 뒤로, 뒤로 물러났다.

"여기, 망우재, 송옥이 방으로도 통하지요."

그랬다. 비록 막혀 있긴 하지만 분명하다. 최각이 밀실에서 언제든 부인에게로 가기 위해 만든 지하의 비밀 통로. 최각의 서책에서 알게 되고 어린 송옥에게 알려 주었던, 그녀와 송정만의 비밀. 어린 송옥이 저에게 주어진 맛난 것을, 두터운 이불을, 제가 그린 그림을 들고 달려 내려왔던 비밀 통로. 밀실의 기억 중에 가장 빛나고 따스한 기억. 또 그것을 통해 송정을 서고로, 세상으

나무집 이야기

로 내보낼 수 있었던 비밀 통로. 하지만 밖으로 나온 후 송정은 통로를 막고, 밀실도 봉했다. 그런데······.

"그것을 어찌 지금 말하는 것이냐?"

"글쎄요······ 어찌 지금 말씀드리는 것일까요?"

"이러는 연유가 무엇이냐? 혹여······ 자하녀가 네게 무슨 말을 한 것이냐?"

그는 가슴이 아리도록 불안해졌다. 그러나 송옥의 얼굴은 표정이 없었다. 둘의 얼굴이 바뀐 것 같았다.

"자하녀는 말이 없고 비밀 통로는 열려 있군요."

"뭐라고?"

송정은 벌떡 일어나 남쪽, 서고를 향하고 있는 벽의 벽장을 열어 보았다. 송옥의 화구와 그림이 차곡차곡 쌓여 있는 벽장 안. 비밀 통로로 통하는 작은 문이 그림들 사이로 비죽이 보였다.

"이것이었나······."

그의 머릿속에서 자하녀의 행로가 그려졌다. 하얀 소복을 한 자하녀가 붉은 미소를 머금고 벽장을 연다. 그림을 치우고 문을 열어 아래로 내려간다. 지네가 타라락, 벽을 타고 거미줄이 하얀 장막처럼 드리운 좁고 눅눅한 통로를 미친바람이 뛴다. 밀실의 문을 열고 다시 서고로 통하는 문을 향해 오른다. 가늘고 보드라운 두 팔을 뻗어 서고 나무 바닥으로 통하는 문을 밀어낸다.

향기로운 붉은 뱀이다. 문을 빠져나온 뱀은 스르르 소리도 없이 오름마루를 거쳐 명경당으로 향한다. 송명이 미닫이문을 열고 불을 끈 채로 기다리고 있는 그곳으로······. 뱀이 송명의 허리를 감는다. 혀를 날름거리며 그의 입술에 숨을 불어……. 송정은 생각을 멈췄다. 그리고 벽장문을 닫았다.

두려움이 그를 엄습했다. 뒤를 돌아보았을 때 행여 자신을 바라보고 있는 이가 송옥이 아닌 자하녀일까, 두렵고 두려웠다. 참을 수 없을까 봐, 참지 못하여 분노하고, 분노하여 자하녀를 해칠까 봐, 결국엔 송옥을 지키지 못할까 봐……. 자신이 예측할 수 없는 행동들에 두려웠다.

뒤로 돌아선 그의 응시를 받는 이를 보았을 때도 여전히 송정은 두려웠다. 단 한 번도 송옥과 자하녀를 구분하지 못한 일이 없었던 자신이 표정 없는 여인 앞에서 분별을 잃어버렸기 때문이다. 구분할 수 없었다. 처음으로 송옥과 자하녀를 구분하지 못하고 혼란에 빠졌다. 눈동자와 입술, 어깨의 미세한 움직임을 살폈지만 구분이 되지 않았다. 살짝 벌어진 입술에서 새어 나오는 숨이 제 정체를 말해 주길 바랐지만 그녀는 침묵했다. 어쩔 수 없는, 내기.

"송옥아……."

어쩔 수 없는 내기였어도 그의 선택은 송옥일 수밖에 없다. 하지만 그녀는 미동 없이 입만 벙긋 열어 물었다.

"제가…… 송옥입니까?"

그녀의 물음은 그에게 패敗가 아니다. 몰沒이었다. 깊은 수렁에 발을 디뎌 무릎이 꺾이고 허리까지 빠져들었다. 금세 목까지, 입까지, 폐에까지 진흙물이 몰아쳐 들어왔다.

"옥아……."

나무집 이야기

진흙물인 줄 알면서도 들이마시는 마지막 숨처럼 절박하게 그녀를 불렀다. 그 부름을 그녀는 외면하려 했다. 고개를 모로 돌리며 그에게서 시선을 거두었다. 그녀의 시선은 허공중에서 길을 잃고 갈피를 잡지 못했다. 그것으로 송정은 다시 일어설 수 있었다. 확신이 섰다.

"송옥아, 괴이한 물음이나 하고…… 고집을 꺾지 않으려는 것이구나."

이번에 몰한 것은 송옥이었다. 아니, 몰이 아닌 낙落이었다. 가느다란 명주실, 희망이란 그것을 벼랑 끝에서 송정에게 쥐여 주려 했으나 그가 받지 않았기에……. 눈물도 고이지 않았다. 희망을 바랄 수 없다면 진실을 바라리라. 그녀는 물기 없는 목소리로 다시 물었다.

"제가 오라버니의 누이, 송옥입니까?"

두 번은 아니 되었다. 두 번은, 흔들리지 않는 송정이었다.

"그럼 네가 누구이냐? 괴이한 물음으로 내 마음을 돌려 보려는 것이냐? 이미 혼사는 돌이킬 수 없거늘……. 그만하고 고집을 꺾어라."

돌아서려 했다. 등을 돌리고 또다시 망우재에서, 송옥에게서 물러나려 했다. 도망가려 했다. 그때, 송정의 등에 탁, 하는 충격과 물기가 번졌다. 거의 동시에 바닥으로 백자 연적이 구르며 깨졌다. 송옥이 던진 것.

"제가! 나무집의 송옥이 맞느냐고 물었습니다! 우리가! 우리가…… 남매냐고 물었다고요! 제가 답을 몰라서 물었겠습니까!"

악을 썼다. 말랐다 여겼던 눈물이 쏟아지며 그녀의 볼을 적시고, 턱을 적시고, 혼을 적셨다. 송정의 혼도 적셨다. 그가 보았을 때 송옥은 자리에서 일어나 비틀거리며 그에게 진실을 구하고 있었다. 눈물과 떨림이 그녀를 집어삼킨 것처럼 간신히, 간신히 버티고 서 있는 송옥이 안쓰러워 미칠 것 같음에 송정이 앞으로, 그녀 앞으로 나아갔다.

뚝, 뚝, 그의 등에서 물방울이 떨어졌다. 연당에 빠졌던 송옥을 안고 걸었던 여름날처럼, 연모가 뚝, 뚝, 눈물을 흘렸다. 끊임없이 흐르는 연모로 흠뻑 젖은 송옥과 넘치려, 넘쳐 찰랑거리는 연모를 온 힘을 다해 막아 누르는 송정이 마주했다.

악을 쓰느라, 악을 쓰며 연모를 붙잡느라 가빠진 호흡과 붉어진 볼의 송옥이 그를 올려다보았다. 그녀의 눈동자 속에서 송정이 끝없이 넘치고 다시 차올랐다. 하나였던 송정이 그녀의 눈동자에서 둘로, 물기가 차오를 땐 넷으로, 넘쳐흐르면 다시 둘로……. 마음에 담은 그는 오직 하나. 하나인 그를 버겁게 마음에 담은 그녀가 비틀거렸다. 재빨리 송정의 가슴이 머리의 명을 어기고 그녀를 품었다. 놓아라……. 싫다. 놓아주어라……. 싫다. 놓아야 한다……. 싫다. 놓아라……. 싫다, 싫다, 싫다! 저 자신으로부터 송옥을 지키려는 듯이 그는 팔에 힘을 주며 그녀를 더 세게, 깊이 안았다.

송옥은 그의 가슴 깊은 안쪽에서 진심을, 연모의 더운 나무 향을 느꼈다. 스며들기를 바랐다. 나무 향이 뿜어 나오는 안쪽으로, 송정의 깊고 깊은 안쪽으로 스며들고 배어들어 그의 가슴에서 사는, 그의 숲에서 사는 나무가 되고 싶었다. 송옥의 날숨은 그 간절한 염원을 송정의 들숨이 되어 전했다. 소리가 없이도 그녀의 목소리가 들렸다. 보내지 마셔요, 저를 보내지 마셔요, 보내지 말고 저를…….

송정은 아직도 눈물을 그치지 않는 그녀를 내려다보았다. 눈물에 젖은 입술이 떨리고 있었다. 저를 보내지 마셔요. 그의 들숨이 답했다. 보내고 싶지 않다. 누구에게도 너를 보내고 싶지 않다. 그리고 송정의 들숨이 송옥의 날숨을 그녀의 눈물과 함께 마셨다. 그녀의 혼과 숨, 슬픔의 진액까지 모두 빨아들이는 입맞춤이었다. 끝없이, 그녀의 입술을 통하여, 끝없이, 그녀의 모든 것을, 끝없이 제 안으로 마시고 들이켰다. 송옥은 끝없이, 자신의 입술을 통하여, 끝없이, 송정에게 모든 것을, 끝없이 주고 또 주었다.

그래도 부족했다. 그녀의 팔이 그의 허리를 감았다. 그의 팔이 그녀의 등을 감싸고 허리를 당겼다. 가는 신음이 송옥의 입술에서 새어 나오고 송정은 소리에 혼곤히 빠져들었다. 그녀의 아랫입술에, 가는 턱에, 하얀 목덜미에 입 맞추고 또 입 맞추었다. 송정의 뜨거운 몸짓에 송옥의 옷고름이 풀어지고 봉긋 솟은 젖가슴이 그의 가슴에서 뭉개졌다. 아팠다. 하지만 더 원했다. 그리하여 두 팔을 그의 목에 감고 매달렸다. 그녀의 매달림에 자연스레 몸이 기울고 고개가 숙여진 송정의 눈에 풀어 헤쳐진 저고리 사이로 송옥의 젖가슴이 들어왔다.

잊어버렸다. 자신이 누구인지, 그녀가 누구인지……. 오로지 제 품 안의 여인을, 연모를 온전히 갖고 싶었다. 하얗고 봉긋한 젖가슴 아래 펄떡거리며 뛰는 뜨거운 연모가 있었다. 갖고 싶다, 갖고 싶다, 먹어 버리고 싶다. 그의 얼굴이 그녀의 젖가슴에 파묻히고, 입술이 크게 젖가슴을 베어 물었다.

"아!"

외마디 비명과 거친 숨소리, 옷자락들이 스치는 소리만이 망우재를 채웠다. 송정의 애무에 온몸의 힘이 빠져 버린 송옥은 오로지 그의 팔에만 제 몸을 의지해 간신히 서 있을 수 있었다. 그의 품에서 신음했다.

펄럭, 족자가 흔들렸다. 댓잎이 떨고 있었다. 속치마를 들추는 송정의 뜨거운 손에 가늘게 눈을 떴던 송옥의 눈에 대나무 뒤에서 그들을 바라보고 있는 자하녀가 보였다. 미친, 소리 없는 웃음이 보였다. 순간, 욕정으로 가득했던 송명과 자하녀의 뒤엉킴이 송옥의 머릿속에 선명히 떠올랐다. 그리고 자하녀가 송명에게 그러했듯이 자신도 한 다리를 들어 송정의 허리에 감고 있는 것을 발견했다.

"안 돼!"

자신도 모르게 외치며 거세게 송정을 밀어냈다. 연모에게서 거부당한 송정이 숨을 몰아쉬며 저 자신을 다스리지 못해 고통스러운 표정을 그대로 드러냈다. 흐트러진…… 상처받은 남자의 얼굴이었다.

"오라버니……."

남자의 얼굴이 차츰 백학의 얼굴로 변해 갔다. 숨을 고르고 욕망을 가슴 깊이 구겨 넣었다.

"오라버니, 저는……."

차마 말을 잇지 못하는 송옥에게 송정이 손을 뻗었다. 벗겨진 저고리를 바로 입혀 주고 옷고름을 매어 주었다. 자신의 입술과 이가 만든 보랏빛 멍과 잇자국을 저고리 아래 숨겼다.

"내가…… 잠시, 짐승이 되었구나. 너에게 몹쓸 짓을……. 나는…… 더럽고도 더러운 짐승이로구나."

그렇게 말하고 돌아서는 송정을 송옥은 잡을 수 없었다. 그저 무너져서 울음을 터트릴 수밖에 없었다. 대나무 뒤 자녀도 울었다.

"더럽고 더러운 것은…… 바로 저입니다. 이 더러운 몸으로, 오라버니께 차마……."

입술을 깨물고, 가슴을 쳤다.

"이 더러운 것이…… 그래도 오라버니 곁에 있고 싶어서…… 이 몸을 하고……."

서러운 흐느낌이 그림 밖에서도, 그림 안에서도 이어졌다. 흐느낌 위로 차가운 바람이 지났다. 백설이 망우재 기와 위로 소복이 쌓였다. 대한, 눈보라가 몰아쳤다.

사흘째 눈이 내렸다. 송정은 눈과 함께 앓았다. 열과 기침이 심해지자 그는 거처를 잠시 명경당으로 옮겼다. 아버지에게 병을 옮겨서는 안 된다는 이유에서였다. 명경당도 송정과 함께 앓았다. 눈과 명경당과 송정이 함께 앓는 사흘이 지나고 나흘째 되던 날 눈보라를 헤치며 인후가 나무집을 찾았다.

인후는 송정이 보낸 나귀의 등 위에서 몸을 잔뜩 웅크린 채 눈보라를 정면으로 마주하며 느리게, 느리게 나아갔다. 두툼한 누비저고리와 누비 두루마기를 겹겹이 입었지만 한기가 가슴을 파고듦에 어깨가 아프도록 움츠러들었다. 그는 한시라도 빨리 나무집에 도착하기를, 온기를 느낄 수 있기를 간절히 바랐다. 그런데 나무집을 앞둔 재에서 나귀가 우뚝, 멈춰 섰다.

"아니, 이 지랄 맞은 놈이!"

앞장서서 걷던 늙은 종복이 성을 내며 손에 쥐고 있던 고삐를 세게 잡아당겼다. 나귀는 꿈쩍도 하지 않았다. 다시 상욕을 뱉으며 나귀의 궁둥이를 갈기려는 종복을 인후가 말렸다.

"됐네, 김 서방. 저도 힘이 든 것이겠지. 이 눈보라에······. 됐으니 그만두게."

그러고는 몸을 비틀며 나귀 등에서 미끄러지듯이 땅에 내렸다. 푹, 푹, 무릎까지 빠지는 눈이었다. 길은 동리 사람들이 치워 놓아 그나마고 길가는 쌓인 눈이 허리를 넘겼다. 인후는 눈을 들어 하늘을 보았다. 한낮임에도 잿빛으로 부유스름했다.

"도련님, 길이 힘듭니다. 다시 오르시지요."

종복이 허리를 굽히며 권했지만 인후는 고개를 저으며 재를 넘기 시작했다. 등이 가붓해진 것을 확인한 나귀는 그제야 발을 뗐고 종복은 다시 욕설을 토해 냈다.

"씨부럴 놈, 그리 게으르니 짐승으로 환생했던 것이지······. 에

이, 빌어먹을……."

그의 욕설을 눈발에 흘리며 인후는 힘겹게 한 걸음, 한 걸음 옮겼다. 갖신 안으로 눈이 스며들고 발가락이 추위에 곱아 아려 왔다.

"도련님 사돈댁에선 무에 이런 날씨에 뵙자고 하신답니까? 게다가 편찮으시다는 분이……."

사형, 이제 곧 처남이 될 백학이 병들어 등청도 하지 못하고 자리보전을 하고 있다는 소문은 그의 청보다 먼저 도착했다. 나무집에 역귀疫鬼가 붙은 것이 아니냐는 흉한 소문도 돌았다. 인후는 가쁜 숨과 함께 복잡한 심정을 뱉어 냈다. 소나무 한 그루가 서 있는 재의 정상에 섰을 때, 그의 숨은 급하고도 거칠었다. 찬 공기를 컥컥, 급히 들이마시는 통에 목구멍에서부터 가슴까지 불이 붙은 것 같은 통증에 휩싸였다.

"휘유……."

소나무에 손을 짚으며 크게 숨을 내뱉기를 몇 번. 굽었던 허리를 펴고 고개를 들자 마을과 논이 눈에 점령당한 채 하얗게 엎드려 있었다. 멀리, 눈보라 너머로 나무집이 보였다. 주변의 논과 집 들이 눈에 파묻힌 것에 비해 그 집은 둘레부터 깨끗이 비질되어 있었다.

"이 눈보라에…… 얼마나 부지런히 비질을 시켰으면……."

거센 바람에 날리던 눈도 나무집의 하늘 위에선 고요히 숨을 죽이며 내려앉는 것처럼 보였다. 나무집을, 나무집의 사람들을 호위하듯 둘러싼 높고 높은 화방벽으로 인해 눈 쌓인 기와지붕만 간신히 보일 뿐인 그곳. 견고한 성곽에 둘러싸인 또 다른 세상. 그리고 성곽 안 성곽, 꽃담 너머에서 숨 쉬는 그의 연모, 송옥. 눈보라 사이로 얼핏얼핏 보이는 명경당과 운영각에 가려 지붕조차 보이지 않는 망우재와 그의 봄, 송옥. 그녀에게 가기 위해 그의 앞을 첩첩이 가로막은 겨울. 인후는 가슴 깊이 숨을 들이마신 후 힘껏 발을 내디뎠다. 느리지만 쉼 없이 눈길을 걸어, 봄에게로.

"그래, 소과 준비는 잘하고 있는가?"
다행히 그날 맑은 정신이었던 최 대감이 사윗감을 반가이 맞아 주었다. 그리고 마냥 흐뭇한 표정으로 그렇게 물었다.
"제 학문이 미욱하여 오상 사형과 같은 결과를 바라기는 힘들지만 열심히 하고 있습니다."
최 대감의 매병을 알고 있었던 인후는 다소 불안해하며 장인 될 이를 대하고 있었으나 겸손함을 잃지는 않았다.
"겸손함이 갸륵하구먼. 그렇지, 어느 무엇도 노력하는 이를 이기는 것은 없는 법이지. 매일 정진하시게나."
"명심하겠습니다."
"그런데 요즘 네가 밤늦도록 기방에 있다 오는 경우가 많으니 아비가 걱정이구나."
인후는 잠시 말을 잃었다.
"네 호방한 기질을 알기에 두고 보았다마는 이제 마음을 다잡고 학문에 매진해야 하지 않겠느냐. 네 형도 너에 대한 심려가 클 것이다."

이내 인후는 최 대감이 자신을 죽은 사형으로 착각하고 있음을 알아채었다.

"……송구합니다. 아버님 말씀 받잡고 앞으로는 경거망동하지 않겠습니다. 하니 심려 놓으시지요."

"그래야지, 그래야 하고말고. 아무리 뛰어난 옥석도 다듬지 아니하면 그저 돌멩이에 지나지 않는 것이지. 네 형도 스스로 다듬지 않았더라면 그…… 모습을 하고 어찌 그 자리에 올랐겠느냐."

"예, 아버님. 그럼…… 소자 이만 물러나겠습니다."

"그래그래."

미소를 지으며 자신을, 아니, 송명을 바라보는 최 대감 앞에서 물러나는 인후의 표정이 밝지 않았다. 또한 자신의 갓신이 사라졌음에 당황했다.

"여보게, 저기…… 내 신이 없어졌구먼."

행랑채에서 몸을 녹이고 있는 제집 종복 대신 인후를 송정에게 안내하기 위해 기다리고 있던 이에게 물었다. 설이였다.

"눈에 젖었을 거라 하시면서 잘 말려 놓으라는 분부가 있으셔서……."

"사형께서?"

"예, 거기 놓인 신을 신으시지요. 조금 커서 불편하시겠지만 젖은 신보다는 나으실 거라며……."

송정의 갓신이 놓여 있었다. 과연 컸다. 신 안에서 발이 놀았지만 그 뜻밖의 배려에 인후는 감동했으며, 동시에 숨이 막혔다.

"편찮으신 와중에 이런 것까지 생각하신단 말인가……."

도무지 빈틈이 없는 사람. 설이의 뒤를 따라 명경당으로 향하는 인후의 어깨가 벌써부터 딱딱해져 갔다. 휘몰아치던 눈보라가 거짓말처럼 고요해지는 나무집. 눈을 이고 있는 운영각을 지나며 인후는 흘깃, 망우재로 통하는 감춘문을 보았다. 연모에게로 가는 길.

"낭자께선 안녕하신가?"

물음을 뱉자마자 그는 후회한다. 오라비와 올케를 잃고 안녕할 수 있는 여인이 있을 수 있겠는가. 총총걸음으로 그를 안내하던 설이가 살짝 고개를 돌려 뒤를 본다. 그러나 그 시선은 망우재 쪽으로 향해 있다. 인후는 그녀의 시선에서 두려움을 발견하고 의아해진다.

"예? 예…… 안녕하십니다."

대답은 더욱 의아스러웠다. 안녕하다……. 그러할 수 있는가. 그때 설이가 멈춰 서더니 그에게 고개를 숙인다.

"쇤네는 이만……."

길을 모르는 것도 아니니 그녀가 없어도 그만이지만 급작스러운 물러남이 의혹을 키웠다.

"혹여…… 낭자께 무슨 일이 생기기라도 했는가?"

"그, 그럴 리가 있겠습니까. 아닙니다, 아니지요."

설이의 대답은 그녀 자신에게 하는 다짐처럼 들렸기에 인후는 불안해졌다.

"그러한가……. 그러면…… 내 사형을 뵙고 나서기 전에 낭자를 뵙기를 청한다고 여쭈어 주시게."

직접 봐야 했다. 연모의 안녕을 확인해야 했다. 그의 말에 설이는 못마땅하다는 표정을 숨길 수 없었다. 날이 갈수록 송옥은 마주하기에 어려운 상전이 되어 갔다. 하지만 양반은 종복의 거절을 용납하지 않는다.

"예, 그리 전해 올리겠습니다."

설이가 재빨리 감춘문을 통해 사라진 후에도 인후는 한참 동안 망우재 쪽에 시선을 주었다. 온 마음을 바치고 싶은 봄의 따스함 속에 잠기고 싶었다. 그러나 당장 그가 마주해야 하는 이는, 얼음장보다 차가운 백학이다. 겨울이다.

진정 아픈 이가 맞을까. 송정을 마주한 인후는 생각했다. 흉한 소문 속에서 송정은 이불 아래 뒤척임도 힘겨울 병자였다. 그런데 자신과 마주한 송정은 의관을 정제하고 허리도 꼿꼿이 세워 앉은, 평소의 백학이었다. 물론 야위었다. 조금씩 기침을 뱉어 내기도 했다. 그러나 흐트러짐은 없다. 형형하니 상대를 꿰뚫어 보는 것 같은 눈빛도 그대로다. 인후는 또다시 숨이 막혀 왔다. 드러낼 수 없는 갑갑함이다.

"편찮으시다 들었습니다. 좀 어떠신지요?"

"고뿔이 심하게 들었는데 약이 잘 듣지 않는구먼. 염려해 주어 고맙네."

약, 어지간한 의원은 나무집 백학에 미치지 못한다는 소문이 떠올랐다. 그럼에도 병중이라면 진정 병이 깊은 것일까.

"병중이신데…… 저를 찾으신 까닭이……."

"……기경은 국화를 아꼈지."

인후는 송정의 엉뚱한 대답에 어리둥절해졌다. 송정의 시선은 공루를 향해 살짝 열린 문밖으로 얹어져 있었다. 먹을 머금은 붓이 부드럽게 몸을 휘어 만든 것 같은 옅은 시선이었다. 인후의 시선도 송정의 시선이 남긴 어렴풋한 선을 따라갔다. 허공중에 그린 두 개의 시선이 국화 화단으로 이어졌다.

"백국白菊."

송정의 한마디에 인후는 무어라 답하지 못하고 조용히 하늘에서 떨어지는 하얀 꽃잎을 바라보았다. 사락, 사락, 사락, 정결한 물의 꽃잎이 화단 위로 내려앉았다. 기와 위에 내려앉았다. 고요히, 피어난 백국, 나무집. 그리고 꽃잎보다 아름다운 화예花蕊*, 송옥. 인후의 가슴이 뛰었다.

"연모하는가?"

들켜 버렸는가, 인후는 귓불까지 열이 확확, 오르는 것을 느꼈다. 젖은 몸을 말리라 송정이 밀어 준 화롯불의 열기보다 몸의 열기가 더 뜨거웠다. 답하지 않을 수 없으나, 답할 수도 없는 물음. 그러나 인후는 영악한 사람이 아니었다. 그는 다만 정직한 사람이었다.

"예, 연모하고 있습니다."

거짓 없는 그 답에 잠시 송정의 시선이 인후에게로 향했다. 순간, 인후는 극도의 혼란에 사로잡혔다. 자신을 바라보는 송정의

---

* 꽃술.

눈동자에서 분노를 보았기 때문이다. 착각일 것이다, 까닭이 없지 않은가, 그렇게 스스로를 타이르려 했지만 귓가를 울리는 송정의 목소리에도 분노가 서려 있었다.

"진정 연모하는가?"

"예, 진정입니다."

용기를 내어 맞서는 그에게서 송정의 시선이 거둬졌다.

"자네에게 연모는 무엇인가?"

"진심眞心을 주고, 받으며, 간직하는 것이지요."

"형태 없는 그것을 주고, 받으며, 간직할 수 있는가?"

"형태가 없기에 행함으로 더욱 소중히 아껴야지요."

"자네의 행함을 받아 주지 않으면 어찌할 것인가?"

"재주가 미천한 제가 다른 이들보다 뛰어난 것이 단 하나 있습니다. 인내입니다. 인내하고 또 인내하되 진정眞情을 다하는 것. 그리할 것입니다. 인내하며 진심을 행할 것입니다."

"인내라…… 내 앞에서 인내를 논하는 사람을 만나는군."

송정의 머릿속으로 공루와 밀실에서의 나날이 스쳐 지났다. 그러나 인후는 자신이 어떤 실수를 저질렀는지 미처 알지 못하고 긴장한 채 송정의 다음 질문을 기다렸다. 등허리로 식은땀이 흘렀다.

"만일 자네가 진심이라 믿었던 것이 실은 공중누각 같은, 허상과 같은 것이라면? 실상實像은 자네가 상상할 수 없는, 감당키 힘든 것이었다면?"

그의 질문은 이해하기 점점 더 어려운, 미어謎語처럼 들렸다.

그래도 인후는 최선을 다했다. 그는 늘 미련하게 최선을 다하는 남자였다.

"저는…… 제가 보고 느낀, 그대로의 사람을 믿습니다. 그 사람에게 허상과 실상이 따로 있다고 생각지는 않습니다."

"그렇다면 더욱 충격이지 않겠는가? 실상을 알게 되었을 때 말이네."

"실상과 허상의 구분은 연모에선 아무런 의미가 없는 것입니다. 그것을 구분하여 따로 연모할 수 있단 말입니까? 저는 그런 모진 사람이 되지 못합니다."

"모질다……. 그래, 자네는 모질지 못하지. 나는 모질고도 모진 사람이고……. 때론 모진 사람도 연모 앞에선 어떤 구분도, 판단도 하지 못하는 백치가 되지. 그것이 연모이지."

인후는 대제학의 질녀, 수영을 떠올렸다. 죽은 부인을 생각하는 것일까, 그래서 저리도 애틋한, 백학에게 어울리지 않는 눈빛을 하고 있는 것일까. 송정은 물음을 멈추지 않았다.

"지켜 줄 수 있는가?"

"지키겠습니다."

"지킬 수 없으면?"

"지킬 수 있도록 상황을 바꾸겠습니다."

"자네가 그런 힘을 가질 수 있겠나?"

"상황을 바꾸는 것은 여러 가지가 있습니다. 힘이 아닌 진심으로, 오롯한 마음으로도 가능하다고 믿습니다."

"그래, 그 믿음 자체가 모든 것을 바꾸기도 하지."

이제 분노는 없다. 다만 고독함이 있을 뿐이다. 허허로웠다. 문밖으로 시선을 주고 있는 송정의 옆모습. 병들어 핏기 없는 입술을 하고도 꼿꼿이 허리를 세워야만 하는 백의 사내.

"나는 본디 사람의 말을 믿지 않네."

끝내는 그렇게 말하는 사내, 송정. 인후는 할 말이 없었다. 믿어 달라 애원할 수도 없는 노릇이며 애원한다고 믿어 줄 사람도 아님을 잘 알기에.

"하나 자네의 말은 믿겠네. 자네는 세상에서 가장 위험한 인물이니까."

다시 어리둥절해진 인후가 물었다.

"제가…… 위험하다니요?"

송정의 입가에 옅은 미소가 감돌았다.

"몰랐는가? 순수하고 정직한, 진심을 다하는 사람이 세상에서 가장 여리고도, 가장 위험한 인물이라네. 자신의 진심에 목숨을 걸 수 있는 위험한 사람이 하는 말을 나는 믿네."

"그래서…… 저처럼 미욱한 자에게 귀하신 누이를 맡기려 하시는 겁니까?"

제법 당돌한 물음이다. 송정은 미소를 거두지 않았다.

"미욱하다……. 맡긴다……. 말일세, 자네와 같이 살 수 있다면 내게 주어진 모든, 천재라 불리는 모든 재능을 망설임 없이 버릴 것이네."

"예?"

"곡해는 하지 말고 듣게나. 평범한…… 평범한 사내의 몸으로 태어나, 평범한 어린 시절을 보내고, 평범한 재질을 가진…… 그러나 순연한 마음으로 진정을 실행하여 대하는 모든 이들에게 평안을 주는 자네가 부럽고도 부럽네. 연모하는 이를 연모한다 말할 수 있고, 자신의 평범하고도 중한 모든 걸 걸고 지키겠다고 말하며 또 그렇게 행할 자네가 부럽네. 내가 절대로 가질 수 없는 평범한 사내의 삶이……."

거짓이 아님을 알 수 있었다. 지나치게 비범하여 슬픈 사내, 송정의 담담한 소망의 말에 인후는 고개를 숙였다.

"그래서 악천후에도 불러들였음을 이해해 주게. 자네에게 꼭 직접 들어야만 했네. 마음에 품은 진심이 말로, 언어의 약속으로 맺어지는 것을 들어야만 했어."

"이해라니요. 사형께서 부르시면 언제든 달려오는 것이 도리인 것을요."

"자네, 버선이 젖었구먼. 그래서야 신을 바꿔 신은들 무슨 소용이 있을라고."

아픈 몸을 일으켜 장에서 버선을 꺼내 인후에게 건넨다. 다른 사람 같다. 다정한…… 송명이 눈앞에 있는 것 같아서 인후는 눈을 몇 차례 끔뻑거렸다. 그는 마음을 숨기지 못하는 사람이었다.

"꼭…… 기경 사형 같으십니다."

얼른 일어나 버선을 받아 들고서 그는 마음의 말을 뱉어 내고야 만다.

"그러한가? 내가 기경이었다면, 자네는 살아남지 못했을 것이네."

허허, 웃음이 섞인 말이었다. 인후는 농으로 알아듣고, 송정은 진심을 담은.

"송림이 바람을 막아 주는 나무집에 이리 눈이 쌓일 정도면 바깥은 대단하겠구먼. 오늘 하루 정우당에서 머물다 가시게. 내 쓰던 방을 치워 놓으라 일러뒀네."

거절할 수 없는 제의였다.

"찬 기운이 거셉니다. 문을 닫아 드릴까요?"

"문으로 막을 수 있겠나? 문으로는 아무것도 막을 수 없음이네. 그저 두게나."

명경당에서 물러나기 전 걱정이 된 인후의 물음에 송정은 웃으며 그렇게 답했다. 찬 기운보다 서늘한, 세상의 꼭대기에서 홀로 맞는 바람 같은 웃음이었다. 홀로 있음을 선택한 자의 웃음이 인후의 등 뒤에서 닫혔다.

저녁은 정갈했다. 송옥이 있다고는 하지만 안주인이 오래 자리를 비운 집의 상이라고 알아차리기 힘들 음식이었다. 오래전부터 나무집의 살림을 맡아 오던 운남댁이란 이의 솜씨라 했다. 그이가 제 어미라고, 음식 솜씨를 상찬하는 인후에게 설이가 냄큼 고해 올렸던 말이었다. 얼핏 들었던 기억이 있다. 나무집의 노비 안주인이 있다는 말. 최 대감과는 무관하게 유세를 부리며 살림을 쥐락펴락하는 노비 안주인. 기억 속에서 찾아낸 얼굴도 있다. 차림새는 볼품없고 굽실, 허리를 조아렸지만 표정은 도도한 여종이 나무집을 찾을 때마다 스승의 시중을 들었다.

"조상의 내력이 그러해서인지, 어쩐지 도무지 이 가문의 남자들은 부인을 잃고 재혼하는 법이 없으니……."

고개를 절레절레 흔들며 홀아비로 살아가는 최 대감을 언급하던 스승도 떠올랐다. 손님의 시중을 들었던 설이가 나가고 나자 인후의 머릿속에서 더 많은 기억이 솟았다 사그라지기를 반복했다. 그러나 기억의 끝엔 그녀의 얼굴만이 남았다.

송옥, 그의 모든 기억과 앞으로 만들어 갈 모든 기억의 종착점. 가슴이 또 뜨거워졌다. 결국 차가운 밤공기를 마주하려 문을 열고 정우당 우물마루에 선 인후의 눈앞으로 하얀 연지蓮池가 펼쳐졌다. 시들어 고개가 꺾인 연잎들 위로 소복이 눈이 쌓이고 눈은 하얀 연밥이 되어 연지를 가득 채웠다. 그리고 하얀 연꽃처럼, 물결처럼, 송옥과의 기억이 차올랐다. 눈발 속에서 망우재의 문이 열렸다.

"눈보라가 심한데 어찌 창을 열어 놓으셨습니까?"

같았다. 화단으로 통하는 창을 열어 두고 옅은 시선을 주고 있는 것이 송정과 똑같은 송옥에게 인후가 물었다. 차에서 피어오른 다연茶煙*이 창을 통해 들어온 눈의 기운에 허리를 굽혔다.

"창을 열어도 오지 않으니 상관이 없지요."

"예?"

알 수 없는 말을 하는 것도 똑같다. 오누이라 그러한가, 인후

---

* 차를 달일 때 나는 연기.

는 잔을 들었다. 차의 맑은 기운이 온기로 퍼졌다.

"버선이 젖으셨군요. 눈길을 걸어오셨나 봅니다."

보고 있지 않다고 생각했는데 그녀의 눈길이 미치지 않은 곳이 없었다. 그것 역시 사형과 같다.

"나귀가 말을 듣지 않아서……."

"제 딴에는 많이 힘겨웠나 보군요. 설이에게 일러 새 버선을 가져오라 하겠습니다. 댁으로 가시기 전에 갈아 신으시지요."

"아, 아니오. 이미 사형께서 보살펴 주셨습니다. 오늘은 날이 좋지 않아 하룻밤 유하고 가라는 말씀도 하셨지요."

송옥의 볼이 붉어졌다. 그 붉음의 연유가 자신에게 있을 것이라 착각한 인후도 덩달아 얼굴이 달아올랐다. 하얀 눈밭에 피어난 붉은 꽃송이, 만지고 싶다, 안고 싶다, 갖고 싶다……. 인후는 요동치는 가슴을 진정시키려 연거푸 차를 들이켰다.

"그러셨군요."

"이런 날씨인데 문을 열어 놓으셨더군요. 낭자와 똑같이 말입니다."

붉은 꽃송이가 활짝, 피어났다. 송옥은 눈길을 어디에 두어야 할지를 몰랐다. 그녀의 부끄럼이 사랑스러워 인후는 손끝이 뜨거워졌다. 들키고 싶지 않았으나 그의 입엔 그녀를 향한 미소가 가득했고 눈동자에는 부드러운 빛이 감돌았다.

"혼사가…… 당혹스럽지는 않으셨는지요?"

대범하기도 한 그녀. 이제 부끄러운 쪽은 인후다.

"아…… 당혹스럽기보다는, 그…… 사형께서 혼사를 청해 주서서 감사했지요."

순간, 송옥의 눈썹이 일그러졌다. 발그레하던 볼에서 급히 불이 꺼졌다. 인후는 보지 못한 징후.

"저는 당혹스럽습니다."

보이는 징후는 놓쳤으나 들리는 징후는 뚜렷했다. 단호한 목소리. 진정 당혹한 것도 인후다.

"무……물론…… 너무 급작스럽게 이루어진 혼사라…… 그러실 수도 있지요."

"저의 당혹은 급작스러운 시일 때문이 아닙니다."

침묵. 늘 겸손한 그였지만 송옥의 입술에서 쏟아진 말은 인후의 가슴속 엎드려 있던 자존심을 아프게 찔러 왔다.

"제가…… 사형들에 비한다면 보잘것없는 사람이지요. 성균관은 고사하고 초시도 겨우 준비하고 있는…… 실망하셨겠지요."

"지닌 재주가 빛을 발하는 시기는 사람마다 다른 것이라 알고 있습니다."

"그렇다면…… 저희 가문이 이 댁에 비해서 한미하기 때문입니까?"

숨기려 해도 숨길 수 없는 노기가 목소리를 깎아 세웠기에 인후는 물음 끝에 헛기침을 해야 했다. 기침이 그치기를 기다리는 송옥의 차분한 모습에 그는 계면쩍으면서 조바심이 났다. 그래서 곧바로 다시 말했다. 그것은 다그침이었다.

"낭자의 당혹이 무엇으로부터 비롯되었는지 알고 싶습니다."

송옥은 바로 답하지 않았다. 답하지 않고 고개를 돌려 창밖의 빈 화단을 바라보았다. 붓으로 그린 것 같은 시선. 그녀의 시선에서 인후는 송정을 느꼈다. 싫었다. 싫다는 자신의 느낌도 싫었다. 남매가 닮은 것에 싫음을 느끼는 자신이 이해되지 않았다.

"연모입니다."

인후가 이해되지 않는 느낌에 어지러워하는 그때, 송옥이 답했다. 시선은 화단에 쌓인 눈에 기댄 채로. 송정의 목소리가 겹쳐졌다.

'연모하는가?'

송정의 물음에는 답할 수 있었다. 하지만 송옥의 말엔 답하기도 두려웠다. 수많은 생각들이 오고 갔지만 그중 어느 하나도 말로 끌어낼 수가 없을 만큼 생각은 빠르고 어지러웠다. 나무집 주위로 비질하는 소리만 부지런히 들릴 뿐인 시간. 참을 수 없는 쪽은 역시 연모하는 쪽이다.

"다른 분을 연모하시는 것입니까?"

어지러운 생각 중에 가장 궁금한 것이 말로 튀어나왔다. 그의 물음에 송옥이 천천히 시선을 아래로 내렸다. 눈송이가 지상으로 내려앉을 때의 느림과 용소龍沼의 깊음을 지닌 시선. 인후는 그녀의 답을 느리고 깊은 그 시선에서 보았다. 생전 처음 느껴 보는 아픔과 질투가 가슴에서 들끓었다. 순간, 이번엔 자신의 목소리가 울렸다.

'……인내입니다. 인내하고 또 인내하되 진정을 다하는 것. 그리할 것입니다. 인내하며 진심을 행할 것입니다.'

부끄러웠다. 송정에게 다짐하고 맹세했던 말들이 자신을 비웃는 것 같았다. 너의 진심이란 것이, 너의 인내란 것이, 너의 행함이란 것이 겨우 이 정도였더냐! 부끄러움에 고개를 들 수 없었다.

"혼사를 파破해 주시길 청합니다."

이제 송옥의 시선은 인후를 향하고 있다. 그녀가 공손히 고개를 숙였다. 그녀의 청에 인후는 깨달았다. 아픔과 질투 중에 아픔이 비할 바 없이 크다는 것을. 마음의 아픔을 덜어 내기 위해서 대인군자를 버릴 수 있음을.

"그리할 수 없습니다. 저는 낭자를…… 연모하고 있습니다. 전부터…… 처음 낭자를 보았을 때부터 연모했습니다. 저를 원망하실지라도 이 연모를 꺾을 수가 없습니다."

"혼사를, 파해 주십시오."

고집스러웠다. 똑바로 자신을 바라보는 그녀의 눈동자 속에 단단한 바위가 느껴졌다. 여린 난초는 어디로 숨었을까, 인후는 한숨을 참았다. 물러설 수 없다.

"기다리겠습니다. 사형께 말씀드렸듯이 낭자께도 굳게 언약하건대 끝없이 인내할 것입니다. 인내하고 진심을 행하여 낭자의 마음을 조금씩 받고 싶습니다."

"오라버니께…… 그리 말씀드렸다고요?"

"예, 저를 부르신 것도 낭자에 대한 제 마음을 확인하시고 지켜 줄 것을 당부하시기……."

"되었습니다."

송옥의 눈동자에서 바위가 허물어졌다. 허물어지며 울었다. 바위 뒤에 가려졌던 난초가 모습을 드러내며 어깨를 떨었다. 안아 주고 싶으나 손을 대는 즉시 슬픈 향기로 사라져 버릴 것만 같은 난초였다.

"마음을 아프게 해 드렸다면 미안합니다. 하나 낭자를 포기할 수 없는 이 마음, 언젠가는 보아 주시고 받아 주시기를…… 그리 바라고 있습니다."

송옥은 말이 없었고 그는 제 바람만을 망우재에 놓고 정우당으로 돌아서야 했다. 눈발 속에서 송옥의 문이 굳게 닫혔다.

등불을 켜지 않았다. 눈에 비친 달빛이 망우재를 채워 주었다. 눈의 빛, 달의 빛, 그 안에서 가만히 앉아 있던 송옥의 앞으로 자하녀가 걸어왔다. 눈과 달의 빛이 물러났다. 자줏빛 어둠이 걸음을 옮겼다.

"또 울고 있니?"

자하녀가 물었다.

"내 눈에 눈물이 흐르는 것으로 보이니?"

고개를 들고 송옥이 물었다. 그녀의 눈동자 속에 물러난 눈과 달의 빛이 반짝이고 있었다.

"네 마음에 흐르는 건 눈물이 아니고 뭐니?"

자하녀가 손가락을 들어 송옥의 가슴께를 가리켰다. 이내 송옥의 눈동자 속으로 물러났던 빛들이 쏟아져 내렸다. 자줏빛 어둠이 번지듯이 넓게 퍼진 망우재에 오직 그녀만이 희미하게 빛났다. 슬픔의 빛.

"그렇게 울다가 혼인할 것이야? 마음에도 없는 사내와?"

분노한 어둠이었다.

"그러면 내가 어찌할 수 있을 것 같니? 내가…… 바꿀 수 있는 것이 무엇이야?"

"없지. 너는 바꿀 수 없어."

"네가 미워. 네가 한 구역질 나는 짓거리들 때문에 나는 연모에게…… 안길 수도 없었어."

전염된 분노가 송옥을 휘감았다. 하지만 그녀의 분노는 자하녀의 분노에 미치지 못했다.

"네 용기 없음을 누구에게 탓하는 것이야! 구역질 나는 짓거리? 네가 송정과 하고 싶어 하는 짓거리는 무에 다른 것인데? 안길 수 없으면 안으면 되는 것이지!"

"나는…… 네가 아니야."

"그래, 너는 내가 아니야. 아닌데 왜, 못하는 것이냐!"

자하녀의 외침에 송옥이 눈물을 그쳤다.

"가! 가서 안아."

"아니, 이 더러운 몸으로 연모에게 안길 수 없어. 너를 이 몸에 담은 채 그럴 수는 없어."

"무엇이 더럽다는 것이야! 내가 나의 연모에게 안겼던 것이 더러워? 아니면 내가, 이 자하녀가 더러워? 구역질 나? 사람이 사람의 마음을 가지고자 몸을 안은 것이 더러워?"

분노한 자하녀가 송옥을 떠밀었다. 바닥에 몸이 무너졌지만 송옥은 저항하지 않는다.

"그렇지, 너는 아무것도 할 수 없지. 아무것도 바꿀 수도 없고,

그렇담 내가 바꿔 주지. 내가 안아 버릴 것이야. 너의 연모를 내가 안아 버릴 것이라고!"

"안 돼!"

송옥이 벌떡 일어나자 자하녀는 휙, 문을 열고 밖으로 뛰었다. 다시 눈이 내리고 있었다.

"서!"

날래게 마루를 뛰어 내려가는 자하녀를 붙잡으려 송옥이 손을 뻗었지만 잡히지 않는 그림자였다. 맨발인 채로 자하녀를 따라 감춘문을 향해 내달렸다. 연둣빛 잎 대신 새하얀 눈꽃을 흩날리는 버드나무 앞에서 송옥이 미끄러져 넘어졌다. 자하녀는 넘어진 송옥 앞에서 빙긋 웃는다. 송옥의 몸 아래서 눈이 녹고, 녹은 물은 그녀에게 스며들어 눈물로 솟아나려 했다. 하지만 그녀는 입술을 깨물며 눈물을 참았다. 그런 송옥을 자하녀는 춤을 추듯이 발을 구르며 쳐다보고 있었다. 송옥은 제 눈물을 딛고 일어섰다.

"우리 둘 다 가엾구나. 연모에 안기고도 연모를 잃어버린 너, 연모에 안기지도 못하고 연모를 잃어 가는 나……. 가엾기는 마찬가지구나."

자하녀가 웃음을 멈춘다. 눈물은, 송옥보다 빠른 그림자, 자하녀의 눈에서 솟아나고 있었다. 광기는 슬픔으로 몸을 바꿨고 그것은 주체할 수 있는 것이 아니었다.

"그것은 네가 옳다. 송옥…… 네가 옳아. 연모에게 안기고도 연모를 잃었어. 그러한데 내가 너의 연모를 안을 수가 있겠니? 하나뿐인 연모를 잃어버린 내가…… 가엾다……. 우리가…… 한

심하고도 가여워……."

　눈물과 함께 자하녀는 버드나무 그늘에 감겼다. 버드나무는 눈에 젖은 수피를 벌려 자하녀의 혼을 안아 준다. 자하녀의 혼이 수액이 되어 버드나무에 스미고 밤에 흔들렸다.

　"연모가 무엇인지 모르겠으나…… 연모를 하면 이리도 가슴이 아프구나. 미친 너…… 우리가, 이리도 아픈 것이 연모로구나."

　깊은 한숨이 송옥을 관통했다. 송림에서 무너지는 소리가 울렸다. 눈이 소나무 가지를 무너뜨린 것이다. 우지근, 눈을 이기지 못한 소나무가 가지를 꺾었다.

　"연모를 놓으면 아프지 않는 것이냐? 아프지 않으려면 연모를 놓아야 하는 것이냐? 하나 그리할 수 없지 않아. 놓을 수 없지 않아. 계속 아프고, 아프고, 아파야 하는 것이 연모라면…… 아파야 하지 않겠느냐. 연모 없이 사는 것이 가능하지 않으니, 아프지만…… 아프면서도 연모하며 살아야 하지 않겠느냐."

　울던 바위도 아니다. 슬픈 난초도 아니다. 그저 여인이, 온몸이 슬픔에 젖은 채 말했다. 슬픔에 젖은 언어가 자하녀를 향한 것인지, 자신을 향한 것인지, 혹은 연모를 향한 것인지도 알 수 없게 작고 낮은 음성이었다. 송옥은 송정이 누운 명경당을 바라보았다. 고요했다.

　"오라버니…… 송옥이는 안길 수도 없고, 연모를 버릴 수도 없어요. 가슴에 칼바람이 부는 듯 아파도……. 그러한데 송옥이의 마음을 오라버니께 전할 수도 없으니…… 저는 어찌해야 하는 것입니까."

나무집 이야기

뜯어지는 것이라면, 그녀의 가슴이 그리되는 것이라면, 뜯어져 피가 흐를 정도로 송옥은 가슴을 움켜잡으며 흐느꼈다. 아무도 보아 주지 않는 흐느낌이었다. 밤새 눈은 송림을 덮고, 나무집을 덮고, 세상을 덮었다. 송옥의 흐느낌과 송정의 꿈을 덮었다. 송정의 꿈……. 그날 밤, 고요한 명경당 지붕 아래 송정은 눈의 꿈을 꾸고 있었다. 아름답고 혼미한, 꿈에서도 꿈꾸는 그런 비밀의 꿈이었다.

기침은 그쳤다. 그러나 초저녁부터 오르기 시작한 열이 아직 잡히지 않았기에 숨은 편치 않다. 송정은 이불 아래서 숨을 내쉬며 제 몸의 상태를 가늠하려 애썼다. 하지만 열은 그에게서 냉철함을 앗아 가며 열기의 아지랑이를 피워 올렸다. 그는 가슴이 답답해 이불을 끌어 내렸다. 그때, 문이 열렸다.

몽중夢中, 명경당 밖에서 쏟아지던 눈이 천장에서 느리게 흩어져 내렸다. 서늘하고 보드라운 눈이 그의 뜨거운 몸 위로 내려앉았다. 이마와 콧등과 가슴으로 눈송이가 사뿐, 사뿐, 기대어 왔다. 녹지 않는 눈이었다. 영원의 눈이었다. 눈은 열기로 가득한 숨을 뿜어내는 그의 입술 위로 촉촉이 제 입술을 열었다. 아니, 차라리 제 몸을 송정의 입안으로 밀어 넣은 것이리라. 따뜻하고 유연한 눈의 몸뚱이가 그의 혀를 부드럽게 감으며 몸을 뒤척였다. 차가운 손가락들이 그의 턱과 목덜미를 감쌌다. 감은 눈과 하얀 눈썹을 쓸어내렸다. 옷고름이 풀렸다. 저고리를 젖히고 빗장뼈와 어깨를 느리게 어루만졌다. 그리고 다시 어깨로부터 빗장뼈를 손끝과 입술로 간질이는 눈의 장난에 송정은 도리어 숨이 편해짐을 느꼈다. 응당 그랬어야만 했던 것처럼 모든 일들이 편안하고 익숙했다.

이제 눈은 달아오른 그의 가슴에 입술을 덮고 있다. 무엇과도 비교할 수 없는 보드라운 혀로 송정의 열기를 달래고 있다. 하지만 또 다른 열기가 허리 아래쪽에서 일어나는 걸 눈의 손길은 알고 있었다. 허리춤으로 내려간 그 손길은 생전 처음, 아무런 제재 없이 일어선 송정의 남자를 살며시 감싸 쥐었다. 그리함에 늘어져 있던 송정의 손이 눈의 팔을 움켜잡았다. 따스했다. 여자의 팔이었다. 여자의 팔을 손안에 넣은 그가 눈을 떴다. 꿈의 시선이었다.

서늘하고 아름다운 눈은 여자의 형체를 하고 그의 곁에 앉아 있었다. 송정이 몸을 일으켰다. 또 다른 눈이 일어섰다. 남자의 형체를 하고서. 그 순간만은 이름을 버린 여자와 남자가 서로를 마주 보았다. 형체마저도 녹아 물이 되어 하나 되기를 갈망하는 시선이었다. 여자의 팔을 잡았던 그의 손이 그녀의 볼을 매만졌다. 분홍빛 눈꽃이 피었다. 송옥이다.

"내 여인…… 단 하나의 여인……."

"안아 주셔요."

간절한 청이었으며 강력한 명이었다. 여자의 말은 남자에게 그대로 소명이 되었다. 그는 팔을 벌려 그녀를 감싸 안았다. 가녀린 어깨가, 부드러운 가슴이, 떨리는 여자의 몸이 그에게 온전하게 기대 왔다. 그의 열기 위로 그녀의 열기가 겹치며 흘러넘쳤다.

"저를 품어 주셔요."

여자의 팔이 그의 허리를 감아 왔다. 품는 쪽은 남자인가, 여자인가. 그는 손바닥으로 천천히 그녀의 등과 허리를 감싸며 함께 몸을 뉘었다. 하얗게 드러난 목덜미에 입술을 묻었다. 숨을 묻었다. 그녀의 목덜미에 묻은 숨을 빨아 당기자 여자의 입술에서 가늘게 떨리는 신음이 꽃잎처럼 흩어졌다. 남자는 흩어지는 꽃잎 하나하나를 놓칠세라 제 입술로 그녀의 입술을 덮는다. 그의 혀가 여린 꽃잎을 헤치고 수영한다. 꽃잎과 꽃잎이 자지러지며 도망치려 하지만 그의 혀는 더 깊이 꽃송이를 파고들고 달콤한 꿀을 탐닉한다. 남자의 입술과 혀가 탐닉하며 열어 놓은 꽃송이, 여자의 입에서 오직 그를 위한 꿀이 흐르고 넘친다. 단 한 방울도 놓치지 않으리라.

남자의 혀와 입술이 여자의 입술을 핥고 턱을 핥고 목덜미를 핥는다. 이제 여자의 몸이 한 송이 꽃으로 남자 아래서 봉긋, 솟아올랐다. 따스하고 부드러운 꽃, 입안에 넣고, 빨고, 탐닉하고 싶은 꽃송이다. 꽃송이가 살포시 열리며 그를 향해 팔을 뻗는다. 갈망으로 떨리는 그의 어깨와 목덜미를 어루만진다. 남자는 얇은 꽃잎을 차마 벗기지 못하여 바라보기만 하였다. 꽃잎 아래, 여자가 갈망의 숨을 쉴 때마다 솟았다 가라앉기를 거듭하는 젖가슴이 아스라이 비쳤다. 감히 손을 댈 수 없는 또 다른 꽃잎이었다. 그는 눈을 질끈 감았다. 그때 여자의 무릎이 그의 허벅지를 스치며 벌어졌다. 그리고 모든 빗장이 풀리며 한꺼번에 문이 열렸다.

남자가 눈을 떴을 때 입안 가득 여자의 젖가슴을 물고 있는 자신을 발견했다. 그래도 어찌할 수 없었다. 문은 열렸고 다시 닫힐 수 없었다. 닫히기 싫었다. 그의 손은 모든 꽃잎을 걷어 내고 향긋한 향기로 가득한 여자, 자체만을 남겨 두었다. 자신도 남자, 자체만이 남았다. 그들 사이에 존재하는 것은 아무것도 없다. 자기 자신도 없다. 생각도 없다. 그저 갈망만이 존재했다.

남자가 여자를 제 가슴 안으로 품었다. 여자가 남자를 제 다리 사이로 품었다. 남자의 신음이 여자의 신음을 빨아 당기고, 여자의 신음이 남자의 신음을 삼켰다. 그녀의 따스한 궁宮이 남자를 품었을 때도 그는 갈망을 멈추지 않았다. 자신이 품고 있는 여자가 그 궁 안에서 숨고 그를 부르는 것처럼 끝없이 밀고 들어가 그녀를 찾았다. 그녀를 불렀다. 남자의 부름에 여자는 나비의 날갯짓같이 떨리는 신음으로 답했다. 그러면서 활짝 열렸던 궁의 길을 좁게 조이며 남자를 내보내지 않으려 했다. 그럴수록 남자는 그녀가 조여 놓은 길을 더 거세고 거칠게 탐닉하며 여자를 찾아 헤매었다. 천천히, 빠르게, 매끄럽고, 난폭하게 남자와 여자가 서로를 갈망했다. 그리고 갈망하는 두 육신 위로 난분분하는 백설, 난분분하는 영혼. 마침내 여자의 궁에 자신의 갈망을 뜨거운 해일로 쏟아 내고 쓰러지는 남자의 육신도 난분분하다.

밤새 눈이 그치지 않았다. 혼곤한 송정이 눈을 떴다. 그 어느 날처럼 사방이 고요했다. 식은땀을 흘렸는지 자리가 축축했다. 그런데…… 몽정을 한 자신을 발견했다. 동시에 꿈의 기억이 열렸다. 송정의 몸이 부들부들 떨렸다. 분노의 떨림이었다.

"네가…… 네가…… 기어이 이런 짐승 같은…… 송옥이를 꿈에서라도…… 어찌 범할 수가…… 짐승이로구나. 나는 짐승이야."

마른 손을 들어 제 팔과 가슴을 쥐어뜯는다. 그의 등이 고통에 휘고 내장이 들끓는다.

"네가 이러고도…… 이러고도 송옥이를 지킨다 할 수 있겠느냐. 이러고도…… 연모를 지킨다고…… 감히…… 더럽고도 추악한 짐승의 마음을 하고……."

송정은 온몸을 떨며 가슴을 쳤다.

"이대로는…… 내가…… 다른 누구도 아닌 내가…… 너를 해할 것이야. 이대로는 너를 지킬 수 없을 것이야. 너를 보내야…… 너를 지키겠구나. 송옥아…… 송옥아……."

힘줄이 끊어질 듯 주먹을 쥔 송정이 이를 악문다. 고통의 신음이 다문 이 사이로 흘렀지만 그는 자신의 고통을 돌아보지 않았다. 눈을 감고도, 귀를 닫고도, 오로지 송옥만을.

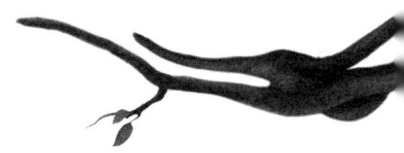

연모戀慕

　혼례를 앞두고 먼저 송옥의 계례笄禮*가 치러졌다. 계례를 주관하는 이는 친척 중 예법이 밝고 현숙한 부인이 빈賓**이 되어 진행하였다. 당의唐衣를 입은 송옥이 머리를 푼 채로 빈이 된 친척 부인 앞에 무릎을 꿇었다. 아직은 봄기운이 당도하지 않아 차가운 향유재의 대청마루 위였다.

　어린 시절 송옥이 머물던 건넛방에선 소화가 희명을 품에 안고 눈꼽재기창으로 송옥을 보았다. 은인의 누이동생. 꼬물꼬물 품 안의 희명이 움직거리자 소화는 아기를 어르며 울지 못하도록 했다. 그러면서도 송옥과 송정에게서 눈을 떼지 않았다.

　"참 많이 닮은 남매구나. 그렇지?"

---

* 머리를 올리고 비녀를 꽂는 여자의 성년 의식.
** 계례 때, 그 절차를 잘 알아서 모든 일을 주선하던 사람.

소곤소곤 졸음에 겨운 하품을 하고 있는 희명에게 말했다. 사랑스러운 아기였다. 천기였던 시절에 소망하곤 했던 사랑스러운 아기. 소화는 희명을 가슴으로 품기 시작했다. 하지만 여전히 소화의 눈은 송옥에게 향했다. 송정은 송옥의 혼례가 끝난 후 누이동생을 따라 그녀를 돌봐 달라고 했다. 희명에게 정이 들었지만 소화는 송정의 부탁을 거절할 수 없었다. 명이 아닌 부탁이었다.

'송옥은 아주 특별한 아이일세. 절대로 자네처럼 믿을 만한 사람의 도움이 필요한……. 그 아이가…… 그 아이가 아닐 때 숨겨 줘야 하는 사람이 필요해.'

도무지 이해하기 힘든 송옥에 관한 이야기를 해 주었다. 정확히 이해할 수 없었지만 소화가 알 수 있는 단 한 가지, 확실한 사실. 송정은 누이동생을 위해서 무슨 짓이든 할 사람이란 것이었다. 자신이 남동생을 위해 그러하듯이. 애초에 그래서 자신을 나무집으로 불러들였던 것일까? 소화는 송정의 청을 수락할 때의 자신을 돌이켜 보며 생각했다. 이미 늦어 버린 생각. 그녀는 짧은 한숨을 쉬며 송정을 보았다.

송정은 차분히 계례를 지켜보고 있었다. 눈썹 하나, 입술 끝조차 움직임이 없었다. 송옥도, 송정도 표정을 읽을 수 없는 조각과 같은 얼굴을 하고 있다. 그러나 각자의 마음엔 폭풍이 몰아쳤다. 나무가 뿌리째 뽑히고, 새들이 비명을 질렀다.

친척 부인이 송옥의 머리를 틀어 올려 쪽을 찌고 비녀를 꽂는다. 족두리를 씌우고 배자를 입혀 준다. 송옥은 친척의 손길대로 고개를 숙이고 팔을 들어 올린다. 눈은 내리깔고 아무런 생각이 없는 듯이 그렇게 앉았다. 그러나 그녀의 혼은 곁에서 지켜보는 송정의 앞에 서 있다. 서서 묻는다. 진정 괜찮으신 겁니까? 진정 송옥이를 그 사람에게 보내실 것입니까?

눈이 그치고 송옥과 마주한 송정은…… 남자가 아닌 오라비의 얼굴을 하고 있었다. 오라비의 얼굴을 한 그가 말했다.

'어제 고협과 찬찬히 말을 이어 보니 믿음이 가더구나. 거짓이 없는, 믿고 너를 보낼 수 있을 사내였어.'

'저를…… 보내신다…… 하셨습니까?'

송옥은 마음이 중앙부터 허물어지는 것 같았다.

'어찌…… 그러느냐? 혹여…… 그 일 때문이라면, 다시는 그런 일 없을 것이다. 너는 내 누이동생이야. 절대로, 다시는, 내가 짐승이 되는 일은 없을 것이니…….'

단단한 다짐이었고 차가운 침잠이었다. 아무리 손을 뻗어도 결코 닿을 수 없는 깊이로의 침잠. 자신이 뿌리친 것이 맞다. 안기지 못하여 뿌리친 것이 맞지만…… 간절히 안기고 싶었던 것이 진실이다. 그러나 송옥도, 송정도 진실을 말하지 못한다. 그들에게 진실은 말해지는 것이 아니었다.

허물어진 마음을 하고서 송옥은 희망을 놓아 가고 있었다. 그런 와중에 송정은 자신의 혼례 때 단호히 받지 않았던 물품까지 누이동생의 혼수품으로 준비하라 일렀다. 평소 최 대감 댁의 씀씀이가 간소했던 것에 비해 사치스럽기까지 한 송옥의 혼수품을 보고 아낙들은 예전 흉사에 대해 시댁에서 왈가왈부하지 못하도록 하기 위함이라 수군거렸다. 혼수품이 쌓여 갈수록 송옥의 희망은 점점 흐려지고 희미해졌다. 아낙들에게, 남들에게 혼수품의 의미가 무엇이든 송옥에게는 중요치 않았다. 그녀에게 그것은 자신을 떠나보내기 위한 송정의 최선처럼 보였으니까.

저몄다. 가슴이 저미고, 그의 손길이 닿았던 살결이 저미고, 낮과 밤의 모든 시간 동안 온몸과 혼이 저몄다. 울지 않았다. 다만 아프고 아플 따름이었다. 그의 후회는 그녀에게 종말, 하나의 세상이 무너지면서 신음했다. 자신의 거부에 의한 것일지라도 송정의 후회는 송옥에게 치명적이었다. 너무나 치명적이어서 자하녀에게 자신을 내어 주고 싶을 정도였다. 그러나 고통의 시간 동안 자하녀는 잠잠했다.

송정은 송옥의 계례를 끝까지 지켜보았다. 쪽을 찐 송옥의 모습은 낯설고도 아렸다. 명치끝이 저릿했다. 그러나 끝까지 참아 내리라. 너를 지켜 내리라. 나로부터, 너 자신으로부터, 그리고 과거로부터. 말하지 않는, 말하지 못하는 자들의 슬픔을 먹고 봄이 부풀어 가고 있었다. 혼례가 다가오고 있었다.

함이 들어왔다. 송정이 최 대감 대신 함을 받아들였다. 안에는 치마 두 벌과 저고리 세 감, 이불감과 솜, 바느질 도구, 고추, 소금 등이 가지런히 담겨 있었다. 운남댁과 설이는 상전들의 어깨 너머로 납폐納幣들을 보며 귓속말로 소곤소곤 평을 주고받았다. 그리고 자개로 장식된 상자에서 나온 패물佩物을 보았을 때 그들은 낮지만 분명하게 감탄사를 뱉어 냈다. 금지환은 물론이고 칠보 장식이 화려한 은지환과 옥지환, 은비녀 들이 욕망의 대상이었다. 특히 밀화蜜花, 산호, 옥, 금과 은으로 화려하게 장식을 한 삼작노리개는 단연 돋보이는 패물이었다. 설이는 욕망의 시선을 거두지 못한 채 침을 삼켰고, 운남댁은 오랜 욕망을 실현할 계획을 그려 보고 있었다.

한편, 송정은 삼작노리개를 보며 단옷날 송옥에게 보낸 노리개를 떠올렸다. 단 한 번도 여인의 물건을 떠올려 본 일 없었던 그가 손수 샀던 노리개. 송옥이 종종 그 노리개를 찬 것을 보면 미소가 떠오르는 것을 감출 수 없었던 그였다. 인후가 보낸 삼작노리개에 비한다면 수수하기 그지없는 그 노리개가 빛을 잃어 갈 것을 생각하니 다시 마음이 저렸다.

"함진아비들에게 떡과 술상을 잘 대접했는가?"

송정은 심중의 고통을 밀어내고 운남댁에게 물었다.

"그럼은요. 한 상 푸짐하게 차려서 내어 주었습니다."

공손한 답이었다.

"혼례 때 쓰일 음식 준비도 다 되었고?"

"여부가 있겠습니까."

"저 아이 입을 활옷이며 족두리 같은 것들도 미리 잘 챙겨 두시게."

화려한 패물도, 운남댁 모녀의 감탄과 욕망도, 송정의 상념도 송옥의 몸을 스치며 흘러갈 뿐이었다. 폐허, 송옥의 혼은 폐허였다. 송정이 그녀의 혼례에 대한 당부를 할 때마다 폐허 위로 삭막한 바람이 불었다. 한 방울의 물기도 없는 표정을 한 그녀의 손을 최 대감이 잡았다.

"이제야 우리 송옥이가 혼례를 치르는구나. 네 어미가 살아 있었더라면 부족함이 없는지 살펴 주었을 것을……."

점점 총기가 사라져 하루에 제정신일 때가 몇 번 되지 않는 그가 눈물이 그렁한 눈으로 송옥을 바라보며 말했다. 송옥은 그의 말이 어디로 향하는지 알 수 없었다. 낯설기만 한 다정한 아버지의 말은 자신을 향해 있지 않았다. 아버지가 말하는 송옥은 자신이 아니었다.

"아닙니다. 오라버니께서 항상 살펴 주셔서 혼례 준비에 크게 힘든 것은 없었습니다."

"그래, 오상이 애썼음을 알고 있다. 둘 다 애썼어."

최 대감은 고개를 끄덕이며 남매를 상찬했다.

"한데 기경은 어찌 보이지 않는 것이냐? 그리도 귀애하는 누이의 함이 들어왔는데 무엇을 하는 것이야?"

기억의 고리가 끊어진 채 그는 죽은 아들을 찾았고 송옥의 마음이 무너졌다.

"기경은 대제학 영감 댁에 서책을 받으러 갔습니다. 곧 돌아오겠지요. 심려 마시고 쉬십시오."

방 안에서 유일하게 평정을 잃지 않은 송정이 거짓을 고했다.

"그래? 그랬구나. 알겠으니 너희들도 물러가 보아라. 송옥이는 특별히 마음 편히 가져서 신부 얼굴이 상하지 않도록 하고."

순순히 맏아들의 말을 믿는 최 대감 앞에서 물러 나온 송정과 송옥은 서로를 보지 않았다. 등을 돌리고 각자 망우재와 명경당으로 마음을 물렸다. 송옥의 혼례 전날이었다.

정우당 앞마당에 백매화와 홍매화가 나란히 꽃을 피웠다. 운영각 옆 매화도 향기를 피웠다. 매화 향이 눈처럼 흩어지고 매화 꽃잎처럼 흩어졌던 눈은 송옥의 혼으로 스며들었다. 그녀는 운남댁이 구겨지지 않게 곱게 걸어 놓은 활옷을 바라보고 있었다. 아름다웠다. 그러나 죽은 아름다움이었다. 송명의 장례 때 활옷을 입고 뛰던 자하녀가 떠오른 송옥은 눈을 질끈, 감았다.

"나의 혼례는…… 죽음이로구나."

활옷이 걸린 벽 속에서 자하녀가 흐느끼는 소리가 들렸다. 송옥은 귀를 막았다.

"그만해. 울고 싶은 것은 나야. 울어야 하는 것은 나라고! 하지만 울지 않겠어. 이제 울지 않아. 눈물이, 슬픔이, 네가 날 지배하도록 하지 않을 것이야. 연모하여 아파야 하는 것이라면 너에게 이 아픔을 떠넘기지 않고 고스란히 아프겠어. 내가, 우리가 아닌 내가 아프겠어."

그러나 자하녀는 흐느낌을 멈추지 않았고 송옥은 몸을 앞으로 구부리며 울음을 삼켰다. 그렇게 송옥이 울음을 버텨 내는 동안 송정은 운영각 옆 매화나무 아래서 오랫동안 서성이고 있었다.

무엇 때문에 이곳을 찾았느냐? 돌아가라. 뒷걸음질 쳤다. 한 번, 보고 싶다. 한 걸음 다가섰다. 끝까지 송옥의 오라비이길 맹세하지 않았느냐, 돌아가거라. 다시 물러섰다. 짐승이 되려 하느냐, 그래도 보고 싶다, 보고 싶다, 봐야겠다. 마음은 폭풍 같으나 걸음은 느리고 느렸다. 달빛보다 느린 걸음이었다. 한숨보다 깊은 걸음이었다. 걸음과 걸음이 죽음과 죽음 같았다. 그러나 멈출

나무집 이야기

수 없는 걸음이 되었다.

"송옥아, 오라비다. 잠시 들어가마."

결국 송옥의 방 앞까지 걸음을 옮긴 송정이 목소리를 돋우며 말했다. 고요했다. 기척이 없다. 섬돌 위 송옥의 꽃신이 놓여 있었으나 방 안에선 꽃의 기운이 느껴지지 않았다. 그의 꽃은 망우재에 없었다. 송정은 천천히 주위를 둘러보았다. 나무와 기와 그림자들이 숨을 죽이며 그의 날카로운 시선에 떨었다.

그때 달빛을 끌어안은 바람이 송림으로부터 불어왔다. 그리고 바람이 전해 준 달빛에 꽃의 기운이 서려 있었다. 아직 새싹이 돋지 않은 나뭇가지들 사이로 선유당의 팔작지붕에 달이 볼을 비비고 있는 것이 보였다. 성큼성큼, 그가 걸음을 옮겼다. 나무 그림자들이 서둘러 몸을 비켜 주었다. 바람이 그의 뒤를 따랐다.

겨우내 닫아 놓은 선유당의 분합문이 활짝 열려 있었다. 송정의 꽃이 나무집을 향해 열린 선유당 가운데 봉오리로 오도카니 앉아 있었다. 그가 다가가도 미동이 없는 꽃, 이름을 부르는 것조차 가슴 아린, 송옥이 거기 있었다. 그를 따라 들어온 바람이 그녀의 귀밑머리를 스치고 어깨에 살포시 내려앉았다. 송옥은 멀리 들판으로 시선을 주고 있었다. 송정은 그녀와 시선을 포갤 수도 없어서 그저 나무집을 굽어볼 뿐이었다. 운영각 곁, 매화 꽃잎이 적요하게 흩날렸다. 눈이다, 꽃잎이다, 눈이다. 아니, 꽃잎이다. 고개를 흔드는 그에게 송옥의 음성이 쏟아졌다.

"오라버니, 연모가 무엇입니까?"

아, 눈이로구나. 그녀의 음성에 송정은 기억 속의 눈을 수긍했다. 그것은 송명 죽음 이전의 눈이다. 흩어지는 눈이 아니라 쏟아지는 눈이었다. 송정의 눈앞으로 기억의 눈이 쏟아졌다.

**

사방으로 정적의 농담濃淡이 번지고 있었다. 새벽, 새들의 지저귐조차 삼키는 고요함 속에서 송정은 눈을 떴다. 새벽임에도 사랑방 들창으로 비치는 빛은 대낮처럼 환했다. 팔을 들어 손을 펴 봤다. 투명하게 빛에 섞여 드는 희디흰 피부, 도저히 붉은 피가 흐르고 있다고 믿기지 않는 흰빛. 짧은 한숨을 쉬며 몸을 돌렸다. 아랫목의 온기가 몸을 감싸건만 코끝은 시렸다.

"눈이로구나."

의관을 갖추고 문밖으로 나가자 입김이 그의 눈앞에서 흩어졌다. 씨 빼낸 하얀 목화송이를 하늘에서 뚝뚝 떨어뜨리는 양 쏟아졌던 눈은 나무집 위로 소복이 쌓였다. 한기가 발끝을 찔렀지만 개의치 않았다. 개의치 않고 방 안에서 작은 매병梅甁을 챙겨 나왔다. 그리고 정성껏 눈을 담기 시작했다. 담은 눈이 넘치면 가슴에 품어 녹이고, 다시 담고, 가슴에 품기를 반복했다. 매병에 눈 녹인 물이 찰랑이자 그는 다구들을 챙겨 망우재로 향했다.

그날 송옥이 망우재에 있지 않음을 알려 준 것은 눈雪이었다. 그녀의 걸음이 선유당으로 향하고 있음을 보여 준 눈길을 따라 송정도 걸음을 옮겼다. 목화송이는 이제 수만의 나비 떼가 된 것 같았다. 펄럭이는 옥색 도포 자락에 은빛 눈의 포말이 감겼다.

나무집 이야기 501

싸늘한 선유당에서 송옥은 무릎을 감싸고 앉아 고개를 기울이며 눈 쌓인 들판을 바라보고 있었다. 사시사철 곱고 향기로운 꽃송이가 눈을, 향기를 깜박이고 있었다. 곧 송정을 발견한 꽃이 붉게 피어났다.

"오라버니…… 오시는 것을 알지 못하여……."

"알리지 않고 걸음 한 것은 너와 같구나."

송정은 다구를 내려놓고 구석에서 화로를 끌어와 화기火氣를 돋우었다.

"가까이 오너라. 고뿔에 걸리기 전에."

그리고 매병과 다구들을 꺼냈다.

"이것이 무엇입니까?"

송옥이 매병을 들고 물었다.

"눈을 녹인 물이다. 네가 눈 녹인 물로 차를 우리면 어떠할지 궁금하다 하지 않았느냐."

송정은 화로에 숯을 더 넣으며 대답했다.

"지난번 처가에 들렀을 때 장인께서 대국의 철관음을 나눠 주시어 언제고 때를 기다렸는데 오늘이 그날인가 싶구나."

"그리 귀한 차인데 작은오라버니와 향을 나누지 않으시고요."

"송명은 근래 몸에 취기가 산적하여 제대로 차향을 누리지 못할 것이다."

노함은 없었으나 엄함이 있는 말이었다. 눈 녹인 물을 탕관에서 끓여 숙우에 붓는 그의 손은 붓을 잡은 선비의 것과 다를 바 없었다.

"음다吟茶해 보아라."

"네."

설경은 소리는 먹지만 향기는 피어나게 한다. 송옥은 눈을 감았다.

"옛 선인들처럼 향기를 듣는 것이냐?"

"저는 그리 어려운 법은 모릅니다. 그저 좋아서, 향기가 좋아서요."

그저 좋다는 그 말이 또 그저 좋아서 송정은 송옥이 알지 못하게 미소 지었다. 그때, 그녀가 물었다.

"오라버니, 연모가 무엇입니까?"

동요했으나 평온을 가장해야 했다.

"네가 그런 것을 묻다니, 우리 누이가 다 컸구나."

그의 가장은 송옥에겐 뾰족이 솟은 창이었다.

"그런 것이 아니라…… 오라버니께 연모는 올케입니까?"

송옥의 눈동자에 애처로운 빛이 고여 들었다. 송정은 그것을 외면해야만 했다.

"내가 너의 오라비이긴 하나 법도에 합당한 물음은 아닌 것 같구나."

차향이 식었다.

"새벽에 오누이가 찻잔을 나누는 것도 법도에 합당한 것은 아니지요. 하나 오누이의 정을 나무랄 일도 아니라 생각됩니다."

"너의 말은, 그러니 답을 듣고 싶다?"

"답을 해 주실 수 없는 것입니까?"

물음에 물음으로 맞서는 그녀를 송정은 이겨 낼 수 없었다. 애초에 불가능한 일이었음을 알고 있었다. 송정은 더 이상 찻잔을 들지 않았다. 정좌를 하고 양 무릎에 커다란 손을 올린 그는 눈을 감고 생각에 잠겼다. 수천의 팔을 뻗는 상념을 떨쳐 내려는 듯 허리를 곧게 펴고 정적을 불러들이는 그. 그리고 침묵의 틈. 이내 송정이 눈을 뜨고 입을 열었다.

"물어보아라."

깊은 울림의 목소리.

"오라버니께서 올케에게 느끼는 감정은 무엇입니까?"

고인 눈물을 떨어뜨리듯이 송옥이 물었다. 송정은 일거에 답한다.

"가뭄이다."

"오라버니께 연모는 그러한 것입니까? 마음의 나눔이라고는 없는……."

차마 말을 잇지 못하는 그녀의 입에서 하얗게 입김이 번졌다. 입술이 떨렸다. 송정의 마음에 슬픔이 번졌다.

"너의 물음은 연모에 대한 것이 아니었다."

"그러면…… 오라버니께 연모는 무엇인가요?"

"알지…… 못한다."

"오라버니께서 알지 못하시는 것도 있습니까?"

눈을 마주치며 묻는 송옥으로부터 그는 고개를 돌렸다. 눈이 쌓인 송림을 항해하는 선유당 안에서, 송옥 앞에서, 그는 거짓을 말하고 싶지 않았다.

"연모는 알아지는 것이 아니니까."

"그러면……."

"알아지는 것이 아니라 아는 것을 모두 잊게 되는 것이 연모다. 모두 잊어 백치가 되는 것이 연모야. 아니, 모두 잊되 하나만 알게 되는 것이지."

"그 하나가 무엇입니까?"

"연모."

"……저는 모르겠어요."

"모르느냐? 그럼 네가 아는 것이 무엇이냐?"

송옥은 답하지 못했다. 답은 송정만을 담은 그녀의 눈동자가 했다. 그러나 그는 그 답을 보지 못하고 말했다.

"네가 아는 것이 오로지 단 하나가 될 때 연모를 묻지 않게 될 것이야."

눈이 그친 선유당 위로 아침 햇살이 쏟아졌다. 처마 끝으로 선유당의 눈물이 낙하했다. 송정의 눈물이 마음에서 낙하했다. 그리고 그녀가 다시 묻는다.

**

"오라버니, 연모가 무엇입니까?"

송정은 말없이 송옥 앞에 정좌했다. 서로의 눈동자에 서로만이 자리했다. 그러나 그들은 상대만을 바라볼 뿐, 그 눈동자 속에 자신들이 있다는 것을 보지 못한다. 송정이 침묵하자 송옥이 입을 열었다.

"연모에 대해. 아니, 연모를 대함에 기경 오라버니께서 차라리 더 정직하셨어요."

"네가 옳다. 기경이 연모에 대해서 정직했다는 네 말이 옳아."

"그런데 어째서 오라버니께서는 그러지 못하시는 겁니까?"

송옥의 목소리가 높아졌다.

"그날, 기경 오라버니는 제게, 저에게……."

그녀의 목소리가 죽음의 날, 송명에 관한 기억을 이야기했다.

※※

취한 송명이 망우재를 찾아들었다. 바느질거리를 정리하고 방을 나서려던 설이가 비틀거리며 들어서는 그에게 놀라 낮은 비명을 질렀다.

"오라버니!"

송명을 알아보고 재빨리 부축한 것은 송옥이었다. 그의 흐려진 눈동자가 그녀를 보았다.

"송옥이구나. 내가, 명경당으로 가려 했는데 왜 이리로 왔을까. 아하! 내 육신이 무시무시한 백학을 피해 꽃그늘로 숨어들었나 보다. 하하!"

미끄러지듯 쓰러지는 송명을 송옥은 온몸으로 부축하며 자리에 앉혔다.

"제가 가서 사람을 부를까요?"

상전들의 눈치를 살피던 설이가 묻는다.

"아니다, 취기나 좀 가시거든……. 큰오라버니께 또 혼나실 것인데……. 넌 가서 꿀물이나 내오너라."

"예, 아기씨."

설이가 방을 나서자마자 송명은 송옥의 치마폭에 쓰러진다. 눈을 감은 것을 잠이 든 것이라 송옥은 짐작했다. 그래서 조심스레 갓끈을 풀고 갓을 벗겨 옆으로 밀어 놓는다. 망건 위로 머리카락이 몇 가닥 흘러내렸다. 괴로운 듯 뿜어내는 숨이 거칠다. 송옥이 손을 뻗어 흘러내린 머리카락을 쓸어 올리자 그가 그녀의 손끝을 잡는다. 천천히 송옥의 손을 제 가슴으로 끌어 내려 품는다.

"매일 이리 드시면 몸이 상하시어요."

그녀는 손을 빼며 말했다. 송명은 여전히 눈을 감고 있다.

"매일이 지옥이니 별수 있나. 송옥아, 나는 맨 정신으로 밤을 보내는 것이 두렵구나."

할 말을 잃은 그녀가 그의 어깨에 손을 올렸고 그의 눈썹이 심히 일그러졌다.

"꿀물 가져왔습니다."

설이가 대접을 받친 팔각 쟁반을 들고 송옥의 명을 기다렸다. 설이의 눈동자에 의혹과 호기심이 가득했다.

"거기 내려놓고 행랑채로 건너가거라."

설이의 눈빛에서 구린 소문의 시초를 읽어 낸 송옥이 그녀를 밀어냈다.

"하지만 안 깨시면 어찌하시려고요."

"그땐 내 직접 사람을 부르면 된다. 걱정 말고 가 보아."

"예……."

노복들에게 수군거릴 뭔가를 좀 더 캐내고 싶은 마음에 설이의 대답이 꼬리를 길게 늘였다. 그러나 더 이상 꾸물거릴 핑계가 없음에 설이는 입을 삐죽이며 물러났다.

"오라버니, 일어나 보셔요. 일어나서 꿀물 좀 드세요."

송옥이 송명의 어깨를 흔들며 말했다. 그러자 그가 몸을 부스스 일으켜 송옥이 내민 대접을 받아 단번에 들이켠다. 조심성 없이 도포 자락에 쓰윽 입을 닦는 모습조차 송명다운 모습. 그러나 고통에 찬 모습. 송옥의 마음속에 수영과 자하녀의 모습이 번갈아 가며 일어났다.

"오라버니, 연모가 무엇입니까?"

한쪽 무릎을 세우며 머리가 아픈 듯 망건에 손을 올린 송명은 송옥의 물음에 눈빛에서부터 파문을 일으켰다.

"……뭐라 했니? 연모가 무엇이냐 물었니?"

"예, 그리 여쭈었습니다."

"독毒이다."

망설임이 없다. 그것도 송명다웠다. 송정의 답과는 다르게 들리는, 그러나 다르지 않은 답.

"모르겠어요."

그는 깊은 한숨을 내쉬었다.

"그래, 너는 모르겠지. 또한 나는 네가 모르기를 바란다. 송옥아, 나는 중독되었으나 너는 그리되지 마라. 아니…… 이것은 나의 진심이 아닌지도 몰라. 나는 네가 그것에 중독되기를 바라는지도⋯⋯."

송명은 다시 송옥의 치마폭으로 허리를 굽히고 쓰러졌다.

"어찌 그러셔요? 오라버니, 속이 불편하십니까?"

걱정스러운 마음에 그녀가 그의 어깨에 손을 올리자 작은 떨림이 전해져 왔다. 송명이 울고 있었다. 소리 없이, 송옥의 치마를 부여잡으며 잔뜩 움츠린 채 울고 있었다. 어머니를 잃고 울기만 하던 그녀를 밤마다 업어 주었던 넓은 등이, 어린 그녀가 잠결에 팔을 감았던 어깨가, 온통 떨리고 있었다. 혼에도 깊이라는 것이 있다면, 그 가장 깊은, 밑바닥에서부터 울리는 떨림이리라. 어찌할 바를 몰라 입술만 깨물던 송옥이 손을 내밀어 그의 어깨를 쓸어 주자 송명이 침통하게 말했다.

"송옥아⋯⋯ 너와 나, 멀리 달아나련? 이곳만 아니라면 어디라도⋯⋯ 우리 이름을 버릴 수 있는 곳 어디라도⋯⋯ 멀고 먼 낯선 곳으로 달아나지 않으련?"

그의 말에 그녀는 놀라며 손을 멈춘다. 숨을 쉴 수가 없었다. 그것이 뜻하는 바가 무엇인지 감히 물을 수조차 없는 그녀였다. 그러나 송옥의 놀람을 아는지 모르는지 송명은 그녀의 품에 안긴 채 물기 어린 말을 느리게 이어 나갔다.

"사실은 송옥아, 나의 연모는 꿈이란다. 가졌으나 절대 갖지 못하는 꿈, 미쳐 날뛰는 꿈⋯⋯. 나는 이 꿈에서 깨고 싶지 않다. 나날이 쓰라림을 더해 가는 내 미친 연모를⋯⋯ 멈출 수가 없구나. 그러니 너 나와 달아나지 않으련? 누구도 우리를 찾아낼 수

나무집 이야기 509

없는 곳…… 아니, 차라리 우리 몽중에서 살자. 송옥아…….."

송옥의 허리에 팔을 감은 송명이 흐느꼈다. 그녀의 마음에 놀람을 밀어낸 연민이 흘러넘쳤다. 모두가 가여웠다. 송명도, 자하녀도, 수영도, 송정까지도. 송옥의 눈물이 그의 어깨 위로 떨어졌다.

"그러면 오라버니, 현실의 사람들은 어찌합니까? 저는 오라버니 꿈속의 여인들과는 다른데…… 저는, 이 송옥이는 아프지만 현실에서 살아야 하는데요. 오라버니…… 송옥이는 현실에서 살렵니다. 저를 이곳에 두고 오라버니께서는 홀로 꿈속으로 달아나려 하십니까?"

송명은 울고 있는 송옥을 본다. 그녀가 눈물을 흘리는 것이 아니라 눈물에 송옥이 잠겼다 함이 옳다 할 정도로 그녀의 눈물은 쉼이 없었다.

"왜 너는 현실에 살려 하느냐? 너는…… 형님이 현실에 있음에 너는…… 그래, 그리하겠지. 우리 누이 송옥은 현실에서 바른 정신으로, 맑게 살아가야지. 내 미친 여인과는 다르지."

"오라버니, 제발……."

눈물에, 슬픔에 젖은 그녀의 눈은 송명의 고독한 얼굴을 제대로 담아 내지 못한 채 애원했다.

"걱정 마라. 현실에 네가 있는데 내가 어딜 가겠느냐. 어디든 네가 있는 곳에 내가 있을 것이야. 어여쁜 내…… 누이야."

송명은 비틀거리며 망우재를 나섰다. 송옥에게 그날 명경당으로 향하는 송명의 허허로운 뒷모습은 영원히 봉합되지 않는 슬픔으로 기억되었다. 송옥의 눈물이 떨어진 그의 어깨 위로 달빛이 내려앉았다. 송명은 그날 죽음을 맞이했다.

**

"그래, 너에게 달아나자 했구나. 달아나자고……."
"예, 달아나자 말씀하셨지요. 그렇게도 기경 오라버니께서는 정직하게 고통스러워하셨더랬지요."
"기경은 그러했을 테지. 연모에……."
송정의 말은 화르르 타오르며 덮치는 다른 목소리에 끝을 맺지 못했다.
"아니, 그 사람은 거짓말쟁이야. 송옥이를 기만하고, 나를 배신했어."
송옥이 스러지고, 자하녀가 몸을 세웠다. 송정이 표정을 바꾸었다.
"어째서 그렇게 생각하느냐?"
엄하고 차가운 목소리였다. 그러나 자하녀는 움츠러들지 않았다. 도리어 제 목소리에 붉은 화를 입혔다.
"보았으니까!"
"무엇을, 무엇을 보았느냐?"
"그날 내가 아닌…… 이 자하녀가 아닌, 송옥이에게 달아나자고 말한 기만과 배신. 그리고 네 처를 방으로 들인 기만과 배신."
"송옥에게 달아나자 한 것이 배신이냐?"

"기만이지! 배신이지! 나를 품어 놓고서, 나를 연모한다고 하고서, 송옥이에게 달아나자고 해? 내가 아니라 송옥이에게? 그건 둘 다에게 기만이고 배신이야!"

자하녀는 바륵바륵, 몸을 떨며 분노했다. 핏발 선 그녀의 눈이 송정의 어깨 너머로 향했다. 거기 송명이 서 있기나 한 듯이.

"기경이 수영을 방에 들인 것이 어째서 기만이고 배신이지?"

"그년이 애를 뱄으니까! 그 사람의 애를 뱄어! 저기, 향유재에서 울고 있는 네 새끼가 실은 그 사람의 애란 것을 아는데 그것이 기만이 아니야? 배신이 아니야?"

파르르, 자하녀의 입술이 떨리고 주먹이 떨렸다. 달빛조차 붉게 물들일 분노였다.

"그년을 품었다는 것 정도는 알고 있었어. 하지만…… 연모는 오직 나밖에 없다고 했어! 연모는 나라고 했어! 그런데, 그런데…… 내가 절대로 가질 수 없는…… 내가 미치도록 갖고 싶어도 가질 수 없는, 그 사람의 애를 뱄다니……."

"그리도…… 그리도 기경이 좋았더냐? 연모했더냐? 왜……."

순간 그녀의 눈동자가 꺾이며 물로 찰랑거렸다.

"내가 가진 것이라곤 오직 그 사람뿐이었으니까. 난 아무것도 가진 것이 없어. 모두 송옥이 몫이야. 생명도, 삶도, 모두 송옥이 것이야. 너도 알잖아. 무엇도 주어지지 않는 생이 얼마나 끔찍한 것인지, 고통스럽고 분한 것인지. 깜깜한 어둠 속에서 빛나는 단 하나의 불꽃, 그게 그 사람이었어. 너라면 놓칠 수 있니? 그 반짝반짝 빛나는 불꽃을? 내 손과 가슴이 다 타들어 가도 놓칠 수 없는 그것을?"

놓칠 수 없다, 그렇게 말하지만 자하녀의 손은 그것을 놓친 모양을 하고 펼쳐져 있었다. 가슴에서 부들부들 떨며 자신을 향해 내밀어진 그녀의 손. 송정의 얼굴에서 가면이 떨어져 나가고 고통이 차올랐다. 눈썹이 일그러지고 입술이 뒤틀렸다. 뒤이어 들리는 목소리도 분노와 연민으로 뭉개졌다.

"그래 그 놓칠 수 없는 불꽃을…… 어찌해서 너는, 어째서…… 도대체 왜……."

"무엇이, 내가 무엇을? 내가 어쨌기에? 왜 그런 눈으로 날 보는 것이야? 동정하는 것이야? 그 사람을 잃어서? 아니…… 그 눈은 뭐야? 원망이잖아. 왜 날 원망하는 것이야!"

자하녀는 주먹을 쥐었다. 두 손이 부서져라 꼭, 꼭, 주먹을 쥐고 흔들었다. 그날 밤처럼.

"너는 어찌 그리 편리하게 기억을 덮어 버린 것이냐. 너로 인하여…… 모든 일들이 뒤엉키고, 그 엉킨 것을 끊어 내느라 내가 무슨 짓을 해야 했는지…… 그날 네가 저지른 일로 인하여……."

송정도 주먹을 쥐었다. 고개를 숙이며 분노를 그러쥐었다.

"너로 인하여, 네가 저지른 일로 인하여 내가 저지른 일들…… 네가 저지른 일로부터 그 아이를 보호하기 위해서…… 송옥이를 보내야…… 이 가슴이 찢기고 너덜거리는데도 송옥이를 보내야 하는 것이!"

그는 자하녀의 어깨를 잡았다. 그날 밤을 붙잡았다.

"그날 내가 무엇을? 그래! 그 방에 들어갔어. 그것이 무어!"

"그리고…… 그리고 무슨 일이 있었는지…… 너는 기억하지 못하느냐?"

그렇게 물으며 자신을 흔드는 송정의 눈동자에서 자하녀는 그 날 밤을 보았다.

※

언제나처럼 지하 통로는 차갑고 어두웠다. 발바닥이 찢어지는 것같이 차갑고 아팠지만, 그럼에도 그 뜨거운 불꽃을 끌어안고 싶어서 참았다. 서고에서 명경당으로 이어진 오름마루를 지날 때도 발가락을 고드름으로 찍어 내는 것 같은 냉기에 몸을 떨어야 했다. 그래도 좋았다. 그가 저 너머에 있으니까. 곧 그를 안을 수 있을 테니까. 기꺼이 감내했다. 하지만 그가 달아나자 한 것은 그녀가 아니라 송옥이었다. 용서가 되지 않았다. 용서되지 않는 마음을 품었으나 한편으로 용서하고 싶었다. 용서할 수밖에 없었다. 잃고 싶지 않았다. 그런데…….

"설이에게 들으니 과음을 하셨다지요? 꿀물을 타 왔으니 드시지요."

닫힌 문, 닫힌 세상의 저편에서 여자의 목소리가 들려왔다. 문틈으로 보았다. 거기, 밉고 밉지만 자신과 닮은 여자, 같은 이를 연모하는 여자, 송정의 처가 있었다. 새치름하고 냉정한 얼굴을 하고 있었지만 알 수 있었다. 실은 연모를 갈구하고 있음을. 아니, 구걸하고 있음을.

"되었지요? 이제 나가 주시지요."

경멸의 목소리였다. 매몰차고 야박했다.

"어서 나가 주십시오. 아무리 시동생의 방이라지만······."

"나갑니다."

등을 돌리는 여자, 울고 있었다. 사람들이 가슴으로 흘리는 눈물을 볼 수 있는 자하녀는 그녀의 눈물에 고개를 숙였다. 그러나 다음 순간, 들리는 말이 소리 없이, 철저하게 그녀를 찢어 놓았다.

"제가 수태를 했습니다. 참으로 신기한 일입니다. 형님께선 저를 한 번도 안지 않으셨는데 말입니다."

절망의 비수를 꽂은 여자가 나가고 송명이 무릎을 꺾었다. 자하녀는 용서의 마음을 꺾었다. 잠시 후 그가 신음하며 쓰러졌다. 문이 열리고 자하녀가 쓰러진 그의 곁에 섰다. 희미해진 초점의 눈동자가 그녀를 바라봤다. 그의 목소리도 갈피를 잃었다.

"내 천형天刑이······ 당도했구나. 나의 미친 연모가, 내 죄가 얼마나 깊어······ 형수에게 내 애를······. 미친것은 네가 아니라······ 나다."

그녀를 향해 일어나려 했지만 비틀비틀 가누지 못하는 그의 몸이 쓰러지며 허공중에 팔을 휘둘렀다. 힘없는 휘두름. 수영의 독에, 절망에 취한 송명의 몸 위로 자하녀가 올라탄다. 그러나 그는 저항하지 못한다. 그녀의 손이 그의 어깨를 누른다.

"그래서 송옥이에게 달아나자 했어? 내가 아니라 송옥이에게? 너, 날 연모하지 않은 거야? 네가 연모한 사람, 대체 누구냐고!"

쿨럭, 송명이 자하녀의 몸 아래서 기침을 하며 숨을 몰아쉰다.

나무집 이야기 515

"누구……일까? 내가 연모한…… 너일까……. 송옥일까……."

그의 답에 명경당이 무너지고, 나무집이 무너졌다. 자하녀의 모든 것이 무너졌다. 밤이 분노에 패하며 비명을 질렀다. 텅 빈 밤의 동공. 검은 동굴처럼 그녀의 가슴이 비었다.

*

"그래서, 그래서……."

자하녀의 어깨를 붙잡은 손에 힘을 주었지만 송정은 다음 말을 잇지 못했다. 오직 세상 모든 그림자를 담은 눈동자만이 그녀에게 답을 구할 뿐이었다. 그러나 그녀는 그의 눈동자를 두려워하지 않는 유일한, 송옥 이외의 유일한 사람이었다.

"그래서 무어? 그래서 내가 무얼 할 수 있었겠어? 연모하는 쪽인데, 가지지 못한 쪽인데 무얼? 그저 나왔지. 그 차가운 길을 거슬러서 송옥에게로 돌아갔지."

"네가 그냥 나왔다고…… 네가? 그럼 기경은 어찌하여 그리된 것이냐?"

"네 처가 죽였잖아! 독을 먹였잖아! 내 연모를, 내 유일한…… 내 것을……."

송정의 가슴을 세게 치며 그녀는 울음을 터트렸다. 어린아이처럼 순수하고, 파괴적인 울음이었다. 송정은 가슴을 치는 자하녀의 주먹을 잡아챘다.

"수영이냐? 수영의 독이었어? 그 밤에 기경을 죽게 한 것이?"

"그럼? 대체 무엇을 묻는 것이야? 너도 알잖아! 그년이 무슨 짓을 저질렀는지!"

핏발 선 자하녀의 눈동자와 마주한 송정의 눈동자가 죽음의 기억을 연이어 묻고 물었다.

"네가 송옥에게 돌아갈 때 그 방에 누가 있었지?"

"그때…… 나와…… 그 사람과…… 그 사람과…… 너!"

죽음의 기억이 눈물을 멈추게 만들었다. 그녀의 눈동자가 기억을 토해 내고, 송정이 그것을 읽어 내었다.

"네가…… 네가 있었어. 내 손을 붙잡고…… 왜 그런 얼굴을 하고 있지? 왜…… 그 사람 얼굴이 저렇게 창백하지? 마치…… 너처럼……."

자하녀의 입이 벌어진다. 기억이 벌어진 입술 사이로 파리한 신음을 내며 기어 나왔다.

"아니…… 그럴 리가……. 아니야, 그럴 리가……."

그 밤 송명이 그러했듯 자하녀의 몸이 꺾이며 송정에게로 쓰러졌다. 흰자위를 드러내며 밤의 기억으로 도망한 그녀를 품에 안은 그에게 진실이 칼을 휘둘렀다. 진실의 칼날에 베인 송정의 등이 더욱 휘며 그녀를 더욱 깊이 안았다. 그날 밤처럼.

*

대취한 송명이 송옥의 방에 들었다가 명경당으로 돌아갔다는 것을 설이와 운남댁을 통해 들었다. 더 이상은 묵과할 수 없었다. 분노를 다스리며 명경당으로 향하는 송정의 눈에 수영의 모습이 들어왔다. 절망과 슬픔, 분노로 뒤엉킨 표정을 하고서. 동생을 연모하는 자신의…… 가련한 처. 가련함을 비칠 수 없는, 그래서 더 가련한 여자. 잠시 그녀에 대한 연민이 들었으나 송정에게 가장 중한 것은 언제나 송옥이었다. 그는 수영의 뒷모습에서 단호히 시선을 거두었다.

눈에 몸을 던진 달빛이 유난히 밝았다. 밝은 만큼 운영각의 그림자도 짙었다. 어둠이 익숙한 송정은 짙은 그림자 안으로 몸을 숨기며 느리게 걸었다. 소리를 먹는 걸음이었다. 조용히 자신의 동생이자, 연적인 송명의 방 앞에 섰다. 그런데 익숙한 목소리가 들렸다. 소리만 들어도 가슴이 조여 오는 연모의 목소리, 또한 두려운 광녀의 목소리.

"죽어 버려. 내 것이 되지 못할 바엔 죽어 버려. 죽어! 송옥이한테도, 그년한테도 빼앗기지 않아! 그러니까 죽어!"

재빨리 문을 열었다. 동시에 걸음이, 숨이, 생각이 멈춰 버렸다. 오직 눈동자만이 멈춤 없이 방 안의 광경을 빨아들였다. 늘어진 송명의 몸, 늘어진 송명의 몸 위에 올라앉은 자하녀, 올라앉은 자하녀의 타오르는 눈동자, 타오르는 눈동자가 바라보는 늘어진 송명의 몸. 그리고 송명의 목을 조르고 있는 자하녀의 두 손. 자하녀의 두 손이 힘껏 조르고 있는 핏기 하나 없는 송명의 목, 송명의 몸. 아니, 시신.

문을 닫았다. 소리 내지 않았다. 밤에게도 보여 줄 수 없는 처참함이다. 송정은 생전 처음 다리가 후들거리는 두려움을 느꼈다. 제발 아니어야 한다. 증오했지만 한 번도 이런 식의 죽음을 바라지는 않았던 동생의 곁에 송정은 무릎을 꿇었다. 창백하고 창백한…… 자신과 같은 안색을 하고 있는 동생, 송명. 거기, 누워 늘어진 것은 송명인가, 자신인가. 송정은 죽음의 얼굴에서 자신을 발견했다.

"비켜라!"

송정은 자하녀의 팔을 잡고 억지로 송명에게서 떼어 냈다. 악착스럽게, 송명의 목에 매달리듯이 자하녀는 저항했다. 그러나 사내의 힘을 이겨 낼 수는 없는 여자의 몸이 바닥으로 밀려났다. 밀려남과 동시에 넋을 잃어버린 그녀를 내버려 둔 채 송정은 송명의 숨을 확인했다. 조금이라도 호흡이 붙어 있기를 간절히 바라며 확인했다.

"제발…… 아니어야 한다. 살아야 한다. 이렇게…… 이렇게 가서는 아니 된다. 송옥을 위해서라도…… 제발 살아 다오."

가슴을 치며, 팔다리를 주물렀지만 소용이 없었다. 숨이 없었다. 혼이 없었다. 송명은 죽었다. 세상, 가장 최악의, 참혹한 결과를 불러올 죽음이었다. 주저앉았다. 송정이 주저앉았다. 주저앉아 중얼거렸다.

"너는…… 참으로 무책임하구나. 너의 죽음은…… 우리의 연모를……."

중얼거리며 자하녀를 보았다. 송옥의 얼굴을 하고 아기와 같은 표정을 짓고 있는 그녀. 아직도 힘이 풀리지 않는 손을 소복 치마 위에 올려놓은 채 그녀가 중얼거렸다.

"송옥의 오라비들은…… 송옥이를 지키지 못하지. 나처럼 잃어버려라. 모두 잃어……."

자신이 무슨 말을 하고 있는지 알지 못함이 분명한 넋두리였다. 송정은 입술을 깨물었다. 결심을 굳혔다. 결심이 그의 다리에, 팔에, 가슴에 힘을 불어넣고 그를 일으켰다. 자하녀 앞으로 걸어갔다. 그리고 그녀의 손을 잡았다. 살인자의 손이기 이전에 연모하는 이의 손이다. 송정에게 그 무엇도 연모에 우선하는 것은 없다.

"지킬 것이다. 반드시 지켜 낼 것이야. 지키기 위해서 무슨 짓이든, 어떤 방법을 써서라도 너를…… 기필코 지킬 것이다."

품에 안았다. 깊이, 자신의 가슴 안에 숨기는 것처럼 품에 안았다. 송정의 품 안에서 자하녀는 정신을 잃고, 송옥은 아무것도 알지 못했다. 송정은 아무것도 알지 못하는 연모로부터 진실에의 추궁을 받으며 자신의 맹세를 처절하게 지켜 나갔던 것이다. 송옥을 지키기 위해 방해되는 모든 이를 제거했다. 송옥과의 인연을 틀어지게 만든 모든 이를 제거했다. 그러나 마침내 깨달았다. 송옥에게 가장 위험한 이는 모든 진실을 알며, 그녀를 연모하는 자기 자신임을. 마치 최각이 그의 처에게 그런 존재였듯이. 지키기 위해서 필연코 놓아야 할 순간이 있다. 그리하여…….

***

"그래, 어떤 의미에서는 기경의 말이 옳다. 연모는 독일지도 모른다. 수영에게 기경이 그러했듯이, 기경에게 자하녀가 그러했듯이. 또 자하녀에게 기경이 그러했듯이. 나 또한 송옥, 네가 독배란 것을 알면서도 주저 없이 마실 것이다. 그러나 송옥아, 네게 나는…… 그래서는 안 된다. 난 너를 살릴 것이야. 네가 나란 괴물을 사람으로 만들고, 사람의 마음을 갖게 만들었거늘…… 아니다, 아니야. 다시 괴물이 되고 사람의 마음을 버리게 된다 할지라도 너만은 지킬 것이야. 나는 그것을 위해 태어난 것이다. 괴물의 몸을 하고도 어울리지 않는 재질을 갖고 태어난 것은 모두 너를 지키기 위해서였어. 오로지 그 하나만이 내가 세상 빛 아래로 기어 나온 이유라는 걸…… 그 하나만을 안다. 내…… 연모여……. 내 혼의 주인이여……."

어루만졌다. 송정은 품에 안겨 정신을 잃은 송옥의 얼굴을 어루만졌다.

"자하녀…… 너는 연모를 지키지 못한 고통을, 그 비통함을 알지 않느냐. 네게 빌고 또 빌겠으니 떠나 다오. 송옥에게서, 내 연모에게서, 떠나 다오. 내가 이 아이를 지킬 수 있게 제발……. 연모하는 그 마음이 가엾다면 부디……."

그의 말에 달이 흐느꼈다. 흐느끼는 달이 흘린 눈물이 송림에 은빛으로 드리웠다. 송옥도, 자하녀도 달의 눈물을 보지는 못했다. 하지만 바람이 실어다 준 달의 눈물이 그녀들의 숨으로 스며들고 이윽고 송옥이 눈을 떴다. 송정의 품에서 눈뜬 그녀가 나직한 목소리로 말했다.

"꿈을 꿨어요. 제가 나무집의 아이가 아니라 다른 집의 아이였어요. 아버님 벗의 딸로 컸는데 나와 똑같은 얼굴을 한 여동생도 있었어요. 우리는 어릴 적부터 나무집에 자주 놀러 와 오라버니들과 어울려 놀았지요. 송림에서 숨바꼭질도 하고, 여기 선유당에서 투호놀이도 했어요. 더운 여름 달밤엔 탁족하며 물을 튕기면서 장난을 쳤어요. 기경 오라버니와 제 여동생은 늘 달리면서 서로 잡으려고 애썼어요. 저와 오라버니는 그저 웃으면서 지켜보고요. 참 즐거웠어요."

"그랬느냐. 그래, 즐겁고 어여쁜 꿈이로구나. 아름다운, 꿈이 아닌 현실이었으면 진실로 좋았을 꿈이로구나."

"예, 깨지 않았으면 하는 꿈이었어요. 그대로 꿈에 머물기를 바랐어요. 하지만……."

"하지만……."

아직 놓을 수 없었던 송정이 그녀를 안은 채 가만히 들여다보며 말했다. 그녀를 품에 안은 것도 꿈처럼 느껴졌다.

"하지만…… 오라버니께서 저를 불렀어요. 송옥아, 내 송옥아……. 그래서 아무리 즐거운 꿈이지만 거기 있을 수 없었어요. 오라버니께서 나를 부르고 있어. 나를 부르는 오라버니한테 가야 해. 그렇게 생각하면서 꿈에서 걸어 나왔어요. 꿈에서 여동생과 기경 오라버니가 울면서 저를 불렀지만 거기보단 여기에 있어야 했어요. 오라버니 곁에."

"고맙구나. 고마워. 내…… 송옥아."

울음으로 목이 잠기는 것을 간신히 참아 내었다. 절대로, 지금 송옥에게 눈물을 보여서는 안 된다고 스스로를 매섭게 몰아붙였다.

"내일 저는 그 사람과 혼인해요."

컥, 숨이 막혔다. 말이 막혔다. 무엇도 할 수 없어 숨만 몰아쉬는 송정에게 송옥이 손을 뻗었다. 그녀의 손가락이 살며시 그의 볼을 스쳤다.

"걱정 마세요. 오라버니 뜻대로 할 것이니까요. 혼인하여 오라버니 근심을 덜어 드리고 후회를 덮어 드릴게요."

송옥의 말이 송정의 가슴을 도려내며 달의 눈물과 함께 흩어졌다.

"그래…… 내 바람은 오로지 너의 행복일 뿐이다. 그것만 기억해라."

"예, 심려 마셔요. 송옥이가 오라버니 바람을 어찌 어기겠어요. 오라버니 뜻대로……."

송옥이 손을 마주 잡았다. 말은 존재의 필요성을 잃었다. 그 순간 송정은 송옥을 놓았고, 또한 영원히 놓지 않았다. 송옥이 그러하듯이……. 바람이 불고 송림의 나무들이 쏴아아, 그림자와 함께 울어 주었다. 그들의 연모를 지켜보았던 달과 바람과 나무들이 울었던 밤이 물러나고 있었다. 혼례의 날이 밝았다.

연화戀火

 날이 어두워지자 청사초롱을 앞세운 인후가 흰말을 타고 나무집으로 혼행婚行 오는 것으로 대례大禮가 시작되었다. 그날 최 대감은 정신을 온건히 유지해 집안사람들의 근심을 덜었다. 인후가 건넨 기러기도 최 대감이 받을 수 있었다.
 향유재의 앞마당으로 들어서는 인후는 검푸른 비단 단령을 입고 사모를 썼기 때문인지 여느 때보다 풍채가 좋아 보였다. 송정의 장원급제 이후로 나무집에, 그것도 안채까지 객들을 들인 것은 처음인지라 혼례를 구경하는 이들은 묘한 긴장감에 휩싸여 있었다. 상을 치른 지 오래지 않은 집에서 드러내 놓고 웃음을 터트릴 수도 없는 노릇이기도 했고, 혼례를 주관하고 있는 백학의 그늘이 너무 넓고 위압적인 탓이기도 했다.
 그러나 잔치는 잔치였다. 신랑에 대한 평가와 혼례에 대한 기대감이 소곤소곤 오가고 여기저기서 웃음이 터져 나올 즈음, 수모手母*의 부축을 받으며 송옥이 나타났다.

초례상을 중심으로 동쪽을 향해 선 송옥은 칠보단장을 한 미려한 모습이었다. 그녀가 입은 활옷에는 연꽃과 모란, 원앙새가 화려하게 수놓아져 있고, 금선으로 수놓은 다홍색 대란치마가 넓게 퍼져 있는 것이 그 자체로도 커다란 꽃송이 같았다. 특히 금, 은, 호박으로 장식된 칠보족두리는 왕가의 그것이라 해도 믿을 만큼 호화로웠다. 다른 혼수품과 마찬가지로 그것 역시 송정의 지시로 만들어진 것이었다.

송옥의 머리부터 발끝까지, 그녀를 둘러싼 모든 것들이 송정의 마음이었다. 하늘 아래 가장 아름다운 모습으로, 가장 향기로운 꽃으로 피어나게 만들겠다고. 그리하여 감히 누구도 흠잡을 수 없는 신부가 되게 하겠다고 결심하고 또 그렇게 행했다. 그러나 몰랐다. 이리도 아름다울 것이라고, 이리도 가슴이 아릴 것이라고, 당장 송옥의 손을 잡고 달아나 버리고 싶을 만큼 갖고 싶은 꽃일 줄이야. 제 마음을 짐작할 수 없었던 송정은 남모르게 등 뒤로 주먹을 쥐었다.

아름다웠다. 나무집의 감춰진 꽃송이, 백학과 흑범의 보물, 소문은 무성하나 실체를 알기 어려웠던 신부의 모습에 사람들은 숨을 죽이며 감탄했다. 아침에 막 봉오리를 터트리는 하얀 수련과도 같이 산뜻한 송옥이 초례상 앞에 섰다. 평소에는 하지 않았던 화장을 해서인지 초례상 건너편의 그녀는 맑으면서도 요염하기

---

* 혼례 때 신부 단장 및 그 밖의 일을 거들어 주는 여자.

까지 하여 인후를 긴장시켰다. 또한 송정을 극기의 시험에 빠트렸다. 하지만 송옥은 고요했다.

수모들이 발라 준 지분의 한 겹 아래서, 붉은 곤지가 찍힌 이마의 안쪽 깊은 곳에서 고요히 혼례를 지켜보았다. 자신의 혼례가 아닌 다른 이의 혼례인 양, 자신은 신부가 아니라 몰래 숨어 보는 객인 양, 마음을 물려 놓았다. 그래도 송정을 볼 수는 없었다. 보지 않음으로 가까스로 숨을 수 있었다. 단 한 번이라도 그와 눈길이 마주친다면 자하녀처럼 미친 연모의 길을 택할 것이라 생각했다. 칠보족두리와 대례복을 찢어 버리듯이 벗고 송정에게 안겨 버리고 싶은 충동을 죽이고 또 죽였다. 절대 송정에게 한 약조를 깨지 않으리라. 연지를 바른 입술을 앙다물며 결심했다.

합근례가 시작되었다. 청실, 홍실을 드리운 조롱박 술잔에 술을 붓고 신랑과 신부가 술을 교환했다. 꽃과 같은 신부의 입술에 잔이 닿자 사람들은 약속이나 한 듯이 유쾌한 소곤거림과 웃음을 일으켰다. 그 웃음 뒤, 잔치 음식이 가득 마련된 찬방에서 운남댁이 붉어진 얼굴을 온통 찌푸리며 혼례를 훔쳐보고 있었.

"가만두지 않아. 가만두지 않을 것이야. 내 이 연놈을······."

분노로 잘근거리는 목소리였다. 혼례로 집안이 어수선한 틈을 타 종복 남이가 종적을 감췄다. 그리고 설이도 사라졌다. 그것도 죽은 수영의 패물을 훔쳐 내서. 남녀 노비가 배가 맞아 도망하는 일이 드문 것은 아니다. 그러나 설이다. 운남댁이 욕망을 실현시킬, 나무집을 집어삼킬 양으로 상전들의 더러운 비밀을 뒤치다꺼리했던 모든 이유인 설이다. 운남댁은 입술을 잘근잘근 씹었다.

아침, 종복들에게 보고를 받은 송정은 싸늘했다.

'지금 제일 중한 것은 노비 몇이 사라진 것이 아니라 송옥의 혼례네. 그따위 일에 신경 쓸 겨를이 없으니 잔치 준비나 흐트러짐 없이 잘하게나.'

그러고는 어쩔 줄을 모르는 운남댁을 빤히 쳐다보았다. 설이가 수영의 패물만 훔치지 않았다면, 잠자코 그 시선을 받아 낼 리가 없는 운남댁이었다. 자신이 입만 열면 나무집을 풍비박산 내는 것쯤 일도 아니라고 생각했던 그녀였기에 송정의 시선으로 인한 수치심을 참을 수가 없었다. 그러나 당장은 참을 수밖에 없는 것도 사실이었다.

"당장은 참지. 당장은 참아. 하지만 내 이대로 쭈그러들지는 않을 것이야. 더러운 것들, 더러운 뒤치다꺼리 해 온 보상은 톡톡히 받을 것이야."

설이가 사라졌음에도 꺼지지 않는 욕망의 불씨를 안고 운남댁이 찬방 안쪽으로 몸을 감추었을 때 초례가 끝났다. 초례를 마친 인후와 송옥은 입매상을 받았다. 그러나 둘은 거의 음식을 입에 대지 못하고 한마디 말도 나누지 못했다. 인후는 송옥에 대한 설렘으로, 송옥은 송정에 대한 연모를 숨기기 위해. 말도, 시선도 오가지 못하고 숨소리만이 오갔다. 한쪽은 설렘의 가쁜 숨이요, 다른 쪽은 숨김의 느린 숨이었다. 속도를 달리하는 마음이 가만히 그들 사이에 자리했다. 그리고 곧 송옥은 다시 수모들에게 이끌려 망우재로 물러났.

인후는 물러나는 그녀에게서 눈을 떼지 못했고 송정 역시 송옥에게서 마음을 떼지 못했다. 하지만 절대 드러나서는 안 되는 마음. 송옥의 고운 뒷모습을 드러내서는 안 되는 마음에 담고 송정은 숨을 골랐다. 아직 혼례는 끝나지 않았다. 자신은 송옥의 하나뿐인 오라비여야 한다. 결심을 다지고 다졌다.

"본래 신방은 안방에 마련됨이 마땅하나 내 처가 그곳에서 숨을 거둔 지 얼마 되지 않아 건넛방에 신방을 꾸려 두었네."

입매상을 받은 후 대청에서 따로 큰상을 받은 인후에게 송정이 말했다.

"예, 그리하셨습니까."

송정은 아직은 어색하고 미숙하기만 한 매제를 보며 당부의 말을 이어 나갔다.

"내 누이가 많이 예민하고 여린 아이일세. 해서 신방엿보기는 내 엄히 금했으니 그리 알게나."

"그러셨군요. 배려에 감사드립니다."

이미 마음은 송옥이 있는 향유재 언저리에서 서성이고 있는 인후의 답에 송정은 쓴웃음조차 지을 수 없었다. 다만 끊임없이 되새길 뿐이었다. 인후는 나의 매제다. 나의 매제다. 매제다. 연적이 아니다. 연적이 아니다. 되새기며 분노를 삭이고 억눌렀다.

"이제 그만 향유재로 건너가 보게나."

이 말을 건네기까지 송정의 혼은 지옥을 몇 번이나 드나든 것처럼 새까맣게 타들어 갔다. 송정은 자신의 모든 기운을 모아 누르고 눌렀다. 남자, 송정을. 그리고 오라비 송정으로 인후를 향유재로 보냈다. 밀실과 연결된 망우재는 위험하다 판단하고 향유재를 택한 오라비의 마음이 가슴속에서 되뇌었다. 이제 조금만 더, 조금만 더……. 그렇게 간신히 버텨 내고 있었다. 남은 객들의 하례 인사를 받으면서도 송정의 혼은 향유재로 쏟아져 기울고 있었다. 밤이 깊어 갈수록 쏟아져 버린 그의 혼은 점점 더 육신으로부터 멀어지고 오직 송옥만을 바랐다. 송옥, 송옥, 송옥…….

향유재는 고요했다. 이따금씩 사랑채에서 들려오는 손님들의 왁자지껄한 소리만이 고요를 깼지만 그마저도 밤이 깊어지자 잦아들고 사라졌다. 겸연쩍은 마음을 감추려 인후는 연거푸 술잔을 기울였다. 음주에 약한 그는 곧 취기가 도는 것을 느꼈다. 몸 안을 후끈하게 만드는 취기만큼이나 송옥에 대한 욕망도 점차 그를 어지럽게 만들었다. 청초하게 고개를 숙이고 있는 향기로운 난, 송옥.

인후는 헛기침을 하고 겉옷을 벗었다. 얼굴에 열이 오르고 가슴에는 불이 붙었다. 손끝이 찌릿찌릿, 손바닥까지 알 수 없는 전율이 일어나 도무지 가만 앉아 있기 힘든 그였다. 아직 바로 볼 수도 없어 곁눈질로 본 송옥이 얌전히 자신의 손길을 기다리고 있는 것 같아 숨이 가빴다. 갖고 싶다. 오직 그 말만이 크게 울릴 뿐이었다. 바람이 불어 송림의 소나무들을 흔드는 소리가 인후의 등을 밀었다. 그는 다시 헛기침을 하며 송옥에게 다가갔다. 그리고 저고리 고름을 풀었다. 그때, 송옥이 고개를 들어 그를 바라보았다. 뚝, 바람 소리가 그쳤다. 떨리던 그의 손도 멈췄다. 서늘한 눈매의 그녀가 입을 열었다.

"청이 있어요."

"무, 무엇입니까?"

이렇게 물었지만 그는 이미 자신이 송옥의 청을 들어줄 수밖에 없으리란 걸 직감했다.

"제 청을 듣고 불쾌하실 수도 있지만 들어주실 것으로 믿고 말씀 올리겠습니다."

"말씀해 보시지요."

인후는 송옥 앞에 좌정했다. 인내, 해야 한다면 할 것이다. 그렇게 자신의 맹세를 되새기며.

"아시다시피 이 나무집에서 기경 오라버님과 올케의 상을 치른 지 얼마 되지 않았지요. 그런데 오늘 혼례를 치르고 다시 첫날밤을 보낸다는 것이 제게는 쉬운 일이 아니어요. 물론 첫날밤, 지아비를 모시는 것이 아녀자의 도리로 당연한 것이겠지만 적어도 나무집에서는…… 그리하고 싶지 않은 것이 저의 솔직한 심정입니다. 이런 제 마음을 헤아려 주실 수 있을는지요?"

조선 팔도 어느 아녀자가 이런 청을 지아비에게 할 수 있을까? 인후는 얼떨떨한 정신을 수습하지 못해 잠시 말을 잃었다. 활활 타올랐던 욕망의 불길이 서서히 질투의 불길로 바뀌었다.

"서방님께서 기필코 오늘 저를 품으려 하신다면 감히 제가 거부할 수는 없지요. 하나 진실로 저를 아끼며 연모하신다면 저의 청을 거절하지 않으시리라 생각합니다."

"혹여…… 그대 마음에 품은 다른 연모 때문은 아닙니까?"

"저는 이미 청을 올리는 연유를 말씀드렸고 그것을 믿느냐 믿지 않느냐는 오직 서방님의 마음에 달려 있는 것이지요. 믿음이란 제가 올리는 말씀에 따른 것이 아니라 서방님 마음의 결단에 따른 것이니까요."

대범하며 가차 없는 말이었다. 그리고 옳았다. 그녀가 어떤 말을 하든 믿지 않으면 아무 소용이 없는 것이다.

"낭자, 아니, 부인의 말이 옳소. 믿음이란 그런 것이지요. 결단의 문제……. 그렇다면, 그대는 어떤 결단을 내릴 것입니까? 연모에 대하여 말이지요."

"저는…… 서방님과 혼례를 치른 것이 저의 결단입니다."

그녀의 말에는 거짓이 없다.

"인내와 믿음…… 내 마음에 그것을 품었소. 부인에 대한 나의……. 그러나 너무 오래 기다리게 하진 마시오."

인후는 송옥으로부터 자신을 물렸다. 그러나 마음은 물리지 않았다.

"그래도…… 첫날밤인데 그대 손을 잡고 잠들고 싶소. 내가 잠이 들면 손을 놓더라도 잠들기 전까지는 내 손을 잡아 주겠소?"

인후는 미소 짓고 있었다. 착한 사람이로구나. 착하고 강한 사람이로구나. 누구보다 강한 사람이로구나. 송옥은 그의 미소를 보고 생각했다.

"서방님의 청을 제가 어찌 거절할 수 있겠습니까?"

"그래요, 그럼 이제 잠자리에 듭시다. 불이 켜 있으면 부인께서 옷을 벗기 민망하실 터이니 내가 꺼 드리지요."

그는 관습대로 부채로 촛불을 껐다. 그가 이불을 덮고 눕자 비로소 송옥은 사그락사그락 대례복을 벗고 자리에 누울 수 있었다. 그러나 인후는 송옥의 손을 잡지 않았다. 기다렸다. 기다림의 마음에 송옥이 먼저 손을 내밀어 그의 손을 잡을 때까지. 그때야 비로소 송옥의 손은 난초 잎에서 체온을 가진 여인의 손으로 느껴졌다. 보드랍고 따뜻한, 자신의 여인. 욕정의, 질투의 불꽃은 평생을 지속할 따스한 온기로 변해 그의 손안에서 두근거렸다.

"평생 지켜 드리리다. 내 모든 것을 바쳐서 평생……."

혼례에 지친 인후는 금세 잠이 들었다. 고른 호흡, 반듯한 남자. 그러나…… 송옥은 그에게 손이 잡힌 채로 주룩, 눈물을 흘렸다. 눈물로 아른거리는 시선 너머, 벽장이 눈에 들어왔다. 그녀는 인후가 잠든 것을 확인하고 조심스레 일어나 벽장을 열었다. 거기 있었다.

붉은색 비단 보자기에 곱게 싸인 노리개와 댕기. 송옥이 그것을 집어 들어 펼쳐 볼 때 향유재 밖, 버드나무 아래에서 송정이 불 꺼진 향유재를 바라보고 있었다. 아니다, 보고 있지 않았다. 향유재를 보고 있으면서도 보고 있지 않은 그의 손에는 검이 들려 있었다. 그러나 검도 그의 시선처럼 방향을 잃고 있었다. 방향을 잃은 송정과 검을 밤의 그림자가 감싸 안았다.

"못나고 못난……. 어찌하자는 것이야. 검으로 뭘 어찌하자고……."

검을 든 그의 손이 부들부들 떨렸다. 떨면서 검을 들어 올렸다. 향유재를 겨누었다. 그 안에 잠든 인후를 겨누었다. 그러다가 검은 방향을 틀어 송정의 목을 겨누었다. 황급히 밤의 그림자가 검의 몸 위로 내려앉는다. 송정은 검을 가누지 못했다. 하나 마음만은 가누어야 했다.

"가자. 네가 한 결단이었다. 지켜야 하는 것이야."

말은 그리했지만 그의 발걸음은 쉬이 버드나무 아래를 떠나지 못한다. 마치 버드나무가 그를 붙잡기라도 하는 듯이. 그리고 붙잡힌 혼의 갈래갈래가 결대로 찢어져 피 흘리듯이. 송정은 입술을 깨물고 가슴을 부여잡는다.

"가자, 가야 한다. 네가 있을 곳으로…… 가자."

힘겹게 걸음을 옮겼다. 그러나 검이 울면서 걸음을 옮기지 않으려 했다. 거기 제 무덤을 만들어 달라고 하는 것처럼 울고 우는 검을 송정은 내려다보았다.

"대신…… 울어 주어 고맙구나. 그러나 울어도 돌이킬 수 없는, 돌이켜서는 아니 되는 일이다. 그러니 이제 가자. 우리가 있어야 하는 곳으로……."

그제야 비로소 검이 걸음을 옮겼다. 망우재로 걸음을 옮기는 송정과 검의 머리 위로 밤의 그림자가 길게 드러누웠다. 누구도 보지 못한 비통한 걸음이었다.

망우재에 어둠이 차올랐다. 송정이 거기 홀로 섰다. 송옥이 쓰던 물건이 그대로 놓인 방이다. 그녀의 옷도, 화구도, 빗접도, 그림도 모두 그대로다. 송옥만이 없다. 아니, 있다. 다른 이의 품에 안겨 있다.

'오라버니…… 오라버니…….'

부르는 목소리가 있다. 또한 없다. 눈을 감는다. 눈을 감자

나무집 이야기 533

도리어 송옥이 보인다. 청초하니 수줍게 웃는다. 수줍게 웃으며……

"여기 계실 줄 알았습지요. 그러시겠지요, 왜 아니겠습니까!"

독기가 서린, 탐욕스러운 목소리. 송정은 송옥을 품 안으로 숨기며 눈을 떴다. 운남댁이 충혈된 눈을 치뜨고 팔을 허리에 올린 채 그를 노려보고 있었다. '괴물'이란 글자를 눈동자에 담고서. 송정은 송옥을 위해 마지막으로 괴물이 되겠다고 결심한다. 가슴에 품은 단검이 검은빛을 발하였다.

그때 송옥은 붉은 비단 보자기를 끌어안고 방에서 나와 선유당으로 뛰고 있었다. 하얀 소복 자락이 휘날렸다. 휘날리는 소복 자락에 감겨 희미한 형체를 한 자하녀가 그녀의 뒤를 따랐다. 어느 때보다 투명한 얼굴을 하고서.

바람이 그친 송림에는 나무들의 숨소리만이 오갔다. 봄비와 햇살이 숨구멍을 열어 놓은 흙덩이를 파헤치는 일은 소리를 보태지 않고 이뤄졌다. 다른 도구 없이 오로지 오른손만으로 흙을 파는 송옥의 왼손엔 댕기와 노리개가 쥐어져 있었다.

"묻는다고 잊힐까?"

자하녀가 소나무에 기댄 채 물었다. 송옥은 놀라지도, 흙을 파는 손을 멈추지도 않았다.

"잊으려고 묻는 것이 아니야."

"그럼 뭣하러 첫날밤에, 신부가, 신방에서 기어 나와 이 지랄일까?"

"내가 누구의 여인임을 기억하려고."

"네가 누구의 여인인데? 당연히 저기, 향유재에 잠든 어수룩한 신랑 아니냐? 혼례까지 치르고, 몸까지 열어 주었을 것인데. 아니냐?"

"아직은 마음도, 몸도, 주지 않았어."

자하녀는 소나무에서 몸을 떼고 송옥에게 돌진할 것처럼 앞으로 몸을 숙였다. 숙이면서 바락, 목소리를 높였다.

"더럽게도 욕심 많은 년! 그래서 떳떳하다……? 너, 무얼…… 묻는 것이냐?"

자하녀의 목소리가 떨렸다. 시선도 떨렸다. 형체가 떨렸다. 송옥의 손이 흙구덩이 안에 넣은 물건, 송명이 준 댕기.

"이 마음은 저승에서도 받을 수 없으니까."

흙을 덮는다.

"착각하지 마! 그 마음은 네가 아니라 내가 받은 것이야! 누구 맘대로…… 누구 맘대로 그리하는 것이냐!"

자하녀는 빠른 걸음으로 송옥에게 달려들고 있었다.

"그래서, 지켰어? 너, 자하녀 너, 기경 오라버니를 지켰어?"

송옥이 일어서며 달려드는 자하녀를 향해 매섭게 말했다. 송정과 같은 물음이면서 더 잔인한 물음. 자하녀의 기억 속에서 죽어 가며 신음하던 송명의 얼굴이 떠올랐다. 송옥은 알지 못하는 살인의 기억. 그는 끝까지 저항하지 않았다. 저항하지 않은 채 마지막 숨을 모아 말했다.

'너라서…… 너…… 네 손이어서…… 다행…….'

나무집 이야기

자하녀가 걸음을 멈췄다. 후회와 고통이 피처럼 흘렀다.

"그래, 너는 지키지 못했어. 그러니 지키기 위해 포기하는 사람의 마음을 이해할 리가 없지. 갖기만을 바라는 너 따위가."

봄이 그 자리에서 얼어 죽어 버릴 것같이 차가운 음성으로 송옥은 자하녀를 베고 찔렀다. 자하녀의 허리가 굽어지고 숨이 가빠 왔다. 눈물이 없는 통곡은 더욱 처절하다.

"갖기를 바라는 것이…… 죄이냐? 다 가진 네가 무엇을 안다고…… 단 하나 가지려던 나를 비난하는 것이야? 나쁜 년, 나쁘고 나쁜……."

"지금 내가 가진 것이 무엇이야? 자하녀, 답해 봐라. 내가 가진 것이 너와 다를 바가 있어?"

"어리석고…… 멍청한…… 너희는 지키려다 다 잃은 것이야."

갑자기 달려든 자하녀가 송옥을 밀치고 빠르게 흙을 파헤쳐 댕기를 손에 쥐었다.

"죽어서도 내 것이야. 이 사람은 내 것이라고. 너는 갖지 못하는 연모! 나는 가질 것이야. 죽어서라도 가질 것이야. 아하하하!"

분노가 송옥의 가슴을 훑었다.

"너만 아니었더라면…… 너만 없었더라면……."

벌떡 일어나 선유당 벽에 걸려 있는 동개에서 활을 꺼냈다. 시위에 활을 거는 송옥을 보고도 자하녀는 웃음을 멈추지 않았다. 발작적으로 웃으며 팔을 벌렸다. 봄밤의 바람이 자하녀의 가슴을 껴안으며 희롱했다. 송옥은 활을 들어 올렸다.

'만작이 되어 발사하는 순간에 한참 멈추었다가 발사하지 말고

조금씩 잡아당기며 발사되어야 과녁을 맞힐 수 있다.'

 송명의 음성이 귓가를 맴돌았다. 봄볕이 밤 그늘의 미세한 틈을 비집고 송옥의 어깨에 내려앉았다. 가만히 호흡을 가다듬게 해 주었다. 그리고 핑! 붉은 댕기가 팔랑팔랑 허공을 나는 붉은 뱀과 같이 떨어졌다. 자하녀의 가슴이 화살을 삼켰다. 뜨겁고 붉은 꽃송이가 그녀의 가슴에서 피어나 뚝, 뚝, 땅속으로 스며들었다. 화살은 그녀의 가슴을 관통해 소나무에 깊이 박혔다.

 "이걸로는…… 날 죽일 수…… 없어. 난…… 그렇게 쉽게…… 네게서 떠나지 않을 것이야!"

 헉헉, 숨을 몰아쉬면서도 자하녀는 악다구니를 썼다.

 "왜? 네 말대로 너한테 남은 것이라곤 이제 없는데! 네 연모는 없는데!"

 송옥 역시 소리쳤다.

 "너무 억울하니까! 너무 억울해, 아직도 너무……. 그 연모조차 내 것이 아니었다는 것이…… 그걸 네가 가졌다는 것이…… 그러면서도 너는 가진 줄도 모르고…… 아무것도 내어 놓지 않고…… 그렇게 행복하게 살아갈 것이…… 억울하고 억울해."

 "그래서 악착같이 우리로 남으려는 것이야?"

 "그래, 악착같이…… 나는 너의 것을 빼앗을 것이야. 내가 갖지 못할 연모를…… 죽여 버릴 것이야. 내가 갖지 못할 연모를……."

 피가 흐르는 가슴을 부여잡고 자하녀가 뒷걸음쳤다. 송옥의 눈이 커졌다.

"뭐라고? 네가 지금…… 네가, 어떻게……? 거기 서! 절대로, 절대로 그런 일은……."

한 걸음, 한 걸음 자하녀에게 다가가지만 자하녀는 송옥보다 빠르다. 바람과 같이.

"아니, 할 것이야. 너의 연모를 죽일 것이야!"

난다. 자하녀가 송림을, 돌계단 위를, 그리고 망우재로. 송옥이 쫓는다. 활을 들고, 자신보다 앞선 그림자를 쫓는다. 쫓는 와중에 노리개를 화단에 떨어뜨리고 만다. 그것을 알지도 못하고 쫓는다. 쫓고 쫓기는 것은 송옥과 자하녀만이 아니다. 송정과 운남댁도 지키고 빼앗고자 쫓고 쫓겼다. 날 선 언어로써.

"상전에게 감히 그따위 어투로 지껄여 대다니, 혀를 뽑혀 죽고 싶은 것인가?"

경멸을 견뎌 내었던 어린아이는 없다. 죽음보다 더한 고통을 버텨 낸 사내가 있다. 송정의 몸 주변으로 짙게 검은 그림자가 세력을 넓혀 갔다. 평소의 운남댁이라면 물러났을 것이다. 그러나 그녀가 물러날 자리는 이제 없다. 부득, 이를 갈며 입을 열었다.

"예, 혀를 뽑아 죽여야 할 것이지요. 상전들의 추잡한 비밀들을 묻으려면 말입니다."

돌이킬 수 없다.

"추잡한 비밀? 무엇을 뜻하는 것인가? 자네가 도대체 무슨 말을 하는지 알 수가 없군."

양반들이란! 송정의 차가운 반응에 운남댁의 얼굴이 시뻘겋게 달아올랐다.

"그것이 한둘입니까? 어디 송옥 아기씨, 아니, 송옥 아씨부터 까발릴까요? 아니면 송명 도련님부터 까발릴까요? 이도저도 아니면 돌아가신 아씨는 어떻습니까?"

기세등등했다. 거의 다 왔다. 몇 년을 기다리고 뒤를 봐준 대가가 곧 손에 쥐어질 것이다. 설이, 그 어리석은 년! 호의호식할 기회를 차 버린 그런 년! 운남댁의 눈이 불탔다.

"참 이상도 하군. 자네 딸자식…… 설이, 그 아이도 비슷한 소리를 하던데……."

검은 그림자가 운남댁을 덮쳤다. 끔뻑끔뻑, 운남댁은 송정의 말을 가늠했다. 설마, 이놈이…… 설마!

"무슨 말씀입니까? 설이는…… 남이, 그놈과……."

"정말 그리 믿은 것인가? 자네 보기보단 순진하구먼."

송정의 입가에 미소가 번졌다. 괴물의 미소. 운남댁은 오금이 저렸다. 버린 자식이다. 버린 자식이지만, 자식은 자식이다. 가슴이 뛰고 식은땀이 번졌다.

"설이 어디 있습니까? 그년…… 지금 어디 있냐고!"

악다구니를 치는 그녀를 두고 송정이 벽장으로 걸어갔다. 그리고 벽장을 열었다. 시꺼멓게 밀실의 입구가 아가리를 벌리고 있었다. 운남댁은 소름이 돋았다. 차라리 전부 까발려 버리자. 결심하는데 송정이 낮게 말한다.

"죽이고 싶은 것인가? 저 안에 자객과 함께 있는 자네 피붙이 말일세."

태연한 거짓이다. 숨김에 노련한 송정이었지만 운남댁의 살고
자 하는 욕구는 거짓의 냄새를 맡아 버린다.

"제가 저기로 들어가면 우리 모녀 살려 주실 분이십니까? 어
차피 죽이실 것 아닙니까?"

"아예 멍청한 년은 아니군."

지르자! 하지만 운남댁의 비명보다 송정의 손이, 그의 단검이
더 빨랐다. 욕망과 비밀을 삼킨 운남댁의 가슴을 찔렀다. 단검의
끝이 살을 찢고 뼈에 부딪치는 것을 두 사람 모두 느꼈다. 찔리는
쪽과 찌르는 쪽 모두. 피비린내가 망우재에 퍼졌다.

"너…… 너, 이…… 하얀…… 도깨비가……."

꺽꺽, 숨을 들이마시며 운남댁은 송정을 향해 팔을 뻗었다. 벌
건 눈동자를 뒤집으며 송정의 팔을 잡았다. 송정은 꿈쩍도 하지
않는다.

"너에게 나는 하얀 도깨비지. 어릴 때부터 네년에게 나는 상전
도, 사람도 아닌 도깨비였지. 도깨비와 괴물……. 그러니 이렇게
네년을 죽이는 것이 괴물의 일로 마땅한 것이지."

뜨거운 언어였다. 증오와 경멸을 담은 뜨거운 언어를 뱉은 송
정은 단검을 움켜쥔 손에 더욱 힘을 가했다. 운남댁의 입이 벌어
지며 저주의 말을 쏟아 내던 혀가 안으로, 안으로 말려들었다.

"설이가 어찌 되었는지 궁금하다 했지? 죽었네. 어미를 닮아
탐욕이 이만저만이 아니더군."

이제 운남댁의 손은 송정의 멱살을 움켜잡았다. 끈질긴 증오
였다.

"그래, 끝까지 들어야지. 설이는 나를 겁박하려 했어. 남이까지 끌어들여 재물을 뜯어내려고 했지."

그랬다. 혼례식 전날, 설이는 송정을 겁박했다. 송림에 깊은 어둠이 내렸을 때였다. 설이는 탐욕에 눈을 반짝이며 겁박의 말을 늘어놓았다.

"저도 다 알고 있습니다. 송옥 아기씨께서 저지르신 그 이상한 일들을 말입니다. 제 입을 다물게 하시려면 응당 재물을 주셔야 할 것입니다."

"재물을 달라? 네가 훔친 죽은 내 처의 패물로는 모자라는 것이냐?"

송정의 물음에 설이의 어깨가 움찔했다. 나무집에서 그가 모르는 것은 없다. 하지만 설이는 감히 마주치지 못했던 그의 눈을 똑바로 쳐다보며 고개를 끄덕였다.

"겁도 없이 내게 이리 재물을 요구하는 걸 보면 믿는 구석이 있는 모양이지?"

송정은 옅은 미소까지 머금고 있었다. 얼어붙을 것 같은 미소였다. 설이는 겁먹지 않으려 애썼다. 하지만 이미 간파당한 두려움은 감출 수 없는 법. 고개를 쳐들었으나 목소리부터 떨리기 시작했다.

"남이가 기다리고 있습니다. 제가 나타나지 않으면 그길로 원님께 찾아가라 했습니다."

"그렇구나. 제법 영리했구나."

불길하고 두려웠다. 그러나 멈출 수 없었다. 살얼음판 같은 나무집에서, 어머니에게서 벗어날 수 있는 단 한 번의 기회를 놓칠 수 없었다.

"그런데 노비는 주인을 고발할 수 없다는 걸 모르는가 보구나. 게다가 도망 노비가 아니냐?"

설이의 눈동자가 심하게 흔들렸다. 하지만 끝까지 밀고 나갈 수밖에 없다.

"어, 어찌 되었든 그리하면, 송옥 아기씨에 대해 나쁜 소문이 퍼지면 곤란하실 텐데요?"

"그렇지, 곤란하지. 곤란한 정도가 아니라 큰일이지. 큰일이고 말고. 너는 내가 그런 큰일이 벌어지게 내버려 둘 것이라 생각하느냐?"

점점 떨림이 심해지는 자신에 반해 여유롭기만 한 송정에게 설이가 이상함을 느낄 때 소나무 뒤에서 풍기가 나타났다. 입에 재갈이 물린 채 포박된 남이와 함께. 그의 목엔 풍기의 검이 차갑게 닿아 있었다.

"내가 너와 네 어미를 감시도 하지 않았을 것 같으냐? 네가 남이와 정분이 난 것도, 달아나기로 한 것도, 진즉에 알고 있었다. 남이가 동구 밖에서 기다리는 것도 알고 있었지."

위험하다. 저것은 죽이는 눈을 가진 상전이다. 설이가 뒤돌아서서 달아나려 했지만 송정보다 빠르진 못했다. 비명을 지르지 못하게 입을 막은 송정이 그녀의 귀에 속삭였다.

"네가 그저 달아나기만 했더라면 목숨을 부지할 수도 있었을 것이야. 언제나 탐욕이…… 탐욕이 문제지."

아니야, 나는 탐욕스러운 것이 아니야. 탐욕스러운 것은 어머니야. 나는 그저 살고자 했을 뿐이야. 설이의 필사적인 외침은 머릿속에서만 울렸다. 온몸을 뒤틀며 버둥거려 봤지만 벗어날 수 없었던 그녀의 눈에서 눈물이 흘렀다. 그것을 보면서도 남이는 감히 저항할 수도 없을 만큼 풍기의 검이 두려웠다.

"죽이시렵니까?"

풍기의 메마른 물음. 송정 역시 메마른 답을 한다.

"죽여 주겠는가?"

풍기는 답이 없었다. 대신 손에 든 검으로 공기를 갈랐다. 순식간이었다. 남이의 목이 베어진 것은. 공기와 함께 베어진 남이의 목에서 피가 솟구치고 설이의 몸이 미친 듯이 요동쳤다. 바로 다음 순간, 남이의 피를 묻힌 검이 설이의 배를 찔렀다. 송정이 틀어막은 그녀의 입술 사이로 피가 뿜어져 나왔다. 팔을 뻗은 설이가 송정의 몸을 쥐어뜯고 비튼다. 그러나 송정은 꿈쩍하지 않고 죽어 가는 그녀를 놓아주지 않는다.

"으으…… 으윽……….."

고통의 신음도 제대로 내지 못하고, 죽어 가는 짐승이 그러하듯이 푸들푸들, 설이의 몸이 송정의 팔 안에서 떨렸다. 눈동자가 돌아갔다. 숨이 멎었다. 송정이 설이의 시신을 내려놓는다. 그의 손과 팔, 가슴이 설이의 피에 젖어 있었다. 그 앞에서 풍기는 검을 내려놓았다.

"둘의 시신은 제가 처리하겠습니다. 하나 여기까지입니다. 은

나무집 이야기 543

혜를 갚기 위한 살인은. 죽을죄를 짓지 않은 자들을 죽이는 것은 소인의 검이 할 일이 아니니까요."

풍기를 보는 송정의 눈은 담담하다. 그것이 풍기의 가슴을 더 서늘하게 만들었다. 저것이 끝이 아닐 것이다, 죽음이 계속 이어질 것이다, 짐작했다.

"그래, 알았네. 그러리라 생각했네. 자넨 나와 같은 짐승이 아니니까. 여기까지, 이리해 준 것만으로도 충분하네."

풍기의 억센 팔에 의해 끌려간 설이의 시신, 피투성이가 된 설이의 시신이 송정의 눈동자에서 멀어지고 대신 딸과 똑같이 버둥거리고 있는 운남댁이 담겼다.

"하얀 도깨비가 자네 딸을 죽게 했어. 사람이 아닌, 하얀 도깨비가······."

운남댁이 최후의 발악을 하며 송정에게 팔을 휘둘렀다. 그럴수록 그녀의 가슴에선 피가 솟구쳤다. 그리고 송옥의 그림들이 흩날렸다. 운남댁은 발악을 멈추지 않았다. 송정이 힘에 부칠 만큼 억세고 끈질기게 반항했다. 운남댁의 발이 등불을 찬다. 등불에서 떨어진 불씨가 그림들에 옮겨붙는다. 하지만 그것을 어찌할 수도 없이 운남댁의 반항은 거셌다. 이마에 푸른 힘줄이 터질 듯 돋아 오른 운남댁의 눈에 또 하나의 괴물이 들어왔다. 송옥, 아니, 자하녀였다. 운남댁을 제압하느라 온 힘을 쏟던 송정의 눈에 들어온 것은 꽃이었다. 자하녀, 아니, 송옥이었다.

활을 들고 있었다. 활을 들고 피에 젖은 운남댁과 송정을 보고 있었다. 표정이 없었다. 표정 없이 활을 들었다. 시위를 당겼다.

"송옥아······."

송정의 입에서 그 이름이 떨어지자마자 화살이 시위를 떠났다. 핑! 화살이 송정의 팔을 스치고 벽에 걸린 족자에 박힌다. 펄럭, 대나무가 흔들렸다. 송정의 팔에서 힘이 빠져나갔다. 기회를 잡은 운남댁이 크게 요동을 치며 송정에게서 벗어난다. 그러나 비명을 지르기도, 뛰쳐나가기도 이미 너무 늦어 버린 몸이었다. 그래도 포기하지 않는다. 제 피를 밟으며 비틀비틀 밖으로 나가려 한다. 송정이 운남댁을 막으려는 순간, 핑! 화살이 이번엔 운남댁의 배에 박힌다.

"억!"

운남댁의 눈동자가 초점을 잃었다. 숨이 초점을 잃었다. 몸이 초점을 잃는다. 마침내 쓰러진다. 불길은 이제 망우재 곳곳으로 번져 있다. 가구와 족자 들과 지붕에까지 불의 미친 기운이 넘실거리고 있다. 피와 불의 기운 가운데 송정이 서 있다. 하지만 그는 움직일 생각이 없다. 움직이지 않고 다시 자신을 향해 활시위를 당기고 있는 송옥을 본다.

"죽여라. 송옥아······. 너라면······ 이 괴물을 죽일 수 있을 것이야. 그리하여 너 자신을 지켜라, 나로부터."

팔을 벌린다. 피로 젖은 가슴이 드러났다. 그 가슴을 겨누는 화살.

"송옥아······ 괴물을 죽여 다오."

송정이 눈을 감았다. 팽팽히 부풀어 오른 활시위와 떨리는 송옥의 팔. 그녀의 몸이 떨리고 입술이 떨렸다. 표정이 돌아왔다.

"안 돼!"

송옥의 외침이었다. 가까스로 활을 놓는다. 그리고 곧장 송정에게로 달려온다. 거세게 일어나는 불길 따위는 눈에 보이지 않는 그녀였다. 그때 송옥을 낚아채는 손이 있었다. 인후였다. 경악한 표정의 인후가 송옥을 끌어안았다.

"안 되오! 이미 불길이 너무 많이 번졌어! 들어가면 안 돼!"

소란에 종복들이 뛰어왔다. 바람이 거셌다. 불길은 더욱 크게 일어나고, 번지고, 파괴했다. 일렁이는 불길 가운데 송정이 꼿꼿이 서 있었다.

"오라버니! 이거 놔요! 오라버니!"

송옥이 눈물을 흘리며 송정에게 팔을 뻗었다. 그에게 가고자 안간힘을 썼으나, 인후 역시 그녀를 보내 줄 수 없었다.

"안 돼! 절대로!"

"놓으라고! 오라버니!"

울부짖는 송옥을 보는 송정의 표정은 평온하였다. 미소가, 따스한 미소가 송옥의 눈물에 비쳤다. 그리고 그의 뒤에서 미친 웃음을 짓고 있는 자하녀가 보였다. 자하녀의 목소리가 머리를 울렸다.

"네 연모, 이렇게 죽는구나. 너도 연모를 구할 수는 없어. 그렇지?"

숨이 넘어갈 듯 울부짖는 송옥을 비웃는다. 그 비웃음은 울음이다. 종복들이 물을 들고 와 뿌려 보지만 역부족이었다. 송정을 향해 아무리 나오라고 소리쳐도 그는 움직이지 않았다. 하지만 누구 하나 감히 불길 속으로 뛰어들 용기를 내는 이가 없다. 불길이 지붕을 다 잡아먹자 망우재가 울기 시작했다. 파괴되기 직전의 울음이었다. 망우재의 울음에 송옥이 울음을 보태며 허리를 숙이자 인후의 팔이 느슨해졌다. 그녀의 숙임이 포기라고 생각했기에 늦춘 것이 화근이었다. 송옥이 온 힘을 다해 그를 밀었다. 그리고 달렸다. 송정을 향해. 연모를 향해. 불길 속으로 달려 들어갔다. 동시에 서까래가 무너지며 그녀를 쫓아가던 인후의 앞을 막아 버렸다.

"부인!"

인후의 절규는 송정의 품에 안긴 송옥에게 들리지 않았다. 아무것도, 그들에게 영향을 미치는 것은 아무것도 없었다.

"오라버니…… 죄송해요. 자하녀가, 우리가 오라버니를 죽이려 했어요. 오라버니……."

"자하녀였구나. 그래…… 네가 아니었어."

"그래, 나였어, 자하녀였어. 너를 죽이고자 했는데 죽이지 못했어. 송옥이가 나를 밀어냈거든. 처음으로 송옥이가 나를 이겨내었어. 그렇게 강한 송옥이는 처음이야. 처음……."

불길처럼 이글거리는 자하녀가 말한다.

"절대로 오라버니를 해치게 두지 않아. 나의 연모를 해칠 수 없어."

송정의 허리를 끌어안으며 송옥이 말한다.

"너는 너의 연모를 지키려 불길에 뛰어들고…… 나는 나의 연

나무집 이야기

모를……. 나는 졌어. 아무것도 내어 놓지 않은 쪽은 나이고 모두 내어 놓은 쪽은 너……. 너의 연모가 나의 연모보다 강해."

자하녀가 운다. 웃음을 지운, 울음 자체가 된다. 흐느끼며 불길 속으로 들어간다. 그리고 마지막으로 송옥을 돌아본다.

"연모를 지키기 위해 너는 목숨을 버리는구나. 나는 연모를 가지기 위해 연모를 해쳤는데……. 나는…… 너를 질투할 자격이 없어. 우리는…… 아니, 나는…… 이제 진정 죽어야겠구나. 죽어서라도…… 그래, 죽어서라도 연모를 다시 보고 싶어. 그 사람, 보고 싶어."

불길이 자하녀를 녹인다. 자줏빛 안개가 붉은 불길에 삼켜지고 녹여진다. 촛농처럼 자하녀가 녹아 사라지고 있었다. 영원히 송옥을 떠나고 있었다. 눈물도 없이, 미련도 없이, 자하녀가 죽었다. 자하녀의 죽음과 함께 불길 위로 댕기 하나 펄럭이다 화르르, 불타오른다. 재가 된다. 마침내 송옥은 홀로 되었다.

숨을 들이켰다. 송정의 체취가 느껴졌다. 고개를 들어 송정을 올려다보았다. 연모였다. 다른 아무것도 모르는, 오직 연모만이 남았다. 이제 송옥은 연모가 무엇인지 묻지 않는다. 홀로 되어 쉬는 첫 숨도 연모, 홀로 되어 처음으로 눈동자에 담은 것도 연모. 연기에 숨이 막혀 왔지만 오롯한 마음으로 연모를 보고, 느꼈다.

"송옥아, 나를 위해 목숨을 걸어서는 안 된다. 나를 위해 살아야 해."

"싫어요. 오라버니와 함께, 이렇게 함께 있을 것입니다."

"미안하구나. 오랫동안 너를 지켜 주고 싶었는데…… 여기까지인 것이……. 그리고 고맙구나. 나를 위해…… 나와 함께 있기 위해 이렇게…… 내 품에 안겨 줘서. 하나 송옥아, 나는 너를 보내야 한다. 그래야 내 태어난 연유가 완성이 되는 것이야. 너를 지킬 수 있는 것이야."

"싫어! 송옥이 보내지 마. 오라버니와 함께 있을 거예요. 오라버니와 함께……."

송옥이 송정의 가슴을 파고든다. 연기와 불길로 목구멍이 타는 것 같은 고통에 컥컥거리면서도 절대로 그에게서 떨어지려 하지 않았다. 아주 잠시, 아주 짧은 순간의 영원이 둘 사이에 내려앉았다. 둘의 혼이 하나 되어 불길과 함께 타올랐다. 고통도 함께할 수 있다면 기꺼이 감내하리라. 함께할 수만 있다면……. 눈을 감고 송정은 영원을 혼에 새겼다. 송옥이란 영원. 그러나…….

"나를 용서하지 마라. 송옥아, 나를 용서하지 마. 나는 널 살려야겠다."

"오라버니, 송옥이 보내지 마……."

말이 채 끝나기도 전에 송정의 손에 의해 송옥은 정신을 잃었다. 송정은 망설임 없이 도포를 벗어 그녀의 몸을 감쌌다. 무너진 틈으로 그들을 애타게 지켜보던 인후와 눈이 마주친다. 같은 연모를 품은 남자들이 시선을 나누었다. 이제 인후는 송정을 따라 몸을 움직인다. 송정의 몸엔 이미 불이 붙기 시작했다. 그는 고통을 이겨 낸다. 신음도 내지 않고는 송옥을 안고 일어나 불이 붙은 창을 향해 돌진했다. 창살이 부서지며 길이 생겼다. 인후가 기다리고 있었다. 송정이 그에게 송옥을 안겨 준다. 찰나였다. 연모가 연모를 안겨 주고, 연모를 연모가 받아 안았다. 그리고 송정은 물러났다.

"사형!"

송옥을 받아 안은 인후가 소리쳤지만 송정은 답하지 않고 뒤로, 뒤로, 제 몸을 태우며 물러났다.

"네가 나를 죽였다면 나는 괴물로 죽었을 테지. 한데 너는 내가 너를 구할 수 있게 하여 사람으로 죽게 해 주는구나. 송옥아, 내 여인아……. 나의 연모, 너는 나를 사람으로 만들어 주고 사람으로 죽게 하니……. 고맙다, 고맙다, 고맙다, 나의 연모……."

송정이 타올랐다. 연모가 타올랐다. 붉은 불길이 아닌 하얀 불길이 타올랐다. 그의 주변으로 송옥의 난이 불타오르며 송정을 향해 소용돌이쳤다. 불길과 불길이 만나 불멸의 연모가 되었다.

정신을 잃은 송옥을 안고 마당에 주저앉은 인후는 보았다. 연모의 순결한 불길이 하늘까지 뻗는 것을. 그리고 망우재가 무너졌다. 나무집이 무너졌다. 무너지지 않는 것은 오직 하나, 연모.

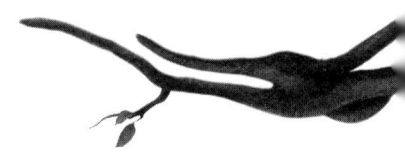

다시 나무집

"덥지 않소?"

송옥의 뒤에서 인후가 물었다. 송옥은 돌아보지 않고 살며시 고개를 저었다. 소서가 지났는지라 아침이라 해도 땅에서는 벌써 열기가 후끈거리며 올라오기 시작했다. 반듯이 쓴 갓 아래로 땀이 맺히고 등허리 쪽 도포에도 땀이 배어 나왔다. 그러나 송옥은 여전히 봄에 머물러 있었다.

나무집 앞에 선 송옥. 아니, 이제 사람들이 '나무집이 있었던 곳'이라 부르는, 폐허 앞에 송옥이 섰다. 나무집은 이제 없다. 화마가 날뛰던 날 제구실을 하지 못한 화방벽만이 곳곳이 무너진 채 나무집이 있던 자리의 둘레를 지킬 뿐이었다. 무너진 화방벽 위로 잡초가 무성히 세력을 넓히고 있었고 무심히 나비 몇 마리가 폐허 위를 날았다.

"조심하시오!"

솟을대문이 있던 곳으로 발을 내딛는 송옥을 뒤에서 끌어안으며 인후가 소리쳤다. 타다 남은, 무너진 진공문의 기둥이 그녀 앞에 가로막혀 있었기에.

"앞에…… 기둥이 있소."

그녀의 팔을 꽉 잡았던 손에 힘을 늦추며 그가 말했다. 송옥의 얼굴이 인후를 향한다. 그러나 시선은 그를 비켜나 있다. 차라리 시선이 없다고 하는 것이 옳다. 송옥의 눈동자는 빛과 형상을 담지 못한다. 인후의 얼굴을 담지 못한다. 벌써 일 년이 지난 일이지만 인후는 그녀의 눈동자를 볼 때마다 가슴에 묵직하고 깊은 통증을 느꼈다.

"내 팔을 잡고 따라오시오. 여긴 너무, 가로막는 것이 많구려."

차마, 나무집이 폐허가 되었단 말을 송옥에게 하지 못하는 인후가 자신의 팔에 송옥의 손을 얹었다. 그의 배려에 송옥은 조용히 미소 짓는다. 그리고 인후의 팔에, 몸에 기댄다. 느리고 신중한 발걸음으로 둘은 나무집으로 들어섰다.

한숨을 참았다. 한숨을 참아야 할 만큼 나무집은 처참했다. 사방 어디를 둘러보아도 주춧돌과 타다 남은 기둥 그리고 깨진 기와만이 거기 나무집이 있었음을 희미하게 증명할 뿐이었다. 사람의 수보다 많았던 나무들도 까맣게 그을린 등걸만 남았다. 그렇게도 정갈했던 마당은 잡초들 차지가 되어 어디에 발을 디뎌야 할지 조심스러울 지경이었다.

"발밑을 조심해야겠소."

한숨의 기색을 숨기며 인후가 당부했다. 낯선 이들의 방문에 들쥐가 저만치로 달아난다. 안채가 있던 자리에선 꿩이 푸드덕, 날아오르는 소리가 났다. 그리고 고요해졌다.

"아니…… 이건……."

연당 앞에 다다른 인후가 당황한 듯, 혹은 감탄한 듯 말을 잇지 못했다. 환영幻影처럼 연꽃이 피어 있었다. 화재의 날, 퍼내고 퍼내어 물이 마르고, 물 밖으로 나온 연꽃의 줄기가 타 버렸음을 보았는데…… 지금 연꽃이 피었다.

"부인은 아셨던 것이오? 연꽃이 피어 있구려. 대체…… 이 물은 어디서 흘러들어……."

송옥은 다만 바람이 부는 쪽으로 고개를 돌릴 뿐이었다. 연꽃이 송옥의 비어 있는 시선을 따라 바람과 함께 흔들렸다. 인후는 바람이 송옥을 휩쓸고 가 버리기라도 할 것처럼 그녀를 품에 끌어당긴다. 바람, 그날의 바람은 잔인하도록 불어닥쳤다. 인정도, 동정도, 가차도 없는 바람이었다.

망우재가 무너짐과 동시에 운영각과 명경당이 불타오르기 시작했다. 불길은 수백, 수천 개로 나뉘어 제 씨를 퍼트렸다. 종복들이 연당에서 물어 퍼 날랐지만 이미 불길은 거센 바람을 타고 돌이킬 수 없이 번졌다. 불씨를 피할 곳은 나무집 어디에도 없었다. 나무집 안의 나무들도 불타올랐다. 나무의 혼이 불기둥이 되어 마지막 숨을 토해 내는 것 같았다.

"대감마님을 모시고 피해라! 희명, 희명은 어디 있느냐?"

혼돈의 와중에 종복들에게 명을 내린 것은 인후였다. 그는 송옥부터 나무집 밖으로 보냈다. 품에서 놓기 싫었지만 그는 자신에게 맡겨진, 맡겨졌다고 믿은 일들을 홀로 해 나갔다.

"아버님!"

정우당 지붕에 불이 붙었는데도 자리에서 꼼짝 않고 종복들의 애를 태우던 최 대감을 밖으로 데리고 나온 사람이 인후였다.

"다른 것은 다 포기하더라도 사당만은 안 된다! 사당에 물을 계속 부어라!"

나무집이 잿더미가 되어 가는 와중에도 최씨 집안의 사당을 지키려 안간힘을 쓰고 위패를 모시고 나온 사람도 인후였다.

"서방님! 피하십시오! 무너집니다!"

인후의 노력은 무너지는 사당과 함께 허사가 되는 듯했다. 사당이 무너지며 송림에 불길이 번졌다. 무엇도, 어떤 노력도 불길을 막을 것은 없어 보였다.

"송명아, 달집을 태우느냐? 아주 장관이로구나."

참담함과 허탈함에 넋을 잃고 있는 인후에게 최 대감의 말은 깊은 슬픔을 불러일으켰다. 그는 장인에게 하나 남은 아들의 죽음을 알리지 못했다.

"그러……합니다. 그러합니다."

비통하게 답할 뿐이었다. 온통 그을음투성이인 종복들에게 최 대감을 맡기고 돌아섰을 때, 송옥이 일어서 있었다. 거대하게 일렁이는 화룡火龍을 향해 서 있었다. 화룡의 그림자가 드리워진 송옥의 몸은 금방이라도 바스러져 버릴 것만 같았다.

"부인……."

두려웠다. 연모를 잃을까 봐. 송정이 죽기 전 송옥과 어떤 말을 나누었는지 인후는 알지 못했다. 알고자 하지도 않았다. 그에게 무엇보다 중요한 것은 송옥의 생존이었다. 바로 그것에서 송정과 일치했던 마음이 불안에 떨기 시작했다. 일어서 있긴 했으나 죽은 듯이 보이는, 그저 혼만 옅은 빛으로 흔들리는 것 같은 송옥이었기에.

"부인……."

두려워하며 송옥을 향해 다가갔다. 마침내 그녀 앞에 섰을 때…… 송옥의 눈동자에서 빛이 사라졌음을 발견했다. 그녀는 무엇도 보고 있지 않았다. 다만 열기를 향해 섰을 뿐이었다.

"부인, 내가, 내가 보이지 않으시오?"

송옥은 아무런 반응도 하지 않았다. 인후가 그녀의 팔을 잡고 흔들어도, 그녀를 품에 안고 오열해도 어떤 몸짓도 하지 않았다. 숨도 쉬지 않는 것처럼 고요했다. 고요하게 자신의 연모가 불길로 타오르는 것을 그저 느꼈다. 불씨가 인후의 등을 넘어 송옥의 볼에까지 닿았다. 사람들은 비명을 지르며 뒤로 물러섰으나 송옥은 인후의 품에서 벗어나 불길 쪽으로 손을 뻗었다. 송정의 혼이 불씨에 담겨 그녀에게 다다른 듯이.

"위험하오. 제발…… 제발 여기, 나와……."

인후는 애원하며 송옥을 뒤에서 끌어안았다. 아니, 오라버니에게 가야 해. 오라버니 혼자 저기 두지 않을 거야. 절대로 혼자 두지 않아. 입을 벌렸으나 소리가 나지 않았다. 헉헉거리는 가쁜 호흡만이 들릴 뿐이었다. 송옥은 소리를 잃었다. 그래도 그녀는 포기하지 않았다. 손을 뻗어 불씨를 제 안으로 불러들였다. 조금만 더, 조금만 더……. 그때 정우당과 향유재까지 무너지며 비명을 질렀다. 나무집이 완전히 무너졌다. 송옥이 다시 무너졌다.

"부인!"

무너지는 송옥을 품에 안고 인후는 나무집의 최후를 지켜보았다. 연모의 집이 무너지고, 재가 되었다. 나무집은 그렇게 죽었다. 나무집이 죽었다.

"송구합니다. 최선을 다해 치료했지만 화기火氣가 워낙 깊이 침범했던지라……."

"정녕 앞을 보지 못하게 된단 말인가?"

"예, 게다가 화기가 목과 폐까지 침범해서 말씀을 못하게 되실……."

의원의 답에 인후는 눈을 감았다.

"생명엔 이상이 없는 것이 확실하지?"

"좀 더 지켜봐야 하겠지만 지금으로써는 괜찮으실 것입니다."

눈을 떴다.

"그거면 되었네. 살기만 한다면, 살아서 내 곁에 있어 준다면 그것으로 되었어."

인후의 바람대로 송옥은 살아남았다. 빛을 잃고, 소리를 잃었지만 살아남아서 느리게 회복되어 갔다. 하지만 최 대감은 송옥처럼 살아남지 못했다. 나무집이 무너지고 한 달여 만에 죽음을 맞이했다. 인척이 마련해 준 거처에서 지내던 최 대감은 비가 내리는 어느 아침 시신으로 발견되었다. 전날 밤 그는 다른 이들은 결코 알 수 없는 소리를 질러 대어 인척들의 골머리를 썩였다고 했다.

'세한! 내가, 내가 잘못했네. 모두 내 죄야! 내 죄! 제발 용서하게! 세한!'

최 대감은 목을 매어 죽었다. 그의 죽음을 두고 혹자는 아들들의 죽음을 견디지 못해서라 짐작했고, 다른 혹자는 그저 정신이 온전치 못한 중에 벌어진 일이라 말했다. 소문은 진실을 한 점도 싣지 못하고 퍼져 나갔다. 그리고 소문의 한 가닥에 희명의 이름이 거론되었다.

희명이 사라졌다. 소화도 사라졌다. 정확히는 소화가 희명을 데리고 사라졌다. 풍기와 함께. 화마의 밤이었다. 화마의 밤에 소화는 희명을 데리고 도망치기로 했다. 그것이 희명에게 차라리 행복할 것이라 판단했다. 풍기는 누이의 소원을 뿌리치지 못했다. 남매는 희명을 안고 멀리, 누구도 찾지 못할 곳으로 도망쳤다. 그렇게 나무집은 과거와 미래를 모두 잃었다. 그 모든 소문과 진실을 인후는 송옥에게 말하지 못했다. 말해도 어찌할 수 없는 일이었다. 그녀는 이미 충분히 고통스러웠다고, 더 이상은 감당할 수 없다고, 인후는 생각했다. 시간은 더디게 흘렀다.

일 년이 흐르고 여름, 여느 날처럼 송옥의 곁에서 서책을 읽는데 그녀가 인후의 손을 잡았다.

"왜…… 무엇이 필요하오?"

다정한 물음에 송옥은 가만히 그의 손바닥에 글씨를 썼다. 인후가 소리 내어 읽는다.

"목木, 가家, 연蓮?"

고개를 갸웃하던 인후의 눈동자가 흔들렸다. 송옥의 손가락을 잡고 다시 물었다.

"혹여…… 나무집에 가자고 하는 것이오?"

송옥이 미소 지었다.

"연꽃은…… 그날 연당의 물을 다 폈기 때문에 피지 않았을 것이오. 내 다른 연당에 데려다 주리다."

그녀가 실망할까 두려웠던 인후가 제안했지만 송옥은 미소 지으며 조용히 고개를 저었다.

"꼭…… 가야겠소?"

송옥은 자신의 손가락을 잡고 있는 인후의 손을 더 꼬옥 잡는 것으로 답했다. 그리하여 둘은 폐허가 된 나무집에 서게 되었던 것이다. 그리고 인후는 거기서 연꽃을 보았다.

"부인은 알고 계셨구려. 어찌…… 어찌……."

다시 바람이 불었다. 연당에 물결이 일며 연꽃이 향기를 전해 왔다. 바람이 전한 향기에 송옥이 고개를 끄덕였다. 마치 연꽃의 말소리를 들은 것처럼. 그리고 망우재 쪽으로 발걸음을 옮겼다.

"부인, 조심……."

인후가 서둘러 송옥의 팔을 잡아 준다.

"가지 않는 편이 좋을 것이오. 그날, 가장 먼저 불타서……."

송정이 죽은 곳이니 가지 말라는 말은 삼킨다. 하지만 송옥은 걸음을 멈추지 않았다. 망우재는 짐작대로 타다 남은 기둥조차도 남지 않을 정도로 처참했다. 이번에는 인후도 한숨을 숨기지 못했다. 그가 감탄해 마지않았던 꽃담과 화려했던 팔작지붕도 모두 형태도 없이 사라져 버렸기에.

"그만 돌아갑시다."

혹시라도 송옥이 슬퍼할까, 그녀의 슬픔을 보면 더욱 가슴 아팠던 인후가 만류했다. 그러나 송옥은 계속 안으로, 안으로 들어갔다.

"선유당에 가려 하시오? 선유당도 이미⋯⋯."

순간, 꽃향기가 그의 말을 막았다. 인후는 자신의 눈을 믿을 수 없었다.

"분명 그날 다 불타 버렸는데⋯⋯."

망우재 화단에 꽃들이 만개해 있었다. 잡초와 뒤섞여 있었지만 꽃은 꽃이었다. 치자와 장미가 만개하고 앵두는 익어 볼을 붉히고 있었다. 그 외에도 이름 모를 들꽃들이 저마다의 색으로 화단을 물들이고 향기를 뿜어냈다.

"부인은 이것도 아시었소? 이렇게 꽃들이 살아나 피어 있다는 것을."

송옥은 이제 인후의 품 안에서 벗어나 화단에 몸을 기울이고 있었다. 꽃들이 그녀에게 향기의 손을 뻗었다. 송옥은 화려한 색의 향연 속에서 가장 볼품없어 보이는, 그저 하얗기만 한 들꽃에 고개를 기울인다. 들꽃의 말을 듣는다. 손을 뻗어 들꽃의 발치를 더듬는다. 조심스럽고 섬세한 손길이었다.

"무얼 찾으시오?"

송옥이 빛 속에서 하얗게 일어섰다. 인후는 송옥의 주변으로 나무집이 빛으로 일어서는 것을 숨죽이며 보았다. 그 순간 깨달았다. 나무집은 무너진 일이 없다는 것을, 나무집은 죽지 않았다는 것을. 그리고 본다. 송옥의 손에 들린 흙투성이의 노리개를. 그는 그것이 무엇인지 송옥에게 묻지 않는다. 다만 이렇게 말할 뿐이었다.

"아름답소. 노리개도, 그대도."

인내하는 연모인 인후가 말했다. 진심이었다. 그의 진심에 송옥이 손을 내민다. 따스한 손이다. 세게 쥐면 바스러질까 인후는 조심스레 그녀의 손을 잡는다. 그의 손안에서 그녀는 향기다. 하얀 향기가 미소 지어 주었다. 송옥이 볼 수 없는 미소를 지으며 인후가 그녀를 바라본다. 들꽃만큼이나 하얗게 세어 버린 그녀의 머리카락을. 그것은 그녀 자신은 결코 볼 수 없고, 알지 못하는 변화였다. 화마의 날 이후로 송옥의 머리는 백색이 되었다. 송옥은, 백아가 되었다.

멀리서 이른 매미 소리가 들려온다. 새순이 돋아난 송림으로부터 바람이 불어온다. 꽃잎들이 여린 웃음을 지으며 바람과 함께 하늘 높이 날았다. 결코 무너지지 않는, 불멸하는 연모의, 나무집 위로.

『나무집 이야기』 끝